MELISSA FOSTER

Liebe, Lügen und Whiskey

Die Whiskeys: Dark Knights von der
Redemption Ranch

DIE AUTORIN

Melissa Foster ist eine preisgekrönte *New-York-Times-* und *USA-Today*-Bestsellerautorin. Ihre Bücher werden vom *USA-Today-Bücherblog*, vom *Hagerstown Magazin*, von *The Patriot* und vielen anderen Printmedien empfohlen. Melissa hat mehrere Wandgemälde für das *Hospital for Sick Children*, eine Kinderklinik in Washington, D. C., gemalt.

Besuchen Sie Melissa auf ihrer Website oder chatten Sie mit ihr in den sozialen Netzwerken. Sie diskutiert gern mit Lesezirkeln und Bücherclubs über ihre Romane und freut sich über Einladungen. Melissas Bücher sind bei den meisten Online-Buchhändlern als Taschenbuch und E-Book erhältlich.

MELISSA FOSTER
Liebe, Lügen und Whiskey

Die Whiskeys: Dark Knights von der
Redemption Ranch

Love in Bloom – Herzen im Aufbruch

Aus dem Amerikanischen von Anna Wichmann

Die Originalausgabe erschien erstmals 2025 unter dem Titel
»Love, Lies, and Whiskey« bei World Literary Press, MD, USA.

Deutsche Erstveröffentlichung 2025
bei World Literary Press, MD, USA
© 2025 der Originalausgabe: Melissa Foster
© 2025 der deutschsprachigen Ausgabe: Melissa Foster
MELISSA FOSTER® und WORLD LITERARY PRESS® sind eingetragene Marken.
Alle Rechte vorbehalten.
Lektorat: Judith Zimmer, Hamburg
Redaktion: Mona Gabriel
Umschlaggestaltung: Elizabeth Mackey Designs
Cover-Foto: Wander Pedro Aguiar Photography

Vorwort

Ich liebe Geschichten, in denen die Liebe eine zweite Chance bekommt. Als ich Doc Whiskey zum ersten Mal begegnet bin, litt er noch immer unter dem Liebeskummer, den er viele Jahre zuvor mit seiner ersten Liebe Juliette Adkin erlebt hatte – und ich konnte es kaum erwarten, ihm sein wohlverdientes Happy End zu schenken. Während ich die vorherigen Bände dieser Reihe schrieb, flüsterte Juliette mir immer wieder ins Ohr, dass sie warten würde, und ich wusste, dass ich auf dem richtigen Weg war. Ich hätte nie damit gerechnet, dass die beiden noch so viele Hindernisse überwinden müssen. Ihr Schmerz sitzt tief und umfasst sowohl emotionale Misshandlung als auch eine lebensverändernde medizinische Diagnose. Aber wie immer steht am Schluss ein Happy End, das all die Mühen wert ist. Ich hoffe, Sie lieben ihre Geschichte genauso sehr wie ich.

Wer über Neuerscheinungen und exklusive Angebote auf dem Laufenden bleiben möchte, tritt am besten meinem Fanclub auf Facebook bei und abonniert meinen Newsletter:
www.MelissaFoster.com/Newsletter_German
www.Facebook.com/groups/MelissaFosterFans

Die Reihe »Love in Bloom – Herzen im Aufbruch«

Die Serie *Die Whiskeys von der Redemption Ranch* ist nur eine der vielen Serien aus der weitverzweigten Reihe »Love in Bloom – Herzen im Aufbruch«. Sie begegnen den Figuren aus jeder Geschichte immer wieder, sodass Sie keine Verlobung, Hochzeit oder Geburt verpassen. Eine vollständige Liste aller Serientitel sowie eine Vorschau auf den nächsten Band finden Sie am Ende dieses Buches und auf meiner Website: www.MelissaFoster.com/Herzen-im-Aufbruch

Besuchen Sie auch meine Seite mit »Reader Goodies«! Dort finden Sie Serienübersichten, Checklisten, Stammbäume und einiges mehr: www.MelissaFoster.com/Checklisten_und_Stammbaume

Eins

Das Jubeln der Menge übertönte das Dröhnen von Seeley »Doc« Whiskeys Motorrad, als er und ein Konvoi aus anderen Mitgliedern der Dark Knights bei ihrem jährlichen *Reindeer Ride*, einer Benefizveranstaltung zugunsten des Krankenhauses, auf den Parkplatz des Hope Valley Hospitals fuhren. Docs Großvater war der Gründer des Clubs und Docs Vater Tiny Whiskey hatte die Ortsgruppe in Hope Valley ins Leben gerufen. Tiny und Docs Mutter Wynnie, Psychologin auf ihrer Ranch der zweiten Chancen, führten die Gruppe auf Tinys Motorrad an. Die beiden waren als Santa und Mrs. Claus verkleidet, was gut passte, denn sein Vater war einen Meter fünfundneunzig groß, hatte einen beachtlichen Bauch, langes graues Haar und einen ebenso langen Bart, und seine Mutter mit ihrem kurzen Zopf und den freundlichen Augen lächelte gern und oft.

Doc winkte der Menschenmenge zu, die sich zur Begrüßung vor dem Eingang versammelt hatte, und musterte die kleinen Patienten, die mit großen Augen zuschauten. Sie saßen in Rollstühlen oder suchten in den Armen ihrer Eltern Halt und Sicherheit. Die Kinder zeigten aufgeregt auf die geschmückten Motorräder, die festlich gekleideten Biker und den riesigen, in weihnachtlichen Farben geschmückten und mit Geschenksäcken vollgestopften Anhänger. Bei solchen Veranstaltungen wurde Doc immer das Herz ein wenig schwer, denn er wusste, dass einige der Kinder, für die sie Geschenke dabeihatten, die Feiertage nicht mehr erleben würden.

Das war die harte Realität und sie folgte auf einen sehr aufregenden Vormittag für ihre ganze Familie. Sasha, eine seiner beiden jüngeren Schwestern, hatte sich mit Ezra Moore verlobt, dem alleinerziehenden Vater des fünfjährigen Gus, der ebenfalls zu den Dark Knights gehörte und als Therapeut auf der Ranch arbeitete.

Der Konvoi umrundete das Gelände, bevor er in dem für den Club abgesperrten Bereich parkte. Doc stieg vom Motorrad und nahm den Helm ab. Um den Hals trug er eine bunte Lichterkette mit Glöckchen, die seine jüngste Schwester Birdie für ihn gebastelt hatte, und bei jeder seiner Bewegungen klingelte es fröhlich. Er fuhr sich mit der Hand durch das dichte braune Haar und beobachtete, wie die als Elfen verkleideten Ehefrauen, Freundinnen und Kinder der Dark Knights von den Motorrädern und aus den Fahrzeugen stiegen und sich versammelten, während Dutzende der härtesten und besten Männer, die Doc kannte, mit Weihnachtsmannmützen, bunten Hemden unter schwarzen Lederkutten oder kompletten Weihnachtskostümen auf den Anhänger mit den Geschenken zusteuerten.

Doc schloss seinen Helm am Motorrad an, setzte sich eine Weihnachtsmannmütze auf und ging zu ihnen hinüber.

Seine jüngeren Brüder Cowboy und Dare, die ebenfalls mit Weihnachtsmannmützen und bunten Halsketten geschmückt waren, traten neben ihn. Sie alle hatten die Größe und Statur ihres Vaters geerbt, aber Cowboy war der Größte. Mit seinen markanten Muskeln und der schieren Breite, die er der Arbeit auf der Ranch verdankte, konnten nur wenige mithalten. Mit Ausnahme von Birdie, die im Nachbarort lebte und ein Schokoladengeschäft führte, lebten und arbeiteten sie alle auf der Redemption Ranch, wo sie Pferde retteten und geplagten Seelen die Therapie und Unterstützung gewährten, die diese brauchten, um ihren Weg im Leben zu finden.

»Gott, ich liebe es, Kinder zum Lächeln zu bringen.« Dares dunkle Augen funkelten vor Aufregung. Er war durch und durch ein Draufgänger und ein verdammt guter Therapeut. Außerdem hatte er Tattoos vom Hals bis zu den Knöcheln und Handgelenken und ein Herz, das schon seit Kindertagen seiner besten Freundin und jetzigen Frau Billie gehörte.

Cowboy zog eine weizenblonde Braue hoch. »Heißt das, du und Billie wollt bald eine Familie gründen?«

»Gott, steh uns bei«, scherzte Doc, als sie sich zu den anderen Männern gesellten und sich Säcke mit Geschenken auf die Schultern hievten.

»Keine Sorge, Doc. Wir haben zu viel Spaß beim Üben, um uns jetzt schon festzulegen.« Dare musterte grinsend die Geschenksäcke. »Mein Sack ist größer als deiner.«

»Das hat sie aber nicht gesagt«, witzelte Cowboy.

»Sie sagte, meiner sei größer«, rief Ezra, der mit Taz und Hyde vorbeikam, zwei als Rentiere verkleideten Rancharbeitern. »Meiner auch!«, brüllten die beiden gleichzeitig und lauthals lachend.

Doc schenkte seinen Brüdern ein arrogantes Grinsen. »Ihr habt vielleicht große Säcke, aber ich hab die riesige Zuckerstange, mit der alle Ladys ihren Spaß haben wollen.«

»Blödsinn! Das hättest du wohl gerne«, sagte Cowboy, als Gus, dessen dunkle Haare ihm ins Gesicht fielen, als niedliche

Elfe verkleidet auf sie zugerannt kam.

»Leute! Habt ihr gesehen, dass ich in Daddys Beiwagen mitgefahren bin? Jetzt bin ich ein Biker wie ihr!« Gus wirbelte herum, rief: »Tiny! Wynnie! Habt ihr mich gesehen?«, und rannte auf die beiden zu.

Doc und seine Brüder lachten und Ezra lief ihm hinterher.

»Der Junge ist einfach klasse«, sagte Cowboy und betrachtete seine Verlobte Sully, die mit Billie auf dem Weg zu ihnen war. »Ich hoffe, wir kriegen mal ein Dutzend, die genauso sind wie er.«

»Wollt ihr nicht vorher heiraten?«, fragte Doc.

»Ja, sicher«, antwortete Cowboy. »Sully hat schon genug durchgemacht. Ich hab versprochen, dass meine Süße ihr märchenhaftes Happy End bekommt, und das war ernst gemeint.« Sully war als Kind entführt worden und in einer Sekte aufgewachsen, der sie im letzten Jahr entkommen konnte. Sie war immer stark gewesen. Sie hatte stark sein müssen, um das alles zu überleben. Aber dank der Therapie und Cowboys Liebe hatte sie sich von einem zarten, erschöpften Mädchen zu einer starken, selbstbewussten jungen Frau gewandelt.

Doc klopfte ihm auf die Schulter. »Tja, sie hat ihren Märchenprinzen gefunden, der sie in den Sonnenuntergang trägt.«

»Im Gegensatz zu meiner Frau, die ein echtes Monster hat, das sie in meinem Liebeskerker anketten will«, warf Dare zur Belustigung aller ein.

Sie waren dazu erzogen worden, gute, loyale und beschützende Männer zu sein, aber im Gegensatz zu Doc war Cowboy wirklich ein Märchenprinz und hatte sein ganzes Leben lang immer versucht, das Richtige zu tun. Dare war zwar ein paar Jahre lang vom Weg abgekommen, durch die Beziehung mit

Billie jedoch geheilt worden, und sie liebte ihr Monster von ganzem Herzen.

Billie stolzierte in schwarzen Ledershorts und einem rot-weißen Tanktop mit dem Aufdruck DARES FRECHE ELFE auf der Brust auf sie zu und Sully folgte ihr in einem zuckersüßen Elfenkostüm. Nicht nur Sully hatte einen weiten Weg hinter sich. Billie war eine ebensolche Draufgängerin wie Dare gewesen, bis Eddie, ihr anderer Freund aus Kindertagen, bei einer missglückten Mutprobe ums Leben gekommen war. Danach hatte sie sich viele der schönen Dinge des Lebens versagt, und Dare hatte Jahre gebraucht, um sie wieder hervorzulocken. Durch ihre Beziehung war auch sie geheilt worden.

Billie warf ihr langes dunkles Haar über die Schulter und stemmte eine Hand in die Hüfte. »Worüber lacht ihr Idioten so?« Sie war so frech, wie Sully süß war.

»Ich habe ihnen eben erzählt, wie gerne ich dich an mein Bett ketten würde«, sagte Dare.

»Leere Versprechungen«, spottete Billie keck.

»Gott, ich liebe meine knallharte Braut.« Dare zog sie zu einem Kuss heran.

»Der heutige Tag ist auf bittersüße Art und Weise aufre-gend«, sagte Sully, die einen Zeichenblock an ihre Brust drückte. Ihre Augen funkelten und ihr goldblondes Haar fiel ihr in natürlichen Wellen bis knapp über die Schultern. »Die kranken Kinder und ihre Familien tun mir schrecklich leid, aber ich bin wirklich froh, dass wir ihnen eine Freude machen können. Ich habe viele Zeichnungen zum Verschenken dabei und hoffe, dass ihnen die Bücher gefallen, die wir ihnen geschickt haben.« Sully hatte eine Nische als Illustratorin von Kinderbüchern für sich gefunden und zusammen mit Cowboy viele davon für die Veranstaltung gespendet. »Bist du bereit, Callahan?«

Sie war die einzige Person, die Cowboy mit seinem Vornamen ansprach, und jedes Mal, wenn sie das tat, wurde Cowboys ernstes Gesicht ein wenig weicher.

»Immer, Baby.« Cowboy beugte sich vor und küsste sie.

Doc beobachtete seine Brüder, die ihren Frauen verliebt hinterherschauten. Es hatte mal eine Zeit gegeben, in der auch Doc geglaubt hatte, das zu haben, was seine Brüder erst kürzlich gefunden hatten – die Freundschaft und das Vertrauen der einzigen Frau, mit der er sein Leben verbringen wollte.

Er war damals neunzehn gewesen und gerade von seinem ersten Jahr am College nach Hause gekommen. Er hatte sich gefreut, wieder auf der Ranch zu sein, als Prospect – also Anwärter auf die volle Mitgliedschaft – im Club voranzukommen und mit den Pferden zu arbeiten. Dann kam ein Sicherheitsteam von Gouverneur Adkin auf das Anwesen. In der darauffolgenden Woche hatte die sechzehnjährige Tochter des Gouverneurs als Praktikantin bei ihnen angefangen.

Docs Gedanken kreisten um das erste Mal, als er sie gesehen hatte. Er striegelte gerade ein Pferd neben der Scheune, als die Stimme seiner Mutter seine Gedanken durchbrach.

»Seeley, Schatz, bist du hier drin?«

»Bin gleich da.« Er legte die Bürste beiseite, und als er um die Ecke der Scheune bog, blieb er abrupt stehen: Eine braunhaarige Schönheit wartete neben seiner Mutter. Sie blickte auf die Weide hinaus und trug ein ärmelloses himmelblaues Top, das ihre Kurven betonte, einen verspielten weißen Rock über hübschen langen Beinen und teure Westernstiefel. Sein Cowboyhut schützte seine Augen vor der Sonne, aber als sie sich das Haar hinters Ohr strich,

wehten ihr zarte Strähnen ins Gesicht – und nichts konnte sein Herz vor den größten und blauesten Augen schützen, die er je gesehen hatte. Sie schienen direkt in seine Seele zu blicken und raubten ihm den Atem.

»Seeley«, sagte seine Mutter und riss ihn aus seiner Trance. »Das ist Juliette, die Tochter von Gouverneur Adkin. Sie absolviert bei uns ein Sommerpraktikum und möchte eines Tages Tierarzthelferin werden. Ihr beide werdet eng zusammenarbeiten. Ich dachte, du könntest ihr hier alles zeigen.«

War das eine Art Test? Wenn es irgendein Mädchen gab, von dem er sich fernhalten sollte, dann war es Juliette. Die Tochter des Gouverneurs? Er räusperte sich und versuchte, den Nebel aus seinem Kopf zu vertreiben.

Juliette senkte kurz den Blick und ein wissendes Lächeln umspielte ihre Lippen.

Findest du das lustig, Schätzchen? Dieses Spiel beherrschen wir aber beide. Er nickte zur Begrüßung und reichte ihr die Hand. »Bist du bereit, dir die Hände schmutzig zu machen, Juliette?«

Ihre Blicke begegneten sich erneut, und zwar mit der Wucht einer Fackel, die Hitze wie ein Lauffeuer durch seine Brust jagte. Er war sich ziemlich sicher, dass die ganze verdammte Ranch die Funken spüren konnte, als ein schelmisches Lächeln über ihr Gesicht huschte und sie seine Hand schüttelte. »Freut mich, dich kennenzulernen, Seeley. Normalerweise muss ich mir nicht die Hände schmutzig machen, aber jetzt freue ich mich darauf.«

Und in diesem Moment wusste er, dass er endgültig verloren war.

Genau so kam es dann auch.

Sie brannten so heiß, dass es weniger als eine Woche dauerte, bis er die Selbstbeherrschung verlor, und von diesem

Moment an konnten sie die Finger nicht mehr voneinander lassen.

Er schloss die Augen, um die Erinnerung zu vertreiben, und wurde von einer anderen bestürmt. Eines Abends war er mit Juliette nackt im See baden gegangen. Als sie an die Oberfläche kamen, griff sie nach seiner Halskette und zog ihn zu einem Kuss zu sich heran. Er konnte noch immer ihre kühlen, nassen Lippen und ihren glatten, geschmeidigen Körper an seinem spüren, während ihre Stimme in seinem Verstand flüsterte: *Du und ich für immer, Seeley Whiskey. Ich lasse dich nie mehr los.* Ihre Worte hatten ihn mitten ins Herz getroffen. Es schien keine bedeutsamere Methode zu geben, um ihr zu zeigen, was er empfand, als die Kette abzunehmen, die er als Junge mit seinem Großvater hergestellt und seitdem jeden Tag getragen hatte, und sie ihr über den Kopf zu streifen, während er schwor: *Du und ich für immer, Liebling.*

Gerade als die Erinnerung ihn bis ins Mark traf, drängte sich eine weitere Szene auf. Tiny und Cowboy hielten ihn zurück, während er versuchte, zu Juliette zu gelangen, die schreiend um sich trat, als ihr Vater sie zu einem schwarzen SUV zerrte. Zwei massige Bodyguards standen zwischen ihnen und Doc, während ihr Vater zischte: *Wenn du dich meiner Tochter je wieder näherst, werde ich dich als das Raubtier entlarven, das du bist, und diese verdammte Ranch so schnell dichtmachen, dass du gar nicht weißt, wie dir geschieht.* Doc konnte noch immer spüren, wie ihm das Herz aus der Brust gerissen wurde, als er rief: *Tun Sie das nicht! Ich liebe Ihre Tochter!* Seine Kehle wurde eng, als Juliettes verzweifelte Stimme durch den Schmerz drang: *Ich liebe dich, Seeley! Es tut mir leid!*

»Ho, ho, ho!«, rief Tiny, und seine tiefe Stimme holte Doc

in die Gegenwart zurück.

Doc biss die Zähne zusammen angesichts der Erinnerungen. Wie falsch es doch gewesen war, Juliettes Lügen zu glauben und alles zu riskieren, nur um sie wieder in seinen Armen zu halten – am Ende hatte sie ihm das Messer nur noch tiefer ins Herz gestoßen. Er war nie wieder so dumm gewesen, diesen verdammten Fehler zu begehen.

Er verdrängte seine Qual, wie er es schon eine Million Mal zuvor getan hatte, und machte sich auf den Weg zum Eingang des Krankenhauses, fest entschlossen, den Kindern den schönsten Tag ihres Lebens zu bereiten.

Zwei

Nachdem sie zwei Stunden lang Geschenke verteilt und alberne Witze erzählt hatten, um die Kinder aufzuheitern, und mehr Umarmungen und herzerwärmendes Strahlen zurückbekommen hatten, als jeder von ihnen verdiente, betrat Doc das letzte Krankenzimmer auf der Onkologie-Etage mit zwei Geschenken, die er noch übrighatte.

Er nickte zwei Elternpaaren zu, die pflichtbewusst an den Betten ihrer kleinen Töchter standen, und sagte: »Ho, ho, ho, und schöne Sommerferien!«

Die Mädchen kicherten. Sie konnten nicht älter als fünf oder sechs sein. Eins der Mädchen blickte mit großen, aufgeregten Augen zu ihm auf. »Du siehst nicht wie der Weihnachtsmann aus.« Ihre Stimme war sanft wie Sullys und sie trug eine rosa Mütze mit lila Tupfen.

»*Nicht?*« Doc machte eine dramatische Show daraus, sich selbst zu mustern, klopfte auf seinen Bauch und fasste sich ans stoppelige Kinn. Dann schnappte er nach Luft. »Jemand hat mir meinen Bauch und meinen Bart gestohlen!«

Die Mädchen lachten.

»Du bist lustig«, erklärte das blassere Mädchen vom anderen Bett, während sie sich die orangefarbene Brille, die zu ihrer orangefarbenen Mütze passte, auf dem Nasenrücken hochschob.

»Danke, aber das war durchaus mein Ernst. Heute Morgen beim Aufwachen hatte ich noch einen dicken Bauch und einen Bart.« Die beiden kicherten erneut und er wandte sich an das erste Mädchen. »Wie heißt du?«

»Kyra.« Sie strahlte.

»Kyra, hast du gesehen, wer meinen Bauch und meinen Bart gestohlen hat?«

Sie kicherte wie wild und zeigte auf das andere Mädchen. »Das war Susie!«

Kyras Mutter schüttelte lächelnd den Kopf.

Susie brüllte vor Lachen, als Doc zu ihr herüberkam. Mit ernster Miene verlangte er: »Ich brauche meinen Bart und meinen Bauch zurück.«

»Ich habe sie nicht!«, stieß sie zwischen zwei Lachern hervor.

»Du hast sie nicht?« Er kratzte sich am Kopf, runzelte die Stirn und sah sich im Zimmer um. Als er einen Teddybären entdeckte, ging er zu ihm hin und fragte: »Hast du meinen Bart und meinen Bauch geklaut?« Er hielt sich den Mund des Bären ans Ohr und tat so, als würde er zuhören. »Aha. Verstehe. Danke.« Er setzte den Bären wieder ab und wischte sich dramatisch über die Stirn. »Puh. Das ist eine Erleichterung.«

»Was hat er gesagt?«, erkundigte sich Kyra.

»Er sagte, ich brauche keinen Bauch und keinen Bart, um euch Geschenke zu bringen!«

Die Mädchen sahen einander aufgeregt an.

»Mal sehen, was wir hier haben.« Er griff in den Sack und holte die letzten beiden als Geschenke verpackten Kartons heraus.

»Ich hoffe, es sind keine Socken«, sagte Susie.

»*Susie*«, rügte ihr Vater sie sanft.

»Ist schon in Ordnung. Ich mag Socken auch nicht besonders«, sagte Doc.

»Ich mag flauschige Socken«, rief Kyra aus.

Doc schüttelte die Geschenke, obwohl er genau wusste, dass es keine Socken waren. »Ich frage mich, was das wohl sein könnte.« Er reichte jedem der Mädchen eine Schachtel, und sie rissen sie auf und keuchten vor Freude, als sie ihre neuen Kuscheltiere herausholten.

»Ein Squishmallow-Einhorn!«, rief Susie und drückte ihres an sich.

»Ich hab ein Squishmallow-Kätzchen!« Kyra winkte Susie zu.

»Danke!«, sagten die Mädchen im Chor und unterhielten sich dann aufgeregt über ihre Geschenke.

Doc ließ sich von ihrer Freude anstecken. »Frohe Weihnachten, ihr süßen Mädchen.«

»Frohe Weihnachten«, erwiderten sie und fingen an, gemeinsam mit ihren neuen Spielzeugen zu spielen – ein Anblick, der ihm das Herz wärmte.

»Vielen Dank«, sagten auch die Eltern.

Doc nickte noch einmal und wünschte sich, auch ihnen etwas Tröstliches geben zu können, aber er wusste, dass das Lächeln ihrer Töchter nur noch von einer Heilung übertroffen werden konnte. Wenn er die nur herbeiführen könnte. Als er das Zimmer verließ, schickte er ein stilles Gebet an die höheren Mächte, um für die Mädchen und ihre Familien Gutes zu erbitten, so wie er es schon den ganzen Tag über getan hatte.

»Da bist du ja!« Birdie eilte zielstrebig auf ihn zu, ganz verführerische Elfe in einem schulterfreien roten Minikleid mit weißen und grünen Herzen über einem pelzbesetzten weißen Saum. Dazu trug sie ellbogenlange rot-grün-weiß gestreifte fingerlose Handschuhe und rote Plateaustiefel. Gestreifte Hosenträger waren an einem dicken grünen Gürtel befestigt, der ihre schmale Taille umschloss, und ein Haarreif mit zwei aufrechtstehenden Zuckerstangen hielt ihr wildes dunkles Haar in Schach.

»Ich bin gerade fertig.« Doc nahm seine Weihnachtsmannmütze ab. »Ich mach mich auf den Heimweg.«

»Nein, nicht da lang.« Sie packte ihn am Arm und zerrte ihn in die entgegengesetzte Richtung.

»Der Aufzug ist aber dort.«

»Wir nehmen einen anderen. Es sei denn, du willst Mandy über den Weg laufen, die gerade da drüben mit einem Krankenpfleger flirtet.«

»Mist.« Mandy war eine Krankenschwester, mit der er viel länger ausgegangen war, als er es eigentlich vorgehabt hatte, und obwohl er von Anfang an ehrlich gesagt hatte, dass er nicht mehr als gelegentliche Gesellschaft suchte, hatte sie trotzdem Schwierigkeiten gehabt, ihn wieder loszulassen. »Danke, dass du mir das erspart hast.«

Sie gingen einen Korridor entlang, dann einen weiteren und kamen zu einer Reihe von Aufzügen. Birdie drückte den Rufknopf. »Wenn du dieses ›Langzeitmotel-Dating‹ weiterhin durchziehen willst, schlage ich vor, dass du das ab sofort außerhalb von Hope Valley tust.«

Er biss die Zähne zusammen bei dem Ausdruck, den seine Brüder für sein Liebesleben geprägt hatten, weil seine Beziehungen nie länger als zwei oder drei Monate dauerten. Damit hatten sie zwar recht, aber es nervte ihn gewaltig, das von seiner kleinen Schwester zu hören.

»Woher hast du den bescheuerten Ausdruck?«

Sie verdrehte die Augen. »Erstens weiß *jeder* über deine Masche Bescheid, und mir ist absolut schleierhaft, warum Frauen dich immer noch geheimnisvoll und sexy finden.« Sie öffnete den Mund und tat so, als würde sie einen Finger hineinstecken und würgen.

Er verzog das Gesicht.

»Zweitens habe ich das von Dare.«

»Dare muss lernen, den Mund zu halten, und die Frauen, mit denen ich ausgehe, wissen verdammt gut, dass ich keine Gefühle für sie entwickeln werde.«

»Das ist das Problem. Sie glauben, sie könnten dich ändern. *Frauen.*« Das Wort triefte nur so vor Sarkasmus.

»Du bist auch eine Frau, Birdie.«

»Aber keine dumme, die ihre Zeit damit verschwendet, irgendeinen blöden Kerl ändern zu wollen. Wenn ein Typ sagt, dass er keine Gefühle entwickeln wird, lasse ich ihn wie eine heiße Kartoffel fallen. Außer ich will nur Spaß für eine Nacht. Dann …«

Er verschränkte die Arme, funkelte sie an und trommelte mit den Fingern auf seinen muskulösen Oberarmen, um sich davon abzuhalten, ihr die Hölle heißzumachen.

»Sieh mich nicht so an und mach nicht dieses Fingerding.« Sie drückte erneut auf den Rufknopf und die Aufzugtüren öffneten sich. Als sie einstiegen, sagte sie: »Hör mal, wir zwei können uns doch zusammentun und uns gegenseitig helfen. Lass uns heute Abend ins Roadhouse gehen. Zwei einsame Wölfe auf der Pirsch.«

Hatte sie den verdammten Verstand verloren? »Einsamer Wolf heißt einer, nicht zwei, und du solltest verdammt noch mal nicht *auf der Pirsch* sein.«

Sie reckte das Kinn in die Luft und ihre Augen funkelten amüsiert. »Dann muss ich das wohl allein machen.«

»Nur über meine Leiche.«

»Tja, ich habe gerade einen True-Crime-Podcast gehört und gelernt, wie man jemanden mit Augentropfen vergiftet.«

»Du bist ein furchterregendes kleines Vögelchen.«

Sie grinste. »Ich sage doch, dass ich auf mich aufpassen kann.«

Als sie aus dem Aufzug traten, sagte sie: »Der Ausgang ist rechts.«

Er drehte sich um und wollte ihr folgen, als eine Frau um die Ecke bog. Sie blickte auf, und sein Brustkorb krampfte sich zusammen, als ihn die unfassbar schönen blauen Augen anschauten. Sie erstarrten beide.

»Was machst du denn, Doc?«, beschwerte sich Birdie.

Birdies Stimme war nur weißes Rauschen angesichts des Schmerzes und der Wut, die in ihm brodelten, als er gepresst hervorstieß: »*Juliette.*«

»Seeley?«, stammelte sie verwirrt. Der Coffee-to-go-Becher in ihrer Hand fiel zu Boden, sodass Flüssigkeit über ihre Beine spritzte, als ein Teenager um die Ecke bog.

»*Mom!*«, rief der Junge. »Was ist passiert?« Als Juliette nicht antwortete, packte er sie am Arm. »Mom!«

Sie blinzelte mehrmals und stammelte: »Nichts, Schatz. Es ist alles in Ordnung. Ich mach das schon.« Aber sie stand stocksteif da.

»*Juliette?* Das ist Juliette? Oh mein Gott!«, murmelte Birdie schockiert, dann senkte sie die Stimme. »Doc, da ist Juliette!«

»Ich bin mir dessen bewusst«, erwiderte er und verzog das Gesicht, weil sich Stacheldraht um sein Herz schloss. Er hatte sie seit so vielen Jahren nicht gesehen. Was in aller Welt machte sie hier?

»Es ist ... lange her«, sagte Juliette ein wenig unsicher.

Mit finsterem Blick knurrte Doc: »Nicht annähernd lange genug«, und hielt auf den Ausgang zu.

Juliette bekam keine Luft mehr. Herzschmerz und Wut tobten in ihr, ebenso heftig und schmerzhaft wie vor mehr als einem Jahrzehnt. Birdie starrte sie an, als wüsste sie nicht, was sie tun sollte, und Lucas – *Oh Gott, Lucas!* – sah entsetzt und wütend aus. Als sie das Anwesen ihrer Großmutter mütterlicherseits geerbt hatte und nach Weston, Colorado, gezogen war, hatte sie gewusst, dass so etwas passieren könnte, dass sie Seeley vielleicht begegnen würde. Aber sie lebten in einer anderen Stadt, und nachdem ein paar Monate vergangen waren, hatte sie sich halbwegs sicher gefühlt. Sie waren nur wegen eines Bullenreit-Wettkampfs von Lucas in Hope Valley. Ein Bulle hatte ihn abgeworfen, und sie waren ins nächstgelegene Krankenhaus gefahren, um eine Gehirnerschütterung auszuschließen. An Seeley hatte sie dabei keinen Gedanken verschwendet.

Jetzt kostete es sie all ihre Konzentration, wieder Luft in ihre Lunge zu bekommen.

»Okay, ähm. Schön, dich zu sehen. Oder auch nicht. Ich weiß nicht«, sagte Birdie entschuldigend. »Hab noch einen besseren Tag.« Sie eilte ihrem Bruder hinterher.

»Was ist denn los, Mom?«, fuhr Lucas sie an. »Wer sind diese Leute?«

Sie begegnete dem besorgten Blick ihres Sohnes und spürte,

wie ihr Herz erneut zerriss. Seine Augen waren so blau wie die ihren, aber Form und Ausdruck waren ganz Seeley – genauso wie die markante Nase, das dichte braune Haar, das sich nicht bändigen ließ, und die Sturheit, die mit der Pubertät Einzug gehalten hatte. Mit fünfzehn war Lucas praktisch randvoll davon.

Sie zwang ihre Stimme, zu funktionieren. »Ich kannte sie vor langer Zeit.«

»Ich hätte was zu dem Typen sagen sollen. Ich hätte nicht zulassen dürfen, dass er so mit dir redet. Er war ein Arsch.«

Seine Worte trafen sie mitten ins Herz. »Er ist …« Sie hielt sich davon ab, ihn zu verteidigen, denn Seeley hatte sich wirklich wie ein Arsch aufgeführt. Damals und gerade eben. Ihre Wut stieg an die Oberfläche.

Was glaubt Seeley eigentlich, wer er ist, dass er sich so beleidigt aufführen kann?

Sie behielt diese Wut für sich, denn die Mutter in ihr fühlte sich verpflichtet, den biologischen Vater ihres Sohnes nicht schlechtzumachen – und trotz allem hatte das dumme Teenagermädchen in ihr nie aufgehört, den neunzehnjährigen Jungen zu lieben, der ihr Herz in weniger als einer Woche gestohlen und es ein paar Monate später zertrümmert hatte.

»Es tut mir leid, dass du das mitansehen musstest«, brachte sie schließlich hervor. »Er und ich … Wir haben eine gemeinsame Vergangenheit. Es ist kompliziert.« Sie bückte sich, um den Kaffeebecher aufzuheben, den sie hatte fallen lassen, und versuchte, ihre Fassung wiederzugewinnen. »Kannst du bitte ein paar Papiertücher aus der Herrentoilette holen, damit ich das hier wegmachen kann?«

Sobald er in der Herrentoilette verschwand, atmete sie aus, holte tief Luft und ließ sie langsam wieder entweichen, um sich zu sammeln – doch ihr Verstand spielte nicht mit. Er katapultierte sie zurück in jenen herzzerreißenden Sommer, in dem sie sich hoffnungslos in Seeley Whiskey verliebt und ihr Vater sie beide auseinandergerissen hatte. Sie war sich sicher gewesen, dass Seeley einen Weg finden würde, damit sie zusammen sein konnten. Wie oft hatte er gesagt, sie sei sein Ein und Alles? Sein Mädchen für immer? Sie hatte ihm geglaubt und sich an diesem Versprechen festgehalten – bis sie seinen Brief bekam, in dem stand, dass er nach vorn blicken würde und sie das ebenfalls tun solle.

Sie hatte nie verstehen können, wie der unglaublich loyale Teenager, in den sie sich verliebt hatte, zu dem kalten Menschen werden konnte, der ihr den Rücken zugekehrt hatte. Aber sie durfte sich jetzt nicht in diesen Abgrund fallen lassen. Lucas brauchte sie und sie musste stark sein. Außerdem musste sie nach dem, was sie von Seeley gesehen hatte, Lucas vor der Wahrheit schützen, damit er nicht verletzt wurde. Er hatte bereits den einzigen Vater verloren, den er je gekannt hatte. Das Letzte, was er jetzt brauchte, war, sich von seinem leiblichen Vater unerwünscht zu fühlen.

Lucas kam aus der Herrentoilette – die Sorge stand ihm noch immer ins Gesicht geschrieben – und reichte ihr einen Stapel Papiertücher.

»Danke, Schatz.« Ihr Sohn brachte sie manchmal zur Weißglut, aber eigentlich war er das großartigste Kind der Welt. Seit er vier Jahre alt war, hieß es: Sie zwei gegen den Rest der Welt. Lucas war freundlich, aufmerksam und emotional stark. Manchmal machte sie sich Sorgen, dass er zu stark sein und sich dadurch in Schwierigkeiten bringen könnte – so wie jetzt, als er Seeley zur Rede stellen wollte.

»Der Typ hatte eine Bikerweste an«, bemerkte er, während

sie den verschütteten Kaffee aufwischte. »Warst du früher so eine Art Bikerbraut, bevor du und Dad zusammenkamt?«

Ihr Brustkorb zog sich zusammen. Sie war so damit beschäftigt gewesen, überhaupt wieder atmen zu können, dass sie Seeleys Kleidung gar nicht registriert hatte. »Nein. Aber Seeley hatte ein Motorrad.« Sie würde nie vergessen, wie es sich angefühlt hatte, auf dem Rücksitz dieser Maschine zu sitzen, die Arme um Seeleys warmen, starken Körper geschlungen, während der Motor unter ihr vibrierte. Sie hatte sich frei und so verdammt verliebt gefühlt, als wäre die ganze Welt heller. Bei der Erinnerung wurde ihre Kehle eng. Sie schluckte den Kloß herunter und richtete sich auf, um einen Mülleimer zu suchen.

»Hier. Gib sie mir.« Lucas nahm die nassen Papierhandtücher entgegen und verschwand in der Herrentoilette.

Als er zurückkam, machten sie sich auf den Weg zum Ausgang. »Wie geht's deinem Schädel?«

Lucas war ein Riesenfan von Barrel Racing, Bullenreiten, Kälberfangen und einem halben Dutzend anderer Dinge. Anfangs hatte sie ihm das Bullenreiten ausreden wollen, aber er war unbeirrbar gewesen, und sie konnte nicht anders, als zu dem Schluss zu kommen, dass manche Leidenschaften einfach angeboren sind – schließlich war Seeley damals der unangefochtene Champion in all diesen Disziplinen gewesen.

»Mir geht's gut. Als du gesagt hast, zwischen euch beiden gibt's eine Vorgeschichte, meintest du, ihr habt rumgemacht, oder hattet ihr eine Beziehung?«

»Lucas«, warnte sie ihn.

»Was denn? Ich verurteile dich doch nicht. Sag mir einfach, was du damit gemeint hast.«

»Ich meinte, dass ich dieses Gespräch nicht mit meinem

fünfzehnjährigen Sohn führen werde.«

»Warum nicht? Ich weiß alles übers Rummachen.«

Sie warf ihm einen strengen Blick zu. »Du solltest besser gar nichts übers Rummachen wissen.«

»Ach, vergiss es.« Er grinste schief.

Sie kramte in ihrer Tasche nach ihrer Sonnenbrille und dem Schlüsselbund, als sie nach draußen traten.

»Verdammte Scheiße.«

»Vorsicht, Luc…« Sie blickte auf und bemerkte eine Gruppe von Bikern, die schwarze Lederkutten mit Aufnähern der Dark Knights trugen. Sofort war sie wieder in der Zeit, als sie auf der Ranch lebte und ihr Praktikum machte – tagsüber arbeitete sie Seite an Seite mit Seeley, aß mit seiner Familie und den anderen Bewohnern und Arbeitern zusammen, saß abends am Lagerfeuer, besuchte Veranstaltungen der Dark Knights und fiel Seeley bei jeder sich bietenden Gelegenheit heimlich in die Arme.

»Der Typ muss zu dieser Gang gehören. Glaubst du, er ist gefährlich?«

Nur für mein Herz.

Sie ärgerte sich über die Wahrheit in diesem Gedanken, aber hier stand sie nun und suchte die Menge nach Seeley ab.

Er war nirgends zu sehen, aber ihr Blick glitt über seine Brüder Cowboy und Dare hinweg, die genau wie Seeley immer witzig und herzlich gewesen waren und sie hatten beschützen wollen. Cowboy war jetzt riesig und trug einen Bart, und Dare war von Kopf bis Fuß tätowiert, aber sie erkannte sie trotzdem, genau wie seine Schwester Sasha. Sie war wunderschön und hielt einen kleinen Jungen im Arm. Juliettes Brustkorb zog sich erneut zusammen. So hatte sie sich ihre eigene Zukunft früher vorgestellt – mit Seeleys Kind auf dem Arm, umgeben von

Menschen, die sie liebten und denen es wichtiger war, anderen zu helfen, als sich für Reichtum, Politik oder ihr öffentliches Image zu interessieren.

Es kam Bewegung in die Menge und Juliette entdeckte Seeleys Eltern. Ihr stockte der Atem. Sie hatten sich kaum verändert. Tiny war ein unnahbar wirkender, massiger Mann, übersät mit Tattoos, mit wildem Bart und langen Haaren, die inzwischen grau geworden waren. Wynnie war etwas rundlicher geworden, aber wem ging es da anders? Sie trug ihr blondes Haar immer noch in einem kurzen Zopf, und als sie sich zu Tiny hinüberbeugte, um ihn zu küssen, war offensichtlich, dass ihre Liebe nicht nachgelassen hatte.

Sehnsucht sickerte in Juliettes Knochen. Tiny und Wynnie hatten immer gesagt, dass jeder, der eine Zeitlang auf der Ranch wohnte, zur Familie wurde – und genau so hatten sie sie in jenem Sommer auch behandelt. Sie hatte sich nicht nur in Seeley verliebt, sondern in sie alle.

Wynnie musste ihren Blick gespürt haben, denn sie sah herüber, was Juliettes Herz schneller schlagen ließ. Nach dem, was ihr Vater den Whiskeys angetan, und den schrecklichen Drohungen, die er ausgesprochen hatte, wusste sie nicht, was Seeleys Familie heute von ihr hielt. Wynnie runzelte die Stirn und machte einen Schritt in ihre Richtung.

Doch eine weitere Konfrontation konnte Juliette jetzt nicht ertragen. Schon gar nicht in Lucas' Gegenwart. Sie setzte ihre Sonnenbrille auf und wandte sich ab. Mit all dem Mut und der Ruhe, die sie aufbringen konnte, legte sie den Arm um Lucas' Hüfte und eine Hand auf seine Schulter – denn mit seinen eins achtundsiebzig war er größer als sie, sodass sie ihm den Arm nicht um die Schultern legen konnte – und ging mit ihm zu ihrem Auto.

»Nein, ich glaube nicht, dass er gefährlich ist«, sagte sie und hoffte, dass sie nicht so aufgewühlt klang, wie sie sich fühlte. Wynnie starrte sie weiter an, als würde ihr Blick sie durchbohren. »Es war wirklich ein anstrengender Tag. Weißt du, was wir jetzt brauchen?«

»Ein paar Runden Tequila?«, schlug er hoffnungsvoll vor.

»Nach diesem Tag wäre das tatsächlich verlockend.«

»Meine Rede.« Er rieb sich die Hände. »Meine ersten Tequila-Shots.«

Sie schenkte ihm ein schiefes Lächeln. »Ich sagte *verlockend*. Das wird nicht passieren.«

»Komm schon, Mom. Ich hatte auch einen harten Tag«, drängte er mit dem frechen Grinsen, das er immer aufsetzte, wenn er sie provozieren wollte. »Ich habe meinen Wettkampf verloren, mir den Kopf gestoßen und musste mitansehen, wie dieser Depp gemein zu dir war.«

»Kannst du bitte aufhören, ihn zu beschimpfen?« Sie entriegelte die Türen ihres Pick-up-Trucks.

»Aber er war doch ein Depp.«

Sie seufzte. »Lucas, bitte? Lass uns einfach einen Burger essen gehen und vergessen, dass das hier je passiert ist. Du darfst sogar fahren.« Er hatte vor ein paar Wochen seinen Führerschein auf Probe gemacht.

»Na gut, aber wenn ich ihn je wiedersehe, geige ich ihm die Meinung.«

»Da musst du dich aber hinten anstellen.«

Drei

Der Wind peitschte gegen Docs Haut, als er auf dem Motorrad die dunkle Straße hinunterraste. Er war stundenlang mit Vollgas gefahren und hatte versucht, dem Schmerz zu entkommen, der seit dem Verlassen des Krankenhauses aus den tiefsten Abgründen seiner Seele an die Oberfläche kroch. Aber zum zweiten Mal in seinem Leben half die Windtherapie kein bisschen, um seine beschissene Laune zu lindern. Laut seiner Familie hatte es Monate gedauert, bis er nach jenem schicksalhaften Sommer seine Wut und seinen Schmerz überwunden hatte, aber er kannte die Wahrheit. Tatsächlich war es erst sehr viel später erträglich geworden. Er hatte nur gelernt, es besser zu verbergen.

Warum zum Teufel war Juliette wieder in Hope Valley?

Das beschäftigte ihn auf dem ganzen Weg zur Ranch. Mit etwas Glück war seine Familie noch immer unterwegs. Er hatte sich am Krankenhaus so schnell wie möglich aus dem Staub gemacht, bevor Birdie die Gelegenheit bekam, allen zu erzählen, was passiert war. Er ärgerte sich maßlos darüber, dass seine kleine Schwester das alles mitbekommen hatte. Nicht weil sie es allen weitererzählen würde – obwohl er wusste, dass es genau so kommen würde –, sondern weil er jedem Kerl, der sie so behandelte, verdammt nochmal die Zähne einschlagen würde.

Als er auf die Ranch einbog, ließ die Enge in seiner Brust nicht nach, wie es sonst immer der Fall war, wenn er unter dem Holztor hindurchfuhr. Daran hing ein riesiges RR – wobei das erste R rückwärts angebracht war.

Die Ranch erstreckte sich über mehrere hundert Hektar und war seit Jahrzehnten im Besitz seiner Familie. Doc war dort aufgewachsen und hatte nie irgendwo anders leben oder arbeiten wollen. Sie hatten mehr Pferde gerettet, als er zählen konnte, und Hunderten von Menschen jeden Alters geholfen – egal ob sie aus dem Gefängnis kamen, sich in der Genesung befanden oder einfach Schwierigkeiten hatten, wieder auf die Beine zu kommen. Hier bekamen sie Unterstützung und das Gefühl von Familie, das sie so dringend brauchten. Aber nach dem, was mit Juliette passiert war, erinnerte ihn jeder verdammte Zentimeter dieses Grundstücks an sie. Es waren diese Familie – die gefundene und die biologische – und seine Leidenschaft für die Mission der Ranch, die ihn dort festhielten.

Er fuhr an den Rehaställen und den Stallungen für gesunde Tiere vorbei, an den Reitplätzen und Weiden sowie an der Straße, die zu den Therapieräumen führte, und bog von der Hauptstraße auf die kleineren Wege zu seinem Haus ab. Doc legte großen Wert auf seine Privatsphäre und lebte in einem abgelegenen Blockhaus mit drei Schlafzimmern fernab der anderen Hütten, in denen die hier untergebrachten Patienten und Angestellten wohnten, und außer Sichtweite der Häuser seiner Familie.

Als er die Einfahrt hinunterfuhr, tauchten die Motorräder seiner Brüder und seines Vaters auf. Er parkte neben ihnen und spürte, wie sich seine Muskeln verkrampften, als er vom Motorrad stieg. Seine drei Hunde – Pickles, ein Husky-Schäferhund-Mix, Mighty, ein schwarzer Labrador, und Sadie, ein Irish Setter – stürmten von der Veranda herüber, weitaus langsamer gefolgt von seinem Vater, Cowboy und Dare.

Seeley hatte absolut keine Lust auf ein Verhör.

Er nahm den Helm ab und kraulte die Hunde, wobei er die anderen im Blick behielt. »Ist jemand gestorben?«

»Sag du es uns«, entgegnete sein Vater schroff.

Doc biss die Zähne zusammen. Sein Vater war einer der härtesten Männer, die er kannte. Wie jeder seiner Söhne konnte er, wenn es nötig war, vom loyalsten, fairsten Mann im Raum zum tödlichsten werden. Er führte die Familie genauso, wie er die Ranch leitete: mit hohen Erwartungen, strengen Regeln und genug Freiraum, um sich selbst ins Aus zu schießen. Aber er war immer da, um sie rechtzeitig wieder hereinzuholen, bevor es richtig gefährlich wurde, denn unter der rauen Schale steckte ein warmes, liebevolles Herz.

Die Hunde buhlten weiter um seine Aufmerksamkeit, wedelten mit den Schwänzen, schoben ihre Nasen in Docs Hände. Doc schnippte mit den Fingern und befahl: »Das reicht.« Sadie ließ sich auf den Hintern plumpsen, und Mighty und Pickles sprangen davon, um zu spielen.

»Birdie hat uns erzählt, was mit Juliette passiert ist. Geht es dir gut?«, erkundigte sich Dare. Er versuchte immer, sie dazu zu bringen, über ihre Probleme zu reden.

Nein, verdammt. »Mir geht's gut.« Er wandte sich an seinen Vater, der es sich zur Aufgabe gemacht hatte, über jedes verdammte Detail Bescheid zu wissen, das in der Stadt passierte und die Familie, die Bewohner von Hope Valley oder den Club betraf. »Wusstest du, dass sie in der Stadt ist?«

»Hal hat es vor ein paar Wochen erwähnt«, antwortete sein Vater. Hal Braden war einer der ältesten Freunde seines Vaters. Er besaß eine Ranch zwei Städte weiter in Weston, Colorado.

Wut kochte in Doc hoch und seine Stimme wurde lauter. »Vor ein paar Wochen, und du hast nicht gedacht, dass du mir das erzählen solltest?« Sadie sprang auf und zuckte aufmerksam mit den Ohren.

»Es ist nicht meine Aufgabe, dein Privatleben zu regeln. Aber was wäre denn passiert, wenn ich es dir erzählt hätte?« Sein Vater trat näher und sah ihn mit seinen dunklen Augen herausfordernd an. »Du wärst ein verdammtes Wrack gewesen und heute hätte es nicht den geringsten Unterschied gemacht.«

»Das weißt du nicht«, fauchte Doc und warf sich in die Brust.

Cowboy trat zwischen sie. »Hey, Doc. Er hat recht. Die bloße Erwähnung ihres Namens hat dich schon immer aus der Bahn geworfen.«

»Dafür musst du dich nicht schämen, Bruder«, fügte Dare viel zu verständnisvoll hinzu. »Ich weiß nicht alles, was damals vorgefallen ist, aber genug. Die Art und Weise, wie ihr Vater dich behandelt hat, würde jeden wütend machen.«

Doc mahlte mit dem Kiefer und krallte die Finger noch fester um seinen Helm.

Sein Vater legte Cowboy eine Hand auf die Schulter. »Geh zur Seite, mein Sohn.« Cowboy trat zurück, und sein Vater fuhr fort: »Juliette hat das Anwesen ihrer Großmutter Hazel geerbt. Sie lebt mit ihrem Jungen in Weston und arbeitet für Jade.« Jade Braden war eine von Hals Schwiegertöchtern.

Sie lebt hier? Hazel ist tot? Die Welt drehte sich und widersprüchliche Gefühle überrollten ihn. Er war wütend, dass Juliette zurück war, aber gleichzeitig tat sie ihm unendlich leid.

Sie war ihrer Großmutter, die ihr Leben lang Pferde gezüchtet hatte, immer näher gewesen als ihrer eigenen Mutter. Er hatte Hazel seit jenem längst vergangenen Sommer nicht mehr gesehen, aber damals hatten sie viel Zeit mit ihr verbracht, und sie hatte einen bleibenden Eindruck in seinem Herzen hinterlassen.

»Willst du darüber reden?«, fragte Dare.

»Ich habe nichts zu sagen.« Doc drängte sich an ihnen vorbei und ging in Richtung Haus.

Cowboy packte ihn am Arm. »Du solltest nicht allein sein.«

Im stummen Blickduell mit Cowboy riss Doc seinen Arm los. »Wenn du hierbleibst, werde ich unserem alten Herrn gleich eine andere Antwort auf seine erste Frage geben.«

»Alles klar, Jungs, verschwindet von hier«, befahl sein Vater.

»Ich denke nicht, dass wir gehen sollten«, wandte Dare ein.

»Dann hör auf zu denken und schwing deinen Hintern aufs Bike«, knurrte sein Vater und setzte sich auf sein Motorrad.

Cowboy fluchte leise, aber er und Dare stiegen widerwillig auf ihre Maschinen. Als sie davonfuhren, ging Doc mit Sadie im Schlepptau die Stufen zur Veranda hoch.

»*Seeley John*«, sagte sein Vater scharf.

Docs Magen zog sich zusammen. Er wappnete sich innerlich, machte sich bereit für eine Standpauke, die er vermutlich auch verdiente, weil er sich wie ein Idiot benommen hatte. Er drehte sich um und hob trotzig das Kinn. »Ja?«

Sein Vater kniff die Augen zusammen und musterte ihn, wie er es schon Docs ganzes Leben lang getan hatte. Als könnte er direkt durch den ganzen Mist, durch die verdammten Bleiwände sehen, die Doc um sich herum errichtet hatte, und bis zum eigentlichen Kern seines Schmerzes vordringen.

Doc schluckte schwer, denn er wusste, dass sein Vater einer der wenigen Menschen war, die ihn wirklich so gut lesen konnten.

Sein Vater atmete tief durch, blies die Luft aus und nickte, als würde er jedes verdammte Gefühl, das in Docs Kopf und Herz tobte, verstehen. Aber wie sollte er das können, wenn Doc selbst es nicht einmal begriff?

»Mach heute Abend, was du tun musst, Sohn, aber tu es in dem Wissen, dass wir dich lieben und für dich da sind. Die ganze verdammte Bruderschaft steht hinter dir. Ich musste Ezra, Rebel, Hyde und Taz davon abhalten, auch noch hier aufzutauchen.« Sein Cousin Rebel und die Ranchhelfer Hyde und Taz waren alle Dark Knights. »Aber wenn die Last zu schwer wird, ruf an. Hast du verstanden?«

Doc nickte knapp und seine Kehle wurde eng.

Als er mit Sadie ins Haus ging, röhrte der Motor seines Vaters auf und verklang, sobald er davonfuhr. Doc legte Helm und Schlüssel auf den Tisch neben der Tür und ging direkt zur Bar. Sadie wich ihm nicht von der Seite, während er nach einer Flasche Whiskey griff und sie auf dem Weg nach draußen aufschraubte.

Er trank einen kräftigen Schluck, als er sich auf einen Stuhl auf der Terrasse sinken ließ, die den Bach überblickte, und genoss das Brennen, das seinen Hals hinabbrann.

Mighty und Pickles kamen angerannt.

Doc streichelte sie geistesabwesend und nahm einen weiteren langen Schluck Whiskey. Er blickte zum Himmel hinauf. »Was zum Teufel machst du da?« Er war kein religiöser Mensch und wusste nicht, ob er mit dem Universum oder mit sich selbst sprach. Aber das spielte keine Rolle. Niemand antwortete ihm.

Doc setzte die Flasche erneut an und begrüßte die Wärme, die sich in seiner Brust ausbreitete. Er konnte sich nicht erinnern, wann er sich das letzte Mal richtig betrunken hatte, aber heute Nacht war er fest entschlossen, den Zustand »betrunken« zu überspringen und direkt bis zur Besinnungslosigkeit weiterzutrinken. Nach dem nächsten großen Schluck beugte er sich vor, stützte die Ellbogen auf die Knie und umklammerte den Flaschenhals.

Er schloss die Augen und versuchte, sich auf das Rauschen des Bachs, das Zirpen der Grillen und das Rascheln der Blätter zu konzentrieren statt auf die Geister seiner Vergangenheit, die an den Ketten rüttelten, mit denen er sie fernzuhalten versuchte, und ihm ins Ohr zischten. Doch seine Bemühungen wurden zunichte gemacht, als die Erinnerungen ihn überrollten.

Er war wieder am College in Fort Collins und unfähig, sich auf irgendetwas anderes zu konzentrieren als darauf, Juliette zu sehen und ihren Vater davon zu überzeugen, dass er einen schrecklichen Fehler beging. Zwei Wochen lang hatte er keine Antwort auf seine Anrufe oder Nachrichten bekommen und sich mit allen gestritten. Er hatte seinen Vater angefleht, den Club einzuschalten, um dem Gouverneur seine Drohungen im wahrsten Sinne des Wortes in den Hals zu stopfen. Aber der Gouverneur war ein mächtiger Mann und neigte dazu, jeden zu ruinieren, der sich ihm in den Weg stellte, daher war Tiny nicht bereit, die Zukunft aller oder die der Ranch aufs Spiel zu setzen. Am wichtigsten, hatte Tiny gesagt, war ihm Seeleys Ruf. Es würde keine Rolle spielen, ob der Gouverneur log oder nicht. Solche Anschuldigungen folgten einem Mann wie ein Schatten.

Aber Seeley war nicht so erzogen worden, dass er klein beigab, und er hatte genug. Er war auf sein Motorrad gestiegen und zum Haus des Gouverneurs nach Boulder gefahren, hatte sich die ganze Fahrt über im Kopf zurechtgelegt, was er sagen wollte.

Er fuhr zweimal an dem riesigen Backsteinhaus vorbei und bemerkte die gleichen zwei massigen Bodyguards, die an der Haustür standen und schon damals aufgetaucht waren, als ihr Vater sie von der Ranch geholt hatte. Sie trugen dunkle Anzüge, aber ihre militärische Haltung war unverkennbar. Sie waren kampfbereit. Er ebenfalls. Er parkte um die Ecke, sein Herz hämmerte, als er vom Bike stieg, und mit erhobenem Kopf ging er los, um zu sagen, was er zu sagen hatte, und das Mädchen zurückzuholen, das er von ganzem Herzen liebte.

Als er sich der Haustür näherte, trat der größere der beiden Leibwächter, ein glatzköpfiger Mann mit kalten Augen, von der Veranda und versperrte ihm den Weg.

Seeley blieb standhaft. »Ich bin hier, um mit Gouverneur Adkin zu sprechen.«

»Es tut mir leid, Mr. Whiskey. Sie sind hier nicht willkommen.«

»Ich werde nicht gehen, bevor ich nicht mit dem Gouverneur gesprochen habe.«

»Das wird nicht passieren.«

»Von wegen.« Seeley versuchte, um ihn herumzugehen, aber der Mann bewegte sich mit ihm, und der andere Bodyguard kam die Stufen herunter. Scheiß drauf! Seeley blickte zum Haus hinauf und rief: »Hey, Gouverneur! Sie wollen meiner Familie drohen? Kommen Sie raus und stellen Sie sich mir wie ein Mann!«

Die Bodyguards packten ihn an den Armen und versuchten, ihn vom Grundstück zu zerren, aber er wehrte sich, schrie und hoffte, den Gouverneur durch den Tumult nach draußen zu locken. »Komm schon, du Feigling! Fechte deine Kämpfe selbst aus!

Ich liebe deine Tochter und ich werde sie zu meiner Frau machen!!«

Die Haustür ging auf und Gouverneur Adkin trat heraus. »Lasst ihn gehen.«

Seeley riss sich los und stürmte den Weg hinauf, doch bevor er ein Wort herausbringen konnte, durchschnitt die Stimme des Gouverneurs die Luft.

»Du tust mir wirklich leid, Seeley, denn du glaubst allen Ernstes, du würdest Juliette etwas bedeuten.« Mit einem hinterhältigen Grinsen schüttelte er den Kopf. »Meine Tochter ist eine Meisterin der Manipulation. Die Tränen, die du gesehen hast, die Liebesschwüre? Alles nur Theater. Sie könnte es mit einem Jungen wie dir niemals ernst meinen.«

»Das ist eine Lüge!«, stieß Seeley hervor. »Sie hat keinen einzigen manipulativen Knochen im Leib.« Er machte einen Schritt auf den Mistkerl zu, aber die Bodyguards stellten sich zwischen sie.

»Sie hat dich wirklich um den Finger gewickelt«, stellte der Gouverneur fest. »Jammerschade. Du scheinst ein ziemlich kluger Junge zu sein. Mach die Augen auf, Seeley. Du warst ihr Sommerflirt. Ihr letzter großer Spaß. Sie ist längst wieder mit Josh zusammen, also tu dir selbst einen Gefallen, such dir ein Mädchen, das besser zu dir passt, und lass dich hier nie wieder blicken. Das war deine eine Gratisrunde. Beim nächsten Mal zahlt deine Familie den Preis.«

Seeley sah rot. »Juliette passt perfekt zu mir, du verlogener Mistkerl! Hol sie raus!« Er stürmte vorwärts, doch die Bodyguards packten ihn erneut. »Lasst mich los, ihr Mistkerle! Juliette! Juliette, komm raus!«

»Schafft ihn hier weg«, befahl der Gouverneur über Seeleys Schreie und Flüche hinweg. »Und sorgt dafür, dass er meine Botschaft versteht.«

Seeley wehrte sich, als die Männer ihn hinter das Haus zerrten, und kämpfte mit allem, was er hatte, während sie die Befehle des Gouverneurs ausführten.

Doc lehnte sich zurück und trank noch einen Schluck Whiskey. Sie hatten ihn blutig und voller blauer Flecken ins Gras neben seinem Motorrad geworfen. Er war so voller Wut gewesen, dass er die körperlichen Schläge kaum gespürt hatte, aber obwohl er kein Wort von dem glaubte, was der Gouverneur gesagt hatte, waren die seelischen Treffer die reinste Folter gewesen. Genau dort, im Gras liegend, hatte Doc sich geschworen, Juliette vor dem Zorn dieses Monsters zu retten.

Er hatte nie jemandem erzählt, was an diesem Tag passiert war, denn er wollte die Enttäuschung in den Augen seiner Eltern nicht sehen. Stattdessen war er zurück an die Uni gegangen und hatte seinen Freunden gegenüber behauptet, er hätte sich geprügelt. Er hatte versucht, sein Juliette gegebenes Versprechen zu halten, sich jedoch bewusst vom Haus des Gouverneurs ferngehalten, um ja zu verhindern, dass seine Eltern die Konsequenzen seiner Taten tragen mussten. Wochenlang war er an Juliettes Privatschule und all ihren Lieblingsorten vorbeigefahren, aber er hatte sie nie gesehen.

Zwei Monate später hatte Cowboy ihm einen Link zu Juliettes Verlobungsanzeige mit dem gottverdammten Josh Chambers geschickt und das war der letzte Sargnagel gewesen.

Vier

»Ich werde jetzt nur kurz dein Herz abhören«, sagte Juliette zu dem drei Monate alten Fohlen, das sie gerade untersuchte. Sie hatte eine Teilzeitstelle bei Jade Braden angenommen, einer etablierten Tierärztin in Weston, damit sie mehr Zeit für Lucas hatte, während sie sich in ihrem neuen Zuhause und der neuen Stadt einlebten. Lucas hatte sich nach dem Umzug einen Bullenreit-Trainer gesucht und letzte Woche mit der zehnten Klasse angefangen. Anfangs war er nicht begeistert gewesen, dass sie umziehen würden. Inzwischen jedoch hatte er neue Freunde gefunden und kam zunehmend besser zurecht.

Sie drückte das Stethoskop gegen den Brustkorb des Fohlens, schloss die Augen und lauschte dem gleichmäßigen Herzschlag. Zufrieden mit dem, was sie hörte, zog sie die Ohrstücke heraus und streichelte das Fohlen. »Du bist ein kräftiger kleiner Kerl.«

Während sie die Untersuchung fortsetzte, erinnerte sie sich an ein Palomino-Fohlen, das die Whiskeys gerettet hatten und dem sie während ihres Sommerpraktikums dort einen Namen geben durfte. Das vernachlässigte Fohlen hatte ein weißes Gesicht, unterhalb der Knie weiße Beine, eine blonde Mähne und einen blonden Schweif gehabt. Es war viel zu dünn gewesen, und sie hatte ihm den Namen Romeo gegeben – so hatte sie insgeheim auch Seeley genannt. Zusammen hatten sie das Fohlen wochenlang versorgt und es liebevoll aufgepäppelt in der Hoffnung, ihm all die Liebe zu geben, die ihm bislang gefehlt hatte. Die Erinnerungen an diesen Sommer waren selbst nach all den Jahren nur schwer zu ertragen und hätten sie fast davon abgehalten, ihren Traum von der Tiermedizin zu verfolgen. Aber sie hatte sich geschworen, sich von Seeley nicht auch das noch nehmen zu lassen.

Juliettes Gedanken schweiften abermals zurück zu jenen schicksalhaften Wochen, in denen sie ihm bereitwillig und voller Sehnsucht ihre Unschuld und ihr Herz geschenkt hatte.

Sie hatte schon immer mehrere Wochen der Sommerferien bei ihrer Großmutter verbracht, um ihr mit den Pferden zu helfen. Auf diese Weise hatte sie auch gleich Abstand zu ihrem herrischen Vater bekommen, da sie woanders lebten, aber so richtig frei von ihm war sie auch dort nie. Ihr Vater hatte weiterhin streng über sie gewacht. In jenem Sommer hatte sie praktische Erfahrungen in der Tiermedizin für ihre College-Bewerbungen gebraucht, und ihr Vater hatte zugestimmt, dass sie ein Praktikum auf der Ranch machen durfte.

Sehr zum Missfallen ihres Vaters hatte sie eine Woche vor Beginn des Praktikums die Beziehung zu Josh Chambers beendet, dem Sohn des Anwalts ihres Vaters, mit dem sie zwei Jahre lang zusammen gewesen war. Sie hatte Josh nur als vertrauten Freund geliebt, während er in sie verliebt gewesen war. Er war wegen der Trennung am Boden zerstört gewesen, während sie sich darauf freute, endlich dem Einfluss ihres Vaters zu entrinnen und vom Tierarzt der Ranch lernen zu können. Ihre Großmutter hatte ihr schon als kleines Mädchen das Reiten beigebracht, und seit ihrer Kindheit träumte sie davon, Tierärztin zu werden. Sie hatte nicht erwartet, dort einen Jungen kennenzulernen – schon gar nicht einen, der bereits auf dem College war und ihren Körper vom ersten Augenblick an in Verzückung versetzte.

Ihre Freundinnen in der Schule waren ein Jahr älter und erfahrener als sie, da sie eine Klasse übersprungen hatte. Sie hatten oft davon gesprochen, wie es sich anfühlte, wenn es zwischen zwei Menschen knisterte oder wenn ihnen bei bestimmten Jungs ganz heiß wurde, aber sie selbst hatte nie etwas Vergleichbares empfunden – bis zu dem Moment, als sie Seeley an ihrem ersten Tag auf der Ranch um die Ecke der Scheune kommen sah. Er war groß, braun gebrannt und breitschultrig und hatte durchdringende dunkle Augen, die ihren Puls rasen ließen. Bartstoppeln bedeckten seinen markanten Kiefer. Außerdem bewegte er sich völlig anders als die Jungs, die sie kannte – er *schritt* kraftvoll und entschlossen aus und verkürzte mit seinen kräftigen Beinen den Abstand zwischen ihnen, bis sich ihre Blicke wie Magneten trafen und er abrupt stehen blieb. Sie war sich nicht sicher gewesen, ob sie überhaupt ein Wort herausbringen würde, als Wynnie sie einander vorstellte, aber Seeley machte eine freche Bemerkung, und zum ersten Mal in ihrem Leben hatte sie das Gefühl, als mehr als nur die Tochter ihres Vaters gesehen zu werden. Prompt flirtete sie zurück. Das Prickeln und Brennen, das ihren Arm hinaufjagte, als sie sich die Hand schüttelten, hätte sie warnen sollen, aber es machte ihn nur noch faszinierender.

Sie versuchte, diese Erinnerungen jetzt beiseitezuschieben und sich auf das Fohlen zu konzentrieren, doch Gelächter lenkte sie ab, als der zwanzigjährige Enkel des Hofbesitzers mit seiner Freundin Händchen haltend an ihr vorbeiging und ihre Gedanken zurück zu dem heißen Nachmittag schweiften, an dem sie und Seeley sich zum ersten Mal geküsst hatten.

Sie hatten fast eine Woche lang jeden Tag zusammengearbeitet, sich kennengelernt, heimliche Blicke und spielerische Flirts ausgetauscht, die sie vom Frühstück bis zum Einschlafen in einen Zustand angespannter Vorfreude versetzten. Juliette träumte schamlos von all den Dingen, die sie mit ihm tun wollte – Dingen, von denen sie von ihren Freundinnen gehört hatte, die sie aber mit Josh nie getan oder gewollt hatte.

Aber jedes Mal, wenn sie und Seeley sich so nahe kamen, dass sie dachte, er würde sie küssen, spannte er den Kiefer an, sein ganzer Körper wurde steif, und er ging wieder auf Abstand.

Er machte sie wahnsinnig, spielte ein emotionales Tauziehen, als wäre sie die verbotene Frucht.

An diesem sonnigen Nachmittag hatte sie es endgültig satt, wie die Tochter des Gouverneurs behandelt zu werden. Seeley und sie spritzten gerade die Pferde ab, mit denen sie zusammen mit Cowboy, Dare und zwei Jugendlichen in ihrem Alter, die am Ranch-Programm für schwer erziehbare Teenager teilnahmen, einen Ausritt über schlammige Pfade gemacht hatten. Außer ihr und Seeley war niemand mehr im Stall.

»Verdammt, ist das heiß draußen.« Seeley nahm seinen Cowboyhut ab und hängte ihn an den Stiel einer Mistgabel, die an der Seite der Scheune lehnte.

Sie konnte kaum wegsehen, als er das Hemd auszog und sich damit das Gesicht abwischte – sein Körper glänzte in der Sonne, und als er das Hemd beiseitewarf, bewunderte sie das Spiel seiner Muskeln. Sie wollte diese heißen Muskeln an ihrem Körper spüren. Er fuhr sich mit der Hand durch das wellige braune Haar, und sie sog seinen Anblick in sich auf, als er zu seinem Pferd zurückging …

»Darf ich den Schlauch auch mal haben oder willst du mich

den ganzen Tag anstarren?«

Verlegen, weil er sie beim Starren erwischt hatte, hob sie den Schlauch und spritzte ihn nass.

Seeley kniff die Augen zusammen und musterte sie. »Willst du etwa spielen, Peaches?«

Er nannte sie Peaches, weil sie immer eine Packung Pfirsichbonbons dabeihatte, konnte jedoch nicht wissen, dass sie diese nur für den Fall, er könnte sie küssen, ständig lutschte.

»Und ob ich das will.« Sie spritzte ihn noch einmal an und lachte.

Er rannte auf sie zu und sie quietschte und ergriff die Flucht. Dabei drehte sie sich um, um ihn ein weiteres Mal nass zu spritzen, aber er packte sie an der Taille und zog sie lachend an seine Brust, während sie um den Schlauch rangen. Er riss ihr den Schlauch aus der Hand, doch sein anderer Arm lag immer noch fest um ihren Bauch und hielt sie an sich gepresst.

»Lass das, Seeley!« Sie packte sein Handgelenk und wollte es von sich wegschieben, während sie beide immer lauter lachen mussten.

Er riss sich los und richtete den Schlauch auf sie, um sie mit kaltem Wasser zu bespritzen. Sie kreischte und zappelte, um seinem Griff zu entkommen, aber er hielt sie erbittert fest, bis sie beide fast einen Lachkrampf bekamen.

»Wie gefällt dir das, Peaches?« Er spritzte sie erneut nass.

Sie kreischte lachend. »Lass das! Ich bin schon feucht genug!«

Sein Körper versteifte sich an ihrem Rücken, und er presste zwischen den Zähnen hervor: »Grundgütiger!«

»Was …« Erst da wurde ihr klar, was sie eben gesagt hatte, und ihr wurde von innen heraus ganz heiß, als sie sah, wie er darauf reagierte. Ihr Lachen verstummte, sobald ihr bewusst wurde, dass dies ihre Chance war, seine Zurückhaltung zu überwinden. Sie drehte sich in seinen Armen um, ihre nassen Körper pressten sich aneinander. »Was ist? Gefällt es dir etwa nicht, zu wissen, dass du dafür verantwortlich bist?«

Sein Blick schien sie zu durchbohren und eine stürmische Mischung aus Zurückhaltung und Verlangen lag darin. »Verdammt.«

»Was ist denn?« Sie drückte die Brüste gegen seine nackte, muskulöse Brust, presste das Becken gegen ihn und spürte, wie er hart wurde. »Bin ich zu nah?«

»Juliette«, warnte er sie.

»Gefällt es dir nicht, wie ich mich anfühle?« Sie nahm all ihren Mut zusammen und ergänzte: »Eigentlich habe ich den Eindruck, dass es dir ganz gut gefällt.«

»Du bringst mich noch um den Verstand.« Seine Stimme war rau wie Schotter, jedes Wort triefte nur so vor Verlangen. »Du weißt ganz genau, dass ich dich berühren will, aber ich versuche, das Richtige zu tun, und du machst es mir verdammt schwer.«

»Das kann ich spüren.« Mit rasendem Herzen flüsterte sie: »Und es gefällt mir.« Sie stellte sich auf die Zehenspitzen und küsste ihn.

Er legte ihr den Arm fester um die Taille, und sie glaubte schon, er würde den Kuss erwidern, aber er entzog ihr seinen Mund und sah sie mit lodernden Augen eine Sekunde lang an, bevor er »Scheiß drauf« hervorpresste, den Schlauch fallen ließ und seine Lippen wild auf ihre presste, sie härter küsste, seine Zunge hungrig über ihre gleiten ließ. Sein Bart schabte über ihre Haut und setzte ihren ganzen Körper in Flammen. Dann schob er ihr eine Hand ins Haar und neigte ihren Kopf, um den Kuss zu vertiefen. Er zog sie noch enger an sich und seine Erektion drückte gegen ihren Bauch. Sie klammerte sich an ihn, erwiderte seinen Kuss mit allem, was sie hatte, küsste ihn noch leidenschaftlicher, *rieb sich an ihm und wollte so viel mehr. Sie war noch nie so intensiv geküsst worden, hatte noch nie jemanden so sehr gewollt.*

Als er den Mund schließlich von ihrem löste, einen Fluch ausstieß und mit gehetztem Blick die Gegend um sie herum absuchte, befürchtete sie, dass er sie nie wieder küssen würde. »Hör nicht auf«, flehte sie. »Ich will, dass du mich küsst.«

Er nahm ihre Hand, eilte in die Scheune und forderte ihren Mund zurück, um sie gründlich zu erobern. Ihre Knie gaben nach und ihr Körper bettelte nach mehr. Sie wusste, dass sie nie wieder dieselbe sein würde.

Das Fohlen wackelte mit dem Kopf und riss sie aus ihrer Erinnerung.

Ihr Herz raste. *Was mache ich hier eigentlich?* Seeley hatte sich nicht einmal umgedreht, als er neulich davongestürmt war. Er hatte sie keines weiteren Blickes gewürdigt.

Seitdem waren drei Tage vergangen und die Wut brodelte immer noch in ihr.

Sie hätte über sein Verhalten nicht überrascht sein dürfen, wenn sie daran dachte, wie schnell und mühelos er in jenem Sommer weitergezogen war. Allerdings wusste sie auch, dass ihr Vater seine Drohungen wahr gemacht hätte, und sie nahm Seeley nicht übel, dass er nicht ins Gefängnis wandern wollte. Aber sie hatte erwartet, dass er wenigstens um sie kämpfen würde, nachdem er von ihrer Schwangerschaft erfahren hatte. Stattdessen hatte er *endlich* auf ihre Briefe geantwortet und jeden Kontakt zu ihr abgebrochen.

Im Laufe der Jahre hatte sie verstanden, dass sie damals erst sechzehn gewesen war, viel zu naiv, um über ihre rosarote Brille hinauszusehen, und dass sie diesen Sommer wohl romantisiert hatte.

Aber das war schon lange her, und sie war überrascht, wie er sie am letzten Wochenende behandelt hatte. Sie waren keine Kinder mehr. War er denn überhaupt nicht neugierig auf seinen Sohn?

Sie grübelte darüber nach, während sie die Untersuchung des Fohlens beendete und dem Besitzer Bericht erstattete. Als sie aus der Einfahrt fuhr, war sie weiterhin viel zu aufgewühlt wegen Seeley, um die Erledigungen zu machen, die eigentlich anstanden, bevor Lucas von der Schule nach Hause kam. So konnte es nicht weitergehen. Sie musste endlich mit Seeley reinen Tisch machen.

Doc schenkte Stormy, einem zehnjährigen geretteten Wallach, zum Abschluss seiner Nachmittagsrunde etwas zusätzliche Zuwendung. Stormy war mit einem Plattenepithelkarzinom am Auge zu ihnen gekommen, das auf herkömmliche Behandlungen nicht angesprochen hatte. Aber Doc hatte den Tumor entfernt und eine Kryotherapie durchgeführt, und er war froh, dass Stormy sich nun gut erholte.

Er sah Sasha auf sich zukommen. Sie war Therapeutin für Pferde-Rehabilitation und ausgezeichnet in ihrem Job, aber seine Familie lag ihm seit Samstag ständig in den Ohren und versuchte, ihn dazu zu bringen, über Juliette zu sprechen, und er hatte es satt. Sogar Birdie hatte sich per Nachricht nach ihm erkundigt, und er wusste, dass sie nicht nachlassen würde, bis sie bekommen hatte, was sie wollte.

Rasch beendete er seine Notizen und hoffte darauf, von hier zu entkommen, bevor Sasha ihn erreichte, aber als er

Stormys Akte in das Regal neben der Box legte, schlich sich Sasha an ihn heran.

»Er sieht gut aus, nicht wahr?«, fragte Sasha.

»Ja.« Doc verließ schnellen Schrittes den Stall und weckte Mighty, der in der Sonne geschlafen hatte.

Sasha blieb beharrlich an seiner Seite. »Cowboy und Hyde haben zwei Pferde gerettet und sind auf dem Rückweg. Eines davon ist in einem kritischen Zustand.«

»Ich habe die Nachricht bekommen. Hannah bereitet bereits den OP vor.« Hannah war eine der Aushilfs-Tierarzthelferinnen. Doc arbeitete schon lange mit temporären Aushilfen und Praktikanten eines örtlichen Dienstes zusammen, aber die Rettungsstation war in den letzten Jahren gewachsen, und er überlegte seit Kurzem, jemanden fest einzustellen.

Sasha musste schneller laufen, um mit ihm Schritt zu halten. »Würdest du bitte mal kurz stehen bleiben, Doc?«

Zähneknirschend kam er der Aufforderung nach und Mighty tat es ihm gleich. »Sicher, solange es nicht um Juliette geht.« Warum zum Teufel tat es immer noch weh, ihren Namen auszusprechen? Heute Abend fand ein Clubtreffen statt und er konnte es kaum erwarten. Mit den Jungs zusammen zu sein, danach noch in die Roadhouse-Bar zu gehen und sich vielleicht in einer willigen Frau zu verlieren – genau das brauchte er jetzt, um sich von diesem Mist abzulenken.

Sasha runzelte die Stirn. »Ich weiß, dass du nicht über sie reden willst, aber wenn du deine Meinung änderst – ich kann gut zuhören.«

»Das werde ich nicht.« Er wollte sich von ihr entfernen, aber sie hielt ihn am Arm fest, woraufhin er sie mit einem finsteren Blick bedachte.

»Entschuldige.« Sie ließ ihn los. »Aber ich mache mir Sorgen um dich. Und um sie. Birdie sagte, du warst grausam zu ihr.«

»Ich weiß, du glaubst zu wissen, was zwischen uns passiert ist, aber …«

»Nein, das tue ich nicht«, fuhr sie ihn an. »Niemand redet darüber. Ich weiß nur, dass du dich in sie verliebt hast und es so schlimm endete, dass Mom und Dad die ›Keine Beziehungen auf der Ranch‹-Regel eingeführt haben.«

»Ich war ein verdammter Narr, okay? Ende der Geschichte.« Er machte sich auf den Weg zu seiner Tierklinik, aber sie und Mighty eilten ihm hinterher.

»Was soll das heißen?«

Er drehte sich zu ihr um. »Das heißt, dass ich im Gegensatz zu ihr ehrlich zu den Frauen bin, mit denen ich nur meinen Spaß haben will.«

Sashas Augen wurden groß. »Du meinst, *sie* hat *dich* benutzt?«

»Lass es gut sein«, knurrte er, als ein roter Pick-up über den Hügel kam. »Wer zum Teufel ist das?«

»Keine Ahnung.«

»Mighty, *sitz.*« Der Hund setzte sich. »*Bleib.*« Doc machte ein paar Schritte und beobachtete, wie der Truck langsam näher kam. Der Wagen hielt am Straßenrand. Die Tür flog auf und Juliette stieg aus. Seine Brust zog sich zusammen, Schmerz und Wut nagten wie ein wildes Tier an ihm. »Was zum Teufel will die denn hier?«

Juliette kam mit erhobenem Kinn auf ihn zu, und ihr braunes Haar wippte über die Schultern eines T-Shirts, das sich an ihre perfekten Brüste schmiegte, während die Jeans jede einzelne Kurve betonten.

»Das ist nah genug«, warnte er sie, als sie noch etwa drei Meter entfernt war. Sie war seine Schwachstelle. Er traute sich nicht, ihr noch näher zu kommen. Sie war noch schöner geworden, was er für unmöglich gehalten hatte, und die blauen Augen, die ihn seit eineinhalb Jahrzehnten verfolgten, hielten ihn immer noch gefangen. Er wollte sie weder ansehen noch ihr nahe genug sein, um sie zu riechen oder zu berühren, doch er konnte den Blick nicht abwenden.

»*Doc*«, tadelte Sasha.

»Ist schon gut, Sasha«, erwiderte Juliette selbstbewusst, ohne den Blick von ihm abzuwenden. »Hallo, Seeley. Ich bin vermutlich die letzte Person, die du sehen willst.«

»Da hast du recht, also kannst du auch gleich wieder umdrehen.«

»Seeley …?«, stieß sie leicht flehend hervor. »Wir …«

»*Was*, Juliette? Haben uns vor einer Ewigkeit gekannt?« Er schnaubte. »Ich erinnere mich kaum an eine Sekunde davon, und ich habe kein Interesse daran, das wieder aufleben zu lassen. Geh zurück zu deiner Familie. Du hast hier nichts verloren.« Er marschierte in Richtung seines Büros.

Sasha eilte hinter ihm her und sprach leise und wütend auf ihn ein. »Doc! Warum bist du so ein Arsch?«

»Hey, Romeo!«, rief Juliette ihm hinterher.

Er blieb wie angewurzelt stehen, denn der Spitzname traf ihn bis ins Mark. Mit den Zähnen knirschend und die Hände zu Fäusten geballt kämpfte er gegen den Drang an, sich umzudrehen, weil es zu schmerzhaft war, sie anzusehen.

»Es muss schön sein, all die Jahre so ein selektives Gedächtnis gehabt zu haben«, rief sie über das Geräusch eines herannahenden Wagens hinweg. »Während ich unseren Sohn großziehe!«

Der Boden schien sich unter seinen Füßen zu neigen. Er nahm nur vage wahr, wie Sasha »Oh mein Gott, Doc. Du hast einen Sohn?« murmelte, während er zu begreifen versuchte, was Juliette gerade gesagt hatte. War der Junge im Krankenhaus sein Sohn? Er war so schockiert gewesen, Juliette zu sehen, dass er den Jungen kaum wahrgenommen hatte.

Er drehte sich ungläubig um, alles verschwamm vor seinen Augen, als Juliette in ihr Auto stieg und Cowboys Pick-up-Truck mit dem Pferdeanhänger dahinter neben ihm hielt.

»Los geht's, Doc! Das Pferd ist in kritischem Zustand!«, rief Cowboy, doch seine Worte schienen wie aus weiter Ferne zu kommen.

Juliette fuhr weg und Docs Gedanken drehten sich im Kreis. *Ich habe einen Sohn? War das mein Kind?* Er rannte ihrem Wagen hinterher und rief: »War das mein Sohn?«, aber sie bog schon auf die Hauptstraße ab, die von der Ranch wegführte.

<h1 style="text-align:center">Fünf</h1>

Doc saß zwischen Dare und Cowboy im Clubhaus der Dark Knights und war kurz vor dem Durchdrehen. Sein Bein wippte unter dem Tisch, und in seinem Kopf wirbelte immer noch das Chaos herum, das Juliettes Bombe ausgelöst hatte. Es war ihm verdammt schwergefallen, sich auf die geretteten Pferde zu konzentrieren, und jetzt fühlte er sich an dem einen Ort, der ihm sonst Halt gab, wie ein eingesperrtes Tier.

Sein Vater und Manny Mancini, Billies Vater und der Vizepräsident des Clubs, saßen am Haupttisch und besprachen Clubgeschäfte. Alle Augen waren auf sie gerichtet, aber für Doc waren sie verschwommen, seine Gedanken glichen einem schmerzhaft verknoteten Knäuel aus Verwirrung.

Dare stupste ihn an. »Alles okay?«

»Nein, ist es nicht«, zischte Cowboy. »Wie könnte es auch?«

»Wir sollten darüber reden, bevor du zu ihr gehst«, flüsterte Dare.

»Nein danke.« Es gab nur eine Person, mit der Doc darüber sprechen wollte, und die musste warten, bis diese verdammte Sitzung vorbei war.

Sein Vater warf ihnen einen ernsten Blick zu, woraufhin

auch einige der anderen Männer zu ihm herüberschauten.

Scheiße! Doc hatte seinen Brüdern erzählt, was mit Juliette vorgefallen war, aber sein Vater hatte keine Ahnung, dass Docs Welt um ihn herum gerade aus den Fugen geriet. Andererseits konnte auf der Ranch nicht mal eine Fliege pinkeln, ohne dass sein Vater davon erfuhr. Alle, die auf der Ranch lebten, aßen gemeinsam im Haupthaus. Doc hatte das Abendessen ausgelassen, weil er sich um die geretteten Pferde kümmern musste, aber es war gut möglich, dass Sasha oder jemand anderes, der gesehen hatte, wie er Juliette hinterhergelaufen war, schon etwas erzählt hatte.

Als Tiny wieder über die Veranstaltung der Ride-Clean-Antidrogenkampagne sprach, die in ein paar Wochen auf der Ranch stattfinden sollte, kostete es Doc all seine Kraft, nicht die Kontrolle zu verlieren. Aber die Luft war zu dick, das Schlachtfeld in seinem Kopf zu schmerzhaft. *Scheiß drauf.* Er brauchte Antworten, bevor er den Verstand verlor.

Er richtete sich auf, ignorierte die mahnenden Blicke seiner Brüder und spürte den missbilligenden Blick seines Vaters, als er zur Tür ging. Clubtreffen waren nicht nur verpflichtend, darüber hinaus galt es als größte Respektlosigkeit, den Raum zu verlassen, während der Präsident sprach.

Doc atmete tief durch, als er hinaustrat und zu seinem Motorrad ging.

Hinter ihm flog die Tür auf und sein Vater kam herausgestürmt. »Du bleibst besser stehen, mein Junge.«

Doc erstarrte.

Sein Vater kam näher. »Was zum Teufel ist so wichtig, dass du mich derart respektlos behandelst?«

»Juliette war heute auf der Ranch. Ich dachte, jemand hätte es dir schon erzählt.«

Die Miene seines Vaters verriet nichts. »Ich frage dich.«

»Sie behauptet, wir hätten einen Sohn«, presste er hervor. »Weißt du irgendwas darüber?«

Tiny schüttelte den Kopf. »Als wir hörten, dass sie ein Kind bekommen hat, haben deine Mutter und ich uns schon gewundert. Es ging furchtbar schnell, aber Juliette war ja schon mit dem Jungen zusammen, den sie geheiratet hat, bevor sie auf die Ranch kam. Wie alle anderen sind wir davon ausgegangen, dass es sein Kind ist.«

»Tja, das wird sich zeigen.« Doc schwang sich auf sein Motorrad und der Schmerz über Juliettes ursprünglichen Verrat nagte an ihm. Aber das hier? Wenn es stimmte, wie hatte sie ihm dann all die Jahre seinen eigenen Sohn vorenthalten können? Doch das war nicht die Schuld seines Vaters. »Es tut mir leid, dass ich dich nicht respektiert habe. Ich nehme jede Strafe auf mich, die du für richtig hältst, aber ich kann da drin nicht sitzen, ohne zu wissen, ob der Junge mein Sohn ist oder nicht.«

»Wir wissen beide, dass die Familie an erster Stelle steht. Es darf nur nicht zur Gewohnheit werden.«

Doc biss die Zähne zusammen, als er die Stufen zum Haus von Juliettes Großmutter hinaufstieg. Er wollte nicht an damals denken. Doch er wurde überflutet von Bildern, wie er Juliette in Hazels Stall und hinter dem Schuppen geküsst, mit ihr Ausritte gemacht, sie in den Feldern geliebt, Abendessen mit Hazel genossen und unter dem Tisch Juliettes Hand gehalten hatte. Er hatte ihre Hand so oft gehalten, dass sie sich wie eine

Verlängerung seiner eigenen angefühlt hatte.

Er kämpfte gegen diese Erinnerungen an, und sein Herz hämmerte in seiner Brust, als er an die Tür klopfte. Schon hörte er Juliette rufen: »Ich geh schon!« Dann erschien ihr Gesicht im Seitenfenster und ihre großen blauen Augen waren voller Sorge. *Verdammt!*

Sie öffnete die Tür, trat schnell nach draußen, zog die Tür hinter sich zu und sah in Shorts und T-Shirt ungemein sexy aus. »Was machst du hier, Seeley?«

»Was glaubst du denn, was ich hier mache? Du kannst doch nicht so eine Bombe platzen lassen und erwarten, dass ich nicht die Wahrheit wissen will. Woher weißt du, dass der Junge von mir ist?«

»Wie kannst du mir so eine Frage stellen?« Sie sah verletzt aus. »Du weißt genau, dass ich in diesem Sommer mit keinem anderen geschlafen habe.«

»Ich weiß nicht mehr, was ich glauben soll. Früher dachte ich, dass ich dir vertrauen könnte, aber das ist lange her, und ich habe sehr schnell gelernt, wie dumm ich damals war. Aber wenn ich der einzige Mann war, mit dem du geschlafen hast, warum hast du mir dann nicht gesagt, dass du schwanger bist?«

»Das habe ich!«, sagte sie scharf.

»Wovon zum Teufel redest du? Du hast mir gar nichts erzählt. Ich habe jeden verdammten Tag angerufen und Nachrichten geschrieben. Du hast nie reagiert.«

»Mein Vater hat mir das Handy weggenommen!«

»Und in diesem verdammt riesigen Haus gab es keine anderen Telefone? Du konntest dir keins von einer Freundin leihen oder dir ein verdammtes Prepaid-Handy kaufen?« Er konnte nicht verhindern, dass er immer lauter wurde. »Während du deine Beziehung mit Josh wieder aufgewärmt hast, habe ich versucht, unsere zu retten. Ich bin jeden verdammten Tag zu deinem Haus und zu deiner Schule gefahren, um dich zu sehen. Ich habe darauf gewartet, dass du dich meldest, aber du bist komplett abgetaucht. Ich weiß nicht, welches Spiel du hier spielst oder warum du das nach all den Jahren ausgerechnet jetzt tust.«

»Das ist kein Spiel!«, beharrte sie mit Tränen in den Augen. »Ich hatte mir deine Handynummer nicht gemerkt. Sie war in meinem Handy gespeichert, darum habe ich auf der Ranch angerufen, aber dort sagte man mir, du wärst zurück zur Uni gegangen, und ich wollte keine Nachricht hinterlassen – wegen meines Vaters! Ich hatte Angst, er würde deiner Familie etwas antun. Aber ich habe dir Briefe geschrieben!«

»*Schwachsinn.* Ich habe nie einen Brief von dir bekommen. Verdammt noch mal, Juliette. Was willst du von mir? Warum tust du das?«

»Weil Lucas *dein Sohn* ist und ich kann nicht …«

Die Haustür ging auf und Lucas stürmte heraus. »Was ist hier los? Warum schreist du meine Mutter an?«

Verdammt!

»Lucas …«

»Nein, Mom. Dieser Typ hat dich im Krankenhaus wie Dreck behandelt. Das werde ich nicht noch einmal zulassen.« Lucas stellte sich zwischen sie und starrte Doc herausfordernd an, ganz voller Trotz und Energie – genau wie Doc damals in seinem Alter. »Ich weiß nicht, für wen du dich hältst, aber so behandelt man keine Frau.«

Der Junge – *Lucas* – war groß und schlank und bald würde er noch breitere Schultern und markantere Gesichtszüge haben. Doc betrachtete seine falkenhaften Augen, die gerade Nase und das wellige braune Haar – alles so ähnlich wie bei ihm, dass er es kaum fassen konnte.

Lucas verschränkte die Arme, trommelte mit den Fingern und hob trotzig das Kinn.

Docs Herz setzte fast aus, als ihm einfiel, wie Juliette ihn früher immer »Arm-Trommler« genannt hatte. Er sah sie über die Schulter des Jungen hinweg an.

Als ob sie seine Gedanken gelesen hätte, nickte sie.

Doc zwang sich, sie einen Moment lang *richtig* anzusehen, und sah die Wahrheit in ihrem Blick. Im Kampf mit der Wut über ihren Verrat versuchte er, die Fragen in seinem Kopf zum Schweigen zu bringen, während er seine Aufmerksamkeit wieder auf Lucas richtete. Auf seinen *Sohn*. Sein Herz schmerzte und wurde gleichzeitig schwer und groß. »Entschuldige. Du hast recht. So spricht man nicht mit einer Frau. Juliette, es sieht so aus, als hätten wir einiges zu besprechen. Ich bin die ganze Nacht da. Du weißt, wo du mich findest.« Er sah Lucas an und seine Kehle wurde eng. »Ich werde nie wieder so mit ihr reden. Das verspreche ich dir.«

»Besser wäre es«, warnte Lucas ihn. »Nächstes Mal bin ich nicht mehr so nett.«

»Lucas«, schimpfte Juliette. »Entschuldige, Seeley.«

»Schon okay. Ich schätze, das liegt ihm im Blut.«

»Du gehst jetzt aber nicht wirklich zu ihm, oder?«, fragte Lucas, als Seeley auf seinem Motorrad davonfuhr.

Juliettes Verstand beschäftigte sich noch immer mit den Dingen, die Seeley gesagt hatte. Er hatte ihr damals nicht geglaubt? Er hatte ihre Briefe nie bekommen? Er war zu ihrem

Haus gekommen? Zu ihrer Schule? Nichts davon ergab für sie einen Sinn. Er war so wütend gewesen, dass es ihr schwerfiel, ihm nicht zu glauben. Aber sie wusste es besser. Sie hatte den Brief, in dem er ihr geschrieben hatte, dass er nichts mit ihr oder dem Baby zu tun haben wollte.

Die eigentliche Frage war also, was für ein Spiel er hier spielte.

»Doch, das habe ich vor«, erwiderte sie und ging wieder ins Haus.

Lucas folgte ihr. »Mom.«

Sie brauchte einen Moment, um ihre Gedanken zu ordnen, und ging in die Küche, wo sie sich ein Glas Wasser einschenkte. Denn wenn sie jetzt Wein trinken würde, während sie wütend war, würde das für Lucas ein schlechtes Beispiel abgeben.

»Warum gehst du zu ihm?«, wollte er wissen. »Warum war er überhaupt hier? Ich habe den Namen Seeley in meinem ganzen Leben noch nie gehört und plötzlich taucht er vor unserem Haus auf und schreit dich an?«

Juliette trank einen Schluck und überlegte, was sie darauf antworten sollte. Sie war kaum älter als Lucas gewesen, als sie sich in Seeley verliebt hatte, und so hatte sie sich ihr Leben ganz sicher nicht vorgestellt. Manchmal musste sie sich daran erinnern, dass Lucas nicht damit aufgewachsen war, sie mit Josh oder sonst einem Erwachsenen streiten zu hören. Sie hatte ihre Eltern schon vor so langer Zeit aus ihrem Leben verbannt, dass er zu klein gewesen war, um sich an diese Streitereien zu erinnern. Sie wollte auch nicht, dass er dachte, es sei in Ordnung, wenn Erwachsene sich anschrien, aber sie hatte den Schmerz und die Wut so viele Jahre mit sich herumgetragen, dass sie diese nun nicht unterdrücken konnte, selbst wenn sie es versucht hätte. Offenbar ging es Seeley ähnlich, aber das machte ihn nicht zu einem schlechten Menschen.

»Ich sagte doch schon, dass wir eine komplizierte Vergangenheit haben. Wir waren uns vor langer Zeit sehr wichtig und es ist nicht gut ausgegangen.«

»Und? Warum interessierst du dich nach all der Zeit noch für ihn?«

Weil er dein Vater ist und ich nie aufgehört habe, ihn zu lieben. »Er lebt in Hope Valley, und jetzt, wo wir auch hier wohnen, besteht die Möglichkeit, dass wir ihm wieder begegnen werden. Ich will kein böses Blut zwischen uns. Ich hole mir einen Pullover und sehe nach den Pferden. Dann gehe ich zu ihm rüber und rede mit ihm.«

Er verschränkte die Arme. »Dann komme ich mit.«

»Nein, das wirst du nicht tun«, erklärte sie entschieden. »Du bleibst hier und machst deine Hausaufgaben, schreibst deinen Freunden, spielst deine Spiele und machst dir keine Sorgen um mich.«

»Aber …«

»Lucas, das ist nicht verhandelbar. Ich weiß, du bist es nicht gewohnt, mich mit jemandem streiten zu sehen, und du hast jetzt schon zwei unangenehme Begegnungen mit Seeley miterlebt, aber manchmal streiten Erwachsene, genau wie Kinder auch.«

»Mit Dad hast du nie gestritten«, entgegnete er.

Es brach ihr das Herz. Sie hatte das Gefühl, sich ihr ganzes Leben lang nur versteckt und gelogen zu haben, und das musste aufhören. »Doch, das habe ich. Wir haben uns oft gestritten. Wir haben nur darauf geachtet, es nicht vor dir zu tun.«

Er presste die Lippen aufeinander, trommelte mit den

Fingern – und sah dabei so sehr wie der junge Seeley aus, dass sie einen Stich aus Sehnsucht und Schmerz verspürte, was ihr noch einmal verdeutlichte, warum sie der Sache mit Seeley auf den Grund gehen musste.

»Ich finde es toll, dass du mich beschützen willst, Schatz, aber das ist nicht deine Aufgabe. Deine Aufgabe ist es, ein Teenager zu sein, dich auf die Schule zu konzentrieren, Spaß mit deinen Freunden zu haben, dich um die Pferde zu kümmern und zu versuchen, mir nicht noch mehr Herzinfarkte zu bescheren, wenn du Bullen reitest.« Die Ärztin hatte ihm vorgeschlagen, ein paar Tage Pause zu machen, bevor er sich erneut auf einen Bullen setzte, und obwohl Lucas sich dagegen gewehrt hatte, hielt er sich an ihre Regeln und würde erst nächste Woche wieder trainieren. »Okay?«

»Meinetwegen«, brummte er.

»Komm her.« Sie zog ihn in eine Umarmung, aber er blieb starr stehen und ließ die Arme an den Seiten herabhängen. »Ich lasse dich erst los, wenn du mich auch umarmst.«

Er seufzte und umarmte sie schließlich.

Sie hielt ihn noch ein bisschen fester und konnte nur hoffen, dass sie ihr Leben nicht völlig vermasselt hatte.

Sechs

Juliette ärgerte sich über sich selbst, weil sie heute gleich zweimal ihrer Wut nachgegeben hatte. Sie umklammerte das Lenkrad noch fester, als sie sich der Ranch näherte.

Als sie vorhin auf die Ranch gefahren war, hatte sie gegen ihre Nervosität ankämpfen müssen, weil sie mit Seeley sprechen wollte, und beim Wegfahren war sie wütend auf ihn gewesen. Als sie diesmal auf die Ranch einbog, waren ihre Gefühle völlig durcheinander. Sie war wütend, weil er den Brief geleugnet hatte, dankbar, dass er sich zusammengerissen hatte, als Lucas herausgekommen war, und völlig verwirrt, weil sie nicht die geringste Ahnung hatte, was überhaupt los war.

Sie hatte gar nicht daran gedacht zu fragen, wo er sich auf der Ranch aufhalten würde, daher fuhr sie zur Tierklinik, die sie zuvor gesehen hatte und die immer noch gleich hinter den Rehabilitationsställen lag. Sie hatte Seeley über die Jahre hinweg immer mal wieder ein wenig online gestalkt. Nicht oft, aber häufig genug, um herauszufinden, ob er je geheiratet oder eine eigene Familie gegründet hatte. Sie hatte sich für ihn gefreut, als sie erfahren hatte, dass er seinen Traum verwirklichen konnte und jetzt auf der Ranch arbeitete. Doch diese Freude war Sekunden später in Bitterkeit umgeschlagen.

Als sie auf den Wegen über die Ranch fuhr, die sie einst auswendig gekannt hatte, kostete es sie große Mühe, diese immer noch präsente Verbitterung tief in sich zu vergraben. Besonders nachdem er sie praktisch eine Lügnerin genannt hatte. Sie fuhr zur Klinik, und als sie Seeleys Motorrad davor sah, stieg die Bitterkeit erneut in ihr hoch. Er hatte all die Jahre alles gehabt, was er sich je gewünscht hatte, doch ihr war alles unter den Füßen weggezogen worden. Sie hatte für ihre Freiheit kämpfen müssen und für alles, was sie und Lucas hatten.

Sie war so nervös, dass ihr übel wurde, als sie neben seinem Motorrad parkte. Daher ließ sie den Motor laufen, fuhr das Fenster herunter und schloss die Augen, um wieder die Kontrolle über sich zu gewinnen und nicht gleich noch einmal auszurasten. Sie atmete mehrmals tief durch, vermisste ihre Großmutter und wünschte sie sich als Stütze an ihre Seite. Grandma Hazel hatte immer gewusst, wie sie sie vom Abgrund zurückholen konnte. Sie stellte sich das mit Sonnenflecken übersäte und von Falten durchzogene Gesicht ihrer Großmutter vor. Ihre Großmutter hatte sie als Sonnenküsse und Lebenslinien bezeichnet. Sie hatte gesagt, immer wenn sie sich selbst bemitleidete, erinnerte sie sich daran, dass sie sich diese Flecken und Falten samt und sonders verdient hatte.

Juliette rief sich die liebevollen blau-grauen Augen ihrer Großmutter ins Gedächtnis und erinnerte sich an den Tag, an dem sie ihr von Seeleys Brief erzählt hatte, und an ihre heisere Stimme, die sie nun abermals im Kopf hörte. *Das klingt nicht nach dem Jungen, der dich angesehen hat, als wärst du das hübscheste Fohlen im Stall. Aber ich habe mich auch schon getäuscht.* Juliette hatte so lange geweint, bis keine Tränen mehr kamen. Ihre Großmutter hatte sie an den Schultern gepackt,

ihr in die verweinten Augen gesehen und gesagt: *Hör gut zu,
Juliegirl. Dein Herz hat seine Stimme gefunden und sie wird
immer lauter sein als dein Kopf. Ich fürchte, dieses Schreien wird
nie ganz verstummen, also liegt es an dir zu lernen, darüber
hinauszudenken, um das Beste für dein Baby zu tun.*

Das Geräusch von Schritten auf Kies ließ sie zusammenzu-
cken, und sie riss die Augen auf, als Seeley auf ihren Wagen
zukam. Warum musste er in diesen tiefsitzenden Jeans und der
schwarzen Lederkutte so verdammt gut aussehen? Er legte eine
Hand an die Tür und bei der Bewegung spannte sich das T-
Shirt über seinen Muskeln. Seine Miene war angestrengt, und
seine dunklen Augen musterten sie so intensiv, dass ihr Herz
laut schlug und sie fest davon ausging, er konnte es hören.
»Geht's deinem Jungen gut?«, fragte er.

»*Unserem* Jungen«, platzte es wütend aus ihr heraus, bevor
sie sich bremsen konnte. »Er ist unser Junge, Seeley. Lucas ist
unser Sohn.«

Seeley kniff die Augen zusammen. »Weiß er das?«

»Nein.«

Sein Kiefer zuckte. »Wir können bei mir reden. Fahr mir
hinterher.«

So viel dazu, nicht gleich wieder auszurasten.

Während sie seinem Motorrad die schmalen Wege entlang
folgte und in Richtung des Bachs abbog, konnte sie es immer
weniger fassen. Wenn sie das Grundstück nicht nach hinten
hin weiter ausgebaut hatten, wusste sie genau, wohin er fuhr.
Früher hatten sie sich immer zu einer leeren Hütte am Bach im
Wald geschlichen. Dort hatten sie zum ersten Mal miteinander
geschlafen. In der Nacht, bevor sie von ihrem Vater hier
weggeholt worden war, hatte er gesagt, dass diese Hütte eines
Tages ihnen gehören würde.

Sie würde dieses erste Mal nie vergessen. Auf der Ranch hatte es für Jugendliche in ihrem Alter strenge Regeln gegeben und alle wohnten in Zimmern im zweiten Stock des Haupthauses. Der Gemeinschaftsraum, die Küche, der Speiseraum und die Büros lagen im Erdgeschoss. Ein großer, glatzköpfiger Mann namens Dwight war der Koch und Hausleiter und dafür zuständig, auf sie aufzupassen. In jener Nacht waren sie und die beiden Jugendlichen, mit denen sie den Ausritt gemacht hatten, zu den Pferden gegangen. Etwas später hatte sie den anderen gesagt, sie wolle spazieren gehen, war aber in Wirklichkeit mit Seeley verabredet gewesen. Aber sie wollte nicht, dass die anderen davon wussten, damit die beiden keinen Ärger bekamen, falls Juliette und Seeley beim Rausschleichen erwischt wurden.

Seeley hatte am Ende des Weges, der zur Hütte führte, auf sie gewartet, und als er sie entdeckte, hatte er übers ganze Gesicht gestrahlt. Er hatte sie so tief und leidenschaftlich geküsst, dass sie es heute noch im ganzen Leib spüren konnte. Seine Stimme war rau, aber zärtlich gewesen. *Bist du sicher, dass du das willst?* Sie hatte nicht einmal gezögert, Ja zu sagen, und als er sie in die Hütte führte, brannten dort Kerzen auf Metallplatten zum Schutz des zerkratzten Holzbodens, zwei Schlafsäcke waren zusammengezippt, und ein Kissen und eine Blechdose voller Wildblumen, die er am Bach gepflückt hatte, warteten auf sie. Er war so liebevoll mit ihr gewesen, so vorsichtig, um ihr nicht wehzutun. Aber ihre Gefühle hatten schnell die Kontrolle übernommen, so wie bei allem, was sie zusammen gemacht hatten, und dann gab es keine Zurückhaltung mehr.

Die Hütte war zu ihrem Liebesnest geworden, und ein paar Wochen später hatte er mit dem Taschenmesser ein Herz mit ihren Initialen in die Dielen geritzt und gesagt, dass sie eines Tages ihnen gehören würde.

Ihr Hals wurde eng, als sie seinem Motorrad um die letzte Kurve folgte und die Scheinwerfer ein wunderschönes Blockhaus mit einer breiten Veranda erhellten. Sie konnte es nicht fassen, dass er ihre Hütte abgerissen hatte. Ihre Erinnerungen waren ausgelöscht worden. War es für ihn so leicht gewesen, zu vergessen, was sie miteinander gehabt hatten? So leicht, die Erinnerungen an sie auszulöschen und nach vorn zu blicken?

Natürlich war es das. Sonst hätte er ihr niemals diesen Brief geschrieben.

Während sie ihm naiv ihr Herz und ihre Seele geschenkt hatte, wollte er nur sein körperliches Verlangen stillen. Wut und Schmerz prickelten auf ihrer Haut, als sie parkte und den Motor abstellte.

Sie beobachtete, wie er von seinem Motorrad stieg und um ihren Wagen herumging, um ihr beim Aussteigen zu helfen. Aber sie kam schon seit einer Ewigkeit allein zurecht und kümmerte sich um Lucas, da wollte sie ihm nicht die Genugtuung geben, zu glauben, sie würde ihn für irgendetwas brauchen. Rasch riss sie die Tür auf.

Er wich zurück und runzelte die Stirn, als sie aus dem Wagen stieg. Dann griff er nach der Tür und wollte sie schließen, doch sie kam ihm zuvor und schlug sie zu. Die Muskeln an seinem Kiefer zuckten, und sie war sich ziemlich sicher, dass es bei ihr genauso war. Sie wollte nicht so wütend oder kleinlich sein. Sie wollte überhaupt nicht so viel empfinden, aber sie konnte einfach nicht anders. An diesem Ort zu sein, holte alles wieder hervor, was sie sich je gesagt und angetan hatten – und das in schmerzhaften Details.

Ein Irish Setter streckte sich oben an den Verandastufen, während zwei andere Hunde um die Hausecke herumgestürmt kamen und direkt auf Juliette zusteuerten. Seeley pfiff und klopfte sich auf den Oberschenkel. Als hätte er ihnen einen neuen Weg gewiesen, liefen die Hunde direkt an ihr vorbei zu ihm.

»Wie ich sehe, bist du immer noch ein Hundeflüsterer. Sind das alles deine?«, fragte Juliette.

»Ja. Das ist Sadie.« Er streichelte dem Irish Setter den Kopf. »Mighty.« Er kraulte den schwarzen Labrador. »Und Pickles.« Er zerzauste dem Husky-Mix das Fell.

»Pickles?«, wiederholte sie amüsiert.

»Ich habe ihn am Straßenrand gefunden. Er war abgemagert und roch nach Essiggurken.« Die Hunde drängten sich an ihn, während er sie streichelte. Er schnippte mit den Fingern. »Genug.« Sofort wichen die Hunde zurück. »Geht spielen.« Sie liefen davon. »Komm, lass uns reingehen und reden.«

Sie folgte ihm die Verandastufen hinauf, und die Erinnerungen an geflüsterte Geheimnisse und ihre nackten Körper, die sich in der Hütte, tiefer im Wald und im See umeinander schmiegten, brachen wie ein Schwarm Mücken, den sie nicht vertreiben konnte, über sie herein.

Er hielt ihr die Tür auf, und als sie eintrat, sagte sie sich, dass sie sich nicht umsehen sollte. Wer wusste denn schon, ob er eine Freundin hatte und überall Fotos von ihnen herumstanden.

Eigentlich sollte es ihr egal sein, aber Eifersucht durchzuckte sie, und ihr Blick glitt über eine rustikale, aber luxuriöse Küche zu ihrer Linken mit mehreren Fenstern, einer großen Kochinsel und einer gemauerten Wand hinter dem Herd. Zur Rechten lag ein geräumiges, zweistöckiges Wohnzimmer mit einer dunklen Ledercouch, einem Kamin mit einem naturbelassenen Sims voller gerahmter Fotos, einer Bar im gleichen Stil und einem alten Schaukelstuhl. Zwei große Fenster flankierten die Glastüren zur Terrasse, und die Giebelwand darüber war mit vier riesigen Fenstern versehen. Die Wände waren aus breiten, knorrigen Holzbrettern und Stein, was vielleicht zu dunkel gewirkt hätte, wären da nicht die vielen Fenster und drei große Oberlichter gewesen. Die Oberlichter weckten Erinnerungen an die Nächte, in denen sie gemeinsam im Gras am Bach gelegen, sich Sternschnuppen herbeigewünscht, Geheimnisse geteilt und Pläne für eine gemeinsame Zukunft geschmiedet hatten, die es für sie niemals gab. Bei diesen Erinnerungen zog sich ihr Herz zusammen.

»Möchtest du etwas trinken?«, fragte Seeley und ging auf die Bar zu.

»Ja, gern.« Sie konnte einen Schluck gut gebrauchen.

Er hob das Kinn, als wolle er fragen, was sie haben wollte.

»Was immer du trinkst.«

»Ich nehme einen Whiskey.«

Ein Glas, um meine Nerven zu beruhigen. »Perfekt.«

Er zog eine Augenbraue hoch und in seinen Augen tanzte Belustigung.

Sie lächelte, weil sie ganz vergessen hatte, wie sehr sie seinen Sinn für Humor mochte, und schüttelte den Kopf. »Ich meinte den Drink.«

Er trug die Flasche und zwei Gläser ins Wohnzimmer und deutete auf die Couch.

»Dein Zuhause gefällt mir«, sagte sie, als sie sich setzten. »Bleiben deine Hunde draußen?«

»Nein. Sie haben Hundeklappen, aber sie patrouillieren lieber auf dem Gelände.« Er schenkte ihnen beiden etwas ein und reichte ihr ein Glas. Nachdem er seinen Whiskey heruntergestürzt hatte, schenkte er sich nach. »Tut mir leid, dass ich einfach so bei euch aufgetaucht bin. Ich wollte keinen Ärger mit Lucas verursachen.«

»Ich war vorhin auch nicht gerade diskret.« Sie fühlte sich schuldig wegen dem, was sie herausgeschrien hatte. »Ich wollte es nicht so vor allen hinausposaunen, aber du warst so ein Idiot, und ich war einfach …« Der Schmerz spiegelte sich in ihrer Stimme wider und sie ärgerte sich ungemein darüber. Sie trank einen Schluck und verzog das Gesicht, als der Whiskey brennend ihre Kehle hinunterrann. »Ich weiß nicht, warum du glaubst, du hättest das Recht, mich so zu behandeln, nachdem du unsere Beziehung damals einfach weggeworfen hast.«

»Das habe ich nie getan«, widersprach er wütend.

»Seeley, ich will keine Spielchen spielen. Du hast mich in diesem Sommer zerstört und ich verstehe das durchaus. Ich war jung und naiv, und du hast nur getan, was neunzehnjährige Jungs eben tun, aber ich bin nicht mehr naiv. Nach diesem Sommer bin ich sehr schnell erwachsen geworden, und alles, was ich will, ist, reinen Tisch zu machen.«

»Ich spiele keine Spielchen«, stieß er zwischen zusammengebissenen Zähnen hervor. »Ich habe dich mehr geliebt als alles andere in meinem Leben. Alles, was ich heute Abend gesagt habe, entspricht der Wahrheit. Ich bin zu deinem Haus gegangen, ich habe deinen Vater zur Rede gestellt, und seine Bodyguards haben mich windelweich geprügelt.« Er sprang auf und ging unruhig auf und ab.

»Was? Sie haben dich verletzt? Wann warst du bei mir zu Hause?«, fragte sie entsetzt und stellte sich ihm in den Weg.

»Ich weiß es nicht mehr genau. Ein paar Wochen, nachdem du die Ranch verlassen hattest. Ich habe die ganze Zeit darauf gewartet, dass du dich meldest, und irgendwann konnte ich es nicht mehr aushalten.« Seine Worte sprudelten schnell und wütend heraus. »Ich dachte, ich könnte mit ihm reden. Ich dachte, wenn ich ihm zeige, wie sehr ich dich liebe, würde er nachgeben. Aber ich war ein verdammter Idiot, mir einzubilden, du würdest mich lieben. Er hat mir von dir und Josh erzählt. Er hat gesagt, ich wäre dein letzter Sommerflirt. Und ich war so verdammt dumm, dass ich ihm nicht glauben wollte. Ich habe wochenlang nach dir gesucht, an deiner Schule und an all den Orten, von denen du mir erzählt hast, und dann habe ich die verdammte Verlobungsanzeige gesehen. Also erzähl mir nicht, *ich* hätte uns aufgegeben, während du längst wieder mit meinem Vorgänger zusammen warst.« Er wandte sich ab.

»Seeley, *warte*!« Sie packte ihn am Arm und drehte ihn zu sich herum.

»Das bringt uns nicht weiter«, fauchte er. »Es ist die reinste Folter. Ich halte keine weiteren Lügen aus.«

»Ich habe dich nie belogen! Nicht damals und nicht heute. Ich habe meinen Vater angefleht, dich sehen zu dürfen. Er hat mich nicht aus dem verdammten Haus gelassen. Ich wusste nicht einmal, dass du vorbeigekommen bist.« Ihr kamen die Tränen und der Schmerz traf sie erneut mit voller Wucht. »Er hat alle Telefone überwacht. Deshalb habe ich die Briefe geschrieben und Ana gebeten, sie dir zu geben.« Ihre Haushälterin war die Einzige in diesem Haus gewesen, der sie vertraut hatte.

»Ana? Die Frau, die dich auf der Ranch besucht hat? Sie hat mir nie irgendwelche Briefe gegeben.«

»Hör auf zu lügen!« Sie griff in die Gesäßtasche ihrer Shorts, zog den Brief heraus und hielt ihn ihm hin. »Ich habe den Brief, den du mir geschrieben hast, all die Jahre aufgehoben, weil er mir das Herz gebrochen hat. Ich war damals noch nicht wieder mit Josh zusammen. Ich habe erst wieder mit ihm gesprochen, nachdem ich deinen Brief bekommen hatte, und dann war er der einzige Freund, den mein Vater mich sehen ließ. Aber ich habe erst nach Lucas' Geburt mit Josh geschlafen!«

»Du hast ihn geheiratet.« Seine Stimme triefte vor Gehässigkeit.

»Weil ich sechzehn war und keine Wahl hatte. Ich habe Ende September, kurz vor meinem Geburtstag, erfahren, dass ich schwanger bin, und es wie eine Idiotin meinen Eltern erzählt, weil ich dachte, meine Mutter wäre endlich mal auf meiner Seite, und mein Vater würde nachgeben und uns zusammen sein lassen. Aber du kennst ja meine Mutter. Ihr geht es nur um den Schein, und meinen Vater hat es noch wütender gemacht, dass irgendein Typ aus einer Bikerfamilie mich geschwängert hatte. Nachdem ich deinen Brief bekommen und gemerkt habe, dass du dich von mir abgewandt hast, blieb mir keine Wahl mehr. Ich musste mich entscheiden – entweder ich heirate Josh oder ich treibe unser Baby ab. Also tu nicht so, als wäre ich diejenige, die uns aufgegeben hat.«

Tränen liefen über ihre Wangen und sie schüttelte den Brief vor seinen Augen. »Du kannst dich da nicht rauslügen.«

Doc riss ihr das Papier aus der Hand und las.

Juliette,

ich dachte, wenn ich nicht auf deine Briefe antworte, würdest du aufhören zu schreiben. Da habe ich mich wohl geirrt. Ich weiß nicht, ob dein Brief ein verzweifelter Versuch ist, meine Aufmerksamkeit zu erregen, oder ob du wirklich schwanger bist. Aber wenn das so ist, bezweifle ich, dass das Kind überhaupt von mir ist. Ich weiß nicht, mit wem du sonst noch zusammen warst, und es ist mir auch egal, aber zieh mich nicht in dein Chaos mit rein. Ich habe beschlossen, die Vergangenheit ruhen zu lassen, und das solltest du ebenfalls tun.

Seeley

Wut brannte in ihm. »Was in aller Welt hat das zu bedeuten?« Er las den Brief noch einmal und studierte die Handschrift, die mit seiner identisch war. »Ich habe das verdammt noch mal nicht geschrieben. Wo hast du das her?«

»Das ist deine Handschrift, Seeley.« Sie presste die Kiefer zusammen, genauso wie als Teenager, aus ihren Augen schossen Blitze, ihre Stimme war voller Enttäuschung, Schmerz und Unglauben.

Es war der Unglaube, der ihn noch wütender machte. »Woher hast du das, Juliette?«

»Ana hat ihn mir gegeben. Sie hat ihn von ihrem Bruder bekommen. Und das weißt du auch. Er hat all meine Briefe zu dir ans College gebracht, und das war das einzige Mal, dass du je zurückgeschrieben hast.«

»Wie oft muss ich dir noch sagen, dass ich nie einen verdammten Brief bekommen habe? Wie konntest du nur glauben, dass ich so etwas schreiben würde? Ich habe dich verdammt noch mal geliebt. Ich habe meine Zukunft und die

Ranch meiner Familie für dich riskiert. Ich hätte für dich die ganze verdammte Welt niedergebrannt.« Er schüttelte den Brief und versuchte, seine Wut zu bändigen. »Wer auch immer das geschrieben hat, wird dafür bezahlen.«

Ihr Vater würde sich dafür verantworten müssen. Für all die Jahre, die der Mistkerl ihm mit Juliette gestohlen hatte, und für die Jahre mit seinem Sohn, die er verpasst hatte. Aber das musste warten, denn im Moment zählte nur die Frau, die weinend vor ihm stand – die Frau, die er nie aufgehört hatte zu lieben – und der Sohn, den er unwissentlich zurückgelassen hatte.

»Bist du …?« Sie schluckte schwer und wischte sich die Tränen von den Wangen. »Bist du gerade ehrlich? Hast du den Brief wirklich nicht geschrieben? Denn ich weiß nicht mehr, was ich glauben soll.«

Er trat näher, weil er wollte, dass sie sich daran erinnerte, wer er war, und dass sie erkannte, dass er diesen Brief niemals hätte schreiben können. »Habe ich dir jemals einen Grund gegeben zu glauben, dass ich so etwas schreiben würde?«

»Nein, aber …«

»Habe ich dich jemals wegen irgendetwas angelogen, als wir zusammen waren? Im Großen oder im Kleinen?«

»Nein«, stieß sie hervor.

Seine Brust fühlte sich an, als würde sie aufbrechen. »Warum solltest du dann glauben, dass ich diesen Müll geschrieben habe? Du warst alles für mich. Ich war ein verdammtes Wrack, nachdem du weg warst, und als du geheiratet hast …« Er schlug sich mit der Faust gegen die Brust. »Du hast mir das Herz gebrochen.«

»Ich habe mir selbst das Herz gebrochen, aber ich konnte entweder Josh heiraten oder das einzige Stück von dir verlieren, das mir noch geblieben war. Ich habe mich jede Nacht in den Schlaf geweint, als ich schwanger war, aber unser Baby hat mich am Leben gehalten, und selbst wenn ich naiv war und du mich benutzt hattest, hätte es nichts daran geändert, dass ich dich geliebt habe.«

»Grundgütiger.« Er nahm sie in die Arme, hielt sie fest und kämpfte gegen die Gefühle an, die ihn überfluteten. »Ich habe dich nie benutzt. Sag das nie wieder. Das alles ergibt keinen Sinn, aber ich glaube dir, und wir werden die Sache aufklären.«

Er legte ihr die Hände an die Wangen, sah ihr tief in die Augen und wünschte, er könnte ihr den Schmerz nehmen, den er dort sah. Mit den Daumen wischte er ihr die Tränen ab und presste hervor: »Glaubst du mir wegen des Briefes?«

Sie nickte. »Ja.«

Gott sei Dank. Er legte seine Stirn an ihre. »All die Jahre dachte ich, du hättest mich verarscht. Es tut mir leid. Es tut mir so verdammt leid.«

»Ich habe dich geliebt.« Sie klammerte sich an ihn, hob den Kopf, und frische Tränen fielen auf seine Daumen. »Ich habe nie aufgehört, dich zu lieben.«

Ihre Worte zogen ihm den Boden unter den Füßen weg. »Jule«, entfuhr es ihm, während er die Lippen auf ihre presste. Ihre Münder verschmolzen wie glühendes Metall, ihre Zungen umgarnten einander tief und gierig, sie verschlangen sich wild. Überwältigt davon, wie richtig und unfassbar unglaublich es sich anfühlte, sie nach all den Jahren wieder zu küssen, löste er den Mund von ihrem, weil er sichergehen musste, dass er sich das nicht einbildete und dass sie genauso empfand. Sie klammerte sich an sein Hemd und in ihren Augen loderte Verlangen. Keiner von ihnen sagte ein Wort, aber in der Stille braute sich ein unaufhaltsamer Sturm aus Sehnsucht und

Verlangen zusammen. *Das kann doch nicht wahr sein! Nichts hat sich geändert.*

Ihre Münder fanden sich erneut, ihre Zungen wurden fordernd, besitzergreifend, verlangten immer mehr. Ihre Hände waren überall zugleich, das Verlangen so mächtig, dass Juliette mit dem Rücken gegen die Wand prallte, doch keiner von beiden löste sich vom anderen. Er genoss ihren Hunger nach ihm, ihren vertrauten Geschmack, ihre fordernden Berührungen, die seine Fantasien befeuert und ihn jahrelang fast um den Verstand gebracht hatten. Er war mit Dutzenden Frauen zusammen gewesen, immer auf der Suche nach diesem Rausch, aber keine hatte je wie Juliette dieses lodernde Feuer entfacht oder das Tier in ihm entfesselt.

Es war, als wäre keine Zeit vergangen und doch ein ganzes Leben, und er konnte nicht genug bekommen von ihren weichen, weiblichen Kurven und ihren sehnsüchtigen Lauten. Leidenschaft brannte in ihm, während sie sich stöhnend und tastend aneinander rieben. Er vergrub die Hände in ihrem Haar und knurrte an ihren Lippen: »Ich habe dich so unfassbar vermisst.«

Schon küsste er sie erneut, diesmal noch intensiver, und zog ihr das T-Shirt und den BH aus, befreite ihre vollen Brüste. »Großer Gott, Jule. Du bist so verdammt schön.« Er umfing ihre Brüste mit den Händen, senkte den Kopf und neckte eine Brustwarze mit der Zunge, während er die andere drückte. Sie schrie auf und klammerte sich an ihn, als er ihre Brustwarze hart an seinen Gaumen sog. So, wie sie es immer gemocht hatte.

»Oh Gott. Seeley.«

Während er saugte, streichelte und neckte, grub sie die Fingernägel in sein Fleisch, und ihr Stöhnen und Flehen schürte seine Lust. Er knöpfte ihre Shorts auf, schob eine Hand in ihr Höschen und spürte ihre Erregung. »Du bist so verdammt feucht für mich.«

»Nur für dich«, keuchte sie, was den Rest seiner Selbstbeherrschung sprengte.

Er presste den Mund auf ihren und verschlang sie, während er mit zwei Fingern in ihre enge Hitze eindrang. Ein Fluch entfuhr ihm, als sie aufstöhnte. Er dämpfte ihre wilden, leidenschaftlichen Geräusche mit dem Mund, während er sie mit den Fingern liebte. Ihre heißen Laute durchfuhren ihn und bewirkten, dass er sich noch mehr danach sehnte, in ihr zu sein. Er vergrub die andere Hand in ihrem Haar und verschlang sie gierig, wollte jeden Zentimeter von ihr zurückerobern. »Ich muss dich schmecken.«

Schon zog er ihr die Stiefel, die Shorts und das Höschen aus und vergrub das Gesicht zwischen ihren Beinen. Sie schmeckte so verdammt süß. »Seeley«, keuchte sie. »Es fühlt sich so gut an.« Sie hatte immer seinen Namen hervorgestoßen, wenn sie miteinander schliefen, und es brachte ihm immer noch ein urtümliches Vergnügen, das nichts anderes je hatte hervorrufen können. Sie war seine Droge, ihre Lust sein Rausch. Er nahm ihren Kitzler zwischen die Zähne, drang erneut mit den Fingern in sie ein und streichelte die Stelle, die ihre Schenkel zittern und sie stoßweise nach Luft ringen ließ. Er leckte und saugte, sog alles in sich auf, bis der Orgasmus über sie hereinbrach. *»Seeleyseeleyseeley …«*

Er nahm alles, was sie zu geben hatte, und genoss die lustvollen Laute, die aus ihrer Kehle drangen, selbst als das letzte Beben längst nachgelassen hatte. Erst danach richtete er sich auf und küsste sie wild, wollte dringender in ihr sein, als er den nächsten Atemzug brauchte. Sie war ebenso begierig und zog den Reißverschluss seiner Jeans auf. Er hob sie hoch, und sie schlang die Beine um ihn, während er sie den Flur entlang in sein Schlafzimmer trug.

Dort legte er sie aufs Bett und hatte sich innerhalb von drei Sekunden vollständig ausgezogen.

»Ich brauche dich«, hauchte sie atemlos und streckte die Hände nach ihm aus, als er sich über sie beugte.

Sein Mund bedeckte den ihren rau und drängend, und mit einem harten Stoß drang er in sie ein, wobei ihn die Lust wie Feuer durchzuckte. Als sie laut aufkeuchte, fluchte er leise. »Hab ich dir wehgetan?«

»Nein. Du fühlst dich nur so gut an.« Sie zog ihn zu sich herab und küsste ihn abermals.

Sie stießen und rieben, liebten einander mit rücksichtsloser Hingabe. Juliette war so verdammt eng, so wahnsinnig perfekt und vertraut, dass er sich fühlte, als wäre er die ganze Zeit verloren und ausgehungert gewesen, und sie war die einzige Person, die sein Verlangen stillen konnte. Es fühlte sich an, als wäre er endlich *nach Hause* gekommen. Er hob ihr Becken an, veränderte den Winkel, drang tiefer in sie ein, dehnte sie, beanspruchte sie. »Ich habe dich so unglaublich vermisst«, presste er zwischen fiebrigen Küssen hervor.

»So sehr«, sagte sie und klammerte sich an ihn, bohrte die Fingernägel in sein Fleisch.

Ihre Körper wurden schweißnass und die Geräusche ihres Liebesspiels erfüllten den Raum. Er schob die Arme unter sie, hielt sie noch fester, stieß noch härter zu. »Hör nicht auf«, flehte sie. Wusste sie denn nicht, dass es einen Akt Gottes brauchen würde, um ihn von ihr loszureißen?

Er beschleunigte seine Bewegungen, und ihre enge Hitze umschloss ihn derart perfekt, dass sich jede Empfindung vervielfachte. Ihre Küsse wurden leidenschaftlicher, ihre

Berührungen intensiver, und die Laute, die sie von sich gaben, waren voller dunkler Sehnsucht, als hätte sich in den Jahren der Trennung all ihre Leidenschaft füreinander aufgestaut, nur um jetzt in diesem Moment zu explodieren. Es kostete ihn all seine Selbstbeherrschung, nicht sofort zu kommen. Er versenkte die Zähne in ihrem Hals, und sie schrie, drückte das Becken nach oben, ihre inneren Muskeln zuckten um ihn herum und lösten einen welterschütternden Orgasmus in ihm aus. *»Großer Gott, Jule ...«*

Sie ritten stöhnend die Wellen ihrer Lust, ganz verzehrt von der Leidenschaft, von der Lust des anderen, die länger anhielt und intensiver war als je zuvor. Doc hatte so etwas noch nie erlebt.

Als sie schließlich erschöpft auf die Matratze sanken, sich atemlos küssten und ihre ineinander verschlungenen Körper noch von den Nachbeben zuckten, hielt er sie noch fester. Nach sechzehn Jahren des Vermissens lag seine süße, temperamentvolle Jule endlich wieder in seinen Armen – und er würde sie nie wieder gehen lassen.

Während die Welt langsam wieder klar wurde, genoss Juliette das Gefühl von Seeleys großem, warmem Körper, der sie umhüllte. In seinen Armen hatte sie sich immer am sichersten gefühlt. Sein Körper war jetzt kräftiger und stärker, sein Bart rauer, seine Bewegungen nuancierter und kraftvoller. Aber die Art, wie er sie berührte, wie er sich in ihr anfühlte, war ihr trotz der Intensität so vertraut, als wäre er immer noch ein Teil von ihr.

Er küsste sie auf die Stirn und verzog die köstlichen Lippen zu einem lustvollen Lächeln. »Alles okay, Liebling?«

Ihr Herz krampfte sich bei der Liebkosung zusammen. »Mhm.« Sie hatte die Tattoos auf seiner Brust, seinen Schultern und Oberarmen aufblitzen sehen und wäre gern dabei gewesen, als er sie bekommen hatte, wollte die Geschichten dahinter hören.

Das Klingeln seines Handys irgendwo auf dem Boden holte sie aus ihrer Träumerei. Sein Blick wanderte in die Richtung des Geräusches. Sie lehnte sich zurück und schuf Abstand zwischen ihnen. »Musst du rangehen?«

»Nein. Komm wieder her.« Er zog sie an sich und küsste sie.

Warum liebte sie das nur so sehr? Wie oft hatte er genau das damals in diesem Sommer gemacht? Immer gegen das Ende der gestohlenen Zeit ankämpfend. Als könnte er so jede Stunde verdoppeln.

Weitere Benachrichtigungen ertönten in schneller Folge, und er spannte die Muskeln an – Realität und Nervosität kehrten zurück. Sie zwang sich, ihn erneut von sich wegzuschieben. »Was machen wir hier eigentlich? Wir haben so viel zu besprechen und der Sex macht alles nur noch komplizierter.« Nicht, dass sie es bereute oder sich hätte zurückhalten können – sie wollte einfach alles, was er zu geben bereit war. Sie waren immer noch so explosiv wie früher, aber sie waren inzwischen keine verantwortungslosen Kinder mehr, sondern mussten sich der Realität stellen.

»Es ist doch sowieso schon kompliziert.« Er zog sie wieder an sich, aber sie stemmte die Hand gegen seine Brust und hielt ihn davon ab.

»Wir müssen wirklich reden, Seeley. Ich bin hergekommen,

um reinen Tisch zu machen, und hätte nicht gedacht, dass ich eine Rüstung brauche, um gegen die Hitze zwischen uns anzukämpfen.« Sie konnte sich ein Lächeln nicht verkneifen. »Nicht, dass ich mich beschweren will, aber wir haben nicht mal verhütet.«

»Verdammt. Bitte entschuldige. Ich habe den Kopf verloren. Du nimmst nicht die Pille?«

»Nein. Ich kann nicht mehr schwanger werden. Josh und ich haben es versucht, aber es hat nie geklappt.«

Er runzelte die Stirn. »Das tut mir leid.«

»Es ist schon okay. Ich habe Lucas, aber bitte sag mir, dass ich mir keine Sorgen wegen irgendwelcher Krankheiten machen muss.«

»Großer Gott, Jule. Glaubst du wirklich, dass ich dann mit dir zusammen gewesen wäre?«

»Ich würde es gern glauben, aber wir kennen uns nicht mehr. Ich weiß nicht mal, ob du mit jemandem zusammen bist, und diese Nachrichten klangen wichtig.«

»Diese Nachrichten sind wahrscheinlich von meinen Brüdern, die nach mir sehen, weil ich früh vom Clubtreffen abgehauen bin, um dich zu sehen, und ich bin mit niemandem zusammen.« Er beäugte sie kritisch. »Oh, verdammt. Bist du noch verheiratet?«

»Nein.« Sie richtete sich auf und war verletzt von der Frage, obwohl das keinen Sinn ergab, da sie ihm eine ähnliche gestellt hatte. Aber ihr Herz raste und sie dachte ohnehin nicht ganz klar. »Egal, was du all die Jahre von mir gehalten hast, ich hätte nicht mit dir geschlafen, wenn ich noch verheiratet wäre.«

Sie eilte ins Badezimmer und schloss die Tür hinter sich. Mit dem Rücken dagegen schloss sie die Augen. *Atmen. Einfach atmen.* Wie hatte sie sich bei allem, was auf dem Spiel stand, so mitreißen lassen können? Sie sagte sich, was passiert war, war nun mal passiert. Es war nur Sex. Sie waren Erwachsene. Sie würden das schon hinkriegen.

Dann schlug sie die Augen wieder auf und betrachtete das dunkle Badezimmer aus Holz und Stein, das so ungeschliffen und schön war wie der Mann, der sie mit einem einzigen Kuss um den Verstand gebracht hatte. Sie schaute in den Spiegel und zuckte zusammen. Ihr Haar war ein einziges Durcheinander. Seeley hatte es immer geliebt, die Hände darin zu vergraben, aber ihr Körper hatte sich stark verändert. Sie war durch die Arbeit mit den Pferden zwar kräftig, aber auch rundlicher und weicher um die Mitte geworden, und ihre Brüste waren schwerer und längst nicht mehr so straff wie damals mit sechzehn.

Sie tadelte sich selbst dafür, sich über ihr Aussehen Gedanken zu machen, ging zur Toilette und wusch sich, während sie überlegte, wie sie mit der Situation umgehen sollte. *So wie du die letzten anderthalb Jahrzehnte alles gemeistert hast. Direkt und ohne Ausflüchte.*

Nachdem sie sich die Hände abgetrocknet hatte, holte sie tief Luft und öffnete die Tür.

Seeley stand direkt davor, unfassbar gut aussehend in schwarzen Boxershorts, und schaute sie entschuldigend an. Er reichte ihr eines seiner T-Shirts. Während sie es sich überstreifte, sagte er: »Es tut mir leid. Ich hätte mich nicht so gehen lassen dürfen.«

»Es ist nicht deine Schuld. Wir haben uns beide hinreißen lassen.« Unsicher versuchte sie, an ihm vorbeizugehen.

Er nahm sanft ihre Hand, zog sie in seine Arme und hielt sie fest. »Ich weiß, dass wir reden müssen, aber gib mir einen Moment. Das war ziemlich heftig.«

Sie schloss die Augen, sog seinen Duft ein und war froh, dass sie mit diesen Gefühlen nicht allein war.

»Wie wäre es, wenn ich ein Feuer mache und wir uns draußen hinsetzen? Ich glaube, wir könnten beide ein bisschen frische Luft gebrauchen.«

»Okay.«

»Solltest du dich nach Lucas erkundigen?«

Sie fand es toll, dass er an ihn dachte. »Nein. Ich habe ihm gesagt, dass ich länger weg sein könnte, aber danke, dass du an ihn denkst.«

»Ich habe das Gefühl, dass ihr zwei für sehr lange Zeit alles sein werdet, woran ich denken kann.« Er ließ ihre Hand los und ein freches Glitzern funkelte in seinen Augen. »Eigentlich sollte ich dich zwingen, die ganze Zeit über nackt zu bleiben, damit du nicht einfach wegläufst.«

»Darin bist *du* doch der Experte.«

Er nickte und sein Blick wurde ernst. »Auch das tut mir leid, Liebling. Das mache ich nie wieder mit dir. Wir sollten uns etwas anziehen.« Stirnrunzelnd zupfte er etwas von ihrer Schulter und hielt es hoch. »Sadies Haare. Entschuldige.«

Sie lächelte. »Sie schlafen in deinem Bett?«

»Jede Nacht.«

Als sie ins Wohnzimmer ging, um ihre Sachen zu holen, und ihn dabei schon so sehr vermisste, dass es fast wehtat, fragte sie sich, ob er vielleicht irgendwo eine Ganzkörperrüstung hätte, die sie sich ausleihen könnte.

Sieben

Juliettes Nerven lagen blank. Sie war froh, dass Seeley ihr ein Glas Wein und ein Glas Wasser gebracht hatte. Wahrscheinlich würde sie beides brauchen.

Sie saßen auf schweren Holzstühlen an der Feuerstelle. Sie versuchte, wieder ruhiger zu werden, und betrachtete die große Terrasse und den Rest seines Gartens, der genau so aussah, wie sie ihn sich vorgestellt hatte. Es gab keine gepflegten Beete oder Steinwege, nur natürliche Schönheit. Unregelmäßiges Gras und felsiger Boden, und Sträucher und Bäume durften wachsen, wie sie wollten. Wildblumen setzten Farbtupfer am Bachufer und rund um Felsen und Baumstämme. Sie sah die alte Holzbrücke, die sie in jenem schicksalhaften Sommer benutzt hatten, um den Bach zu überqueren.

Es überraschte sie, dass er die Brücke nicht auch abgerissen hatte. Sie fragte sich, ob er sie überhaupt noch benutzte und ob er jemals zu den Orten zurückkehrte, die damals die »ihren« gewesen waren.

Sie schob diese Gedanken beiseite und beobachtete, wie Seeley einen Schluck Bier trank. Er trug ein Dark-Knights-T-Shirt, Jeans und schwarze Lederstiefel und musterte sie so durchdringend, dass sie sich fragte, was er wohl in ihr sah.

Sie spielte nervös am Ärmel ihres Sweatshirts. »Wo sollen wir anfangen?«

»Ich würde gern über Lucas sprechen«, antwortete er ruhig. »Aber zuerst muss ich verstehen, wie wir überhaupt bis zu diesem Punkt gekommen sind und was du durchgemacht hast. Du hast gesagt, dein Vater hat dir ein Ultimatum gestellt, und deine Mutter hat dir nicht geholfen, was dich sicher schwer getroffen hat. Ich weiß ja, dass du gehofft hattest, sie würde sich irgendwann von seinem Einfluss befreien.«

Schon lange bevor sie Seeley kennenlernte, hatte sie ihren Vater für einen hoffnungslosen Fall gehalten, aber als sie jünger war, hatte sie noch gehofft, ihre Mutter würde irgendwann die Augen öffnen und sich gegen ihren kontrollsüchtigen Ehemann stellen – wenigstens ein Mal, bei irgendetwas. Ihre Großmutter hatte sie oft vor dieser falschen Hoffnung gewarnt und darauf bestanden, dass ihre Mutter nicht unter jemandes Fuchtel stand, sondern lediglich auf Geld und Status aus war und ihre eigene Herkunft verachtete. Nachdem sie sich Juliettes Vater geangelt hatte, war sie noch materialistischer geworden. Wie Juliette unzählige Male selbst erlebt hatte, sah ihre Mutter nicht das geringste Problem darin, jede Entscheidung ihres Vaters mitzutragen, um weiterhin vom Luxus zu profitieren – selbst wenn das bedeutete, die Zukunft der eigenen Tochter zu opfern.

»Ich hätte auf meine Großmutter hören sollen. Sie hatte in Bezug auf sie recht.« Sie nippte an ihrem Wein. »Früher habe ich mir gewünscht, meine Mutter wäre mehr wie deine. Oder zumindest wie die Frau, die ich damals kennengelernt habe.«

»Sie ist immer noch die gleiche liebevolle Person, die du kanntest. Sie wird außer sich sein, wenn sie das alles erfährt.«

»Es ist mir peinlich, und ich fühle mich schuldig dafür, wie mein Vater dich und deine Familie behandelt hat.«

»Du warst ein Kind. Du hattest keine Kontrolle darüber und das weiß jeder hier.« Er stützte die Ellbogen auf die Knie. »Ich habe auch viele Schuldgefühle wegen dem, was ich meiner Familie angetan habe.« Seine dunklen Augen fanden erneut ihre. »Aber ich habe mich nie für das entschuldigt, was ich für dich empfunden habe, und das werde ich auch niemals tun. Es gibt einen Unterschied dazwischen, etwas zu bereuen und sich schuldig zu fühlen, weil es anderen Kummer bereitet hat.«

Sie hatte das Gefühl, gleich weinen zu müssen. Niemand hatte sie je so geliebt wie er, und die Leidenschaft in seiner Stimme bestätigte alles, was sie damals in Bezug auf seine Gefühle geglaubt hatte.

»Was ich nicht begreifen kann«, fuhr er fort, »ist, warum Hazel dir nicht geholfen hat. Sie hat dich sehr geliebt.«

»Sie hat mir angeboten, mich bei sich aufzunehmen, und ich wollte auch zu ihr ziehen, aber mein Vater hat gedroht, ihr Geschäft zu ruinieren. Er sagte, er würde dafür sorgen, dass sie keinen Cent mehr verdient. Das konnte ich ihr nicht antun.«

»Dieser elende, feige Mistkerl.« Er nahm einen Schürhaken und stocherte im Feuer, sodass Funken in den Himmel stoben. »Ich hätte mich um ihn kümmern sollen, als ich die Gelegenheit dazu hatte.«

»Was meinst du damit?«

Er lehnte sich zurück. »Vor der Verlobungsanzeige, als ich noch dachte, dein Vater hätte mich in Bezug auf dich und Josh angelogen, war ich übers Wochenende zu Hause und habe mich komplett abgeschossen. Ich habe mir eins unserer Gewehre geschnappt und bin ins Auto gestiegen, um ihn zu suchen.«

»*Seeley.* Was hast du dir dabei gedacht?« Sie war schockiert.

Nicht weil er ihren Vater zur Rechenschaft ziehen wollte, aber er war immer vorsichtig gewesen, was Alkohol am Steuer oder riskantes Verhalten anging. »Wenn du es geschafft hättest, wärst du jetzt im Gefängnis – vorausgesetzt, du hättest dich nicht vorher selbst oder jemand anderen totgefahren.«

»Das hat mein alter Herr auch gesagt, als er mich aus dem Wagen gezerrt und mir die Hölle heißgemacht hat.«

»Zum Glück hat er das getan.« Sie zögerte einen Moment, bevor sie hinzufügte: »So sehr ich es auch hasse, dass mein Vater dich zu jemandem gemacht hat, der überhaupt an so etwas denkt, war ich am Boden zerstört, als ich dachte, du hättest nicht um uns gekämpft. So falsch es auch ist, tut es doch gut zu wissen, dass du es zumindest versucht hast.«

Er schüttelte den Kopf und verzog die Lippen zu einem leicht betrübten Lächeln, das aber nur wenige Sekunden hielt, bevor sein Gesicht wieder ernst wurde. »Ich war ziemlich fertig, nachdem ich dich verloren hatte.« Er trank einen Schluck und blickte zum Bach hinüber.

Sie betrachtete sein Profil und sah so viel von Lucas in ihm. Erneut überkam sie Erleichterung, dass er den Brief nicht geschrieben hatte – zusammen mit einer Welle von Sehnsucht nach der Zeit, die Seeley und Lucas verloren hatten. Sie hatte keine Ahnung, wie sie Lucas die Wahrheit beibringen sollte, aber das war ohnehin Zukunftsmusik. Es gab noch vieles aufzuarbeiten.

Sein Blick begegnete ihrem. »Ich glaube nicht, dass ich jemals darüber hinweggekommen bin.«

Die Ehrlichkeit in seinen Augen entlockte ihr ebenfalls ein Geständnis. »Dann sind wir schon zwei.« Ihre Blicke hielten sich so lange, dass die Luft knisterte. Aber sie durfte sich nicht davon mitreißen lassen und sah ins Feuer.

»Wie hat dein Vater Josh dazu gebracht, das alles mitzumachen? Eine Frau und das Kind eines anderen zu übernehmen, ist eine große Sache – und er war, was? Achtzehn?«

»Es war nicht schwer, ihn zu überzeugen. Er hat mich geliebt, seit wir Kinder waren, und ich habe dir ja damals im Sommer erzählt, dass er am Boden zerstört war, als ich mit ihm Schluss gemacht habe. Ich war total am Ende, als ich dachte, du hättest mir diesen Brief geschrieben, und Josh hätte alles getan, um mich glücklich zu machen. Ich fühle mich furchtbar, weil ich ihn in diese ganze Situation mit hineingezogen habe, aber ich glaube, da war noch mehr. Sein Vater war der Anwalt meines Vaters und genauso korrupt wie er. Ich weiß nicht viel über ihre krummen Geschäfte, aber bei meinem Vater würde es mich nicht wundern, wenn er etwas gegen Joshs Vater in der Hand hatte.«

Seeley presste die Zähne so fest zusammen, dass es wehtat. »Ich bin dankbar dafür, dass Josh dem zugestimmt hat und du bei jemandem warst, der dich geliebt hat. Hast du die Hochzeit bekommen, die du dir immer gewünscht hast?«

Juliette schüttelte den Kopf und erinnerte sich daran, wie sie und Seeley geplant hatten, nach dem College und dem Tiermedizinstudium auf der Ranch zu heiraten. Sie nippte an ihrem Wein und versuchte, diese schmerzhaften Erinnerungen zu verdrängen. »Wir hatten eine kleine Zeremonie im Garten meiner Eltern, kurz nachdem die Verlobungsanzeige veröffentlicht worden war. Ich habe meinen Schulabschluss nachgeholt, und mein Vater hat seinen Einfluss genutzt, um mich in Stanford unterzubringen, wo auch Josh studiert hat. Er hat uns ein Haus gemietet und nach Lucas' Geburt ein Kindermädchen bezahlt, damit ich mein Studium fortsetzen konnte.«

»Also denkt Lucas, dass Josh sein Vater ist?«

Sie nickte und fühlte sich schuldig. »Es tut mir leid, aber nachdem ich den Brief bekommen hatte, wollte ich nicht, dass er in dem Glauben aufwächst, er sei unerwünscht, darum habe ich ihm nie die Wahrheit gesagt.«

»Verstehe.« Schmerz überschattete seine Augen. »Du hast gesagt, du bist nicht mehr verheiratet, aber war Josh gut zu dir und Lucas?«

»Wir haben uns getrennt, als Lucas vier war, und zwei Monate später kam Josh bei einem Unfall mit Fahrerflucht ums Leben.« Es war schon Jahre her, aber es tat immer noch weh, daran zu denken, dass er nicht mehr da war.

»Großer Gott. Das tut mir leid.«

»Mir auch. Er war ein guter Vater.«

»Gut. Das weiß ich zu schätzen.« Die Anspannung in seiner Stimme war deutlich zu spüren. »Hast du ihn geliebt?«

Nicht so, wie ich dich liebe. »Ich habe ihn geliebt wie einen engen Freund, den ich schon immer kannte, und ich habe ihn dafür geliebt, dass er mich davor gerettet hat, unser Baby aufgeben zu müssen. Aber nach Lucas' Geburt hat sich alles verändert.«

»Wann ist Lucas' Geburtstag?«

»Am dreizehnten März. Er kam drei Wochen zu früh, was meinem Vater in die Karten spielte. Da ich eine Woche vor der Ranch mit Josh Schluss gemacht hatte, hat niemand das Timing infrage gestellt.«

»Dreizehnter März«, wiederholte er mit einem leisen Lächeln.

»Und sein zweiter Vorname ist John.«

Kurz flackerte Ungläubigkeit in seinen Augen auf, verschwand aber schnell und wurde von Dankbarkeit ersetzt. »Danke, dass du ihm dieses Stück von mir gegeben hast.«

Sie kämpfte gegen einen Schwall von Gefühlen an. »Selbst nachdem ich all diese Lügen über dich gehört hatte, konnte ich dich nicht loslassen. Nach seiner Geburt wollte ich so gern Kontakt zu dir aufnehmen und dir den wunderschönen kleinen Jungen zeigen, den wir gemacht haben, aber dieser Brief …« Bei den schmerzhaften Erinnerungen stockte sie. »Die Vorstellung, dass du mich noch einmal zurückweisen könntest, war einfach zu viel.«

»Dieser verdammte Brief.« Er sah sie ernst an. »Ist das der Grund, warum die Sache mit Josh schwieriger geworden ist? Wusste er, dass du Kontakt zu mir aufnehmen wolltest?«

»Nein. Ich habe es ihm nie gesagt, aber er wusste, wie sehr ich dich geliebt habe. Er war da, als ich mich jede Nacht in den Schlaf geweint habe. Aber Josh hat Lucas geliebt und er hat auch mich geliebt. Zumindest so sehr, wie man jemanden lieben kann, der diese Liebe nicht in gleicher Weise erwidert. Es war einfach schwer, Eltern zu sein und gleichzeitig zu studieren. Wir waren Kinder und der Druck war groß. Ich war glücklich, wenn ich mit Lucas zusammen war, aber ich war deinetwegen unendlich traurig und wütend auf meine Eltern. Zwischen Studium, Lucas und meiner Unzufriedenheit hatte ich nichts mehr, was ich Josh geben konnte. Gegen Ende unserer Beziehung dachte er, ein gemeinsames Kind könnte helfen. Wir haben es versucht, aber ich bin nie wieder schwanger geworden. Irgendwann hatten wir uns auseinandergelebt. Er fing an, viel zu feiern, und blieb immer länger weg. Ich habe ihm das nie übel genommen. Die ganze Situation war einfach schrecklich unfair ihm gegenüber.«

Seeley drehte seinen Stuhl zu ihr. »Es tut mir leid, dass ich diese Farce nicht verhindern konnte. Wenn ich die Wahrheit gewusst hätte, wäre ich jede verdammte Minute für dich und

Lucas da gewesen.« Er beugte sich vor, zog sie an den Rand ihres Stuhls und schloss sie in die Arme. »Es macht mich fertig, dass du das alles durchmachen musstest und das Schlimmste von mir und uns gedacht hast, und …« Er hielt sie noch fester. »Es tut mir so verdammt leid, Liebling.«

»Es war nicht deine Schuld. Man hat uns beide manipuliert. Mir war nur nie klar, wie sehr.«

Er wich zurück und seine Augen funkelten vor Wut. »Dein Vater wird dafür bezahlen.«

»So sehr ich mir das auch wünsche, wir müssen sehr vorsichtig sein. Ich weiß, wozu er fähig ist.«

»Er kann uns nichts mehr anhaben, aber ich will nicht, dass Lucas denkt, ich wäre ein Monster, wenn ich seinen Großvater zur Rechenschaft ziehe, um die Wahrheit ans Licht zu bringen.«

»Meine Eltern sind schon lange kein Teil unseres Lebens mehr. Als Josh und ich geheiratet haben, dachte ich, ich könnte genauso skrupellos sein wie sie und sie fürs College und das Tiermedizinstudium zahlen lassen, damit Lucas und ich eine sichere Zukunft haben.«

»Das war klug. Es ist erstaunlich, dass du bei all dem noch einen klaren Kopf behalten konntest.«

»Danke.« Sie schätzte es, dass er anerkannte, wie schwer das für sie gewesen war. »Aber es war mir einfach nicht möglich, das auf Dauer vorzutäuschen. Ich habe sie nie besucht und ihre Anrufe ignoriert. Nach Colorado bin ich nur für kurze Besuche bei meiner Großmutter zurückgekommen, und meinen Eltern habe ich nicht Bescheid gesagt, weil ich sie nicht sehen oder meine Großmutter in Schwierigkeiten bringen wollte. Ich habe sie so sehr vermisst und mich ungemein darüber geärgert, dass meine Eltern mir das Gefühl gaben, ich dürfte sie nicht sehen.«

»Sie hat dich garantiert auch vermisst.«

»Das hat sie. Wir haben viel telefoniert. Aber meine Eltern sind trotzdem ohne Vorwarnung bei mir aufgetaucht, und mir blieb keine andere Wahl, als sie Lucas sehen zu lassen. Ich habe das gehasst wie die Pest. Dann hat Lucas eines Tages gesagt, er wolle später mal wie Grandpa Marvin werden, wenn er groß ist, und allein der Gedanke hat mir körperlich wehgetan. Da hatte ich genug. Es war mir egal, ob ich in einem Obdachlosenheim unterkommen müsste – ich musste Lucas schützen und aus meiner Scheinehe raus, aber dafür musste ich den Kontakt zu meinen Eltern komplett abbrechen. Ich wollte meine Großmutter nicht mit hineinziehen, aber ich hatte gerade das College abgeschlossen und war an der Fakultät für Tiermedizin angenommen worden. Ich wollte das nicht aufgeben, darum habe ich sie angerufen und gefragt, ob ich mir das Geld leihen könnte, das ich nicht über einen Studienkredit bekommen konnte. Sie wollte mir das Geld schenken, aber ich musste das Gefühl haben, auf eigenen Beinen zu stehen. Sie hat mir geholfen, ein Zimmer auf einer kleinen Farm zu bezahlen und die Kinderbetreuung zu finanzieren.«

»Und deine Eltern haben dich nach all dem kampflos gehen lassen?«

»Schön wär's. Nachdem ich die Anrufe meines Vaters wochenlang ignoriert hatte, folgten Drohungen, mir Lucas wegzunehmen. Aber ich habe ihnen gedroht, dass ich eine einstweilige Verfügung gegen sie erwirken würde – und du weißt ja, wie wichtig ihnen ihr öffentliches Image ist.«

»Was für ein verdammter Albtraum. Was ist mit Josh? Wo war er in der ganzen Zeit?«

»Er war auch bereit, unsere Beziehung zu beenden, und inzwischen hatte er verstanden, warum ich den Kontakt zu meinen Eltern abbrechen musste. Aber er hat Lucas geliebt und ihn weiterhin gesehen. Und wie gesagt, zwei Monate später kam er ums Leben. Wir hatten die Scheidungspapiere noch nicht eingereicht, darum ging das Geld seiner Lebensversicherung an mich. Das war der einzige Ratschlag meines Vaters nach Lucas' Geburt, für den ich ihm dankbar war. Er meinte, wir müssten unbedingt eine Lebensversicherung abschließen, und am Ende war das meine Rettung. Ich konnte meiner Großmutter das geliehene Geld zurückzahlen und uns über Wasser halten, solange ich sparsam lebte.«

»Mein Gott, Jule. Das muss furchtbar für dich gewesen sein, und ich kann mir nur vorstellen, wie schlimm es für Lucas war.«

»Es war für uns beide schrecklich. Ich habe mir die Schuld gegeben. Josh und ich haben uns damals oft gestritten, und er ist feiern gegangen und wurde überfahren, als er eine Straße überqueren wollte. Wenn er mich nicht geheiratet hätte, wäre das alles vielleicht nie passiert, und er wäre noch am Leben.«

Seeley nahm ihre Hand. »Du kannst diese Verantwortung nicht auf dich nehmen. Er hat sich entschieden, dich zu heiraten. Niemand hat gesagt, dass es einfach werden würde.«

»Ich weiß, aber trotzdem.«

»Wie hat Lucas das verkraftet?«

»Er konnte mich lange Zeit kaum aus den Augen lassen, was verständlich war. Das ältere Ehepaar, dem die Farm gehörte, auf der wir wohnten, war wunderbar. Die beiden haben uns an eine Trauerbegleiterin verwiesen. Es hat lange gedauert, bis wir wieder ein neues normales Leben gefunden haben, aber wir haben es geschafft. Irgendwann habe ich das Tiermedizinstudium abgeschlossen – dank dir, weil du mich damals im Sommer dazu gebracht hast, an mich zu glauben, bin ich Tierärztin geworden und nicht nur Tierarzthelferin.«

»Ich habe nur das Offensichtliche ausgesprochen. Du warst schon immer verdammt beeindruckend, Liebling. Ich wusste, dass du stark bist, aber das alles …« Er schüttelte den Kopf. »Du hast deine Familie verloren, deinen Mann, deine Großmutter und jahrelang Schreckliches über mich geglaubt. Es ist kaum zu fassen, dass du immer noch aufrecht stehst, unseren Sohn allein großgezogen und dir eine Karriere aufgebaut hast.«

»Lange Zeit habe ich mich gefragt, ob der Schmerz über den Verrat meiner Eltern – und auch deinen – je vergehen würde«, gestand sie ihm. »Aber jahrelange Therapie hat mir geholfen, meine Eltern so zu akzeptieren, wie sie sind, und damit abzuschließen. Das Seltsame ist, dass mir die Therapie kein bisschen geholfen hat, über meine Gefühle für dich hinwegzukommen.«

Er beugte sich erneut vor, legte ihr die Hände auf die Oberschenkel und brachte ihre Gesichter näher zusammen. »Was wir haben, war schon immer zu groß, um es zu leugnen.«

Ihr Puls beschleunigte sich und seine Worte füllten den Raum zwischen ihnen wie ein lebendiges Wesen. Die Wahrheit schlang sich wie ein Lasso um sie herum und band sie zusammen. Sein Blick bohrte sich in ihren, als fordere er sie heraus, ihm zu widersprechen.

Doch sie konnte das Offensichtliche nicht leugnen.

Sie wollte sich auf seinen Schoß setzen, wieder in der Geborgenheit seiner Arme liegen. Nicht weil sie Schutz brauchte – das hatte sie seit Jahren nicht mehr nötig. Es war die Geborgenheit bei ihm, nach der sie sich sehnte. Dieses Gefühl hatte sie bei niemand anderem je gefunden.

Aber jetzt war nicht der richtige Zeitpunkt, um egoistisch zu sein. Die einzige Person, die im Moment zählte, war Lucas, und darauf konzentrierte sie sich.

»Die Chemie zwischen uns ist unbestreitbar.« Sie griff nach ihrem Weinglas, um die Situation zu entschärfen, und bemühte sich um Leichtigkeit. »Ich glaube, ich brauche jetzt noch viel mehr Therapiestunden.«

Es gab so viele Dinge, die Doc über sie und Lucas wissen wollte, aber es war auch so schon ein emotionaler Abend gewesen, und er wollte sie nicht überfordern. Daher schluckte er all die anderen Fragen über sie hinunter und konzentrierte sich auf ihren Sohn.

»Das Wichtigste ist, dass Lucas das alles durchsteht, ohne dass wir ihm für den Rest seines Lebens einen Knacks verpassen. Vielleicht sollten wir mit meiner Mutter oder einem anderen Therapeuten sprechen, wie wir das am besten angehen. Ich will ihn nicht anlügen. Es gab schon genug Lügen.«

»Da hast du recht«, stimmte sie ihm zu. »Aber ich glaube, ich schaffe das Gespräch mit ihm allein.«

»Willst du, dass ich dabei bin, wenn du es ihm sagst?«

»Nein«, antwortete sie schnell. »Ich weiß nicht, wie er reagieren wird, und er ist im Moment nicht gerade dein größter Fan.«

»Stimmt.« Er hatte sich schon hundertmal dafür verflucht, sich so erbärmlich verhalten zu haben. »Ich werde das bei euch beiden wiedergutmachen. Wenn ihr eure Meinung ändert oder mit jemandem darüber reden wollt, lasst es mich wissen.«

»Okay.«

Seeley trank sein Bier aus und stellte die Flasche ab.

»Kannst du mir von ihm erzählen? Wie ist er so? In welche Klasse geht er? Ist er ein guter Junge?«

»Er ist ein großartiger Junge.« Ihr Lächeln war echt und strahlend. »Er ist witzig, unglaublich klug und mitfühlend, und er ist ein guter Mensch, Seeley. Er arbeitet gern mit den Händen und tüftelt an Dingen herum. Schon als er klein war, hat er seine Plastikwerkzeuge geholt, wenn etwas kaputtging, und versucht, es zu reparieren. Und er liebt Pferde. Er reitet, seit er klein ist, hat es damals auf der Farm gelernt, und wenn er mal schlechte Laune hat, reichen ein paar Stunden mit den Pferden, um ihn wieder aufzumuntern.«

»Wie ein bestimmtes Mädchen, das ich mal kannte.«

Ihr Lächeln wurde noch breiter.

»Was ist mit dem Umzug? Wann seid ihr hergekommen und wie hat Lucas das verkraftet? Das ist in seinem Alter bestimmt nicht einfach gewesen.«

»Wir sind Anfang Juni umgezogen, direkt nach dem Ende seines Schuljahrs. Seine Freunde zurückzulassen, war schwer für ihn. In den ersten Wochen hat er so viel Zeit im Stall verbracht, dass ich schon dachte, er würde dort schlafen wollen. Aber er hat sich eingelebt. Seit dem Sommer darf er begleitet Auto fahren und ist natürlich hellauf begeistert. Ich hingegen habe jedes Mal Angst, wenn ich mit ihm fahre.«

»Ist er ein guter Fahrer?«

»Ja, er ist vorsichtig. Er liebt alte Autos und hat Respekt vor Fahrzeugen, was gut ist.«

»Und die Schule? Du sagst, er sei klug, aber geht er auch gern hin?«

»So gern, wie Teenager das nun mal tun, denke ich. Er hat gerade mit der zehnten Klasse angefangen und findet neue Freunde.«

»Das ist großartig. Wie er sich mir entgegengestellt hat, war beeindruckend. Ihr zwei müsst euch sehr nahestehen.«

»Das tun wir. Ich habe Glück, dass wir uns so gut verstehen. Obwohl die Teenagerzeit ihre Herausforderungen hat – und er hat definitiv viel von dir in sich.«

Seeley grinste. »Warum sagst du das?«

»Weil ihr euch in so vielen Dingen ähnlich seid. Du hast ihn doch gesehen. Er hat deinen Körperbau, deine Größe, deine Haare und deine Nase. Manchmal, wenn er lächelt oder vor mir steht, bin ich ganz durcheinander, weil er mich so sehr an dich erinnert.«

»Mir ist aufgefallen, dass er mit den Fingern trommelt. Hat Josh das auch gemacht?«

»Nein. Das ist Lucas' bevorzugte Abwehrhaltung, seit er acht oder neun ist. Als würde ihn diese Barriere unantastbar machen. Das erste Mal, als er das gemacht hat, ist mir fast das Herz stehen geblieben. Ich dachte, ich sehe Gespenster. Aber er ist dir auch in anderer Hinsicht ähnlich. Er hat dein Selbstbewusstsein und dein Talent beim Reiten. Und schon in seiner Kindheit war ihm nichts schnell oder gefährlich genug. Er liebt das Einfangen von Rindern mit dem Lasso, Barrel Racing und Bullenreiten. Und er ist richtig gut darin.«

»Bullenreiten?« Er konnte ein stolzes Grinsen nicht unterdrücken.

»Deshalb waren wir im Krankenhaus. Er ist von einem Bullen gefallen. Aber er hatte einen Helm auf, und sie haben ihn beim Wettkampf untersucht, doch er wirkte danach noch etwas benommen, darum bin ich mit ihm ins Krankenhaus gefahren. Es war alles in Ordnung, er hat keine Gehirnerschütterung oder so. Aber eins kann ich dir sagen: Es ist ein riesiger Unterschied, ob ich dich beim Bullenreiten anfeuere oder den eigenen Sohn. Ich habe jedes Mal Angst, wenn er auf einen Bullen steigt. Reitest du eigentlich noch?«

»Nein.« Er sah den Flammen im Feuerkorb zu, rieb eine Faust mit der anderen, und sein Brustkorb war wie zugeschnürt. »Ich bin seit jenem Sommer nicht mehr geritten.«

»Oh. Das ist schade«, sagte sie mitfühlend. »Du warst gut. Warum hast du aufgehört?«

»Es fiel mir zu schwer, mich zu konzentrieren.« Er legte den Kopf schief und sah ihr in die Augen. »Ich habe dich immer vor mir gesehen, wie du mich anfeuerst, und wusste, dass ich mich irgendwann verletzen würde. Da war es besser, mich aufs Studium und die Arbeit auf der Ranch zu konzentrieren, wenn ich zu Hause war.«

»Es tut mir leid, dass ich dir das verdorben habe.«

»Das hast du nicht, Jule. Das war dein Vater.« Er setzte sich auf und hielt ihren Blick fest. »Ich weiß, wir haben viele Jahre aufzuholen und sind nicht mehr die gleichen Menschen wie damals. Aber ich möchte an deinem und Lucas' Leben teilhaben.«

»Seeley ...«

Er hob eine Hand. »Bitte lass mich ausreden. Wir haben offensichtlich noch Gefühle füreinander, und ich würde gern herausfinden, wohin uns das führt, wenn die Zeit es zulässt. Es gibt viel zu klären, und natürlich muss Lucas an erster Stelle stehen. Und wenn du nicht wissen willst, was da noch zwischen uns ist, ist das auch okay. Ich wäre zwar todtraurig deswegen, aber ...«

Sie lachte leise.

Er lächelte, aber er war besorgt. Die Chemie zwischen ihnen war explosiv, aber da war noch so viel mehr, etwas Tieferes. Er hoffte inständig, dass sie jetzt nicht sagen würde, der Sex sei einfach nur das Ergebnis jahrelang unterdrückter Sehnsucht gewesen, und legte ihr sein Herz zu Füßen. »Eins musst du wissen: Selbst wenn du entscheidest, dass du nichts mit mir anfangen willst, wird das nichts daran ändern, dass ich Teil von Lucas' Leben sein möchte. Ich bin für ihn da, egal, ob du mehr willst oder nicht. Und als Mutter meines Kindes und als Frau, die ich nie aufgehört habe zu lieben, werde ich dir von jetzt an helfen, egal, ob es ein *uns* gibt oder nicht. Kein böses Blut.«

Sie öffnete den Mund, um etwas zu sagen, aber er hob einen Finger und fügte schnell hinzu: »Aber nur fürs Protokoll: Ich glaube, das wäre ein großer Fehler von dir. Ich habe meine Macken wie jeder andere, aber ich bin ehrlich, loyal, sehe gut aus, und du weißt, dass ich im Bett großartig bin«, fügte er verschmitzt hinzu, was ihm ein weiteres Lächeln einbrachte. »Ich bin nicht mehr der überhebliche, sorglose Junge von damals, und das gefällt dir vielleicht nicht, und ich arbeite viel.« Er merkte, was er da sagte. »Verdammt. Ich mache gerade keinen besonders guten Eindruck, oder?«

»Lass gut sein, Seeley«, erwiderte sie lachend. »Du musst mich nicht von dir überzeugen. Ich möchte auch herausfinden, ob da noch mehr ist, aber Lucas muss immer an erster Stelle stehen.«

»Natürlich. Ich würde nichts anderes erwarten.«

»Ich weiß. Ich sollte wohl besser gehen.«

Er hätte sie am liebsten die ganze Nacht dabehalten, um zu reden, aber er wusste, dass das nicht klug wäre. »Ich bringe dich zu deinem Wagen.«

Als sie um die Hausecke gingen, legte er ihr eine Hand ins Kreuz. »Eigentlich nennt mich niemand mehr Seeley.«

»Wie nennen sie dich denn dann?«

»Doc. Das ist mein Bikername.«

»Doc. Gefällt mir. Passt zu dir. Soll ich dich auch so nennen?«

»Nein. Ich höre viel zu gern, wenn du mich Seeley nennst.« Er öffnete die Tür ihres Pick-up-Trucks, nahm ihre Hand, zog sie in seine Arme und sog ihren Duft ein. »Ich kann immer noch nicht glauben, dass du zurück bist.«

Sie hob den Kopf und ihre blauen Augen verschlugen ihm den Atem.

»Darf ich dich zum Abschied küssen?«

»Ja«, flüsterte sie.

Er berührte ihre Lippen mit einem zarten Kuss, doch sie stellte sich auf die Zehenspitzen, und er konnte nicht widerstehen, vertiefte den Kuss und drückte sie fester an sich. Sie stöhnte leise, und es kostete ihn seine ganze Selbstbeherrschung, sie nicht gegen den Wagen zu drücken und sie hemmungslos zu küssen. »Ich liebe es immer noch, dich zu küssen«, sagte er leise.

»Hm. Ich auch.«

Er küsste sie noch einmal langsamer und sinnlicher und stöhnte, als er sich schließlich losriss. »Du musst gehen.«

»Ja.« Sie ließ sich auf die Fersen sinken und biss sich auf die Lippe. Das sah einfach zu sexy aus.

»Großer Gott, Jule! Sieh mich nicht so an«, stieß er hervor. »Steig in deinen Wagen, bevor ich den Verstand verliere.«

»Ja, ich gehe jetzt besser.« Sie stieg ein.

»Gibst du mir deine Telefonnummer?«

Sie lachte. »Warum fühle ich mich plötzlich wieder wie sechzehn?«

Er speicherte die Nummer, die sie ihm aufsagte, schrieb ihr dann eine Nachricht, damit sie auch seine hatte, und steckte das Handy ein. »Wann willst du Lucas die Wahrheit sagen?«

»So bald wie möglich, also wahrscheinlich morgen, wenn er aus der Schule kommt.«

»Ich bin hier, falls du mich brauchst.« Er schloss ihre Tür und kämpfte gegen den Drang an, sich für einen weiteren Kuss durchs Fenster zu beugen, als sie den Motor anließ. »Danke, dass du unseren Sohn großgezogen hast, obwohl es vielleicht leichter gewesen wäre, dich anders zu entscheiden.«

»Es gab nie eine Wahl. Ich wollte dich und ich wollte ihn. Ende der Geschichte.«

Scheiß drauf. Er beugte sich vor, ließ seine Hand in ihren Nacken gleiten und küsste sie leidenschaftlich. Als sich ihre Lippen schließlich voneinander trennten, seufzte sie verträumt. »Fahr vorsichtig, Peaches.«

Während er vom Fenster zurücktrat, flüsterte sie: »*Peaches.*«

Er blieb stehen und sah ihr nach, bis er ihren Wagen nicht mehr sehen oder hören konnte. Dann ging er zurück zum Feuer. Als genug Zeit vergangen war, dass sie sicher zu Hause angekommen sein musste, holte er sein Handy heraus und tippte: *Das war nicht das Ende unserer Geschichte, Liebling. Sie fängt gerade erst an.* Er schickte die Nachricht ab.

Acht

Juliettes Handy vibrierte in ihrer Hosentasche, während sie gerade die Rührschüssel abwusch, die sie zum Keksebacken benutzt hatte. Sie stellte sie auf das Abtropfgestell und holte ihr Handy heraus. Ihr Herz schlug schneller, als sie Seeleys Namen in der Textblase sah. Sie hatte gestern Abend nicht auf seine Nachricht reagiert. Ihre Gefühle waren völlig durcheinander gewesen, und als sie seine Nachricht nach ihrer Heimkehr gelesen hatte – *Das war nicht das Ende unserer Geschichte, Liebling. Sie fängt gerade erst an.* – hätte sie sie am liebsten wie einen Rettungsring festgehalten. Aber sie konnte es nicht, denn so gut es sich auch anfühlte, sie hatte zu große Angst davor, dass ihr Neuanfang das Ende der Sicherheit und Geborgenheit bedeuten könnte, auf die Lucas zählte. Seine Welt würde sich verändern, und sie hatte keine Ahnung, was das für sie alle bedeutete.

Sie war überrascht gewesen, als Seeley ihr heute Morgen geschrieben hatte. Aber er hatte nicht nachgehakt. Er hatte geschrieben, dass er das Gespräch gestern Abend geschätzt hatte und falls sie ihre Meinung änderte und wollte, dass er dabei war, wenn sie mit Lucas sprach, solle sie ihm einfach Bescheid sagen. Sie wollte es allein tun, aber es fühlte sich wirklich gut an, zu wissen, dass sie nach all den Jahren, in denen sie das Gefühl gehabt hatte, die ganze Welt würde auf ihren Schultern lasten, nicht mehr alles allein bewältigen musste.

Sie wischte über das Display, um die neue Nachricht zu lesen.

Seeley: *DSD. EGNWDNSK!* Er hatte ein Bizeps-Emoji, ein Daumen-hoch-Emoji und ein Herz hinzugefügt.

Die Erinnerung an ihre verschlüsselten Nachrichten aus der Jugendzeit zauberte ihr ein Lächeln auf die Lippen. Sie hatten verschlüsselt schreiben müssen, weil ihr Vater ihr Handy überwachte und sie nie wusste, wie viel er sehen konnte. Deshalb hatten sie auch nie Fotos mit ihrem Handy gemacht. Es schien, als hätte ihr Vater überall Spione, und nichts war ihm zu weit oder zu privat. Sie wusste, dass *DSD* für *Du schaffst das* stand, aber es dauerte einen Moment, bis sie den Rest entschlüsselt hatte: *Es gibt nichts, was du nicht schaffen kannst!*

Seeleys Unterstützung löste eine Flut von Gefühlen aus. In all den Jahren war sie eine Säule der Stärke gewesen, hatte Entscheidungen für sich und Lucas getroffen und sie nie infrage gestellt oder bereut und sich auch nie erlaubt, sich auf jemanden zu stützen. Aber erst jetzt wurde ihr klar, wie allein sie sich eigentlich gefühlt hatte. Nicht, dass sie sich einen leichteren Weg gewünscht oder gewollt hätte, dass jemand ihr Leben steuerte. Es war einfach nur lange her, dass sich jemand so sehr für sie interessiert und sie angefeuert hatte.

Der Ofentimer klingelte und riss sie aus ihren Gedanken.

Sie holte ein Blech mit Lucas' Lieblingskeksen – Minze mit Schokosplittern – aus dem Ofen und schaute aus dem Fenster in Richtung Stall. Lucas war wie fast jeden Tag nach dem Aussteigen aus dem Schulbus direkt dorthin gegangen. Sie sollte eigentlich dankbar dafür sein, dass er seine Aufgaben ernst nahm und immer erst die Pferde Warrior und Maxine versorgte, bevor er etwas anderes machte. Aber sie vermisste die Zeiten, in denen er vom Bus direkt in ihre Arme gerannt war, als hätte er den ganzen Tag nur darauf gewartet, sie zu sehen.

Doch sie war nicht so egoistisch wie ihre eigenen Eltern, die immer die Kontrolle brauchten. Sie hatte hart daran gearbeitet, Lucas zur Selbstständigkeit zu erziehen, ihm beigebracht, an sich zu glauben und kreativ zu denken, wenn Probleme auftauchten, und würde ihm das nie nehmen, nur um ihre mütterliche Sehnsucht zu stillen.

Sie sah, wie er aus dem Stall kam. Sein Haar war zerzaust, der Rucksack hing über seiner Schulter, und er tippte auf dem Weg zum Haus auf seinem Handy herum. Dabei grinste er schief und würde so eines Tages garantiert Herzen zum Schmelzen bringen – wenn er das nicht längst tat. Er blieb stehen, lachte über etwas auf seinem Handy und machte ein Selfie. Dann schrieb er weiter und kam den Hügel hinauf.

Anscheinend bringst du schon jetzt Herzen zum Schmelzen.

Sie wünschte, sie könnte die Zeit anhalten, damit er das Leben weiter so lieben konnte, beschützt vor den Lügen und dem Herzschmerz, den ihre Familie verursacht hatte. Aber so schwer das auch werden würde, sie wusste, sie tat das Richtige.

Sie warf den Topflappen auf die Arbeitsplatte und schenkte sich ein Glas Wasser ein. Als sie gerade einen Teller aus dem Schrank holte, kam Lucas durch die Küchentür, den Blick weiterhin auf sein Handy gerichtet. Sie beobachtete, wie er die Stirn runzelte und schnupperte.

»Du hast Kekse gebacken?« Er steckte sein Handy ein und ließ seinen Rucksack fallen.

»Minze mit Schokosplittern.« Sie legte mehrere Kekse auf einen Teller und stellte ihn für ihn auf den Tisch. »Möchtest du ein Glas Milch dazu?«

Er sah sie an, als hätte sie den Verstand verloren. »Ich bin doch nicht mehr fünf.« Er öffnete den Kühlschrank und nahm eine Dose *Dr Pepper* heraus. »Reparieren wir am Samstag noch den Stall und die Zäune oder …?« Er schnappte sich einen Keks und biss hinein.

Juliettes Großmutter war unglaublich großzügig gewesen, ihr das Grundstück schuldenfrei zu hinterlassen, aber sie hatte die letzten Jahre nicht mehr viel instandgehalten. Das Haus war in keinem allzu schlechten Zustand, auch wenn ständig Kleinigkeiten kaputtgingen und es definitiv modernisiert werden müsste, aber der Stall und die Zäune hatten deutlich gelitten. Ihre Großmutter hatte wohl vorgehabt, den Stall reparieren zu lassen, oder jemanden dafür engagiert, der dann doch wieder abgesprungen war, denn das Holz und das Material lagen schon bereit.

»Ja. Für Sonntag ist Regen angesagt, und ich möchte die Löcher im Dach und in der Verkleidung flicken, bevor es so weit ist. Warum? Hast du ein heißes Date geplant?«

Er schnaubte, zog sein Handy wieder heraus, schrieb eine weitere Nachricht und steckte es dann wieder ein.

»Mit wem schreibst du?«

»Mit einer Freundin.« Er aß seinen Keks auf.

»Hat deine Freundin auch einen Namen?«

Er biss in einen weiteren Keks und antwortete mit vollem Mund: »Layla.«

»Jades Nichte?« Lucas war vor ein paar Wochen mit ihr bei Jade zu Hause gewesen, und sie hatten zwei von Jades netten Nichten im Stall kennengelernt – Layla, die vierzehn war, und die ein paar Jahre jüngere Adriana. Sie wollten mit Jades Ehemann Rex, einem beeindruckend gut aussehenden Rancher mit den größten Muskeln, die Juliette je gesehen hatte, einen Ausritt machen. Zumindest war das der Plan gewesen, bevor sie im Krankenhaus Doc begegnet war.

»Ja. Sie geht auf meine Schule und ist cool für eine Neunt-klässlerin.«

Juliette hatte Lucas schon vor ein paar Jahren, als er mit der Highschool angefangen hatte, aufgeklärt und ihm erklärt, wie wichtig Verhütung war. Aber in Kalifornien hatte er sich immer mit einer großen Freundesgruppe getroffen und ihres Wissens nie besonderes Interesse an einem bestimmten Mädchen gezeigt. Das war Neuland für sie. Daher ging sie vorsichtig vor, nahm sich ebenfalls einen Keks und versuchte, ganz locker zu wirken und sich nicht anmerken zu lassen, dass sie eigentlich ein viel größeres Thema mit ihm besprechen musste. »Ist das nur eine Freundschaft oder seid ihr zwei ein Paar?«

»*Mom.*« Er stopfte sich den Rest seines Kekses in den Mund.

Sie lächelte über seine genervte Reaktion. »Was denn? Ich frage doch nur.«

»Egal. Wir sind Freunde, okay? Mach kein Drama draus.«

»Okay, kein Drama. Ich freue mich, dass ihr euch ange-freundet habt. Aber sie ist die Nichte meiner Chefin, und sie ist außerdem noch jung, also sei bitte nett zu ihr.«

»Ich bin kein Arsch.« Er schnappte sich einen weiteren Keks.

»Das wollte ich damit auch nicht andeuten.« Sie hatte nicht vor, einen Streit vom Zaun zu brechen, schon gar nicht jetzt. »Ich muss mit dir über etwas reden. Können wir uns einen Moment zusammensetzen?«

»Kriege ich Ärger?«, fragte er zaghaft.

Das fragte er jedes Mal, wenn sie sagte, sie müssten reden, und sie fragte sich immer, ob sie irgendetwas übersehen hatte. Gleich darauf kam ihr ein noch größerer Gedanke. Männer hassten den Satz »Wir müssen reden« wahrscheinlich aus genau diesem Grund. Ihre Abneigung dagegen kam wahrscheinlich von Momenten wie diesem, wenn ein Elternteil über etwas wirklich Wichtiges sprechen musste. »Nein, du kriegst keinen Ärger.«

Er zog die Augenbrauen zusammen. »Bist du krank oder so?«

»Nein. Wie kommst du denn auf die Idee?«

»Weil das letzte Mal, als du Kekse gebacken und gesagt hast, wir müssten reden, Oma Hazel gestorben war.«

Ihr Brustkorb zog sich zusammen. »Niemand stirbt. Können wir uns bitte setzen?«

»Ja, warte kurz.« Er legte noch mehr Kekse auf seinen Teller, bevor er am Tisch Platz nahm.

Juliettes Magen verkrampfte sich, als sie sich einen Stuhl heranzog und sich setzte. Sie zappelte nervös mit den Händen herum und wünschte, ihm nie etwas verschwiegen zu haben, auch wenn sie es damals für nötig gehalten hatte.

Lucas aß noch einen Keks und lehnte sich auf seinem Stuhl zurück. Es war kaum zu glauben, dass sie kaum älter gewesen war als er jetzt, als sie schwanger geworden war. Sie hatte sich in jenem Sommer mit Seeley, als sie gemeinsam Pläne für die Zukunft schmiedeten und sie zum ersten Mal in ihrem Leben wirklich begeistert von ihrem Leben war, so erwachsen gefühlt. So gern sie Lucas am liebsten in den Arm genommen hätte, um ihm die Wahrheit irgendwie zu erleichtern, konnte sie ihn bei diesem Gespräch nicht wie einen kleinen Jungen behandeln. Sehr bald wäre er erwachsen, und wahrscheinlich fühlte er sich jetzt schon so – genauso wie sie damals.

Er verschränkte die Arme und trommelte mit den Fingern. Es brach ihr das Herz, zu wissen, dass es keine Barriere gab, die den Schmerz abhalten konnte, den sie ihm gleich zufügen würde. Sie hatte die ganze letzte Nacht und den heutigen Tag damit verbracht, sich zu überlegen, wie sie ihm die Wahrheit sagen sollte, aber jetzt, wo sie in das süße Gesicht ihres Jungen blickte, fiel es ihr schwer, sich an ihren Plan zu erinnern.

Ihr Hals fühlte sich wie zugeschnürt an und Angst prickelte auf ihrer Haut. Sie sammelte all ihren Mut zusammen und sagte: »Schatz, ich habe dir ja erzählt, dass meine Eltern keine besonders netten Menschen sind und dass mein Vater dafür bekannt ist, schlimme Dinge zu tun.«

»Ja. Deshalb treffen wir sie auch nie.«

»Genau. Nun, vor langer Zeit hat er etwas getan, das mein Leben, deins und das Leben anderer komplett verändert hat. Aber ich wusste bis gestern Abend nie, wie weit das tatsächlich reichte.«

»Hat das etwas mit diesem Seeley zu tun?«

»Ja.« Sie holte tief Luft und sah ihm in die Augen. »Es betrifft uns alle – und deinen Vater.« Es fühlte sich seltsam an, Josh als seinen Vater zu bezeichnen, erst recht nach letzter Nacht, aber nichts an diesem Gespräch fühlte sich normal an.

Er musterte sie kritisch. »Was ist denn passiert?«

»Es ist ein bisschen kompliziert. Ich war mit deinem Vater zusammen, als ich etwa in deinem Alter war. Wir waren sehr gute Freunde und lange Zeit ein Paar, aber ich habe kurz vor meinem Praktikum auf der Redemption Ranch mit ihm Schluss gemacht. Dort habe ich Seeley kennengelernt. Seiner Familie, den Whiskeys, gehört die Ranch. Sie retten Pferde und helfen Menschen, die einen Neuanfang brauchen. Seeley war neunzehn und ich war sechzehn.« Sie schluckte schwer. »Und wir haben uns unsterblich ineinander verliebt.«

»Wusste ich doch, dass an dieser Geschichte mehr dran ist«, zischte er.

»Ich habe dir gesagt, dass er mir wichtig war. Mein Vater hat von unserer Beziehung erfahren und ist ausgerastet. Er hat mich von der Ranch geholt und mir verboten, Seeley je wiederzusehen. Er hat gedroht, Seeley und seiner Familie alles zu nehmen und die Ranch schließen zu lassen, falls Seeley sich mir noch einmal nähern sollte.«

Er beugte sich vor. »Hat Seeley dich irgendwie ausgenutzt oder so? Denn wenn er das getan hat …«

»Nein«, sagte sie entschieden und unterband diesen Gedanken sofort. »So ist er nicht. Er hat mich immer gut behandelt, und ich weiß, dein erster Eindruck von ihm war nicht der beste, aber es gibt einen guten Grund dafür, dass er wütend auf mich war. Deinem Großvater gefiel es nicht, dass er aus einer Arbeiterfamilie mit Biker-Hintergrund kam und nicht aus einer angesehenen Familie wie dein Vater.«

»Was für ein Arsch.«

»Ja, das war er. Ich war am Boden zerstört, und ein paar Wochen später erfuhr ich, dass ich schwanger war.« Sie beugte sich vor, legte ihm eine Hand auf das Bein und kämpfte gegen die Tränen an. »Schatz, Seeley Whiskey ist dein leiblicher Vater.«

»Was redest du denn da?« Er sprang auf. »Nein. Ich kenne meinen Vater und dieser Blödmann ist es nicht.«

»Lucas.« Sie stand auf und streckte die Hand nach ihm aus, aber er wich zurück. »Ich weiß, das ist schwer zu glauben, aber Seeley ist dein leiblicher Vater, und er ist kein Blödmann. Er wusste bis gestern nicht einmal, dass du sein Sohn bist. Wir wurden damals beide angelogen.«

»Hast du die ganze Zeit gewusst, dass ich von ihm bin?«

»Ja, aber …«

»Du hast mich mein ganzes Leben lang angelogen?«, schrie er, und Tränen liefen ihm über das Gesicht. »Wusste Dad davon?«

»Ja, er wusste es, und er hat dich vom ersten Tag an wie seinen eigenen Sohn geliebt. Wir wollten dich nur beschützen.«

»Mich beschützen, indem ihr mich anlügt? In welcher Hinsicht lügst du noch? Bist du überhaupt meine richtige Mutter?«

»Wie kannst du mich das fragen? Natürlich bin ich deine Mutter. Bitte lass es mich erklären. Es war nicht meine Schuld. Mein Vater hat uns alle getäuscht …«

»Es ist mir egal, was Grandpa getan hat. Du hast mich angelogen! Das ist doch alles nicht zu fassen!« Er hielt sich den Kopf mit beiden Händen, als hätte er Schmerzen.

Sie rang nach Luft und fühlte seinen Schmerz wie ihren eigenen. »Du musst das verstehen, Schatz. Ich hatte einen Brief bekommen, den dein Großvater entweder selbst geschrieben hat oder schreiben ließ, aber ich dachte, er wäre von Seeley – darin stand, dass Seeley nichts mit uns zu tun haben wollte, und …«

»Und du hast entschieden, dass es besser ist, mich anzulügen? Das ist doch krank. Du hattest jahrelang Zeit, mir die Wahrheit zu sagen.« Er stürmte aus der Küche zur Haustür und riss sie auf.

»*Lucas John*, du wendest mir jetzt nicht den Rücken zu! Ich bin immer noch deine Mutter.«

Er drehte sich um, hatte einen Fuß schon draußen, und der Hass in seinen Augen traf sie wie ein Schlag. »Bist du das wirklich? Ich weiß nicht mehr, was ich glauben soll.«

Ihre Tränen brachen sich Bahn. »Lucas, bitte. Es gibt noch so viel mehr, was du wissen musst. Lass es mich einfach erklären.«

»Ich habe genug gehört«, fauchte er. »Ich bin im Stall.«

»Lucas!« Ihr Herz zerbrach. Sie rannte hinaus, doch er war schon auf halbem Weg zur Scheune.

»Lass mich in Ruhe!«, rief er und rannte durch das Stalltor.

Das Schluchzen brach aus ihr heraus, und sie sackte auf der Veranda zusammen, weinte um den Schmerz ihres Sohnes und um das, was das für ihre Beziehung bedeuten würde. Sie weinte um das Mädchen, das damals getäuscht worden war, und um den jungen Mann, der sie geliebt und der sie beide verloren hatte.

Sie weinte, bis keine Tränen mehr kamen.

Dann zwang sie sich, aufzustehen und ins Haus zu gehen. Sie wusch sich das Gesicht, denn sie musste sich zusammenreißen, bevor Lucas wieder hereinkam. Elternsein war so verdammt schwer.

Es war die Hölle, nicht zum Stall zu gehen, um mit ihm zu reden. Aber er brauchte Zeit, um das, was er erfahren hatte, zu verarbeiten. Hoffentlich würden sie reden, wenn er sich beruhigt hatte, und sie könnte ihm erklären, was passiert war.

Sie versuchte, sich mit Aufräumen und Wäschewaschen abzulenken, aber die meiste Zeit machte sie sich einfach nur Sorgen und lief unruhig hin und her.

Als sie es nicht mehr aushielt, wickelte sie als Friedensangebot zwei Kekse in eine Serviette, zog sich die Stiefel an und machte sich auf den Weg zum Stall. Begrüßt vom Duft nach Heu und Pferden – dort, wo auch sie immer Trost gefunden hatte –, rief sie: »Lucas?«

Ihr Pferd wieherte, bat sie zu sich wie die elegante dunkelbraune Morgan-Königin, die es war. Maxine war die letzte Zuchtstute ihrer Großmutter gewesen, bevor diese vor einigen Jahren in den Ruhestand gegangen war. Sie war immer Juliettes Lieblingspferd gewesen. Juliette streichelte sie, und Maxine drückte den Kopf gegen Juliettes Brustbein, als wüsste sie, dass Juliette genau jetzt diese Extraportion Liebe brauchte. Als sie sich vorbeugte, um Maxine auf den Kopf zu küssen, bemerkte sie, dass Warrior nicht in seiner Box stand.

Juliettes Magen zog sich zusammen und sie rannte zur Hintertür hinaus. »Lucas!« Sie ließ den Blick über die Weide schweifen, aber ihr war längst klar, dass er weg war. Dabei wusste er genau, dass er nicht reiten sollte, wenn er wütend war. Sie hatte Angst, dass er einen Fehler machen, zu viel riskieren und sich verletzen könnte.

Schnell sattelte sie Maxine, hoffte, dass Lucas keinen zu großen Vorsprung hatte, und verfluchte sich dafür, nicht schon früher zum Stall gegangen zu sein, als sie aufsaß. Mit rasendem Herzen beugte sie sich vor und lenkte Maxine im schnellen Trab zum Anfang des Wegs, den sie und Lucas am häufigsten nutzten. Aber schnell war nicht schnell genug.

Mit einem Druck der Fersen und einem »Hü!« jagte das Pferd den Weg hinauf.

Neun

Nach seiner üblichen Abendrunde sah Doc zum x-ten Mal auf sein Handy und fluchte über den leeren Bildschirm. Es war ein verdammt harter Tag gewesen, und er hatte gehofft, inzwischen etwas von Juliette zu hören. Er hatte die halbe Nacht wach gelegen und sich Sorgen gemacht, wie Lucas die Wahrheit verkraften würde. Zudem grämte er sich, nicht dabei gewesen zu sein, als Juliette ihm die Nachricht überbracht hatte. Aber für Lucas war er ein Außenseiter, und er vertraute darauf, dass Juliette wusste, was das Beste für ihren Sohn war.

Er kämpfte immer noch mit der Tatsache, dass er einen Sohn hatte, und überlegte, was er wegen Juliettes widerwärtigem Vater unternehmen sollte.

Als er die Klinik verließ, um im Haupthaus zu Abend zu essen, steckte er sein Handy ein und stieß auf Dare und Cowboy, die mit verschränkten Armen und Cowboyhüten fest auf dem Kopf an einem Quad lehnten. Noch am Vorabend war er zu seinen Eltern gegangen und hatte ihnen in einem wütenden Ausbruch voller Schmerz, Zorn und tief sitzendem Rachedurst alles erzählt, was passiert war. Seine Eltern waren genauso wütend wegen dem, was Juliettes Vater getan hatte. Seine Mutter hatte Tränen vergossen, weil Juliette all das durchmachen musste, wegen der Zeit, die Doc mit seinem Sohn verpasst hatte, und wegen der Jahre, die sie mit ihrem Enkel verloren hatten. Doc und Tiny hatten die halbe Nacht darüber gesprochen, wie sie sich an Juliettes Vater rächen könnten, und heute Morgen hatte er die Situation seinen Brüdern und Sasha erklärt – und sie waren genauso wütend wie der Rest der Familie.

Sie alle hatten sich im Laufe des Tages bei ihm gemeldet, aber diesmal störte ihn ihre Sorge nicht. Es war einfach zu viel auf einmal und sie sorgten sich auch um Juliette und Lucas. Er sah seine Brüder neugierig an. »Was ist?«

»Wir haben dein hübsches Gesicht vermisst.« Dare grinste breit.

»Wie geht es Queenie?«, erkundigte sich Cowboy.

Queenie war der Name, den Doc der geretteten Stute gegeben hatte, die gestern in kritischem Zustand auf die Ranch gekommen war. Das andere Pferd hatte er Contessa getauft – königliche Namen, um ihnen ein Stück ihrer Würde zurückzugeben. Man hatte sie an Bäumen angebunden vorgefunden, jemand hatte sie zum Verhungern auf einem leeren Feld zurückgelassen. Beide Tiere waren abgemagert und wiesen unterschiedlich starke Schnittwunden, Hautinfektionen, Haarausfall und Verletzungen auf. Falls Doc jemals herausfand, wer ihnen das angetan hatte, würde er den Mistkerl eigenhändig unter die Erde bringen. »Sie ist stark. Sie hält durch.«

»Gut, und du?«, fragte Cowboy. »Hast du was von Juliette gehört?«

Doc schüttelte den Kopf. »Noch nicht.«

»Dann schwing deinen Arsch in den Wagen«, verlangte Dare.

»Warum? Wohin fahren wir?«

»Was essen«, antwortete Dare.

»Und komm uns bloß nicht mit ›Ich hab keinen Hunger‹ oder ›Ich will allein sein‹, denn das kannst du heute vergessen«, fügte Cowboy hinzu.

»Hat euch eigentlich schon mal jemand gesagt, dass ihr ziemlich aufdringliche Mistkerle seid?« Sie stiegen auf.

Cowboy gluckste. »So ziemlich jeder, den ich kenne.«

»Hast du dich schon entschieden, was du mit Juliettes altem Herrn machen willst?« Dare ließ den Motor des Quads an.

»Noch nicht. Ich habe Reggie Steele angerufen. Er schaut, was er über ihn rausfinden kann.« Reggie war in Trusty, Colorado, einer Stadt in der Nähe, aufgewachsen. Er war Privatdetektiv und seine Brüder gehörten zu den Dark Knights des Harborside-Chapters. Reggie hatte entscheidend dabei geholfen, Sully mit ihrer leiblichen Schwester zusammenzubringen und den Kult zu zerschlagen, aus dem sie geflohen war. Doc hatte Reggie außerdem gebeten, etwas über Ana, die Haushälterin, der Juliette die Briefe gegeben hatte, in Erfahrung zu bringen, und Anas Bruder aufzuspüren, der die Briefe angeblich an ihn weitergegeben hatte.

Als sie vor dem Haupthaus anhielten, fuhr Birdies gelber Camaro gerade auf den Parkplatz. Laute Musik dröhnte aus den offenen Fenstern und sie sang aus voller Kehle *Can't Tame Her*. Das war einer ihrer Lieblingssongs.

»Ich komme gleich nach, Leute.« Doc machte sich auf den Weg zu Birdies Auto. Seine »Mir geht's gut«-Antworten auf ihre Nachrichten Anfang der Woche hatten sie schließlich zum Schweigen gebracht, aber er hatte noch keine Gelegenheit gehabt, ihr zu erzählen, was gestern passiert war.

Birdie parkte, stieg aus, sang weiter und tanzte, ohne auf

die fehlende Musik oder Doc, der sich ihr näherte, zu achten. Sie trug knallpinke Cowboystiefel, einen breitkrempigen pinken Hut und einen blau-weiß gemusterten Einteiler mit flatternden Ärmeln.

Er verschränkte die Arme und schmunzelte, als sie mit den Hüften gegen die Fahrertür stieß, diese zuschlug, dann die Arme in die Luft warf und ein anderes Lied anstimmte. Irgendwas davon, dass man langsamer machen und den Moment genießen sollte, wobei sie sich drehte, fast mit ihm zusammenstieß und erschrocken aufquietschte.

»Wie läuft's, Bird?«

»Sag du es mir. Du siehst irgendwie ernst aus. Ist was passiert? Oh, verdammt. Sasha hat dir doch nicht etwa von meinem Date erzählt, oder? Ich bring sie um. Ich hab ihr gesagt, sie soll bloß nichts sagen.«

»Was für ein Date?«

Sie lachte. »Ich mach nur Spaß! Ich liebe es, dich so zu veräppeln. Du solltest mal dein Gesicht sehen! Aber im Ernst, nach allem, was letztes Wochenende passiert ist, hab ich dir einen Gefallen getan. Du wirst mir noch danken. Ich habe die perfekte Frau für dich kennengelernt und sogar ihre Nummer bekommen.«

»Birdie …«

Mit wild gestikulierenden Händen unterbrach sie ihn. »Hör mir zu. Du weißt doch, was man sagt: Der beste Weg, über eine Frau hinwegzukommen, ist, sich unter eine neue zu legen. Oder in deinem Fall wohl eher auf eine neue drauf, oder du stellst dich hinter sie … Wie auch immer, ich weiß, du hattest seit Juliette ein paar andere, aber das waren alles nur längere Zwischenstopps, und diese Frau mag ich wirklich sehr. Sie könnte die Richtige sein.«

»Lass gut sein, Birdie.«

»Warum? Ich glaube wirklich, dass du sie mögen wirst.«

»Ich suche keine Frau.«

»Das sagst du immer, aber dann bist du ein paar Wochen später doch wieder mit jemandem zusammen.«

»Damit ist es vorbei.« Er sah sie ernst an. »Hör mir jetzt gut zu. Es hat sich herausgestellt, dass der Junge, der mit Juliette im Krankenhaus war, mein Sohn ist.«

Sie riss die Augen auf. »Dein Sohn? Ist nicht wahr! Wirklich?«

»Ja. Er heißt Lucas. Ich wollte nicht, dass du es zuerst von jemand anderem erfährst.« Er erzählte ihr die ganze verzwickte Geschichte.

»Oh mein Gott. *Doc.*« Sie berührte seinen Arm. »Geht es dir gut? Und Juliette?«

»Ja. Es ist viel auf einmal, und ich mache mir Sorgen um die beiden, aber ich freue mich auch darauf, Lucas kennenzulernen. Und mit Juliette von vorn anzufangen.«

»Und hoffentlich auch darauf, ihren Vater zu vermöbeln. Du willst ihn doch bestimmt in Stücke reißen. Ich will das jedenfalls. Ich wette, Dad ist auch schon bereit, dem Mistkerl ordentlich eine zu verpassen. Ich will wissen, wer diesen Brief geschrieben hat und was mit ihren Briefen an dich passiert ist.«

»Das müssen wir noch herausfinden. Aber ich werde der Sache auf den Grund gehen.«

Sie seufzte und schüttelte den Kopf. »Ein geheimes Baby. Eine zweite Chance für die erste Liebe.« Ihre Augen leuchteten. »Das ist wie Reality-TV, nur besser.«

»Können wir bitte auf das zusätzliche Drama verzichten?«

»Entschuldige.« Sie griff in ihre Tasche und hielt ihm die Faust hin. »Ich glaube, du brauchst die jetzt dringender als ich.« Sie öffnete die Hand und zeigte ihm drei einzeln verpackte Trüffel.

Er lächelte. »Nicht nötig. Danke. Lass uns was essen gehen.«

Sie steckte die Pralinen wieder ein. »Hat Dad dir nie beigebracht, ihn wieder einzupacken, wenn du ihn mal ausgepackt hast?«

»Großer Gott, Birdie!«

Sie lachte. »Ich konnte nicht widerstehen.« Auf dem Weg zur Tür hakte sie sich bei ihm unter. »Gott, Doc. Du bist ein *Dad*.«

»Ziemlich verrückt, was?«

»Allerdings. Und ich bin Tante.« Sie strahlte ihn an. »Ich werde die coolste Tante überhaupt sein. Sasha kann die ruhige, verantwortungsvolle Tante spielen, und ich bin die, zu der er wegen Dating- und Modefragen kommt. Er ist süß. Ich wette, er hat schon einen ganzen Schwarm an Verehrerinnen.«

»Wie wäre es, wenn wir ihn erst mal damit klarkommen lassen, dass ich sein Vater bin, bevor du ihn mit Dating-Themen verrückt machst?«

Sie seufzte theatralisch. »Na gut.«

Doc öffnete ihr die Tür, aber anstatt hineinzugehen, schlang sie die Arme um ihn und drückte ihn fest. Er legte den freien Arm um sie. »Wofür war das?«

Sie lächelte ihn mit einem gleichzeitig süßen und schelmischen Ausdruck an. »Ich dachte, du könntest eine Umarmung gebrauchen.«

»Danke, Bird.« Sie gingen hinein.

»Ich stehe immer hinter dir. Aber jetzt muss ich mir wohl einen neuen besten Freund suchen.« Als sie auf dem Weg zum Speiseraum an dem zweistöckigen Gemeinschaftsraum vorbeigingen, meinte sie: »Da du jetzt vom Markt bist, mache ich es vielleicht zu meiner Mission, eine Frau für Dwight zu finden.« Dwight Cornwall war ein pensionierter Navy-Kommandant und ein Dark Knight. Er arbeitete schon seit Docs Teenagerzeit auf der Ranch.

»Vielleicht solltest du deine Verkupplungsmissionen einfach sein lassen, denn sie funktionieren ja eh nie.«

»Hast du nicht aufgepasst? Sasha und Ezra wären nie zusammengekommen, wenn ich sie nicht dazu gedrängt hätte, ihn zu küssen.«

»Das will ich gar nicht wissen«, sagte er, als sie den Speiseraum betraten.

Lachen und Gespräche erfüllten den Raum und hallten von drei großen Tischen im Landhausstil und dem Buffet, wo sich die Leute die Teller füllten und plauderten, zu ihnen herüber. Mit Docs Familie, den Männern und Frauen, die auf der Ranch arbeiteten und lebten, und den Klienten, die gerade ihre Programme durchliefen, war fast jeder Platz besetzt. Doc konnte sich nicht erinnern, dass seine Familie jemals eine Mahlzeit ohne die Menschen eingenommen hatte, mit denen sie zusammenarbeitete und -lebte. Das war alles, was er kannte, und nach dem Sommer, in dem er Juliette verloren hatte, war es seine Rettung gewesen. Dieser Ort, diese Menschen, seine Familie – das war alles, was er je wollte.

Bis gestern Abend.

Juliette hatte damals als Jugendliche einen so großen Teil von ihm beansprucht, dass er sich seither gefühlt hatte, als würde ihm ein Stück fehlen. So sehr er sich auch darüber freute, dass sie zurück war und sie eine zweite Chance bekamen, konnte er das Gefühl doch nicht abschütteln, dass ihm noch ein weiteres Stück fehlte. Aber während er immer genau wusste, wie sich Juliettes fehlendes Stück anfühlte und aussah, war dieses neue fehlende Stück schwer zu fassen. Es wirkte wie ein Schatten, undefiniert, aber spürbar, ließ ihn ruhelos zurück, verzweifelt darauf bedacht, die Lücken zu füllen. Zudem erweckte es in ihm den Wunsch, die Flügel auszubreiten und seinen Sohn und Juliette darunter zu versammeln, damit ihnen nie wieder jemand wehtun konnte.

»Wer hat mich vermisst?«, rief Birdie und riss ihn aus seinen Gedanken.

Mehrere Leute riefen Begrüßungen und Gus' fröhliche Stimme stach unter allen heraus. »Birdie!« Er rannte zu ihr und schlang die Arme um sie. »Hast du mir Schokolade mitgebracht?«

»Das habe ich.« Sie reichte Gus eine Schokolade, und er zog sie zum Tisch, an dem Sasha, Ezra, Dare, Billie, Cowboy und Sully mit einigen Rancharbeitern saßen.

Tiny sah zu Doc hinüber und hob fragend das Kinn. *Irgendwelche Neuigkeiten?*

Doc schüttelte den Kopf und sein Vater nickte knapp.

Doc ging zum Buffet, schnappte sich einen Teller und eine Schüssel und stellte sich neben seine Mutter, die gerade die Auswahl betrachtete. Dwight hatte wie immer für jeden etwas gekocht. Heute gab es Chili mit Rindfleisch und Würstchen, selbstgemachte Brötchen, vegetarische Lasagne und eine Auswahl an Salaten und Gemüse.

»Hallo, mein Schatz«, sagte seine Mutter mit einem mitfühlenden Lächeln. Sie sah hübsch aus in ihrer grünen Bluse und den Jeans. »Wie hältst du dich? Hast du irgendwas von Juliette gehört?«

»Noch nicht.« Er tat sich etwas Chili auf.

»Die beiden haben viel zu besprechen. Es kann die ganze

Nacht dauern, bis du etwas hörst.«

Er betrachtete sie mit neuen Augen. Sie war in seinen schwierigsten Zeiten und während seiner miesesten Launen für ihn da gewesen, hatte seine nächtlichen Anrufe angenommen, wenn er im Studium oder während der Tierarztausbildung am Ende war, und ihm nie das Gefühl gegeben, ihr zur Last zu fallen. Außerdem besaß sie ein Talent dafür, zuzuhören und ihn wieder auf den Boden der Tatsachen zurückzuholen, ohne zu drängen oder zu predigen. Diese angeborene Fähigkeit lockte auch jetzt die Wahrheit aus ihm heraus. »Das Warten macht mich fertig. Ich will für sie da sein, aber das kann ich nicht, wenn ich nicht bei ihnen bin.«

»Ich verstehe, warum du dich so fühlst, aber Juliette den Raum zu geben, um den sie gebeten hat, heißt auch, für sie da zu sein. Die schwersten Dinge im Leben sind die, die wir nicht kontrollieren können, und Juliette musste mehr als genug davon ertragen. Und so wie du es erzählst, hatte sie außer Hazel schon sehr lange niemanden mehr, der ihr geholfen hat.«

»Und selbst diese Beziehung hat ihr Vater vergiftet.« Diese Wahrheit schmeckte bitter.

»Genau. Wahrscheinlich würde ein Teil von Juliette solche schwierigen Gespräche wie das mit Lucas am liebsten an dich abgeben, damit du das regeln kannst. Aber sie ist wohl eine zu starke Löwenmama, um das zu tun – und das ist auch gut so. Elternsein ist schwer, Liebling, aber so schwer es für dich sein mag, für sie ist es noch härter.«

»Ich weiß und das setzt mir ebenfalls zu.«

Sie tat sich etwas Lasagne und ein Brötchen auf den Teller. »Am liebsten würde ich ihrem Vater für den Mist, den er abgezogen hat, den Hals umdrehen.«

»Das wäre viel zu gut für diesen Bastard.« Er nahm sich ein

Brötchen, aber er bezweifelte, dass er überhaupt etwas herunterbekommen konnte. Als sie vom Buffet weggingen, stellte er die Frage, die ihn schon die ganze Zeit quälte: »Ich erinnere mich noch gut daran, wie es war, ein Teenager zu sein. Das waren verwirrende Jahre und manchmal kam die Wut einfach aus dem Nichts. Was soll ich tun, wenn es zu lange dauert? Wenn ich nie eine echte Chance bei Lucas bekomme?«

»Ach, Schatz. Mit Geduld, Verständnis und Liebe findest du immer einen Weg. Es hat sich vielleicht so angefühlt, als käme deine Wut aus dem Nichts, aber das war nicht so. Sie kam daher, dass du dachtest, du wüsstest alles besser, und du wolltest tun, was du dir in den Kopf gesetzt hattest, und nicht das, was du tun solltest. Das ist ein ganz normales Verhalten bei Teenagern. Lucas' Welt wird momentan auf den Kopf gestellt. Vielleicht will er die Wahrheit im Augenblick nicht hören, aber eines Tages wird er es wollen – und dann hast du die Chance, deinem Sohn zu zeigen, dass das, was dieser schreckliche Mann getan hat, nicht der Weg ist, den wir in unserer Familie beschreiten.«

»Ich hoffe, ich bekomme diese Chance. Und wenn ich sie vermassle?«

»Du hast noch nie etwas vermasselt, was dir wirklich wichtig war.«

»Doch, das habe ich. Als ihr mir Juliettes Verlobungsanzeige gezeigt habt, habe ich es geglaubt. Ich hätte wissen müssen, dass man sie dazu gezwungen hat, einen anderen zu heiraten. Ich hätte mehr um sie kämpfen müssen.«

»Mach dir da nichts vor. Uns allen wurden diese Fakten präsentiert und wir haben sie geglaubt. Wir alle wurden schamlos getäuscht. Und ich kenne dich, Schatz. Du wirst das nicht vermasseln.«

Er war sich da nicht so sicher. »Ich weiß gar nichts über Kindererziehung.«

»Aber du weißt, wie man liebt. Das mit der Erziehung kommt mit der Zeit. Jeder Teenager testet seine Eltern, um herauszufinden, wo die Grenze zwischen ›sie lieben mich‹ und ›sie geben mich auf‹ liegt. Deine Aufgabe als Elternteil besteht darin, es ihm unmöglich zu machen, diese Grenze zu finden – weil sie gar nicht existiert. Wenn Lucas dir sagt, dass er dich hasst – und das wird er tun, weil das jeder Teenager irgendwann tut –, wenn er dich beschimpft oder behauptet, du hättest keine Ahnung, dann stellst du die Rangordnung klar. Aber du sagst ihm auch, dass du ihn liebst, damit er, wenn er nachts den Kopf aufs Kissen legt und seine Gefühle wie Flipperkugeln zwischen rebellischem Teenager und schuldbewusstem Kind hin und her schießen, immer eines spürt: dass er geliebt wird.« Sie berührte seine Wange. »So haben wir es bei euch allen immer gemacht.«

Als sie sich zu Tiny setzte, dachte Doc an die Nacht zurück, in der er betrunken losgezogen war, um Juliettes Vater zu suchen und zu verprügeln. Während Tiny ihn aus dem Pick-up-Truck zerrte, hatte sich Doc mit allem, was er hatte, gewehrt, er hatte geschrien, geflucht, all die Dinge gesagt, die seine Mutter gerade erwähnt hatte – und noch schlimmere. Sein Vater hatte keine Miene verzogen. Er hatte Doc am Kragen gepackt, ihn hochgehoben und gegen den Wagen gedrückt, ihm dann direkt in die Augen geschaut und geknurrt: »Du glaubst, jemanden umzubringen macht dich zum Mann? Denk noch mal darüber nach. All der Hass auf diesen Mistkerl, den du empfindest, wird sich gegen dich richten, und du wirst in einer Zelle verrotten, unfähig, das Monster im Spiegel anzusehen, zu dem du geworden bist. Und das süße Mädchen, das du liebst? Sie wird dich dann auch nicht mehr ansehen können.« Doc war damals zu stur und zu betrunken gewesen und hatte weitere schreckliche Dinge gebrüllt. Sein Vater hatte ihn näher an sich herangezogen und ihm direkt ins Gesicht gesagt: »Willst du, dass ich gehe? Dann musst du die Waffe schon auf mich richten, denn ich liebe dich viel zu sehr, um dich jemals aufzugeben.«

Docs Handy klingelte und riss ihn aus der Erinnerung. Er zog das Telefon aus der Tasche, und sein Herz schlug ihm bis zum Hals, als er Juliettes Namen auf dem Display sah. Rasch hielt er sich das Telefon ans Ohr und wandte den anderen den Rücken zu. »Hey.«

»Ist Lucas bei euch?« Juliette klang panisch.

Sein Magen zog sich zusammen. »Nein. Warum sollte er hier sein? Was ist passiert?«

»Er war so aufgebracht, dass er in den Stall gestürmt ist. Ich dachte, er braucht Zeit für sich, um runterzukommen, aber als ich dann hingegangen bin, waren er und sein Pferd weg. Ich habe auf den Wegen nach ihm gesucht, aber es sind jetzt fast zwei Stunden vergangen, daher dachte ich, vielleicht ist er zu dir geritten, um dich zur Rede zu stellen. Aber jetzt, wo ich drüber nachdenke, bist du eigentlich zu weit weg, und …«

»Ich bin auf dem Weg. Bleib da, falls er zurückkommt, und mach dir keine Sorgen, Liebling. Wir finden ihn.« Er durchquerte den Raum und eilte zu seinem Vater.

Tiny schien den Ernst der Lage zu spüren, denn er richtete sich auf und hob fragend das Kinn.

»Mein Junge ist verschwunden.«

»Ich trommle die Männer zusammen«, versprach Tiny.

Zehn

Tiny informierte die Dark Knights, dass einer der ihren vermisst wurde, und während Cowboy und Dare die Quads auf die Ladeflächen der Pick-ups und die Pferde in die Anhänger luden, stieg Doc auf sein Motorrad und raste zu Juliette, um die er sich ebenso sorgte wie um Lucas.

Sie kam nach draußen gerannt, als er von seinem Motorrad stieg, und fiel ihm in die Arme. »Das ist das erste Mal, dass er weggelaufen ist. Er hasst mich, weil ich gelogen habe.«

»Er hasst dich nicht. Er ist bloß verletzt und verwirrt.«

»Ich hätte ihn nicht allein in den Stall gehen lassen dürfen, aber er war so wütend. Das ist alles meine Schuld. Es war dumm von mir, ihn all die Jahre anzulügen. Das wird er mir nie verzeihen.«

Doc fasste sie an den Schultern und sein Brustkorb zog sich angesichts ihrer geröteten Augen zusammen. »Du hattest Informationen, die du für wahr gehalten hast, und hast dein Bestes getan, um ihn zu beschützen. Wir werden das wieder in Ordnung bringen, aber jetzt müssen wir uns erst einmal darauf konzentrieren, Lucas zu finden. Hat er sein Handy dabei?«

»Ja, aber wenn ich anrufe, geht immer gleich die Mailbox ran.«

»Okay. Schick mir alle aktuellen Fotos, die du von ihm hast, eins von seinem Pferd und eine Liste der Orte, an denen er deiner Meinung nach sein könnte. Ich muss wissen, wo er normalerweise reiten geht, wie seine Freunde heißen und wo sie wohnen, jeden Ort kennen, an dem er sich gerne aufhält.«

»Ich habe darüber nachgedacht«, sagte sie verzweifelt. »Es war dumm, auch nur die Idee zu haben, er würde zu dir auf die Ranch kommen. Er kennt die Gegend nicht gut genug, um so ein Risiko einzugehen. Ich glaube nicht, dass er die Wege verlassen würde.«

»Das war nicht dumm. Er ist fünfzehn. In diesem Alter glaubt jeder Junge, er sei unverwundbar, und er läuft vor dem davon, was ihm wie der Zusammenbruch seiner Welt vorkommt. Kein Ort ist tabu. Hat er einen besten Freund? Jemanden, dem er sich anvertrauen würde?«

»Nicht wirklich. Er hat vorhin mit Jades Nichte Layla geschrieben, aber ich habe Jade angerufen, und sie hat Laylas Eltern informiert. Sie sagen, dass sie nichts von ihm gehört hat, aber sie geben mir Bescheid, sobald er sich meldet.« Sie zückte ihr Handy. »Sollen wir die Polizei informieren?«

»Noch nicht. Er ist noch nicht lange genug verschwunden, sie würden noch nichts unternehmen. Aber darum haben wir uns schon gekümmert. Die Jungs sind unterwegs, und mein Kumpel Hazard – Hector Martinez – ist Polizist. Lass uns mit der Liste anfangen. Sie werden bald hier sein.«

Sie machte sich daran, eine Liste zu erstellen.

Während sie das tat, studierte Doc auf seinem Smartphone die örtlichen Wanderkarten. »Reitet er jemals zur Devil's Bend?« Devil's Bend war eine gefährliche Schlucht.

»Nein. Als wir hergezogen sind, haben Jade und Rex uns davor gewarnt, und ich habe Lucas verboten, dorthin zu gehen.«

Doc wusste ganz genau, dass die meisten wütenden Teenager große Freude daran hätten, dem Elternteil zu trotzen, der sie verärgert hatte. Aber das wollte er nicht laut aussprechen, denn er kannte Lucas nicht und hoffte sehr, dass er sich irrte.

Juliette tippte die Liste zu Ende, und als das Dröhnen der Motoren näher kam, schickte sie sie zusammen mit den Fotos an Doc. »Ich habe jeden Ort aufgeschrieben, der mir eingefallen ist.«

»Großartig.« Er überflog die Liste. »Buck ist sein Trainer?« Buck Waller war einst auch Docs Trainer beim Bullenreiten gewesen.

Sie nickte. »Ja. Er hat dich so gut trainiert, da war es nur logisch, Lucas auch bei ihm anzumelden.«

»Ich bin froh, dass du das getan hast. Wenn Buck ihn sieht, schleppt er Lucas garantiert zurück nach Hause. Ich leite das jetzt an Tiny weiter, damit er es an die anderen verteilen kann.«

Als die Dark Knights mit Pick-up-Trucks, Motorrädern, mit Quads beladenen Anhängern und Pferdeanhängern auf Juliettes Grundstück eintrafen, verschlug es ihr fast die Sprache. »Wie viele Leute hast du angerufen?«

»Den ganzen Club. Wir werden nichts dem Zufall überlassen.« Während die ersten damit anfingen, die Ausrüstung und die Pferde abzuladen, stiegen seine Eltern aus dem Wagen seines Vaters. »Komm mit.« Doc nahm Juliettes Hand und ging zu ihnen hinüber.

Ihr Blick wanderte nervös erst zu ihren verschränkten Händen und dann in sein Gesicht.

Verdammt. Sie steckten da zusammen drin. Ihre Hand zu nehmen, fühlte sich so natürlich an, dass er nicht einmal darüber nachgedacht hatte, bevor er es tat. »Entschuldige.« Er ließ ihre Hand los und verfluchte sich im Stillen.

»Es ist nur … Alles ist im Moment schrecklich kompliziert. Ich will es nicht noch schlimmer machen.«

»Ist schon gut. Ich verstehe das.« Das bedeutete nicht, dass es ihm nicht das Herz brach, ihr in diesem Moment keinen zusätzlichen Halt geben zu können. Schnellen Schrittes machten sie sich auf den Weg zu seinen Eltern.

»Juliette, Schatz.« Seine Mutter nahm sie in die Arme. »Du musst ja krank vor Sorge sein.«

»Das bin ich«, erwiderte Juliette. »Tut mir leid, dass ich euch alle damit belästige. Ich wusste nicht, dass Seeley gleich die Kavallerie rufen würde. Aber ich weiß das mehr zu schätzen, als ihr euch vorstellen könnt. Besonders nach allem, was passiert ist.«

»Liebes, du bist in dem Moment zu einem Teil unserer Familie geworden, als du auf unsere Ranch gekommen bist«, erklärte Tiny. »Und das ändert sich auch in schweren Zeiten nicht.«

»Verdammt richtig«, stimmte Dare seinem Vater zu, als er und Cowboy hinter ihnen auftauchten. »Sonst hätten sie mich schon vor Jahren verstoßen. Komm her, Kleine.« Er umarmte Juliette. »Wir werden deinen Jungen finden.«

»Schön, dich wiederzusehen, Juliette.« Auch Cowboy nahm sie in die Arme. »Ich wünschte, es wäre unter besseren Umständen passiert.«

»Ich auch«, murmelte sie nervös.

»Wir sollten anfangen, bevor es dunkel wird«, mahnte Tiny.

»Tiny, ich übernehme den Weg nach Westen«, sagte Doc. Sein Vater nickte, und während Tiny und seine Brüder zu den anderen Männern gingen, wandte sich Doc an Juliette. »Meine Mutter bleibt bei dir, falls du etwas brauchst. Schick mir eine

Nachricht, wenn Lucas auftaucht.«

»Das mache ich. Braucht ihr Taschenlampen?«

»Nein. Wir haben genug.«

»Lucas hat keine«, sagte sie zittrig.

»Er hat sein Handy dabei und da ist eine Taschenlampe dran.« Er legte ihr eine Hand an die Wange. »Mach dir keine Sorgen. Wir werden unseren Sohn finden und nach Hause holen.« Als er ihr einen Kuss auf die Stirn gab, wurde ihm das Herz schwer.

Doc schnappte sich eine Stirnlampe und ging zu seinem Pferd, während Tiny Anweisungen erteilte. »Seht euch die Fotos, die ich rumgeschickt habe, genau an. Wenn ihr unterwegs Jugendlichen begegnet, fragt sie, ob sie ihn gesehen haben. Falls ihr einen Hinweis bekommt, leitet ihn an alle weiter. Wer ihn findet, schickt eine Nachricht rum. Hyde und Taz, ihr überprüft mit fünf oder sechs Leuten das Schulgelände, die Ranch, wo er trainiert, und die Umgebung. Ich brauche eine Handvoll Freiwillige, die alle Wege in der Umgebung dieser Orte überprüfen. Otto und Pep, nehmt so viele Männer wie nötig, um die benachbarten Ranches zu kontrollieren. Manny, nimm dir ein paar Männer und fahr in die Stadt. Schaut, was ihr dort herausfinden könnt. Rebel und Ezra, ihr checkt die Treffpunkte auf der Liste. Dare und Cowboy, ihr übernehmt die Wege im Osten. Überprüft jeden Bach, seht hinter jeden Busch und Baum. Teenager sind gut im Verstecken ...«

Doc stieg auf Romeo und mit einem Druck der Fersen und einem »Hüa!« jagte er das Pferd über die Weide. Der Pfad zwischen den Büschen und Bäumen war ziemlich ausgetreten, sodass er in schnellem Tempo reiten konnte. Er schaute sich zwar um, wusste jedoch, dass Lucas nicht so nah beim Haus sein würde. Mit fünfzehn hätte Doc als Erstes versucht, so weit wie möglich von der Person oder dem, was ihn wütend gemacht hatte, wegzukommen. Sein Bauchgefühl sagte ihm, er müsse zur Devil's Bend reiten, also tat er genau das.

Er folgte dem Pfad einen steilen Hang hinauf und rief dabei immer wieder Lucas' Namen, während er zwischen dichten Kiefern, Gestrüpp und felsigen Vorsprüngen hindurchritt. Er drosselte das Tempo, um an Stellen nachzusehen, an denen sich Lucas verstecken könnte. Er blinzelte in die untergehende Sonne, als er am Grat des Berges entlangritt, und seine Gedanken schwankten zwischen *Komm schon, Junge. Wo versteckst du dich?* und dem inständigen Flehen ans Universum, Lucas möge in Sicherheit sein. Jetzt verstand er, warum sein Vater immer so wütend geworden war, wenn sie als Kinder ausgerissen waren, um irgendeinen Unsinn zu machen.

Als er an der Schlucht ankam, an deren Ende der Bach zur Devil's Bend führte, ließ er Romeo eine Minute Zeit, um den Abhang in Augenschein zu nehmen. Doc hielt sich in der Mitte des Sattels, so gut es ging, und ließ Romeo selbst seinen Weg den gefährlich steilen, felsigen Abhang hinunter suchen.

»Guter Junge, lass dir Zeit.« Er betete, dass Lucas die andere Richtung eingeschlagen hatte. Andernfalls konnte er nur hoffen, dass der Junge so gut reiten konnte, wie Juliette behauptete, denn ein unerfahrener Reiter konnte sich und sein Pferd hier schnell verletzen.

Als sie schließlich unten angekommen waren, folgten sie dem Bachlauf. Doc entdeckte Hufabdrücke am Boden, und seine Muskeln verspannten sich. Weiter vorne machte die Schlucht eine scharfe Biegung, wo sich das Wasser sammelte und vertiefte, bevor der Bach über eine Klippe in ein steiniges Flussbett hinabstürzte. Er hoffte inständig, dass Lucas nicht versucht hatte, sein Pferd diese Klippe hinunterzuführen.

Rasch wägte er seine Möglichkeiten ab. Als geübter Reiter wäre er auf Romeo schneller um die Kurve und den Hang hinunter, aber falls sich Lucas hinter der Biegung befand, könnte ihn genau das dazu bewegen, etwas Dummes zu tun. Wenn ihn sein Bauchgefühl jedoch trog und Lucas nicht dort war, verschwendete er andererseits die letzten kostbaren Minuten der Dämmerung.

Er ging auf Nummer sicher, stieg von Romeo ab, schlang die Zügel um einen Ast und machte sich auf den Weg um die Kurve. Vor ihm war Lucas' Pferd an einem Baum angebunden, Lucas jedoch nirgends zu sehen. Mist. Docs Blick fiel auf den Boden, und er sah Stiefelabdrücke, die zum Rand der verdammten Klippe führten. Sein Magen krampfte sich zusammen, und er betete, dass Lucas nicht gesprungen war.

Mit klopfendem Herzen ging er zum Rand und blickte hinunter. Lucas schritt am Bach entlang. *Gott sei Dank.* Doc machte eine schnelle Sichtprüfung auf Verletzungen, betrachtete seinen Gang und seine unversehrten Gliedmaßen.

Er schrieb Juliette schnell eine Nachricht. *Ich habe ihn gefunden. Er ist in Sicherheit. Ich werde versuchen, mit ihm zu sprechen.* Dann informierte er Tiny. *Er ist in der Devil's Bend. Sag das nicht Juliette. Ich will nicht, dass sie sich Sorgen macht. Er sieht unversehrt aus. Melde mich später wieder.*

Doc schaute gen Himmel. *Hoffentlich kriege ich das hin.*

Als sich Doc auf den Weg den Hügel hinunter machte, drehte sich Lucas um und kniff die Augen zusammen. »Was zum Teufel willst du hier?«

Doc hob die Hände. »Ich will nur reden.« Unten angekommen fuhr er fort: »Deine Mom macht sich große Sorgen um dich.«

»Das ist mir egal«, fauchte Lucas und ballte die Fäuste, als er zu Doc herumwirbelte. »Sie schert sich einen Dreck um mich. Sie ist eine elende Lügnerin.«

»Ich verstehe, dass du sauer bist, und du hast auch jedes Recht dazu. Verdammt, wir alle haben das Recht dazu, wütend zu sein. Aber du sprichst hier von deiner Mutter, also pass auf, was du sagst. Sie hat ihr Leben aufgegeben, um deines zu retten, als sie nicht viel älter war als du jetzt.«

»Einen Scheiß hat sie aufgegeben.« Lucas' Augen blitzten wie Dolche. »Und tu nicht so, als wärst du mein Vater. Ich kenne dich doch gar nicht.«

»Das stimmt. Du kennst mich nicht, aber ich hoffe, dass sich das eines Tages ändern wird.«

»Träum weiter.« Lucas wandte sich ab. »Du bist nur ein Arschloch, das meine Mutter geschwängert hat.«

»Ach ja? Ist es das, was du denkst?« Doc baute sich vor ihm auf und versperrte ihm den Weg. Er wusste, dass er sich auf einem schmalen Grat bewegte, aber er wollte nicht zulassen, dass Lucas irgendetwas in Bezug auf ihn oder Juliette unterstellte oder mutmaßte. »Du wirkst ziemlich erwachsen, daher werde ich auch so mit dir reden, wie ich es mit einem Erwachsenen tun würde. Kriegen wir ein Gespräch von Mann zu Mann hin? Oder willst du dich weiterhin wie ein Kind benehmen und wieder weglaufen?«

Lucas verschränkte die Arme und hob das Kinn.

Es kommt mir beinahe so vor, als würde ich mein zwanzig Jahre jüngeres Ich im Spiegel sehen.

Doc verdrängte diesen Gedanken und konzentrierte sich darauf, reinen Tisch zu machen. »Ich weiß nicht, wie viel dir deine Mutter erzählt hat, aber ich sage es dir jetzt ganz offen: Ich war nicht nur das Arschloch, das sie geschwängert hat.

Außerdem hatte ich mich auch bis über beide Ohren in sie verliebt, so sehr, dass ich nicht mehr klar denken konnte, als sie aus meinem Leben herausgerissen wurde. Deiner Mutter gehört mein Herz, seit sie sechzehn Jahre alt war, und wenn du glaubst, sie hätte nichts aufgegeben, um dich großzuziehen, dann irrst du dich gewaltig. Sie hat eine ganze Ranch voller Menschen aufgegeben, die sie geliebt haben.«

»Ja, genau. Deshalb warst du auch nie Teil unseres Lebens, weil du sie so sehr geliebt hast.«

»Ich war nie Teil eures Lebens, weil ich nichts von deiner Existenz wusste.« Er holte tief Luft und versuchte, seine Wut zu zügeln und herauszufinden, wie er seinen Standpunkt vermitteln konnte. »Stell dir vor, du hättest eine Freundin, und plötzlich taucht ihr Vater mit Bodyguards auf, zerrt sie in einen SUV, obwohl sie sich mit Händen und Füßen dagegen wehrt, und sperrt sie wie eine verdammte Gefangene in ihrem eigenen Haus ein. Das hat dein Großvater mit deiner Mutter gemacht, nur weil ich nicht aus einer reichen Familie stamme. Er drohte damit, meine Familie zu ruinieren, wenn ich mich ihr jemals wieder nähere. Ich bin heimlich losgezogen, habe alles, was wir waren und hatten, aufs Spiel gesetzt und darum gekämpft, sie zu sehen. Dein Großvater erzählte mir, dass sie wieder mit ihrem Ex-Freund zusammen sei und ich für sie gestorben wäre. Dann befahl er seinen Bodyguards, mich zu verprügeln. Sie ließen mich halb bewusstlos am Straßenrand liegen. Bilde dir nicht mal eine Sekunde lang ein, ich hätte nicht um sie gekämpft.«

Lucas schluckte schwer, und Doc glaubte kurz, so etwas wie Verständnis in seinem Gesicht zu sehen. Aber es war so schnell wieder verschwunden, wie es aufgetaucht war. »Wenn ihr beide so verliebt wart, warum hat *sie* dann nicht um dich gekämpft?«

»Das *hat* sie, nur wusste ich damals nichts davon. Dein Großvater überwachte die Telefone, darum schrieb mir deine Mutter Briefe und gab sie einer Haushälterin, die sie mir überbringen sollte, aber ich habe sie nie erhalten. Diese Haushälterin gab deiner Mutter auch einen Brief, der angeblich von mir war und in dem ich ihr mitteilte, dass ich weder sie noch unser Baby wollte. Aber ich habe ihn nicht geschrieben.«

Lucas kniff die Augen zusammen. »Wenn du ihn nicht geschrieben hast, wer dann?«

»Ich glaube, dein Großvater hat diesen Brief entweder selbst geschrieben oder jemand anderen damit beauftragt. Aber es spielt keine Rolle, wer ihn geschrieben hat. Wichtig ist nur, dass deine Mutter und ich beide getäuscht wurden. Dein Großvater hat ihr ein Ultimatum gestellt, entweder die Schwangerschaft abzubrechen oder Josh zu heiraten. Sie hat Josh geheiratet, um dich nicht zu verlieren.«

»Du sagst, mein Vater hat sie nur meinetwegen geheiratet?« Lucas' Augen wurden glasig und neue Wut flammte darin auf. »Das ist eine Lüge«, zischte er. »Mein Vater hat uns geliebt.«

»Ja, das hat er. Sehr sogar, nach allem, was mir deine Mutter erzählt hat. Und deine Mutter hat ihn auch geliebt, aber sie war nicht so in ihn verliebt wie in mich. Da gibt es einen Unterschied.«

»Und du hast sie einfach aufgegeben? Das ist doch keine Liebe!«

»Wage es nicht, meine Liebe zu deiner Mutter jemals infrage zu stellen. Ihre Verlobungsanzeige stand in der Zeitung und überall online. Als ich sie sah, glaubte ich, ihr Vater hätte mir die Wahrheit gesagt. Du darfst nicht vergessen, dass mir deine Mutter in all den Wochen, nachdem sie von der Ranch weggebracht worden war, keine einzige Nachricht schicken konnte. Ich dachte, sie hätte mit unserer Beziehung abgeschlossen. Was hätte ich denn tun sollen? Um eine Frau kämpfen, von der ich glaubte, sie würde mich nicht mehr wollen? Zulassen, dass dein Großvater meine Familie ruiniert, weil ich ein liebeskranker Narr war?«

»Ach, halt doch die Klappe.« Lucas wandte sich ab. »Ich will nichts mehr davon hören.«

»Das kann ich verstehen. Diese ganze Situation ist furchtbar. Aber du musst wissen, dass deine Mutter versucht hat, dich zu beschützen. Sie dachte wirklich, ich hätte den Brief geschrieben, und sie konnte den Gedanken nicht ertragen, dass du in dem Glauben aufwächst, ich hätte dich nicht gewollt. Hasse sie nicht, weil sie mit sechzehn Jahren eine Entscheidung treffen musste, die auf den Lügen beruhte, die man ihr erzählt hat. Wenn du jemanden hassen willst, dann hass deinen Großvater dafür, dass er uns allen das angetan hat. Wenn ich von der Schwangerschaft deiner Mutter gewusst hätte, wäre ich jeden Tag deines Lebens für dich da gewesen und hätte dich genauso geliebt wie sie.«

»Du kennst mich doch gar nicht.« Lucas' Stimme war leise und zittrig.

»Ich muss dich nicht kennen, um für dich da zu sein. Du bist mein Fleisch und Blut, aber selbst wenn dem nicht so wäre, liegt mir deine Mutter am Herzen, und dasselbe gilt auch für dich.« Doc ließ seine Worte eine Minute lang sacken. »Wenn du denkst, mir würde nichts an dir liegen, dann irrst du dich gewaltig. Ich habe heute Nacht vierzig Männer da draußen, die nach dir suchen. Aber ich bin nicht derjenige, auf den es im Moment ankommt. Das ist deine Mutter und sie ist außer sich vor Sorge. Wie wäre es, wenn du ihr eine Nachricht schreibst und sie wissen lässt, dass du am Leben bist?«

Lucas rührte sich nicht.

»Komm schon, Kumpel. Sie hat die letzten fünfzehn Jahre damit verbracht, dich aufzuziehen, für dich zu sorgen und dich zu beschützen. Da solltest du doch die paar Sekunden erübrigen können, die es braucht, um ein paar Worte zu tippen, wenn du genau weißt, wie viel ihr das bedeutet.«

Lucas' Schultern sanken herunter.

Schreib die Nachricht. Komm schon, Kumpel. Du schaffst das.

Lucas schob eine Hand in seine Tasche, zog das Handy heraus und schrieb widerwillig eine Nachricht.

»Guter Junge. Dann werde ich dich und dein Pferd jetzt mal wieder nach Hause bringen.«

»Bilde dir nicht ein, dass wir jetzt Kumpel sind, nur weil du mir diesen ganzen Scheiß erzählt hast.«

»Verstanden. Kriegst du deinen sturen Hintern den Hügel da wieder rauf?«

Lucas starrte ihn böse an. »Es gibt nichts, was ich nicht schaffen kann.«

Du kommst ganz nach deinem alten Herrn.

Als sie den Hügel hinaufstiegen, fragte Lucas: »Wie hast du mich eigentlich gefunden?«

»Deine Mutter sagte, sie hätte dir verboten, hier herzukommen. Wäre ich in deinem Alter und an deiner Stelle gewesen, hätte ich mich garantiert auch für diesen Ort entschieden.« Als sie oben auf dem Hügel ankamen, ergänzte er: »Aber du solltest es dir beim nächsten Mal lieber gut überlegen, deiner Mutter nicht zu gehorchen.«

»Oder was?«, blaffte Lucas trotzig.

Doc zuckte mit den Achseln. »Das wirst du dann schon herausfinden.«

Elf

Erleichterung durchströmte Juliette erneut, als sie Lucas' Nachricht las. *Ich bin am Leben.* Sie ließ sich auf die Couch sinken, nachdem sie gefühlt stundenlang auf und ab gelaufen war, und versuchte, ihr rasendes Herz zu beruhigen.

»Ist alles in Ordnung, Liebes? War das wieder Doc?«, erkundigte sich Wynnie.

Juliette schüttelte den Kopf. »Das war Lucas.« Sie zeigte Wynnie die Nachricht. »Seeley hat ihm bestimmt gesagt, dass er mir schreiben soll.«

»Wahrscheinlich schon.«

Juliette legte das Handy auf den Couchtisch. »Ich wünschte, ich wüsste, was Lucas zu ihm gesagt hat, aber das werde ich wohl noch früh genug herausfinden. Ich weiß nicht, wie du es mit fünf Teenagern aushalten konntet.«

»Es gab Tage, an denen ich mir nicht sicher war, ob ich das durchstehen kann. Als Ältester hat Doc den anderen den Weg geebnet. Damals war er ein übermütiger Witzbold. Als er so alt war wie Lucas, erzählte er uns, er würde zu einem Freund fahren, und tauchte auch tatsächlich bei ihm auf. Aber dann erzählte er diesem Freund, er wolle nach Hause, und traf sich stattdessen mit einem Mädchen. Sie schlich sich raus und die beiden sind im Garten ihrer Eltern eingeschlafen. Tiny hat damals alle losgeschickt, um nach ihm zu suchen – ganz so, wie Doc es heute Abend bei Lucas gemacht hat.«

»Seeley hat mir davon erzählt, als wir noch Teenager waren.« Sie hatten so viele ihrer Geheimnisse miteinander geteilt, und er war immer noch der einzige Mensch, der ihre kannte.

»Das kann ich mir denken. Er hat uns damals ganz schön auf die Probe gestellt. Er war der Erste, der mit sechzehn betrunken nach Hause kam. Dabei taumelte er in Birdies Zimmer, weil er glaubte, es wäre seins, und hat sich direkt vor ihrem Bett übergeben.«

»Ekelhaft. Arme Birdie.«

Wynnie lachte leise. »Tiny hat ihn gezwungen, alles sauber zu machen, wobei es Doc zwar noch elender ging, doch er hat seine Lektion gelernt. Und dann war da noch das eine Mal, als er und seine Freunde es für eine gute Idee hielten, sich rauszuschleichen, um ihren eigenen Bullenreitwettbewerb zu veranstalten.«

»Oh je, davon habe ich ja noch nie etwas gehört. Haben sie sich dabei verletzt?«

»Nein. Zum Glück hat Buck Waller sie erwischt, bevor es so weit kommen konnte.«

Buck war in dem Sommer, in dem sie zusammen gewesen waren, Seeleys Lehrer gewesen. Juliette würde nie vergessen, wie sie Seeley auf der Waller-Ranch beim Bullenreiten, beim Einfangen von Kühen und beim Barrel Race zugesehen hatte. »Buck ist auch Lucas' Trainer.«

»Dann ist Lucas in guten Händen. Manchmal frage ich mich, in welche Schwierigkeiten Doc geraten wäre, wenn das mit euch beiden nie passiert wäre.«

»Wie meinst du das?«

»Danach ist er ziemlich abgedriftet. Sein Liebeskummer hat ihn verschlossen und zornig gemacht. Es hat Jahre gedauert, bis er wieder zu sich selbst gefunden hat, aber er ist seitdem nie mehr ganz derselbe gewesen.«

Juliette spürte Schuldgefühle in sich aufsteigen. »Das tut mir leid.«

»Das muss es nicht. Nichts davon war deine Schuld und alle Kinder machen schwere Zeiten durch. Jedes unserer Kinder hat uns auf unterschiedliche Art und Weise vor eine schwere Aufgabe gestellt. Wenn ich eines über das Leben gelernt habe, dann, dass nichts einen so zäh macht oder so zerbrechen kann wie ein Kind. Aber das weißt du besser als jeder andere von uns, meine Liebe.«

Juliette schluckte schwer.

»Es tut mir so leid, dass wir damals nicht wussten, was dein Vater getan hat, und dass du so lange allein mit allem zurechtkommen musstest. Ich weiß, dass ihr anfangs Josh hattet, und sein Tod ist überaus traurig. Ich wünschte, wir hätten dir und Lucas helfen können, das durchzustehen, und all die Jahre danach an deiner Seite sein können.« Sie bedeckte Juliettes Hand mit ihrer und drückte sie beruhigend. »Ich hoffe, du weißt, dass wir für euch beide da sind und du dich jederzeit an uns wenden kannst.«

Die Haustür wurde geöffnet, und sie standen beide auf, als Tiny hereinkam. »Die Letzten sind gerade gegangen. Hast du noch etwas von Doc gehört?«

»Lucas hat sich gemeldet«, sagte Juliette. »Sie sind vermutlich auf dem Rückweg.«

»Doc wird auf ihn aufpassen. Wie geht es dir, Liebes?«, erkundigte sich Tiny.

»Ganz okay. Ich bin euch wirklich dankbar für alles, was

ihr heute Abend für uns getan habt, und ich möchte mich auch für alles entschuldigen, was mein Vater damals gesagt und getan hat.«

»Du brauchst dich nicht zu entschuldigen«, erwiderte Wynnie.

»Doch, das muss ich. Ich habe im Laufe der Jahre eine Million Mal überlegt, euch anzurufen. Es tut mir so schrecklich leid, wie furchtbar mein Vater zu euch war. Als er an dem Tag auf der Ranch auftauchte, um mich abzuholen, war ich schockiert. Ich hatte keine Vorwarnung oder so etwas in der Art erhalten. Ich weiß nicht einmal, wie er das mit mir und Seeley herausgefunden hat. Und ich hatte keine Ahnung, dass er seine Bodyguards auf Seeley angesetzt hat und sie ihn verprügelt haben, das kann ich euch versichern.«

Wynnie schnappte nach Luft. »Er hat *was*?«

»Oh nein.« Juliette hielt sich eine Hand vor den Mund. »Ihr wusstet nichts davon?« *Mist, Mist, Mist.*

»Nein.« Wynnie sah Tiny an, dessen Miene auf einmal wie versteinert war. »Du wusstest davon, nicht wahr?«

Tiny nickte knapp. »Natürlich wusste ich es.«

»Und du hast es nicht verhindert?«, fuhr Wynnie ihn an.

»Unser Sohn musste sich diesem Mann stellen, um für das Mädchen zu kämpfen, das er liebte. Ihn daran zu hindern, hätte eine offene Rechnung hinterlassen, und er wäre verrückt geworden. Vertrau mir, Liebling, diese Bodyguards haben bekommen, was sie verdient hatten.«

»Und Gouverneur Adkin?«, fragte Wynnie scharf. »Hat er dafür bezahlt, dass er ihnen befohlen hat, unseren Sohn zu verletzen?«

»Nein, Liebling. Ich hatte dir mein Wort gegeben, dass ich diesen Mann in Ruhe lassen würde. Das war eines der schwersten Versprechen, die ich je halten musste, aber du hattest recht. Wir hatten eine Ranch voller Leute, die auf uns zählen. Ich konnte nicht alles riskieren, wofür wir so hart gearbeitet hatten, und ich wollte ganz sicher nicht dein Vertrauen aufs Spiel setzen.«

Juliettes Kehle war wie zugeschnürt. Das war die Art von Ehrlichkeit und Liebe, von der sie nie gewusst hatte, dass sie überhaupt existierte, bevor sie auf die Ranch gekommen war und es selbst miterlebt hatte. Sie erinnerte sich daran, wie liebevoll Tiny und Wynnie stets miteinander umgingen und wie Tiny mit Wynnie Dinge besprach, anstatt ihr Befehle zu erteilen – ganz anders als ihr Vater es bei ihrer Mutter und allen anderen in seinem Leben immer getan hatte. Tiny und Wynnie hatten einen Maßstab gesetzt, den Juliette sich verzweifelt gewünscht hatte – und sie wusste schon all die Jahre zuvor, dass sie genau das mit Seeley gefunden hatte.

»Danke, dass du dein Wort gehalten hast.« Wynnie ging zu Tiny und berührte seine Brust. »Aber ich hätte es mir vielleicht anders überlegt, wenn ich gewusst hätte, was unser Junge durchstehen musste.«

»Dieses Risiko wollte ich nicht eingehen, Liebling.« Er legte einen Arm um sie und küsste sie auf die Wange.

Juliette wischte sich eine Träne weg.

»Alles in Ordnung, Liebes?«, fragte Wynnie.

Juliette nickte. »Es war einfach eine emotionale Nacht. Ich glaube, ich habe euch das nie gesagt, aber ich wusste nie, wie wahre Liebe aussieht, bis ich auf die Ranch kam und euch beide zusammen gesehen habe. Die Art und Weise, wie ihr miteinander umgeht und auch mit allen in eurer Umgebung, ist wirklich etwas Besonderes. In meiner Familie hat mein Vater jedem gesagt, was er zu tun hat, und wir sind ihm gefolgt wie Schafe, weil wir Angst vor den Konsequenzen hatten. Zumindest galt das für mich. Ich glaube, meine Mutter mochte seine kontrollierende Art.«

Eine weitere Träne rann ihr über die Wange und sie wischte sie weg. »Ich weiß, dass Seeley und ich damals noch sehr jung waren, aber ihr sollt wissen, dass er mich nie unter Druck gesetzt oder in irgendeiner Weise gedrängt hat. Er hat mich stets mit Freundlichkeit, Respekt und Liebe behandelt. So etwas hatte ich noch nie erlebt. Wenn überhaupt, dann war er besonders vorsichtig, wenn es um meine Gefühle ging.«

»Das haben wir nie bezweifelt«, erwiderte Wynnie leise.

»In dieser Familie schätzen wir jene, die wir lieben«, ergänzte Tiny.

»Ich bin froh, dazu gehört zu haben.« Juliette wischte sich über die Augen. »Falls ihr einen Rat habt, wie ich mit dieser Situation mit Lucas umgehen soll, würde ich ihn gerne hören.«

»Lucas hat viel zu verarbeiten, und bis er sich weit genug beruhigt hat, um zu verstehen, wie und warum das passiert ist, wird er wütend sein«, antwortete Wynnie. »Er wird einen sicheren Ort brauchen, um sich abzureagieren, und er weiß bestimmt, dass deine Liebe bedingungslos ist. Leider bedeutet das, dass du wahrscheinlich die Hauptlast tragen wirst.«

Juliette seufzte, denn sie wollte sich dem nicht stellen, aber das hatte sie noch nie von etwas abgehalten. »Das ergibt Sinn.«

»Obendrein steht Doc für genau die Dinge, über die Lucas nicht nachdenken will«, fuhr Wynnie fort. »Zum Beispiel dafür, dass seine Mutter gelogen hat, um ihn zu beschützen, und dass sein Großvater derart korrupt und hinterhältig war. Aber ich habe Vertrauen in euch beide, und mein bester Rat ist, weiterhin ehrlich zu ihm zu sein. Das wird helfen, sein Vertrauen wiederherzustellen. Es wird vielleicht eine Weile dauern, aber du wirst das schon schaffen.«

»Das Wichtigste, was der Junge hören muss, ist, dass er geliebt wird und dass das, was dein Vater getan hat, nichts an dieser Liebe ändert«, fügte Tiny hinzu.

»Richtig. Ja, natürlich. Es ist alles so überwältigend.«

»Das wissen wir, Liebes.« Wynnie umarmte sie. »Soll ich dir den Namen einer guten Therapeutin geben? Für dich oder für Lucas? Oder jemanden empfehlen, mit dem ihr beide reden könnt? Es gibt hier in der Gegend eine ganze Reihe davon.«

»Ja, bitte.« Juliette gab Wynnie ihre Nummer, und Wynnie versprach, ihr die Informationen zu schicken.

Tiny zeigte zum Fenster. »Sie sind zurück.«

Juliettes Puls beschleunigte sich, als sie seinem Blick zu Lucas folgte, der sein Pferd in den Stall führte. »Gott sei Dank.« Seeley stieg vor der Scheune von seinem Pferd ab. Sie hätte dieses Pferd überall wiedererkannt. *Romeo.*

»Das ist unser Stichwort.« Wynnie nahm Juliettes Hände und schaute ihr mitfühlend in die Augen. »Du bist eine gute Mutter, Liebes. Es ist leicht, das zu vergessen, wenn man mitten im Geschehen steckt, und ich wette, dir wurde das nicht oft genug gesagt. Du, Lucas und Doc – ihr werdet das durchstehen, und wir sind für euch da, jederzeit, Tag und Nacht, egal, was ihr braucht.«

Erneut traten Juliette Tränen in die Augen, als Wynnie sie umarmte. »Danke. Ich schätze euch beide sehr.«

Tiny umarmte sie ebenfalls. »Wir freuen uns darauf, dich und unseren Enkel besser kennenzulernen, wenn ihr so weit seid.«

Unseren Enkel.

Sie lauschte der Wärme dieser Worte nach, als die beiden zu ihrem Wagen gingen. Lucas und Seeley kamen derweil auf das Haus zu. Lucas hielt den Blick auf den Boden gerichtet und wirkte zerknirscht. Seeley führte sein Pferd am Zügel, und sein Blick wanderte zwischen Juliette und Lucas hin und her. Sie wollte beide umarmen und wissen, was gesagt worden war und was sie dachten und fühlten. Aber sie konzentrierte sich auf Lucas und trat näher.

»Du hast mich zu Tode erschreckt. Zum Glück ist dir nichts passiert.« Sie umarmte ihn. Er erwiderte die Umarmung nicht, was wehtat, aber nicht unerwartet kam. »Ich hab dich lieb, aber erschreck mich ja nie wieder so.«

»Meinetwegen«, brummte Lucas und trat von einem Bein aufs andere.

Ihr Geduldsfaden riss. »Komm mir jetzt nicht so! Dir hätte da draußen alles Mögliche passieren können. Verstehst du nicht, dass du mir die Welt bedeutest?«

Seeley räusperte sich. »Ihr solltet das unter euch besprechen. Ich lasse euch mal allein.«

»Hast du noch einen Moment Zeit?«, bat sie. »Lucas, geh bitte rein. Ich bin gleich da und dann können wir reden.«

Mit finsterer Miene marschierte Lucas ins Haus.

»Was für eine furchtbare Nacht.« Sie sah Seeley an und war überaus dankbar dafür, dass er da war. »Ich hoffe, er hat sich halbwegs benommen.«

»Das hat er, aber du solltest wissen, dass ich ihn in der Devil's Bend gefunden habe.«

»Ist das dein Ernst? Jetzt kriegt er richtig Ärger.«

»Er ist verwirrt, Jule, und er ist verletzt.«

»Willst du damit etwa sagen, dass er nicht bestraft werden sollte?«, fragte sie ungläubig.

»Nein. Ich denke vielmehr, er braucht Grenzen, und erinnere dich nur daran, weil er es einem wirklich leicht macht, seine Wut und seinen Widerstand zu sehen, statt sich seinen Schmerz anmerken zu lassen – was ihn stark erscheinen lässt. Das liegt ihm bis zu einem gewissen Grad im Blut. Wie du selbst gesehen hast, kann ich ebenfalls ein ziemlich wütender Mistkerl sein, aber ich schätze, er hat auch jahrelang beobachten können, dass dich niemand unterkriegen konnte. Er scheint schnell zu lernen, aber er ist trotzdem erst fünfzehn, und die Welt, wie er sie kannte, wird nie wieder dieselbe sein. Vielleicht solltest du also ein bisschen Nachsicht zeigen.«

»Ich weiß recht gut, was in ihm vorgeht, aber ich bin auch sehr aufgebracht. Diese ganze Situation geht mir gegen den Strich, und obwohl ich ihn nur beschützen wollte, ist es trotzdem meine Schuld. Ich habe ihm das angetan.«

»Das haben wir alle, aber wir werden es überstehen.«

»Die Frage ist, ob er uns danach hassen wird.« Diesen Gedanken konnte sie kaum ertragen. »Hat er etwas gesagt, das ich wissen sollte?«

»Eigentlich nicht, aber ich bin vielleicht zu weit gegangen. Ich habe ihm alles erzählt. Er weiß, was dein Vater uns beiden angetan hat, von den Briefen und dass ich deinen Vater zur Rede gestellt habe. Er weiß einfach alles.«

»Ich weiß nicht, ob das gut oder schlecht ist«, gab sie ehrlich zu. »Hat er dir auch wirklich zugehört?«

»Ich glaube schon.« Er warf einen Blick zum Haus hinüber und fuhr sich mit der Hand durchs Haar. »Darf ich dich umarmen?«

Sie schaute zu den Fenstern und konnte Lucas nirgends sehen. »Ja, bitte. Eine Umarmung könnte ich gut gebrauchen und er ist wahrscheinlich längst in seinem Zimmer und plant seine nächste Flucht.«

Seeley hielt die Zügel des Pferdes in einer Hand und breitete die Arme aus.

Sie umarmte ihn und spürte all seine Stärke und Sicherheit.

»Niemand hat mich davor gewarnt, wie schwer es ist, Mutter zu sein.« Sie drückte die Wange an seine Brust und umarmte ihn ein wenig fester. »Da bringst du dieses winzige Baby zur Welt, das völlig auf dich angewiesen ist, und baust deine ganze Welt um es herum auf, bringst ihm bei, stark und unabhängig zu sein, für sich selbst und andere einzustehen. Bei Lucas war ich immer stolz darauf, weil meine Eltern immer versucht haben, mich zu kontrollieren. Aber heute Abend, als er mich angesehen hat, als wäre ich seine Feindin, wollte ich ihn am liebsten festbinden und ihn zwingen, mich so anzubeten, wie er es als kleines Kind getan hat.«

Seeley drückte ihr einen Kuss auf den Scheitel. »Verstehe.«

Sie sah ihn nachdenklich an. »Das wäre wohl keine gute Erziehungsmaßnahme, oder?«

»Da bin ich mir nicht so sicher.« Er grinste schelmisch. »Ich kann dir gern ein Seil bringen.«

Sie drückte lachend die Stirn an seine Brust.

»Möchtest du, dass ich hierbleibe, falls er noch mal abhauen will?«

»Nein. Ist schon gut.« Widerstrebend löste sie sich aus seinen Armen, aber er nahm ihre Hand und hielt sie fest, und das gefiel ihr. »Vielleicht habe ich ja Glück, und er ist emotional genauso erschöpft wie ich.«

»Das bezweifle ich.«

»Okay, du Überbringer schlechter Nachrichten. Jetzt ist der einzige Zeitpunkt, an dem du mich anlügen darfst. Sag mir, dass er zu erschöpft sein wird, auch wenn du genau weißt, dass es anders kommen wird.«

»Ich werde dich nie anlügen, und wir beide wissen, dass

Teenagern nie die Energie ausgeht.« Sein grüblerischer Blick wurde sanfter. »Wir werden dafür sorgen, dass er das durchsteht, Liebling. Das verspreche ich dir. Egal, wie lange es dauert, wir werden nie aufhören, es zu versuchen.«

Ihr kamen abermals die Tränen, doch sie versuchte, sie wegzublinzeln. »Gott, Seeley. Niemand außer dir hat das je zu mir gesagt, und wenn es jemand getan hätte, dann hätte ich ihm wahrscheinlich nicht geglaubt. Du bist erst seit einem Tag zurück in meinem Leben, und ich weiß, dass du es ernst meinst.«

»Natürlich meine ich es ernst. Gibt es irgendetwas, was ich tun kann, um dir das Leben leichter zu machen?«

Sie schüttelte den Kopf. »Du hast genug getan. Jetzt liegt es an mir. Danke.«

»Rufst du mich später an und bringst mich auf den neuesten Stand?«

»Das mache ich.«

Er küsste sie auf die Stirn und warf Romeo einen Blick zu. »Dann machen wir uns jetzt wohl auf den Weg.«

»Darf ich …?« Sie griff nach oben und streichelte Romeo. »Er ist so groß und schön.« Das Pferd drückte das Maul an ihre Brust. »Ich glaube, er erinnert sich an mich.«

»Du bist unvergesslich, Peaches.«

Zwölf

Juliette starrte auf Lucas' geschlossene Schlafzimmertür und erinnerte sich daran, wie er mit dreizehn angefangen hatte, sie hinter sich zu schließen. Damals war sie nur schwer damit zurechtgekommen, denn es hatte sich angefühlt wie eine Barriere, die sie nie überwinden könnte. Aber sie hatte gewusst, dass das alles zum Erwachsenwerden dazugehörte.

Jetzt fühlte es sich noch mehr wie eine unüberwindbare Barrikade an. Sie sammelte all ihre Kraft und rief sich ins Gedächtnis, dass es nichts gab, womit sie nicht fertig werden konnte. Sie konnte nur hoffen, dass das auch für dieses neue Schlachtfeld galt.

»Lucas«, sagte sie durch die Tür hindurch. »Wir müssen reden.«

Er öffnete die Tür, sagte jedoch kein Wort. Stattdessen ließ er sich auf den Schreibtischstuhl fallen, verschränkte die Arme und machte ein mürrisches Gesicht.

Sie nahm auf der Bettkante Platz und rang die Hände, während sie überlegte, wie sie anfangen sollte, doch dann kamen ihr die Worte über die Lippen, ohne dass sie vorher groß darüber nachgedacht hatte. »Es tut mir leid, dass ich dich angelogen habe. Ich weiß, dass du das für völlig falsch hältst, aber ich habe die Entscheidung getroffen, die ich zu dem Zeitpunkt für die beste ansah, und zwar basierend auf dem, was ich für die Wahrheit hielt.«

Er wandte den Blick ab.

»Du darfst wütend und verletzt sein, und du darfst mich sogar dafür hassen, dass ich dich angelogen habe.« Sie milderte ihren Tonfall. »Aber du darfst nicht weglaufen, Lucas. Nicht vor mir, denn ich werde immer alles stehen und liegen lassen, um dich zu finden, und ich werde dich immer lieben, egal wie du dich aufführst oder mich zu hassen glaubst.« Sie hielt inne, um ihm die Gelegenheit zu geben, etwas zu erwidern, aber er blieb stumm. »Und du kannst nicht vor der Realität dieser Situation weglaufen. Seeley wird immer dein biologischer Vater sein. Das sind die Fakten und daran wird sich nichts ändern.«

»Woher weißt du überhaupt, dass er mein Vater ist?«, fuhr er sie an und drehte sich wieder zu ihr um. »Es ist ja nicht so, als hättest du einen Vaterschaftstest gemacht.«

»Er war der erste und einzige Mann, mit dem ich bis dahin zusammen war. Er ist dein Vater, Lucas, und du hast bestimmt eine Menge Fragen, also lass uns darüber reden.«

Er starrte sie stoisch an und trommelte mit den Fingern auf dem Arm. »Er hat mir erzählt, was Grandpa getan hat.«

»Ich weiß. Seeley hat mir gesagt, dass er in allem ehrlich zu dir war.« Sie krallte die Finger in die Kante seiner Matratze und versuchte, Angst und Anspannung dorthin abfließen zu lassen.

»War Grandpa wirklich so ein Arschloch? Hat er ernsthaft all diese Dinge getan? Hat er dich im Haus eingesperrt und einen Weg gefunden, den Brief zu fälschen?«

»Leider ja. Mein Vater war sehr kontrollsüchtig, und nachdem er mich von der Ranch weggeholt hatte, wurde es noch schlimmer.«

Lucas atmete heftiger. »Stimmt es auch, dass seine Body-guards Seeley auf seine Anweisung hin verprügelt haben?«

Sie nickte, während sich die Gefühle in ihr aufstauten. »Ja, das hat Seeley gesagt, und ich glaube ihm.«

Sein Kiefer spannte sich an und seine Finger hörten auf zu trommeln. »Ist Seeley der Grund, warum wir hierhergezogen sind?«

»*Nein.* Ich bin nach Kalifornien gezogen, weil man mich dazu gezwungen hat, aber es ist nie wirklich mein Zuhause geworden. Nicht so wie dieses Haus.« *Oder die Ranch.* »Ich war ehrlich zu dir, als ich sagte, wie sehr ich Grandma Hazel vermisst habe. Sie war der einzige Mensch, der immer auf meiner Seite war, und ich wollte mich ihr näher fühlen. Als sie uns dieses Anwesen hinterlassen hat, war das wie ein Zeichen. Ich habe nicht damit gerechnet, dass wir Seeley begegnen. Er wohnt nicht in Weston, sondern in Hope Valley.«

Er starrte sie einen Moment lang an. »Wenn wir ihm nicht begegnet wären, hättest du mir dann jemals die Wahrheit gesagt?«

Sie klammerte sich fester an den Rand der Matratze. »Ich wünschte, ich könnte Ja sagen, aber ich weiß es nicht genau. Vielleicht nicht.«

Er biss die Zähne zusammen und sah wieder weg.

»Bitte versuch, die Dinge aus meiner Perspektive zu sehen, Lucas. Es war nicht leicht, dieses Geheimnis vor dir zu bewahren. Es gab so viele Momente, in denen ich dich ansah und mir durch den Kopf ging, wie sehr du Seeley ähnlich siehst oder dich wie er verhältst. Aber ich ging die ganze Zeit davon aus, dass er uns nicht wollte.«

»Das hab ich verstanden«, fauchte er.

»Wirklich?«, fragte sie energisch. »Denn ich werde jetzt

brutal ehrlich über etwas anderes sein, von dem ich denke, dass du es wissen solltest. So schrecklich schwer das auch für uns alle ist, bin ich jetzt, wo ich die Wahrheit über meinen Vater und die Wahrheit über Seeley kenne, auch sehr erleichtert, dass alles ans Licht gekommen ist. Es war eine Qual, dich anzulügen. Ich habe mein halbes Leben lang geglaubt, dass Seeley mich nicht so liebt, wie er es behauptet hat, und dass er dich nicht wollte.«

Ihre Brust zog sich zusammen, und sie hatte Mühe, nicht die Fassung zu verlieren. »Schatz, du bist alles für mich, und es hat mir jedes Mal das Herz gebrochen, wenn ich daran gedacht habe, dass dein leiblicher Vater dich nicht wollte – und das ging mir eigentlich nie wirklich aus dem Kopf.«

Er wandte den Blick ab und verzog die Lippen, wie er es auch als Kind immer getan hatte, wenn er kurz vor dem Weinen stand. Dann verschränkte er die Arme vor der Brust. »Das ist doch alles scheiße. Ich hasse es.«

Ihr kamen die Tränen. »Ich weiß. Es tut mir leid. Mir geht es ganz genauso.«

»Alles, was ich über unsere Familie zu wissen glaubte, fühlt sich an, als wäre es eine Lüge gewesen. Seeley sagte, dass du Dad nicht geliebt hast. Stimmt das?«

Oh Gott, jetzt auch das noch. »Ich habe deinen Vater geliebt, aber auf andere Weise und war nicht in ihn verliebt, und ich weiß, dass das verwirrend ist.«

»Ich bin nicht dumm und weiß, dass es einen Unterschied gibt, und ich werde Dad immer lieben.«

»Natürlich wirst du das, Schatz, und das solltest du auch.« Sie beugte sich vor und wollte seine Hand nehmen oder ihn umarmen, aber sie hatte Angst, dass er sie wegstoßen und sich verkriechen würde, was nicht passieren durfte, da dieses Gespräch noch lange nicht zu Ende war. »Niemand will dir das wegnehmen und Seeley will deinen Vater auch nicht ersetzen. Er möchte dich nur kennenlernen und an unserem Leben teilhaben.«

Er setzte sich aufrecht hin, schaute aber auf den Boden. »Und wenn ich das nicht will?«

Sie spürte, wie sich bei diesem Gedanken ein Riss in ihrem Herzen bildete. »Dann werden wir darüber reden, und wenn du ihn wirklich nicht kennenlernen willst, ist das dein gutes Recht.«

Jetzt sah er sie doch wieder an.

»Aber ich finde, du solltest ihm eine Chance geben. Seeley hat uns beide ohne eigenes Verschulden verloren. Er hat erst gestern von deiner Existenz erfahren, und als ich ihn heute Abend anrief, um ihm mitzuteilen, dass du verschwunden bist, hat er nicht gezögert und sofort versprochen, mir zu helfen. Er holte seine Familie und all die Biker, die wir im Krankenhaus gesehen hatten, hierher, um nach dir zu suchen. Sie kamen mit Pferden, Quads, Autos und Motorrädern. So ein Mensch ist Seeley, aber nur du kannst entscheiden, ob du ihm eine Chance geben willst oder nicht.«

Lucas sah wieder nach unten und trat mit der Sohle seines Stiefels gegen den Parkettboden. »Liebst du ihn noch?«

»Ich habe nie aufgehört, ihn zu lieben«, gab sie zu, und es kamen noch mehr Tränen. »Ich werde Seeley immer lieben. Unsere Liebe war groß. Sie hat dich erschaffen.«

Er sah sie mit einer Mischung aus Schmerz und Trauer an. »Kommt ihr beide wieder zusammen?«

»Ich glaube, da gibt es vorher Wichtigeres, findest du nicht auch? Wir beide müssen uns erst wieder neu kennenlernen. Wir sind nicht mehr die Kinder von früher, und du stehst an erster Stelle, Lucas, und zwar für uns beide.«

»Ich bezweifle, dass das auf ihn zutrifft«, brummelte er.

»Ich kann verstehen, dass du so denkst, aber wenn du ihm eine Chance gibst, wird er dich eines Besseren belehren, denke ich.« Sie wischte sich über die Augen und rieb den dumpfen Schmerz in ihren Schläfen. »Weißt du was, Schatz? Du musst diese Entscheidung nicht heute Abend treffen. Was möchtest du noch wissen?«

»Nichts«, antwortete er mürrisch.

Sie spürte, wie er sich zurückzog. »Okay, aber du sollst wissen, dass du mit mir über deine Gefühle reden kannst. Ich werde nicht wütend sein. Du hast ein Recht darauf, das zu empfinden, was du fühlst, aber ich will nicht, dass es zwischen uns noch mehr Geheimnisse gibt.«

»Meinetwegen.«

Sie ließ es dabei bewenden, denn es gab noch andere Dinge, die sie besprechen mussten. »Wir müssen darüber reden, dass du in der Devil's Bend gewesen bist.«

»Ich kann nicht fassen, dass er dir das erzählt hat«, sagte er ungläubig.

»Er macht sich Sorgen um dich. Die Devil's Bend ist gefährlich. Ich mag mir gar nicht vorstellen, dass du Warrior dorthin gebracht hast.«

»Ich habe ihn oben an der Klippe angebunden«, fauchte er.

»Das ist gut, denn er verlässt sich darauf, dass du auf ihn aufpasst, und ich weiß, dass du es dir nie verzeihen würdest, wenn er sich verletzt. Diesmal werde ich dich nicht bestrafen, aber wenn du so was noch einmal tust, verbiete ich dir das Reiten und du kannst dich von deinem Führerschein auf Probe verabschieden.« Sie stand auf. »Kann ich mich darauf verlassen, dass du nicht noch einmal abhaust?«

»*Mom*«, sagte er verzweifelt.

Sie lächelte ihn an. »Freut mich zu hören, dass ich wieder deine Mutter bin.« Sie beugte sich hinunter und umarmte ihn. »Ich hab dich lieb, Lukey boo.« Der Kosename, den sie ihm in seiner Kindheit gegeben hatte, entlockte ihm fast ein Lächeln. »Ich werde das Abendessen ausfallen lassen und meine Gefühle in Eiscreme ertränken. Möchtest du dich mir anschließen?«

»Ich habe keinen Hunger«, erwiderte er mürrisch und zückte sein Handy, anstatt sie anzuschauen.

»Okay. Wenn du mich brauchst, ich bin auf der Veranda.« Sie verließ sein Zimmer.

»Mom?«

Sie drehte sich um. »Ja?«

Er war nicht vom Stuhl aufgestanden, aber zumindest sah er sie an. »Es tut mir leid, dass ich dir solche Angst eingejagt habe.«

»Danke, Baby. Das alles tut mir auch sehr leid.«

Er sah aus, als wollte er noch etwas sagen, doch dann konzentrierte er sich wieder auf sein Telefon. »Machst du bitte die Tür hinter dir zu?«

Juliette kam der Aufforderung nach und war froh, dass sie sich nicht gegenseitig angeschrien hatten. Wenigstens etwas. Sie holte sich einen Becher Schokoladeneis aus dem Gefrierschrank und einen Löffel und schnappte sich auf dem Weg nach draußen einen Kapuzenpullover vom Haken neben der Eingangstür. In den Pulli gehüllt setzte sie sich auf die Veranda, schaute zum Sternenhimmel hinauf, fühlte sich, als hätte sie einen Krieg überlebt, und gönnte sich einen Moment zum Durchatmen.

Es dauerte nicht lange, bis sie daran denken musste, wie sie auf der Veranda ihrer Großmutter auf der Hollywoodschaukel gesessen, sich die Sorgen von der Seele geredet und ihren

Geschichten gelauscht hatte. Oh, wie sehr sie diese Hollywoodschaukel geliebt hatte. Wenn sie und Seeley zusammen gewesen waren, saßen sie darauf, küssten sich und schmiedeten Pläne für eine Zukunft, die ihr so real erschienen war, dass sie ihr Leben darauf verwettet hätte. Auch auf der Farm, auf der sie und Lucas in Kalifornien gelebt hatten, gab es eine Hollywoodschaukel, auf der sie mit ihm gesessen und ihm Geschichten erzählt hatte, aber es war nie dasselbe gewesen wie hier.

Sie saß lange Zeit auf der Veranda, aß Eis, hasste ihren Vater, grämte sich wegen Lucas ebenso wie ihret- und Seeleys wegen und betete leise zum Universum, dass sie das alles bewältigen konnten und Lucas Seeley danach nicht hassen würde.

Als sie das Eis aufgegessen und sich vergewissert hatte, dass Lucas nicht erneut abhauen würde und es ihm zumindest im Moment gut zu gehen schien, machte sie sich auf den Weg in den Stall.

Sie streichelte Maxine, bevor sie weiter zu Warrior ging. Er hob den großen Kopf, als sie sich ihm näherte. Während die langbeinige und anmutige Maxine früher ein preisgekrönter Traber gewesen war, bevor sie eine der Zuchtstuten ihrer Großmutter wurde, war Warrior klein und kompakt, mit dem Selbstbewusstsein und Charme eines James Bond und einer ganz eigenen Schönheit. Auf der Ranch in Kalifornien war er Zuchthengst gewesen, jedoch vor einigen Jahren in den Ruhestand gegangen und kastriert worden. Er war schon immer Lucas' Lieblingspferd gewesen, und Juliette hatte ihn Lucas zum neunten Geburtstag gekauft. Durch das lange gemeinsame Training waren Warrior und Lucas unzertrennlich geworden. Warrior war immer für ein Abenteuer zu haben und hatte es geliebt, die Hügel und Schluchten Kaliforniens zu erkunden.

Sie beäugte das mahagonibraune Pferd. »Danke, dass du meinen Jungen beschützt hast, aber wenn du ihn jemals wieder zur Devil's Bend bringst, wird dein Apfelvorrat darunter leiden.« Das Pferd wieherte und sie streichelte seinen kräftigen Kiefer. »Ich weiß. Es ist schwer, Nein zu sagen, wenn er dich um etwas bittet.«

Sie gab ihm noch ein paar Streicheleinheiten, bevor sie den Stall verließ und Seeley anrief.

Er ging nach dem ersten Klingeln ran. »Alles in Ordnung? Wie ist es gelaufen?«

Seine Dringlichkeit und die Tatsache, dass er sich so sehr sorgte, brachten sie trotz des Kummers dieses Abends zum Lächeln. Sie stellte sich vor, wie er in seinem Garten saß, die Ellbogen auf die Knie gestützt, und grübelte. »Na ja, wir sind beide noch am Leben. Das würde ich durchaus als Sieg bezeichnen.«

»So schlimm?«

»Eigentlich nicht«, gab sie zu. »Es gab kein Geschrei.«

Er atmete laut aus. »Gut. Ich war besorgt, dass ich alles noch schlimmer gemacht hätte, weil ich so ehrlich zu ihm war.«

»Das hast du nicht.« Sie ging den Hügel zum Haus hinauf. »Es wäre einfacher gewesen, ihn zu fesseln und dazu zu bringen, mich anzubeten, aber niemand hat behauptet, dass Kindererziehung einfach ist.«

»Das tut mir leid. War er sauer, weil ich ihn gefunden habe?«

»Dazu hat er nichts gesagt. Er hat gefragt, ob mein Vater wirklich so ein Arschloch war und ob ich Josh geliebt habe, und ich war in beiden Punkten ehrlich zu ihm.«

»Das tut mir ebenfalls leid.«

»Das muss es nicht. Ich glaube, diese Ehrlichkeit ist jetzt wichtig. Lucas hat sehr deutlich gemacht, dass Josh sein Vater ist und er ihn immer lieben wird.«

»Natürlich. Er steckt seine Grenzen ab. Das respektiere ich. Ich hätte ihm sagen sollen, dass ich Joshs Platz nicht einnehmen will, aber ich habe mich darauf konzentriert, ihn wissen zu lassen, wie und warum sich alles so abgespielt hat.«

Der Rhythmus seiner Stimme verriet ihr, dass er auf und ab ging. »Ich weiß das zu schätzen. Er hat auch gefragt, ob wir beide wieder zusammenkommen und ob ich dich noch liebe.«

»*Ach herrje.*« Seeley schwieg eine Sekunde lang. »Was hast du geantwortet?«

»Ich habe die Wahrheit gesagt. Dass ich dich immer lieben werde, aber dass wir uns erst wieder neu kennenlernen müssen und dass er immer an erster Stelle stehen wird.«

»Hat ihn das verärgert?«

»Nein. Aber als ich sagte, dass du ihn kennenlernen möchtest, wollte er wissen, was passieren würde, wenn er das nicht will, und ich sagte ihm, wir könnten über alles reden.«

»Verdammt.« Der Schmerz in seiner Stimme war nicht zu überhören.

Sie blieb vor dem Haus stehen. »Es tut mir leid. Es war auch für mich schwer, das zu hören, aber ich glaube nicht, dass er sich dagegen sträubt, dich kennenzulernen. Es ist nur so viel auf einmal, was gerade passiert.«

»Ja. Das stimmt allerdings. Für uns alle. Wie kann ich helfen, die Dinge einfacher zu gestalten?«

»Du tust schon mehr, als dir auch nur bewusst ist.« Sie lief im Mondlicht hin und her. »Dass du hier bist, mit uns sprichst und dich um Lucas kümmerst, ist mehr, als ich je bei jemand anderem als meiner Großmutter erlebt habe. Ich weiß das alles sehr zu schätzen und hoffe, Lucas wird das eines Tages auch tun.«

»Es kommt mir so vor, als wäre es nicht genug. Ich weiß, dass er Zeit braucht, aber er soll auch wissen, dass ich da bin, wenn er Fragen hat oder reden möchte, und ich möchte nicht, dass zu viel Zeit vergeht, bevor ich ihn wiedersehe.«

Das möchte ich auch nicht. »Er wird wahrscheinlich noch viele Fragen haben, wenn die Realität nach und nach durchsickert. Warum warten wir nicht einfach ab, wie sich die Dinge in den nächsten Tagen entwickeln? Dann können wir überlegen, wie es weitergehen soll.«

»Klingt gut. Bist du sicher, dass es dir gut geht, Jule? Du kannst mir alles sagen.«

»Mir geht es so gut, wie es unter diesen Umständen eben möglich ist, würde ich sagen. Aber ich würde alles für einen Neuanfang geben.«

»Dann sind wir ja schon zwei.«

»Ich denke immer wieder an das, was meine Großmutter gesagt hat, als ich den Brief bekommen habe. Ich war völlig untröstlich, und sie sagte, das läge daran, dass mein Herz seine Stimme gefunden hätte und dass es immer lauter sprechen würde als mein Kopf. Sie sagte, dass diese Schreie nicht zu unterdrücken seien und dass ich lernen müsse, sie zu überhören, um das Beste für mein – *unser* – Baby zu tun. Ich habe so verdammt hart dafür gearbeitet, und jetzt wünschte ich, ich wäre zu schwach gewesen.«

»Tu das nicht, Liebling. Gib dir nicht die Schuld. Es war alles so ein elender Wirrwarr und lag nicht in unserer Hand. Aber du bist zurück, und die Wahrheit ist endlich ans Licht gekommen, und wenn ich irgendein Mitspracherecht habe, wirst du nie wieder fortgehen. Und wenn doch, dann nicht ohne mich.«

Sie lächelte über seine Vehemenz und seine unendliche Zuneigung.

»Wir finden eine Lösung, Jule, und ich weiß, dass es sich im Moment nicht so anfühlt, aber Lucas liebt dich, und ich bin fest davon überzeugt, dass er eines Tages verstehen wird, warum du diesen Weg eingeschlagen hast.«

»Ich weiß, dass er mich liebt. Es schmerzt mich nur so unendlich, dass ich ihm wehgetan habe.«

»Mich auch, und ich mag gar nicht daran denken, wie sehr du gelitten hast. Soll ich rüberkommen und mich zu dir setzen, damit du nicht allein bist?«

»Das wäre schön«, antwortete sie ehrlich. »Aber das darfst du nicht tun. Ich will nicht, dass Lucas auf den Gedanken kommt, wir sind gegen ihn.«

»Oh, Mann. Daran habe ich gar nicht gedacht. Entschuldige. Vielleicht sollte ich mir mal einen Erziehungsratgeber zulegen.«

»Brauche ich auch einen?«

»Das glaube ich nicht, Liebling. Wenn man bedenkt, wie schwer es für dich war, hast du das echt klasse gemeistert.«

»Danke.« Sein Lob tat ihr gut. »Das musste ich hören. Deine Worte bedeuten mir sehr viel.«

»Tja, du und Lucas, ihr beide bedeutet mir eine Menge.«

Sie sah zum Haus hinauf und wollte das Gespräch nicht beenden, machte sich aber auch Sorgen um Lucas. »Ich sollte nach ihm sehen.«

»Okay. Ich bin da, wenn du irgendetwas brauchst.«

»Danke.«

Juliette beendete das Gespräch und genoss seine Unterstützung, während in ihr ein Funken Sehnsucht aufkeimte. Sie stieg die Stufen zur Veranda hinauf und versuchte, die Welle der Schuldgefühle zu ignorieren, die sie überkam, denn obwohl ihre Welt auf den Kopf gestellt worden war, empfand sie auch eine ungemeine Freude darüber, dass Seeley wieder in ihrem Leben war – und sie sehnte sich danach, erneut in seinen Armen zu liegen.

Dreizehn

Am späten Donnerstagabend saß Doc mit seinen Brüdern, Sasha und ihren Partnerinnen und Partnern auf Dares und Billies Terrasse und wünschte sich Juliette an seine Seite. Sully kuschelte sich an Cowboy und strich ihm geistesabwesend mit den Fingern über den Bauch, Billie und Dare beäugten sich, als könnten sie es kaum erwarten, sich gegenseitig die Kleider vom Leib zu reißen, und Ezra und Sasha hielten Händchen, während Gus auf Sashas Schoß eingeschlafen war. Sie hatten Marshmallows gemacht, und der kleine Gus hatte wie wild geplaudert, bis er mit Marshmallowresten im niedlichen Gesicht eingeschlummert war.

An Abenden wie diesen dachte Doc oft darüber nach, was hätte sein können. Wenn damals alles anders gelaufen wäre. Wenn sie ihre Pläne hätten umsetzen dürfen. Am meisten schmerzte ihn der Gedanke, dass sie dann immer noch zusammen, glücklich und verliebt wären, denn davon war er felsenfest überzeugt. Und früher hatte ihn ebenso die Vorstellung geplagt, dass Juliette ihn hintergangen hatte. Jetzt, wo sie eine zweite Chance bekamen, wollte er am liebsten sofort zu ihrem und Lucas' Leben gehören. Aber er gab ihr Zeit, um herauszufinden, wie es mit Lucas weitergehen sollte, auch wenn es ihn innerlich zerriss.

Er trank sein Bier aus, stellte die leere Flasche neben seinen Stuhl und verschränkte die Arme.

»Wisst ihr noch, als Dare mit Doc und Cowboy eine Band gründen wollte?«, fragte Billie und schaute Dare an, der arrogant grinste.

»Du meinst die Band, bei der Birdie und ich nicht mitmachen durften, weil wir Mädchen sind, obwohl ich die Einzige bin, die ein Instrument spielt?«, warf Sasha ein.

»Ganz genau«, bestätige Billie.

»Ich brauchte kein Instrument«, sagte Dare. »Ich konnte mich gut bewegen und wir hatten einen hervorragenden Schlagzeuger.« Er deutete auf Doc und trommelte mit den Fingern auf dem Arm, woraufhin alle lachten.

»Halt die Klappe.« Doc löste die Arme wieder.

»An dem Tag habt ihr alle Birdies Hoffnungen zunichte gemacht«, sagte Sasha. »Sie hatte sich schon so darauf gefreut, Outfits für die ganze Band zu machen.«

»Da haben wir ja noch mal Glück gehabt«, spottete Cowboy.

»Wo ist Birdie heute Abend?«, erkundigte sich Sully.

»Sie hat Rebel dazu überredet, sie zu unterstützen, und ist mit ihm ins Roadhouse gefahren«, antwortete Sasha.

»Das klingt ganz so, als sollten wir dort mal nach dem Rechten sehen«, meinte Cowboy.

»Nicht nötig«, erklärte Doc. »Ich habe Wind von ihrem Plan bekommen und mit Rebel gesprochen.« Rebel war einige Jahre jünger als Doc, und Birdie versuchte andauernd, ihn in einen ihrer Pläne zu verwickeln.

»Ich finde es toll, wie ihr euch um Birdie kümmert«, sagte Sully. »Aber ist mit dir alles in Ordnung, Doc?«

»Ja. Warum?«

»Weil sich vorhin alle nach Juliette und Lucas erkundigt haben, und mir ist aufgefallen, dass niemand wissen wollte, wie es dir geht«, erwiderte Sully. »Als ich meine ältere Schwester Jordan zum ersten Mal wiedergesehen habe, musste ich die widersprüchlichsten Gefühle ertragen, dabei hatten wir die ersten paar Jahre meines Lebens zusammen verbracht. Aber du wusstest nicht einmal, dass du ein Kind hast, und jetzt weißt du es plötzlich, und es ist fünfzehn, und Callahan sagte, Juliette sei deine erste Liebe gewesen, und jetzt ist sie wieder da. Ich kann mir gar nicht vorstellen, wie sich das alles anfühlen muss.«

Es war nett, dass Sully fragte, aber es gab auch einen Grund dafür, dass die anderen ihn damit bisher in Ruhe gelassen hatten. Sie wussten, dass er seine Gefühle meist für sich behielt. »Es ist schon krass, aber es geht mir gut. Danke, dass du gefragt hast.«

Alle sahen ihn erwartungsvoll an, als würden sie darauf warten, dass er mehr sagte. *Was ist hier los?*

»Okay, tut mir leid, Doc«, sagte Billie. »Ich verstehe ja, dass du nicht gern über deine Gefühle sprichst, aber ich muss unbedingt wissen, ob du und Juliette es noch einmal zusammen versuchen wollt.«

Doc knirschte mit den Zähnen, aber nicht etwa, weil er sie nicht an seinen Gefühlen teilhaben lassen wollte, sondern weil das Reden darüber seine Sehnsucht nur noch steigern würde.

»Still unsere Neugier«, drängte Sasha. »Ist das Langzeitmotel für immer geschlossen?«

»Mein Gott, Sasha.« Doc schüttelte den Kopf.

»Was denn? Ich weiß, dass die Dinge im Moment kompliziert sind, aber ihr beide liebt euch noch, oder nicht?«, fragte sie.

»Natürlich tun sie das«, erklärte Dare. »Wenn ein Whiskey sein Herz verschenkt, ist diese Liebe für immer. Sieh dir mich und Billie an oder dich und Ez.«

»Gus und ich sind euch dankbar dafür.« Ezra beugte sich vor, um Sasha zu küssen, die lächelte, als wären er und Gus ihre ganze Welt.

»Pass mal auf, Doc«, sagte Cowboy. »Ich gebe zu, dass ich auch neugierig bin, aber du musst unserer Neugier nicht nachgeben und erzählen, was in dir vorgeht.«

Mit Ausnahme von Sully, die sie damals noch nicht gekannt hatten, waren sie alle für ihn da gewesen, um ihn in den schlimmsten Jahren zu unterstützen, auch wenn er sie damals kaum beachtet hatte. Sie verdienten es, die Wahrheit zu erfahren. »Tja, ich bin ebenfalls ein Whiskey, und damit sollte doch alles geklärt sein.«

»Ja! Ich wusste es«, rief Sasha aus. Gus gab ein schläfriges Geräusch von sich und kuschelte sich an sie. Sie strich ihm über den Rücken, drückte ihm einen Kuss auf den Kopf und flüsterte: »Entschuldige, Gusto.«

»Empfindet Juliette das auch so?«, fragte Cowboy.

Dare schnaubte. »Wie könnte es anders sein? Wir reden hier von Doc. Dieser Mann ist einfach unglaublich.«

Wenn diese Worte Doc nicht ordentlich Auftrieb gaben … gleichzeitig fühlte er sich ein bisschen schuldbewusst, weil er sich bei ihrem ersten Wiedersehen so bescheuert benommen hatte. »Danke, Mann. Ich weiß das zu schätzen.«

»Du bist fantastisch«, stimmte Cowboy zu. »Aber seitdem ist viel passiert.«

»Was du nicht sagst«, murmelte Doc, der das Bedürfnis verspürte, sich zu verteidigen. »Ich weiß, dass sie mich immer noch liebt, aber jemanden von ganzem Herzen zu lieben und in ihn verliebt zu sein, sind zwei verschiedene Dinge. Und ja, ich wünschte, sie wären jetzt hier. Ich möchte mich in ihr Leben stürzen und sie dazu bringen, mir eine Chance zu geben. Aber wir müssen uns zuerst um wichtigere Dinge kümmern und eine Lösung dafür finden.« Da er wusste, dass seine Schwester und Billie wahrscheinlich auf mehr drängen würden, nahm er seine leere Flasche und stand auf. »Es ist spät. Ich gehe ins Bett.«

Als er die Flasche in den Mülleimer warf, murmelte Billie: »Starker Abgang.«

»Sah für mich eher wie eine Flucht aus«, meinte Sasha. »Aber ich freue mich für dich, Doc, und hoffe sehr, dass alles so kommt, wie du es dir wünschst.«

»Ich auch«, sagte Sully. »Da ist ein Leuchten in deinen Augen, wenn du von Juliette sprichst, und eine Zärtlichkeit in deiner Stimme, wenn du Lucas erwähnst. Ich hatte insgeheim gehofft, dass du noch etwas für sie empfindest.«

Er sah das Mädchen an, das seiner Familie entrissen worden war und jahrelang Schreckliches ertragen musste. Wenn eine von ihnen einen zusätzlichen Grund zum Lächeln verdiente, dann sie. »Ich glaube nicht, dass es irgendetwas oder irgendjemanden auf dieser Welt gibt, der mir diese Gefühle jemals nehmen könnte. Schlaft alle gut.«

Auf dem Heimweg zog Doc sein Handy aus der Tasche und schrieb Juliette eine Nachricht. Sie hatten sich zwar schon am Abend mehrmals geschrieben, aber er wollte unbedingt ihre Stimme hören.

Doc: *Hey, Liebling. Bist du noch wach?*

Juliette: *Ja. Mein Körper ist müde, aber mein Gehirn läuft auf Hochtouren.*

Doc: *Meins auch. Wie ist es heute Abend mit Lucas gelaufen?*

Juliette: *Angespannt, aber nicht so schlimm wie gestern Abend.*

Doc: *Das ist gut.*

Juliette: *Ich weiß, aber ich wünschte, ich wüsste, wie man das wieder in Ordnung bringt.*

Doc: *Darf ich dich anrufen?*

Juliette: *Ja.*

Ein lächelndes Emoji erschien.

Er wählte ihre Nummer, als er auf seine Einfahrt einbog und seine Hunde ihm entgegenliefen, um ihn zu begrüßen.

»Das ging schnell«, sagte Juliette.

»Entschuldige.« Er kraulte die Hunde. »Brauchst du mehr Zeit?«

»Nein. Ich hatte irgendwie gehofft, dass du reden willst.«

Oh. Jetzt grinste er wie ein Idiot. »Was ich will, ist, bei dir und Lucas zu sein und euch zu helfen, das durchzustehen.«

»Das weiß ich.« Sie schwieg einen Moment lang. »Was ist mit dir, Seeley? Brauchst du nicht auch Hilfe? Der Abend gestern war für uns alle schwer. Ich habe mir auch Sorgen gemacht, dass du vielleicht etwas Abstand brauchst, und das wäre völlig verständlich.«

»Abstand ist das Letzte, was ich will. Versteh mich nicht falsch. Das ist eine große Sache, und natürlich müssen wir uns wieder neu kennenlernen, und ich möchte Lucas kennenlernen. Aber für mich gab es immer nur dich, Juliette. Schlicht und ergreifend.« Aus Angst, sie zu verschrecken, fügte er hinzu: »Aber das ist im Moment nicht wichtig. Lass uns über Lucas reden und überlegen, wie wir euer Verhältnis wieder verbessern können.«

»Okay, aber du sollst wissen, dass mir deine Gefühle immer wichtig sind.«

Mit den Hunden auf den Fersen ging er auf die Veranda und setzte sich auf die oberste Stufe. »Das höre ich gern.« Er wollte diesen Weg weitergehen, aber es war zu einfach, sich in dem Hochgefühl zu verlieren, dass Juliette sich um ihn sorgte. »Erzähl mir, wie der Abend heute mit Lucas war.«

Sie berichtete ihm, dass sich Lucas nicht mehr so gemein und respektlos benommen hatte wie am Vorabend, sondern distanziert und mürrisch gewesen war. »Es ist, als wüsste er nicht mehr, wie er sich mir gegenüber verhalten soll.«

»Vielleicht weiß er das auch nicht. Es ist erst einen Tag her und alle unsere Gefühle sind noch völlig unverarbeitet. In dem Sommer, in dem das alles passiert ist, habe ich alle anderen ausgeschlossen.« Er erzählte ihr, wie er sich seiner Mutter erst geöffnet hatte, als sie ihn nicht mehr dazu drängen wollte. »Vielleicht ist es für Lucas einfacher, sich dir zu seinen Bedingungen zu öffnen.«

»Meinst du damit, dass ich nicht mehr versuchen sollte, mit ihm darüber zu reden?«

»Nicht ganz. Zeig ihm ruhig, dass du für ihn da bist, wenn er reden will, aber versuch, ihn nicht zu sehr zu drängen. Was nicht heißen soll …«

»Nein, du hast ja recht. Ich bedränge ihn. Ich kann nicht anders«, vertraute sie ihm an. »Ich will nur, dass alles besser wird. Jedes Mal, wenn ich ihn sehe, habe ich alles so deutlich vor Augen und bekomme es nicht mehr aus dem Kopf.«

»Ich verstehe das. So geht es mir auch und ihm vermutlich ebenfalls. Er hat das Gefühl, dass seine Welt aus den Fugen geraten ist. Vielleicht musst du ihm zeigen, dass sich sein Alltag nicht ändern wird und du immer noch dieselbe Mutter bist wie vor zwei Tagen.«

»Wie soll ich das anstellen?«

»Das weiß ich nicht genau. Gibt es einen Weg, ihm zu zeigen, dass sich einige Dinge wie das Bullenreiten, die Schule und das Autofahren nicht ändern werden, obwohl es sich gerade anfühlt, als ob sein Leben implodiert wäre?«

»Ja, das ist eine gute Idee.«

»Ich glaube, er braucht einfach Zeit«, sagte Doc. »Ist das seine übliche Art, mit Stress umzugehen? Indem er sich verschließt?«

»Mehr oder weniger. Früher hat er mir alles erzählt, aber in den letzten Jahren hat sich das geändert. Er behält die Dinge lieber für sich.«

»Klingt wie ein typischer Teenager.«

»Ich weiß, aber das muss mir noch lange nicht gefallen.« Sie lachte leise. »Aber das hier fühlt sich größer an.«

»Das ist es auch, aber wir werden schon herausfinden, wie wir zu ihm durchdringen können. Ich will nicht, dass er einen solchen Groll hegt wie ich damals. Das ist eine schwierige Art zu leben. Er muss wissen, dass er uns vertrauen kann, und wir müssen uns dieses Vertrauen verdienen. Ich werde mit meiner Mutter sprechen, vielleicht hat sie irgendwelche Vorschläge.«

»Deine Mutter hat mir den Namen einer Therapeutin gegeben, und ich habe sie angerufen, um einen Termin zu vereinbaren. Ich warte auf ihren Rückruf.«

»Das ist ein guter Anfang.« Er streichelte Pickles. »Darf ich dich etwas fragen?«

»Natürlich.«

»Ich habe so viele Jahre eures Lebens verpasst. Irgendwann möchte ich alles wissen. Aber ich war heute Abend mit den anderen zusammen, und Gus, der kleine Sohn von Sashas Verlobtem Ezra, lief herum, plauderte über hundert verschiedene Dinge und naschte Marshmallows. Er geht in den Kindergarten, und nach einer Weile ist er auf Sashas Schoß geklettert, hat sich mit klebrigen kleinen Händen und Wangen zusammengerollt und ist sofort eingeschlafen.«

Sie lachte leise. »In diesem Alter sind sie wie Duracell-Hasen, bis ihre Batterien leer sind. Das ist so süß.«

»Das war es auch, und mir wurde klar, was ich bei Lucas alles verpasst habe. Daher habe ich mich gefragt, ob du mir vielleicht erzählen magst, wie er so als kleines Kind war.«

»Oh, Seeley, er war wunderschön und so verdammt süß, dass es kaum zu ertragen war.«

Er lachte. »Bestimmt war er das süßeste Baby, das je geboren wurde, und ich wette, du warst während der Schwangerschaft ebenso wunderschön.«

»Ich war rund, aber er war schön.«

»Das glaube ich nicht eine Sekunde. Ich will Beweise sehen. Schickst du mir ein paar Fotos?«

Sie lachte. »Im Ernst?«

»Aber sicher!«

»Okay. Aber mach dir keine großen Hoffnungen. Ich war kugelrund. Warte kurz.« Sie suchte ein paar Fotos heraus und schickte sie ihm. »Das erste Bild ist eine Woche vor Lucas' Geburt. Das zweite war im Krankenhaus, direkt in der Nacht seiner Geburt.«

»Ich stelle dich eben auf Lautsprecher, damit ich sie mir ansehen kann.«

Er rief die Fotos auf, und sein Herz fühlte sich an, als müsste es explodieren, als er das Foto der lebenslustigen Teenagerin sah, die er gekannt hatte. Sie trug schwarze Leggings und einen himmelblauen Pullover und lehnte an einem Zaun. In ihrem runden Bauch wuchs sein Baby heran und ihre Wangen waren voller und ihr Haar ein wenig wilder. Sie sah absolut hinreißend aus, aber auch zu jung und unschuldig, um all das durchzumachen, was sie erlebt hatte. Auf dem zweiten Bild schaute sie ihr Baby mit so viel Liebe in den Augen an, dass ihm ganz warm in der Brust wurde. Lucas war winzig, eingewickelt in eine rosa und blaue Decke, mit einem Hauch von dunklem Haar auf dem Kopf.

»Ich sagte ja, dass ich schrecklich aussehe«, meinte sie.

»Das stimmt doch überhaupt nicht. Baby, du warst wunderschön, und Lucas war mit Abstand das süßeste Baby, das je geboren wurde. Ich wünschte, ich wäre dabei gewesen, um deinen Bauch und deine Füße zu streicheln, zu spüren, wie er strampelt, und deine Hand zu halten, als du ihn auf die Welt gebracht hast. Es ist wunderbar, dich so mit unserem Sohn zu sehen.« Von seinen Gefühlen überwältigt, lachte er. »Du warst so unfassbar jung und hast es mit der ganzen Welt aufgenommen. Das ist einfach unglaublich, Liebling.«

»Seeley«, murmelte sie ein wenig verschämt.

»Es ist aber die Wahrheit, Jule. Erzähl mir von dem, was ich verpasst habe.«

»Ich weiß gar nicht, wo ich anfangen soll.«

»Am Anfang. Du bist nach seiner Geburt weiter zur Schule gegangen. Wie war das?«

»Ich fand es furchtbar, ihn beim Kindermädchen lassen zu müssen, wenn ich zur Schule ging, aber sobald ich nach Hause kam, lag er in meinen Armen oder auf meinem Schoß.«

»Der Glückspilz. Was war das Erste, was er gesagt hat? Wie hat es sich angefühlt, ihn zum ersten Mal sprechen zu hören? Ich will alles wissen.«

Sie lachte leise. »Sein erstes Wort war *Mama*, und als er es sagte, habe ich geweint.«

»Das kann ich mir gut vorstellen.«

»Ich habe ihn einfach so sehr geliebt. Bei all dem Stress mit meinen Eltern und den Schuldgefühlen, weil ich Josh in all das mit hineingezogen hatte, fühlte sich alles, was Lucas tat, wie ein Wunder an. Als ob etwas Gutes aus dem ganzen Schlamassel herausgekommen wäre.«

»Etwas, das mehr als nur gut ist. Etwas Wundervolles.«

»Er ist wunderbar. Obwohl er mich ganz schön auf die Palme gebracht hat, als er klein war. Er fing an zu laufen, bevor er ein Jahr alt war.«

»Das ist mein Junge.«

»Es ist so schön, das aus deinem Mund zu hören.«

»Ich bin selbst überrascht, wie gern ich das sage.« Er hatte den Traum von einer eigenen Familie aufgegeben, nachdem er Juliette verloren hatte, und fragte sich gerade, ob das Schicksal doch seine Hand im Spiel gehabt hatte und das Universum irgendwie wusste, dass sie zu ihm zurückkommen würde. »Hast du noch mehr Fotos?«

»Nur etwa eine Million.« Sie lachte leise. »Warte eine Sekunde.«

Nach einem Moment pingte sein Handy, und er scrollte durch die Bilder von Lucas, der auf dem Rücken liegend in seiner Wiege schlief. Er trug einen einteiligen Schlafanzug mit Pferden darauf und hatte die winzigen Hände neben seinem Kopf zu Fäusten geballt. Auf einem anderen Bild krabbelte er über eine Decke, war schon etwas größer und hatte pummelige Oberschenkel, und auf einem weiteren stand er aufrecht, hielt sich an einem Couchtisch fest und trug einen blau-weißen Strampler. Sein Haar war dichter, er hatte Pausbacken und lief barfuß. Das nächste zeigte ihn auf Juliettes Schoß, wo er ein Eis aß, wobei ihm Schokolade über das Kinn lief und er ein bezauberndes Grinsen auf den Lippen hatte.

»Die sind unglaublich. Sieh ihn dir an, mit diesen pummeligen Wangen und den großen blauen Augen. Wie alt war er auf dem Bild mit dem Eis?«

»Drei, glaube ich. Er liebt Eiscreme.«

»Isst du sie auch immer noch gern?«

»Ich habe erst gestern Abend eine ganze Packung geleert. Weißt du noch, wie wir früher die Küche im Haupthaus geplündert haben?«

Er lachte. »Wie könnte ich das vergessen? Du warst so süß und aufgeregt, als Dwight uns erwischt hat.«

»Woher wusste er immer, wann wir da drin waren?«

»Mein alter Herr und Dwight wissen alles, was auf der Ranch passiert.«

»Oh-oh. Meinst du, sie wussten, dass wir uns in die Hütte geschlichen haben?«

»Früher war ich davon überzeugt, dass es keiner gemerkt hat, aber inzwischen ist mir klar, dass Tiny nichts entgeht. Erzähl mir mehr über die Zeit, als Lucas klein war. Wie war er als Kleinkind?«

»*Anstrengend.* Er hat einfach alles ausprobiert und ich war oft total erschöpft. Manchmal wusste ich nicht einmal mehr, ob ich überhaupt eine gute Mutter bin, weil ich ihn in so eine schwierige Situation gebracht hatte. Aber wenn ich ihn dann friedlich schlafen sah … Seeley, ich kann gar nicht in Worte fassen, wie sehr ich ihn liebe.«

Seine Brust zog sich zusammen. »Ich wünschte, ich hätte für euch beide da sein können.«

»Ich auch. Ich weiß, dass du ihn genauso geliebt hättest wie ich. Er war das süßeste Kleinkind und lustig war er auch. Er sprach so viele Dinge falsch aus, hat zum Beispiel *Kokolade* statt Schokolade gesagt oder *Metterling* statt Schmetterling. Aber ich glaube, das Niedlichste war, dass er, wenn er hungrig war, immer gesagt hat: ›Ich hab Hummer, Mommy.‹«

Doc grinste breit. »Das ist wirklich bezaubernd. Ich wünschte, ich hätte ihn das sagen hören.«

»Ich habe ein Video, auf dem er das sagt. Es ist ein bisschen verwackelt, weil ich versucht habe, ihn mit der Kamera einzufangen. Gib mir eine Sekunde, dann suche ich es dir raus. Ich habe immer so getan, als hätte ich nicht gehört, was er gesagt hat, und gehofft, er würde es wiederholen. Das war zwar ein bisschen gemein, aber er war so süß. Ich konnte nicht widerstehen.«

Sie schickte ihm das Video, und Doc sah, wie Lucas neben Juliette auf die Couch kletterte und sagte: »Ich hab Hummer, Mommy. Ich hab Hummer.« Sie versuchte ganz offensichtlich, sich das Lachen zu verkneifen, als sie fragte: »Was hast du?« Woraufhin Lucas sichtlich frustriert erwiderte: »Huuuuuummer. Ich hab Hummer.«

Docs Herz schwoll an und sein Schmunzeln wurde breiter. »Das ist so unglaublich süß. Ich werde es mir heute Abend garantiert tausendmal anhören.«

»Ich sagte doch, dass er das süßeste Baby aller Zeiten war. Aber er hat auch allerlei Blödsinn angestellt. Als er drei Jahre alt war, malte er mit Buntstiften die Wände voll, und mit vier weigerte er sich, in die Toilette zu pinkeln, und ging nur noch nach draußen.«

»Um ehrlich zu sein, ist das ein Initiationsritus für Jungs.«

»Seine Vorschullehrerin war nicht besonders angetan davon.«

Doc musste lachen und sie fiel mit ein.

»Was hat er noch getan?«

»Was hat er nicht getan?«, entgegnete sie. »Es gab eine Zeit von ein paar Monaten, in der er weder Schuhe noch Socken tragen wollte. Das war ein lustiger Kampf jeden Morgen vor der Schule, aber es war nicht ganz so schlimm wie damals, als er sechs Jahre alt war und beschloss, keine Hosen mehr anzuziehen.«

»Das kann ich ihm nicht verübeln.«

Sie erzählte noch mehr lustige Geschichten über Dinge, die Lucas gesagt und getan hatte, und schickte ihm Fotos vom ersten Mal, als er allein auf einem Pferd geritten war, und von seinen ersten Tagen im Kindergarten und in der ersten Klasse. Sie erzählte ihm, dass Lucas in der dritten Klasse beschloss, nicht mehr zur Schule gehen zu müssen, weil er später einmal Cowboy werden wollte. »Als er zehn Jahre alt war, verliebte er sich in ein störrisches altes Pferd namens Gray, aber Gray ließ ihn nicht an sich heran.«

»Das ist hart für ein Kind, das Pferde liebt.«

»Wem sagst du das? Es war herzergreifend, aber Lucas war fest entschlossen, sich mit ihm anzufreunden, und er wollte sich dabei nicht helfen lassen. Jeden Morgen vor der Schule ging er mit Karotten und Äpfeln zum Stall und versuchte, es zu sich zu locken, und jeden Tag nach der Schule marschierte er auf die eingezäunte Weide und versuchte es erneut.«

»Er ist hartnäckig. Das gefällt mir.«

»Mir auch, aber das Pferd hatte keine Lust auf ihn, und Lucas wurde immer frustrierter. Es war schwer für mich, ihn so niedergeschlagen zu sehen, aber er wollte nicht aufgeben. Eines Abends erwischte ich ihn dabei, wie er sich ein YouTube-Video ansah, in dem es darum ging, wie man sich mit einem störrischen Pferd anfreundet, und es war ihm so peinlich.«

»Warum? Er hat recherchiert. Das ist ein kluger Schachzug.«

»Ich weiß. Das habe ich ihm auch gesagt, aber er meinte, Cowboys sollten auch so wissen, wie man sich mit jedem Pferd anfreundet.«

Doc gluckste. »Seine Einstellung gefällt mir. Ist er je zu dem Pferd durchgedrungen?«

»Ja, nach einer gefühlten Ewigkeit. Das Pferd fraß schließlich die Leckerlis, und ein paar Tage später ließ es sich von Lucas streicheln. Lucas ging weiterhin jeden Tag zu ihm, und ein paar Wochen später kam Gray tatsächlich zum Zaun, wenn er Lucas sah. Lucas war sehr stolz darauf.«

»Zu Recht. Ich finde es ganz schrecklich, dass ich so viel von eurem Leben verpasst habe.«

»Ich auch.«

»Ich werde mir bei ihm Mühe geben, Jule. Das ist ein Versprechen.«

»Das tust du doch schon.«

Einen Moment lang schwiegen sie beide, und er fragte sich, ob sie sich genauso sehr wünschte, bei ihm zu sein, wie er sich in ihre Nähe sehnte.

»Höre ich da Grillen?«, fragte sie. »Bist du draußen?«

»Ja. Ich sitze mit meinen Hunden auf der Veranda.«

»Oh, wie schön. Darf ich dich etwas fragen?«

»Natürlich.«

»Du hast gesagt, dass du heute Abend mit den anderen zusammen warst. Aber ich weiß gar nicht mehr wirklich, wer das sein soll. Hast du damit deine Familie gemeint?«

»Größtenteils. Ich war mit meinen Brüdern und Sasha und deren Partnerinnen und Partnern zusammen.«

»Sind sie jetzt alle verheiratet?«

»Nein, nur Dare und Billie. Sie haben diesen Sommer geheiratet. Cowboy und seine Freundin Sully haben sich im Frühjahr verlobt, und Sasha und Ezra haben sich an dem Morgen verlobt, an dem wir uns im Krankenhaus begegnet sind.«

»Wow. Da hattet ihr aber ein aufregendes Jahr. Meinen Glückwunsch an alle. Ich bin nicht wirklich überrascht, dass Dare und Billie inzwischen verheiratet sind. Weißt du noch, wie wir Wetten darüber abgeschlossen haben, wann die beiden endlich zueinanderfinden?«

Er lächelte. »Ja.«

»Wie kommt ihr Freund damit zurecht? Ich kann mich nicht mehr an seinen Namen erinnern. Der andere Draufgänger.«

»Eddie«, sagte er traurig. Er erzählte ihr von Eddies Tod und davon, wie es daraufhin mehrere Jahre lang zu einem Bruch zwischen Dare und Billie gekommen war.

»Das ist so traurig. Sie waren sich alle so nah. Ich bin sehr froh, dass Dare und Billie jetzt einander haben. Was ist mit Sully und Ezra? Findest du, dass sie gut zu Cowboy und Sasha passen?«

»Ja, sehr sogar.« Er erzählte ihr von Sullys Vergangenheit und wie sie auf die Ranch gekommen war und wie Sasha und Ezra zusammengekommen waren. »Sie sind alle sehr glücklich. Ich glaube, sie sind mit den Menschen zusammen, die schon immer für sie bestimmt waren.«

»Ich freue mich so für sie.« Trotzdem klang sie ein wenig betrübt.

»Ist alles in Ordnung?«

»Mhm. Ich … Denkst du manchmal darüber nach, wie es wäre, wenn mein Vater nicht alles ruiniert hätte?«

»Ja, allerdings.« Erneut verstummten sie beide.

»Es ist so ungerecht. Ich hasse meinen Vater für das, was er uns angetan hat.«

»Damit bist du nicht allein, Liebling.«

Doc ging ins Haus, während sie sich weiter unterhielten,

und eine Stunde später lag er mit den Hunden auf seinem Bett, während Juliette am anderen Ende des Telefons schläfrig gähnte. »Ich sollte dich lieber schlafen lassen.«

»Entschuldige«, sagte sie leise. »Ich mag den Anruf gar nicht beenden. Ich höre deine Stimme so gern.«

»Ich will es auch nicht, aber du solltest etwas schlafen. Wir können morgen weiterreden.«

»Versprochen?« Sie gab ihm keine Gelegenheit zu einer Antwort. »Oh Gott, das habe ich gerade nicht wirklich gesagt. Ich lege jetzt auf, bevor ich mich noch mehr blamiere.«

Er lachte leise, als die Verbindung getrennt wurde. »Ich verspreche es, Liebling. Ich liebe dich.«

Vierzehn

Als Doc erwachte, leckte Sadie ihm die Wange, Pickles lag quer über seinen Beinen und Mighty hatte sich an seine andere Seite geschmiegt. »Guten Morgen, Sadie.« Er drückte ihr einen Kuss auf die Schnauze und griff nach seinem Telefon. Mighty warf ihm einen Blick zu, als wollte er protestieren, weil Doc es wagte, sich zu bewegen, wo er doch so bequem lag.

Als sich Doc in sein Kissen zurücklehnte, machten es sich Mighty und Sadie gemütlich, und er rief die Fotos und das Video auf, die Juliette letzte Nacht geschickt hatte. Er hatte die halbe Nacht damit verbracht, sie sich anzuschauen, und war immer wütender auf den Bastard geworden, der sie auseinandergebracht hatte.

Er scrollte durch die Bilder und sah sich das Video ein paar Mal an, grinste über Lucas' Stimme als kleiner Junge und Juliettes und Lucas' süße Gesichter. Er hatte so verdammt viel verpasst. Er schrieb ihr rasch eine Nachricht.

Doc: *GM Liebling. Ich bin mit drei Bestien neben mir aufgewacht, aber nicht mit der Frau, die ich in meinem Bett haben will. WDWH.*

Juliette: *Ich wünschte auch, ich wäre da. Drei Bestien? Klingt irgendwie verrucht.*

Er machte ein Selfie mit den Hunden, und Mighty legte sich auf sein Kopfkissen, als er die Nachricht abschickte. Doc kraulte den Hund liebevoll. »Sicherst du dir deinen Platz?« Mighty leckte ihm die Wange, als ein Emoji mit Herzchenaugen auf seinem Handy erschien. Grinsend schaute er sich das Selfie an. Sein Haar war völlig zerzaust, und er sah müde aus, wie er oben ohne und nur in Boxershorts neben seinen Hunden lag.

Doc: *Stehst du etwa auf meine Bestien?*

Als Antwort kam ein augenrollendes Emoji.

Juliette: *Warum siehst du morgens so heiß aus, während ich mir wie der Tod auf Latschen vorkomme?*

Doc: *Das kann nicht sein. Schick mir mal ein Foto.*

Er bekam ein Bild von Juliette, die frech grinsend eine Kaffeetasse ins Bild hielt. Ihr Haar war ziemlich durcheinander, und sie wirkte verschlafen, sah aber auch unglaublich schön aus.

Doc: *Du siehst zum Anbeißen aus.*

Er fügte ein Teufels-Emoji hinzu.

Danach betrachtete er die drei tanzenden Punkte, als ob sie etwas tippen würde, aber sie verschwanden wieder, ohne dass eine Nachricht erschien. »Mist.« Er wusste, dass er es auf die Spitze trieb, aber er war ebenso davon überzeugt, dass sie es in ihren Herzen beide wollten und dass sie sich dasselbe erhoffte. Sein Handy vibrierte, als eine weitere Nachricht eintraf.

Juliette: *Ich wünschte, ich könnte dich am Ende der Straße treffen und mit dir zu unserer alten Hütte fahren.*

Wenn es nach ihm ginge, wäre diese hier längst *ihre* Hütte.

Am Abend dieses Tages saß Doc in seinem Büro und sah sich die letzten Scans von zwei Pferden an, als sein Handy klingelte und Reggie Steeles Name auf dem Display erschien. Er hatte nicht damit gerechnet, so schnell von ihm zu hören. »Hey, Reggie. Wie geht's?«

»Ganz gut. Ich habe ein Update, aber bevor ich dazu komme, wie läuft es bei dir? Wie hat Lucas die Nachricht aufgenommen?«

»Nicht besonders gut, aber das war zu erwarten.«

»Das kann ich mir vorstellen. Hoffentlich merkt er bald, was für ein Glück er hat, dich als Vater zu haben. Und Juliette? Wie kommt sie zurecht?«

»Sie hält durch.« Vor etwa einer Stunde hatte sie eine Nachricht geschickt, in der sie ihm mitteilte, dass sie von der Therapeutin gehört hatte und einen Termin nächste Woche mit ihr vereinbart hatte. Sie würde mit ihr sprechen, wenn Lucas in der Schule war.

»Es tut mir leid, dass ihr das alle durchmachen müsst«, sagte Reggie. »Ich kann mir kaum vorstellen, wie stressig das sein muss. Aber ich habe eine gute Nachricht für euch. Eine zuverlässige Quelle hat mir bestätigt, dass in den letzten zwei Jahren im Rahmen einer größeren Untersuchung auf Bundesebene wegen korrupter Aktivitäten gegen Adkin ermittelt wurde.«

»Im Ernst? Davon habe ich noch gar nichts gehört.«

»Das hätte mich auch gewundert. Nichts davon ist öffentlich bekannt. Das ist eine große Sache, Doc. Meine Quelle sagt, dass mehr als ein Dutzend Leute daran beteiligt ist. Adkin wird vorgeworfen, seinen politischen Einfluss ausgenutzt zu haben, um Schmiergelder von Unternehmen zu erhalten, die mit dem Staat zusammenarbeiten wollen, außerdem wegen

Postbetrugs, Geldwäsche, Erpressung und Bestechung. Die Liste geht noch eine Weile so weiter.«

»Ich wusste, dass der Mistkerl Dreck am Stecken hat. Wenn sie all das gegen ihn in der Hand haben, was ist dann der Grund für die Verzögerung? Warum haben sie ihn nicht längst verhaftet?« Doc erhob sich und ging auf und ab.

»Sie brauchen mehr Beweise. Du weißt ja, wie Anwälte sind. Wenn sie nichts Handfestes vorweisen können, zieht sich das vor Gericht über Jahre – oder schlimmer noch, der Fall wird abgewiesen. Ich bin mir sicher, dass die Bundespolizei alles im Griff hat, aber ich habe meine politischen Verbindungen spielen lassen, um an weitere Informationen zu gelangen.«

»Großartig. Halt mich auf dem Laufenden. Hast du etwas über die Haushälterin herausgefunden?«

»Ana Barbosa arbeitet seit vierundzwanzig Jahren für die Familie Adkin und hat mit neunzehn dort angefangen. Sie war verheiratet, als sie eingestellt wurde, und musste ein paar Jahre später eine schwierige Scheidung durchstehen. Sie hat einen dreizehnjährigen Sohn, einen jüngeren Bruder, der immer mal wieder im Gefängnis saß, und eine Schwester, die mit ihrer Mutter im Ausland lebt und der sie jeden Monat Geld schickt.«

»Wer ist der Vater des Kindes?«

»Jetzt wird es interessant. Auf der Geburtsurkunde ist kein Vater eingetragen, aber nach der Scheidung erwirkte sie eine einstweilige Verfügung gegen ihren Ex-Mann, die von Adkins Anwalt Wilson Chambers bearbeitet wurde. Kurioserweise wurde der Ex-Mann kurz darauf schwer verprügelt. Kommt dir das bekannt vor?«

»Dieser elende Mistkerl.« Doc rieb sich den verspannten Nacken. »Und du glaubst, Adkin ist der Vater ihres Kindes?«

»Das ist meine Vermutung. Nachdem die einstweilige

Verfügung in Kraft getreten war, zog sie in eine bessere Wohngegend und bekam auf einmal große Geldsummen von einer Tante in Übersee. Aber wie sich herausstellt, existiert diese Tante überhaupt nicht. Das Geld kommt von einer von Adkins Briefkastenfirmen. Er hat es gut versteckt. Der Mann hat ein Netzwerk von Briefkastenfirmen in vielen anderen Ländern, jede mit mehreren weiteren zwischengeschalteten Unternehmen. Die Firmen treten gegenseitig als Anteilseigner auf, was es nahezu unmöglich macht, die wahren Eigentumsverhältnisse nachzuvollziehen.«

»Woher hast du diese Informationen?«

»Du weißt, dass ich dir das nicht verraten kann und dass das, was ich dir gesagt habe, unter uns bleiben muss.«

»Ich muss es Juliette sagen.«

»Davon bin ich ausgegangen. Aber ich vertraue darauf, dass sie es für sich behalten wird. Ich werde dir per E-Mail einen Bericht schicken, damit du alles noch mal schwarz auf weiß hast. Noch eine Sache zur Haushälterin. Sie hat dienstags und sonntags frei, und soweit ich aus ihren Finanzunterlagen ersehen kann, geht sie jeden Dienstag in Boulder zum Brunch in dasselbe Café.«

»Glaubst du, sie trifft dort Adkin?«

»Ich hatte noch nicht genug Zeit, um das herauszufinden. Aber gib mir eine Woche oder auch zwei …«

»Danke, so lange will ich nicht warten. Dieser Mistkerl muss für das bezahlen, was er getan hat, daher werde ich mich selbst darum kümmern. Steht die Adresse im Bericht? Ich will auch die Adresse der Haushälterin haben.«

»Es steht alles drin, aber wie ich schon sagte, hat dieser Typ verdammt weitreichende und zwielichtige Verbindungen. Wenn du da unvorbereitet reingehst und Ärger suchst, könntest du schneller in Teufels Küche landen, als dir lieb ist.«

»Du weißt ja gar nicht, wie sehr ich darauf zähle. Eine Sache noch. Weißt du, wann genau der Bruder im Gefängnis saß?«

»Ja. Das steht alles in dem Bericht.«

»Danke, Reg. Ich halte dich auf dem Laufenden.«

Nachdem er den Anruf beendet hatte, überlegte Doc, wie er Juliette die Nachricht überbringen sollte. Es war eine Sache, zu wissen, dass ihr Vater sie angelogen hatte, und zu hören, dass er andere schlimme Dinge getan hatte. Aber es war eine ganz andere, den Beweis dafür in den Händen zu halten. Er schrieb ihr eine Nachricht.

Doc: *Hey, Schätzchen. Hast du eine Minute Zeit zum Reden?*

Juliette: *Nicht wirklich. Ich gehe gerade mit Lucas aus der Tür, um ihn zum Reittraining zu bringen.*

Doc: *Ich habe Informationen über deinen Vater.*

Juliette: *Können wir uns auf der Waller-Ranch treffen?*

Doc: *Ich komme so schnell wie möglich hin.*

Juliette stand am Eingang der Reithalle und wartete gespannt auf Seeley. Lucas trainierte auf der anderen Seite der Bahn. Bei der Erwähnung ihres Vaters wurde sie immer nervös, besonders seitdem sie wusste, was er alles getan hatte. Sie war genauso neugierig auf das, was Seeley zu sagen hatte, wie sie sich darauf freute, ihn zu sehen.

Das Gespräch mit ihm gestern Abend darüber, wie sie mit Lucas umgehen sollten, und das Schildern von Teilen ihres Lebens mit ihm hatte sie nach all den Jahren daran erinnert, wie richtig es sich damals angefühlt hatte, mit ihm zusammen zu sein. Sie hatten immer über alles reden können, und die unglaubliche Chemie zwischen ihnen hatte der Beziehung eine Intensität verliehen, wie sie sie sonst nie erlebt hatte. All das – die Art, wie er immer zuerst an sie und Lucas dachte, und all die kleinen Dinge, die sie bei niemand anderem gefunden hatte – ließ in ihr den Wunsch nach mehr aufkommen.

Damals hatte Seeley sie dazu gedrängt, *ihre* Träume zu verwirklichen und nicht die Träume, die ihre Eltern für sie hatten. Er hatte sich immer um sie gekümmert. Sie erinnerte sich daran, wie sie mit ihm am Bach gesessen und ihm erzählt hatte, wie kontrollsüchtig ihr Vater war. Sie war in Tränen ausgebrochen, als sie ihm die Wahrheit über ihre Mutter gestand und wie leer sie sich ohne die Liebe ihrer Eltern fühlte. Seeley hatte sie in den Armen gehalten, während sie geweint hatte, und gesagt: »Manche Menschen sind nicht dafür gemacht, Eltern zu sein, aber das bedeutet nicht, dass ihre Kinder keine Liebe verdienen. Du bist mehr Liebe wert, als diese Welt geben kann, und ich werde nie aufhören, sie dir zu schenken.«

Seine Worte hatten all die leeren Stellen gefüllt, und sie hasste ihren Vater dafür, dass er ihr das genommen hatte.

Aber sie wollte nicht zulassen, dass ihr Vater jetzt ebenfalls alles ruinierte. Sie verdrängte diese Gedanken und beobachtete lieber Lucas, denn sie genoss es sehr, ihn mit seinen Freunden zusammen zu erleben und ihm dabei zuzusehen, wie er das tat, was ihm Spaß machte.

Wenig später spürte sie, wie Seeley sich ihr näherte, und sie fühlte seine Hand an ihrem Rücken, als er sich dicht an sie heranlehnte und sagte: »Ich bin hergekommen, um über etwas Wichtiges zu reden. Aber wie soll ich mich darauf konzentrie-

ren, wenn du diese sexy Shorts und Cowgirl-Stiefel trägst?«
Sofort geriet ihr Blut in Wallung.

Es war schon lange her, dass sie solche Worte zu hören bekommen hatte. Sie lächelte über das spitzbübische Funkeln in seinen Augen. Sein dunkles T-Shirt schmiegte sich an seine breite Brust und sein Haar kräuselte sich unter dem Cowboyhut. Sie hatte sich so sehr auf das Leben mit Lucas konzentriert, dass ihr gar nicht aufgefallen war, wie sehr sie Seeleys Verspieltheit vermisst hatte – bis jetzt. »Du weißt, wie man einem Mädchen den Tag versüßt.«

»Dich zu sehen, ist der Höhepunkt meines Tages.« Er küsste sie auf die Wange und hob dann das Kinn in Lucas' Richtung. »Wie geht's ihm heute?«

»Erstaunlich gut. Ich war besorgt, dass der Stress seine neuen Freundschaften beeinträchtigen und ihn beim Reiten zu sehr ablenken könnte. Du weißt ja selbst, wie gefährlich Ablenkungen sein können.«

»Absolut. Das ging mir auch schon durch den Kopf.«

»Als ich erwähnte, dass er das Training ruhig schwänzen könne, wurde er sauer. Er wollte es nicht verpassen und sieh ihn dir an. Er kommt mir vor wie ein anderer Junge. Er lächelt, redet mit den anderen und hört auf seinen Trainer.«

»Das ist sein Ventil. Es ist gut, dass er eins hat.« Seeley wölbte eine Braue. »Hier zu sein weckt Erinnerungen daran, wie du mir beim Reiten zugesehen hast … und an andere Dinge.«

»Du meinst so wie Buck, der an das Fenster deines Wagens geklopft hat, als wir darin rumgeknutscht haben?«

Er grinste. »Das waren gute Zeiten.«

»Vielleicht sogar die besten«, gab sie zu. »Als ich mit Lucas hergekommen bin, um Buck kennenzulernen, habe ich inständig gehofft, dass sich Buck nicht an diesen Vorfall erinnert.«

»Und, erinnert er sich?«

»Das glaube ich nicht. Wenn doch, hat er es nicht erwähnt.«

»Was für ein Glück.« Seeley legte ihr einen Arm um die Taille und zog sie näher zu sich heran. »Ich würde dich ja fragen, ob du noch mehr Glück haben willst, aber …« Er drückte ihr einen Kuss auf die Schläfe und flüsterte: »Ich kenne die Antwort bereits.«

Ja, bitte.

Gerade als sie von der Sorge übermannt wurde, dass Lucas sie so eng beieinander sehen könnte, ließ Seeley den Arm sinken, als hätte er ihre Gedanken gelesen, und sie bedauerte den Verlust seiner Berührung. Aber sie hatte es schon immer genossen, ihn ein wenig zu necken, daher fragte sie keck: »Du glaubst also, die Antwort zu kennen? Willst du mich aufklären?«

Er warf ihr einen verführerischen Blick zu, der ihr Herz stolpern ließ. »Wir wissen beide, dass du dir wünschst, ich würde dich über dieses Geländer beugen und nehmen, aber es ist nicht der richtige Zeitpunkt dafür.«

»Ist es das, was du denkst? Du bist wohl immer noch so eingebildet wie früher.«

Er warf einen Blick über die Bahn zu den Kindern hinüber, die gerade zum Bullenpferch gingen, und trat näher an sie heran. Dabei legte er ihr eine Hand so auf die Hüfte, dass es sonst niemand sehen konnte. Seine dunklen Augen fesselten sie, während er einen Daumen unter den Rand ihres Shirts schob und sanft über ihre Haut strich, was heiße Schauder durch ihren Körper jagte. »Ich habe deine eindeutigen Zeichen nicht vergessen, Liebling.«

»Ich habe keine.« Natürlich hatte sie welche, aber er konnte sich doch unmöglich an sie erinnern.

»Da hast du wahrscheinlich recht.« Er hob die andere Hand und strich mit der Fingerspitze über ihren Mundwinkel. »Dieses Zucken ist definitiv keins davon.«

»Ganz bestimmt nicht.« *Heiliger Strohsack. Du erinnerst dich wirklich.*

»Und die Art, wie du die Nase rümpfst, wenn du lügst?«

»Sie hat gejuckt.« Es gelang ihr kaum, ein ernstes Gesicht zu bewahren.

»Klingt logisch.« Er legte ihr die Hand auf die Hüfte und drückte leicht zu, was ihr ein vorfreudiges Kribbeln bescherte. Wie konnte er noch immer diese Wirkung auf sie haben? »Ich schätze, die Spitze deines rechten Stiefels, die da über den Boden schabt, und dein wackelnder Knöchel haben auch nichts weiter zu bedeuten.«

»Tut mir leid, dich enttäuschen zu müssen, aber das ist nur eine Angewohnheit.«

Ein träges Grinsen breitete sich auf seinem Gesicht aus. »Dann werde ich deine Zeichen anscheinend noch einmal völlig neu lernen müssen.« Er senkte die Stimme. »Zu deiner Information: Ich recherchiere am liebsten nackt.«

Unverhofft sah sie seinen nackten Körper vor sich und riss die Augen auf. Sie presste die Lippen aufeinander und blinzelte schnell, um die Lust aus ihrem Gehirn zu vertreiben. Er wandte sich glucksend wieder der Reitbahn zu.

Sie schlug ihm auf den Arm. »Das war nicht fair.«

»Ich war nur ehrlich. Wäre es dir lieber, ich würde lügen?«

»Ja.«

Er schaute nach unten, als sie mit dem Zeh über den Boden schabte und mit dem Knöchel wackelte, und sie mussten beide lachen.

Sie stieß ihn mit der Schulter an. »Hast du wirklich etwas mit mir zu besprechen, oder bist du nur hergekommen, um mich aus der Fassung zu bringen?«

»Ich muss mit dir reden, aber ich habe dieses wunderbare Lächeln vermisst.«

Wie konnten ein paar simple Worte ihr ein so gutes Gefühl vermitteln? »Wenn das so ist, dann sei dir verziehen.«

»Sollen wir uns hier unterhalten?«

Die anderen Eltern saßen am Bullengehege, sodass sie ein wenig Privatsphäre hatten, und ihnen blieben noch ein paar Minuten Zeit, bevor die Kinder loslegen würden. »Gern. So verpassen wir Lucas' Ritt wenigstens nicht.«

»Ich habe mich an meinen Kumpel Reggie Steele gewandt. Er ist Privatdetektiv. Ich habe ihn gebeten, ein paar Nachforschungen anzustellen. Was ich dir jetzt sage, könnte schwer zu ertragen sein, und es muss unter uns bleiben. Du darfst weder mit Jade noch mit jemand anderem darüber reden.«

»Okay.« Sie verschränkte die Arme, denn sie brauchte eine Barriere zwischen sich und jedem Gespräch über ihren Vater. »Was hat er herausgefunden?«

»Allem Anschein nach ermittelt das FBI seit etwa zwei Jahren wegen einer Reihe von Verstößen gegen deinen Vater, von Schmiergeldern bis hin zu Geldwäsche und Bestechung. Es fehlen nur noch mehr Beweise, bevor man ihn dafür drankriegen kann.«

»Das trifft mich nicht besonders hart. Ich wusste immer, dass er Dreck am Stecken hat, und wenn man bedenkt, was er seiner eigenen Tochter angetan hat, traue ich ihm alles zu. Hast du Reggie gebeten, Ana aufzuspüren? Sie ist diejenige, mit der ich unbedingt reden möchte.«

»Ja. Sie arbeitet immer noch für deine Familie.«

»Natürlich tut sie das. Es ist ein sehr angenehmer Job.«

»Ich vermute, es könnte mehr dahinterstecken. Sie hat einen dreizehnjährigen Sohn, und es sieht ganz so aus, als ob dein Vater auch der Vater ihres Sohnes sein könnte.«

»Was? Ist nicht war. Dabei konnte sie ihn nie besonders gut leiden. Sie hat immer hinter seinem Rücken über ihn geredet und sich wahnsinnig darüber geärgert, wie er mich behandelt hat. Es war ihr Vorschlag, dass ich dir Briefe schreibe, weil er alle Telefone abgehört hat.«

»Ich könnte mich irren, aber auf der Geburtsurkunde ist kein Vater eingetragen. Wusstest du, dass sie verheiratet war, als sie anfing, für deine Familie zu arbeiten?«

»Nein, das wusste ich nicht. Oder vielleicht doch. Warum?« Am Stall herrschte immer mehr Betriebsamkeit, und eines der Mädchen legte bereits die Ausrüstung an.

»Ein paar Jahre nachdem sie bei deiner Familie angefangen hatte, wurde sie geschieden und musste eine einstweilige Verfügung gegen ihren Ex erwirken, um die sich Joshs Vater gekümmert hat.«

»Okay. Das hat nichts zu bedeuten. Mr. Chambers hat häufiger Bekannten und Freunden meines Vaters geholfen.«

»Davon ging ich anfangs auch aus, aber ihr Ex wurde kurz darauf schwer verprügelt, was dem, was mir passiert ist, sehr ähnlich ist. Es gab keine Verdächtigen und es wurden auch keine Ermittlungen durchgeführt.«

»Wirklich? Das klingt zwar ähnlich, doch ich habe nie irgendwelche Hinweise darauf bemerkt, dass mein Vater und Ana eine Affäre haben könnten. Er hat dem Personal nicht viel Aufmerksamkeit geschenkt. Zumindest nicht so, dass ich es mitbekommen hätte.«

»Meinst du denn, du hättest es bemerkt?«

Sie dachte kurz darüber nach. »Vielleicht auch nicht. Vor jenem Sommer war ich viel mit der Schule und meinen Freunden beschäftigt und nicht so oft zu Hause, und wenn ich doch mal da war, dann habe ich die meiste Zeit in meinem Zimmer verbracht und definitiv nicht nach so etwas Ausschau gehalten. Ich kann mir auch nicht vorstellen, dass sich irgendjemand gern in seiner Nähe aufgehalten hat.«

»Ich auch nicht, aber es gibt noch mehr Anzeichen dafür, dass zwischen den beiden etwas läuft oder lief. Dein Vater hat Ana ein Haus in einer besseren Wohngegend gekauft und überweist ihr jeden Monat große Summen. Die Geldflüsse sind über Offshore-Firmen verschleiert, sodass es so aussieht, als käme das Geld von ihrer Tante aus dem Ausland. Nur hat sie gar keine Tante im Ausland.«

»Doch, die hat sie. Sie hat mir erzählt, dass sie eine Tante hat, die mit ihrer Mutter in Brasilien lebt.«

»Reggie konnte keinen Hinweis auf eine Tante finden. Anas Schwester lebt bei ihrer Mutter und das Geld kommt nicht von dieser Schwester. Ana schickt ihrer Mutter sogar jeden Monat Geld.«

»Bist du sicher? Vielleicht hat Reggie etwas übersehen.«

»Er macht das schon seit Jahren, und er ist zu gründlich, um etwas zu übersehen. Aber ich dachte, wir könnten nach Boulder fahren und selbst mit Ana sprechen. Sie hat dienstags frei und geht jede Woche in dasselbe Café zum Brunchen. Aber wenn dir das nicht behagt, kann ich es auch alleine machen.«

»Das schaffe ich schon. Ich würde sehr gern mit ihr reden, und wenn das alles wahr ist, dann muss ich es selbst hören. Ich will deinen Freund nicht beleidigen, aber sie war für mich wie eine ältere Schwester. Sie war die einzige Person, der ich in diesem Haus vertraut habe. Ich habe ihr alles erzählt, seit ich acht Jahre alt war.«

Er runzelte die Stirn. »Jule, sie hat dich besucht, kurz bevor dein Vater dich von der Ranch geholt hat. Hast du ihr damals von uns erzählt?«

Sie dachte an diesen Nachmittag zurück und an Anas Kommentar darüber, wie süß Seeley war und wie nahe sie sich zu stehen schienen. Sie hatte sogar erwähnt, er würde Juliette ansehen, als wäre sie etwas Besonderes.

»Ich habe mich ihr anvertraut«, erinnerte sie sich. »Aber sie schien sich wirklich für mich zu freuen, und sie schwor, meinem Vater nichts zu sagen. Hat mich meine Intuition dermaßen getäuscht? Es kann doch nicht sein, dass jeder Erwachsene, der damals zu meinem Leben gehörte, so hinterhältig war.«

Seeley legte ihr die Hand auf den Rücken und Mitgefühl schimmerte in seinen Augen. »Bedauerlicherweise macht es ganz den Anschein, als könnten wir niemandem, der damals in die Sache verwickelt war, auch nur ansatzweise vertrauen.«

Ihr wurde schlecht bei der Vorstellung, dass Ana ihr Vertrauen auf diese Weise missbraucht haben könnte, aber sie wollte sich von diesem Albtraum auch nicht erneut das Leben zerstören lassen, so wie es damals passiert war. Sie richtete sich auf und sagte: »Wann hast du am Dienstag Zeit?«

»Reggie sagte, dass sie jede Woche um elf im Café ist. Ich denke, wir sollten ein bisschen früher dort sein und es auskundschaften. Herausfinden, ob sie sich mit deinem Vater trifft.«

»Okay. Lucas fährt mit dem Bus zur Schule, aber ich sollte ihm Bescheid sagen, wenn wir früher als er losfahren wollen.

An welche Uhrzeit denkst du? Sollen wir gegen sieben aufbrechen?«

»Hört sich gut an. Ich finde, wir sollten ehrlich zu Lucas sein und ihm sagen, wohin wir fahren. Wir müssen nicht ins Detail gehen und ihm mitteilen, was wir vermuten, aber er sollte wissen, dass wir tun, was wir können, um der Sache auf den Grund zu gehen.«

»Da hast du recht, und ich finde es sehr schön, dass du ihn so miteinbeziehst.«

»Ich denke rund um die Uhr an ihn, genau wie an seine unglaublich heiße Mutter.«

Es war so lange her, dass einer von ihnen jemand anderem wichtig gewesen war, dass ihr die Emotionen die Kehle zuschnürten.

»Meinst du, es macht ihm etwas aus, wenn ich hierbleibe und ihm beim Training zuschaue?«

»Das weiß ich nicht, aber wenn ich eines über Teenager gelernt habe, dann, dass sie nicht immer wissen, was das Beste für sie ist, und ich würde mich freuen, wenn du bleibst und zusiehst, wie unser Sohn mir weitere graue Haare beschert.«

»Unser Sohn«, wiederholte er leise und voller Gefühl. Er legte die Finger um ihre Taille und zog sie an seine Seite. »Weißt du, wie gern ich dich jetzt küssen möchte?«

»Wahrscheinlich nur halb so gern wie ich.«

»Gute Antwort.«

Warum zieht mich jede Kleinigkeit, die du tust, in ihren Bann? »Was machen wir hier eigentlich, Seeley? Wir sollten es langsam angehen lassen und uns in Ruhe neu kennenlernen.«

»Wir waren schon immer schlecht darin, etwas langsam zu machen.« Er verzog die Lippen zu einem umwerfenden Lächeln. »Außerdem ist das hier für uns schon langsam. Unter normalen Umständen hätte ich deinen Knackarsch schon längst in meinen Wagen gezerrt und dir ins Gedächtnis gerufen, wie gut es dir gefällt, wenn wir alles andere als langsam sind.«

»Du …« Sie schüttelte den Kopf. »Sag bloß kein Wort mehr.«

Er lachte leise.

Mit diesen sündigen Gedanken im Kopf wandte sie ihre Aufmerksamkeit Lucas' Training zu und versuchte, sich nicht zu sehr von Tagträumen ablenken zu lassen.

Wenn es um sie und Seeley ging, war sie darin eine ziemliche Niete.

Sie feuerten die anderen Jugendlichen an, und Seeley machte Kommentare über ihre Form und wie gut sie sich schlugen. Als Lucas an der Reihe war, rief Seeley: »Zeig dem Bullen, wer hier der Boss ist!«

Wie immer, wenn ihr Sohn auf einen Bullen stieg, raste ihr Herz, und sie betete, dass er sich nicht verletzen würde. Der Bulle stürmte aus dem Gatter, und sie versuchte, sich auf Lucas zu konzentrieren und nicht auf die Gefühle, die sich in ihr aufstauten, während Seeley ihn mit Stolz in den Augen anfeuerte.

»Guter Junge! Er hat einen verdammt guten Sitz. Sieh ihn dir an.« Lucas war Rechtshänder und der Stier bockte links. »Er ist einfach phänomenal.«

»Als ob du …« Der Bulle warf Lucas ab und sie keuchte.

Seeley umklammerte das Metallgeländer vor ihnen, als wäre er drauf und dran, darüberzuspringen. Er biss die Zähne fest zusammen und hatte die Augen auf ihren Jungen gerichtet. Lucas sprang auf, und Seeley stieß lautstark die Luft aus, als Lucas aus der Bahn rannte.

»Verdammt.« Seeley legte sich eine Hand aufs Herz. »Damit habe ich nicht gerechnet.«

»Womit?« Sie wusste, was sie jedes Mal empfand, wenn sich Lucas auf einen Stier setzte, aber da Seeley früher selbst geritten war, war sie gespannt, was er wohl erwidern würde.

»Eiskalte Angst. Er ist ein ausgezeichneter Reiter, aber *Mann*.« Er nahm seinen Cowboyhut ab, fuhr sich mit der Hand durchs Haar und atmete tief durch, als er ihn wieder aufsetzte. »Jetzt weiß ich, warum meine Mutter immer sagte, dass sie jedes Mal ein Jahr ihres Lebens verloren hat, wenn ich auf einen Bullen gestiegen bin.«

»Wenigstens tragen sie jetzt Helme und einen Gesichtsschutz. Es ist schwer zu glauben, dass ich dir mit sechzehn da draußen zusehen konnte, ohne Angst um dein Leben zu haben. Ich dachte, du wärst der coolste Typ in der Gegend.«

»Tja, Liebling, dem war auch so.«

Sie lachte. »Die Großspurigkeit hast du eindeutig nicht verloren.«

»Das könnte an dir liegen.« Er beugte sich vor, als wolle er sie küssen, hielt aber kurz davor inne. »Entschuldige.«

Sie konnte nicht anders, als auch das sehr zu genießen.

Das Training ging weiter, und jedes Mal, wenn Lucas abgeworfen wurde, zuckte Seeley zusammen. Dadurch fühlte sie sich ein wenig besser – sie war mit ihrer Angst nicht allein. Nach dem Training gingen sie zu der Stelle hinüber, wo sich Lucas gerade mit den anderen Jugendlichen unterhielt.

Buck, ein breitschultriger schwarzer Mann und der beste Bullenreittrainer weit und breit, kam auf sie zu und ließ den Blick neugierig zwischen Juliette und Seeley hin und her wandern. »Na, wenn das nicht wie in alten Zeiten ist. Schön, dich zu sehen, Doc.« Buck schüttelte Seeley die Hand.

»Freut mich ebenfalls, Buck«, erwiderte Seeley.

Juliette sah, wie Lucas auf sie zukam, und sein Lächeln war Anspannung gewichen. Sie hoffte sehr, nicht die falsche Entscheidung getroffen zu haben, indem sie Seeley bleiben ließ.

»Das sah ziemlich gut aus«, sagte Seeley gerade. »Du hast da ein paar vielversprechende Reiter in deinem Team.«

»Sie werden jeden Tag besser«, erwiderte Buck.

Lucas trat zu ihnen und musterte Seeley. »Was machst du denn hier?«

»*Lucas*«, schimpfte Juliette.

Buck zog eine Augenbraue hoch.

»Ich bin hergekommen, um mit deiner Mutter zu reden, und habe beschlossen, eine Weile zu bleiben und dir zuzusehen«, erklärte Seeley. »Du bist ein verdammt guter Reiter.«

Lucas schwieg beharrlich.

»Das ist aus diesem Mund ein großes Kompliment.« Buck klopfte Seeley auf die Schulter.

Lucas schnaubte nur.

»Du solltest an deiner Einstellung arbeiten, junger Mann«, mahnte Buck. »Doc war damals einer meiner besten Reiter.«

Lucas musterte Seeley mit neuer Neugierde. »Du warst auch Bullenreiter?«

»Ganz genau«, antwortete Seeley.

»Er ist nicht nur geritten«, präzisierte Buck. »Doc war vier Jahre in Folge Juniorenweltmeister und hat es mit achtzehn Jahren noch einmal geschafft.«

»Ernsthaft?«, staunte Lucas. »Reitest du noch?«

»Nein.« Seeley schüttelte den Kopf. »Heutzutage liegen mir Pferde mehr.«

»Wenn ihr mich entschuldigen würdet, ich muss noch mit den anderen Eltern sprechen«, sagte Buck. »Hat mich gefreut, euch zu sehen, Doc, Juliette. Lucas, ausgezeichnetes Training. Bis zum nächsten Mal.«

Als Buck wegging, fragte Lucas: »Warum hast du mit dem Bullenreiten aufgehört?«

Seeley warf Juliette einen kurzen Blick zu, bevor er antwortete. »Erinnerst du dich, dass ich sagte, ich hätte nicht mehr klar sehen können, als deine Mutter aus meinem Leben gerissen wurde?«

»Ja …?« Verwirrung stand in seinem Gesicht.

»Du weißt, dass es keinen Platz für Ablenkungen gibt, wenn du auf dem Rücken eines Bullen sitzt. Den Rest kannst du dir vermutlich denken.«

»Und du hast es einfach aufgegeben?«, fragte Lucas ungläubig. »Einfach so, wegen eines Mädchens?«

»Lucas«, mahnte Juliette.

»Schon okay, Jule.« Seeley sah Lucas unverwandt an. »Es war alles andere als *einfach*. Ich hatte mit acht mit dem Bullenreiten angefangen, habe dafür gelebt und alles dafür getan. Aber ich kannte meine Grenzen, und ich wollte nicht, dass meine Eltern zusehen, wie ich aufgespießt werde, weil ich mich nicht konzentrieren konnte.«

Lucas schluckte schwer und nun stand Mitleid in seinen Augen. »Hast du es vermisst?«

»Ja, das habe ich. Aber nicht so sehr, wie ich deine Mutter vermisst habe.«

Da schien Lucas einen Moment innezuhalten, aber dann murmelte er: »Wie auch immer«, und wandte seine Aufmerksamkeit Juliette zu. »Robert hat für morgen Abend ein paar Leute aus der Schule eingeladen. Darf ich hingehen?«

»Werden seine Eltern zu Hause sein?«

»Ja«, brummte Lucas gereizt.

»Wenn wir die Arbeiten rund ums Grundstück rechtzeitig erledigen und du mir nicht zu viel Widerworte gibst, dann klar, warum nicht?«

»Wir haben den ganzen Sonntag Zeit, um das zu erledigen«, beschwerte er sich.

»Es ist Regen angesagt, schon vergessen?«, rief Juliette ihm ins Gedächtnis.

»Ich kann euch zur Hand gehen«, bot Seeley an. »Zu dritt wären wir viel schneller fertig.«

Es gab eine Menge zu tun, und sie konnte jede Hilfe gebrauchen, die sie bekommen konnte. Aber sie wollte Lucas nicht drängen. »Was hältst du davon, Lucas?«

Lucas' Gesicht war sehr ernst, als er Seeley ansah, und sie war sich schon sicher, dass er sich dagegen aussprechen würde. »Meinetwegen. Es ist dein Haus.«

»Heißt das, es ist für dich in Ordnung, dass ich euch helfe?«, hakte Seeley nach.

»Ich denke schon. Wenn es dadurch schneller geht«, sagte Lucas.

Ein Lächeln zupfte an Seeleys Mundwinkel. »Kluger Mann.«

Juliette unterdrückte den Drang, einen Freudentanz aufzuführen. Es war nur ein erster Schritt, ein Spalt in der Barriere ihres verletzten Sohnes, aber sie wusste, dass Seeley behutsam damit umgehen würde.

Fünfzehn

»Erinnert dich diese alte Scheune an etwas?«, fragte Doc, als er am Samstagvormittag zusammen mit Juliette den Schaden an den Scheunenwänden begutachtete. Lucas war bisher noch nicht aufgetaucht.

»Nur an einige der schönsten gestohlenen Küsse, die ich je bekommen habe.« Sie trug einen Cowgirlhut, der ihre babyblauen Augen vor der Sonne schützte, Jeansshorts und ein lachsfarbenes Tanktop, das sich an ihre Kurven schmiegte. Die abgetragenen Arbeitsstiefel verrieten ihm, dass ihr diese Art von Arbeit nicht fremd war, und sie sah sehr süß und sexy aus.

»Ach ja?« Er ließ den Blick an ihr herabgleiten. »Ich würde jetzt nur zu gern viel mehr als nur das mit dir anstellen.«

Sie lächelte verlegen, was seinen Wunsch, sie zu küssen, noch verstärkte. Er musste sich dringend von den Dingen ablenken, die er mit ihr anstellen wollte. Aber das war nicht leicht. Die gemeinsame Nacht hatte ihm einen Vorgeschmack auf die Frau gegeben, nach der er sich sein ganzes Erwachsenenleben lang gesehnt hatte, und das hatte seinen Appetit noch mehr angeregt. Je mehr er über sie und Lucas erfuhr, desto näher kamen sie sich und desto stärker wurde das Verlangen, mit ihr zusammen zu sein.

Es war nicht leicht, diese Gedanken zu verdrängen, aber er versuchte, sich abzulenken. »Wie war Lucas heute früh so?«

»Nicht groß anders als sonst, würde ich sagen. Vielleicht ein bisschen weniger angespannt. Er hat nicht wirklich viel gesagt, aber sehr viele Nachrichten geschrieben.«

»Wahrscheinlich lästert er bei seinen Freunden über mich und das ist okay. Er braucht ein Ventil.«

»Ich wünschte, er würde mit mir reden, aber ich versuche, ihn nicht dazu zu drängen.«

»Das wird er schon machen, wenn er bereit ist. Ich habe heute Morgen kurz mit meiner Mutter gesprochen, und sie glaubt, dass er nicht nur damit zu kämpfen hat, dass ich sein biologischer Vater bin, sondern auch damit, dass er außer Josh noch nie mit jemandem zu tun hatte, der viel für dich empfindet oder umgekehrt.«

Sie seufzte. »Ich weiß. Ich hoffe, die Therapeutin kann uns bei all dem helfen.«

»Soll ich dich wirklich nicht zu dem Termin begleiten?« Er hatte es ihr beim Telefonat letzte Nacht angeboten, aber sie war nicht darauf eingegangen.

»Irgendwann vielleicht, aber im Moment muss ich wahrscheinlich genauso viel mit ihr reden wie Lucas. Um mir über so vieles klar zu werden, verstehst du?«

Als sie die Rückseite der Scheune erreicht hatten, legte er ihr einen Arm um die Taille und zog sie in seine Arme. »Ist das deine Art, mir zu sagen, ich soll mich zurückhalten?«

»Nein, solange wir in Lucas' Nähe vorsichtig sind, möchte ich nicht, dass du dich zurückhältst.«

»Was glaubst du, warum ich gewartet habe, bis wir hinter der Scheune sind, um dich zu berühren?« Er strich ihr mit den Bartstoppeln über die Wange und sie atmete ein wenig schneller. »Ich würde nie etwas tun, was unserem Jungen wehtun könnte.«

»Das ist so ziemlich das beste Vorspiel, das du dir überhaupt ausdenken könntest.«

»Das ist kein Vorspiel, Peaches. Es ist ein Versprechen.« Sie sah ihn so sehnsüchtig an, dass er sich nicht mehr zurückhalten konnte. »*Das* ist das Vorspiel.« Gierig presste er die Lippen auf ihre, und es war ein heißer Kuss, der sie beide ein wenig aus der Fassung brachte. Er schob eine Hand in ihr Haar, drückte sie mit dem Rücken gegen die Scheune, presste sich an sie und verschluckte ihr lustvolles Stöhnen. »Ich wollte dich schon seit gestern küssen.«

Sie stieß einen sehnsüchtigen Laut aus und zog ihn erneut an sich heran.

Er vertiefte den Kuss und ließ die freie Hand zu ihrem Hintern gleiten und sie presste sich gegen ihn. Mit einem Knurren brach er den Kuss ab, küsste ihren Hals und entlockte ihr einen sündigen Laut nach dem anderen. »Grundgütiger. Diese Geräusche bringen mich noch um.« Er wusste, dass die Zeit drängte, und lauschte auf Lucas, so wie sie früher auf Hazel gelauscht hatten, wenn sie in der Scheune oder auf dem Hof herumknutschten. Sanft zog er ihr das Tanktop herunter, gerade tief genug, um die Wölbung ihrer Brust küssen zu können, was ihm ein verzweifeltes »Seeley« und ein Wippen ihrer Hüften einbrachte und seine Gedanken an dunkle, erotische Orte wandern ließ. Ihr Flehen war Musik in seinen Ohren, und er gab ihr noch einen leidenschaftlichen Kuss, bei dem sie aufstöhnte und den Rücken durchdrückte. In der Ferne schlug eine Tür zu und sie zogen sich widerstrebend zurück. »Verdammt.«

»Das weckt Erinnerungen.«

»Das hier auch.« Er stahl ihr einen letzten Kuss. *»Mmh.«*

»Wie schaffst du es immer, mich so schnell auf Touren zu bringen?« Sie zappelte nervös herum, während sie ihr Oberteil zurechtrückte.

»Das ist eine Gabe.« Er hob ihre Hüte auf und setzte ihr ihren auf den Kopf. »Wäre es dir lieber, wenn ich meine Hände bei mir behalte?«

»Nein. Ich kann nur nicht fassen, dass wir immer noch wie Teenager herumschleichen«, erwiderte sie, und sie gingen lachend um die Scheune herum.

Lucas stand in der Mitte des Hofs in einem lockeren T-Shirt, Jeans und seinem Cowboyhut und schrieb gerade eine Nachricht.

»Ich geh mich kurz drinnen frisch machen«, sagte Juliette. »Kommt ihr zwei ein paar Minuten allein zurecht?«

»Natürlich.« Lucas starrte weiterhin konzentriert auf sein Handy, daher gab Doc Juliette im Weggehen einen Klaps auf den Hintern, woraufhin sie ihm über die Schulter einen bezaubernden Blick zuwarf.

Sie blieb kurz stehen, um mit Lucas zu sprechen. Doc konnte ihre Worte nicht verstehen, aber als sie zum Haus ging, steckte Lucas sein Telefon ein und machte sich auf den Weg zur Scheune.

»Wie läuft's?«, erkundigte sich Doc.

»Gut«, stieß Lucas hervor und klang dabei alles andere als gut. Sein Blick wanderte zu Docs Cowboyhut. Dann schnaufte er verärgert und warf seinen Hut ins Gras.

»Stimmt mit deinem Hut was nicht?«

»Nein. Ich habe keine Lust, ihn zu tragen.«

Doc war bewusst, dass es anstrengend werden würde, den Tag mit ihm zu verbringen, doch das machte ihm nichts aus.

Er wollte seinen Sohn kennenlernen, und das funktionierte nur, wenn man Vertrauen schuf – was Geduld, Einfühlungsvermögen und die Fähigkeit erforderte, Lucas' Verhalten nicht zu ernst zu nehmen. Darin war er nie besonders stark gewesen, aber Dare hatte ihm ein paar Hinweise gegeben, und er gab sich Mühe. »Die alte Scheune hat schon bessere Tage gesehen. Aber ich arbeite gerne mit den Händen. Wie sieht's bei dir aus?«

»Nicht wirklich«, antwortete Lucas in einem Tonfall, der andeutete, dass Doc eine dumme Frage gestellt hatte.

Das war nicht ganz das, was ihm Juliette erzählt hatte. »Dann ist es ja gut, dass ich hier bin und du nicht alles allein machen musst. Sollen wir anfangen?«

Lucas scharrte mit den Füßen. »Meinetwegen.«

»Das werte ich als ein Ja. Lass uns gemeinsam einen Plan ausarbeiten und alles genau festhalten, damit wir die Sache effizient angehen können. Ein großer Teil der Fassadenverkleidung muss ersetzt werden, und auch das Dach und die Regenrinnen brauchen dringend eine Überholung.«

Lucas begegnete seinem Blick. »Ich dachte, wir flicken zuerst die Verschalung.«

»Ich weiß nicht, Kumpel. Für mich sieht es so aus, als wäre da nichts mehr zu retten.«

»Und?« Er deutete auf ein Brett, das am Boden verrottet war. »Wir könnten sie oberhalb der faulen Stelle abschneiden. Das wird schon gehen.«

Für Seeley kam es überhaupt nicht infrage, damit ihre Zeit zu verschwenden, aber er wollte nicht, dass Lucas dachte, er würde einfach in sein Leben treten und alles an sich reißen. Deshalb sagte er: »Vielleicht hast du recht. Sehen wir uns das mal genauer an.« Sie traten näher an das Brett heran und Doc zeigte weiter nach oben. »Siehst du, wo es sich verzogen hat? Dort erkennt man die Spur, die das Wasser von der kaputten Dachrinne hinterlassen hat.«

»Und? Es ist noch nicht verrottet.«

»Das Schlüsselwort lautet ›noch‹. Wir könnten es ausbessern, aber nach ein paar starken Regenfällen werden wir wieder hier stehen und das gesamte Brett austauschen müssen. Sieh dir auch die anderen an – sie sind an mehreren Stellen beschädigt. Meinst du nicht, dass es sinnvoller wäre, es von Anfang an richtig zu machen, anstatt eine halbherzige Lösung zu wählen, die uns später nur mehr Zeit kostet?«

»*Nein*«, beschwerte sich Lucas. »Das wird doch ewig dauern.«

»Wenn wir es auf deine Art machen, dauert es am Ende doppelt so lange.« Doc dämmerte langsam, warum sein Vater früher immer so lange argumentiert hatte, bevor er entschied: »Wir machen es auf meine Weise, weil es die richtige ist.«

»Hey«, rief Juliette, die den Hügel hinuntereilte. Sie hatte sich Jeans und Cowgirlstiefel angezogen. »Jade hat eben angerufen. Sie ist dieses Wochenende verreist und bei einem ihrer Kunden gibt es einen Notfall. Ich muss mich darum kümmern. Das tut mir schrecklich leid, Seeley, aber können wir die Sache vielleicht verschieben? Ich weiß nicht, wie lange ich weg sein werde.«

»Geh ruhig und erledige, was du machen musst. Lucas und ich kriegen das hier schon hin, oder, Lucas? Wir müssen dem Regen zuvorkommen.«

Lucas machte ein entschlossenes Gesicht. »Ja. Wir kriegen das hin.«

»Okay. Wenn ihr meint.« Juliette blickte hoffnungsvoll zwischen den beiden hin und her. Als Lucas sich nicht

beschwerte, sagte sie: »Gut. Ich hoffe, es dauert nicht zu lange.«
Sie wollte Lucas umarmen.

»*Mom.*« Er wich einen Schritt zurück.

Doc wollte etwas sagen, doch er verkniff sich die Bemerkung.

»Entschuldige. Manchmal vergesse ich, dass du kein Kind mehr bist.« Sie grinste verschmitzt. »Aber in meinem Herzen wirst du immer mein kleiner Junge sein.«

»Wie du meinst. Lass uns endlich anfangen.« Lucas wandte sich ab.

Juliette wirkte amüsiert. »Ich beeile mich auch. Essen und Getränke sind im Kühlschrank.«

»Ich habe eine volle Kühlbox dabei, aber danke. Wir sehen uns später.«

Alles okay mit ihm?, fragte sie lautlos.

Doc nickte, zwinkerte ihr zu und ging zu Lucas hinüber. »Na, dann wollen wir hier mal klar Schiff machen.«

Als sie um die Scheune herumgingen und die Verkleidung inspizierten, murrte Lucas jedes Mal, wenn Doc auf ein Brett hinwies, das ausgetauscht werden musste.

»Wir werden es so schnell wie möglich erledigen«, versprach Doc.

Lucas sah nicht überzeugt aus. »Es wird doppelt so lange dauern, alle Bretter auszumessen und zuzuschneiden.«

»Nicht, wenn wir es auf meine Art machen. Ich kenne da einen Trick, der die Sache beschleunigen wird. Habt ihr Werkzeug hier?«

»Ja.«

»Einen Sägebock?«

»Nein.«

»Kein Problem. Ich habe einen mitgebracht. Schnapp dir

dein Werkzeug, ich hole meins und den Sägebock aus meinem Wagen.« Doc stellte den Sägebock neben den Holzbrettern und dem restlichen Material auf.

Lucas kam mit einem ledernen Werkzeuggürtel, an dem ein Hammer hing, aus dem Schuppen und hatte zwei Handsägen und eine Schachtel mit Nägeln dabei. Er legte die Sägen und Nägel neben Doc ins Gras. »Was jetzt?«

»Sag du es mir. Wenn ich nicht hier wäre, was würdest du dann tun?«

»Ich würde die verfaulten Teile abschneiden und flicken.«

Doc gluckste. »Da ich das nicht zweimal machen möchte, schlage ich vor, dass wir die verfaulten Bretter komplett austauschen.«

Sie arbeiteten eine Weile schweigend, aber schließlich versuchte Doc doch wieder, das Eis zu brechen. »Offensichtlich hast du so etwas schon mal gemacht. Wo hast du das gelernt?«

»Auf YouTube.«

Doc warf ein Brett auf den Schutthaufen. »Du hast Glück, dass du auf so etwas zugreifen kannst. Ich musste meinem alten Herrn auf der Ranch ständig hinterherlaufen und ihm helfen, alles zu reparieren, als ich gerade mal so groß war.« Er hielt eine Hand auf Höhe seines Oberschenkels.

»Das wäre mir viel lieber gewesen«, fauchte Lucas.

Doc erkannte seinen Fehler. *Mist.* »Entschuldige, Lucas. Ich habe nicht nachgedacht. Es muss schrecklich gewesen sein, deinen Vater zu verlieren, als du noch so jung warst.«

Lucas' Miene wurde hart und wütend riss er ein Brett mit dem Zimmermannshammer aus der Scheune heraus.

»Wie war dein Vater so?«

Lucas sah ihn skeptisch an.

»Das würde ich wirklich gern wissen«, sagte Doc. »Er war

ein wichtiger Teil deines Lebens, aber du musst mir nicht von ihm erzählen, wenn du nicht möchtest.«

Lucas warf das Brett auf den Haufen. »Er war großartig. Ein großartiger Anwalt. Klüger als *jeder*, den ich je gekannt habe.« Er betonte »jeder« voller Verbitterung, als wollte er Doc damit angreifen.

»Hört sich ganz danach an, als wäre er ein toller Kerl gewesen.«

»Er war der Beste.«

»Was habt ihr denn so zusammen gemacht?« Das war eine schwierige Frage, da Lucas bei Joshs Tod noch so jung war, aber Doc war neugierig und wollte Lucas außerdem wissen lassen, dass er Josh nicht als Feind ansah.

»Alles Mögliche.« Lucas zerrte die Nägel aus einem anderen Brett und die Muskeln an seinem Kiefer traten hervor, so wie bei Doc, wenn er über etwas nicht reden wollte.

Doc lockerte das nächste Brett. »Das ist doch schön. Manche Kinder haben keine tollen Eltern, mit denen sie etwas unternehmen können. Sieh dir nur deine Mutter an.«

Lucas erwiderte nichts.

Doc versuchte noch ein paar Mal, Small Talk zu machen, indem er vom Bullenreiten, Rinderfangen mit dem Lasso und den Pferden auf der Ranch erzählte, erntete jedoch ein ums andere Mal nur Schweigen. Von dieser unangenehmen Stille umgeben arbeiteten sie lange Zeit, rissen Bretter ab und warfen sie auf einen Haufen.

Als Doc das letzte verrottete Brett entfernte, wischte sich Lucas den Schweiß von der Stirn. »Ich brauche was zu trinken.« Er drehte sich um und wollte zum Haus hinaufgehen.

»Hol doch meine Kühlbox aus dem Wagen. Ich habe auch Durst.« Doc warf das Brett auf den Haufen.

Lucas holte die Kühlbox, stellte sie ins Gras und öffnete den Deckel. »Ist das dein Ernst ...«

»Was ist denn? Magst du kein Dr Pepper? Wirf mir mal eine Dose zu.«

Lucas schnappte sich eine Dose aus der Kühlbox und kniff die Augen zusammen. Dann warf er sie Doc mit ganzer Kraft zu.

Doc wich aus. »Was zum Henker war das denn?«

»Eine bescheuerte Dose Dr Pepper?«, fauchte Lucas wütend.

»Magst du das nicht?«

»Glaubst du, ich weiß nicht, was du und meine Mom hier treiben?«, schrie Lucas. »Ich weiß, dass das eine verdammte Falle war. Es gab gar keinen Notfall. Sie wollte nur, dass wir Zeit miteinander verbringen.«

»Jetzt komm mal wieder runter, Lucas. Das würden wir dir nie antun.«

»Ja, klar. Als ob sie dir nicht gesagt hätte, dass Dr Pepper mein Lieblingsgetränk ist.«

»Ich kann dir versichern, dass sie das nicht getan hat. Das war schon als Kind mein Lieblingsgetränk. Du kannst jeden fragen, der mich kennt.« Doc hob kapitulierend die Hände und wollte auf ihn zugehen. »Das kannst du mir glauben, Kumpel.«

»Ich bin nicht dein Kumpel!« Lucas verschränkte die Arme und trommelte mit den Fingern.

Docs Brustkorb zog sich zusammen. »Du hast ja recht. Es tut mir leid. Das ist für uns alle eine schwierige Situation, und wir stecken da nur drin, weil man uns belogen hat. Wir werden es dir nicht noch schwerer machen, indem wir uns irgendetwas ausdenken oder dich zwingen, Zeit mit mir zu verbringen.«

»Das ist ja noch schlimmer!«, brüllte Lucas, aber diesmal

war der Schmerz in seiner Stimme deutlich zu hören. »Das bedeutet ja …« Er wandte sich fluchend ab.

»Was, Lucas? Was bedeutet das?«

Der Junge drehte sich um und seine feuchten Augen funkelten wütend. »Ich *will* nichts mit dir zu tun haben.«

Das tat wirklich weh, was Doc verblüffte. »Okay. Würdest du mir vielleicht auch den Grund dafür verraten?«

»Weil es *ihm* gegenüber nicht fair ist.«

»Ähm …«

»Meinem Dad! Er mochte weder Pferde noch irgendetwas, das mit der Viehzucht zu tun hatte. Er hat nicht gern mit den Händen gearbeitet oder sich schmutzig gemacht, und er ist nicht einmal hier und könnte versuchen, etwas zu finden, was wir gemeinsam haben. Ich will nicht …« Er fuhr sich mit dem Unterarm über die Augen, wischte die Tränen weg und wandte sich ab. »Ach, vergiss es.«

Sein Schmerz war so groß, dass es Doc das Herz brach. Plötzlich ergab es Sinn, dass Lucas seinen Cowboyhut weggeworfen hatte. Doc senkte die Stimme und sprach sanfter, aber nicht so vorsichtig, dass Lucas auf den Gedanken kommen könnte, er würde ihn wie ein Kind behandeln.

»Lucas, nichts auf der Welt wird jemals die Beziehung ersetzen, die du zu deinem Vater hattest. Es zählt nicht nur das, was ihr gemeinsam hattet. Er hat dir geholfen, zu dem Menschen zu werden, der du heute bist. Er war in den prägenden Jahren für dich da, hat dich geliebt, dir die Windeln gewechselt, dich ins Bett gebracht und dir Lebensweisheiten mitgegeben, ohne dass du es damals gemerkt hast. Menschen sind dazu da, zu lernen und zu wachsen. Im Laufe deines Lebens werden mehr Menschen kommen und gehen, als du zählen kannst, und mit vielen wirst du Gemeinsamkeiten haben. Aber das wird dir nie das nehmen, was du und dein Vater miteinander hattet.«

»Ich weiß nicht einmal mehr, was wir damals gemacht haben.« Lucas' Stimme brach, er stand noch immer mit dem Rücken zu Doc und ließ niedergeschlagen die Schultern hängen. »Ich tue nur so, als würde ich mich daran erinnern, weil ich weiß, dass ich ihn geliebt habe und er mich geliebt hat, aber es kommt mir wie eine Geschichte vor, die mir jemand erzählt hat. Was sagt es über mich aus, dass ich ihn lieben und diese Dinge trotzdem vergessen kann?«

Zutiefst erschüttert über den Schmerz seines Sohnes, stellte sich Doc so hin, dass er ihm ins Gesicht sehen konnte. »Das zeigt doch nur, wie sehr du ihn geliebt hast und dass du noch sehr klein warst, als er dir genommen wurde. Kein Vierjähriger denkt daran, sich ein Gesicht oder eine bestimmte Situation einzuprägen, weil er vielleicht nie wieder mit dieser Person zusammen sein wird. Du warst einfach ein Kind, das im Moment gelebt hat – so, wie es sein sollte. Niemand erwartet, dass du dich an mehr erinnerst. Und ich bin mir sicher, dass Josh mit Stolz im Herzen über dich wacht, denn nach allem, was deine Mutter mir erzählt hat und was ich selbst gesehen habe, bist du ein unglaublich starker und mitfühlender Junge.«

Lucas schnaubte. »Starke Menschen weinen nicht.«

»Wer hat dir diesen Mist erzählt? Denkst du etwa, ich hätte nie geweint? Glaubst du, ich hätte nicht geweint, als ich meinen Großvater verloren habe, als mir deine Mutter weggenommen wurde oder als ich erfuhr, dass ich einen Sohn habe?« Bei diesen Worten sah Lucas ihn an, jedoch nur kurz. »Lass mich dir eins sagen. Man kann knallhart und eiskalt sein, und wie du gemerkt hast, gilt das auch für mich, aber das macht mich nicht stärker.«

»Du kamst mir ziemlich stark vor.«

Doc schüttelte den Kopf. »Das war ich in meiner schwächsten Phase. Was du gesehen hast, war Unsicherheit. Ich war verletzt und gedemütigt, weil ich dachte, deine Mutter hätte mich aufgegeben.«

Lucas begegnete erneut seinem Blick und blinzelte die Tränen weg.

»Stärke beruht auf hundert verschiedenen Dingen, Lucas. Sie entsteht aus Selbstvertrauen, Mitgefühl und Ehrlichkeit. Es spielt keine Rolle, ob du weinst oder schreist, solange es echte Gefühle sind. Es ist völlig verständlich, dass du dich nicht an alles in Bezug auf deinen Vater erinnern kannst, aber deine Mutter hat Fotos aus den Jahren, in denen er noch gelebt hat. Sie kann dir alles über diese Erinnerungen erzählen, und wir alle können mithelfen, sie lebendig zu halten. Sie hat mir neulich am Telefon schon ein bisschen was davon erzählt.«

»Etwas über meinen Vater?«, fragte Lucas fassungslos.

»Hauptsächlich etwas über dich, aber auch über ihn, und ich war danach noch dankbarer, dass du eine Mutter und einen Vater hattest, die dich liebten, als ich nicht einmal wusste, dass du überhaupt existierst.«

Lucas kniff skeptisch die Augen zusammen. »Du hasst ihn wirklich nicht?«

»Nein, natürlich nicht.«

»Ich an deiner Stelle würde ihn hassen, wenn er das Mädchen, das ich liebe, geheiratet hat.«

»Wie kann ich einen Mann hassen, der bereit war, meinen Sohn großzuziehen?« Er ließ die Worte kurz wirken. »Ich will gar nicht so tun, als hätten die ersten fünfzehn Jahre deines Lebens nicht stattgefunden, und ich will auch deine Erinnerungen nicht auslöschen oder ersetzen. Vielleicht können wir uns ja einfach besser kennenlernen und neue und andere Erinnerungen schaffen. Ich hoffe, dass du eines Tages die Dinge, die wir gemeinsam haben, als etwas ansehen wirst, auf dem wir aufbauen können, anstatt als Grund, mich nicht zu mögen.«

Lucas schüttelte den Kopf und wischte sich die Tränen aus den Augen, bis seine Wangen trocken waren.

»Du kannst mich wegstoßen und dich weigern, mich zu treffen, wenn du das willst. Das ist dein gutes Recht. Und wenn du nie eine Beziehung mit mir haben willst, ist das ebenfalls deine Entscheidung. Aber du solltest wissen, dass es keine Rolle spielt, wie oft du mich wegstößt, denn es wird mich nicht davon abhalten, zurückzukommen und es erneut zu versuchen. Whiskeys geben die Familie nicht auf.« Er klopfte Lucas auf die Schulter. »Und ob es dir gefällt oder nicht, mein Großer, du gehörst nun mal zu meiner Familie.«

Lucas öffnete den Mund, als ob er etwas sagen wollte, schloss ihn aber wieder.

»Hör mal, das Letzte, was ich will, ist, dass du das Gefühl hast, heute in meiner Nähe sein zu müssen. Wenn du Freiraum brauchst, kann ich das verstehen. Du kannst auch ins Haus zurückgehen und ich bringe diese Arbeit allein zu Ende.«

Lucas betrachtete den Holzstapel und die Scheune, als ob er darüber nachdenken würde.

»Falls du dir Gedanken darüber machst, was deine Mutter dazu sagen wird, kann ich dir versichern, dass sie garantiert nichts dagegen hat. Sie weiß, wie schwierig unsere Situation ist. Es ist für uns alle nicht einfach.«

»Ich weiß, dass sie es verstehen würde, aber sie würde trotzdem versuchen, mich dazu zu bringen, darüber zu reden.«

Doc lächelte, weil er wusste, dass Lucas damit recht hatte.

»Das liegt daran, dass sie dich liebt, und wenn du traurig bist oder Schmerzen hast, empfindet sie dasselbe. So ist das nun mal bei Eltern.« Allerdings war das etwas, das Doc erst gestern richtig verstanden hatte, wo er mitansehen musste, wie Lucas vom Bullen abgeworfen wurde. »Du glaubst, deine Mutter würde gern über alles reden wollen? Dann versuch doch mal, dir vorzustellen, wie es ist, eine Psychologin als Mutter zu haben. Sie versucht immer noch, mich dazu zu bringen, über meine Gefühle zu sprechen – und ich bin fünfunddreißig! Dann gibt es da noch meinen jüngeren Bruder Dare und unseren Kumpel Ezra, die beide Therapeuten sind, und wenn sie auch nur ahnen, dass ich unter zusätzlichem Stress stehe, wollen sie auch gleich alles ausdiskutieren. Ich bin von Leuten umgeben, die ständig alles besprechen wollen – und weißt du was?«

»Das ist zu viel Gerede?«, mutmaßte Lucas mit einem Anflug von Belustigung.

»Es ist viel, und es ist anstrengend, aber sie haben mir durch einige meiner schwersten Zeiten hindurchgeholfen. Ich bin dankbar dafür, dass sie derart auf Gesprächen beharren, denn ohne sie wäre ich die meiste Zeit ein wütender, in sich gekehrter Mistkerl.«

»Ich schätze, du hast gewonnen. Ich habe nur meine Mutter, die auf mich einredet.«

»Sie redet *mit* dir.« Doc sah zur Scheune hinauf. »Und, bringen wir das mit der Scheune zusammen zu Ende, oder gehst du lieber rein? Ich kann mit beidem leben.«

»Ich bleibe, denn ich will meine Mom nicht enttäuschen.«

»Guter Mann.« Doc nickte knapp. »Ich würde ja gern behaupten, dass du diese Arbeitsmoral von mir hast, aber da wir uns gerade erst kennengelernt haben, verdankst du sie wohl eher deiner Mutter.« Er nahm sich eine Dr Pepper aus der Kühlbox. »Bist du immer noch durstig?«

»Ja.«

Doc warf ihm die Dose zu. »Wenn du das nächste Mal etwas zu sagen hast, dann sprich es einfach aus, aber versuch nicht, mir mit einer Dose den Schädel einzuschlagen.«

»Das tut mir leid.« Lucas schaute verlegen zu Boden.

»Schon okay, aber mach so was nicht nochmal.« Doc öffnete eine Dose und trank einen Schluck. »Die beste Limo aller Zeiten.«

Lucas' Lippen zuckten. »Darin sind wir uns einig. Aber erzähl mir jetzt bloß nicht, dass du am liebsten Pfefferminzkekse mit Schokosplittern isst.«

Was zum …? »Hat dir deine Mutter all meine Geheimnisse verraten?«

Lucas riss die Augen auf. »Ist das dein Ernst?«

Doc lachte. »Es sind schon seltsamere Dinge passiert. Trink aus. Dann zeige ich dir einen Trick, damit es schnell geht.«

»Jemand anderen damit beauftragen?«, fragte Lucas hoffnungsvoll.

»Träum weiter.«

Sechzehn

Lucas war ziemlich still, während sie die Verkleidung austauschten, aber er widersprach Doc nicht mehr bei jeder Kleinigkeit, und das wertete Doc als gutes Zeichen. Juliette schrieb ihm irgendwann eine Nachricht, dass sie noch eine Weile brauchen würde, und Doc beruhigte sie, dass zu Hause alles in Ordnung sei. Als sie gegen Mittag eine Pause einlegten, brachte Doc Lucas – wenn der Junge nicht gerade auf dem Handy herumtippte – dazu, über seine Pferde zu sprechen und darüber, was ihm am Bullenreiten gefiel.

Als sie wieder an die Arbeit gingen, zogen Wolken auf, aber wann immer die Sonne durchbrach, wurde es drückend heiß. Lucas hatte den ganzen Tag gegen das grelle Licht angeblinzelt. Doc hätte ihm zu gern gesagt, dass das Tragen eines Hutes nichts über ihre Beziehung aussagen musste, aber er behielt es für sich, denn glücklicherweise war Lucas am Nachmittag offener, und das wollte Doc nicht gefährden. Er vermied jedoch allzu persönliche Themen, bis Lucas bei der Arbeit innehielt, um ungefähr zum fünften Mal in zehn Minuten eine Nachricht zu tippen, noch dazu mit einem Grinsen auf den Lippen.

»Deine Freundin?«, fragte Doc.

»Nicht wirklich.«

»Hättest du sie gern als Freundin?«

Lucas zuckte mit den Achseln und steckte sein Handy weg.

»Das werte ich als Nein.«

»Das habe ich nicht gesagt«, widersprach der Junge.

Es machte ganz den Anschein, als hätte Doc einen Nerv getroffen. »Tja, ich bin schon lange nicht mehr in deinem Alter, aber ich weiß noch, dass ich immer genau wusste, wenn ich jemanden als meine Freundin haben wollte. Ein Achselzucken bedeutet, dass du dir nicht sicher bist, und das ist auch in Ordnung.«

»Das ist *nicht* das, was es bedeutet.«

»Ach nein?«

»Nein. Es bedeutet, dass ich es dir nicht verraten will.«

»In Ordnung.« Doc grinste breit. »Dabei hast du es gerade getan.«

Lucas verdrehte die Augen.

»Hey, ich werde dich nicht belehren oder dir eine Million Fragen stellen. Aber ich werde dir folgenden Rat geben: Wie die Mädchen dich sehen, entscheidet sich ab jetzt, und du hast zwei Möglichkeiten. Du kannst die Mädchen entweder mit Respekt behandeln, ihr Wohl an die erste Stelle setzen und der Typ sein, der den Maßstab dafür setzt, wie man sie behandeln sollte. Wenn du das tust, wird jedes Mädchen mit dir ausgehen wollen. Oder du bist der Typ, dem sein Ruf als Idiot vorausgeht, wenn er einen Raum betritt. Und so einen Ruf wird man in einer Kleinstadt wie dieser nur schwer wieder los.«

»Was warst du für ein Typ?«

»In deinem Alter? Ich war ein eingebildeter Bullenreiter und die Mädchen standen bei mir Schlange. Ich war der Typ, der den Maßstab gesetzt hat.« Doc nahm seinen Hut ab und wischte sich über die Stirn. Als er ihn wieder aufsetzte, fügte er hinzu: »Aber ich weiß, dass du nichts mit mir zu tun haben willst, und hoffentlich trittst du nicht in meine Fußstapfen, denn nachdem dieser ganze Mist mit deinem Großvater passiert war, und ich das Bullenreiten aufgegeben hatte und aufs College ging, wurde ich für eine Weile zu dem anderen Typen. Ich habe die Frauen eiskalt abserviert, ohne mich darum zu scheren, ob ihre Gefühle verletzt wurden.« Er hob ein Brett auf und stellte es an seinen Platz. »Das ist zwar schon lange her, aber es tut mir immer noch leid.«

»Warum hast du es dann getan?«

»Weil mir schon einmal das Herz gebrochen wurde und ich diesen Albtraum nicht erneut durchmachen wollte.«

Sie arbeiteten ein paar Minuten lang schweigend, bevor Lucas fragte: »Bist du immer noch so ein Mistkerl?«

»Nein, und das schon seit vielen Jahren nicht mehr.«

»Was hat sich geändert?«

Er sah seinem Sohn in die Augen, dachte über seine Antwort nach und erinnerte sich an etwas, das sein Vater mal gesagt hatte, als ein Junge, der von seinen Eltern emotional missbraucht und dann ins Heim gesteckt worden war, eines der Ranch-Programme durchlief. Das Selbstbewusstsein des Jungen war im Grunde genommen nicht mehr vorhanden gewesen, und Tiny hatte gesagt: »Eltern haben nicht die geringste Ahnung, wie viel Einfluss sie wirklich ausüben. Wenn du mal selbst Kinder hast, wirst du Momente erleben, in denen sie richtig Mist bauen, und du willst ihnen das am liebsten direkt ins Gesicht sagen. Vor allem in diesen schwierigen Teenager-jahren. Aber du hältst dich zurück und überlegst dir genau, was du sagst, weil Kinder aus jedem Wort lernen – ob du es nun aussprichst oder nicht. Sie machen jede Menge Fehler, und du musst ihnen helfen, etwas daraus zu lernen. Vergiss nie, dass ein einziger Satz ein Kind für immer verändern kann, und zwar zum Guten oder zum Schlechten. Wenn du ihnen immer wieder einredest, dass sie nichts taugen, dann werden sie es irgendwann glauben.«

Doc wählte seine Worte mit Bedacht und blieb ehrlich. »Mein alter Herr hat sich mit mir zusammengesetzt und gesagt, er habe gehört, dass ich auf die schiefe Bahn geraten sei, was nicht gut enden würde, und er hat mich daran erinnert, dass ich zwei Möglichkeiten hätte.«

»Und du hast beschlossen, wieder den Maßstab zu setzen?«

»Ja, aber zu meinen eigenen Bedingungen. Ich wollte kein Arschloch sein, aber ich wollte mich auch nicht in eine Beziehung verwickeln lassen. Anstatt sie zu vergraulen, war ich ehrlich zu den Frauen und habe ihnen von vornherein gesagt, dass ich nicht auf der Suche nach einer dauerhaften Beziehung bin. Als ich älter wurde und erkannte, was es wirklich bedeutet, Maßstäbe zu setzen, habe ich mehr Energie darauf verwendet, dafür zu sorgen, dass die Frauen, mit denen ich zusammen war, eine gute Zeit hatten und sich wohlfühlten. Und was noch wichtiger war: Ich habe sie immer wissen lassen, dass meine mangelnde Beziehungsbereitschaft nichts mit ihnen zu tun hat.«

»Und das haben sie dir abgekauft?« Lucas machte ein skeptisches Gesicht.

»Es war die Wahrheit, daher haben sie mir geglaubt. Es ist immer am besten, von Anfang an ehrlich zu sein.«

Einige Zeit später, nachdem sie das letzte vorhandene Brett montiert hatten, klaffte an der Wand noch eine kleine Lücke. »Wir sind gut vorangekommen. Das war gute Arbeit.«

»Danke.« Lucas beäugte die noch offene Stelle. »Aber uns

fehlen zwei Bretter.«

»Ja, ist mir auch aufgefallen. Du hast nicht zufällig irgendwo einen Holzstapel versteckt?«

Er schüttelte den Kopf. »Mom hat Angst vor Schlangen, die sich darin verstecken könnten.«

Doc erinnerte sich an das eine Mal, als sie im Wald eine Schlange gesehen hatten und Juliette ihm ohne Vorwarnung auf den Rücken gesprungen war. Er musste lachen. »Ja, das stimmt. Wir haben von diesem Holz noch jede Menge auf der Ranch. Ich werde meinen Bruder anrufen, damit er uns ein paar Bretter herbringt. Wir brauchen auch noch ein paar Dachrinnen. Was ist mit dem Zaun? Brauchen wir dafür auch noch Material?«

»Nein. Das Holz für die Scheune war schon hier, als wir eingezogen sind, aber alles, was wir für den Zaun brauchen, hat meine Mom liefern lassen. Die Sachen liegen da drüben.«

»Okay. Gib mir eine Sekunde.« Doc wählte die Nummer der Ranch und Cowboy ging nach dem zweiten Klingeln ran.

»Hey, Daddy. Wie läuft's denn so?«

»Besser als bei dir, wenn du nicht mit diesem Scheiß aufhörst. Bist du gerade beschäftigt?«

»Kommt drauf an. Worum geht's denn?«

»Uns fehlen zwei Bretter für die Verkleidung der Scheune und wir brauchen auch noch ein Stück Dachrinne.« Er erklärte genau, was sie benötigten, und Cowboy versprach, es vorbeizubringen. »Danke, Cowboy. Dann bis später.« Er steckte das Handy wieder ein. »Okay, das wäre erledigt.«

»Cowboy? Wie viele Brüder hast du denn?«

»Nur zwei, Cowboy und Dare. Ich habe noch zwei jüngere Schwestern, Sasha und Birdie. Wir leben und arbeiten alle auf der Ranch, abgesehen von Birdie.«

»Ihr habt alle echt komische Namen.«

»Meine Brüder und ich tragen unsere Bikernamen. Dare heißt eigentlich Devlin und Cowboy heißt Callahan.«

Lucas runzelte die Stirn. »Ist Birdie ebenfalls Bikerin?«

»Nein. Ihr Vorname ist Blaire, aber sie ist einfach durch und durch Birdie. Sie ist die Jüngste und war schon immer etwas Besonderes.«

»Warum wohnt sie nicht auf der Ranch?«

»Das will sie nicht. Sie lebt in Allure und führt zusammen mit unserer Tante und einer Freundin der Familie den Schokoladenladen Divine Intervention.«

»Das ist ja cool.«

»Ja, sie ist echt gut darin, aber ich kann mir nicht vorstellen, irgendwo anders als auf der Redemption Ranch zu arbeiten.«

»Meine Mom hat mir ein bisschen was über die Ranch erzählt, aber ich weiß nicht genau, was ihr dort macht.«

»Das erzähle ich dir, während wir die alten Bretter auf die Ladefläche meines Wagens bringen.« Sie schnappten sich jeder mehrere Bretter. »Ich bin Tierarzt, genau wie deine Mutter.«

Lucas blieb auf halbem Weg zum Wagen stehen. »Ernsthaft?«

»Ziemlich wild, was? Das wollte ich schon immer werden. Deine Mom sagte, du hättest dich schon als Kind für Pferde interessiert. Das sind zwei schöne Exemplare da auf eurer Weide. Weißt du schon, was du später mal machen willst?«

»Bisher nicht, aber ich werde garantiert etwas anderes.«

Das war nun ganz und gar nicht die pferdebegeisterte Antwort, die er erwartet hatte. »Tja, du hast noch viel Zeit, um es herauszufinden.« Während sie eine weitere Ladung zum Lastwagen trugen, sagte er: »Ich wusste schon als kleines Kind, dass ich Pferden helfen wollte. Die Ranch ist seit Generationen im Besitz der Familie meiner Mutter.«

»Habt ihr schon immer dort gewohnt?«

»Ja. Früher war es lediglich eine Pferderettungsstation, bis mein Vater in die Stadt kam und sich in meine Mutter verliebte. Sie wollte damals gerade ihr weiterführendes Studium anfangen. Mein Vater stammt aus Maryland und ist nie wieder dorthin zurückgekehrt. Stattdessen fing er an, für meinen Großvater auf der Ranch zu arbeiten.«

»Ernsthaft? Er ist nie nach Hause zurück?« Lucas griff nach den nächsten Brettern.

»Ja. Er hat seine Familie zwar gelegentlich besucht, ist aber nie dauerhaft zurück. Er und meine Mutter sind der Grund dafür, dass die Ranch heute auch Menschen unterstützt. Mein Vater hat damals Rancharbeiter eingestellt, die im Gefängnis waren oder eine Suchttherapie hinter sich hatten. Er wollte ihnen helfen, wieder auf die Beine zu kommen, aber sie sind häufig nicht zur Arbeit erschienen und in ihre alten Verhaltensmuster zurückgefallen.«

»So was passiert, wenn man Vollpfosten einstellt.«

Doc blieb stehen. »Hey, sag so was nicht.«

»Was denn?«

»Urteile nicht über andere.«

»Man muss schon echt dämlich sein, um Drogen zu nehmen oder im Gefängnis zu landen.«

Doc schüttelte den Kopf. »Nein, das stimmt nicht. Manchmal sind es einfach die Umstände, in denen man aufgewachsen ist. Einige Leute müssen stehlen, um etwas zu essen auf den Tisch zu bekommen, wachsen in einem Haushalt voller Drogen auf, aus dem es kein Entkommen gibt, oder ein Schicksalsschlag wirft sie völlig aus der Bahn – beispielsweise

Trauer, der Verlust des Jobs oder des eigenen Zuhauses. Man kann nie wissen, was jemand durchgemacht hat, bevor man ihn nicht danach fragt.«

»Du hast gesagt, sie wären wieder in alte Gewohnheiten zurückgefallen. Was sagt einem denn das?«

»Das Wichtigste ist, was es meinen Eltern gesagt hat.« Doc hob eine weitere Ladung Holz auf. »Mein Vater begriff, dass viele der Leute, die er eingestellt hatte, weder Familie noch Freunde hatten. Kein Unterstützungssystem. Sie hatten während ihrer schlimmen Zeit alles verloren und nach ihrem Arbeitstag auf der Ranch niemanden mehr, der ihnen sagen konnte, dass sie gute Arbeit geleistet hatten oder dass sie dort gut aufgehoben waren. Sie hatten kein Ziel vor Augen.«

Lucas warf das Holz, das er bei sich trug, auf die Ladefläche. »Was soll das bedeuten?«

»Das bedeutet, sie haben gearbeitet, um über die Runden zu kommen, aber sie hatten keine Verbindung zu dieser Arbeit. Es war einfach nur ein Job, und er hat ihnen weder geholfen, ihre verlorenen Beziehungen zu heilen, noch ihren Platz in der Gesellschaft zu finden. Zum Glück haben meine Eltern erkannt, dass diese Menschen mehr als nur Geld brauchten. Sie benötigen Unterstützung und Orientierung, müssen einen Sinn in der Arbeit auf der Ranch sehen, und sie brauchen auch einen Grund, an sich selbst zu arbeiten.«

»Ich versteh's immer noch nicht.« Lucas beförderte ein weiteres Brett auf die Ladefläche.

»Nachdem meine Mutter ihren Abschluss gemacht und alle Bedingungen erfüllt hatte, um praktizieren zu dürfen, wurde die Redemption Ranch erweitert, um nicht nur Pferden, sondern auch Menschen zu helfen. Sie boten therapeutische Dienstleistungen an und entwickelten Programme, um

Menschen jeden Alters zu helfen. Sogar Kinder in deinem Alter.« Sie holten die nächsten Bretter. »Unsere Patienten leben und arbeiten auf der Ranch, und sie gehen in Therapie, um an sich zu arbeiten. Aber wenn du mich fragst, ist eines der wichtigsten Dinge, die unsere Ranch tut, ihnen das Gefühl zu geben, Teil einer Familie zu sein.«

»Aber sie bezahlen euch doch, oder? Das ist nicht wirklich wie in einer Familie.«

»Unsere Patienten bezahlen rein gar nichts. Wir leben von Zuschüssen und Spenden.« Er warf das letzte Brett auf den Wagen. »Sie wachsen zu einer Familie zusammen, denn wenn man zusammen lebt und arbeitet, passiert genau das. Ich kann mich an keine Zeit erinnern, in der nicht zwanzig oder dreißig Leute bei den Mahlzeiten im Speiseraum anwesend waren.«

Lucas verschränkte die Arme. »Du isst mit ihnen zusammen?«

»Unsere ganze Familie tut das, ebenso alle, die dort arbeiten oder wohnen, und auch noch einige andere.«

»Wie meinst du das?«

»Na ja, Birdie kommt vorbei, wenn sie kann, und mein Cousin Rebel ist auch oft da. Und jeder, der auf der Ranch arbeitet oder an einem unserer Programme teilnimmt, gehört zur Familie, auch nachdem er die Ranch verlassen hat, und ist immer wieder willkommen. Selbst wenn er nur zu Besuch vorbeischaut.«

»Das ist echt seltsam.« Sie gingen sich etwas zu trinken holen.

»Es ist ungewöhnlich, da muss ich dir recht geben.« Doc holte sich eine Flasche Wasser aus der Kühlbox und warf Lucas eine weitere zu. »Aber wir haben Hunderten von Menschen geholfen, ein neues Leben zu beginnen, und viele sind auch nach dem Programm geblieben.«

»Deine Mutter und Dare sind also Therapeuten auf der Ranch?«

»Genau. Ezra ebenfalls.« Er trank einen Schluck. »Er hat als Kind an einem unserer Programme teilgenommen, nachdem seine Mutter ihn und seinen Vater verlassen hatte. Er wurde Therapeut, um anderen Kindern zu helfen, und er und sein kleiner Sohn Gus leben seit Jahren auf der Ranch. Inzwischen ist Ezra mit meiner Schwester Sasha verlobt. Sie ist Rehabilitationstherapeutin für Pferde, was bedeutet, dass sie den Pferden bei der Heilung hilft.«

»Was macht Cowboy?«

»Er leitet die Rancharbeiter an. Zu unserem Team gehören noch ein Verwalter und ein Koch, zwei Bereitschaftsärzte und eine Handvoll anderer Mitarbeiter, die wir alle als Teil der Familie ansehen.«

»Das ist dann aber eine echt große Familie.«

»Ja, aber es ist gut, eine Familie zu haben. Du solltest mal vorbeikommen. Ich zeige dir alles, und du kannst selbst entscheiden, was du davon hältst. Wir arbeiten hart und teilen auch mal gut aus, aber wir haben auch viel Spaß. Bei uns gibt es ein Paintballfeld und alle spielen mit. Sogar meine Eltern und Gus, und der ist erst fünf.«

Lucas verschluckte sich an seinem Wasser und hustete. »Ihr habt ihn Paintball spielen lassen?«

»Na klar. Alle dürfen mitmachen. Natürlich sind wir in seiner Nähe dann alle besonders vorsichtig.«

»Ich durfte erst mit dreizehn spielen.«

Doc grinste. »Bei uns läuft alles ein bisschen anders. Wenn du vorbeikommst, wirst du auch Dares Frau Billie kennenlernen. Sie bringt Kindern in deinem Alter das Motocrossfahren bei und hat sogar eine Rennstrecke auf der Ranch.«

Lucas sah ihn staunend an. »Ist nicht wahr! Glaubst du, sie würde es mir beibringen?«

»Wahrscheinlich, aber deine Mom müsste es dir vorher erlauben.«

»Sie lässt mich *Bullen reiten*. Wahrscheinlich wird sie begeistert sein, wenn ich Motocross vorschlage.«

Doc wusste, dass Juliette wegen der Sache mit Eddie vielleicht Zweifel kommen würden, aber das musste Lucas ja nicht wissen. Billie würde auf ihn aufpassen, dafür würde Doc schon sorgen. »Da hast du wahrscheinlich recht.«

Sie tranken ihr Wasser aus, und als sie die leeren Flaschen in die Kühlbox warfen, bog Cowboys Wagen in die Einfahrt ein. »Das ist Cowboy. Ich will dich nicht unter Druck setzen, aber wenn du einen deiner Onkel kennenlernen willst, der noch dazu ein ziemlich toller Kerl ist, bekommst du gleich die Gelegenheit dazu.«

Lucas' Miene wurde misstrauisch. Er senkte den Blick und scharrte mit den Füßen. »War er dabei, als ihr in der Nacht, in der ich abgehauen bin, nach mir gesucht habt?«

»Ja, aber wir waren alle schon einmal in einer ähnlichen Lage. Erinnerst du dich an das, was ich darüber gesagt habe, dass man nicht über andere urteilen sollte?«

Lucas nickte.

»Er hat nie das durchgemacht, was du erleben musstest. Er wird nicht über dich urteilen, nur weil dein Leben aus den Fugen geraten ist und dir alles zu viel wurde. Vergiss nicht, dass wir alle nur Menschen sind. Und übrigens: Ich habe Cowboy auch schon mal weinen sehen. Wenn du ihn kennenlernst, wirst du verstehen, warum das etwas Besonderes ist.«

Diese Worte brachten ihm ein Lächeln ein.

Dare sprang praktisch aus der Beifahrertür und brüllte: »Hab keine Angst. Dein coolster Onkel ist hier.« Er rannte über die Wiese und machte einen Salto in der Luft, wobei er seinen Cowboyhut auf dem Kopf festhielt.

»Wow!«, rief Lucas.

»Das ist Dare«, sagte Doc amüsiert. »Er ist der größte Draufgänger und Angeber, den du je getroffen hast.«

»*Er* ist Therapeut? Sieh dir nur diese ganzen Tattoos an.« Als Cowboy aus dem Wagen stieg und sein Tanktop seine gewaltigen Muskeln und breiten Schultern deutlich erkennen ließ, traten Lucas fast die Augen aus dem Kopf. »Niemals hast du *diesen* Kerl weinen sehen.«

»Lass dich nicht von seinem Aussehen täuschen. Unter all den Muskeln verbirgt sich ein großes Herz. Und nur fürs Protokoll: Es gibt nur zwei Situationen, in denen Größe wirklich zählt. Die erste ist, wenn du auf einen Kerl triffst, der so groß ist wie Cowboy – dann schlag zuerst zu und bete später.«

Lucas lachte. »Und die zweite?«

Doc schüttelte den Kopf. »Du bist noch nicht alt genug, um dir darüber Gedanken zu machen. Komm.« Er ging auf seine Brüder zu. »Danke, dass ihr das Holz hergebracht habt, Jungs.«

»Dein Holz war schon immer ein bisschen knapp bemessen.« Dare lachte über seinen eigenen Witz. Lucas und Cowboy schlossen sich ihm an.

»Sehr lustig«, murmelte Doc. »Wer von uns beiden hat ein tolles Kind gezeugt? Ach ja, das wäre ich. Und jetzt lasst den Mist und begrüßt Lucas.«

»Hi, Lucas. Ich bin Dare.« Dare trat vor Lucas und deutete mit einem Daumen auf Doc. »Er ist fast so herrisch wie

Cowboy. Hat er dir den ganzen Tag im Nacken gesessen?«

Lucas' Blick wanderte zu Doc und dann wieder zu Dare. »Nein. Er war eigentlich ziemlich cool.«

Das überraschte Doc, aber es tat auch sehr gut, das zu hören.

»Das freut mich, denn ich möchte ihm nicht in den Hintern treten müssen«, stichelte Dare.

Doc musterte ihn kritisch. »Du und welche Armee?«

»Insgeheim hat er große Angst vor mir«, meinte Dare zu Lucas.

»Vor deinem Geruch vielleicht«, warf Cowboy ein.

Lucas musste erneut lachen.

Es war schön, ihn nicht mehr so nervös zu sehen.

»Wie geht's, Lucas? Ich bin Cowboy und freue mich sehr, dich kennenzulernen.«

»Hi.« Lucas fummelte an seinem Werkzeuggürtel herum und sein Blick zuckte kurz zu Doc.

Da er ihm anscheinend genug vertraute, um ihn um Bestätigung zu bitten, nickte Doc leicht. *Ich habe dir doch gesagt, dass es in Ordnung ist.*

Cowboy deutete auf die Weide. »Sind das eure Pferde?«

»Ja.«

»Sie sind wunderschön«, sagte Cowboy.

»Danke.« Lucas schob die Hände in die Hosentaschen.

Doc spürte, dass Lucas immer verlegener wurde, und schaltete sich ein. »Danke, dass ihr uns die Sachen gebracht habt. Lasst sie uns ausladen. Wir haben noch eine Menge Arbeit vor uns und Lucas hat heute Abend noch was vor.«

»Was gibt es noch zu tun?«, fragte Dare.

»Das Dach flicken, die Dachrinnen reparieren und den Zaun auf der anderen Weide ausbessern«, antwortete Doc.

Dare und Cowboy tauschten einen Blick, und Dare sagte: »Wie wäre es, wenn wir das Dach und die Dachrinne übernehmen, während ihr den Zaun repariert? Dann geht's doppelt so schnell.«

Lucas sah sie verwirrt an. »Habt ihr denn nichts Besseres zu tun?«

»Wir sind nie zu beschäftigt, um der Familie zu helfen«, erwiderte Cowboy.

Lucas sah kritisch zwischen Cowboy und Doc hin und her. »Hat er dir gesagt, dass du das sagen sollst?«

Doc wunderte sich nicht darüber, dass der Junge skeptisch war, und er war froh, dass er sich nicht scheute, seine Bedenken seinen Brüdern gegenüber zu äußern.

»Nein, Sir. So hat man uns erzogen«, erklärte Cowboy. »Erst die Familie, dann das Vergnügen.«

Dare stupste Lucas an. »Außerdem gibt's bei der Arbeit auf dem Dach zwei Sachen, die ich liebe: Ich kann mir die Hände schmutzig machen und Cowboy zur Weißglut bringen, wenn ich auf dem Dach Saltos schlage.«

Als Dare zu Cowboys Wagen ging, fragte Lucas: »Wird er das wirklich tun?«

Doc sagte: »Ja«, während Cowboy gleichzeitig erwiderte: »Nur über meine Leiche.«

Als sie den Zaun in Angriff nahmen, taute Lucas ein wenig auf und stellte viele Fragen über Dare und Cowboy und die Ranch. Doc genoss es. Er hatte es nicht eilig, die Arbeit zu beenden, und er ließ Lucas einfach reden.

Als sie die Arbeit beendet hatten, waren sie verschwitzt, dennoch hätte Doc gern noch weitergemacht. Aber es war schon spät. Juliette hatte geschrieben, dass sie bald zurück sein würde, und Lucas freute sich darauf, sich mit seinen Freunden zu treffen.

»Ich weiß eure Hilfe wirklich zu schätzen«, meinte Doc zu Cowboy und Dare, als sie sich zum Aufbruch bereit machten.

»Ja, vielen Dank«, sagte Lucas. »Das Flicken des Zauns hat viel länger gedauert, als ich dachte. Ohne eure Hilfe wären wir nie rechtzeitig fertig geworden, und ich hätte heute Abend wohl nicht mehr ausgehen können.«

Dare und Cowboy warfen Doc einen kritischen Blick zu, da sie genau wussten, dass es in der Hälfte der Zeit zu schaffen gewesen wäre, wenn er das gewollt hätte.

»Das passiert bei der Rancharbeit häufiger«, bemerkte Cowboy.

»Schön, dass wir so die Gelegenheit hatten, dich kennenzulernen, Lucas«, sagte Dare. »Du solltest mal auf der Ranch vorbeikommen und mit den coolen Kids abhängen.«

»Hast du Kinder?«, fragte Lucas.

»Nein!« Dare hob mit fassungslosem Gesicht die Hände. »Damit meinte ich uns.«

Lucas schnitt eine Grimasse. »Bist du nicht so um die dreißig?«

»Hat er mich gerade alt genannt?« Dare wartete nicht auf eine Antwort. »Aber im Ernst, du solltest mal vorbeikommen und Zeit mit uns verbringen.«

»Dann kannst du dir auch die Pferde und das Paintballfeld ansehen«, schlug Cowboy vor.

»Und ich zeige dir den Hindernisparcours, auf dem ich den anderen schon immer gezeigt habe, wo der Hammer hängt«, ergänzte Dare.

Besorgt, dass Lucas überfordert sein könnte, schaltete sich Doc ein. »Ich habe Lucas bereits eingeladen, auf die Ranch zu kommen, und er wird uns garantiert wissen lassen, wenn er bereit dazu ist.«

»Ja, natürlich«, erwiderte Dare. »Kein Stress.«

»Wir sollten besser los. Ich will heute Abend noch mit Sully ins Kino«, sagte Cowboy.

»Wer ist Sully?«, erkundigte sich Lucas.

Cowboy grinste. »Meine Verlobte. Du wirst sie mögen. Sie ist ein wahrer Schatz und eine Pferdeflüsterin.«

»Im Gegensatz zu meiner Frau Billie, die knallhart und eine Dare-Flüsterin ist«, warf Dare ein.

»Warum muss bei dir alles zu einem Wettbewerb werden?«, wollte Cowboy wissen, als er sich neben Dare in den Wagen setzte.

»Sind die beiden immer so?«, fragte Lucas amüsiert.

»Eigentlich schon.« Doc sah ihnen hinterher.

»Es ist verdammt heiß hier draußen.«

Lucas zog sich das T-Shirt aus und Doc verschlug es die Sprache. Um den Hals trug sein Sohn die Kette, die er einst mit seinem Großvater gemacht hatte. Doc hatte sie so lange nicht mehr gesehen, dass er einen Stich in der Brust spürte, als er sich daran erinnerte, wie die kräftigen Hände seines Großvaters ihm beim Umgang mit den Werkzeugen geholfen hatten. Über zwei Pferdeköpfen, die einander zugewandt waren, befand sich ein Knoten, der ihre starke Familienbindung symbolisierte. Silberne Bänder wanden sich schützend um die Pferde und durch ihre Mähnen und liefen darunter spitz zusammen. Für Doc hatten diese Bänder immer dargestellt, wie ihre Familie die Pferde beschützte. Doch in jener

Nacht am See hatte Juliette gesagt, die Pferde stünden für sie beide und die Kette würde ein Herz bilden. Erst da war ihm die Herzform aufgefallen. Sein Großvater hatte Pferde genauso geliebt wie seine Frau, und als die Kette jetzt im Sonnenlicht glänzte, fragte sich Doc, ob sein Großvater das Herz vielleicht schon immer gesehen hatte.

»Stimmt etwas nicht?«, fragte Lucas.

Doc schaute zur Seite. »Nein. Woher hast du diese Kette?«

Lucas berührte den Metallanhänger. »Sie war Moms Glücksbringer. Seitdem ich denken kann, hat sie sie jeden Tag getragen.«

Er schluckte bei dem Gedanken, dass sie den Anhänger weiterhin getragen hatte, obwohl sie glaubte, er wolle nichts mehr mit ihr und Lucas zu tun haben. »Und sie hat sie dir geschenkt?«

»Ja. Als ich mit dem Bullenreiten anfing, sollte sie mir Glück bringen. Warum?«

»Ich bin mir nicht sicher, ob ich dir das sagen sollte, aber ich möchte nicht, dass dieser Halskette etwas passiert.«

Lucas verspannte sich. »Du hast ihr diese Kette geschenkt, nicht wahr?«

»Ja, das habe ich. Mein Großvater und ich haben sie gemacht, als ich ein kleiner Junge war. Ich habe sie immer getragen und irgendwann deiner Mutter geschenkt. Aber diese Kette gehört jetzt dir und ihr und ich möchte euch das nicht kaputtmachen.«

Lucas ballte seine Faust darum und zog die Augenbrauen zusammen.

»Bitte zerstöre sie nicht und wirf sie nicht weg. Wenn du sie nicht mehr tragen willst, kann ich das verstehen. Du kannst sie deiner Mutter zurückgeben oder mir, aber bitte lass sie ganz.

Mein Großvater lebt nicht mehr, und diese Kette bedeutet mir mehr, als du dir vorstellen kannst.«

Ein Muskel an Lucas' Kiefer zuckte. »Sie kann dir nicht besonders viel bedeuten, sonst hättest du sie nicht verschenkt.«

»Ich habe sie dem Mädchen gegeben, von dem ich dachte, dass ich mein Leben mit ihr verbringen würde.«

»Aber du dachtest, sie hätte dich verlassen. Warum hast du sie nicht zurückverlangt?« Bevor Doc antworten konnte, fügte Lucas hinzu: »Moment. Du konntest es nicht, oder? Wegen ihres blöden Vaters?«

»Ja, aber selbst wenn es möglich gewesen wäre, hätte ich sie nicht zurückverlangt.«

»Warum nicht, wenn sie dir doch so wichtig ist?«, fragte der Junge herausfordernd.

Docs Puls beschleunigte sich, genau wie in jener Nacht, als er Juliette die Kette um den Hals gelegt und gesagt hatte: *Du und ich für immer, Liebling.* »Ich habe ein Versprechen gegeben, als ich sie ihr geschenkt habe, und von diesem Moment an gehörte sie mir nicht mehr.«

Lucas schwieg einen Moment lang, den Anhänger fest in der Hand. »Und, willst du sie jetzt zurück?«

»Nein. Ich bin froh, dass sie sie dir gegeben hat, aber es ist okay, wenn du sie nicht mehr tragen willst.«

»Ich behalte sie«, fauchte Lucas und ließ den Anhänger los. »Wie du gesagt hast, ist das jetzt eine Sache zwischen mir und meiner Mom.«

Doc atmete erleichtert auf. »Okay.«

Lucas' Schultern entspannten sich und er wirkte erleichtert. »Danke, dass du mir heute geholfen hast.«

»Jederzeit.«

Lucas berührte den Anhänger erneut, als Juliette die Einfahrt hinunterkam. »Ich werde die Halskette nicht zerstören. Es ist nicht deine Schuld, dass ich nichts von dir wusste.«

»Es ist auch nicht die Schuld deiner Mutter. Sie dachte wirklich, sie würde dich beschützen.«

Lucas senkte den Blick. »Wie auch immer.«

»Sie liebt dich, Lucas. Zweifle niemals daran.«

Juliette stieg aus dem Wagen und musterte sie besorgt. »Ist alles in Ordnung?«

»Ja«, antwortete Doc.

»Wir haben alles erledigt«, sagte Lucas eifrig. »Darf ich jetzt zu Robert?«

Sie blickte zum Schuppen hinüber. »Wow, die Scheune sieht aus wie neu. Ich dachte, ihr wolltet sie nur ausbessern, nicht komplett erneuern.«

»Wir hätten das Ganze nach ein paar kräftigen Regengüssen sowieso noch mal neu machen müssen«, wiederholte Lucas, was Doc zuvor gesagt hatte. »Der Zaun ist auch fertig. Doc meinte, das Tor wäre zu wacklig, also haben wir es neu gebaut. Kann ich jetzt gehen?«

Sie musterte Doc ungläubig. »Das ist ja großartig, und ja, du kannst gehen, Lucas, aber wir müssen noch darüber sprechen, wann du wieder zu Hause sein wirst.«

»Um Mitternacht«, schlug Lucas vor.

»Nein. Halb elf«, bot Juliette an.

»*Mom.* So früh geht keiner der anderen nach Hause. Halb zwölf.«

»Elf«, entgegnete sie.

»Viertel nach elf«, drängte Lucas.

Doc versuchte, keine Miene zu verziehen. Der Junge hatte wirklich Verhandlungsgeschick.

»Einverstanden, aber das heißt, du bist um Viertel nach elf

abfahrbereit – nicht« erst zwanzig Minuten, nachdem ich angekommen bin.«

»Okay. Können wir los, sobald ich geduscht und mich umgezogen habe? Die anderen sind bestimmt alle schon da.«

»Ich möchte zuerst noch duschen.«

»Komm schon, Mom. Du brauchst ewig«, beschwerte sich Lucas.

»Ich kann ihn auf dem Heimweg absetzen«, bot Doc an. »Also, wenn das für dich und Lucas in Ordnung ist.«

»Lucas?«, fragte sie.

»Gut, meinetwegen. Gib mir fünfzehn Minuten.« Schon war er auf dem Weg ins Haus.

»Macht es dir auch wirklich nichts aus, ihn zu fahren?«

»Ganz und gar nicht.« Doc betrachtete das getrocknete Blut und den Schmutz auf Juliettes Jeans. »Das muss ein ziemlicher Notfall gewesen sein. Geht es den Tieren gut?«

»Sie werden wieder gesund, aber es war schrecklich«, erwiderte sie. »Drei Pferde sind letzte Nacht ausgebrochen, und sie haben sie erst gefunden, kurz bevor mich Jade heute Morgen angerufen hat. Zwei hatten sich im Stacheldraht verfangen und das dritte hatte ein gebrochenes Bein.«

Er nahm sie in die Arme und küsste sie. »Verdammt, Liebling. Du hättest mir Bescheid geben sollen. Ich wäre hingekommen und hätte geholfen.«

»Die Besitzer waren da. Ich habe einen Service angerufen, den wir manchmal nutzen, und die haben jemanden geschickt. Wir sind ganz gut zurechtgekommen. Außerdem dachte ich, dass du und Lucas die Zeit zusammen gebrauchen könntet. Wie ist es gelaufen?«

»Mal so, mal so, aber insgesamt würde ich behaupten, dass wir Fortschritte machen. Es fällt ihm schwer, mich zu mögen und zu akzeptieren, dass wir Gemeinsamkeiten haben.«

»Ich habe mich schon gefragt, ob es ein Problem werden könnte, dass ihr beide euch so ähnlich seid, wo es doch so gut wie keine Ähnlichkeiten mit Josh gab. Aber Josh hat ihn geliebt. Ich werde mal mit ihm reden.«

»Wir haben darüber gesprochen, und du solltest wissen, dass er sich an Josh oder an die Dinge, die sie zusammen gemacht haben, kaum erinnert. Er tut nur so. Ich glaube, das ist es, was ihm Angst macht, wenn er mit mir zusammen ist. Josh ist der einzige Vater, den er je gekannt hat, und Lucas hat das Gefühl, ihn zu verraten.«

»*Unser armer Junge.*« Ihre Worte waren voller Sorge. »Das ist alles so schwer für ihn. Ich hasse meinen Vater wirklich für das, was er getan hat.«

»Ich weiß, Liebling.« Er umarmte sie erneut. »Lucas und ich haben darüber gesprochen, und ich habe ihm versichert, dass ich Josh nicht ersetzen will. Ich habe auch vorgeschlagen, dass du ihm Geschichten über ihn und Josh erzählst und über die Dinge, die sie zusammen gemacht haben. Wir können alle dazu beitragen, diese Erinnerungen für ihn lebendig zu halten.«

»Das ist eine großartige Idee«, sagte sie leise. »Es tut mir so leid für Lucas. Er muss jetzt eine ganze Menge bewältigen.«

»Es ist für uns alle viel, aber wir schaffen das. Es wird Zeit brauchen und viele Gespräche, was ihm nicht besonders behagt. Aber wir haben heute wie gesagt einige Fortschritte gemacht, und das ist gut. Außerdem hat er Cowboy und Dare kennengelernt.«

»Wirklich? Ich liebe deine Brüder, aber wie ist das denn passiert?«

»Ich habe sie angerufen, als uns das Holz ausgegangen ist. Sie haben welches vorbeigebracht, und auch ein paar andere

Sachen, und sind geblieben, um uns zu helfen. Dares Späße kamen bei Lucas ziemlich gut an.«

»Er hatte kein Problem damit, sie kennenzulernen?«, fragte sie überrascht. »Vorhin saht ihr ziemlich angespannt aus.«

»Das lag nicht an ihnen. Meine Brüder haben heute Nachmittag viel dazu beigetragen, dass sich Lucas langsam öffnet. Aber ich habe gesehen, dass er die Kette trägt, die ich dir geschenkt habe, und ihn darauf angesprochen.«

»Ach herrje. Das tut mir leid. Ich hätte es dir sagen sollen – ich hätte es *ihm* sagen sollen –, aber er trägt sie schon so lange, dass ich gar nicht mehr daran gedacht habe.«

»Schon okay. Wir haben darüber gesprochen, und ich habe ihm gesagt, dass ich es verstehen würde, wenn er sie nicht behalten will. Aber das wollte er.«

Sie sah ihn erstaunt an. »Das ist doch ein gutes Zeichen, oder?«

»Ich hoffe es, aber bei einem Teenager weiß man nie.«

»Wem sagst du das.« Sie seufzte.

»Ich habe eine Idee. Wie wäre es, wenn wir unsere Sorgen für ein paar Stunden vergessen und du dich heute Abend von mir ausführen lässt, während Lucas bei seinen Freunden ist?«

Ein Lächeln breitete sich auf ihrem schönen Gesicht aus. »Seeley Whiskey, lädst du mich gerade zu einem richtigen Date ein?«

»Ja, Liebling, es sieht ganz danach aus.«

»Dann nehme ich die Einladung an.«

Lucas stürmte aus der Haustür und sah in Jeans und einem kurzärmeligen Hemd sehr schick aus. Sein feuchtes Haar kräuselte sich um seine Ohren. »Können wir los?«

»Sehr schick«, kommentierte Juliette. »Wird Layla Braden auch da sein?«

»*Mom.*«

»Hughs und Briannas Tochter?«, fragte Doc.

»Ja. Können wir bitte verschwinden?«, bat Lucas.

»Die Bradens sind Freunde von mir. Benimm dich ihr gegenüber gefälligst«, warnte Doc.

»Hast du ihren Onkel Rex schon mal gesehen?«, erwiderte Lucas. »Er ist so groß wie Cowboy. Mir ist vollkommen klar, dass ich ihn auf keinen Fall verärgern darf.«

»Das ist klug, aber noch klüger wäre es, wenn du dich immer benimmst, unabhängig davon, wer auf sie aufpasst.«

»Ja, ich weiß«, brummelte er verärgert. »Sei der Typ, der die Maßstäbe setzt.«

»Was soll das bedeuten?«, erkundigte sich Juliette.

»Nichts«, antwortete Lucas.

»Hast du deinen Führerschein dabei?«, fragte Doc.

»Ja. Warum?«

»Weil du fährst.« Doc warf ihm die Autoschlüssel zu.

Lucas fing sie auf und seine Augen glänzten vor Aufregung. »Wirklich? Ich darf deinen Wagen fahren?«

»Ja. Aber wenn du um Viertel nach elf nicht abfahrbereit bist, wie du es deiner Mom versprochen hast, war das das erste und letzte Mal.« Er zwinkerte Juliette zu. »Bis später.«

Als sie im Wagen saßen, drehte sich Lucas zu ihm um. »Triffst du dich später mit meiner Mom?«

»Ich habe sie zum Essen eingeladen. Ist das okay für dich?«

»Ich schätze schon.« Er steckte den Schlüssel ins Zündschloss und grinste schelmisch. »Denk aber dran, dich zu benehmen, sonst war das das erste und letzte Mal.«

Siebzehn

Juliette hörte, wie Seeley vor dem Haus parkte, und eilte ins Schlafzimmer, um einen letzten Blick in den Spiegel zu werfen. Sie war vor einem Date noch nie so nervös gewesen. Nicht, dass sie schon viele gehabt hätte, aber es waren genug, dass sie den Unterschied merkte. Sie freute sich darauf, ungestört Zeit mit ihm zu verbringen. Immer wieder ging ihr durch den Kopf, wie schnell sie sich hinter der Scheune ineinander verloren hatten und wie gern sie noch weiter gegangen wäre. Aber in diese Vorfreude mischte sich ihre Sorge um Lucas, und sie versuchte, sich davon nicht beirren zu lassen. Wenn auch nur für den heutigen Abend.

Rasch nahm sie ihr Spiegelbild in Augenschein. Sie besaß nicht besonders viele Kleider und hatte sich für ihr Lieblingsstück entschieden: ein hauchdünnes, ärmelloses pastellgrünes Kleid. Es hatte einen tiefen V-Ausschnitt und winzige Knöpfe, die von der Taille bis zum Saum knapp über den Knien reichten, und war in der Taille gerafft. Einerseits wollte sie nicht overdressed erscheinen, andererseits wollte sie für Seeley aber auch hübsch aussehen. Dazu trug sie schicke Westernstiefel und ihr Haar hatte sie an den Seiten hochgesteckt. Hinten fiel es ihr offen auf den Rücken und ein paar Strähnchen rahmten ihr Gesicht ein.

Als es klingelte, schlug ihr Herz noch schneller. Mit einem tiefen Atemzug verließ sie das Schlafzimmer und öffnete die Tür. Seeley stand auf der Veranda und sah in dem kurzärmeligen graublauen Oberhemd, unter dessen Ärmeln seine Tattoos hervorlugten, einfach umwerfend aus.

»Hi.« Sie klang so nervös, wie sie sich fühlte.

Sein Blick glitt anerkennend an ihr hinunter, was sie noch nervöser machte. »Wow, Peaches. Du siehst so schön aus, dass ich es nicht einmal in Worte fassen kann.«

Sie legte sich eine Hand über ihr rasendes Herz. »Ich weiß auch gerade nicht, was ich sagen soll.«

Ein leises, heiseres Lachen drang aus seiner Brust, und er beugte sich vor und küsste sie, wobei sein köstlicher, herber Geruch sie umwehte.

»Ich hatte schon befürchtet, ich hätte mich zu schick gemacht.«

»Du siehst toll aus. Dieses Kleid erinnert mich an den weißen Rüschenrock, den du bei unserer ersten Begegnung anhattest. Damals warst du das hübscheste Mädchen, das ich je gesehen habe, und jetzt bist du die schönste Frau, die mir je über den Weg gelaufen ist.«

Du weißt noch, was ich anhatte? »Du wusstest schon immer, wie du mich um den Finger wickeln kannst.«

»Wenn ich mich recht erinnere, war es mein Dirty Talk, der dein Feuer erst richtig entfacht hat.«

Juliette hatte das Gefühl, dass ihr Herz die ganze Nacht lang zu schnell schlagen würde. Sie griff nach ihrer Handtasche, und als sie zu seinem Wagen gingen, schnappte sie ungläubig nach Luft. In ihrer Einfahrt stand der verblasste schwarz-silberne Pick-up-Truck, den Seeley in dem Sommer gefahren hatte, als sie zusammen waren. »Du fährst ja noch immer Tinys alten Wagen.«

»Ja. Er ist unverwüstlich.«

Er öffnete die Beifahrertür und half ihr beim Einsteigen. Sie beobachtete ihn auf dem Weg zur Fahrerseite und fühlte sich beinahe wieder wie ein übermütiger Teenager. *Allerdings wie ein Teenager mit einem Sohn, der sich Seeley gegenüber vielleicht wie ein Idiot benommen hat, als er ihn bei seinem Freund abgesetzt hat*, rief sie sich in Erinnerung.

»Wie hat sich Lucas benommen?«, erkundigte sie sich, als sie losfuhren. »Er ist doch hoffentlich nicht frech geworden?«

»Nein. Es lief alles gut und er fährt sehr vorsichtig.«

»Wahrscheinlich war er besonders vorsichtig, weil er deinen Wagen fahren durfte«, erwiderte sie.

»Wahrscheinlich.« Er warf ihr einen Blick zu. »Er meinte, er fährt gern mit mir, weil ich kein imaginäres Bremspedal benutze oder mich am Armaturenbrett festhalte.«

Sie lachte. »Das könnte mir durchaus schon ein paar Mal passiert sein.«

»Meine Mom hat das auch immer gemacht. Er hat mich gefragt, ob wir das wiederholen können.«

»Wirklich? Das ist ja großartig. Aber fühl dich bitte nicht verpflichtet.«

»Ich mache das sehr gern, wenn du nichts dagegen hast. Mir ist jede Zeit recht, die ich mit ihm verbringen kann.«

Glück wallte in ihr auf.

»Er sagte, er hätte dreimal pro Woche Reittraining. Wenn es keinen Notfall auf der Ranch gibt, kann ich ihn mittwochs und freitags nach dem Training abholen und mit ihm Fahren üben. Falls er samstags ein paar Stunden fahren möchte, lässt sich das auch einrichten. Dienstags bin ich in der Church und sonntags mache ich meist mit den anderen eine Ausfahrt.«

»Ist dir das auch wirklich keine zu große Verpflichtung? Ich möchte nicht, dass du dich eingeengt fühlst.«

Er griff über den Sitz und nahm ihre Hand. »Ich kann mir keine bessere Art vorstellen, meine Zeit zu verbringen, als unseren Sohn kennenzulernen.«

»Ich finde es toll, dass du das tun möchtest, aber ich mache mir auch Sorgen, dass zu viel gemeinsame Zeit vielleicht schwieriger werden könnte, als du denkst. Du bist nicht an die Launen eines Teenagers gewöhnt und möglicherweise wird das auch für ihn zu viel.«

»Mit seiner Einstellung komme ich klar, aber du hast recht. Ich will ihn ja nicht überfordern. Wie wäre es, wenn wir es einfach in Ruhe angehen und schauen, wie es am Mittwoch läuft, um danach alles Weitere zu entscheiden?«

»Das klingt nach einer besseren Idee.«

»Großartig. Ich habe vorhin vergessen zu erwähnen, dass wir über die Ranch und meine Familie gesprochen haben und ich ihm vorgeschlagen habe, doch mal vorbeizukommen, wenn er bereit dazu ist. Ich habe ihm gesagt, dass ich ihn nicht unter Druck setze, und ich weiß, dass es vielleicht etwas Zeit braucht, aber die Einladung gilt selbstverständlich für euch beide.«

»Danke, aber wie hat Lucas reagiert?« Sie war überrascht, wie viel die beiden während ihrer Abwesenheit miteinander geredet hatten. Lucas musste sich bei ihm sicher gefühlt haben, denn normalerweise zog er sich völlig zurück, wenn er verärgert war.

»Er hat eine Menge Fragen gestellt, aber nicht viel dazu gesagt, ob er vorbeikommt. Es bleibt abzuwarten, wie er sich entscheidet.«

»Okay.« Dankbar dafür, dass alles gut gelaufen war, schob

sie diese Gedanken beiseite, während sie Weston verließen. »Wohin fahren wir?«

Er drückte ihre Hand. »Das wirst du schon sehen.«

Sie unterhielten sich, während er nach Hope Valley fuhr, und als er auf die Redemption Ranch abbog, durchfuhr sie ein erwartungsvolles Kribbeln. »Willst du mich bei dir zu Hause bekochen und verwöhnen?« Das klang für sie perfekt.

»Nein. Ich habe etwas vor, das noch mehr Spaß machen wird.«

Er parkte vor seinem Haus, und als er ihr aus dem Wagen half, kamen seine Hunde mit wedelnden Schwänzen und heraushängenden Zungen von der Veranda angelaufen, um sie zu begrüßen. Sie streichelten sie und wurden mit feuchten Hundeküssen überschüttet, was Juliette zum Lachen brachte.

Seeley stieß einen Pfiff aus. »Genug.« Sadie und Pickles trotteten brav zu ihm, während Mighty die Schnauze zwischen Juliettes Beine schob. »Hey, das ist *meine* Süße.« Er wies Mighty an den richtigen Platz. »Bitte entschuldige.«

Bei den Worten *Meine Süße* lief ihr ein freudiger Schauder über den Rücken. »Schon okay.«

Seeley holte eine Taschenlampe aus dem Handschuhfach seines Wagens, nahm ihre Hand und führte sie um das Haus herum.

»Wohin genau bringst du mich?«, fragte sie.

»Das siehst du gleich.«

Die Hunde trotteten neben ihnen her, aber Seeley blieb im Garten stehen und streichelte sie erneut. »Ich hab euch lieb, aber diesmal könnt ihr nicht mitkommen.« Er richtete sich auf und sagte mit strenger Stimme: »Veranda«, während er zum Haus zeigte. Die Hunde drehten um und liefen zurück.

»Sehr beeindruckend.«

»Zeig ihnen Liebe und bring ihnen bei, was richtig und falsch ist, dann hören sie meistens. Wie Kinder, schätze ich.«

»Meistens jedenfalls«, stimmte sie zu. »Außer wenn sie wütend sind und in eine gefährliche Schlucht verschwinden.«

»Er ist ein guter Junge«, sagte Seeley, als sie über die Holzbrücke gingen.

Er schaltete die Taschenlampe ein und sie machten sich auf den Weg in den Wald. Seeley schob Äste zur Seite und half ihr über umgestürzte Baumstämme und Felsen, wie er es vor all den Jahren getan hatte, als sie in denselben Wald gegangen waren, um allein zu sein.

»Hier waren wir bei unserem ersten Date«, sagte sie. »Als du mir erzählt hast, wie dein Großvater immer mit euch Zelten gegangen ist und ihr Jungs euch um einen Felsbrocken gejagt und König des Hügels oder Fangen im Mondschein gespielt habt.«

»Da irrst du dich«, widersprach er. »Das ist der Ort, an den ich meine erste und einzige feste Freundin mitgenommen habe.«

Sie lächelte, als er sie um zwei Bäume herumführte, und versuchte zu verarbeiten, was er eben über sie als seine einzige feste Freundin gesagt hatte. Das konnte doch nicht wahr sein, oder?

»Ich wollte ihr unbedingt die wichtigsten Dinge in meinem Leben nahebringen, und erst in dieser Nacht habe ich erfahren, wie behütet sie aufgewachsen war«, fuhr er fort. »Sie hatte noch nie König des Hügels oder Fangen im Mondschein gespielt.«

»In jener Nacht hast du mir diese Spiele beigebracht.« Sie erinnerte sich daran, wie viel Spaß sie gehabt hatten, während sie durch den Wald gerannt waren, wie sie gelacht und sich versteckt hatten, wie sie auf den großen Felsen geklettert waren und wie sie in seinen Armen gelandet war, so wie sie es sich schon so lange gewünscht hatte.

Er richtete den Strahl der Taschenlampe auf den Felsen, auf dem sie gespielt hatten. »Mal sehen, ob du inzwischen besser geworden bist.«

Ihr Herz machte einen Sprung. »Willst du etwa König des Hügels oder Fangen im Mondschein spielen?«

»Der überbehütete Teenager ist direkt Mutter geworden, als du selbst noch ein Kind warst. Die unbeschwerte Zeit, die dir zugestanden hätte, hast du einfach übersprungen.« Er grinste sie an. »Wenn du das Bedürfnis nach Spaß in der Zwischenzeit nicht verloren hast, habe ich genau das mit dir vor. Aber in diesem umwerfenden Kleid sollten wir König des Hügels wahrscheinlich lieber überspringen.«

»Dann eben Fangen im Mondschein«, sagte sie aufgeregt. »Mach die Taschenlampe aus und zähl bis fünfzig. Ich versteck mich.«

Er drehte sich um und fing an zu zählen. Sie quietschte fröhlich und rannte in die Dunkelheit, um sich ein Versteck zu suchen. Dabei rannte sie zwischen Baumgruppen hindurch, umkreiste stachelige Büsche und lief im Zickzack, um ihn mit ihren Geräuschen zu verwirren, während er zählte: »Fünfunddreißig, sechsunddreißig …«

Sie schlich durch die Finsternis, versteckte sich hinter einem Baum neben dem Felsbrocken und hielt den Atem an, als er rief: »Fünfzig!« Schon hörte sie das Rascheln des Laubs, wann immer er sich bewegte, und ihr Herz schlug noch schneller.

»Wo bist du, Juliette?«, rief er.

Sie hielt sich den Mund zu, um nicht laut loszulachen.

»Oh, Juli*ette*«, säuselte er und kam immer näher. »Hier ist dein Romeo.«

Sie huschte auf Zehenspitzen in die andere Richtung, doch ein Zweig knackte unter ihrem Stiefel. Sofort erstarrte sie, kniff die Augen zu, hielt den Atem an und lauschte auf seine Schritte. Sie hörte ihn nicht kommen und wagte einen weiteren Schritt. Sobald ihr Stiefel den Boden berührte, schlang er auch schon einen Arm um ihre Taille. Sie schrie auf, als er sie an sich zog, und sie mussten beide lachen.

Mit einem lauten Quieken drehte sie sich in seinen Armen um. »Ich hab dich gewinnen lassen, Whiskey.«

»Aha.«

»Wirklich! Wer würde denn nicht von einem heißen Cowboy gefangen werden wollen?«

»Das hättest du dir bei *diesem* Cowboy vielleicht besser überlegen sollen«, knurrte er.

»Anscheinend bist du noch genauso besitzergreifend wie früher.«

»Nur bei dir, Liebling.« Sein Mund bedeckte den ihren mit einem Kuss aus Lachen und Lust und allem, was dazwischen lag. Er zog sich zurück und fuhr mit dem Finger über ihr Brustbein bis zu den Knöpfen ihres Kleides. »Sieh dich an, so wunderschön verlockend.«

»Küss mich.«

Er küsste sie inniger, verlangender und ließ die Hände zu ihrem Hintern gleiten, um sie gegen seinen verlockend harten Körper zu pressen. »Oh Gott, Jule«, murmelte er. »Wir müssen damit aufhören, sonst falle ich gleich hier und jetzt über dich her.« Er gab ihr einen zärtlichen Kuss. »Schließe deine hübschen blauen Augen und zähl bis fünfundzwanzig.«

»Nicht bis fünfzig?«

Er lächelte verschmitzt. »So lange brauche ich nicht.« Bei

diesen Worten gab er ihr einen Klaps auf den Hintern und verschwand in der Dunkelheit.

Sie spielten noch ein paar Runden, lachten wie Kinder, wenn sie sich gegenseitig erwischten, und verloren sich zwischendurch in leidenschaftlichen Küssen. Auch jetzt geschah es wieder. Seine Küsse wechselten von drängend und besitzergreifend zu himmlisch langsam und sündhaft sinnlich. Jedes Umgarnen ihrer Zungen jagte eine Hitzewoge durch sie hindurch und ließ sie stöhnen. Er gab das erotischste gutturale Geräusch von sich, das sie je gehört hatte.

»Ich versuche wirklich, ein Gentleman zu sein, aber in diesem Kleid und mit diesen Geräuschen bringst du mich um den Verstand, Peaches.«

»Vielleicht will ich ja gar nicht, dass du dich wie ein Gentleman verhältst.«

»Ach nein?« Er fuhr mit dem Daumen über ihre Unterlippe. »Weißt du eigentlich, wie viele Nächte ich davon geträumt habe, diesen sexy Mund zu küssen?« Ihr Puls beschleunigte sich, und ihr Atem ging schneller, während er die Rundung ihrer Brüste küsste. »Und diese schönen Brüste?«

Wie eine Süchtige lechzte sie nach seinem Dirty Talk und keuchte: »Verrat es mir.«

»Es waren viel zu viele Nächte, in denen ich mein bestes Stück in der Hand hatte und davon geträumt habe, dich zu küssen.« Er drückte ihr einen federleichten Kuss auf die Lippen, während er die obersten Knöpfe ihres Kleides öffnete und mit dem Finger zwischen ihre Brüste fuhr. »Dich zu berühren.« Er hakte den Verschluss ihres BHs auf, schob ein Körbchen beiseite und umfing ihre Brust, um mit dem Daumen die Brustwarze zu liebkosen. »Dich zu schmecken.« Er senkte den Kopf und saugte an ihrer Brustwarze.

»Oh Gott …«

Er neckte sie mit den Zähnen und der Zunge. Ein verzweifeltes Wimmern drang aus ihrer Kehle, und er küsste sie so leidenschaftlich, dass die Begierde wellenartig durch sie hindurchtoste. Sie berührten einander voller Verlangen und Juliette stellte sich auf die Zehenspitzen und vertiefte den Kuss. Seine Hand schlängelte sich unter ihr Kleid und in ihr Höschen. »Verdammt, Baby. Du bist schon so feucht. Offensichtlich hast du mich auch vermisst.«

Er drang mit den Fingern in sie ein und fand zielsicher genau die Stelle, die sie zum Aufschreien brachte. Mit einem verführerisch fordernden Kuss brachte er sie zum Schweigen, während er sie mit geschickten Fingern streichelte und mit dem Daumen dort liebkoste, wo sie es am meisten brauchte, um sie bis an den Rand der Ekstase zu bringen. Sie klammerte sich an ihn und jagte dem Höhepunkt hinterher, bis er sich unverhofft von ihr löste, die Zähne in ihrem Hals versenkte und so fest saugte, dass sie den Gipfel der Lust mit einem lauten Schrei erreichte. Er küsste sie gierig und dämpfte so ihre Schreie, während sie sich ganz und gar ihrem Orgasmus hingab. Als sie langsam wieder zu Atem kam, ließ er sie gleich ein weiteres Mal kommen und küsste sie, bis sie schlaff in seinen Armen lag und nach Atem rang.

Er rieb ihr mit den Bartstoppeln über die Wange und sie griff nach dem Knopf seiner Jeans. Aber dann legte er eine Hand auf ihre und hielt sie auf. »Noch nicht, Liebling. Ich habe versprochen, dich zu verwöhnen, und ich halte mein Wort.«

Sie konnte ihn nur anstarren, während er ihren BH richtete und ihr Kleid zuknöpfte, und ließ es nur zu gern geschehen.

Er legte ihr einen Finger unters Kinn, hob ihren Kopf an

und küsste sie. »Fangen im Mondschein ist gerade zu meinem Lieblingsspiel geworden.«

»Zu meinem auch.«

Er nahm ihre Hand und schaltete die Taschenlampe wieder ein. »Lass uns gehen, meine Schöne. Ich habe eine Überraschung für dich.«

Achtzehn

»Erinnerst du dich an die Freundin, von der ich dir erzählt habe?«, fragte Doc, während er Juliette durch den Wald führte.

Ihr Magen zog sich zusammen. »Welche Freundin?«

»Meine behütete erste und einzige feste Freundin.«

Vor Erleichterung musste sie lächeln. »Ja.«

»Die Spiele, die ich ihr beigebracht habe, waren nicht ihre einzigen ersten Male in diesem Wald. Sie hatte noch nie Steine übers Wasser springen lassen, daher bin ich mit ihr hierher an den See gegangen, wo ich mit meinen Brüdern und Schwestern herumgetollt habe, und habe ihr gezeigt, wie das geht. Sie war so süß, als es ihr nicht gelingen wollte und dann so frustriert, dass sie mit dem Fuß aufgestampft hat.«

»Das war schwierig!«, protestierte sie und freute sich, dass er sich daran erinnerte. Dann beschloss sie, bei seiner Erzählung mitzuspielen. »Jedenfalls habe ich das gehört.«

Er zog sie lachend in die Arme und küsste sie. »Das ist eine meiner schönsten Erinnerungen.«

Als der See in Sicht kam, entdeckte sie erstaunt eine rot-weiße Kühlbox auf einer Decke ein paar Meter vom Ufer entfernt, genau wie in jener Nacht in ihrer Teenagerzeit, in der er sie damit überrascht hatte.

»*Seeley*.« Sie drehte sich zu ihm um und ihr stockte der Atem. Er hielt einen Strauß frisch gepflückter Wildblumen in der Hand, genau wie an jenem warmen Sommerabend vor so langer Zeit. Seine dunklen Augen wirkten zärtlich und ebenso hoffnungsvoll wie ihr Herz. Doch es war dieser ganze besondere Abend und das, was er für sie getan hatte, das sie so emotional werden ließ. Ihre Stimme war kaum mehr als ein Flüstern. »Du hast unser erstes Date nachgestellt.«

»Das hatte ich jedenfalls vor, doch es kamen ein paar ungeplante Aktivitäten dazwischen.«

Sie lachte leise. »Das war meine Schuld, nicht wahr?«

»*Unsere*, Liebling. So echt und ehrlich wie immer.« Er reichte ihr die Wildblumen und küsste sie. »Ich weiß, dass ich dir ein Essen versprochen habe, und du siehst so hübsch aus, dass du sicher erwartet hast, ich würde dich in ein schönes Restaurant ausführen. Aber ich wollte nicht in einem Raum voller Fremder sitzen und Small Talk machen, während du dir Sorgen machst, einer von Lucas' Freunden oder ihre Eltern könnten uns sehen und ihm erzählen, dass wir Händchen gehalten oder uns geküsst haben. Zwar habe ich ihm erzählt, dass wir ausgehen, aber ich wollte dennoch kein Risiko eingehen.«

»Du hast es Lucas erzählt? Ich dachte, das bliebe unter uns.«

»Ich weiß, Liebling, aber er hat gehört, wie ich gesagt habe, dass wir uns später sehen, und als wir in den Wagen gestiegen sind, hat er danach gefragt. Es hat sich nicht richtig angefühlt, ihn anzulügen. Hätte ich das tun sollen?«

»Woher« soll ich das wissen? Für mich ist das alles ebenfalls vollkommen neu.« Der Seeley, in den sie sich vor Jahren verliebt hatte, war immer schmerzhaft ehrlich gewesen, und sie schätzte es, dass er ihren Sohn genug respektierte, um auch ihm gegenüber ehrlich zu sein, aber sie hatte keine Ahnung, ob Lucas genauso denken würde. »Was hat er gesagt?«

»Ich habe ihn gefragt, ob es in Ordnung ist, und er sagte, ich solle mich benehmen, so wie ich es ihm auch bei Layla geraten hatte. Außerdem habe ich noch mal betont, dass er um Viertel nach elf aufbruchbereit sein soll, wenn er jemals wieder ans Steuer meines Wagens will.«

»Ich weiß nicht, ob ich schockiert oder erleichtert sein soll, weil er damit einverstanden war, dass wir zusammen zu Abend essen. Aber ich bin angenehm überrascht, dass du von ihm verlangt hast, sich zu benehmen, und mich auch in Bezug auf die Abholzeit unterstützt.«

»Ich werde dich immer unterstützen.« Er drückte ihre Hand. »Lass uns einfach erleichtert sein, dass Lucas uns sein Okay gegeben hat. Ich will keine Falschheit in unserem Leben und habe dich hierhergebracht, weil ich die echte Version von dir kennenlernen wollte, nicht irgendeine gestellte. Ich wollte einfach eine Gelegenheit schaffen, bei der wir uns nicht verstellen müssen, sondern reden, uns küssen oder einfach nur zusammensitzen, ohne uns Gedanken machen zu müssen, wer uns vielleicht beobachtet.«

Juliette dachte daran zurück, wie nervös sie gewesen war, als er sie heute Abend abgeholt hatte, und wie diese Nervosität beim Eintreffen auf der Ranch schlagartig verflogen war. Sie wusste nicht, ob er recht hatte, und sie hatte sich Sorgen gemacht, dass Lucas vielleicht etwas hören könnte, das ihn verletzen würde, aber das spielte keine Rolle mehr. Allein die Tatsache, dass er das alles in seine Überlegungen miteinbezogen hatte, bedeutete ihr alles.

»Ich bin froh, dass wir hier sind. Es ist absolut perfekt.«

»Wenn du siehst, was ich zum Abendessen mitgebracht habe, siehst du das vielleicht anders. Ich wollte lieber nichts Warmes hier draußen lange stehen lassen, darum habe ich Sandwiches, Käse und Cracker, Obst und Wein mitgebracht.«

»Ich finde immer noch, dass es perfekt ist. Es gefällt mir sehr, dass du dir das alles überlegt hast, und ich finde die Gründe toll, aus denen wir hier sind.«

Er atmete erleichtert aus und zog sie in seine Arme. »Gut. Ich hoffe, wenn sich alles etwas beruhigt hat, werden du und Lucas erkennen, wie gut wir alle zusammenpassen, und dann haben wir noch viele Jahre voller Wein und leckerem Essen vor uns.«

»Wir sind wirklich schlecht darin, die Dinge langsam anzugehen. Ich kann kaum glauben, dass ich das nach nur einer Woche schon sage, aber ich hoffe das ebenfalls sehr.«

Sie setzten sich ans Wasser, aßen zu Abend, tranken Wein und unterhielten sich.

»Du weißt schon, dass Lucas und seine Freunde wahrscheinlich gerade Flaschendrehen spielen oder was auch immer Kinder heutzutage so treiben.« Er biss in sein Sandwich.

»Ich weiß. Erinnere mich bloß nicht daran. Er wird so schnell erwachsen und das alles hier wird das noch beschleunigen.«

»Er kriegt das hin. Aber lass uns den Abend nicht damit verbringen, uns Sorgen über die Zukunft zu machen. Wir werden alles, was kommt, so gut und ehrlich wie möglich meistern. Aber heute Abend will ich wissen, was du all die Jahre gemacht hast und wie zum Teufel es sein kann, dass du immer noch Single bist.« Er lehnte sich an ihre Schulter. »Und erzähl mir jetzt nicht, du warst zu beschäftigt zum Daten. Das mag gestimmt haben, als Lucas noch klein war, aber im Laufe der Jahre hattest du bestimmt genug Auswahl. Gab es jemanden Besonderen in deinem Leben?«

Sie schluckte den Bissen ihres Sandwichs hinunter. »Ich war wirklich mit der Erziehung unseres Sohnes beschäftigt und in Kalifornien hatte ich auch noch meine Tierarztpraxis. Aber ich habe mich schon hier und da verabredet, und es gab ein paar Männer, bei denen ich dachte, daraus könnte sich etwas Ernsthaftes entwickeln.«

»Und warum wurde nichts daraus?«

Sie zuckte mit den Achseln. »Das Leben kam dazwischen, oder sie wollten etwas, das ich ihnen nicht geben konnte.«

»Was denn zum Beispiel?«

»Einer von ihnen wollte irgendwann ins Ausland ziehen, doch das möchte ich nun mal nicht. Ich war schon immer ein Kleinstadtmädchen. Dort fühle ich mich am wohlsten, und die Vorstellung, mit Lucas in ein fremdes Land zu ziehen, hat mich überhaupt nicht gereizt.«

»Ich bin sehr froh, dass du das nicht getan hast. Was ist mit den anderen?«

»Es gab nur einen, mit dem ich eine ernsthaftere Beziehung in Erwägung gezogen hätte, aber er wollte mehr Kinder, und die konnte ich nicht bekommen.«

»Das muss schwer gewesen sein. Ich verstehe, wenn du nicht darüber reden willst, aber als du erfahren hast, dass du keine Kinder bekommen kannst, habt ihr da nicht über eine künstliche Befruchtung nachgedacht oder eine Leihmutter oder Adoption?«

»Die kurze Antwort lautet Nein. Josh wollte ein eigenes Kind zeugen, daher kam eine Adoption nicht infrage, und die Vorstellung einer Leihmutter gefiel ihm auch nicht. Wir waren so jung, deshalb habe ich eine künstliche Befruchtung nie in

Betracht gezogen oder irgendwelche Untersuchungen durchführen lassen, um herauszufinden, warum wir nicht schwanger werden konnten. Aber ehrlich gesagt war ein Baby für ihn der letzte Versuch, unsere Scheinehe zu retten. Ich hätte das für ihn getan, wenn ich gekonnt hätte, weil er für Lucas da war, als ich ihn gebraucht habe, aber ich war nicht glücklich, und wir wussten beide, dass es nicht richtig wäre, so etwas zu erzwingen.«

»Was ist mit dem anderen Mann? Hast du ihn geliebt? Hättest du es nicht mit ihm versuchen können?«

»So weit waren wir noch nicht, und mit ihm zusammen zu sein, wäre schön und angenehm gewesen, aber es war nicht so wie bei uns. Ich habe noch mit keinem anderen eine derart magische Chemie gespürt wie mit dir. Damit hast du mich für andere Männer gewissermaßen verdorben.«

Er grinste breit. »Das tut mir überhaupt nicht leid.«

»Mir jetzt auch nicht mehr.«

»Was ist mit Lucas? Wie ist er damit umgegangen, dass du diese Männer getroffen hast und die Beziehungen zu Ende gegangen sind?«

»Er hat sie nie kennengelernt. Schließlich hatte er ja schon Josh verloren. Ich konnte nicht riskieren, dass er sich an jemanden gewöhnt, und wollte ihm niemanden vorstellen, bei dem ich mir nicht hundertprozentig sicher war, dass ich ihn in unserem Leben haben will.« Sie nippte an ihrem Wein und überlegte, ob sie die Frage stellen sollte, die ihr schon die ganze Zeit auf der Zunge lag. Aber wenn es je einen Moment gab, in dem sie ehrlich sein musste, dann dieser. »Bevor ich mich noch mehr in dich verliebe, muss ich dich etwas fragen.«

»Alles, Liebling.«

»Hast du die Fragen über die künstliche Befruchtung und

die anderen Alternativen gestellt, weil du dir mehr Kinder wünschst?«

»Das war nicht der Grund, aus dem ich gefragt habe. Ich wollte verstehen, was du durchgemacht hast. Aber ob ich gerne noch mehr Kinder mit dir großziehen würde? Baby, ich würde mit dir nur zu gern ein ganzes Haus voller Kinder großziehen, so wie wir es uns immer erträumt haben, egal, ob sie biologisch von uns sind oder nicht. Aber das ist für mich kein Muss. Ich bin unglaublich glücklich, dich und Lucas in meinem Leben zu haben. Ich brauche nichts anderes, um glücklich zu sein.« Er beugte sich vor und küsste sie. »Also fühl dich nicht daran gehindert, dich noch mehr in mich zu verlieben. Verlieb dich ruhig Hals über Kopf. Sag mir gern Bescheid, wenn ich dir irgendwie dabei helfen kann.«

Sie musste lachen. »Als hätte ich jemals die geringste Chance gehabt, mich nicht in dich zu verlieben.«

Er küsste sie erneut. »Welche Fragen schwirren noch in deinem schönen Kopf herum?«

»Hm.« Sie tat so, als müsste sie überlegen, aber in Wirklichkeit wusste sie längst, was sie wissen wollte. »Gab es außer mir jemals jemand Besonderen in deinem Leben?«

»Nein.« Er leerte sein Weinglas und stellte es weg, wobei seine Kiefermuskeln zuckten.

Sie steckte sich eine Weintraube in den Mund und wartete darauf, dass er mehr sagte. Als er das nicht tat, fragte sie: »Warum nicht?«

»Meine Familie würde dir erzählen, dass ich niemanden nah genug an mich herangelassen habe, damit es überhaupt dazu kommen konnte, und das ist sogar die Wahrheit. Dich zu verlieren, hat höllisch wehgetan. Das wollte ich nie wieder durchmachen müssen. Aber ich glaube, das war nicht alles.

Denn wenn alles passt – Chemie, Freundschaft, Werte, Zukunftsträume –, dann fügt sich alles wie von selbst, und wir haben keine Kontrolle mehr darüber. Wir beide sind der beste Beweis dafür. Es hat nur die Wahrheit gebraucht, um all diese Gefühle bei uns beiden wieder hervorzuholen, und ich weiß nicht, wie es dir geht, aber ich könnte sie nicht ignorieren, selbst wenn ich es versuchen würde.«

»Ich glaube, wir wissen beide, dass ich mich bei dir nicht zurückhalten kann.«

»Das gefällt mir an dir.« Er legte ihr eine Hand aufs Bein und küsste sie.

»Du hattest also wirklich nie eine langfristige Beziehung? Nicht einmal auf dem College?«

»Nein. Meine Brüder sagen immer, ich wäre wie ein Langzeitmotel.«

»Das ist ja furchtbar.«

Er lachte leise. »Ja, aber es ist auch korrekt. Allerdings war ich in dieser Beziehung immer offen und ehrlich. Ich sage den Frauen von vornherein, dass ich keine Gefühle für sie entwickeln werde, und ich behandle sie gut.«

Sie war neugierig auf sein Liebesleben und neckte ihn, um ihm mehr zu entlocken. »Dann hast du alle Singlefrauen der Stadt ausgeführt?«

»Nicht alle, aber Abendessen und Drinks gehören nun mal zu einem Date dazu. Ich nehme keine Frauen mit auf die Ranch oder mit nach Hause, und ich gehe auch nicht mit ihnen ins Roadhouse, wo wir den anderen begegnen könnten. Diesen Teil meines Privatlebens trenne ich strikt von meinem Familien- und Clubleben.«

»Das überrascht mich. Deine Familie und der Club waren doch immer ein so großer Teil von dir.«

»Das sind sie noch immer. Deshalb schütze ich sie ja. Es gab Frauen, die dachten, sie könnten mir näherkommen, und die wurden dann anhänglich. Ich brauche keine, die plötzlich auf der Ranch oder im Roadhouse auftaucht und eine Szene macht.«

»Ups«, murmelte sie, als sie sich an die Szene erinnerte, die sie hingelegt hatte, und sie mussten beide lachen.

Er drückte ihr Bein. »Du bist die Ausnahme von all meinen Regeln, Peaches.«

Sie aßen weiter und setzten die Unterhaltung über ihr Leben fort. Seeley erzählte ihr, wie die Ranch gewachsen war und wie sie die Tierklinik erweitert hatten, um bessere Operations- und Aufwachräume einzurichten. Er erzählte von seiner Familie, von den verrückten Sachen, die er und seine Geschwister gemacht hatten, und davon, wie sie sich im Laufe der Jahre gegenseitig unterstützt hatten. Sie hatte sich immer Geschwister gewünscht, jemanden, auf den sie sich verlassen konnte, und als sie diese Geschichten hörte, wünschte sie sich, Lucas hätte einen Bruder oder eine Schwester.

Juliette erzählte weitere Geschichten über Lucas, und sie sprachen über ihre Tierarztpraxis in Kalifornien und die Ranch, auf der sie und Lucas gelebt hatten. Sie erinnerten sich an Juliettes Großmutter und die Zeit, die sie als Teenager mit ihr verbracht hatten, und sprachen über hundert andere Dinge, lachten viel, redeten über ihre Sorgen und gönnten sich viele köstliche Küsse.

Jetzt waren sie in einem dieser Küsse versunken, saßen im Mondlicht und füllten die Lücken hinsichtlich all der Jahre und der Liebe, die ihnen gefehlt hatten. Es fühlte sich genauso leicht und richtig an wie bei ihrem allerersten Date. Er hatte diesen wunderschönen Abend nur für sie nachgestellt und sie wollte einen ihrer Lieblingsteile nur für ihn wiederholen. »Ich brauche einen Moment«, flüsterte sie und löste sich aus seinen Armen. Sie zog sich die Stiefel und Socken aus, was ihr ein neugierig-verführerisches Grinsen einbrachte.

»Was machst du da, Liebling?«

»Ich lasse eine andere Erinnerung, die ich sehr mag, wieder aufleben.« Sie richtete sich auf und machte sich daran, ihr Kleid aufzuknöpfen.

Ein wölfisches Grinsen umspielte seine Lippen.

Sie hatte noch nie jemanden gesehen, der sich so schnell auszog. Sobald das letzte Kleidungsstück den Boden berührte, hob er sie hoch und rannte mit ihr ins Wasser, wobei sie beide laut lachten. Sie quietschte auf, als das kalte Wasser ihre Haut berührte, und schlang die Beine um ihn, während er sie tiefer ins Wasser trug. »In meiner Erinnerung war das Wasser damals nicht so kalt!«

»Ich werde dich aufwärmen.«

Fordernd presste er den Mund auf ihren und ihre nassen Körper rieben sich aneinander. Rasch glaubte sie, in Flammen zu stehen. Seine Härte drückte sich verlockend gegen sie, und er hob sie hoch, richtete ihre Körper aus und ließ sie auf seine pralle Erektion sinken, die sie so vollständig ausfüllte, dass Funken von ihrem Inneren bis zu ihren Fingerspitzen und Zehen schossen.

Sie verschlangen einander, gaben sich ihrer Leidenschaft hin, liebten sich in einem frenetischen Rhythmus, als gäbe es kein Morgen. Er vergrub eine Hand in ihrem Haar, löste einen erotischen Stich aus Schmerz und Lust in ihrem Inneren aus, und ihre Gedanken zerstoben in alle Richtungen. Als sie aufstöhnte, stieß er noch härter zu, tiefer, so perfekt, dass jeder Stoß sie den Gipfel der Lust weiter erklimmen ließ. »Seeley«, keuchte sie und wollte noch so viel mehr sagen, aber er raubte ihr den Atem.

»Ich weiß«, presste er hervor. »Wir sind verdammt perfekt zusammen. Das waren wir schon immer.«

Ihre Fingernägel gruben sich in seine Schultern und ein tiefes, sexy Knurren kam aus seiner Kehle. Ihre hungrigen Laute hallten durch die Dunkelheit und bei jeder ihrer Bewegungen spritzte das Wasser.

Er packte ihren Hintern mit beiden Händen und hielt ihn so fest, dass bestimmt Spuren zurückblieben, worauf sie sogar hoffte. Sie wollte seine Handabdrücke auch morgen noch auf ihrer Haut sehen, um zu wissen, dass dies real war und kein Traum. *Gott*, sie hatte das vermisst, *sie beide*, ihre ungezügelte, ursprüngliche Verbindung. Es schien unfassbar, dass sie so viele Jahre ohne ihn verbracht hatte, wo sie doch bei jedem Moment, den er in ihr war, mehr das Gefühl bekam, sie bräuchte ihn zum Atmen.

»Sieh mich an«, verlangte er gepresst, und in seinen Augen loderte ein urtümlicher Hunger. »Sag mir, dass du *mir* gehörst. Alles andere wird sich finden. Sag mir nur, dass du mir gehörst.«

Oh, ihr Herz! »Ich gehöre dir, Seeley. Ich habe dir immer gehört.«

Erneut zog er ihren Mund auf seinen, küsste sie so leidenschaftlich, stieß sich so köstlich in sie hinein, dass sie in Ekstase aufging. Ihre Schreie und seine Flüche flogen wie Donner von ihren Lippen, ihre Orgasmen schienen kein Ende zu nehmen. Sie klammerte sich an ihn, während sie sich weiter bewegten und einander stöhnend küssten, und wünschte sich, für immer in seinen Armen bleiben zu können.

Als sie langsam aus ihrem Rausch zurückkehrten und versuchten, wieder zu Atem zu kommen, schwebte sie auf einer Wolke des Glücks. Sie genoss es, seine starken Arme um sich zu spüren, dass ihre Körper so innig miteinander verbunden waren, und legte ihre Stirn an seine. Er murmelte: »*Jule. Meine Jule.*«

Er klang heiser und sie sah ihm in die Augen. Die Emotionen darin ließen ihr den Atem stocken.

»Es gab immer nur dich, Peaches. Du bist der einzige Mensch, der mich jemals in Stücke reißen oder in einem Atemzug heilen konnte. Ohne dich war die Welt kalt und grau. Du bist mein Licht, mein gottverdammtes Herz, und ich gehöre ganz und gar dir.«

Sie brach in Tränen aus und öffnete den Mund, um etwas zu erwidern, doch die Liebe wirbelte wie ein Sandsturm durch sie hindurch und raubte ihr die Worte. Es brauchte auch keine Worte, denn als ihr Herz überlief, küsste er sie wieder, langsam und tief, zog all diese Liebe an die Oberfläche, und sie zeigte ihm besser, als es Worte je könnten, was sie empfand.

Nach zwei weiteren atemberaubenden Orgasmen und Dutzenden herrlicher Küsse trocknete Seeley sie mit der Decke ab, genau wie er es vor all den Jahren getan hatte. Nur waren sie dieses Mal keine albernen Teenager mehr. Zwischen ihnen lagen Jahre voller Herzschmerz und eine Welt voller offener Fragen, was seine fürsorgliche Berührung noch intimer und bedeutungsvoller machte.

Juliette fühlte sich wie im Rausch, als sie sich anzogen und Hand in Hand den Wald verließen. Sie nahm den Wildblumenstrauß mit, den er für sie gepflückt hatte, und er trug die Kühlbox und die Decke, während ihnen das Mondlicht den Weg wies.

Sie schwebte noch immer auf Wolke sieben, als die Hunde sie vor Seeleys Haus begrüßten. Nachdem sie sie gründlich gestreichelt hatten, trotteten die Hunde neben ihnen her.

»Ich weiß, dass du Lucas abholen musst, aber wenn du eine Minute Zeit hast, möchte ich dir gern etwas zeigen.«

»Okay.« Sie betraten sein Haus durch die Hintertür, und sie hatte das Gefühl, es zum ersten Mal zu sehen. Bei ihrem letzten Besuch dort war sie so gestresst gewesen, dass ihr gar nicht aufgefallen war, wie warm und einladend es wirkte. »Dein Zuhause ist wirklich wunderschön. Stein und Holz sorgen für eine wunderbare Atmosphäre. Aber ich war offen gesagt schon ein bisschen enttäuscht, dass du die alte Hütte abgerissen hast. Nicht, dass ich es dir nach allem, was passiert ist, verdenken könnte.«

»Es war eine schwierige Zeit.« Er führte sie ins Schlafzimmer, wo Kerzen bereitstanden und überall mit Wildblumen gefüllte Blechdosen aufgestellt waren.

Ein ungläubiges und verliebtes »Seeley« kam ihr über die Lippen.

»Ich hatte das Gefühl, dass wir vielleicht hier landen würden. Versteh das bitte nicht falsch. Ich will die Teenager nicht zurück, die wir mal waren, aber dich in dieser alten Hütte zu lieben, auf dem Boden zu liegen und Pläne zu schmieden und einfach nur …« Er räusperte sich. »Das sind einige meiner schönsten Erinnerungen. Ich dachte, es wäre schön, das wieder aufleben zu lassen, wenn ich dir das hier zeige.« Er zog den Teppich vor dem Bett zurück und legte die abgenutzten, zerkratzten Dielen frei, in denen das Herz und ihre Initialen prangten, die er damals hineingeritzt hatte.

Sie wollte ihren Augen kaum trauen. »Ist das …?«

»Das ist der Originalboden der alten Hütte. Den Rest habe ich renoviert, aber ich konnte mich nicht dazu durchringen, ihn rauszureißen. Trotz all der Wut, dem Mist mit deinem Vater und deiner Ehe und allen Anzeichen, die mir zu verstehen gaben, dass du mich nur benutzt hättest, konnte ein Teil von mir das einfach nicht akzeptieren. Das, was wir hatten, fühlte sich zu groß an, als dass du dich einfach abwenden könntest. Es fühlte sich *unfertig* an und ich konnte es einfach nicht.«

Tränen brannten in ihren Augen, ihre Stimme brach. »Du warst so wütend, als du mich im Krankenhaus gesehen hast. Ich kann nicht glauben, dass du irgendetwas aufbewahrt hast, was dich an uns erinnert. Ich dachte, du würdest mich hassen.«

Schmerz stieg in seinen Augen auf. »In jenem Moment war das vielleicht sogar so.«

Das tat weh, auch wenn es gerechtfertigt war. Sie hatte anfangs genauso empfunden, hatte gedacht, er hätte sie verlassen, obwohl er von der Schwangerschaft wusste.

»Als wir uns neulich begegnet sind, befanden sich mein Kopf und mein Herz seit sechzehn Jahren im Krieg. Ich hatte den Schmerz und die Sehnsucht, die Wut und die Verwirrung verdammt gut unterdrückt, aber als ich dich gesehen habe, sprudelte alles aus mir heraus. Meine Gefühle sind übergekocht, wie ein Vulkan, und ich musste weg von dir, um nicht durchzudrehen. Es tut mir leid, was ich da zu dir gesagt habe.«

Sie schüttelte den Kopf und trat näher an ihn heran. »Ist schon gut.« Bei diesen Worten schlang sie die Arme um seinen Hals. »Das liegt jetzt hinter uns. Es tut mir leid, dass du so leiden musstest, aber ich bin sehr froh, dass du uns nicht vergessen hast.«

»Ich könnte uns genauso wenig vergessen wie mit dir ab-schließen.«

Ihr Herz drohte zu zerspringen, als er sie in die Arme schloss und diese Worte mit einem langen, sinnlichen Kuss besiegelte.

Am Dienstagmorgen saßen Doc und Juliette in Boulder vor dem Café in seinem Wagen und beobachteten Ana, eine pummelige Frau mit olivfarbener Haut und schulterlangem dunklen Haar. Sie hatte das Café vor fast zwanzig Minuten allein betreten, trug einen schicken schwarzen Rock und eine cremefarbene Bluse und saß draußen an einem Zweiertisch. Jede Minute fühlte sich wie eine Stunde an, was die angespannte Situation noch unerträglicher machte. Doc war es gewohnt, Menschen zu observieren und Mistkerle zu konfrontieren. Er hatte das mit dem Club schon öfter gemacht, als er zählen konnte. Aber obwohl er seine Rache an Juliettes Vater kaum erwarten konnte, machte er sich auch große Sorgen um Juliette. Sie hatte einen schwierigen Vormittag gehabt.

Als sie Lucas gesagt hatte, wohin sie fuhren, hatte er unbedingt mitkommen wollen, um seinen Großvater zur Rede zu stellen, falls dieser auftauchen sollte. Sie hatte ihm gesagt, dass er das eines Tages vielleicht tun könne, aber dass sie zuerst herausfinden müssten, was wirklich passiert war. Doc wusste, dass das für beide kein leichtes Gespräch gewesen sein konnte. Jetzt war sie so angespannt, dass sie jedes Mal den Atem anhielt, wenn jemand das Café betrat. Er machte sich Sorgen, sie könnte gar zusammenbrechen, falls ihr Vater tatsächlich auftauchte, um Ana zu treffen.

Er warf einen Blick auf seine blauäugige Schönheit und war unendlich dankbar dafür, dass sie mit Lucas wieder in sein Leben zurückgekehrt war. Aber als er ihre zusammengezogenen Brauen sah, und wie sie aus dem Fenster starrte, die Hände fest zu Fäusten geballt, schnürte es ihm den Brustkorb zu. Er hätte darauf bestehen sollen, dies allein zu regeln.

Langsam streckte er eine Hand aus, löste ihre Finger und verschränkte sie mit seinen. »Du musst das nicht tun.«

Sie drehte ruckartig den Kopf. »Doch, das muss ich. Ich will Antworten.«

»Das weiß ich doch.« Er drückte ihre Hand. »Aber ich sehe, wie schwer das für dich ist. Wir können wieder gehen und ich besorge uns die Antworten an einem anderen Tag.«

»Es geht mir gut.«

Er musterte sie skeptisch.

»Okay, okay«, lenkte sie ein. »Vielleicht geht es mir nicht gut, aber ich muss das tun. Wenn mein Vater auftaucht, möchte ich den beiden in die Augen sehen und sie für ihre Taten zur Rechenschaft ziehen.«

Er drückte ihr einen Kuss auf den Handrücken. »Ich bewundere deine Stärke, Liebling. Es wird nicht einfach werden.«

»Es wird viel einfacher als das, was sie mir angetan haben.«

Er konnte nur hoffen, dass sie damit recht hatte.

Als sie ihre Aufmerksamkeit wieder auf Ana richteten, stand die Kellnerin an ihrem Tisch. Ana schaute auf die Uhr und sagte etwas. Die Kellnerin nickte, und als sie wegging, griff Ana nach ihrer Handtasche, kramte darin herum und holte ihr Handy heraus. Sie schrieb eine Nachricht, legte das Telefon auf den Tisch und trank einen Schluck von ihrem Getränk. Als sie das Glas absetzte, hob sie das Handy hoch und hielt es an ihr Ohr, um dann lächelnd etwas zu sagen. Allerdings verblasste ihr Lächeln rasch und ihre Schultern sackten herab.

»Oh-oh«, murmelte Juliette.

Ana schirmte ihr Gesicht vor den anderen Gästen ab, blickte zum Parkplatz hinaus und bot Doc und Juliette so einen Logenplatz für das, was wie eine hitzige Diskussion aussah. Sie beendete das Gespräch und stopfte ihr Handy in ihre Tasche.

»Jemand hat sie verärgert«, erkannte Juliette, während Ana die Schultern straffte und die Kellnerin heranwinkte.

Sie sahen ihr beim Bezahlen zu, und als sie aufstand und sich zum Gehen wandte, meinte Doc: »Sieht aus, als wäre sie versetzt worden.«

»Gut. Dann können wir früher mit ihr reden.« Juliette wollte schon die Wagentür öffnen.

Doc packte ihren Arm. »Nicht hier. Da dein Vater nicht aufgetaucht ist, gehen wir zu Plan B über, wie wir es besprochen haben.« Plan B bestand darin, Ana zu folgen, bis sie allein mit ihr reden konnten. »Wenn du sie in der Öffentlichkeit konfrontierst, wirst du nichts aus ihr herausbekommen. Dadurch erreichen wir nur, dass dein Vater erfährt, was wir vorhaben.«

Mit einem Seufzer ließ sie sich in den Sitz zurücksinken. »Okay. Dann folgen wir ihr.«

Doc hielt Abstand, als sie Anas Auto vom Café zur Bank, zur Tankstelle, zu einem Geschenkeladen und schließlich in ihr Viertel folgten. Sie parkten am Ende der Straße und warteten, bis sie ins Haus gegangen war.

»Sollen wir unseren Plan noch einmal durchgehen?«, fragte Doc.

Sie schüttelte den Kopf. »Das macht mich nur noch nervöser. Bist du dir hundertprozentig sicher, dass ihr Bruder im Gefängnis saß, als ich dir diese Briefe geschrieben habe?«

»Ja. Den Berichten zufolge saß er zu der Zeit wegen Drogenbesitzes ein Jahr hinter Gittern.«

Sie kniff entschlossen die Augen zusammen. »Dann bin ich so bereit, wie ich es nur sein kann.«

Doc stieg aus und kam um den Wagen herum, doch sie stand längst auf dem Bürgersteig. Er nahm ihre Hand und sie machten sich auf den Weg zu dem großzügigen Backsteinhaus im Kolonialstil.

»Das sieht aus wie eine kleinere Version vom Haus meines Vaters«, sagte Juliette verächtlich, als sie die Stufen zur Veranda hinaufstiegen. Sie holte tief Luft und klingelte.

Ana öffnete die Tür und ihr freundliches Lächeln erstarb. Fassungslos starrte sie ihre Besucher an. »Juliette.«

»Hallo, Ana«, begrüßte Juliette sie mit einem Hauch von Wehmut in der Stimme.

Doc war nicht überrascht, dass man ihr ihre Gefühle anhören konnte.

»Es ist …« Anas Blick wanderte neugierig zwischen ihm und Juliette hin und her. »Es ist so schön, dich zu sehen, Liebes.« Sie umarmte Juliette. »Ich hatte ja keine Ahnung, dass du in der Stadt bist.«

Doc fragte sich, ob Ana spürte, wie sich Juliette verspannte, oder ob es an seiner engen Verbindung zu Juliette lag, dass er ihre Stimmungen derart deutlich wahrnahm. Als sich Juliette aus der Umarmung löste, reichte er Ana die Hand und nannte absichtlich seinen richtigen Namen, um ihre Reaktion zu sehen. »Hallo. Ich bin Seeley Whiskey.«

Ana blinzelte mehrmals, bevor sie ihm mit verschwitzter Hand die seine schüttelte. »Seeley. Schön, dich kennenzulernen.«

Er nickte knapp.

»Ich hatte gehofft, wir könnten kurz reinkommen und uns unterhalten«, sagte Juliette.

So ist's richtig, Baby. Sei nett, bevor du zum Angriff übergehst.

»Ja, natürlich. Meine Güte, es ist so lange her.« Ana führte sie in ein edles Wohnzimmer mit teuren Möbeln. Auf einem Beistelltisch und auf dem Kaminsims standen mehrere gerahmte Fotos von Ana und einem Jungen in verschiedenen Altersstufen, vermutlich ihrem Sohn. »Kann ich euch etwas zu trinken anbieten?«

»Nein danke«, erwiderte Juliette. »Wir können nicht lange bleiben.«

Ana blieb vor einem Zweisitzer stehen und zeigte auf die andere Couch. »Bitte, setzt euch doch.«

Beim Hinsetzen nahm Doc eines der Fotos in die Hand. »Ist das Ihr Sohn?«

»Ja.« Sie faltete die Hände im Schoß. »Das ist mein Rolando.«

»Ein hübscher Junge.« Doc stellte das Foto zurück auf den Beistelltisch.

»Danke. Er ist mein ganzer Stolz. Juliette, wie geht es dir, Schatz? Du siehst wirklich gut aus. Wie geht's deinem Lucas? Er muss jetzt fünfzehn oder sechzehn sein?«

»Er ist fünfzehn und es geht ihm gut. Nicht dank meiner Eltern.« Ein scharfer Unterton stahl sich in Juliettes Stimme.

Ana rang die Hände und schüttelte den Kopf. »Es hat mir das Herz gebrochen, wie dein Vater dich behandelt hat.«

»Wirklich?«, fragte Juliette mit Nachdruck.

»Ja, *natürlich*«, erwiderte Ana flehend. »Das war eine so schwere Zeit und wir standen uns so nahe. Ich habe so sehr mit dir mitgelitten. Weißt du das denn nicht mehr?«

»Ja. Jedenfalls dachte ich das damals. Genau deshalb bin ich hier. Erinnerst du dich an die Briefe, von denen du behauptet hast, du hättest sie deinem Bruder gegeben, damit er sie Seeley bringt?«

»Ja«, antwortete Ana viel zu beiläufig.

»Ich habe sie nie erhalten«, warf Doc ein und lenkte ihren Blick auf sich. »Aber das wissen Sie ja vermutlich längst, nicht wahr?«

»Ich verstehe das nicht.« Ihr Blick wanderte zurück zu Juliette, und fast gelang es ihr, verwirrt zu wirken. »Du hast doch seinen Brief bekommen, Juliette. Du weißt, dass er die Briefe erhalten und dir geantwortet hat.«

»Ich habe einen Brief bekommen, der deinen Worten zufolge von Seeley kam.«

»Ich habe diesen Brief nicht geschrieben.« Doc beugte sich vor und starrte Ana mit finsterem Blick an. »Wir wissen auch, dass Ihr Bruder die Briefe nie gesehen hat. Er saß im Gefängnis, als das alles passiert ist. Wie wäre es, wenn Sie uns jetzt endlich die Wahrheit sagen?«

»Juliette«, flehte Ana. »Wie ich schon sagte, tat mir schrecklich leid, was dein Vater getan hat.«

»Nicht leid genug, um ihn aufzuhalten«, fuhr Juliette sie an. »Was hast du mit meinen Briefen gemacht, Ana? Hast du sie meinem Vater gegeben?«

Ana blickte auf ihre Hände hinab, die sie verzweifelt rang. »Ich hatte keine andere Wahl.«

»Man hat immer eine Wahl«, knurrte Doc. »Wer hat den Brief an Juliette geschrieben?«

Mit gesenktem Blick wiederholte Ana: »Ich hatte keine andere Wahl.«

»Du hast den Brief geschrieben?« Juliette sprang auf und

hatte die Hände zu Fäusten geballt. Doc erhob sich ebenfalls. »Wie konntest du mir das antun? Ich habe dir vertraut!«

Ana stand nun auch auf. Ihr Atem ging schwer, ihr Blick huschte zwischen den beiden hin und her. »Du weißt doch, wie dein Vater ist.«

»Ja, aber jetzt weiß ich auch, wie du wirklich bist.« Juliettes Stimme wurde lauter, Tränen stiegen ihr in die Augen. »Ich wollte nicht glauben, dass du mich hintergangen hast. Du hast mir *Jahre* meines Lebens gestohlen. Du hast mich dazu gebracht, mich benutzt zu fühlen und Seeley zu hassen. Du hast mich dazu ermutigt, einen Mann zu heiraten, den ich nie geliebt habe. Warum hast du das getan? Warum hast du mich derart getäuscht?«

Ana liefen die Tränen über die Wangen. »Dein Vater sagte, dass eine Beziehung mit Seeley dein Leben ruinieren würde.«

»Und du hast ihm geglaubt? Du hast mich Tag und Nacht weinen sehen und hast mich mit Lügen beschwichtigt, hast behauptet, mir helfen zu wollen, obwohl du hinter all dem gesteckt hast? Du hast gesagt, du könntest es kaum ertragen, wie er mich behandelt. Du hast gesagt, er wäre verachtenswert.«

»Du verstehst das nicht«, sagte Ana. »Ich musste all diese Dinge sagen, damit du nichts von uns erfährst.« Sie riss die Augen auf und klappte rasch den Mund zu, als sie ihren Fehler bemerkte.

»*Uns* wie in *du und mein Vater?*«

»Ich habe schon zu viel gesagt.« Ana wich zurück und Angst glänzte in ihren Augen.

Juliette starrte sie erbost an. »Du hast mich belogen, um deine Beziehung zu meinem Vater zu retten? Eure Affäre? Schläfst du immer noch mit ihm?«

»Du verstehst das nicht«, fauchte Ana barsch. »Wir lieben uns.«

Juliette schnaubte. »Ist das dein Ernst? Nach allem, was er getan hat? Dieser Mann weiß nicht, was Liebe ist, und du bist genauso schlimm wie er. Wie konntest du das meiner Mutter antun?«

»Deine Mutter ist kein guter Mensch«, entgegnete Ana.

»Das sind *Sie* auch nicht«, erklärte Doc. »Wussten Sie, dass ich damals zum Haus gekommen bin, um mit ihrem Vater zu sprechen und ihn umzustimmen, nachdem er sie von der Ranch geholt hatte?«

Ana nickte, verzog das Gesicht und weinte noch bitterlicher.

»Du wusstest es?«, presste Juliette hervor. »Du hast gehört, wie ich meinen Vater Tag für Tag angefleht habe, mir fünf Minuten mit Seeley zu erlauben, mir einen einzigen Anruf zu gestatten. Wusstest du, dass mein Vater seinen Bodyguards befohlen hat, Seeley zu verprügeln?«

»Ja«, krächzte Ana. »Es tut mir leid.«

»Du ekelst mich an.« Juliette wandte sich ab.

Doc berührte tröstend Juliettes Hand, während er Ana mit Fragen löcherte. »Hat er Ihnen gedroht, Sie zu feuern, wenn Sie ihm nicht helfen?«

»Nein«, antwortete Ana kaum lauter als flüsternd. »Aber er hätte unsere Beziehung beendet, und er sagte, Sie wären schlecht für sie. Ich habe Juliette geliebt. Ich wollte nicht, dass Sie ihr Leben ruinieren.«

»Er hat gelogen«, knurrte Doc. »Und wegen all Ihrer Taten konnte ich nicht für Juliette da sein, als sie schwanger war und unseren Sohn bekommen hat. Ich habe fünfzehn Jahre – *fünfzehn Jahre* – mit der Frau, die ich liebe, und unserem Sohn verpasst, weil Sie diesen Brief geschrieben haben.« Er trat näher an sie heran. »Ich werde ihn zu Fall und hinter Gitter bringen und Sie werden mit ihm untergehen.«

»Aber ich habe doch nichts Illegales getan«, beteuerte Ana.

»Und ob Sie das haben.« Doc starrte sie an und vergewisserte sich, dass jedes seiner Worte bei ihr ankam. »Das war nichts anderes als Betrug, Ana. Sie haben eine wesentliche Tatsache absichtlich falsch dargestellt, um Juliette zu täuschen, und ihr dadurch jahrelangen seelischen Stress zugefügt.« Er übertrieb zwar drastisch, aber an ihrem ängstlichen Blick und den zitternden Händen erkannte er, dass sie es ihm abkaufte. »Durch Ihr Handeln haben Sie dafür gesorgt, dass sie mir unseren Sohn vorenthalten hat, und jetzt, wo die Wahrheit ans Licht gekommen ist, muss unser Sohn mit dem seelischen Schmerz leben, den Sie verursacht haben. Sie und ihr Mistkerl von Vater – ihr werdet beide zur Rechenschaft gezogen.«

Sie wurde kreidebleich. »Ich kann nicht ins Gefängnis. Rolando braucht mich.«

»Daran hätten Sie vielleicht denken sollen, bevor Sie ein sechzehnjähriges Mädchen mit einer Lüge dazu gebracht haben, ihr ganzes Leben zu ändern.«

»Bitte. Es tut mir leid!«, flehte Ana. »Bitte tut mir das nicht an.«

Doc spürte, dass sie der Schlüssel war, um Juliettes Vater auszuschalten. Daher setzte er nach, denn er musste sie brechen. »Wie oft haben Sie Juliette genau diese Worte zu ihren Eltern sagen hören?«

Ana stockte der Atem und ihre Wangen waren tränenüberströmt.

»Sie verdienen alles, was jetzt auf Sie zukommt«, warnte Doc, und genau, wie er es erwartet hatte, brach sie zusammen.

Schluchzend verschränkte sie die Hände unter dem Kinn. »*Bitte!* Ich werde alles tun. Ich kann euch helfen, ihn zu Fall zu bringen. Ich weiß Dinge.«

»In diesem Fall können wir uns möglicherweise irgendwie einigen.« Er warf Juliette einen Blick zu, die ein paar Schritte entfernt vor Wut kochte, und hoffte darauf, dass sie seine stumme Aufforderung verstand und bei seinem Vorstoß mitmachte. »Was meinst du, Juliette?«

»Sie hat mir mehr wehgetan, als ich ihr je verzeihen kann.« Sie warf Ana einen eiskalten Blick zu. »Und ich glaube, sie weiß alles, was in dem Haus vor sich geht.«

»Ja, das tue ich! *Bitte*«, flehte Ana. »Ich werde euch alles erzählen, was ich weiß. Bitte zwingt mich nicht, Rolando zu verlassen. Dein Vater hat einen Safe, in dem er die Dokumente aufbewahrt, die niemand finden soll. Er ist in Juliettes altem Zimmer unter den Dielen unter dem Bett versteckt.«

»In meinem Zimmer?«, fragte Juliette angewidert.

»Ja. Er sagte, das wäre der einzige Ort, an dem niemand danach suchen würde«, erklärte Ana.

»Was bewahrt er darin auf?«, fragte Doc.

»Ich weiß es nicht.« Ana blickte zwischen ihnen hin und her und schüttelte den Kopf. »Er gibt mir Dokumente und Notizbücher und ich lege sie in den Safe. Ich schaue sie mir nie an. Das habe ich noch nie getan. Ich will gar nicht wissen, was da drinsteht. Aber wenn ihr ihm sagt, dass ich euch das erzählt habe, wird er mir etwas antun. Er hat schon sehr schlimme Dinge mit Leuten gemacht. Ich habe gehört, wie er mit Mr. Chambers darüber gesprochen hat.«

Bingo. »Erzählen Sie mir mehr von diesen Dingen«, forderte Doc.

Ana hob das Kinn und sah ihn mit feuchten Augen an. »Nur wenn Sie versprechen, ihm nicht zu sagen, woher die Informationen stammen, und mir nichts tun.«

»Das verspreche ich.« *Aber ich kann nicht für das FBI oder Juliette sprechen.*

Sie sah Juliette flehend an.

»Dasselbe gilt für mich, wenn du uns alles erzählst, was du weißt. Aber danach will ich dich nie wieder sehen.« Juliettes eisiger Tonfall fuhr wie ein Messer durch die Luft.

Juliette zitterte am ganzen Leib, als sie endlich zum Wagen zurückkehrten. Ana hatte ihre schlimmsten Befürchtungen bestätigt und sogar noch mehr. Sie hatte nicht nur berichtet, dass sie Gespräche über Bestechung und Erpressung mitangehört hatte, sondern auch, dass sie den angesehenen Gouverneur darüber hatte sprechen hören, dass vor seiner letzten Wahl »Leute aus dem Weg geräumt« wurden. Seeley hatte Ana gedrängt, mehr zu erzählen. Sie behauptete, nichts Genaueres zu wissen, befürchtete jedoch das Schlimmste.

Dasselbe galt für sie beide, und das war nur einer der Gründe, warum es Juliette, als Seeley ihr beim Einsteigen half, alle Kraft kostete, sich zusammenzureißen. Er schwieg und jeder Muskel in seinem Körper schien angespannt, als wäre er bereit, ihren Vater auf der Stelle in Stücke zu reißen.

Sie konnte es ihm nicht verdenken. Das ganze Ausmaß der bösen Manipulationen ihres Vaters traf sie derart tief, dass sie es kaum verarbeiten konnte. Nach der Erkenntnis, dass Ana, die Frau, der sie all ihre Geheimnisse anvertraut hatte, diejenige gewesen war, die ihr Leben ruiniert hatte, wurden Schmerz, Wut und Schock beinahe unerträglich.

Sie versuchte, ruhig zu bleiben, rechnete aber damit, dass

Seeley seiner Wut freien Lauf lassen und vielleicht eine Drohung gegen ihren Vater oder Ana oder beide ausstoßen würde. Nach der Zurückhaltung, die er bei Ana an den Tag gelegt hatte, wäre ein solcher Ausbruch durchaus verständlich. Doch als er sie mit diesen wütenden Augen ansah, wurden sie sanfter, und er schrie und fluchte nicht. Stattdessen nahm er sie in die Arme, hielt sie fest und sagte: »Lass es raus, Liebling. Ich bin da.« Wodurch er ihren Panzer nach und nach zum Einsturz brachte.

Sie fühlte sich wie ein kochender Topf, der gleich explodieren würde. Um sich zu beherrschen, stammelte sie: »*Mir geht es gut.*«

»Du bist stark, Liebling«, sagte er leise und hielt sie noch fester. »Aber du hast gerade Schreckliches über deinen Vater erfahren und die bittere Wahrheit über die einzige Person, der du vertraut hast. Daher geht es dir nicht gut.«

Ihre Selbstbeherrschung brach und die Wut strömte aus ihr heraus. »Ich bin so unfassbar wütend! Hast du sie gesehen? Sie hatte nicht einmal Gewissensbisse, weil sie mich belogen hat.« Sie löste sich aus seinen Armen und wischte sich die Tränen ab. »Sie hat nur leere Worte von sich gegeben und versucht, sich selbst zu retten. Und mein Vater? Ich wusste immer, dass er korrupt ist, aber er ist sogar ein Monster. Nicht einmal für meine verdammte Mutter kann ich Mitleid empfinden. Sie weiß über alles Bescheid, was in diesem Haus passiert, genau wie Ana. Sie weiß garantiert auch von der Affäre und all den schrecklichen Dingen, die mein Vater getan hat. Aber sie genießt ihren luxuriösen Lebensstil viel zu sehr, um irgendetwas dagegen zu unternehmen. Sie sieht bei allem weg, genau wie sie es bei mir getan hat.«

»Es tut mir so leid, Liebling.« Er zog sie wieder in seine Arme.

»Wie konnten ausgerechnet meine schrecklichen Eltern mich erschaffen? Sie haben kein Herz.« Sie vergrub das Gesicht an seinem Hals.

Er hielt sie einen langen Moment fest, bevor er sich zurückzog, ihr die großen, warmen Hände an die Wangen legte und sie liebevoll ansah. »Sie haben dich in diese Welt gebracht und du hast nur das Beste von ihnen bekommen. Dein Vater ist klug und deine Mutter ist wunderschön. Aber du hast Hazels Herz, mein Schatz, und das ist zu rein, um von ihresgleichen beschmutzt zu werden.«

Sie sammelte diese Gefühle ein und verstaute sie gut. »Woher weißt du immer, was du sagen musst, damit ich mich besser fühle?«

»Das nennt man Ehrlichkeit.« Sanft küsste er sie und wischte ihr mit den Daumen die Tränen ab. »Ich bin stolz auf dich, Baby. Du hast gesagt, was du sagen wolltest, und dich nicht zurückgehalten.«

»Und was habe ich jetzt davon? Ich weiß nicht einmal, wie es jetzt weitergeht.«

»Wir fahren nach Hause, damit sich Lucas keine Sorgen um dich macht.«

»Du weißt genau, was ich meine«, erwiderte sie trocken.

»Es gibt nichts, was ich lieber tun würde, als deinem Vater alles entgegenzuwerfen, was ich habe, und ihn bezahlen zu lassen. Aber ich bin nicht bereit, dich und Lucas in seine Schusslinie zu bringen.«

»Was kann er uns jetzt noch antun?«

»Wie kannst du das fragen nach allem, was er uns angetan hat, und nach allem, was wir von Ana erfahren haben?«, fuhr er sie an. »Dein Vater hat dich verkauft, um sein Ego zu schützen, und mit den neuen Informationen, die wir haben, steht für ihn noch viel mehr auf dem Spiel.«

»*Uff.* Du hast recht. Er ist ein egozentrisches Arschloch und ich würde ihm alles zutrauen. Das Beste, was ich je getan habe, war, ihn aus unserem Leben zu verbannen. Ich will auch nicht, dass er Lucas ins Visier nimmt. Mein Hass auf ihn ist so groß, dass ich ihn praktisch schmecken kann. Ich will ihn verfolgen wie Harley Quinn oder Beth Dutton und ihm beweisen, dass er mich nicht gebrochen hat.«

»Baby, wir werden Rache üben. Das verspreche ich dir. Ich will, dass er für das, was er uns angetan hat, leiden muss. Ich will ihm den letzten Rest Würde nehmen und der Welt zeigen, was für ein wertloser Mistkerl er ist. Aber wir müssen klug vorgehen, damit nichts auf dich zurückfällt.«

Sie rieb sich die Hände. »Dann gehen wir also gegen ihn vor?«

»Und ob. Und er wird uns nicht einmal kommen sehen.«

<h1 style="text-align:center">Zwanzig</h1>

Juliette war froh über die lange Fahrt zurück nach Weston. Sie brauchte Zeit, um zu verarbeiten, was sie erfahren hatten. Doch als sie in ihre Straße einbogen, überlegte sie immer noch, was sie Lucas erzählen sollte.

»Alles in Ordnung, Liebling?«, erkundigte sich Seeley.

»Ja. Ich habe gerade an Lucas gedacht. Er wird wissen wollen, was wir herausgefunden haben, und ich weiß nicht, wie viel ich ihm sagen soll.«

Seeley legte eine Hand auf ihre. »Wir setzen auf Ehrlichkeit, aber das heißt nicht, dass er alle grausamen Details erfahren muss. Er muss nur wissen, dass wir uns darum kümmern, damit er sich keine Sorgen mehr macht.«

»Damit bin ich einverstanden. Aber ich möchte ihm das mit Ana erzählen. Das ist eine gute Lektion darin, anderen nicht einfach zu vertrauen.«

»Vielleicht solltest du vorher mit der Therapeutin sprechen, wie du ihm das am besten erklären kannst? Er ist so ein tougher Junge und will dich andauernd beschützen. Ich bin durchaus dafür, ihm beizubringen, nicht alles für bare Münze zu nehmen, was andere sagen, auch wenn ich gerade selbst so jemand für ihn bin. Aber bei allem, was er momentan durchmacht, würde ich gern verhindern, dass er unnötig härter oder zu misstrauisch wird. Das ist ein steiniger Weg, um erwachsen zu werden.«

Sie spürte einen Anflug von Traurigkeit, weil sie wusste, dass er aus Erfahrung sprach.

Er bog in ihre Einfahrt ein. »Ich hoffe wirklich, dass er bald merkt, dass seine Welt immer noch sicher ist, wenn er sich mit mir anfreundet. Sicherer sogar, denn jetzt habt ihr beide mich und meine Familie und den Club, die auf euch aufpassen, und er kann wieder einfach ein Kind sein, dessen größte Sorge es ist, vor einem Date einen Pickel zu bekommen.«

Sie lachte leise. »Ich kann mich kaum an diese Jahre erinnern.«

»Weil sie dir genommen wurden.« Er parkte neben ihrem Wagen und deutete mit dem Kinn in Richtung Stall. »Wessen Pferd ist das?«

Davor hatte jemand ein fremdes Pferd an einem Pfosten angebunden. »Das weiß ich nicht, aber ich werde es herausfinden.«

Sie stiegen aus dem Wagen und gingen zum Stall. »Wahrscheinlich gehört es einem seiner Freunde. Ich weiß ja seit der Nacht, als er abgehauen ist, dass er ein paar Freunde hat, die in der Nähe wohnen«, meinte Seeley.

»Bestimmt. Aber Lucas weiß, dass er keine Freunde einladen darf, wenn ich nicht zu Hause bin.«

Als sie sich dem Stall näherten, hörte sie ein Mädchen kichern und blieb abrupt stehen. Sie packte Seeleys Arm und flüsterte: »Hast du das gehört? Er ist mit einem Mädchen da drin.«

Er gluckste.

»Lach nicht!«, zischte sie. »Was ist, wenn die beiden da

rumknutschen?«

»Dann sollten wir sie vielleicht vorwarnen, damit wir niemanden in Verlegenheit bringen.«

Sie verdrehte die Augen, was ihr ein weiteres Kichern einbrachte. Dann räusperte sie sich laut und rief: »Komm mit, Seeley. Ich zeige dir die Pferde.«

Er schüttelte den Kopf und flüsterte: »Sehr subtil, Peaches.«

»Du hast gesagt, ich soll sie vorwarnen«, flüsterte sie zurück und ergänzte laut: »Lass uns in den Stall gehen.«

»Okay«, erwiderte Seeley ebenso laut und spielte mit.

Sie murmelte: »Das ist ja furchtbar!«, und er musste lachen.

»Warum schreist du so, Mom?«, rief Lucas aus Warriors Box.

»Das war mir gar nicht bewusst«, behauptete sie, als sie zur Box gingen, wo sie erleichtert Layla entdeckte, die gerade ein Selfie mit Warrior machte. »Hallo, Layla. Wie geht's?«

»Hallo, Dr. Chambers.« Das Mädchen strich sich das lange dunkle Haar hinters Ohr und lächelte süß. Sie sah niedlich aus in der braunen Reithose, den schwarzen Stiefeln und dem weißen T-Shirt mit der Aufschrift *Ich bin ein Pferdemädchen* in bunten Buchstaben im Siebzigerjahre-Stil auf der Brust. »Hi, Doc.«

»Schön, dich zu sehen, Layla«, erwiderte er. »Wie geht's, Lucas? Was habt ihr vor?«

»Layla ist ausgeritten und spontan vorbeigekommen«, erklärte Lucas ein wenig nervös. »Wir haben gequatscht, während ich die Stallarbeit erledigt habe.«

»Ich hoffe, das ist in Ordnung«, sagte Layla. »Ich hätte wahrscheinlich vorher eine Nachricht schreiben sollen.«

»Ist schon gut, Schatz«, erwiderte Juliette. »Aber schreib mir das nächste Mal einfach kurz, Lucas.«

»Okay.« Er war sichtlich erleichtert. »Entschuldige.«

»Schon okay.«

»Wissen deine Eltern, dass du hier bist, Layla?«, fragte Seeley und überraschte Juliette mit dieser väterlichen Frage.

»Klar«, antwortete Layla fröhlich. »Ich habe meiner Mutter geschrieben, als ich angekommen bin, weil ich eigentlich gar nicht vorhatte, überhaupt herzukommen. Sie meinte, es ist okay, wenn ich eine Weile bleibe.«

»Mom, wenn Layla schon mal da ist, kann sie dann zum Essen bleiben? Ich dachte, wir könnten Pizza bestellen.« Er holte kaum Luft, bevor er hinzufügte: »Doc kann auch bleiben, wenn er will.«

Das war das erste Mal, dass Juliette hörte, wie er Seeley namentlich ansprach, und es gefiel ihr, dass er Doc statt Seeley sagte. Es klang vertraut. Freundlich. Sie fragte sich allerdings, ob Lucas ihn nur so genannt hatte, weil Layla es auch getan hatte. In jedem Fall war sie begeistert, dass er vorgeschlagen hatte, Seeley solle zum Abendessen bleiben, auch wenn sie das Gefühl hatte, er wollte sie ablenken, damit er Zeit mit Layla verbringen konnte.

»Was meinst du, Doc?«, fragte Juliette neckend.

»Ich muss heute Abend zur Church, aber bis dahin kann ich mir keinen besseren Zeitvertreib vorstellen.« Das Glitzern in seinen Augen verriet ihr, wie sehr er sich über die Einladung freute. »Das Essen geht auf mich.«

»Das ist nicht nötig, aber danke«, sagte Juliette.

»Du gehst abends in die Kirche?«, fragte Lucas verwirrt.

»Das ist nicht die Art von Kirche, an die du wahrscheinlich denkst. Als Church bezeichnen wir Dark Knights unsere wöchentlichen Clubtreffen.«

»Oh, cool.« Lucas schenkte Layla ein charmantes Lächeln.

»Willst du deine Mutter fragen, ob du bleiben darfst? Ich kann dich vor Einbruch der Dunkelheit nach Hause begleiten, damit du sicher ankommst.«

Layla strahlte. »Sehr gern. Danke.«

Ungefähr ein Dutzend Emotionen wirbelten in Juliette herum, als Lucas mit Layla plauderte, während sie ihrer Mutter eine Nachricht schrieb und ihn mit diesem Blick anschaute, wie man ihn nur bei Mädchen sieht, die für einen Jungen schwärmen. Sie war nicht darauf vorbereitet gewesen, Lucas so schnell erwachsen werden zu sehen, aber ihr ging das Herz auf, als sie ihn so glücklich sah.

»Was für Pizza mögt ihr?«, erkundigte sich Seeley.

»Was magst du?«, fragte Lucas Layla.

Sie zuckte mit den Achseln. »Alles außer Zwiebeln und Sardellen.«

»Wie wär's mit Salami?«, schlug er vor.

Sie nickte mit leuchtenden Augen.

»Wir nehmen Salami, bitte«, verkündete Lucas.

»Verstanden.« Seeley sah Juliette an. »Magst du immer noch Pilze?«

»Ich kann nicht glauben, dass du dir das gemerkt hast.« Eigentlich hätte es sie nicht überraschen sollen, schließlich hatte er nichts aus ihrer Beziehung vergessen.

Seeley zwinkerte ihr zu. »Wie wär's, wenn wir sie so lange den Pferden überlassen?«

Sie wusste nicht, ob er Lucas und Layla einen Moment allein lassen oder selbst einen Augenblick mit ihr verbringen wollte, aber so, wie er sie ansah, traf wohl beides zu. »Gute Idee. Ich hab vor dem Abendessen noch ein paar Sachen zu erledigen. Wir treffen uns dann oben im Haus.«

»Okay«, erwiderte Lucas. »Warte. Doc, steht unsere Verabredung morgen noch?«

»Aber sicher doch. Ich hole dich nach deinem Reittraining ab.«

»Cool. Danke.«

Nachdem Juliette und Seeley den Stall verlassen hatten, meinte Seeley: »Unser Junge hat Charme.«

»Oh ja. Aber Layla ist erst vierzehn, daher sollte er es besser nicht übertreiben.«

»Darüber werde ich mit ihm sprechen, wenn wir morgen Autofahren üben.«

Sie war verblüfft, wie selbstverständlich Seeley die Vaterschaft annahm. »Glaubst du, er hat dich zum Essen eingeladen, um mich abzulenken?«

»Aber sicher. Er ist doch kein Dummkopf. Aber ich freue mich trotzdem darüber.« Er legte ihr einen Arm um die Schultern und drückte sie an sich, als sie zum Haus gingen. »Jeder kleine Schritt ist sehr viel wert.«

Eine Stunde später saßen Doc und Juliette am Küchentisch, aßen Pizza und plauderten mit den Kindern. Es war seltsam, sich vor Augen zu halten, dass sie vor ein paar Stunden noch Ana zur Rede gestellt hatten. Juliette war stark, aber es gab so vieles zu bedenken, wenn es darum ging, ihren Vater zur Rechenschaft zu ziehen. Nicht nur deshalb wartete Doc mit dem Anruf bei Reggie, um Juliette und Lucas vor möglichen Konsequenzen zu schützen. Er wollte Juliette auch Zeit geben, um die Wahrheit sacken zu lassen, falls sie es sich später noch anders überlegen würde.

Er musste bald aufbrechen und sich für die Church fertig machen, aber er genoss es sehr, am Tisch zu sitzen, Juliette insgeheim eine Hand aufs Bein zu legen und Lucas dabei zuzusehen, wie er Layla gegenüber den Coolen spielte, über das Bullenreiten sprach und die Stürze herunterspielte, als wären sie keine große Sache. Layla war völlig in ihn vernarrt.

Das hier war einer dieser Momente, die er nicht vergessen wollte. Das erste Mal, dass er von seinem Sohn zum Abendessen eingeladen worden war, und er hatte erfahren, dass es auch das erste Mal war, dass Lucas ein Mädchen zu Besuch hatte. Er wünschte sich nichts mehr, als den ganzen Abend zu bleiben und mit ihnen zu lachen und zu scherzen. Juliette noch lange in den Armen zu halten, nachdem Layla nach Hause gegangen und Lucas sicher in seinem Bett eingeschlafen war, um ihr das Gefühl zu geben, ebenfalls in Sicherheit zu sein. Telefonieren war gut und schön, aber es war nicht dasselbe, wie sie in den Armen zu halten.

»Ich würde dir gern mal beim Bullenreiten zusehen«, sagte Layla und riss Doc aus seinen Gedanken.

Lucas' Lächeln erhellte die ganze Küche. »Vielleicht kannst du ja zu meinem nächsten Wettbewerb kommen.«

»Das wäre cool. Christian hat meinen Eltern erzählt, dass er auch Bullenreiten will«, sagte Layla. Sie sprach von ihrem kleinen Bruder, der ungefähr so alt wie Gus war. »Meine Mutter ist strikt dagegen, und mein Vater sagt, Christian hätte mit den Autorennen ohnehin genug zu tun.« Hugh war Profirennfahrer.

»Der Glückspilz. Das wäre echt cool«, erwiderte Lucas.

»Ich hoffe, er lernt es nicht. Christian ist ein kleiner Verrückter.« Layla trank einen Schluck Limo. »Er kann keine Sekunde stillsitzen, was für Cami super ist, weil sie ihm ständig hinterherjagen muss.« Ihre kleine Schwester Camryn war ein süßer, pausbäckiger Wonneproppen.

»Doc ist früher auch auf Bullen geritten.« Lucas warf ihm über den Glasrand hinweg einen Blick zu.

Layla riss die Augen auf. »Im Ernst?«

»Ja, als ich viel jünger war. Das hat sehr viel Spaß gemacht.«

»Er war auch richtig gut«, prahlte Lucas. Doc war überrascht und Juliettes Gesichtsausdruck nach zu urteilen ging es ihr genauso. »Er war fünfmal Juniorenweltmeister.«

»Wow.« Layla stupste Lucas an. »Ich wette, du kannst auch Weltmeister werden, wenn du es versuchst.«

Lucas richtete sich auf und genoss das Kompliment.

»Er ist besser, als ich es je war«, sagte Doc.

Lucas warf ihm einen ungläubigen Blick zu. »Fandest du mich wirklich so gut?«

»Ja, du warst fantastisch.« Doc sah, wie Lucas mit dem Lob rang, und seine Lippen zuckten, als wollte er es stolz annehmen, aber andere Gefühle standen dem im Weg.

»Ich finde euch beide ziemlich toll«, sagte Juliette.

»Das musst du ja sagen. Du bist meine Mom«, erwiderte Lucas, und alle lachten.

»Muss ich gar nicht«, widersprach Juliette mit Nachdruck.

»Wie auch immer«, sagte Lucas. »Layla nimmt an Reitturnieren teil und sie ist wirklich gut.«

Doc war beeindruckt, wie schnell Lucas das Thema wechselte, aber die Bewunderung in seiner Stimme verriet, dass es ihm nicht nur ums Ablenken ging. Er wollte ihnen zu verstehen geben, dass Layla etwas Besonderes war. Als ob ihre Anwesenheit das nicht schon wie eine Leuchtreklame zu erkennen gab.

»Ich hätte in deinem Alter auch gern an Turnieren teilgenommen«, sagte Juliette.

»Warum hast du es nicht getan?«, fragte Lucas.

»Mir fehlte die Zeit, um mich darauf zu konzentrieren«, antwortete Juliette.

Doc drückte ihr unter dem Tisch das Bein, denn er kannte die Wahrheit. Ihr Vater hatte es ihr nicht erlaubt, aber das wollte sie den Kindern wohl nicht erzählen.

»Es kostet wirklich viel Zeit, aber ich liebe es«, sagte Layla.

»In ein paar Wochen hat sie ein Turnier«, fügte Lucas hinzu. »Ich würde gern hingehen. Ist das okay, Mom?«

»Ich wüsste nicht, was dagegenspricht. Ich würde auch gerne mitkommen«, sagte sie.

»Das klingt toll. Meine Schwester Sasha ist früher auch auf Turnieren geritten«, warf Doc ein. »Was ist deine Disziplin?«

»Junioren-Dressur«, antwortete Layla und erzählte von den Wettbewerben, die sie gewonnen hatte, und davon, dass ihre ganze Familie, einschließlich ihres Großvaters und all ihrer Cousins und Cousinen, Tanten und Onkel, die in der Gegend wohnten, stets versuchten, zu ihren Turnieren zu kommen.

Doc hoffte, dass Lucas eines Tages dasselbe über seine Familie sagen könnte.

Einundzwanzig

Doc schaffte es zur zweiten Hälfte von Lucas' Reittraining und genoss es in vollen Zügen, ihn im Umgang mit den anderen zu beobachten und ihm beim Reiten zuzusehen. Er war überrascht, wie sehr ihn diese kleinen Momente berührten, noch dazu einen Teil von ihm, von dem er gar nicht wusste, dass er darauf wartete, geweckt zu werden.

Er machte Fotos von Lucas beim Reiten und schickte sie an Juliette mit der Bildunterschrift *Er ist unglaublich*.

Juliette: *Wie jemand anderes, den ich kenne.* Sie fügte ein Smiley-Emoji mit vier Herzen hinzu.

Sie hatte sich an diesem Vormittag mit der Therapeutin getroffen und war sehr angetan von ihr gewesen. Die Therapeutin meinte, es klänge ganz so, als würden sie bei Lucas alles richtig machen: offen kommunizieren, aber keinen Druck ausüben. Es gab noch vieles aufzuarbeiten, aber Juliette würde weiterhin wöchentlich zu ihr gehen und außerdem Lucas fragen, ob er mal mit der Therapeutin reden wollte. Doc war froh, dass die Therapeutin Juliette geraten hatte, sich Zeit zu nehmen, bevor sie wegen der Sache mit ihrem Vater und Ana etwas unternahm. Er hatte die Informationen gestern Abend nach der Church mit seinem Vater und seinen Brüdern besprochen, und alle waren sich einig gewesen, dass er sehr vorsichtig sein musste, damit nichts auf Juliette zurückfallen konnte.

Außerdem hatte er seine Mutter an diesem Vormittag gefragt, ob sie einen Rat hätte, wie er mit Lucas während der Fahrstunde an diesem Nachmittag umgehen sollte. Sie hatte noch genau gewusst, wie es gewesen war, ihm und seinen Brüdern das Autofahren beizubringen, und wie anders es bei seinen Schwestern gewesen war. Offensichtlich waren Doc und seine Brüder nicht sehr gesprächig gewesen, hatten versucht, die Musik zu laut aufzudrehen, und waren zu schnell gefahren, während seine Schwestern die ganze Zeit redeten, im Vorbeifahren auf süße Jungs hinwiesen und nur gelegentlich das Gaspedal durchtraten.

Doc schickte die Fotos von Lucas als Gruppennachricht an seine Familie.

Doc: *Das ist mein Junge.*

Mom: *Ich bekomme Herzrasen.*

Tiny: *Ganz der Vater.*

Dare: *Genauso knallhart wie sein alter Herr.*

Cowboy: *Achte darauf, dass er den Helm nicht verliert.*

Dare: *Wir hatten keinen Helm auf.*

Sasha: *Das erklärt eine Menge.*

Birdie: *Was für ein kleiner Herzensbrecher! Gibt es dort auch irgendwelche heißen Typen in meinem Alter?*

Birdie: *Ich wäre ein süßer Buckle Bunny.*

Sie schickte ein Häschen-Emoji hinterher.

Tiny: *Nur über meine Leiche.*

Doc knirschte mit den Zähnen. *Du bist ab sofort von allen Bullenreit-Veranstaltungen ausgeschlossen, B.*

Birdie schickte ein Augenroll-Emoji.

Sasha: *Keine Sorge, Birdie. Ich schmuggle dich rein.* Sie fügte ein zwinkerndes Emoji hinzu.

Cowboy schickte ein wütendes Emoji.

Drei lachende Emojis kamen von Birdie.

Birdie: *Ihr seid so leicht aus der Ruhe zu bringen. Als würde ich je einem Mann hinterherlaufen?!*

Mom: *Das ist mein Wirbelwind.*

Sasha: *Wann lernen wir Lucas kennen?*

Birdie: *Nach Docs Auftritt im Krankenhaus denkt Lucas bestimmt, wir wären alle verrückt.*

Dare: *Nicht alle. Er weiß, dass ich cool bin.*

Dare: *Und Cowboy ist ein Streber.*

Lachende Emojis von Birdie und Sasha tauchten auf.

Doc: *Wenn er bereit ist, wird er es uns wissen lassen. Ich muss jetzt los.*

Er steckte sein Handy ein und sah sich den Rest von Lucas' Training an. Beim dritten Durchgang hatte Lucas einen harten Ritt. Doc hielt den Atem an, als Lucas zu Boden geworfen wurde. Aber der Junge sprang schnell wieder auf und verließ die Bahn.

Nach dem Training verstaute Lucas seine Ausrüstung und kam zu Doc herüber. »Hey.«

»Tolles Training. Wie hat es sich angefühlt?«

»Ganz okay, außer als der Bulle zurückgedreht hat.« Das Zurückdrehen war ein Buckelmuster, bei dem der Bulle in eine Richtung bockte und dann plötzlich in die andere Richtung abbog. »Ich weiß nicht, was passiert ist. Eigentlich wusste ich, dass er das tun würde. Er ist dafür bekannt.«

»Sei nicht so streng mit dir. So lernt man dazu.« Auf dem Weg zum Wagen fügte Doc hinzu: »Ich wollte immer die Bullen reiten, die nie ein Muster erkennen ließen.«

»Warum?«

»Sie haben mich auf Trab gehalten. Da musste ich auf alles gefasst sein. Mich auf meinen Griff konzentrieren, mit dem Bullen mitgehen – die freie Hand oben halten, über den Vorderkörper kommen, wenn er sich aufbäumt, und den Hintern unten lassen, wenn er hinten ausschlägt –, und nicht überlegen, was er als Nächstes tun könnte. Das hat mich zu einem besseren Reiter gemacht.«

Lucas runzelte die Stirn. »Ich konzentriere mich auch auf all das, aber meistens versuche ich vorherzusehen, was als Nächstes kommt.«

»Manche Reiter fahren damit am besten und vielleicht gehörst du dazu. Aber überleg mal: Gestern hatte Layla nicht geplant vorbeizukommen, oder?«

»Nein. Und?«

»Sie hat sich spontan umentschieden, und als sie plötzlich da war, wie hast du dich gefühlt?«

»Toll, aber was hat das mit dem Bullenreiten zu tun?«

»Wenn du gewusst hättest, dass sie kommt, hättest du vielleicht Zeit gehabt, um nervös zu werden, und es wäre komisch gewesen, sie später zu sehen. Dann wärst du nicht ganz du selbst gewesen, oder?«

»Vielleicht.«

»Tiere sind wie Menschen. Sie haben ihren eigenen Kopf. Ihre Gedanken können sich blitzschnell ändern. Wenn du dich zu sehr darauf konzentrierst, was du erwartest, bist du nicht bereit für das Unerwartete. Gestern Abend hast du bewiesen, dass du verdammt gut mit dem Unerwarteten umgehen kannst.«

Lucas grinste, als sie den Wagen erreichten. »Stimmt, so was kann ich.«

»Wenn du meinen Rat willst, dann übe mit den Bullen, die dich herausfordern, um deine Grundfertigkeiten zu schärfen. Du kannst den Bullen nicht kontrollieren, deinen Griff und deine Technik allerdings schon.«

Lucas nickte. »Klingt vernünftig. Danke.«

»Können wir loslegen?«

»Aber ja.«

Doc warf ihm die Schlüssel zu. »Versuch, uns nicht umzubringen.«

Lucas schnaubte. »Ich bin ein guter Fahrer.«

»Werd ja nicht übermütig. Du hast mit diesem Ungetüm noch nicht Einparken geübt.«

Nachdem sie eine Weile durch die Stadt gefahren waren, stellte Doc zufrieden fest, dass Lucas genauso vorsichtig fuhr wie beim letzten Mal. Er lotste ihn auf einigen größeren Straßen durch Allure nach Hope Valley. »Achte in der Stadt auf deine Geschwindigkeit.«

»Okay.«

»Weißt du, es hat durchaus Vorteile, mit mir verwandt zu sein.«

»Die Fahrstunden?«

»Ja, aber jetzt, wo du weißt, dass Birdie meine Schwester ist und somit deine Tante, kannst du beim nächsten Mal, wenn du in ihren Schokoladenladen gehst« – er zeigte im Vorbeifahren auf Birdies Laden – »bestimmt ein bisschen Schokolade rausschlagen.«

Lucas grinste breit und hielt vor einer roten Ampel.

Als sie am Park vorbeikamen, sagte Doc: »Dort findet das Festival on the Green statt.«

»Was ist das?«

»Eine einwöchige Veranstaltung mit Live-Musik und einer Zeltstadt, in der die Leute alles Mögliche verkaufen. Am Ende gibt's ein riesiges Feuerwerk. Die Ranch und der Club haben jedes Jahr Stände dort. Aus allen Nachbarstädten kommen Leute hierher. Vielleicht gehen wir nächstes Jahr ja zusammen hin.«

»Feuerwerk ist cool, aber wozu braucht eine Ranch oder ein Motorradclub einen Stand auf einem Festival?«

»Nimm die nächste links und achte auf den Gegenverkehr.« Nachdem Lucas abgebogen war, erklärte Doc: »So machen wir die Leute auf die Programme der Ranch aufmerksam. Und mein Vater hat die Dark Knights gegründet und es zu unserer Aufgabe gemacht, die Bewohner und Unternehmen von Hope Valley und der Umgebung zu schützen. Da ist es gut, wenn die Leute wissen, dass wir da sind.«

»Wie sorgt ihr für ihre Sicherheit?«, wollte Lucas wissen und fuhr eine größere Straße entlang.

»Auf viele verschiedene Arten. Wir arbeiten mit Schulen zusammen, um Mobbing zu verhindern, klären über psychische Gesundheit, Drogen- und Suizidprävention auf und patrouillieren in bestimmten Vierteln. Außerdem behalten wir zwielichtige Geschäfte im Auge, die ungute Dinge machen.«

»Wie Drogen verkaufen?«

»Manchmal. Wenn du uns besuchen und die anderen kennenlernen willst: Die Ranch veranstaltet in ein paar Wochen das *Ride-Clean*-Anti-Drogen-Event des Clubs. Es gibt Essen, Spiele, Reiten, alles Mögliche. Aber kein Druck.«

»Ihr seid also knallharte Weltverbesserer?«

Doc lachte. »So könnte man es wohl ausdrücken.«

Lucas umklammerte das Lenkrad etwas fester. »Macht ihr manchmal auch schlimme Sachen?«

»Sagen wir einfach, wir tun alles, was nötig ist, um die Menschen in unserer Gemeinde zu schützen.«

»Das werte ich als Ja«, murmelte Lucas mit schelmischem Grinsen. »Warum warst du an dem Tag, als wir dich gesehen haben, im Krankenhaus? Da standen auch eine Menge Biker auf dem Parkplatz.«

»Das war unsere jährliche Benefizveranstaltung für das Krankenhaus, die wir Reindeer Ride nennen. Wir machen mit dem Club eine Ausfahrt und verkleiden uns weihnachtlich, damit die Leute auf uns aufmerksam werden. Es ist eine freundliche Erinnerung an die Gemeinde, dem Krankenhaus und dem medizinischen Personal, das jeden Tag und bei jedem Wetter für sie da ist, etwas zurückzugeben. Die Leute spenden Geld für das Krankenhaus und Geschenke für die Kinder, die momentan dort sind. Nach der Ausfahrt besuchen wir jedes dieser Kinder und verteilen Geschenke.«

»Warum? Also, ich verstehe das mit dem Spenden, aber warum schenkt ihr den Kindern mitten im Sommer etwas und nicht zu Weihnachten?«

»Weil einige von ihnen nicht mehr so lange leben werden«, erwiderte Doc vorsichtig.

»Oh.« Lucas schluckte schwer und umklammerte das Lenkrad fester. »Das ist echt schlimm.«

»Ja. Es ist wirklich traurig.« Er wies Lucas an, die nächste rechts abzubiegen, und gab ihm eine Minute Zeit, um das Gesagte zu verarbeiten. »Jedes Mal, wenn wir so eine Veranstaltung machen, werde ich daran erinnert, für jede Kleinigkeit in meinem Leben dankbar zu sein.«

Lucas runzelte die Stirn, als würde er darüber nachdenken, während er die Straße entlangfuhr.

»Du machst das super. Nimm die nächste rechts.« Nachdem Lucas abgebogen war, zeigte Doc nach vorn. »Siehst du das Gebäude mit den Motorrädern davor? Fahr auf den Parkplatz.«

Lucas tat, wie ihm geheißen, und hielt vor dem Gebäude. Doc beobachtete, wie Lucas die Backsteinwand mit dem Schriftzug *Dark Knights* über dem Club-Emblem – einem Totenkopf mit dunklen Augen, markanten Brauen und gezackten Reißzähnen – und dem Zusatz *Hope Valley Chapter* darunter betrachtete.

»Ist das eure Church?«, fragte Lucas.

»Das ist unser Clubhaus.«

»Darf ich reingehen? Gibt es da drin eine Bar?«

Sein Interesse überraschte Doc. »Tut mir leid, aber Zutritt nur für Volljährige. Wenn du irgendwann mal Prospect des Clubs bist, kannst du dir selbst anschauen, wie es drinnen aussieht.«

Lucas' Blick wanderte zur offenen Werkstatt, in der Rebels Kopf unter der Motorhaube eines Oldtimers verschwunden war. »Ist das die Autowerkstatt eures Clubs?«

»Nein. Mein Cousin Rebel hat diese Werkstatt gemietet. Er restauriert Oldtimer.«

»Cool.«

Rebel kam unter der Motorhaube hervor und mit neugierigem Blick näher. Seine dunklen Haare hingen ihm fast bis in die Augen, als er Lucas ansah und »Hey« sagte.

»Hallo«, erwiderte Lucas.

»Rebel, das ist« – Doc war überrascht, dass ihm die Worte *mein Sohn* auf der Zunge lagen, aber er wollte Lucas nicht in

Verlegenheit bringen – »Lucas. Lucas, das ist mein Cousin Rebel.«

Das Funkeln in Rebels Augen verriet Doc, dass er die Verbindung bereits hergestellt hatte. »Wie geht's, Lucas?«

»Ganz gut. Ist das ein alter Mustang?«

»Aber sicher doch. Fünfundsechziger Cabrio GT. Magst du alte Autos?«, fragte Rebel.

»Und wie«, antwortete Lucas begeistert.

Rebel sah Doc an. »Habt ihr Zeit, damit er sich den Wagen mal genauer ansehen kann?«

»Klar.«

»Wirklich?« Lucas' Augen leuchteten vor Freude. »Ich muss parken!«

Lucas' Begeisterung war ansteckend, als Rebel ihm den Mustang zeigte. Während er im Wagen saß, was Rebel ihm freundlicherweise erlaubt hatte, schwärmte Lucas davon, wie cool das Auto war, und bat Doc, ein Foto zu machen. Er hörte aufmerksam zu, als sie gemeinsam unter die Motorhaube schauten, und stellte Fragen zum Motor, als wäre er ein echter Schrauber.

»Wie bist du dazu gekommen?«, fragte Lucas.

»Meine Familie betreibt eine Werkstatt für Oldtimer in Salvation Falls im Staat New York. Ich habe das schon gemacht, als ich noch nicht mal über die Motorhaube schauen konnte.«

»Und warum bist du jetzt hier?«, erkundigte sich Lucas.

»Ich habe eine unschöne Scheidung hinter mir und musste einfach da raus. Mir ist kein besserer Ort eingefallen, um den Kopf freizukriegen, als bei meinen Cousins.« Rebel klopfte Doc auf die Schulter.

»Wir sind sehr froh, dass du hier bist«, sagte Doc.

»Bist du auch Biker?«, fragte Lucas.

»Aber sicher«, bestätigte Rebel. »Das liegt mir im Blut, genau wie Doc und den anderen. Mein Vater und sein Kumpel haben das Salvation-Falls-Chapter gegründet.«

Rebel führte sie hinter das Gebäude und zeigte Lucas weitere Oldtimer, an denen er arbeitete. Lucas war wie ein Kind im Süßwarenladen, machte Fotos von jedem einzelnen Wagen, stellte unzählige Fragen und warf mit Fachwissen um sich. Doc wusste, dass er hier einen Blick auf den Jungen erhaschte, der Lucas früher gewesen war, bevor sein Leben auf den Kopf gestellt worden war, und er hoffte, dass Lucas bald wieder dieser Junge sein konnte.

Als sie wieder auf der Straße waren, redete Lucas pausenlos über die Autos, die er gesehen hatte, und darüber, wie cool es war, dass Rebel daran arbeiten durfte.

»Dare restauriert auch gern alte Autos. Er hat einen ganzen Haufen davon in seiner Garage.«

»Auf der Ranch?«

»Ja. Wir können gern vorbeifahren, wenn du willst.« Das hatte er sowieso vorgehabt. »Wir müssen nicht reingehen, aber so weißt du wenigstens, wo ich wohne, falls du mal was brauchst.«

»Okay.«

Doc erklärte ihm den Weg.

»Layla meinte, sie war schon oft bei Veranstaltungen auf der Ranch. Sie sagt, es ist cool dort.«

»Ist es auch. Wir kennen ihre Familie schon ewig und sie ist fast ebenso groß wie unsere. Laylas Großvater Hal Braden ist einer der engsten Freunde meines alten Herrn. Ich fand's gut, dass du gestern angeboten hast, Layla nach Hause zu bringen. Die Sicherheit eines Mädchens geht immer vor.«

»Sie ist das coolste Mädchen der Schule und definitiv das hübscheste. Wenn ich Maßstäbe setzen will, muss ich mir hohe Ziele stecken, nicht wahr?«

Zu wissen, dass Lucas auf seinen Rat gehört hatte, erfüllte Doc mit Stolz. »Das stimmt. Mal ganz unter uns: Habt ihr wirklich nur gequatscht, als wir aufgetaucht sind, oder habt ihr rumgeknutscht?«

»Wir haben zusammen abgehangen.« Seine Mundwinkel zuckten. »Aber als ich sie nach Hause gebracht habe, habe ich sie geküsst.«

Doc lachte. »Dachte ich es mir doch. Warst du nervös?«

»Nein.«

»Du bist mutiger als ich früher. Ich weiß noch, wie nervös ich in deinem Alter war.«

»Echt?« Lucas wandte den Blick nicht von der Straße ab. »Ich war auch nervös. Ich mag sie wirklich sehr.«

»Ich weiß, dass du das tust, und sie mag dich offensichtlich auch. Küssen ist okay, aber ihr seid noch jung. Ich weiß, dass es sich nicht so anfühlt, und ihr wollt wahrscheinlich viel mehr tun. Aber es bringt nichts, die Dinge zu überstürzen. Wenn man Maßstäbe setzen will, gehört es auch dazu, dass man wartet, bis ihr beide für mehr bereit seid, was hoffentlich erst in ein paar Jahren der Fall sein wird.«

»Ich bin nur froh, dass ich sie küssen durfte. Mit dem ganzen Rest hab ich es nicht eilig.«

Bitte lass dieses Gefühl noch ein paar Jahre anhalten.

»Gut. Vielleicht willst du ja vor deinen Freunden prahlen, aber …«

»Nein, so was tue ich nicht«, sagte Lucas sofort. »Sie ist etwas Besonderes. Ich will sie nicht in Verlegenheit bringen. Sie ist die einzige Person, mit der ich wirklich über alles Wichtige reden kann. Wir vertrauen uns. Das will ich nicht kaputtmachen.«

Doc erinnerte sich daran, wie er dieses Gefühl bei Juliette gehabt hatte, als sie Teenager waren. »Das ist großartig und wirklich klug, es nicht zu zerstören. Vertrauen ist kostbar.«

»Ich weiß.« Lucas schwieg einen Moment. »Wusstest du, dass ihr Vater nicht ihr leiblicher Vater ist?«

»Ja, das wusste ich.« Hugh und Brianna hatten sich kennengelernt, als Layla noch klein war, und er hatte das Mädchen nach der Hochzeit adoptiert. »Warum?«

»Ich wollte nur wissen, ob du es weißt. Sie hat ihren richtigen Vater nie kennengelernt und liebt ihren jetzigen Vater.«

»Das ist gut, denn ich weiß, dass Hugh sie auch sehr liebhat.«

Erneut schwieg Lucas eine Weile. »Ich habe es Layla erzählt.«

»Was hast du ihr erzählt? Achte auf deine Geschwindigkeit.«

Er wurde langsamer. »Na ja. Dass du mein Vater bist.«

Doc versuchte, sein Erstaunen zu verbergen. »Und was hat sie dazu gesagt?« Er war sich nicht sicher, ob er die Antwort hören wollte.

»Dass ich Glück habe. Sie sagte, sie kennt viele Kinder, die dich gern zum Vater hätten.«

Erleichterung durchströmte ihn. »Schön, das zu hören.« Er hätte zu gern gewusst, was Lucas darüber dachte, hatte jedoch Angst, dass der Junge dann dichtmachen würde.

»Sie meinte, ich sehe dir ähnlich. Deshalb habe ich es ihr gesagt. Ich habe ihr auch gesagt, dass ich dich eigentlich nicht mögen wollte, es jedoch ziemlich schwer ist, dich zu hassen.«

Ein leises Lachen entfuhr ihm und zu seiner Erleichterung

lächelte Lucas. »Das freut mich.«

Doc war glücklich über diesen Durchbruch. Als die Ranch in Sichtweite kam, sagte er: »Da ist sie.«

»Hier hast du meine Mom kennengelernt?«, fragte Lucas mit einer Mischung aus Spannung und Neugier.

»Ja.«

Lucas umklammerte das Lenkrad fester. »Können wir durchfahren?«

»Sicher, aber du musst ganz langsam fahren. Die Straßen auf der Ranch gehören nicht den Fahrzeugen, sondern den Tieren und Menschen.«

»Okay.« Lucas bog in die Einfahrt ein und fuhr fast im Schritttempo. Er zeigte auf das Redemption-Ranch-Schild. »Warum ist das R rückwärts?«

»Gute Frage. Die Menschen, die bei uns leben, versuchen, über das hinwegzukommen, was sie erlebt oder getan haben. Das rückwärts gerichtete R repräsentiert, wo sie stehen, wenn sie hier ankommen. Sie hängen irgendwie in der Vergangenheit fest. Das vorwärts gerichtete R steht für den Moment, wenn sie wieder gehen – dann schauen sie nach vorn und sind auf dem richtigen Weg.«

Lucas fuhr unter dem Schild hindurch und betrachtete die weitläufige Ranch vor ihnen. »Das ist ja riesig.«

»Ein paar hundert Hektar.« Während sie die Hauptstraße entlangfuhren, sagte Doc: »Meine Tierarztpraxis ist dort hinten.«

»Können wir mal vorbeifahren?«

»Sicher.«

Doc zeigte ihm die Kranken- und Rehabilitationsställe. Ein paar Rancharbeiter liefen herum und Sasha und Tiny standen vor einem Reha-Stall und unterhielten sich.

»Ist der große Kerl da vorn einer eurer Patienten? Er sieht aus, als wäre er im Gefängnis gewesen.« In dem Moment schaute Tiny herüber und hob die Hand, um ihnen zu signalisieren, dass er sie sprechen wollte. »Soll ich anhalten?«, fragte Lucas nervös.

»Ja. Der große Kerl ist mein Vater und somit dein Großvater. Er ist ungeschliffen und schroff, aber auch einer der fairsten, härtesten und loyalsten Männer, die du je kennenlernen wirst, und er war in der Nacht, in der du abgehauen bist, ebenfalls auf der Suche nach dir, also erweis ihm etwas Respekt.«

»Entschuldige«, murmelte Lucas verlegen, als er anhielt. »Weiß hier jeder, dass ich dein Sohn bin?«

»So gut wie jeder. Er und meine Schwester kommen herüber, aber wenn du sie jetzt lieber nicht kennenlernen willst, kann ich auch allein aussteigen und mit ihnen reden.«

Lucas musterte Tiny und Sasha und straffte sich leicht. »Ist schon okay. Das musst du nicht tun.«

»Okay.« Doc nickte Sasha und Tiny zu, als sie ans Fenster traten. »Hey, das ist Lucas. Lucas, das sind meine Schwester Sasha und mein Vater Tiny.«

»Hi«, sagten Sasha und Lucas gleichzeitig.

»Freut mich, dich kennenzulernen, mein Junge«, sagte Tiny. »Einen Moment lang glaubte ich schon, Gespenster zu sehen. Du siehst Doc in deinem Alter verdammt ähnlich. Und du bist neulich Nacht abgehauen, so wie er es früher auch manchmal gemacht hat.«

Lucas warf Doc einen nervösen Blick zu. Doc biss die Zähne zusammen, denn ihm war klar, dass Lucas die Bemerkung seines Vaters sicher nicht gefiel. Aber bevor er etwas sagen konnte, sprach Tiny weiter.

»Mit etwas Glück wirst du mal ein verdammt guter Mann, genau wie mein Junge.« Tiny lächelte herzlich. »Willkommen in der Familie, Junge. Ich freue mich darauf, dich besser kennenzulernen.«

»Danke«, sagte Lucas. »Es ist auch schön, dich kennenzulernen.«

»Doc hat gesagt, du wärst ein großartiger Bullenreiter, genau wie er früher«, schaltete sich Sasha ein.

Lucas war erstaunt. »Ich denke schon.«

»Sag uns Bescheid, wann dein nächster Wettkampf stattfindet«, schlug Sasha vor. »Wir kommen dann alle und feuern dich an.«

»Ähm … okay«, murmelte Lucas zögernd.

Weil er befürchtete, dass es Lucas zu viel wurde, sagte Doc: »Wir sollten besser los.«

»Es war wirklich schön, dich kennenzulernen, Lucas. Ich hoffe, wir sehen dich demnächst öfter«, sagte Sasha.

»Das hoffe ich auch«, ergänzte Tiny und fügte strenger hinzu: »Fahr vorsichtig, hörst du?«

»Ja, Sir«, erwiderte Lucas.

Tiny nickte knapp, und als er und Sasha zurücktraten, verschränkte Tiny die Arme und trommelte mit den dicken Fingern.

Beim Wegfahren atmete Lucas aus, als hätte er die ganze Zeit die Luft angehalten. »Dein Vater ist auch ein Fingertrommler.«

»Ja«, erwiderte Doc mit breitem Grinsen. »Das ist er.«

»Seltsam.«

»Allerdings.« Doc zeigte ihm die Klinik, und als sie wieder Richtung Hauptstraße fuhren, deutete er in Richtung seines Hauses. »Ich wohne da unten. Willst du mein Zuhause sehen?«

»Wieso nicht?«

Als sie bei seinem Haus ankamen, entdeckte Lucas sofort den anderen Pick-up-Truck. »Ist das dein alter Wagen?«

»Ja, er gehörte früher meinem Vater.«

»Warum brauchst du zwei? Wieso verkaufst du nicht einen?«

»Dieser Wagen bleibt schön hier. Er ist das Vermächtnis meines alten Herrn. Aber ich brauchte zwei Sitzreihen und etwas Zuverlässigeres, womit ich auch längere Strecken fahren kann, um Pferde abzuholen.« Die Hunde kamen aus dem Wald neben dem Haus gestürmt. »Und das sind meine Bestien.«

»Wow. Sind das alles deine?«, fragte Lucas aufgeregt.

»Ja. Sadie ist der Irish Setter, Mighty ist der schwarze Labrador und Pickles ist der, der am lautesten bellt.«

»Ich wollte schon immer einen Hund haben, aber meine Mom meinte, sie hätte mit mir und den Pferden schon genug zu tun. Darf ich aussteigen und sie streicheln?«

»Sie würden sich freuen, aber wie wär's, wenn du erst den Wagen parkst und den Motor ausmachst?«

Doc hatte noch nie erlebt, dass die Hunde derart begeistert von jemandem waren. Sie beschnüffelten Lucas von oben bis unten, und Sadie winselte um seine Aufmerksamkeit, obwohl er sie längst mit Streicheleinheiten überschüttete. Lucas spielte nicht nur mit den Hunden, sondern verwandelte sich sogar in ein ganz anderes Kind, lachte und streichelte sie, warf Stöckchen und feuerte sie an, wenn sie losrannten, um sie zurückzuholen.

»Lässt du sie den ganzen Tag draußen?«, fragte er und warf einen Stock für Pickles.

»Nein. Sie gehen rein und raus, wie sie wollen. Sie haben

Hundeklappen.«

Lucas sah zum Haus hinauf. »Hier ist es cool, so mitten im Wald.«

»Hinter dem Haus verläuft ein Bach und oben im Wald ist ein See. Als ich ein kleines Kind war, hat mich mein Großvater immer dorthin zum Zelten mitgenommen.«

»Ich war noch nie zelten.« Er warf noch einen Stock für die Hunde. »Ich glaube, Mom hat Angst vorm Zelten, weil sie so was noch nie gemacht hat.«

Das betrübte ihn, aber nicht, weil er annahm, Juliette hätte Angst vorm Zelten. Sie liebte die freie Natur. Vielmehr war er traurig, dass sie das noch nie erlebt hatte. »Hättest du Lust, mal zu zelten?«

Lucas zuckte mit den Achseln. »Irgendwie schon, ja.«

»Ich würde euch beide gerne mal zum Campen mitnehmen. Hier oder woanders, wie ihr wollt.«

Lucas antwortete nicht, als die Hunde mit Stöcken im Maul wieder angerannt kamen. Sadie ließ sich neben Lucas nieder und er ließ die anderen beiden Hunde ein weiteres Mal loslaufen.

Doc wollte ihm näherkommen, wusste aber, dass er ihn nicht drängen durfte. »Ich hab da was, das du vielleicht cool findest. Es stammt aus der Zeit, als deine Mom damals im Sommer hier war. Magst du kurz mit reinkommen?«

»Warum nicht?«

Die Hunde folgten ihnen ins Haus und wichen Lucas nicht von der Seite, während er durchs Wohnzimmer ging und sich sichtlich bemühte, nicht auf Docs Familienfotos zu starren. »Was wolltest du mir zeigen?«

»Hier entlang.« Er führte ihn ins Schlafzimmer, hob den Teppich an und zeigte ihm das Herz mit seinen und Juliettes

Initialen, die in den Boden geritzt waren.

Lucas starrte es verwirrt an.

»In dem Sommer, in dem deine Mutter und ich uns kennengelernt haben, stand hier eine alte Hütte. Wir haben uns oft dort getroffen, und ich habe das Herz in den Boden geritzt, kurz bevor dein Großvater sie von hier weggeholt hat. Jahre später habe ich die alte Hütte abgerissen und dieses Haus gebaut, aber ich konnte das Herz einfach nicht entfernen. Es ist eines der wenigen greifbaren Dinge, die ich noch aus diesem Sommer habe.«

»Warum zeigst du es mir?«

»Damit du weißt, dass ich nicht nur ein Arschloch bin, das deine Mutter geschwängert hat.«

Auf dem Heimweg war Lucas so still, dass Doc schon befürchtete, ihm zu viel zugemutet zu haben. Nach Seeleys Haus wollte Lucas noch den Rest der Ranch sehen. Sie waren am Haupthaus, am Paintballfeld und an den Häusern der Familienmitglieder vorbeigefahren.

Als sie auf die Einfahrt abbogen, sagte Doc: »Ich hoffe, es war nicht zu viel für dich, die Ranch zu sehen und Sasha und meinen Vater kennenzulernen.«

»War es nicht. Die Ranch ist cool. Das Paintballfeld ist riesig.«

»Das kannst du laut sagen. Sasha und Cowboy lieben Paintball. Alle paar Jahre erweitern sie das Feld.«

»Das ist echt cool.« Lucas parkte neben Juliettes Wagen, und nachdem er den Motor abgestellt hatte, betrachtete er die

Schlüssel und fragte: »Glaubst du, Sasha hat das ernst gemeint, als sie sagte, dass sie mich beim Bullenreiten anfeuern will?«

»Sonst hätte sie es nicht vorgeschlagen. Meine Familie – *unsere* Familie – ist nicht gut darin, anderen etwas vorzuspielen. Was du siehst, ist auch das, was du bekommst. Manchmal bedeutet das, dass man dich beim Bullenreiten anfeuert, und dann wieder, dass jemand dich zur Rede stellt, weil du dich wie ein Idiot benommen hast.«

Lucas hatte noch mehr Bedenken. »Aber dein Vater hat mich in die Familie aufgenommen, obwohl er mich gar nicht kennt.«

»Weil er das so sieht. Du bist halb Whiskey, das heißt, in deinen Adern fließt Tinys Blut. In unserer Familie ist das alles, was zählt.«

»Und was ist, wenn sie mich für einen Idioten halten?«

»Ich kann dir ohne jeden Zweifel sagen, dass wir das alle irgendwann mal übereinander denken.«

Lucas grinste.

»Hör zu, du bist ein guter Junge, der gerade eine schwere Zeit durchmacht. Aber selbst andernfalls, wenn du klaust oder andere schlecht behandelst, gehörst du trotzdem zur Familie, und wir wenden uns nicht von der Familie ab. Egal, ob du mal ein Idiot bist, eine schwere Zeit durchstehst und mit Samthandschuhen angefasst werden musst oder ob du dich wie ein Blödmann benimmst und mal klare Ansagen brauchst.«

Lucas schaute erneut auf die Schlüssel in seiner Hand.

»Ich weiß, dass die Vorstellung von einer großen, lauten, herzlichen Familie dir vermutlich komisch und überwältigend erscheint, weil es so lange Zeit nur dich und deine Mom gab. Aber du kannst darauf vertrauen, dass die Liebe, die wir dir entgegenbringen werden, echt ist. Deine Mom ist mit sechzehn aus unserem Leben verschwunden, aber als du vermisst wurdest, war meine Familie sofort für sie da. Ohne Fragen zu stellen. Mein Vater hat den Club mobilisiert, und meine Mutter ist bei deiner Mom geblieben, bis du wieder sicher zu Hause warst.«

»Ich wusste nicht, dass deine Mom da war.« Lucas sah ihn abermals an.

»Ich weiß. Sie und mein Vater sind gegangen, als wir unten am Stall waren. Alles an unserer Situation ist neu für dich und deine Mom, aber auch für mich und meine Familie. Es wird Höhen und Tiefen geben. Aber wie langweilig wäre das Leben, wenn immer alles einfach wäre?«

Lucas lächelte beinahe. »So hab ich das noch nie gesehen.«

»Wie ich bereits sagte, bedeutet uns die Familie alles, und sie wird in guten und in schlechten Zeiten für dich da sein. Selbst wenn du dich entscheidest, alle anderen nie kennenzulernen, würden trotzdem alle für dich da sein.«

Lucas fummelte wieder an den Schlüsseln herum und nickte.

»Es gibt keinerlei Druck. Wir gehen nirgendwo hin. Wir sind in Hope Valley geboren und aufgewachsen, und wir bleiben hier, bis wir eines Tages sechs Fuß unter der Erde liegen.«

»Werden sie auch für meine Mom da sein, falls ihr Vater auf sie losgeht?«

Großer Gott, kein Kind sollte solche Sorgen haben. »Dein Großvater wird ihr nichts tun.«

»Aber meine Mom hat gesagt, ihr sorgt dafür, dass er für das bezahlt, was er getan hat, und dass er für die anderen schlimmen Sachen ins Gefängnis kommt.«

»Das tun wir, und das wird er auch, irgendwann jedenfalls.

Aber darüber musst du dir keine Gedanken machen. Wir würden nie etwas tun, das dazu führt, dass er deiner Mom schaden könnte. Dein Großvater kann keinem von uns mehr etwas antun, okay?«

Lucas nickte.

»Gibt es noch andere Sorgen, über die du reden willst?«

Lucas schüttelte den Kopf.

»Dann suchen wir jetzt mal deine Mom.«

Als sie ausstiegen, trat Juliette aus der Haustür, und in ihrem gelben Tanktop wirkte sie wie ein Sonnenstrahl. Ihr Haar wippte bei jedem ausgelassenen Schritt, sie schwang die Hüften in ihren kurzen Jeansshorts und trug diese Cowgirl-Stiefel, die in Doc immerzu den Wunsch weckten, sie auf den Rücksitz seines Wagens zu werfen und wie früher mit ihr herumzuknutschen, als sie noch unbeschwerte Kids waren.

»Wie schön, dass euch beiden nichts passiert ist«, sagte sie. »Ihr wart so lange weg, dass ich mir schon Sorgen gemacht habe.«

»Mit ihm macht das Autofahren viel mehr Spaß als mit dir«, erwiderte Lucas. »Wir waren bei seinem Clubhaus, und ich habe seinen Cousin Rebel kennengelernt, der mir jede Menge Oldtimer gezeigt hat.«

»Wirklich?«, fragte sie.

»Doc hat mir auch die Ranch gezeigt«, fuhr Lucas fort.

Sie riss die Augen auf. »Wow. Wie ist es gelaufen?«

»Gut«, antwortete Lucas. »Ich habe seinen Vater Tiny kennengelernt, der überhaupt nicht klein ist, und seine Schwester Sasha, die echt heiß ist.«

»Lucas«, ermahnte sie ihn amüsiert.

»Was denn? Sie ist heiß – für ein älteres Mädchen.«

Juliette stupste Doc an. »Kein Wunder, dass er dich lustiger findet als mich.«

»Daran liegt's nicht«, entgegnete Lucas. »Doc bremst nicht ständig mit wie du oder klammert sich ans Armaturenbrett.«

Juliette und Doc lachten, und sie murmelte: »Ja, ja.«

»Er hat sich gut geschlagen«, sagte Doc, und sie wusste, dass er damit nicht nur das Fahren meinte.

»Siehst du, ich bin ein guter Fahrer«, erklärte Lucas selbstbewusst.

»Aber du musst wirklich auf deine Geschwindigkeit achten«, mahnte Doc. »Fahrzeuge sind gefährliche Maschinen.«

»Mach ich.« Lucas reichte ihm die Schlüssel. »Danke, dass du mit mir gefahren bist.«

»Sag mir Bescheid, wenn du das wiederholen möchtest.«

»Wär das okay?«, fragte Lucas Juliette. »Macht es dir etwas aus, wenn er nochmal mit mir fährt?«

»Ich könnte es nicht ertragen, wenn du für immer von meinem imaginären Bremsen traumatisiert wärst«, stichelte sie.

»Ich kann dich Freitag nach dem Training abholen«, bot Doc an. »Oder wir machen ein paar Stunden am Samstag. Du kannst es dir aussuchen oder wir machen beides.«

»Ich bin für beides«, erwiderte Lucas. »Ich habe Layla versprochen, dass ich am Wochenende versuche, mich mit ihr zu treffen, aber das kann ich auch nach dem Fahren mit dir machen. Und, Mom, Robert hat mich eingeladen, Samstag bei ihm zu übernachten. Ist das okay?«

»Klar, solange seine Eltern zu Hause sind.«

»Sind sie.« Lucas schob die Hände in die Taschen seiner Jeans und sah Doc nervös an. »Meinst du, ich könnte nächstes Wochenende nochmal über die Ranch fahren? Und vielleicht noch mehr Mitglieder deiner Familie kennenlernen?«

Docs Herz hüpfte freudig, aber er versuchte, sich nichts

anmerken zu lassen. »Gern. Wie wäre es, wenn wir uns am Samstagnachmittag zu dritt auf der Ranch treffen, und ich zeige euch beiden alles? Ihr könnt mit uns zu Abend essen und wir schlagen Dare und Cowboy beim Paintball. Vielleicht machen wir danach noch ein Lagerfeuer, wenn ihr Lust habt.«

Lucas sah Juliette hoffnungsvoll an. »Können wir?«

»Das hört sich gut an. Ich würde gern alle wiedersehen«, sagte sie.

»Super. Ich bin am Verhungern. Ist noch Pizza im Kühlschrank?«, erkundigte sich Lucas.

»Ja«, antwortete Juliette, und Lucas lief zum Haus. Sie warf Doc einen neugierigen Blick zu. »Hast du Kinderflüsterer zu deinem Lebenslauf hinzugefügt, als ich nicht aufgepasst habe?«

»Ich bin genauso überrascht wie du. Ich dachte, wir fahren nur mal an der Ranch vorbei, damit er weiß, wo sie liegt, aber er hat gefragt, ob wir durchfahren können.«

»Wow. Ich bin echt beeindruckt.«

»Ich glaube, Layla hatte ein bisschen was mit seinem Sinneswandel zu tun. Er hat mir erzählt, dass er ihr gesagt hat, dass ich sein Vater bin.«

»Hat er das? Dann muss er ihr wirklich vertrauen. Er will ja noch nicht mal mit der Therapeutin reden. Er sagt, darauf kann er verzichten.«

»Im Moment vielleicht. Kinder sind ziemlich widerstandsfähig. Aber wir sollten nicht aufgeben und versuchen, ihn doch zu einer Therapie zu bewegen. Vielleicht sollten wir ein paar Wochen warten und es dann noch einmal ansprechen.«

»Das war mein Plan. Ich bin froh, dass er Layla vertraut, aber wenn sie sich so nahestehen, könnte sich ihre Beziehung schnell weiterentwickeln, und dafür ist sie viel zu jung.«

»Das sind sie beide. Aber Realität ist nun mal, dass wir

nicht kontrollieren können, was sie tun. Uns bleibt nur, Lucas Respekt vor sich selbst und vor ihr beizubringen, ihn in die richtige Richtung zu lenken und zu hoffen, dass sie vorsichtig sind, wenn sie den nächsten Schritt machen.«

»Lucas ist der beste Beweis dafür, dass Leidenschaft die Vorsicht auslöschen kann. Hast du mit ihm über gestern gesprochen?«

»Ja. Sie haben im Stall nichts angestellt, und er hat es auch nicht eilig damit, mehr zu tun, als sie zu küssen.«

»Er hat sie geküsst?« Sie legte sich eine Hand aufs Herz. »Mein kleiner Junge wird zu schnell erwachsen.« Sie blickte gen Himmel. »Ich bin für all das noch nicht bereit.«

»Es gibt nichts, womit wir nicht fertig werden.«

»*Wir*«, wiederholte sie ein wenig verträumt. »Das klingt gut.«

Er trat näher und wünschte, er könnte sie in die Arme nehmen, aber sie waren vom Haus aus zu sehen. »Dann hoffe ich, dir gefällt das hier auch: Samstagabend, du auf dem Rücksitz meines Motorrads, Abendessen und Tanzen im Roadhouse und eine Pyjamaparty bei mir.«

»Eine Pyjamaparty, ja?«, neckte sie ihn. »Gibt es auch Snacks?«

»Liebling, wenn du bei mir übernachtest, habe ich meinen Lieblingssnack schon da und bin sehr gern der deine.«

»Seeley Whiskey, du weißt wirklich, wie man eine Frau verführt.«

»Du hast es verdient, an deinem Geburtstag verwöhnt zu werden.«

Sie sah ihn verdutzt an. »Ich kann nicht glauben, dass du das noch weißt. Hat Lucas es erwähnt? Er macht mir an meinem Geburtstag immer Zimttoast zum Frühstück und bastelt mir eine Karte.«

»Er hat nichts erwähnt. Aber ich sagte doch bereits, dass ich nichts vergessen habe, was dich angeht. Allerdings hört sich das ganz so an, als müsste ich mich anstrengen, um mitzuhalten. Was sagst du?«

»Ich sage, ich kann es kaum erwarten. Aber ich habe seit damals, als du mich im Sommer zum Mittagessen ins Roadhouse mitgenommen hast, nicht mehr auf einem Motorrad gesessen und war auch nicht mehr in einer Bar oder tanzen.«

Der Biker in ihm freute sich, dass sie nicht den Rücken eines anderen Mannes gewärmt hatte, aber bei ihren anderen Worten wurde ihm das Herz schwer. »Du warst nie mit einem anderen Mann bei einem Date in einer Bar?«

»Nein.«

Ein langsames Grinsen breitete sich auf seinem Gesicht aus. »Ist es schlimm, dass es mich glücklich macht zu wissen, dass kein anderer Mann dich auf der Tanzfläche in den Armen gehalten hat?«

Sie lachte leise. »Ich wäre enttäuscht, wenn dem nicht so wäre.«

Er konnte nicht widerstehen, ihre Hand zu nehmen und sie auf die andere Seite des Wagens zu führen, wo sie aus keinem Fenster mehr zu sehen waren. »Ich habe dich heute vermisst, und wenn ich dich jetzt nicht küssen kann, werde ich noch verrückt.«

»Das wollen wir lieber nicht riskieren.«

Sie legte die Arme um seinen Hals, und er senkte die Lippen auf die ihren und küsste sie, bis sie beide außer Atem waren.

Zweiundzwanzig

Juliette war ein wenig nervös gewesen, weil sie auf Seeleys Motorrad mitfahren würde, aber ihre Nervosität hatte keine Chance gegen das aufregende Gefühl, sich an seinen Rücken zu schmiegen, während der Motor unter ihnen vibrierte und die Welt an ihnen vorbeizog. Das Gefühl seiner angespannten Muskeln an ihrer Brust und unter ihren Händen war berauschend.

Der Mann selbst war es sogar noch mehr.

Als sie ihn auf seinem glänzenden schwarzen Motorrad gesehen hatte – in ausgewaschenen Jeans, mit seiner Lederweste über einem schwarzen T-Shirt und Tattoos, die sich unter den Ärmeln hervorschlängelten –, war ihr ganzer Körper in Flammen aufgegangen. Sie hatte in ihrem Leben genug heiße Männer gesehen, um zu wissen, dass es weniger an seinem unglaublichen Aussehen lag, sondern vielmehr an dem großen Herzen, das in seiner breiten Brust schlug.

Das Herz, in das er ihren Sohn ohne zu zögern aufgenommen und das sich ihr gegenüber nie ganz verschlossen hatte.

Die kühle Abendluft strich über ihre Haut, als sie von der Hauptstraße abbogen und zum Roadhouse fuhren. Seeley hatte ihr gesagt, dass seine Geschwister dort sein würden. Er wollte ihr die Gelegenheit geben, sie neu kennenzulernen, bevor er Lucas am nächsten Wochenende allen vorstellte. Sie war aufgeregt und ein bisschen nervös, alle wiederzusehen.

Als sie dort ankamen, fühlte sie sich freier und leichter als seit Jahren. Das rustikale Gebäude hatte sich nicht verändert, die lange Veranda und das orangefarbene *Roadhouse*-Neonschild über der Eingangstür sahen aus wie früher.

Er stellte den Motor ab, nahm den Helm ab und fuhr sich mit der Hand durch das dichte Haar. Nachdem er seinen Helm verstaut hatte, half er ihr mit ihrem. Als sie ihr Haar ausschüttelte, bedachte er sie mit einem derart lasziven Blick, dass ihr Körper erneut zu vibrieren begann.

»Mmh. Dich auf meinem Motorrad zu sehen, ist einfach zu heiß, um es zu ignorieren.«

Als er sich ihr zugewandt wieder daraufsetzte, musste sie lachen. »Was machst du da?«

»Ich möchte mal kosten, was mir gehört.«

Er schob die Hände in ihr Haar, zog sie zu sich heran und küsste sie leidenschaftlich. Seine Zunge glitt über ihre und nahm sie mit jeder Berührung mehr in Besitz. Sie beugte sich vor und vertiefte den Kuss.

»Das nenne ich mal einen Kuss. Kein Wunder, dass Juliette schwanger geworden ist.«

Fluchend löste sich Seeley von ihr, und es dauerte einen Moment, bis Juliettes Gehirn wieder auf Betriebstemperatur war. Erst dann wurde sie von Verlegenheit überflutet. Doc funkelte Birdie erbost an, die grinsend neben dem Motorrad stand. Sie sah aus wie eine süße Madonna aus den Achtzigern: weißes Spitzen-Bustier, Jeans-Minirock, darunter gezackte Lagen lavendelfarbenen Tülls, die bis knapp unter die Oberschenkel reichten. Eine Perlenkette schmiegte sich an ihren

Hals, dazu mehrere lange Ketten, und sie trug fingerlose, ellbogenlange weiße Handschuhe.

»Hallo, Birdie«, sagte Juliette.

»Hi! Kommt ihr jetzt endlich, oder was? Also, ich meine, kommt ihr in die Bar? Den Rest will ich gar nicht wissen …«

»Birdie«, warnte Doc und stieg vom Motorrad.

Birdie hob beschwichtigend die behandschuhten Hände. »Hey, ich bin nicht diejenige, deren Mandeln mit der Zunge inspiziert wurden.«

Juliette lachte, während Doc ihr beim Absteigen half.

»Ermutige sie nicht auch noch«, sagte Doc und schloss die Helme am Motorrad fest.

»Verdammt, Süße«, sagte Birdie. »Du siehst heiß aus.«

»Danke.« Sie trug ihre Lieblingsjeans und -stiefel und ein kurzärmliges kupferfarbenes Shirt, das sich zwischen den Brüsten schnüren ließ und ihr Dekolleté toll zur Geltung brachte.

»Das Shirt ist der Hammer. Kein Wunder, dass Doc dich am liebsten gleich hier und jetzt vernaschen würde. Ich bin überrascht, dass du es überhaupt aus dem Haus geschafft hast. Wenn ich solche Brüste hätte …«

»Großer Gott, Birdie. Das reicht jetzt«, schimpfte Seeley und legte Juliette einen Arm um die Schultern, als sie hineingingen.

Juliette konnte sich das Lachen nicht verkneifen. Birdie war noch so jung gewesen, als sie sich kennengelernt hatten, aber sie hatte Seeley schon damals ständig auf die Palme gebracht. »Du siehst auch toll aus, Birdie. Dein Rock ist hinreißend.«

»Danke. Den hab ich selbst gemacht.« Sie wackelte mit den Hüften. »Hoffentlich wirkt er heute wie ein Männermagnet.«

Seeley warf Birdie einen finsteren Blick zu. »Kannst du

nicht wenigstens einen Abend lang so tun, als würdest du keinen Kerl suchen?«

Birdie stemmte eine Hand in die Hüfte. »Ich gehe nicht aus, um einen Mann zu finden. Ich gehe aus, damit sie mich finden können. Wenn ihr mich jetzt entschuldigen würdet.« Sie stieß die Tür auf und stolzierte in die Bar.

»Ihretwegen bekomme ich noch graue Haare.«

Juliette musste lachen. »Sie ist eine erwachsene Frau mit viel Temperament. Versuch bloß nicht, sie zu zähmen.«

»Ich will sie nicht zähmen. Ich will sie beschützen.«

Und genau das gehörte zu den Dingen, die sie am meisten an ihm liebte.

Als sie hineingingen, überrollten sie die Musik und das Stimmengewirr von Leuten, die tanzten, Billard spielten, an der Bar standen oder eine junge Frau auf dem mechanischen Bullen anfeuerten.

Seeley drückte sie an sich, während sie sich einen Weg durch die Menge und um die vollen Tische bahnten. Juliette fiel auf, wie viele Männer mit Dark-Knights-Patches auf den Kutten im ganzen Raum verteilt waren, genau wie damals, und lauter Erinnerungen stiegen in ihr auf. Sie war so jung und verliebt gewesen, und ihre mittäglichen Treffen im Roadhouse hatten sich wie ein Traum angefühlt. Und die wenigen Male, als sie abends dort aßen, war die Bar immer voller Leben gewesen, und sie hatte die gleiche knisternde Energie gespürt wie jetzt.

Aber eine Sache hatte sich *doch* geändert.

Damals hatten die anderen Dark Knights auf sie aufgepasst. Jetzt war es Seeleys wachsamer Blick, der über die Menge schweifte und einen Moment verweilte, als er Birdie bemerkte, die mit zwei Männern plauderte. Juliette spürte, wie seine

Anspannung wuchs und er den Arm fester um sie legte, während er den Männern einen warnenden Blick zuwarf, woraufhin sie einen Schritt zurückwichen. Sie hatte Mitleid mit Birdie, war aber auch beeindruckt von Seeley und wie sehr er die Menschen in seinem Leben beschützte.

Sie bemerkte, dass einige Leute sie neugierig musterten, und ihre Nervosität flackerte abermals auf. Nach allem, was Seeley ihr über seine Dating-Vergangenheit erzählt hatte, nahm sie an, dass sich viele fragten, ob sie wohl sein nächster Flirt für ein paar Wochen war. Bei dem Gedanken, dass er mit anderen Frauen zusammen gewesen war, verknotete sich ihr Magen. Aber sie hatten beide ein erfülltes Leben geführt, in dem es andere Männer und Frauen gegeben hatte. Viel wichtiger war, dass ihre Herzen trotz des unerträglichen Herzschmerzes immer miteinander verbunden geblieben waren. Für Eifersucht war in so einer Liebe kein Platz.

Da entdeckte sie seine Geschwister an einem Tisch ganz in der Nähe. Cowboy hatte den Arm um eine zierliche Schönheit mit schulterlangem goldblonden Haar und einem warmen Lächeln gelegt. Sie schien in Birdies Alter zu sein und sah Cowboy voller Bewunderung an. Sasha kuschelte sich an einen gut aussehenden Mann mit pechschwarzem Haar, olivfarbener Haut und markanten Gesichtszügen, und Billie stand neben Dares Stuhl, hielt ein Tablett mit Gläsern in der Hand und unterhielt sich mit allen.

Dare blickte auf und bemerkte, dass Juliette sie beobachtete. Schon sprang er auf und brüllte: »Da sind ja der Mann der Stunde und das schöne Geburtstagskind!«, woraufhin alle in die Runde riefen: »Alles Gute zum Geburtstag!«

Juliette schaute Doc entsetzt an. »Du hast es ihnen erzählt?«

»Du verdienst es, gefeiert zu werden, Liebling.« Er küsste

sie und sie konnte nicht aufhören zu lächeln.

»Komm her.« Dare nahm sie in die Arme. »Ich freue mich, dass du hier bist.«

»Danke. Ich mich auch.«

Er legte Billie eine Hand in den Rücken. »Erinnerst du dich an meine wunderschöne Frau Billie?«

»Sicher. Schön, dich zu sehen. Ich wusste immer, dass ihr zwei mal zusammenkommen würdet.«

»Er hat mir keine Wahl gelassen«, erwiderte Billie und sah Dare liebevoll an.

»Doch, das hab ich«, widersprach Dare. »Ich hab gesagt, du kannst mich heiraten oder ich dich, aber so oder so heiraten wir.«

Alle lachten.

»Cowboy und Sasha kennst du ja schon, Jule.« Seeley zog ihr einen Stuhl heran. »Das sind Cowboys Verlobte Sully und Sashas Verlobter Ezra.«

»Freut mich, euch beide kennenzulernen«, sagte Juliette und sah Sasha unsicher in die Augen. Sasha war dabei gewesen, als sie Seeley auf der Ranch wegen Lucas angeschrien hatte. Sie war schon damals immer die ruhige, ausgeglichene Schwester gewesen und hatte auch jetzt diese Ausstrahlung. Sie setzten sich, und Juliette versuchte, das Eis zu brechen. »Ich kann kaum glauben, dass ihr alle bald heiratet. Herzlichen Glückwunsch.«

»Danke«, sagten alle vier gleichzeitig.

»Ich muss zurück an die Arbeit«, erklärte Billie. »Doc, Juliette, was kann ich euch bringen? Die anderen bekommen gleich Vorspeisen und Getränke.«

Seeley legte einen Arm um Juliette. »Isst du immer noch gern gefüllte Kartoffeln und Hähnchenflügel?«

»Ich liebe sie. *Es geht nichts über Fingerfood*«, wiederholte sie, was sie schon als Teenager gesagt hatten. Wie schon damals lachte Seeley und küsste sie, allerdings in der Gegenwart der anderen, woraufhin sich ihre Nervosität wieder bemerkbar machte. Sie war sich nicht sicher, wie viel seine Familie über ihre aktuelle Beziehung wusste, und sie wollte mit Sasha reinen Tisch machen. Außerdem wollte sie nicht zu viel Alkohol trinken, da sie mit dem Motorrad hergekommen waren, aber sie brauchte ein bisschen flüssigen Mut und wollte sich einen Drink gönnen. »Ich habe ewig keinen Drink mehr bestellt. Was ist gut, aber nicht zu stark?«

»Margaritas!«, rief Birdie, die sich neben ihr auf einen Stuhl fallen ließ.

»Ja!«, stimmten Sasha und Sully zu.

»Dann nehme ich wohl eine Margarita«, sagte Juliette.

»Ich nehme das Übliche«, sagte Doc.

Als Billie wegging, fasste sich Juliette ein Herz und blickte über den Tisch zu Sasha hinüber. »Sasha, es ist mir ein bisschen peinlich, aber ich wollte mich entschuldigen, weil ich neulich auf der Ranch so eine Szene gemacht und Seeley wegen Lucas angebrüllt habe.«

Doch Sasha winkte ab. Das dunkelblonde Haar fiel ihr offen über die Schultern. »Mach dir keine Sorgen. Ich habe schon Schlimmeres gesehen, und dieser Kerl« – sie zeigte auf Seeley – »hatte einen Tritt in den Hintern verdient.«

»Vor allem nach dem, was er im Krankenhaus zu dir gesagt hat«, ergänzte Birdie. »Ich wollte ihm den Hintern versohlen.«

Seeley zog Juliette näher zu sich heran. »Birdie hat mich dafür zusammengefaltet, und Sasha hat mich für das, was ich an dem Tag auf der Ranch gesagt habe, auch ordentlich zur Schnecke gemacht.«

»Gott sei Dank«, murmelte Juliette erleichtert, und alle lachten. »Ich dachte schon, ihr würdet mich deswegen hassen.«

»Auf keinen Fall. Er hat uns erzählt, was ihr durchgemacht habt, und das alles tut mir so leid«, sagte Sasha. »Das ist wirklich furchtbar.«

»Mir tut es auch leid«, sagte Birdie. »Weißt du, all die Jahre durften wir deinen Namen nicht mal erwähnen, weil Doc dann ausgerastet ist, und wir kannten nie den Grund dafür. Jetzt, wo ich die Wahrheit kenne, will ich deinem Vater am liebsten ordentlich in den Arsch treten.«

»Da bin ich dabei.« Juliette bemerkte, dass Seeley und die anderen Männer ernste Blicke austauschten, die sie nicht lesen konnte. Aber sie hatte den Eindruck, dass sich alle einig waren.

»Ich bin wirklich froh, dass ich dich endlich kennenlernen darf«, sagte Sully. »Ich bin in einer Sekte aufgewachsen und weiß, wie es ist, wenn dich die Person, die dich eigentlich beschützen sollte, nicht nur im Stich lässt, sondern sogar in Gefahr bringt. Deine Situation war zwar anders, aber irgendwie auch ähnlich. Wenn du mal jemanden zum Reden brauchst, ich kann gut zuhören.«

»Du bist eine tolle Zuhörerin«, sagte Cowboy und küsste sie auf die Schläfe.

Juliette wusste nicht genau, wie sehr Sully in der Sekte gelitten hatte, aber Seeley hatte schon einige Andeutungen gemacht, und sie ahnte, dass es nicht leicht für Sully gewesen war, auch nur so viel zuzugeben. »Ich weiß das zu schätzen und vielleicht komme ich eines Tages darauf zurück.«

»Wir sind alle für dich und Lucas da«, sagte Sasha. »Er ist übrigens ein richtig Süßer. Ich habe ihn neulich kennengelernt, als er mit Doc auf der Ranch war. Er sieht Doc in dem Alter zum Verwechseln ähnlich und das hat meinen Vater ganz schön aus der Fassung gebracht.«

»Sasha, Lucas findet dich heiß«, sagte Doc.

Ezra zog Sasha an seine Seite. »Der Junge hat einen guten Geschmack.«

»Ich habe gehört, dass er in Layla Braden verknallt ist«, bemerkte Cowboy.

»Das stimmt und ich bin noch nicht bereit dafür«, gab Juliette zu, als Billie ihre Getränke brachte. »Danke.«

»Euer Essen kommt gleich«, sagte Billie.

»Gib mir ein bisschen Zucker, Wildfang.« Dare zog Billie für einen Kuss zu sich herunter und gab ihr einen Klaps auf den Hintern, als sie wegging, woraufhin sie ihm über die Schulter einen frechen Blick zuwarf.

»Layla ist auch sehr süß. Die beiden passen meiner Meinung nach gut zusammen«, fand Sasha.

»Sie ist ein nettes Mädchen«, bestätigte Juliette. »Lucas hat den Tag mit ihr und ihrer Familie im Real DEAL verbracht, diesem immersiven Erlebnispark. Er soll eigentlich lehrreich sein, aber sie hatten auch sehr viel Spaß. Sie waren den ganzen Tag dort. Anscheinend gibt es dort alles Mögliche, von Survival-Workshops über Meeresbiologie-Labore bis hin zu vielen anderen Sachen rund um die Wissenschaft. Natürlich war Lucas' Lieblingsteil die Rennstrecke. Er ist ein kleiner Geschwindigkeitsfanatiker.«

»Das hat er von mir«, meinte Dare.

»Wo ist Lucas heute Abend?«, erkundigte sich Sully.

»Er übernachtet bei einem Freund«, antwortete Seeley. »Was bedeutet, dass ich Juliette ganz für mich allein habe.« Er küsste sie auf die Schläfe.

»Noch nicht, mein Lieber.« Birdie sprang auf. »Mädelszeit! Lasst uns tanzen!«

Sasha und Sully erhoben sich ebenfalls und strebten zur Tanzfläche.

»Juliette, hör auf, meinen Bruder anzuhimmeln, und schwing deinen Hintern vom Stuhl.« Birdie nahm Juliettes Hand und zerrte sie auf die Beine.

»Oh! Mir war nicht klar, dass du mich meinst«, sagte sie.

»Wir können doch in Gegenwart der Männer kein Mädelsgespräch führen«, erklärte Birdie.

»*Birdie*«, warnte Seeley.

Birdie verdrehte die Augen und zog Juliette zu Sasha und Sully auf die Tanzfläche.

»Erzähl uns alles«, verlangte Birdie.

»Wie war es für dich in Kalifornien? Das muss doch richtig schwer gewesen sein«, sagte Sasha.

»Wie ist es, nach so langer Zeit wieder hier zu sein?«, wollte Sully wissen. »Weiß Lucas von dir und Doc?«

Und so ging es immer weiter.

Sie tanzten und redeten, und obwohl es sich am Anfang wie ein Verhör anfühlte, wurde schnell etwas anderes daraus. Etwas, von dem sie gar nicht gewusst hatte, wie sehr sie es brauchte. Die anderen Frauen waren einfühlsam und stellten Fragen, auf die nur andere Frauen kommen würden, und es schien ihnen wirklich wichtig zu sein, mehr über das zu erfahren, was Juliette und Lucas durchgemacht hatten. Birdie und Sasha erzählten, dass sie sich in all den Jahren große Sorgen um Seeley gemacht hatten. Sie erklärten, dass sie wirklich nicht gewusst hatten, was damals passiert war, und berichteten, dass sie immer gespürt hätten, wie sehr er Juliette noch liebte, weil er nach jenem Sommer so verschlossen geworden war.

Zwischen den ernsten Gesprächen wurde gelacht, und sie

umarmten sich, während sie sich gegenseitig neckten, und die Frauen machten Witze darüber, wie besitzergreifend die Männer waren, die sie beim Tanzen wie Wachhunde beobachteten. Juliette wusste, dass es zumindest bei Seeley nicht daran lag, dass er ihr nicht vertraute, sondern weil er um jeden Preis verhindern wollte, dass ihr oder den anderen etwas passierte. Das liebte sie an ihm, aber mit den Frauen konnte sie auch darüber lachen, weil die Männer sie in der Tat nicht einen Moment aus den Augen ließen.

Sie tanzten und lachten, bis sie zu hungrig waren, um weiterzumachen. Dann gesellten sie sich wieder zu den Männern an den Tisch, griffen beim Fingerfood zu und genossen die lockeren Gespräche, lustigen Neckereien und Küsse ihrer Männer. Birdie kommentierte das natürlich jedes Mal aufs Neue und Juliette fühlte sich einfach großartig. *Wow!* Mit ihrem Umzug nach Kalifornien hatte sie den Kontakt zu ihren Freundinnen aus der Highschool verloren, und es war schwer gewesen, dort neue Freundinnen zu finden, denn sie war mit siebzehn schon verheiratet und Mutter gewesen, während die meisten Mädchen in ihrem Alter noch zur Schule oder feiern gingen. Erst jetzt wurde ihr bewusst, wie sehr sie es vermisst hatte, Freundinnen zu haben. Sie hatte das Gefühl, hier endlich wahre Schwestern gefunden zu haben, andere Frauen, die über das wirkliche Leben sprachen und verstanden, dass es manchmal gefährlich und schwer, aber auch unwiderstehlich schön sein konnte. Und sie glaubten nicht nur an tiefe, seelenerschütternde Liebe, sondern sie hielten auch zu ihr, Seeley und Lucas und sahen sie längst als Teil ihrer Familie an.

Im weiteren Verlauf des Abends überredeten ihre neuen Freundinnen sie, auf dem mechanischen Bullen zu reiten, was zwar peinlich war, aber auch sehr viel Spaß machte. Seeley und alle anderen feuerten sie während der fünf Sekunden an, die sie durchhielt. Nachdem sie heruntergefallen war, konnte sie nicht aufhören zu lachen, und Birdie rief: »Gut gemacht, Kleine! Zeig dem Boden, wer der Boss ist!«, was sie noch mehr zum Lachen brachte.

Seeley half ihr auf und zog sie in seine Arme. »Ich glaube, du solltest lieber auf deinem Cowboy reiten.« Er erstickte ihr Lachen mit einem gnadenlosen Kuss, der ihnen Pfiffe und Jubel aus der Menge einbrachte.

Jetzt tanzte sie auf der schummrigen Tanzfläche in seinen Armen zu *What If I Never Get Over You*. Seine Hände ruhten warm auf ihrem Rücken, sein Körper schmiegte sich sinnlich an ihren. Sie waren von Paaren umgeben, aber er sah sie an, als wäre sie die einzige Person im ganzen Raum. Ihr Herz war so voller Liebe, dass sie sicher war, er müsste es deutlich schlagen hören.

»Hast du Spaß, Peaches?«

»Ich habe die beste Zeit meines Lebens. Es ist wunderbar, mit dir hier zu sein, deine Brüder und Schwestern wiederzusehen und ihre Partner und Partnerinnen kennenzulernen. Genau so habe ich es mir immer für uns ausgemalt.«

»Ich auch. Ich kann noch immer nicht glauben, dass ich dich in meinen Armen halte. Und dass ich dich heute Nacht ganz für mich allein haben werde.« Er küsste sie zärtlich und sein Blick wanderte langsam über ihr Gesicht.

»Was ist?«

»Du bist so schön, dass es fast wehtut, dich anzusehen.«

Sie verdrehte die Augen und schüttelte den Kopf.

»Ich meine es ernst, Liebling. Als wir getrennt waren, habe ich mich immer gefragt, wie du dich wohl im Laufe der Jahre verändert hast, selbst wenn ich versucht habe, nicht an dich zu denken. Ganz egal, wie ich dich mir vorgestellt habe, ob du dicker oder dünner warst, kurze oder lange Haare hattest, in meiner Vorstellung warst du immer wunderschön. Niemand konnte dir je das Wasser reichen.«

Nicht zum ersten Mal, und sie wusste, es würde auch nicht das letzte Mal sein, raubte ihr die Ehrlichkeit in seiner Stimme den Atem. »Seeley Whiskey, willst du mir damit etwa sagen, dass ich dich mit sechzehn für alle anderen Frauen verdorben habe? Ich finde, dafür sollte es einen Pokal geben.«

»Oh, den gibt es, und du bekommst später die ganzen zwanzig Zentimeter davon.«

Sie mussten lachen und er küsste sie erneut.

»Ich habe wirklich eine Kleinigkeit für dich. Es betrübt mich ungemein, dass ich so viele Geburtstage und Muttertage verpasst habe, aber ich freue mich darauf, von jetzt an immer dabei sein zu können.« Er zog einen kleinen Samtbeutel aus der Tasche und schenkte ihr dort, mitten auf der Tanzfläche, die schönste Weißgoldkette mit Diamantbesatz in Form eines liegenden Unendlichkeitszeichens und einem herzförmigen Aquamarin am unteren Ende. »Alles Gute zum Geburtstag, Liebling. Ich hoffe, ich habe Lucas' Geburtsstein korrekt ausgesucht.«

Juliette brach in Tränen aus. »Das hast du. Die Kette ist wunderschön.« Er legte sie ihr an und küsste sie. Sie brachte nur ein gepresstes »Danke« über die Lippen und er drückte sie noch ein bisschen fester an sich.

Sie legte den Kopf an seine Brust und umarmte ihn ebenfalls fester, während sie bis zum Ende des Liedes weitertanzten. Danach folgte *Ready to Be Loved*, ein schnellerer Song, doch sie wiegten sich weiter in ihrem eigenen, unhörbaren Rhythmus. Dabei sahen sie sich tief in die Augen und er flüsterte ihr den

Songtext zu. Während er davon sang, dass er es gewohnt war, seine Gefühle zu verstecken, und nun alles für sie riskieren wollte, dass er verletzt worden war und nie jemanden an sich herangelassen hatte, und dass er jetzt bereit war, alles loszulassen, um von ihr geliebt zu werden, wurde ihr Herz mit jedem Wort noch ein Stück voller.

Es war kein Wunder, dass sie nie mit einem anderen Mann hatte glücklich werden können. Sie und Seeley waren Seelenverwandte. Zwei Hälften eines Herzens und ihr wunderschöner Sohn trug das Beste von ihnen beiden in sich.

Dreiundzwanzig

»Endlich«, stieß Doc zwischen drängenden Küssen und gierigen Berührungen hervor, als sie durch seine Haustür stolperten. Sie mussten die Hunde abwehren, die sich ebenso sehr freuten, sie zu sehen, wie sie das Bedürfnis verspürten, allein zu sein. Mighty zwängte den großen Kopf zwischen sie. Doc stieß ihn weg und brüllte: *»Raus hier!«*, aber Pickles und Sadie standen schon schwanzwedelnd auf der anderen Seite und rieben die großen Körper an ihnen.

»Das ist ja fast so, als hätte man drei Kleinkinder. Sie haben dich vermisst«, stellte Juliette lachend fest.

Er stieß ein frustriertes Knurren aus, aber sie hatte recht. Die Hunde hatten den ganzen Tag darauf gewartet, ihn zu sehen, und verdienten ein wenig Aufmerksamkeit. Er stahl sich einen weiteren Kuss, bevor er sich hinunterbeugte und die Hunde kraulte, was sie in vollen Zügen genossen.

Juliette beobachtete ihn mit verträumtem Blick. »Wer hätte gedacht, dass es ein Aphrodisiakum sein kann, dir beim Streicheln der Hunde zuzusehen?«

»Tut mir leid, Jungs, aber heute Abend seid ihr auf euch allein gestellt.« Er richtete sich auf, nahm Juliettes Hand und eroberte ihren Mund zurück, während sie ins Schlafzimmer eilten. Mit einem Tritt wollte er die Tür schließen, doch Pickles drängte sich hinein und führte das Rudel an, und als Doc und Juliette aufs Bett fielen, landeten die Hunde neben ihnen. »Verdammt noch mal!«

Juliette brach in Gelächter aus, und er versuchte, die Hunde aus dem Bett und aus dem Zimmer zu scheuchen – ein chaotisches Unterfangen, das viel zu lange dauerte. Sie lachte immer noch, als er endlich die Tür schloss. »Ich wünschte, ich hätte das gefilmt!«

»Du findest das wohl lustig, was?« Er sah ihr tief in die Augen, während er sich Stiefel und Socken auszog.

»Ja«, antwortete sie amüsiert. »Sie schlafen bei dir und haben ihr Revier markiert.«

Er zog sein Hemd aus und ihr Blick glitt bewundernd über seine Brust. Ihr Lachen verstummte, als er auf sie zuging und sich die Jeans abstreifte. »Das mag sein, aber du gehörst mir, und ich werde jeden Zentimeter deines Körpers für mich beanspruchen.« Er zog ihr die Stiefel und Socken aus. »Ich habe den ganzen Tag über all die Dinge nachgedacht, die ich mit dir anstellen will.«

»Ach ja?«

»Verdammt richtig und die Liste ist lang. Dein Vergnügen ist meine neue Obsession. Ich werde jeden Zentimeter deines Körpers kosten. Und hier fange ich an.« Er küsste ihre Zehenspitzen und sie kicherte. Dann bahnte er sich eine Spur aus Küssen über ihren Fußrücken und um den Knöchel herum. Ihr stockte der Atem, ihre Augen verdunkelten sich. »Mmh. Das gefällt dir.« Er wiederholte das Ganze und sie biss sich auf die Unterlippe. »Du bist so verdammt sexy.«

Er nahm ihre Hand und zog sie auf die Beine. Während er ihr tief in die Augen sah, schnürte er ihr Shirt auf und fuhr mit den Fingern über ihre Halskette und die Wölbung ihrer Brüste. Er streifte ihr das Shirt über den Kopf und warf es auf den Boden. Ihr BH folgte und er nahm sie genüsslich in Augenschein. »So schön.« Er strich mit den Fingern neckend über ihre Brustwarzen und ihr stockte der Atem. »Ich werde diese herrlichen Brüste lecken und daran saugen, bis du so heftig kommst, dass man dich noch zwei Städte weiter schreien hört.«

Ein Wimmern entfuhr ihren Lippen und seine Härte pochte vor Verlangen nach ihr. »Das gefällt dir, nicht wahr?«

»Ja«, hauchte sie.

Ein heiseres Knurren stieg in seiner Kehle auf. »Ich habe meine verruchte Schönheit vermisst.« Er legte ihr eine Hand an die Wange und strich mit dem Daumen über ihre Unterlippe. »Ich will diese Lippen um mich spüren, wenn wir unter der Dusche stehen und du mich mit deinen großen blauen Augen ansiehst, während ich mich in deine Kehle ergieße.«

Sie stieß lautstark die Luft aus. »Du hast dir wirklich alles ausgemalt.«

»Oh ja, Baby. Öfter, als du ahnst.«

»Erzähl's mir«, flehte sie. »Ich will alles über deine Fantasien wissen.«

Angesichts ihrer Begierde breitete sich ein eindeutig lüsternes Grinsen auf seinen Lippen aus. »Du meinst über unsere Realität?«

»Das hoffe ich doch«, sagte sie so verdammt süß und hungrig, dass es ihn fast um den Verstand brachte.

»Grundgütiger, Baby.« Er presste den Mund auf ihren und küsste sie rau und verlangend. Dabei rollte er ihre Brustwarze zwischen Zeigefinger und Daumen und unterbrach den Kuss, um das Feuer in ihren Augen zu sehen. »Wir haben Jahre aufzuholen.« Er knabberte an ihrer Unterlippe. »Weißt du noch, wie wir darüber gesprochen haben, uns im Stall zu lieben, ohne dabei erwischt zu werden?«

Sie nickte. »Ja.«

»Ich werde dich im Stall nackt ausziehen und deine Handgelenke an den Querbalken auf beiden Seiten des Gangs fesseln.« Ihre Augen wurden groß. »Und dann werde ich dich lecken, bis deine Beine vor Lust nachgeben.«

»Das will ich«, keuchte sie.

»Macht dich das heiß, Baby?«

»Ja.«

»Und wie.« Er rieb sie durch ihre Jeans und küsste sie erneut voller Leidenschaft. Sie drückte sich gegen seine Hand und er löste den Mund von ihrem. »Allein der Gedanke daran, dass du gefesselt und mir ausgeliefert an meinem Mund kommst, macht mich hart wie Stahl. Fühle ihn.«

Sie betastete ihn durch seine Jeans hindurch. *»So hart.«*

»Wenn du im Stall gefesselt bist, werde ich es dir so gut besorgen, dass du mich anflehst, es jede Nacht genau dort zu tun, wo uns jederzeit jemand erwischen könnte.«

»Wir machen es nachts«, hauchte sie so verdammt begierig, dass er sein Verlangen nach ihr kaum zügeln konnte.

»Vielleicht«, neckte er sie.

Ihr verruchtes Grinsen brachte ihn dazu, ihr die Jeans und den Slip auszuziehen und mit den Händen ihre Beine hinaufzufahren. »Schau dich an. So verdammt schön.« Er drückte einen Kuss auf ihre bebende Spalte und ließ die Zunge darüber und bis hinauf zu ihrem Kitzler gleiten, wo er sie liebkoste, bis sie verlangte: »Mehr.«

Er richtete sich auf. »Du schmeckst so unglaublich süß.« Er streichelte sie weiter und genoss den Klang ihres schweren Atems und dass ihr Körper vor Verlangen zitterte. Gierig presste er den Mund erneut auf ihren, erkundete und eroberte sie mit der Zunge. Sie stöhnte, saugte an seiner Zunge und sandte einen Hitzeschub direkt in seine Mitte. »Koste, wie süß du schmeckst.« Er hielt ihr seine feuchten Finger an die Lippen und sie öffnete den Mund. Als er sie ihr auf die Zunge legte, schloss sie die Lippen darum und saugte daran, während er sie in ihrem Mund bewegte. »Das ist meine Schönheit. Gleich wirst du hier noch etwas ganz anderes spüren.«

Bei diesen Worten nahm er die Finger aus ihrem Mund und streichelte sie abermals zwischen den Beinen. »Willst du mich in den Mund nehmen, Baby?«

»Ja«, flehte sie und errötete.

Er fuhr mit seiner Zunge über ihre Unterlippe. »Auf die Knie, mein verruchter Liebling.« Während sie auf die Knie sank, zog er sich rasch aus. Sie umfing seine Länge und blickte mit großen blauen Augen zu ihm auf, um dann mit der Zunge einmal über die komplette Länge und über die dralle Spitze zu fahren. Jede Liebkosung ihrer Zunge ließ ihn erbeben.

Er vergrub die Hände in ihrem Haar. »Leg deine weichen Lippen darum, und zeig mir, wie sehr du ihn vermisst hast.« Sie tat, was er verlangte, und nahm ihn tief in sich auf. »*Guuuut.*« Er stieß das Becken vor, und sie verwöhnte ihn mit dem Mund und saugte, wobei sie ihn gleichzeitig mit der Faust umschloss und zudrückte. »Genau so. So verdammt gut.« Sie schloss die Augen und wurde schneller. »Sieh mich an, Liebling.«

Sie schlug die Augen auf, die regelrecht vor Begierde loderten, während sie weiter saugte und streichelte. »Was für einen atemberaubenden Anblick du abgibst, wenn du vor mir kniest.« Sie lächelte um seine Länge herum und legte ihm die Hände an die Hüften, um ihn ganz in sich aufzunehmen, so wie sie es immer getan hatte, und ihm dabei tief in die Augen zu sehen. Er stieß schnell und tief zu. »Nimm dir alles.«

Sie neigte den Kopf in den Nacken und ließ ihn noch weiter hineingleiten. Er verlangsamte das Tempo und genoss ihre Liebkosungen. »Grundgütiger.« Bei jedem Stoß zog sie ihn noch weiter in ihren Mund. »Genau so. Du machst das so gut.« Er beschleunigte seine Bemühungen. »Willst du, dass ich komme, Baby?«

Hitze blitzte in ihren Augen auf und sie nickte und umfing mit einer Hand seine Hoden. Er fluchte leise und stieß noch schneller zu. Eine Mischung aus Herausforderung und Vergnügen loderte in ihren Augen, als sie seine Hoden sanft drückte, wobei ihm Hitze den Rücken hinaufjagte und er sich in ihre Kehle ergoss. »*Großer Gott … Jule … Verdammt!*«

Sie ließ nicht locker, während er sich zuckend der Erlösung hingab. Erst danach leckte sie sich die Lippen, und als er sie auf die Beine zog, sagte sie: »Das habe ich ebenfalls vermisst.«

Diese Frau wusste ganz genau, wie sie ihn um den Verstand bringen konnte. Er küsste sie so leidenschaftlich, dass sich ihnen beiden der Kopf drehte. »Es ist Zeit für ein weiteres Geburtstagsgeschenk, Baby.« Er trat hinter sie, umfing ihre Pobacken und streichelte sie zärtlich. »Sag mir, dass dieser herrliche Hintern mir gehört.«

»Er gehört dir. Ich gehöre ganz dir.«

Er drehte sie zur Kommode um, betrachtete sie im Spiegel darüber und stützte ihre Hände gegen die Wand. »Das ist meine vertrauensvolle Liebste.« Er hielt ihren Blick im Spiegel fest, während er ihre Pobacken leicht spreizte und mit den Daumen durch die Spalte fuhr. »Hat dich schon mal jemand hier berührt?«

Ihre Augen schienen zu lodern. »Nein.«

Sein gieriges Grinsen ließ sich nicht übersehen. »Sieh mir dabei zu, wie ich dich zum Orgasmus bringe.« Er ging auf die Knie und verwöhnte ihren Hintern mit dem Mund und den Händen, bis sie stöhnte und wimmerte. Dann leckte er ihre Mitte, spreizte ihre Pobacken noch weiter und liebkoste auch ihren Po mit der Zunge.

»Seeley, bitte.«

Während er sich an ihrer Spalte gütlich tat, führte er eine Hand zu ihrem Kitzler und streichelte mit der anderen ihren verbotenen Eingang. *»Oh Gott, Seeley ... Hör nicht auf ...«* Er verwöhnte und reizte sie, bis ihre Beine bebten und sie am ganzen Leib zitterte. *»Oh. Oh. Ja. Ja. Ja! Seeley ...«* Sein Name hallte wie ein Gebet durch die Luft. Er stand ruckartig auf und drang mit einem harten Stoß in sie ein. Sie schrie auf und das schrille, lustvolle Geräusch ging ihm durch Mark und Bein.

»Augen auf«, verlangte er, und sie kam der Aufforderung sofort nach. »Halt dich fest und sieh mir dabei zu, wie ich dich liebe.«

Sie klammerte sich an die Kommode und beobachtete, wie er immer wieder in sie eindrang. Ihre Augen schimmerten vor Verlangen, ihre Wangen waren gerötet, ihre schönen Brüste und ihr seidiges Haar wippten im Takt seiner Bewegungen. »Es fühlt sich ... so ... gut an«, presste sie hervor und stützte die Hände flach auf die Kommode.

»Du bist so eng und heiß und deine herrlichen Brüste sind einfach unfassbar. Großer Gott, Baby«, stieß er hervor. »Du bist ein wahr gewordener Traum.«

Er streckte die Hände aus, streichelte mit der einen ihren Kitzler und rollte mit der anderen eine Brustwarze zwischen Zeigefinger und Daumen. Juliette krümmte sich stöhnend unter seinen Liebkosungen. Als er sie in die Brustwarze kniff, war es um sie geschehen. Sie schrie auf, presste sich fest um seine Härte, als ihre inneren Muskeln pulsierten und sie immer heftiger das Becken bewegte. Er biss die Zähne zusammen und kämpfte gegen den Drang an, ebenfalls zu kommen. »So ist es richtig, Baby. Nimm dir, was du brauchst.«

Ein langes Stöhnen drang aus ihrem Mund, als sie langsam wieder vom Gipfel herunterkam und den Kopf zwischen ihre Schultern sinken ließ. »Wir sind noch nicht fertig, meine sexy Liebste.« Er richtete sie sanft auf, legte ihr eine Hand zwischen Kehlgrube und Schlüsselbein und hielt sie so fest. »Sieh dir genau an, was du mit mir machst.« Daraufhin beschleunigte er seine Bemühungen und sie streckte die Hände nach hinten aus und bohrte die Fingernägel in seine Hüften.

»Ja. *Mehr*«, forderte sie, legte ihre andere Hand auf seine und drückte leicht zu.

»Grundgütiger.« Er verstärkte seinen Griff, stieß fester zu und bearbeitete ihren Kitzler mit der anderen Hand. »Sieh dich an, wie du dich mir ganz hingibst.«

Sein Herz, sein Körper und auch seine Seele hatten für diese Frau existiert, noch bevor er überhaupt begriffen hatte, dass sie bereit war, ebenso wild zu sein, wie sie es schon damals bei ihm gewesen war.

Nur bei ihm.

Dieser Funken Wahrheit bewirkte, dass er sogar noch mehr wollte, nein, *brauchte*.

»Spiel mit deinen Brüsten.« Er beobachtete, wie sie sich streichelte und ihre Brustwarzen liebkoste, und sehnte sich danach, zu kommen. Doch er biss die Zähne zusammen, um seinen Orgasmus hinauszuzögern. »Verdammt noch mal.«

Das war zu gut, zu unfassbar heiß. Er wollte das Bild, wie sie mit ihren Brüsten spielte, in sein Gedächtnis einbrennen, und sie niemals vergessen lassen, wie er sie auf diese Weise in Besitz genommen hatte. »Eines Tages werde ich auf diesen schönen Brüsten kommen.«

»Ja, das will ich auch«, keuchte sie. »Oh Gott. Seeley. Ich bin … so … nah dran.«

Er rieb ihren Kitzler schneller, drang unmöglich tief in sie ein und versenkte die Zähne in ihrer Schulter, woraufhin der nächste Höhepunkt über sie hereinbrach. Sie zog sich wie ein Schraubstock um ihn herum zusammen und jagte ihm Hitzeschübe über den Rücken. Sein Orgasmus toste durch ihn hindurch. *Großer Gott …«*

Sie pumpten und bebten, und ihr Keuchen, Stöhnen, Fluchen und Knurren klang wie das wilder Tiere, die nicht genug bekommen konnten. Er war noch nie so heftig und so lange gekommen. Ihre Körper waren schweißnass und sie zuckten und stießen bis zum letzten Nachbeben ihrer Erlösung. Erst dann sackte sie in seinen Armen erschlafft zusammen. Sie wirkte trunken von ihm, berauscht von ihnen beiden, und ihm ging es ganz genauso. Ihre Blicke trafen sich im Spiegel. Auf ihrem Hals prangte ein geröteter Abdruck von seiner Hand, und sie verzog die Lippen zum süßesten, erotischsten Lächeln, das er je gesehen hatte.

Er küsste ihren Hals und wollte ihr so vieles sagen, aber als er sie in seinen Armen zu sich herumdrehte, versagte ihm die Stimme angesichts der ungezügelten Gefühle, die in ihren Augen schimmerten und die alles verzehrenden Emotionen spiegelten, mit denen er ebenso rang. Er war derart erfüllt von ihnen, so verzehrt von der Liebe zu ihr und Lucas, dass er sich zwingen musste, sie nicht damit zu überschütten. Er unterdrückte das Verlangen, ihr zu gestehen, wie sehr er sich wünschte, dass sie beide bei ihm leben würden, in seinem

Haus, umgeben von Menschen, die sie liebten und beschützen würden, falls er einmal nicht da sein sollte.

Stattdessen strich er mit den Lippen sacht über ihre und küsste sie, während er sich fragte, wie er überhaupt einen einzigen Tag, geschweige denn sechzehn Jahre, ohne sie in seinem Leben hatte überstehen können.

Doc wachte auf, als er Juliettes warme Lippen auf seinem Bauch spürte und das erste Morgenlicht durch die Vorhänge drang. Er hatte schon wieder eine Erektion, nachdem er im Traum ihr dreimaliges Liebesspiel der letzten Nacht erneut genossen hatte.

Er fuhr ihr mit den Fingern durchs Haar. »Was für eine schöne Art aufzuwachen.«

Sie legte die zarten Finger um seine Erektion und sah ihn mit einem Lächeln auf ihrem schönen Gesicht an. »Du hast ja selbst gesagt, dass wir viel nachzuholen haben.« Langsam fuhr sie mit der Zunge vom Ansatz bis zur Spitze seiner Länge, verweilte dann dort und ließ Funken unter seiner Haut aufstieben. Mit zusammengebissenen Zähnen sog er den Atem ein. Sie grinste siegessicher. »Uns bleiben nur noch ein paar Stunden, bevor ich Lucas abholen muss, und ich habe vor, sie richtig auszunutzen.«

»Ich Glückspilz«, murmelte er, als sie ihn in den Mund nahm. »Großer Gott, Baby.«

Er schob ihr die Finger ins Haar, wiegte die Hüften im Rhythmus ihrer Bemühungen, nahm jedes sündige Geräusch in sich auf, ebenso das Gefühl ihrer Hand, die ihn zusammen mit ihrem Mund verwöhnte. Sie stöhnte um seine Erektion herum, woraufhin er ruckartig das Becken vorstieß und zu weit vordrang. Würgend zuckte sie zurück.

»Ach, verdammt. Bitte entschuldige, Baby. Ich hätte dich vorwarnen sollen. Das hat sich einfach zu gut angefühlt.« Er rieb ihr den Kiefer, aber sie lachte nur.

»Erinnerst du dich noch daran, dass du das beim ersten Mal auch gemacht hast?«

Schlagartig fiel es ihm wieder ein und er musste lachen. »Ja, stimmt. Gott, ich dachte in dieser Nacht auf dem Heuboden, ich wäre gestorben und im Himmel gelandet. Du warst so unschuldig, aber auch so *heiß* auf mich.«

»Du dachtest, du wärst gestorben und im Himmel, und mir kam es vor wie Weihnachten im Sommer.« Sie streichelte ihn erneut und fuhr mit der Zunge über die dralle Spitze. »Du musstest mich nur ansehen und ich wäre schon fast in Flammen aufgegangen.« Erneut nahm sie ihn weit in den Mund, saugte langsam und genüsslich an seiner Länge und brachte ihn mit den Zähnen und der Zunge um den Verstand. »Als ich dich endlich berühren durfte, konnte ich gar nicht genug von dir bekommen.«

Sie saugte und streichelte und ließ Wellen der Lust über ihn hereinbrechen, die ihn bis kurz vor den Höhepunkt brachten. Doch dann zog er sie an den Haaren zurück und seine Erektion glitt heraus. »Dein Mund ist wie geschaffen für mich, Baby, aber ich bin zu scharf auf dich. Ich will tief in dir sein, wenn ich komme. Schwing deinen hübschen kleinen Arsch auf mich rauf und reite deinen Cowboy.«

Sie setzte sich rittlings auf ihn, und als sie auf ihn herabsank, stöhnte er laut. Er legte ihr die Hände an die Hüften, hielt sie fest und ließ die Hüften kreisen. Ihr Haar fiel ihr wirr auf die Brüste, und die Halskette, die er ihr geschenkt hatte, schimmerte auf ihrer Haut.

»Du bist wie für mich geschaffen«, erwiderte sie mit einem verführerischen Funkeln in den Augen.

»Ja, so ist es.« Er lockerte seinen Griff, und als sie sich im Einklang bewegten, drückte sie den Rücken durch und umfing ihre Brüste. »Du scharfes kleines Luder. Du weißt genau, wie du mich um den Verstand bringen kannst.«

»Ich habe da ein paar Tricks auf Lager.« Sie lächelte kokett und streichelte eine Brust, während sie die andere Hand über den Bauch und langsam weiter nach unten wandern ließ.

»Sei lieber vorsichtig, Liebling, sonst lasse ich dich vielleicht nie wieder gehen.«

<h1 style="text-align:center;font-style:italic">Vierundzwanzig</h1>

»Das ist der Hammer!«, rief Lucas und streichelte seine neue beste vierbeinige Freundin Sadie.

Es war später Samstagnachmittag und Seeley führte sie auf der Ranch herum. Sie kamen gerade vom Kletterparcours, den Tiny für Dare und Billie errichtet hatte, als sie noch Kinder waren, und den Lucas schon für das Coolste überhaupt gehalten hatte, bis er die fünf Hektar große Motocross-Strecke sah, die Dare nach dem Collegeabschluss für Billie gebaut hatte.

»Ich kann nicht glauben, dass er eine ganze Rennstrecke für Billie gebaut hat, obwohl sie nicht einmal mit ihm sprechen wollte«, staunte Lucas. »Du hast zwar gesagt, dass sie beide ziemlich fertig waren, nachdem sie ihren Freund verloren hatten, aber wenn er das für mich getan hätte, würde ich auf jeden Fall wieder mit ihm reden.«

»Manchmal ist es gar nicht so einfach loszulassen«, erklärte Seeley, der in seinen Jeans und dem dunklen Tanktop, das seine kräftigen Arme und Tattoos gut zur Geltung brachte, und seinem Cowboyhut unfassbar gut aussah.

»Aber wenn sie nicht einmal mit ihm sprechen wollte, warum hat er die Strecke dann überhaupt für sie gebaut?«, fragte Lucas.

»Weil Dare Billie an ihrem dreizehnten Geburtstag versprochen hatte, ihr eine zu bauen, und das Wort eines Whiskeys ist Gold wert.« Seeley warf ihm einen ernsten Blick zu. »Das musst du dir merken. Du bist ein halber Whiskey. Wenn du ein Versprechen gibst, stehst du auch dazu. Egal, was mit der anderen Person passiert.«

»Auch wenn sie nichts mit mir zu tun haben will?«, hakte Lucas nach.

Seeley nickte. »Genau. Es geht nicht um das, was andere tun, sondern darum, zu seinem Wort zu stehen. Aber Dare hatte sich schon als Kind in Billie verliebt, und wenn ein Whiskey sein Herz verschenkt, dann tut er das für immer. Es gibt nichts, was er nicht für sie tun würde.« Er zwinkerte Juliette zu.

Ihr Herz stolperte kurz.

Es war eine anstrengende, wunderbare Woche gewesen, seit sie ihr Date im Roadhouse gehabt hatten und sie das unglaubliche Vergnügen erleben durfte, in seinen Armen aufzuwachen. Ihr war, als hätten sie alle eine neue Richtung eingeschlagen. Sie und Lucas hatten wieder festen Boden unter den Füßen, redeten mehr miteinander und scherzten sogar wieder ein bisschen wie früher, und Lucas und Seeley genossen ihre Fahrstunden sehr.

Juliette freute sich jedes Mal aufs Neue, nach diesen Stunden Zeit mit Seeley zu verbringen, wenn er noch eine Weile bei ihnen blieb. Lucas verschwand normalerweise, um Hausaufgaben zu machen und mit seinen Freunden zu schreiben, aber das ging für sie in Ordnung. So hatten sie Zeit, sich zu unterhalten und sich heimlich zu küssen. Es war ihnen sogar zweimal gelungen, sich zum Mittagessen in Grandma's Kitchen zu treffen, einem Lokal, in das sie als Teenager manchmal gegangen waren. Jedes Mal waren sie danach bei ihm zu Hause gelandet und hatten sich gegenseitig die Kleider vom Leib gerissen, was sie ebenfalls sehr genossen hatte, und als Lucas gestern Abend zu Layla gegangen war, hatten sie auch noch ein paar Stunden Zweisamkeit erleben dürfen.

Alles lief gut.

»Dare hat sich also in Billie verliebt, als sie Kinder waren, und du hast dich in meine Mutter verliebt, als ihr Teenager wart«, fasste Lucas zusammen und streichelte Sadie, als hätte er Seeleys Gefühle für sie nicht eben beiläufig erwähnt.

Sie waren bisher vorsichtig gewesen und hatten nicht einmal Händchen gehalten, wenn Lucas in der Nähe war. Juliettes Meinung nach wusste er bisher nicht, dass sie wieder ein Paar waren, auch wenn sie viel Zeit miteinander verbrachten. Aber sie hatten bereits derart tiefe Gefühle füreinander entwickelt, dass es vermutlich an der Zeit war, Lucas einzuweihen, damit er sich nicht hintergangen fühlte. Darüber musste sie später unbedingt mit Seeley sprechen.

»So ist es«, bestätigte Seeley.

»Ist das auch so eine Whiskey-Sache?«, fragte Lucas und riss sie damit aus ihren Gedanken. »Sich schon jung zu verlieben?«

»Es sieht ganz danach aus.« Seeley lachte leise. »Sasha und Ezra haben sich auch als Teenager zum ersten Mal geküsst und keiner von ihnen hat sich jemals in jemand anderen verliebt.« Er warf Juliette einen Blick zu, und er musste kein Wort sagen, damit sie wusste, was er dachte: *Genau wie wir.*

Lucas schaute erneut auf die Rennstrecke hinaus. »Dare hat für Billie echt die Messlatte hoch gesetzt, oder?«

»Das hat er in der Tat«, erwiderte Seeley. »Aber wenn du diese Rennstrecke schon cool findest, dann warte nur, bis du die neue Strecke und das Clubhaus siehst, die er für sie gebaut hat.«

»Er hat ihr noch eine gebaut?« Lucas fielen vor Staunen fast die Augen aus dem Kopf. »Wieso? Diese hier ist doch schon riesig.«

»Aber sie ist zu nah an ihrem Haus; das ist nur ein Stück den Weg entlang.« Er zeigte auf einen Schotterweg, der zurück zum Rest der Ranch führte. »Die Jugendlichen, die sie unterrichtet, wohnen nicht auf der Ranch, und wir wissen alle, dass man in diesem Alter öfter mal Unsinn macht. Komm, ich zeig sie dir.«

»Die Ranch ist so cool«, sagte Lucas, während sie Seeley über den Rasen folgten. »Kein Wunder, dass du nie woanders leben wolltest.« Er hob einen Stock vom Boden auf und Sadie bellte. »Willst du spielen, Mädchen?« Sadie wedelte mit dem Schwanz und richtete die Augen auf ihn. »Sieh mal, Mom.« Er warf den Stock, und Sadie rannte hinterher, hob ihn vom Boden auf und flitzte zu ihm zurück. »Braves Mädchen!«

Juliette hatte sich gefragt, wie es wohl sein würde, mit Lucas auf der Ranch zu sein. Sie hatte sich Sorgen gemacht, dass es für ihn oder für sie unangenehm werden könnte, wenn die Erinnerungen wieder hochkamen, aber das war nicht der Fall. Selbst nach all den Jahren und nachdem sie Seeley vor ein paar Wochen direkt auf der Ranch vor Sasha und allen anderen, die in Hörweite waren, angeschrien hatte, fühlte es sich immer noch an, als käme sie nach Hause. Irgendwie sorgte die Ranch dafür, dass alles ruhiger, besser, glücklicher erschien. Dies war immer noch der einzige Ort, an dem sie wirklich die Fassade fallen lassen und einfach sie selbst sein konnte. Es ergab nicht wirklich einen Sinn, aber so fühlte sie sich nun mal, und das jetzt mit Lucas zu erleben, machte es noch schöner.

Sie beobachtete ihn, wie er für Sadie Stöckchen warf und sich mit Seeley unterhielt, während sie über das Gelände gingen, und eine weitere Erinnerung drang an die Oberfläche. Während eines ihrer heimlichen Treffen mit Seeley in der Hütte hatte sie ihn gefragt, warum er glaube, dass die Redemption Ranch so vielen Menschen helfen konnte. Nachdem er all die greifbaren Gründe wie kompetente Therapeuten, vielseitige Programme und eine familiäre Atmosphäre aufgezählt hatte, fügte er hinzu: *Aber mein Großvater hat immer gesagt, diesem Land würde ein Hauch von Magie innewohnen.*

Als sie Lucas nun so unbeschwert sah, fragte sie sich, ob da vielleicht tatsächlich etwas dran war.

Eine riesige Rennstrecke und ein großes Clubhaus tauchten vor ihnen auf und Lucas war vor Aufregung kaum noch zu halten. Ein junger Mann mit Cowboyhut, der etwa achtzehn oder neunzehn sein musste, beobachtete zwei Fahrer, die über die Strecke rasten, über Hügel und Sprünge flogen und auf erhöhte Plattformen und Rampen fuhren.

»Hey, Doc«, grüßte der Mann.

»Hey, Kenny. Das sind« – für den Bruchteil einer Sekunde sah Juliette, wie Seeley mit sich rang, weil er nicht wusste, wie er sie vorstellen sollte – »Juliette und Lucas.«

»Hi«, sagte Juliette, während Lucas »Hey« murmelte und Sadie streichelte, die fröhlich ihren Stock im Maul mit sich herumtrug.

»Dare sagte schon, dass ihr vorbeikommen würdet. Freut mich, euch kennenzulernen.« Kenny schüttelte ihnen die Hand. »Ich habe gehört, wir spielen später vielleicht Paintball.«

»Das hoffe ich«, erwiderte Lucas.

Einer der Fahrer schoss eine Rampe hinauf und machte einen Salto mit dem Motorrad. Juliette schnappte nach Luft.

»Wow! Das war cool«, rief Lucas aus, als der andere Fahrer dem ersten folgte und ebenfalls einen Salto hinlegte. »Das will ich auch lernen.«

»Herr, steh mir bei«, murmelte Juliette mehr zu sich selbst als zu den anderen.

Seeley legte ihr eine Hand ins Kreuz. »Es ist immer noch ein bisschen sicherer als Bullenreiten.«

»Es ist nur so sicher wie der Fahrer selbst«, meinte Kenny. »Lucas, falls du das lernen willst: Billie war professionelle Motocross-Fahrerin. Sie sorgt dafür, dass du so gut wie möglich vorbereitet bist, aber du musst auch genau auf das hören, was sie dir beibringt. Diese Bikes sind keine Spielzeuge.«

»Ich weiß. Doc hat mir von ihrem Freund erzählt.« Lucas war wieder etwas ernster geworden. »Fährst du auch?«

»Kenny fährt seit über einem Jahr«, antwortete Seeley. »Er nimmt nächste Woche an einer Show beim Ride Clean teil.«

»Das solltest du dir anschauen«, sagte Kenny. »Das ist echt cool. Ich habe meine erste Show beim Event letztes Jahr gemacht, nachdem ich eines der Programme hier abgeschlossen hatte.«

Überrascht schaute Juliette Seeley an, der fast unmerklich nickte.

»Du hast an einem Programm teilgenommen?« Lucas musterte ihn verdutzt.

»Ja, sieh mal.« Kenny zückte seine Brieftasche, zog eine goldene Karte heraus und reichte sie Lucas.

Lucas las den Text laut vor. »Mitglied der Redemption-Ranch-Familie.« Er drehte die Karte um. »Bei Verlust bitte zurückgeben an.« Er hob den Kopf und gab Kenny die Karte zurück. »Ich versteh's nicht. Da stehen die Adresse und Telefonnummer der Ranch.«

»Jeder, der unsere Programme durchläuft, bekommt so eine Karte, damit er weiß, dass er immer einen sicheren Ort hat, an den er zurückkehren kann«, erklärte Seeley.

»Oh.« Lucas schien darüber nachzudenken. »Was hast du gemacht, um hier zu landen, Kenny?«

»Ich hab den BMW eines Nachbarn geklaut und mit deren Tochter eine Spritztour gemacht. Das war dumm, weil meine Eltern mir den Führerschein schon weggenommen hatten. Aber ich hab damals viel Blödsinn angestellt.«

»Warum?«, fragte Lucas.

»Keine Ahnung. Ich war sauer. Wegen dem Job von meinem Vater mussten wir umziehen, meine Freundin zu Hause hat Schluss gemacht und ist dann mit meinem Kumpel zusammengekommen. Das war einfach zu viel.«

»Und so bist du hier gelandet?«, wollte Lucas wissen.

»Ich wollte gar nicht herkommen. Meine Eltern haben mich dazu gezwungen. Ich war wütend, aber es hieß, entweder das oder eine Anzeige, weil ich das Auto gestohlen hatte. Im Nachhinein bin ich froh, dass ich hier gelandet bin. Sonst würde ich wahrscheinlich immer noch irgendwelche Scheiße bauen.« Er sah zu Juliette. »'Tschuldigung.«

»Schon okay«, erwiderte sie und war froh darüber, dass er ihnen seine Geschichte erzählte.

»Jedenfalls hat mich dieser Ort vor mir selbst gerettet«, erklärte Kenny. »Dare war mein Therapeut. Seine Familie und die anderen hier sind die Besten. Als ich das Programm abgeschlossen hatte, wollte ich nicht mehr weg. Jetzt gehe ich aufs Community College, fahre mit Billie und arbeite mit Cowboy. Es ist einfach großartig.«

Billie und Dare rasten Kopf an Kopf auf die Ziellinie zu. »Wartet mal kurz«, sagte Kenny. »Die beiden sind total ehrgeizig.« Sein Blick wanderte zwischen der Stoppuhr und Dare und Billie hin und her, als sie die Ziellinie überquerten. »Sie sind so unfassbar schnell.«

Ihre Motorräder kamen ins Schleudern und wirbelten Schmutz auf, woraufhin Sadie anfing zu bellen.

Lucas streichelte sie. »Sie sind so cool.«

Dare und Billie stiegen von ihren Motorrädern und nahmen die Helme ab. »Ich hab dich abgezogen, Mancini«, sagte Dare.

Billie grinste. »Ja, das hast du, aber das war heute früh, und eben hab ich dir gezeigt, wie man das macht.«

Dare gab ihr lachend einen Klaps auf den Hintern. Sie verzog das Gesicht und er zog sie in seine Arme und gab ihr einen leidenschaftlichen Kuss. »Ich liebe dich.«

»Du hast trotzdem verloren«, stichelte sie. Sie kamen zu ihnen herüber und grinsten, als wären sie die Könige der Welt.

»Hey, Juliette. Hey, Lucas«, grüßte Dare. »Hast du gesehen, wie ich Billie geschlagen habe?«

»Ihr wart unglaublich«, staunte Lucas.

»*Ich* war unglaublich.« Billie beugte sich zu Lucas, als wollte sie ihm ein Geheimnis anvertrauen. »Dare war nur mittelmäßig, aber sag ihm das bloß nicht.«

Lucas musste lachen.

»Ich bin übrigens Billie. Die Frau des Mittelmäßigen. Freut mich, dich kennenzulernen, Lucas.«

»Ich freu mich auch.« Lucas sah ziemlich beeindruckt aus. »Was muss ich tun, um das Fahren zu lernen?«

»Er hat das Whiskey-Adrenalin im Blut, was?«, fragte Dare und nickte Seeley anerkennend zu.

»Oh ja«, bestätigte Seeley. »Du solltest ihn mal auf einem Bullen sehen. Der Junge ist ein Naturtalent.«

Lucas strahlte über sein Lob, was Juliette das Herz wärmte.

»Hast du schon mit deiner Mom über das Fahren gesprochen?«, erkundigte sich Billie.

»Ja«, antwortete Lucas und strahlte sie an. »Sie ist damit einverstanden.«

Billie musterte Juliette. »Wirklich?«

»Er wäre doch ohnehin nicht davon abzubringen«, erwiderte Juliette und war froh, dass Billie sie gefragt hatte.

Billie wandte sich wieder Lucas zu. »Dann reden wir später mal in Ruhe darüber.«

»Super.« Lucas strahlte über das ganze Gesicht, genau wie damals, als er das erste Mal vom Bullenreiten gesprochen hatte.

»Kenny, mit wie viel Vorsprung habe ich gewonnen?«, fragte Billie.

»Träum weiter, Mancini.« Dare verschränkte die Arme und sah Kenny mit ernster Miene an. »Mach schon, Kumpel. Überbring ihr die schlechte Nachricht.«

»Ich sage das nur ungern.« Kenny hielt inne und spannte die beiden auf die Folter. »Aber sie war drei Zehntelsekunden schneller als du, Dare.«

Billie riss die Arme hoch. »Ja! Ich bin der amtierende Champion!«

Alle fingen an zu lachen.

Dare zeigte auf Billie. »Ich fordere eine Revanche.« Er sah Juliette und Lucas an. »Ihr bleibt doch noch, oder? Abendessen und später schlagen wir euch beim Paintball?«

»Träum weiter«, entgegnete Lucas.

»Du bist offensichtlich ein Träumer, genau wie dein alter Herr«, stichelte Dare. »Ich hab gehört, du magst alte Autos. Ich zeige dir gern mal meine Garage und meine coolen Wagen.«

»Ernsthaft?«, fragte Lucas.

»Aber sicher.« Dare legte einen Arm um Billie. »Komm schon, meine Schöne. Zeit, zu verlieren.«

Während die beiden zu ihren Motorrädern zurückgingen, erzählte Kenny Lucas von Dares Leidenschaft für Autos und stiftete ihn zu weiteren Träumen von Oldtimern und Motocross an. Seeley beugte sich zu Juliette und flüsterte ihr ins Ohr: »Ich glaube, unserem Sohn gefällt es hier fast so gut wie dir bei deinem ersten Besuch.«

»Heute gefällt es mir hier sogar noch besser.«

Seeley führte sie durch seine Tierklinik, und während er ihnen erklärte, wie so eine Rettungsaktion für Pferde ablief, dachte Juliette an ihre Jugendträume zurück: gemeinsam Pferde zu retten und eine eigene Familie zu gründen. Es war schon komisch, wie sie als Kinder alles nicht nur für möglich gehalten hatten, sondern ihre Zukunft allein durch ihre Träume in Stein gemeißelt zu sein schien.

»Dürfen wir auch die Reha-Pferde sehen?«, fragte Lucas, als sie den Stall verließen, in dem die gesunden Pferde standen.

»Es ist nicht einfach, sich Pferde anzusehen, die man misshandelt und vernachlässigt hat. Vielleicht sollten wir die Reha-Pferde überspringen«, meinte Seeley.

»Ich habe schon viele kranke Tiere gesehen«, erklärte Lucas. »Stimmt's, Mom? Ich habe dich ein paarmal begleitet.«

»Das stimmt, aber Seeley hat recht. Ein krankes Tier ist etwas ganz anderes als eines, das misshandelt oder vernachlässigt wurde«, erwiderte sie. »Dieser Anblick kann einem das Herz brechen, Lucas.«

»Ich schaffe das schon«, beharrte er. »Ich will sie sehen. Ich will wissen, was ihr hier macht.«

Sie sah Seeley an. »Was meinst du?«

»Wenn er sagt, dass er damit umgehen kann, sollten wir es ihn versuchen lassen. Aber, Lucas, ich habe schon als kleiner Junge mit Pferden wie jenen, die du gleich sehen wirst, zu tun gehabt, und es fällt mir immer noch schwer, den schlimmen Zustand mancher Tiere zu sehen. Also versprich mir, dass du nicht versuchst, dich zusammenzureißen, wenn es zu viel wird. Es ist keine Schande, wieder wegzugehen.«

Lucas presste die Lippen aufeinander. »Versprochen, aber ich komme schon klar.«

»Okay, dann gehen wir rüber«, sagte Seeley. »Aber die Pferde können sehr scheu sein. Ihr solltet leise sprechen, euch langsam nähern und keine plötzlichen Bewegungen machen.«

»Alles klar.« Als sie sich den Reha-Ställen näherten, zeigte Lucas auf zwei Pferde in einer kleinen Koppel. »Warum sind die nicht bei den anderen auf der Weide?«

»Das sind Posey und Dream. Posey, die braune Appaloosa mit dem weißen Fleck an der Hüfte, ist auf dem rechten Auge blind, und das linke Auge wurde wegen einer Infektion entfernt.«

»Das ist ja übel«, murmelte Lucas.

»Ja, besonders weil ihr Auge zu retten gewesen wäre, wenn sich ihr Vorbesitzer richtig um sie gekümmert hätte.« In Seeleys Stimme lag ein scharfer Unterton, den Juliette nur zu gut verstand.

»Das ist ja schrecklich«, sagte Lucas. »Jetzt kann sie nicht mehr auf die Weide gehen und nichts mehr sehen. Der Vorbesitzer sollte dasselbe Schicksal erleiden.«

»Da kann ich nicht widersprechen«, meinte Seeley. »Aber

Posey ist jetzt in Sicherheit und wird geliebt und blinde Pferde können durchaus mit anderen Pferden auf die Weide gelassen werden. Man braucht spezielles Zaunmaterial und muss sicherstellen, dass das Gelände sicher ist, aber Posey ist bei einigen anderen Pferden immer noch schreckhaft und hat sich mit Dream angefreundet. Im Moment ist es am besten, wenn sie bei dem Pferd bleibt, dem sie vertraut.«

»Das klingt vernünftig.«

»Da ist Sully.« Seeley zeigte auf eine andere Koppel, die näher am Stall lag und auf der Sully ein Pferd am Zügel führte. »Kommt mit, ich stelle sie dir vor. Das Pferd bei ihr ist Goldie.«

»Ist das Cowboys Freundin?«, erkundigte sich Lucas.

»Seine Verlobte.«

»Ich habe sie letztes Wochenende kennengelernt, als Seeley und ich im Roadhouse waren«, sagte Juliette. »Sie ist wirklich nett. Du wirst sie mögen.«

Vorsichtig näherte sich Lucas der Pferdekoppel und winkte Sully zu.

Sully winkte zurück und führte das Pferd zu ihnen herüber. Die braune Stute hatte unzählige Narben an den Schultern und dem Hinterteil und einen Verband um das rechte Vorderbein, aber ihre Augen waren voller Leben. »Hallo, ihr beiden. Schön, dich wiederzusehen, Juliette, und du musst Lucas sein. Ich habe schon viel Gutes über dich gehört.«

Lucas sah Juliette und Seeley verblüfft an.

»Warum schaust du so?«, fragte Juliette. »Du bist ein toller Junge und das weißt du auch.«

»Ach, nicht weiter wichtig.« Er wandte sich wieder an Sully. »Cowboy meinte, du bist eine Pferdeflüsterin.«

Sie streichelte Goldies Wange. »Ich liebe sie wirklich sehr.

Was ist mit dir? Magst du Pferde?«

»Ja«, antwortete Lucas ganz selbstverständlich. »Wir haben zwei, Warrior und Maxine, und ich bin in Kalifornien mit ihnen aufgewachsen.«

»Du hast großes Glück«, sagte Sully freundlich.

Da sie wusste, was ihre neue Freundin Sully durchgemacht hatte, empfand Juliette einen Anflug von Traurigkeit. Am liebsten wäre sie über den Zaun geklettert und hätte sie umarmt.

»Woher hat Goldie all diese Narben?«, fragte Lucas.

»Sie hatte ein paar nicht so nette Besitzer und wir haben sie vor dem Schlachter gerettet.« Sully sah das Pferd liebevoll an. »Aber jetzt geht es ihr wieder gut. Wir wollten gerade zurück in den Stall. Wo wollt ihr hin?«

»Zum Reha-Stall«, antwortete Lucas. »Ich mache euch das Tor auf.«

Sully führte das Pferd durch das Tor und Lucas schloss es hinter ihnen.

»Möchtest du Goldie führen?«, bot Sully an.

Lucas' Augen strahlten. »Ja. Darf ich?«

»Sicher«, erwiderte Sully. »Aber nicht zu schnell.«

Er nahm den Führstrick, und Stolz funkelte in seinen Augen, als er Goldie zum Stall führte. »Wie lange gehst du mit ihr spazieren?«

»Sie erholt sich von einer Sehnenverletzung und wir sind jetzt bei etwa einer Viertelstunde zweimal am Tag«, erläuterte Sully. »Das steigern wir langsam, bis sie wieder ganz fit ist.«

Sie gingen in den Stall, und während Lucas und Sully Goldie in ihre Box brachten, legte Seeley Juliette einen Arm um die Taille und fragte leise: »Kommt es nur mir so vor, oder fühlt er sich hier richtig wohl?«

Sie sah zu Lucas hinüber, der Goldie streichelte und mit Sully plauderte. »Doch, das tut er.«

»Das ist die Magie der Ranch«, raunte Seeley ihr ins Ohr.

Als Lucas in der Box verschwand, drückte Seeley ihr einen Kuss auf die Schläfe und ließ sie wieder los.

»Ich hab doch gesagt, ich schaff das«, sagte Lucas ein paar Minuten später, als er aus Goldies Box kam. »Sully meinte, ihr wisst gar nicht genau, was Goldie alles erlebt hat.«

»Das kommt leider häufiger vor. Es ist nicht ungewöhnlich, dass Besitzer die Pferde einfach aussetzen«, sagte Seeley.

»Vielleicht werde ich später mal Pferde-Rächer …« Er verstummte und schaute mit schmerzvollem Gesichtsausdruck über Juliettes Schulter.

Sie folgte seinem Blick zu Sasha, die ein stark abgemagertes Pferd durch die Seitentür hereinführte. Es war übersät mit Narben von frischen und alten Wunden und seine Rippen und Wirbelsäule traten erschreckend deutlich hervor.

Ein trauriger Laut entfuhr Lucas.

»Oh, Schatz«, sagte Juliette, und sie litt sowohl mit dem Pferd als auch mit ihrem Sohn.

Seeley legte Lucas eine Hand auf die Schulter und Juliette die andere ins Kreuz. »Wir können auch gehen.«

»Nein.« Der Schmerz in Lucas' Stimme war deutlich zu hören. »Das Pferd kann nicht gehen. Ich werde nicht einfach abhauen, nur weil es mir schwerfällt, das zu ertragen.«

»Bitte entschuldigt«, sagte Sasha leise. »Ich wusste nicht, dass ihr hier drin seid.«

»Schon okay«, erwiderte Seeley. »Lucas, sieh mich an.«

Lucas hob den Kopf. Sein Kiefer war angespannt, seine Augen wirkten entschlossen, aber glasig, als ob er gegen die Tränen ankämpfte.

»Erinnerst du dich an das erste Mal, als ich bei euch zu Hause war? Als du mich und deine Mutter beim Streiten erwischt hast?«

Lucas nickte.

»Früher an diesem Tag hatten wir Queenie, das Pferd, das Sasha gerade hereinführt, und ein weiteres Pferd namens Contessa hergeholt. Sie waren auf einem leeren Feld an einem Baum angebunden und wer weiß wie lange dem Verhungern überlassen worden. Queenie war in einem kritischen Zustand, aber sie ist eine Kämpferin, und dank unserer Liebe und Pflege hat sie überlebt.«

»Könnt ihr sie nicht einfach füttern?« Lucas' Stimme brach.

»Das tun wir. Ich versichere dir, dass sie die absolut beste Pflege bekommt. Sie hat sogar schon zugenommen.«

»Nicht genug. Gebt ihr mehr zu fressen«, flehte er leise.

Juliette war stolz auf ihn, weil er die Regeln beachtete, die Seeley ihm vorher erklärt hatte, und nicht laut sprach.

»Das können wir nicht. Wenn sie zu viel und zu schnell frisst, könnte sie daran sterben. Vertraust du mir, dass ich mich gut um sie kümmere?«

Lucas nickte mit gerunzelter Stirn.

»Gut. Sie ist jetzt auf dieser Ranch, und das heißt, sie gehört jetzt auch zu deiner Familie. Möchtest du sie kennenlernen?«

Lucas nickte erneut.

»Okay, aber Pferde sind sehr sensibel. Sie reagieren auf unsere Gefühle. Wenn du traurig oder wütend bist, merken sie das und reagieren darauf«, erklärte er. »Nimm dir einen Moment, um deine Gefühle in den Griff zu bekommen.«

Lucas atmete tief durch.

»So ist es gut, Schatz«, sagte Juliette. »Entspann dich einfach.«

Lucas schüttelte die Hände aus, und nach einem kräftigen Ausatmen sagte er: »Okay. Ich bin bereit.«

Sie gingen zu dem Pferd und Seeley sprach leise mit der Stute und streichelte ihren Hals. »Hallo, süße Queenie. Wie geht es meinem schönen Mädchen?« Das Pferd wieherte leise. »Nur zu, streichle sie ruhig, Lucas. Gib ihr etwas Zuwendung.«

Zögernd hob Lucas eine Hand und streichelte sie.

»So ist es richtig. Jetzt schau ihr in die Augen und sag mir, was du siehst.«

Er betrachtete sie, während er sie weiter streichelte. »Sie sieht ruhig und glücklich aus. Ich glaube, sie mag es, gestreichelt zu werden.«

»Sie mag es nicht nur. Sie braucht es sogar«, erklärte Seeley. »Als sie hier ankam, war sie völlig verängstigt. Ihre Augen waren eingefallen und stumpf. Sie hatte jegliche Hoffnung verloren, wollte den Kopf nicht heben und uns nicht einmal ansehen. Leider gibt es für diese Art von Trauma keine schnelle Heilung. Aber mit Geduld, Liebe und der richtigen medizinischen Versorgung wird sie wieder zunehmen und ihre Energie zurückbekommen. Nächstes Jahr um diese Zeit ist sie ein völlig anderes Pferd.«

Lucas' Lippen zuckten und er lächelte zaghaft. »Hast du das gehört, Queenie?«

»So ist es gut«, lobte Seeley. »Eines der besten Dinge, die man für ein Pferd wie Queenie tun kann, ist, ihm Selbstvertrauen und Mut zu schenken und ihm Liebe zu zeigen. Es kann gut sein, dass sie vor ihrer Zeit hier nie irgendwelche Zärtlichkeiten erlebt hat. Sag ihr, wie toll sie das macht, wie stark sie ist und dass ihr jetzt nichts mehr passieren kann.«

»Sie wird ein tolles Leben haben«, sagte Sasha. »Das versprechen wir jedem Pferd, das zu uns kommt. Und wenn sie gesund sind und ein neues Zuhause finden, bekommen sie eine Plakette mit ihrem Namen für ihren neuen Stall. Wir bezeichnen das als ihr Würde-Abzeichen – wir geben ihnen damit zurück, was ihnen genommen wurde.«

»Das ist cool«, sagte Lucas. »Kann ich dir helfen, sie in ihre Box zu bringen?«

»Natürlich kannst du das«, erwiderte Sasha. »Ihre Box ist an der Seite.« Sie gingen zusammen den Gang entlang.

Juliette berührte Seeleys Hand. »Danke. Du hast alles so schön erklärt.«

»Ich mache das schon sehr lange, aber so hat es sich noch nie angefühlt.« Er rieb sich den Nacken.

»Wie meinst du das?«

»Ich kann es nicht in Worte fassen. So, als dürfte ich bloß keinen Fehler machen, weil davon abhängt, wie Lucas Tiere und Menschen in Not sieht und wie er sie behandelt.«

Sie umarmte ihn. »Wir haben so ein Glück, dich in unserem Leben zu haben.«

»Ich bin hier der Glückliche, Liebling.«

Lucas war von dem, was er gesehen hatte, nicht traumatisiert. Er wollte alle Reha-Pferde kennenlernen und ihre Geschichten hören. Als sie das letzte Pferd verließen, sagte er: »Jetzt will ich wirklich Pferde-Rächer werden.« Er zeigte auf eine Tür. »Was ist da drin?«

»Sattelzeug für die Pferde.« Seeley stieß die Tür auf.

Im Abstellraum standen Cowboy und Sully und küssten sich. Sofort stoben sie auseinander. »Oh. *Hey*«, sagte Sully mit rosigen Wangen. »Callahan hat mir nur … geholfen, etwas zu erreichen. Auf dem … da oben.« Sie deutete zur Decke.

Cowboys Grinsen ließ eher etwas anderes vermuten.

Sasha und Juliette mussten sich das Lachen verkneifen.

Seeley zog eine Augenbraue hoch.

»Wie wär's, wenn ihr das nächste Mal anklopft?« Cowboy nahm Sully in die Arme und sie vergrub das Gesicht an seiner Brust.

»Komm mit, Lucas. Wir sehen uns die Sattelkammer ein andermal an.« Doc schloss die Tür.

»Mom, hat man dich und Doc auch mal beim Knutschen in der Sattelkammer erwischt?«, fragte Lucas.

»Nein«, behauptete sie.

»Dafür waren wir zu clever«, warf Seeley ein.

»Seeley!«, tadelte sie ihn und hörte ein Kichern hinter sich. Sie drehte sich um und sah Cowboy und Sully, die ihnen nach draußen folgten.

»Was denn?«, fragte Seeley. »Er weiß doch offensichtlich, dass wir uns nicht nur geküsst haben. Sonst würde es ihn ja wohl kaum geben.«

»Ja, aber wir müssen es trotzdem nicht zugeben«, beharrte sie, was Sasha zum Lachen brachte.

Als sie den Stall verließen, fuhren Tiny und Wynnie gerade auf einem Quad vor. Auf Tinys Schoß saß der kleine Junge, den Juliette mit Sasha im Krankenhaus gesehen hatte und von dem sie jetzt wusste, dass er Ezras kleiner Sohn Gus war. Sasha und Ezra hatten ihr im Roadhouse Fotos von ihm gezeigt.

»Süße!«, rief Gus, kletterte von Tinys Schoß und rannte zu Sasha. In den kleinen Cowboystiefeln und den Shorts sah er ganz bezaubernd aus und seine dunklen Locken hüpften um sein pausbäckiges Gesicht herum.

»Doc, hat er sie gerade *Süße* genannt?«, fragte Lucas.

»Ja. Das ist Gus, Ezras Sohn. Er hat es von Dare aufgeschnappt, der das früher öfter zu Frauen gesagt hat«, erklärte Seeley. »Komm bloß nicht auf die Idee, eine Frau so zu nennen.«

»Ich durfte das Quad lenken!«, prahlte Gus.

»Das ist toll, Gusto.« Sasha zerzauste ihm das Haar. »Danke, Dad.«

»In ein paar Jahren kommt er morgens vor Sonnenaufgang mit mir raus, um nach der Ranch zu sehen«, sagte Tiny, der ebenso wie Wynnie auf sie zukam. Sein langer grauer Bart fiel ihm bis auf die Brust, und er trug ein blaues Bandana, das seine Haare in einem Pferdeschwanz zusammenhielt.

»Dann muss ich Tiny unbedingt ein paar Kekse mehr mitgeben«, meinte Wynnie.

»Das ist Tinys Lieblingszeit, um nach der Ranch zu sehen«, verkündete Gus. »Weil alle anderen noch schlafen, können wir sicherstellen, dass alles in Ordnung ist, und mit den Pferden ist es so früh morgens wirklich besonders schön!«

»Das war früher auch meine Lieblingszeit«, sagte Sasha. »Es ist auch besonders schön für dich und Tiny.«

»Wisst ihr, was noch passiert ist?«, rief Gus aufgeregt. »Tiny und Wynnie haben gesagt, ich darf sie Grandpa und Grandma nennen, obwohl du und Dad noch nicht verheiratet seid!«

»Wir haben auch gesagt, dass er sich aussuchen kann, wie er uns nennen will«, ergänzte Wynnie und trat zu Juliette und Lucas.

»Ich mag Grandpa und Grandma«, erklärte Gus.

»Oh, das finde ich toll, Gusto.« Sasha sah ihre Eltern mit so viel Liebe an, dass Juliette sie deutlich spüren konnte.

Wynnie lächelte herzlich, als sie und Tiny sich zu ihnen gesellten. »Willkommen zurück auf der Ranch, mein Junge, Juliette«, sagte Tiny.

»Danke«, erwiderte Lucas.

»Es ist lange her«, sagte Juliette. »Das Haus sieht toll aus.«

»Wir freuen uns, dass ihr wieder hergefunden habt. Schön,

dich wiederzusehen, Schatz.« Wynnie umarmte sie.

»Es ist schön, hier zu sein«, erwiderte Juliette. »Lucas, das ist Seeleys Mutter Wynnie.«

»Hallo«, sagte Lucas.

»Hallo, mein Schatz. Ich wollte dich schon so lange kennenlernen. Umarmst du gerne?«

»Ich denke schon«, murmelte er.

Sie nahm ihn in die Arme. »Du kannst mich Wynnie oder Grandma nennen oder wie immer du willst. Ich bin so froh, dich endlich kennenzulernen.«

»Freut mich«, sagte er ein wenig angespannt.

»Gus, weißt du noch, dass ich gesagt habe, wir treffen heute besondere Menschen?«, fragte Sasha, und der Junge nickte. »Das sind Juliette und Lucas.« Sie sah Lucas an. »Das ist Ezras Sohn Gus.«

»Hi, Gus«, sagte Juliette. »Es ist wirklich cool, dass du das Quad lenken durftest.«

»Hi!« Gus blickte zu Lucas auf. »Sasha hat gesagt, wir sind Cousins! Ich hab sonst keine Cousins. Gefällt dir die Ranch? Ich bin hier aufgewachsen. Ich kann dir coole Orte zeigen, und wenn du noch nicht Fahrrad fahren kannst, wird Sully es dir bestimmt beibringen. Ich habe es gerade gelernt. Dad lässt mich noch nicht alleine fahren, aber ich wette, mit dir dürfte ich das! Wir können zusammen auf Entdeckungstour gehen und du kannst mit uns zur Wiese reiten. Isst du auch mit uns? Dwight kocht immer so lecker.«

Lucas zog die Augenbrauen zusammen und warf Juliette einen vorwurfsvollen Blick zu.

Oh Gott! Das ist zu viel für dich. Sie versuchte, die Situation aufzulockern, ohne eine Szene zu machen. »Lucas, willst du Gus nicht Hallo sagen? Er freut sich so, dich kennenzulernen.«

»Hi«, sagte Lucas und verschränkte die Arme, wobei er mit den Fingern trommelte.

»Entschuldigt uns kurz.« Juliette beugte sich zu Lucas hinüber, und während Sasha Gus ein paar Schritte wegführte, trat Seeley näher zu Lucas heran, der den anderen den Rücken zudrehte. »Schatz, was ist los?« Sie bemerkte, dass seine Unterlippe zitterte.

»Wir waren all die Jahre allein«, fauchte er. »Und du wusstest die ganze Zeit, dass ich eine Familie habe!«

Schuldgefühle überkamen sie. »Es tut mir leid. Ich habe versucht, dir zu erklären, warum ich das getan habe.«

»Lucas, du darfst nicht vergessen, dass wir alle getäuscht wurden und dass deine Mom dich nur so gut beschützen wollte, wie sie konnte«, schaltete sich Seeley ein.

»Ich weiß. Ich versteh's ja. Ich bin ihr nicht böse. Ich bin nur …« Er sah zwischen ihnen beiden hin und her und hatte Tränen in den Augen. »Es ist einfach so unfair.«

»Ich weiß, Kumpel«, sagte Seeley. »Das ist es für uns alle.«

»Es ist nicht nur euch dreien gegenüber unfair.« Tiny ging um Juliette herum und baute sich in seinen abgewetzten Jeans und der Lederweste über dem T-Shirt vor Lucas auf. »Was dein anderer Großvater getan hat, war einfach nur gemein, Junge, und es hat uns alle getroffen. Wir sind alle verletzt und wütend. Was er getan hat, macht ihn zu einem elenden Menschen, aber das muss dich nicht auch zu einem machen.«

Lucas wischte sich eine Träne weg. »Ich hasse ihn.«

»Damit bist du hier in bester Gesellschaft, denn ich glaube nicht, dass irgendjemand auf dieser Ranch anders empfindet«, sagte Tiny bestimmt. »Und jetzt hör mir mal gut zu. Du bist von unserem Blut und wir kümmern uns um unsere Familie.«

»Niemand kann dich Doc oder einem von uns jemals wieder wegnehmen«, sagte Wynnie.

Lucas' Kinn bebte und in Seeleys dunklen Augen spiegelten sich die vielfältigsten Emotionen.

»So wie ich das sehe, hast du jetzt eine Entscheidung zu treffen«, fuhr Tiny fort. »Du kannst in deinem Hass schmoren, dich verschließen wie Doc all die Jahre und noch mehr Zeit mit den Menschen verlieren, die dich kennenlernen möchten. Oder du akzeptierst, dass das alles passiert ist, entscheidest dich, dein Leben nicht von diesem Hass bestimmen zu lassen, und blickst nach vorne. Lernst deine Familie kennen.«

Lucas blinzelte die Tränen weg. »Wie soll ich das einfach loslassen? Es ist einfach scheiße.«

»Das ist die entscheidende Frage, nicht wahr?« Tinys Schnurrbart hob sich zu einem Grinsen.

»Du fängst mit der Erkenntnis an, dass du nicht alles in dich hineinfressen musst«, sagte Wynnie sanft. »Du kannst mit jedem von uns reden oder mit einem der Therapeuten. Wir kennen eine ganze Menge. Es ist egal, mit wem du sprichst. Du musst nur den Schmerz aus deinem Herzen rauslassen, damit die Heilung einsetzen kann.«

»Du kannst mit einem Freund, dem du vertraust, oder mit deiner Freundin reden«, schlug Tiny vor.

»Ich habe keine Freundin«, sagte Lucas.

Tiny schüttelte den Kopf. »Junge, wenn du glaubst, ich wüsste nicht, dass Layla Braden dein Mädchen ist, dann hast du dich aber gewaltig geschnitten.«

Lucas sah Juliette und Seeley vorwurfsvoll an.

Seeley schüttelte den Kopf und hob kapitulierend die Hände. »Ich war's nicht, Kumpel.«

»Ich auch nicht«, sagte Juliette.

»Ich habe überall Augen und Ohren«, erklärte Tiny. »So

sorge ich für die Sicherheit der Menschen, die ich liebe. Wenn ich gewusst hätte, dass du Docs Sohn bist, hätte ich dich und deine Mom schon längst hergeholt. Aber in diesem Fall wäre mir Doc garantiert zuvorgekommen.«

Lucas sah Seeley mit einem leisen Lächeln an, und Seeley sagte: »Verdammt richtig.«

»Lucas, Schatz, es ist okay, wütend zu sein und dich sogar von mir verraten zu fühlen«, sagte Juliette. »Ich bin auch sauer auf mich selbst, weil ich die Tricks meines Vaters nicht durchschaut und nicht erkannt habe, dass Seeley uns niemals im Stich gelassen hätte.«

»Ich weiß, dass du nichts dafür kannst. Du warst ja selbst noch ein Kind.« Lucas sah Tiny, Wynnie und die anderen an. Cowboy hatte den Arm um Sully gelegt, und Gus stand vor Sasha, den Rücken an sie gelehnt, ihre Hand auf seinem Bauch, und beobachtete sie.

Juliette war froh, dass ihre Blicke mitfühlend und nicht wertend waren.

»Es tut mir leid«, sagte Lucas. »Ich wollte nicht …« Er zuckte mit den Achseln. »Tut mir leid.«

»Schon in Ordnung«, erwiderten sie alle.

»Nein, das ist es nicht«, beharrte Lucas. »Tiny hat recht. Ich kann nicht zulassen, dass das, was mein Großvater uns angetan hat, mir die Chance nimmt, euch alle kennenzulernen. Gus, bitte entschuldige, dass ich eben nicht besonders nett zu dir war.«

»Schon okay«, sagte Gus. »Manchmal bin ich auch nicht nett, wenn ich traurig bin. Aber Sasha und Daddy haben mich trotzdem lieb.«

Sasha tätschelte ihm den Bauch. »Ganz genau, Gusto. Jeder hat mal schwere Zeiten.«

»Und, was sagst du, Rodeo?«, fragte Tiny und sah Lucas auffordernd an. »Willst du uns zum Haupthaus fahren und wir treffen uns dort mit deinen Eltern zum Abendessen?«

Juliettes Herz wurde ganz warm bei der Fürsorge, die sie Lucas entgegenbrachten.

»Du lässt mich das Quad fahren?«, fragte Lucas aufgeregt.

»Hab ich doch gesagt, oder?« Tiny nahm Wynnies Hand und stapfte zum Fahrzeug. »Jetzt komm schon. Du musst Dwight und die anderen noch kennenlernen.«

Lucas rannte ihnen hinterher, und Gus rief: »Darf ich auch mitkommen?«

»Aber sicher«, antwortete Wynnie und bedeutete Gus, auf ihren Schoß zu klettern.

Tiny musterte Lucas. »Wir haben hier eine wertvolle Fracht, Rodeo. Du fährst schön langsam, verstanden?«

»Ja, Sir.« Lucas drehte sich zu Juliette und Doc um, rief: »Wir sehen uns dann oben!«, und fuhr grinsend davon.

Juliette atmete aus und hatte das Gefühl, die ganze Zeit die Luft angehalten zu haben.

»Alles okay, Liebling?«, erkundigte sich Seeley.

»Jetzt schon. Deine Eltern sind wirklich etwas Besonderes.«

»Ja, das sind sie. Es hat mich meine ganze Kraft gekostet, nicht noch mehr zu Lucas zu sagen oder ihn zu umarmen und ihm zu gestehen, wie sehr ich ihn liebe und wie leid mir dieser ganze Mist tut. Aber ich hatte Angst, dass es ihm peinlich wäre und alles noch schlimmer machen würde.«

»So ging es mir auch«, sagte sie.

»Euer Junge hat eine Menge zu verarbeiten«, sagte Cowboy. »Ihr solltet vielleicht über einen Therapeuten nachdenken.«

»Juliette hat es versucht. Er ist noch nicht bereit dazu«, erwiderte Seeley.

»Ich hasse meinen Vater auch dafür, dass er Lucas das angetan hat«, sagte Juliette. »Seeley, es war richtig von dir, mir Zeit zu geben, um darüber nachzudenken, wie wir gegen ihn vorgehen wollen. So sehr ich mir wünsche, dass mein Vater für alles, was er uns angetan hat, büßen muss – ich kann Lucas das nicht antun. In dem Moment, in dem wir Reggie die Informationen geben, die wir von Ana bekommen haben, und das FBI einen Durchsuchungsbefehl vollstreckt, ist alles in den Nachrichten. Und du weißt, wie die Medien sind. Lucas kann so ein Spektakel nicht gebrauchen.«

»Da sind wir ganz einer Meinung, Liebling. Reggie weiß, dass wir etwas haben, womit wir diesen Mistkerl zu Fall bringen können, aber er wartet, bis wir bereit sind.«

»Das ist klug«, sagte Cowboy. »Diese Mediengeier würden einen ganzen Haufen Dreck aufwühlen und ihr wärt monatelang im Rampenlicht.«

»Könnt ihr nicht das machen, was ihr für mich getan habt?«, fragte Sully.

Juliette sah Seeley neugierig an. »Was habt ihr denn für Sully getan?«

»Wir haben ihren Aufenthaltsort aus den Medien herausgehalten«, erklärte Doc. »Aber das hier ist etwas anderes. Sully war untergetaucht. Niemand wusste, wo sie sich aufhielt. Wir sind jedoch ein zu großer Bestandteil der Gemeinde. Ich werde einen Weg finden, dich und Lucas zu beschützen, bevor wir irgendetwas unternehmen.« Er nahm sie in die Arme und drückte ihr einen Kuss auf den Scheitel. »Elternsein ist verdammt schwer.«

»Das ist die Untertreibung des Jahres«, murmelte sie.

»Aber weißt du was?« Er schürzte die Lippen. »Jetzt kann ich dich endlich küssen, ohne befürchten zu müssen, dass

Lucas uns sieht.«

Als er die Lippen auf die ihren presste, meinte Sasha: »Die Sattelkammer ist frei, falls ihr unter euch sein wollt«, woraufhin wieder mal alle loslachten.

Fünfundzwanzig

Die Flammen des Lagerfeuers tanzten in einer leichten Brise und ließen knisternde Funken gen Nachthimmel stieben. Der Klang von Gesprächen und Gelächter drang an sein Ohr, untermalt von den sanften Klängen von Sashas Gitarre und Gus' fröhlicher Stimme, dem Ezra beim Rösten von Marshmallows half. Doc stand an der Kühlbox und betrachtete die vertraute Szene seiner Familie und Freunde am Lagerfeuer. Nur dass dieses Mal auch Juliette und Lucas zu seiner Familie gehörten. Wie es schon immer hätte sein sollen.

Vielleicht ging er damit ein bisschen zu weit, aber so sah er die Sache nun mal.

Zum ersten Mal seit jenem schrecklichen Sommer fühlte er sich wieder ganz, als hätten sich alle zerbrochenen Teile von ihm wieder zu etwas Stärkerem zusammengesetzt. Nicht einmal der emotionale Aufruhr, den sie alle momentan erlebten, oder das Bedürfnis nach Vergeltung, das an ihm nagte, konnten ihm dieses Gefühl der Vollständigkeit nehmen. Er würde dafür sorgen, dass sie alle die Hilfe bekamen, die sie benötigten, und er würde einen Weg finden, Juliettes verdammten Vater zu Fall zu bringen, und Lucas und Juliette dabei beschützen, selbst wenn es das Letzte war, was er tat.

Er warf einen Blick auf Juliette, die in einem seiner Sweatshirts am Feuer saß und deren Augen im Mondlicht schimmerten. Sie schenkte ihm dieses leise Lächeln, das ihn immer mitten ins Herz traf. Im Augenblick wirkte sie so entspannt, dass man hätte glauben können, sie wäre nie weg gewesen, und plauderte mit Billie, Sasha, Sully und Simone Davidson, einer ihrer Mitarbeiterinnen. Als Doc Lucas Simone vorgestellt hatte, war Lucas genauso überrascht gewesen, dass sie das Programm durchlaufen hatte und nun auf der Ranch arbeitete, wie er es zuvor beim Abendessen bei Kenny, Hyde und einigen der anderen Angestellten gewesen war.

Er schaute zu Lucas hinüber, der auf der anderen Seite des Feuers über etwas lachte, das Kenny, Rebel, Dare oder Hyde gesagt hatte. Trotz all des Kummers, den Lucas ihnen vorhin anvertraut hatte, war er an diesem Abend auch oft in das Gelächter mit eingefallen und hatte das Geplänkel an den Tischen im Haupthaus sichtlich genossen. Allerdings hatte es einige Zeit gedauert, bis er sich entspannen konnte und begriff, dass er hier ganz er selbst sein konnte. So viele Menschen an einem Tag kennenzulernen, wäre für jeden Menschen überwältigend gewesen. Aber mit ein wenig Ermutigung kam er aus sich heraus, und nach dem Abendessen hatte er mit Billie vereinbart, dass sie ihm sonntags Motocross-Unterricht geben würde, und neckte zusammen mit Kenny Doc und seine Brüder, als hätten sie das schon immer so gemacht.

»Hey, Tiny«, rief Lucas über das Feuer hinweg.

Tiny hob aufmunternd das Kinn.

»Wenn ich nächstes Jahr meinen Motorradführerschein mache, kann ich dann beim Club als Prospect anfangen?«, fragte Lucas.

Tinys Schnurrbart teilte sich zu einem riesigen Grinsen.

»Darauf wirst du jetzt nicht antworten, Tiny Whiskey«, schaltete sich Juliette ein. »Er wird mit sechzehn noch nicht Motorrad fahren!«

»Komm schon, Mom! Doc und Dare und Cowboy durften das auch!«

Sie schaute erwartungsvoll über die Schulter zu Doc hinüber.

Er zuckte nur lachend mit den Achseln. Sasha tätschelte Juliettes Knie, woraufhin Juliette sich abwandte.

Als er in die Kühlbox griff, um ihr eine Limonade herauszuholen, stahl sich seine Mutter an ihn heran.

»Hier wird es nie langweilig, was?«, meinte sie mit einem wissenden Lächeln.

»Da hast du vollkommen recht.«

»Ich habe mich vorhin ein bisschen mit Lucas unterhalten. Er ist ein besonderer junger Mann und hat ein großes Herz, genau wie du und Juliette, und große Herzen empfinden alles sehr intensiv.«

»Ja. Genau das macht mir Sorgen.«

»Er wird seinen Weg schon finden. Solche Dinge lassen sich nicht an einem Tag oder in einer Woche lösen, und selbst wenn sie verarbeitet und überwunden zu sein scheinen, können sie immer wieder hochkommen. So wie es bei dir und Juliette im Laufe der Jahre passiert ist. Man weiß nie, wann es einen wieder einholt. Aber so ist das Leben nun mal.«

»Zumindest bin ich jetzt bei ihnen und kann ihnen helfen.«

»Und sie dir. Es tut ihnen gut, bei der Familie zu sein. Mir ist aufgefallen, dass Lucas die Kette trägt, die du mit Grandpa gemacht hast.«

Doc lächelte. »Sie ist dir aufgefallen?«

»Ich hätte nie gedacht, dass ich sie noch mal wiedersehen würde.«

»Ich auch nicht. Ich war total überrascht, als ich erfahren habe, dass Juliette sie aufbewahrt hat, und noch mehr, dass sie sie nach allem, wovon sie ausgehen musste, Lucas geschenkt hat.«

»Wie fühlst du dich dabei?«

»Es macht mich glücklich. Ich bin stolz darauf, dass er sie trägt.« Er blickte über den Hof zu Lucas, bevor er seiner Mutter wieder in die Augen sah. »Und so verdammt dankbar, dass mir fast das Herz aus der Brust springt.«

Sie lachte leise und lehnte sich an seine Schulter. »Das ist das schönste Gefühl, Schatz.«

»Es ist ziemlich verrückt. Ich bin froh, dass er diese Kette hat. Sie ist ein Teil von mir und Grandpa. Habe ich dir erzählt, dass Juliette ihm auch meinen zweiten Vornamen gegeben hat?«

»Nein.« Sie lächelte. »Das ist ja was! Aber es überrascht mich nicht.«

»Mich hat es sehr überrascht.«

»Das kann ich mir vorstellen. Was ich meine, ist, dass du und Juliette als Teenager eine ganz besondere Verbindung hattet, die mich an mich und deinen Vater erinnert hat. Wir waren natürlich älter, aber unsere Liebe war dieselbe.«

»Inwiefern?«

»In jeder Hinsicht. Ihr habt Lücken im Leben des anderen gefüllt, und zwar nicht nur körperliche oder rebellische. Versteh mich nicht falsch. Ihr habt euch nacheinander verzehrt wie ausgehungerte Kinder, die nicht genug bekommen können, aber ihr habt euch auch gegenseitig beim Wachsen geholfen und einander ermutigt, euren Weg zu finden. Du hast ihr geholfen, stärker und selbstbewusster zu werden, und ihr gezeigt, was es heißt, geliebt zu werden.«

»Sie war schon selbstbewusst und stark, als ich sie kennengelernt habe. Das war einer der Gründe, aus denen ich mich so zu ihr hingezogen fühlte.«

»Das war sie ganz sicher, aber du hast ihr geholfen, noch mehr daraus zu machen. Und sie hat dir auf dieselbe Weise geholfen.«

»Willst du damit etwa andeuten, ich war nicht selbstbewusst? Da muss ich widersprechen.«

»Nein. Du warst sogar übermäßig selbstbewusst, gelegentlich sogar übermütig. Du hattest Ziele, Freunde und alles, was zu einem glücklichen Leben dazugehört. Aber dein Vater und ich hatten immer das Gefühl, dass du ein wenig ruhelos warst. Auf der Suche nach etwas. Du hattest viele Freundinnen, aber keine davon hat dieses Gefühl je bei uns ausgeräumt. Dann kam Juliette auf die Ranch und alles hat sich verändert.«

Er grinste. »Sie hat mich definitiv umgehauen.«

»Ja, das hat sie. Wir waren besorgt, als uns zum ersten Mal aufgefallen ist, wie nahe ihr euch gekommen seid und wie schnell es ging, denn sie war noch nicht ganz siebzehn, und das ist schrecklich jung.«

»Ich habe versucht, Abstand zu halten.«

»Das wissen wir. In der Woche, in der du versucht hast, dich zurückzuhalten, warst du so angespannt und unruhig wie ein Bulle im Gatter, der nur darauf wartet, loszubrechen und alles zu erobern.« Sie lächelte. »Aber darauf wollen wir jetzt lieber nicht näher eingehen.«

»Bitte nicht. Aber woher wusstet ihr, dass ich es eine Woche lang ausgehalten habe?«

»Ach, Schatz. Du hast alles um dich herum vergessen, außer sie, aber wir haben das sehr wohl bemerkt.«

»Warum habt ihr mich nicht aufgehalten?«

»Man kann seine Kinder lenken, aber man kann sie nicht aufhalten. Wenn wir dir gesagt hätten, dass sie tabu ist, hättest du sie nur noch mehr gewollt. Aber wir haben gemerkt, dass es für euch beide mehr war als nur ein Sommerflirt. Es war, als würde man in die Augen zweier geretteter Pferde blicken. Eure Augen wurden klarer und strahlender, und zwischen dir und Juliette entstand diese Aura, diese Energie, die förmlich Funken sprühte. Als wir diese Veränderung bei euch gesehen haben, wussten wir, dass ihr eure große Liebe gefunden hattet.«

»Ich war nicht auf der Suche nach einer Beziehung, geschweige denn nach Liebe, aber sie hat mich einfach umgehauen.«

»So ist das mit der Liebe. Als dein Vater das erste Mal im Roadhouse auftauchte, hatte ich Pläne für ein Studium und dann für eine Karriere auf der Ranch. Ich war nicht auf der Suche nach einem schroffen, besitzergreifenden, tätowierten Biker. Aber dein Vater hat seinen eigenen Charme, genau wie jeder von euch, und bereits nach unserer ersten Verabredung war es um mich geschehen.«

Doc hatte die Geschichte schon unzählige Male gehört. Tiny war damals im Roadhouse zu ihr gekommen, hatte sie angesehen und gesagt: *Hey, Süße. Ich bin Tiny Whiskey, und ich werde der letzte Mann sein, mit dem du je ausgehen wirst.* Die Tatsache, dass er eine so starke Frau wie seine Mutter tatsächlich erobert hatte, sagte viel über seinen Vater aus. Ihn selbst hatte ein grober, frauenfeindlicher Biker großgezogen, der glaubte, Frauen sollten zwar gesehen, aber nicht gehört werden.

»Bereust du es manchmal?«, fragte Doc, obwohl er die Antwort längst kannte.

»Schatz, dein Vater ist ein brillanter, großherziger Mann, der aus schlimmen Verhältnissen stammt und jeden Tag versucht, die Welt ein bisschen besser zu machen. Wie könnte ich es bereuen, einem solchen Mann mein Herz geschenkt zu haben?«

»Hoffentlich denkt Juliette eines Tages genauso über mich. Und ich hoffe, Lucas ist genauso stolz, mich als Vater zu haben, wie ich es bin, weil du und Dad meine Eltern seid.«

»Ich glaube, das sind sie beide schon jetzt«, sagte sie. »Vielleicht sind sie noch nicht bereit, es zuzugeben, aber ich spüre es, und ich sehe es daran, wie sie dich anschauen.«

»Danke, Mom. Hast du irgendwelche Erziehungstipps?«

»Da könnte ich dir stundenlang Ratschläge geben, Schatz. Elternschaft ist das Schwierigste und das Schönste, was du je erleben wirst. An manchen Tagen ist man sicher, dass man alles richtig macht, und an anderen fühlt es sich an, als würde man auf einem Bett aus Rasierklingen einen Hügel hinunterrutschen.«

Er lachte. »Da sagst du was.«

»Aber genau das macht die guten Zeiten noch schöner. Hör weiter auf dein Herz, mein Schatz. Du machst das großartig.« Sie hakte sich bei ihm unter. »Sollen wir?«

Als sie sich auf den Weg zurück zum Feuer machten, fuhr Birdie auf den Parkplatz. »Wird auch Zeit, dass deine Schwester auftaucht.«

Seine Mutter setzte sich zu Tiny, der Gus auf dem Schoß hatte, und Doc ging zu Juliette hinüber. Er reichte ihr die Limonade und küsste sie auf die verlockenden Lippen. Als er sich zurückzog, sah ihn Juliette flehentlich an und erstarrte. *Mist. Lucas.* Er drehte sich um und wollte sich vergewissern, ob Lucas den Kuss bemerkt hatte, und stellte fest, dass Sasha und Cowboy ihn ebenso besorgt musterten.

»Versuch, nicht so schuldbewusst auszusehen«, riet Ezra

ihm leise.

Lucas starrte sie direkt an.

»Doc, du siehst aus wie damals, als du sechs Jahre alt warst und mitten in der Nacht aufgestanden bist, um alle Weihnachtsgeschenke auszupacken«, kommentierte Tiny.

Verdammt! »Lucas, deine Mutter und ich wollten dir eigentlich längst gesagt haben, dass wir uns wieder nähergekommen sind …«

»Jetzt brich dir keinen ab«, unterbrach Lucas ihn. »Seit wir uns kennen, sagst du mir ständig auf die eine oder andere Weise, dass du meine Mom liebst. Dachtest du wirklich, ich würde das nicht mitkriegen? Meine Mutter schreibt nie mit irgendwelchen Typen oder trifft sich mit ihnen. Dachtet ihr, ich hätte eure nächtlichen Telefonate nicht bemerkt? Und du bist andauernd bei uns.«

»Wir hätten es dir gleich sagen sollen«, sagte Juliette. »Aber wir wollten die Dinge nicht noch komplizierter machen. Es tut mir leid.«

»Mom, entspann dich. Es ist ja nicht so, als hättest du mich angelogen«, erwiderte Lucas. »Du gibst mir immer Bescheid, wenn ihr ausgeht. Zu wissen, dass ihr zusammen seid, macht es einfacher, als zu raten.«

»Du bist also nicht sauer?«, fragte Juliette.

»Nein.« Lucas sah Doc an. »Er ist cool. Außerdem ist er mein Vater. Es wäre komisch, wenn du einen anderen Typen küssen würdest.«

Erleichterung durchströmte Doc und er lachte. »Danke, Kumpel.«

»Gott sei Dank.« Juliette stand auf und umarmte Lucas.

»*Mom*«, beschwerte er sich, woraufhin alle lachten.

Juliette hatte sich gerade wieder hingesetzt, als sich Birdie zu ihnen gesellte. Sie trug eine hoch sitzende, geblümte Schlaghose und ein ärmelloses, pfirsichfarbenes Crop-Top und hatte eine kleine Tüte aus ihrem Schokoladengeschäft dabei. »Entschuldigt, dass ich so spät dran bin. Ich kann nicht fassen, dass ich das Abendessen und das Paintballspiel verpasst habe!« Sie stemmte eine Hand in die Hüfte, ließ den Blick über die Menge wandern und blieb bei Lucas hängen. »Aha! Da ist ja mein süßer Neffe!« Sie stolzierte zu Lucas, der sie interessiert musterte, und sagte: »Hi! Ich bin Birdie, deine coolste Tante!«

»Hey.«

»Sag nicht einfach Hey. Ich habe fünfzehn Jahre Umarmungen verpasst. Steh auf und umarm mich wie ein cooler Neffe.« Sie wackelte mit der Tüte in ihrer Hand. »Ich hab dir Schokolade mitgebracht.«

»Du bist eine coole Tante.« Lucas stand auf und umarmte sie.

»Die coolste«, korrigierte sie ihn. »Ich wusste nicht, ob du gegen irgendwas allergisch bist, daher habe ich nichts mit Nüssen eingepackt, aber bist du gegen irgendwas allergisch? Sag's mir lieber jetzt, bevor du was isst, das du nicht verträgst.«

»Ich hab keine Allergien.«

»Gut!«, rief sie. »Da sind verschiedene Schokoladen drin. Wenn du einen Favoriten hast, gib deiner Tante Birdie Bescheid, dann besorge ich dir Nachschub. Und wenn dir nichts davon schmeckt, kannst du entweder lügen oder in meinen Laden kommen und dann machen wir was für dich, das du lieben wirst.«

»Das ist super«, erwiderte Lucas. »Danke.«

»Ich glaube, Tante Birdie möchte, dass du deiner Mom was abgibst«, meinte Juliette.

Lucas grinste breit. »*Ich* glaube, Doc kann es sich leisten, dir eigene Schokolade zu kaufen.«

Alle lachten.

»Du passt hier echt gut rein«, fand Birdie.

»Er gehört schon längst dazu«, sagte Dare.

Die darauffolgende Unterhaltung verlief sehr lebhaft, auch weil Birdie wie ein Wasserfall redete, Lucas fragte, wie ihm die Ranch gefiel, und mit ihm über alles plauderte, was er gesehen und erlebt hatte. Sie bezog auch alle anderen mit ein und wollte wissen, ob Doc beim Fahrunterricht nervig gewesen sei, was Lucas zu Docs großer Freude verneinte. Aber Birdie erzählte Lucas trotzdem Geschichten darüber, wie Doc sie beim Autofahren zur Weißglut getrieben hatte.

»Du hast auch alles getan, um mich zu ärgern«, warf Doc ein.

»Ja, klar«, erwiderte Birdie. »Ich musste mich irgendwie beschäftigen.« Sie setzte ihre Fragerunde fort, während sie Marshmallows röstete, und überredete Lucas, auch die angebrannten zu essen.

Lucas schien das nichts auszumachen.

»Und wann können wir dich mal auf dem Rücken eines Bullen bewundern?«, fragte Birdie.

»Ja, wann?«, rief Sasha.

»Ich würde dich auch gern reiten sehen, mein Junge«, sagte Tiny. »Es ist schon eine Weile her, dass ich bei einem Rodeo zugeschaut habe.«

»Darf ich auch mit?«, erkundigte sich Gus.

»Natürlich, Kumpel«, antwortete Ezra.

»Wir würden dich gern anfeuern«, sagte Sully. »Stimmt's, Callahan?«

Cowboy nickte. »Auf jeden Fall.«

»Wirklich? Ihr alle?« Lucas' Augen leuchteten.

Alle redeten durcheinander und freuten sich sehr darauf, ihn auf einem Bullen reiten zu sehen. Doc war ganz aufgewühlt und auch Juliette wirkte überglücklich. Er beugte sich zu ihr und zog sie an seine Seite.

»Ich starte in zwei Wochen beim Carlisle Ranch Rodeo«, berichtete Lucas voller Freude. »Das ist ein kleiner Wettbewerb, kein Qualifikationsrodeo oder so. Aber wenn ich beim Bullenreiten gewinne, bekomme ich fünfhundert Dollar und eine Gürtelschnalle.«

»Fünfhundert Dollar?«, wiederholte Birdie. »Verdammt, vielleicht sollte ich mit dem Bullenreiten anfangen!«

»Nein!«, protestierten Doc, Dare, Cowboy und Tiny gleichzeitig.

Birdie kniff die Augen zusammen. »Jetzt will ich es erst recht machen. Weißt du, Lucas, ich halte immer noch den Rekord für den längsten Ritt auf dem mechanischen Bullen im Roadhouse.«

Lucas lachte. »Du hast recht, Doc. Sie ist wirklich eine Birdie und keine Blaire.«

Daraufhin lachten alle noch lauter.

»Juliette«, sagte Dare. »Schickst du uns die Infos zu seinem Rodeo?«

»Ich habe eure Nummern nicht, aber ich werde sie Seeley geben, und er kann sie euch allen schicken«, sagte Juliette.

»Ich gebe dir ihre Nummern«, versprach Doc. »Die solltest du sowieso haben.«

»Okay«, erwiderte sie leise, aber er sah, wie sehr sie sich über den Vorschlag freute.

»Gute Idee«, sagte Dare. »Man weiß ja nie, wann sie uns braucht, um dir in den Hintern zu treten.«

Die Männer lachten. Doc schüttelte den Kopf.

»Wollt ihr wirklich hinkommen und mir beim Reiten zusehen?«, fragte Lucas.

»Aber ja!«, rief Birdie.

Es folgten noch mehr Begeisterung und angeregte Gespräche, und als es endlich ruhiger wurde, nahm Cowboy Sullys Hand und verkündete: »Sully und ich haben auch noch eine Einladung auszusprechen.«

Alle Augen richteten sich auf ihn.

»Sully und ich möchten euch herzlich zu unserer Hochzeit einladen.«

Birdie quietschte vor Freude. »Dann habt ihr euch für ein Datum entschieden?«

»Wir heiraten an dem Tag, an dem wir uns auch verlobt haben. An unserem Geburtstag, dem siebzehnten April, um Mitternacht«, erklärte Sully.

»Um Mitternacht?«, staunte Wynnie.

»Uns ist bewusst, dass das für einige von euch zu spät sein könnte«, sagte Sully. »Deshalb wollen wir vorher ein großes Festessen veranstalten.«

»Es wird nur die Familie dabei sein und Treat Braden wird die Trauung durchführen«, erklärte Cowboy. Hal Bradens Sohn Treat war Immobilienmogul und lebte in Weston. Er hatte auch Dare und Billie getraut. »Jax schneidert Sullys Hochzeitskleid und er und Jordan fliegen für die Zeremonie ein.« Sullys Schwager war ein berühmter Brautmoden-Designer.

»Ansel und seine Mutter Gaia kommen auch«, ergänzte Sully. »Ich kann nicht heiraten ohne meinen besten Freund aus Kindertagen und die Frau, die sich auf diesem schrecklichen Gelände um uns gekümmert hat.«

»Das meinte ich ja mit Familie, Liebling«, sagte Cowboy.

»Aber natürlich, Callahan.« Sully beugte sich vor und küsste ihn. Dann wandte sie sich wieder den anderen zu und fuhr fort: »Aber wenn einer von euch lieber nicht kommen möchte, verstehen wir das.«

»Du machst wohl Witze, wenn du glaubst, wir würden deine Hochzeit verpassen. Mitternacht geht klar«, verkündete Wynnie, und Jubel ertönte.

»Bin ich die Einzige, die wissen will, warum ihr um Mitternacht heiratet?«, fragte Sasha.

Cowboy und Sully tauschten einen liebevollen Blick, und er erwiderte: »Weil wir uns bei unseren nächtlichen Spaziergängen ineinander verliebt haben und uns im Mondlicht das Jawort geben möchten.«

»Das ist so romantisch«, sagte Juliette ein wenig verträumt.

»Wir müssen einen Junggesellinnenabschied planen!«, rief Birdie.

Als der Tumult losbrach, zog Doc Juliette näher an sich heran und flüsterte: »Unsere Hochzeit wird noch romantischer sein.«

Er hielt sie fest, und sie riss erstaunt die Augen auf, genau wie er es erwartet hatte. Aber er konnte diese Wahrheit nicht länger zurückhalten, genauso wenig wie er verhindern konnte, sich Hals über Kopf in sie zu verlieben.

»Mach gefälligst ein anderes Gesicht, Peaches.« Er strich mit den Lippen über ihre. »Du weißt ganz genau, dass du eines Tages meine Frau sein wirst.« Dann besiegelte er diese Pläne mit einem Kuss.

Sechsundzwanzig

Am Nachmittag des Rodeo-Wettkampfs herrschte auf der Carlisle Ranch reges Treiben. Es gab Essensstände, Spiele für Kinder, Live-Musik und Tanz. Die Arena war rappelvoll und die Vorfreude auf die Wettkämpfe von Lucas und den anderen jungen Reitern war greifbar. Lucas würde in den Disziplinen *Barrel Racing, Bareback Bronc Riding* und *Bull Riding* antreten und war ganz aufgeregt. Alle Whiskeys waren wie versprochen erschienen, um ihn anzufeuern, ebenso Kenny, der sich beim Lagerfeuer vor zwei Wochen mit Lucas angefreundet hatte, und Layla. Sie hatten sich letztes Wochenende auch Laylas Turnier angesehen. Lucas hatte sie voller Stolz angefeuert und schwärmte seitdem von ihrem Sieg.

Juliette war überglücklich, dass ihn so viele Menschen unterstützten, und hatte es bisher noch nicht auf die Tribüne geschafft. Sie hatte Lucas Glück gewünscht, ihn umarmt und ihm gesagt, wie großartig er das machen würde, während sie insgeheim betete, dass er sich nicht das Genick brach. Jetzt wartete sie auf Seeley, der sich gerade mit Lucas und Buck unterhielt.

Abgesehen vom letzten Samstagmorgen, als Seeley vor dem Ride-Clean-Event an der Ausfahrt und der Rallye teilgenommen hatte, war er in den letzten zwei Wochen immer bei Lucas' Training erschienen. Lucas war es außerdem gelungen, ihn ganze sechs Mal zum Fahrtraining zu überreden. Bei drei dieser Gelegenheiten hatten sie Juliette angerufen, um sich hinterher mit ihr auf der Ranch zum großen Familienessen zu treffen.

Lucas genoss es sehr, mehr Zeit dort zu verbringen. Juliette war gar nicht bewusst gewesen, wie sehr er sich nach einem größeren Freundeskreis sehnte. Sie hatten sich nach der Ausfahrt und Rallye mit Seeley getroffen, und während er die Veranstaltungen beaufsichtigte, verbrachte Lucas Zeit mit Kenny und Layla, und Juliette half den anderen Frauen bei den Events, die sie organisierten. Letzten Sonntag hatte Lucas seine erste Motocross-Stunde gehabt und natürlich war ihr kleiner Adrenalinjunkie hellauf begeistert gewesen. Er hatte sogar Seeley auf ein Motorrad bekommen, was laut Billie an ein Wunder grenzte. Motocross war nie Seeleys Ding gewesen. Aber sie hatte das Gefühl, dass Seeley alles tun würde, um Zeit mit Lucas zu verbringen.

Sie schaute sich nach ihnen um, aber sie standen nicht mehr dort, wo sie sich mit Buck unterhalten hatten. Dann entdeckte sie Lucas und Seeley, die ein privates und anscheinend ernstes Gespräch führten. Seeley stand vor Lucas und legte ihm eine Hand auf die Schulter. Sie fragte sich, worum es dabei ging, war jedoch nicht beunruhigt. In den letzten Wochen hatte sich so viel verändert, und sie wusste, Seeley würde alles mit Taktgefühl und Liebe regeln, was immer sie auch zu besprechen hatten. Er war zu Lucas' anderer *Person* geworden – der liebevolle, beschützende Vater, von dem sie immer gewusst hatte, dass er es sein würde –, und dadurch blühte Lucas auf.

Das taten sie alle.

Deshalb war sie auch so hin- und hergerissen. Sie wollte unbedingt, dass ihr Vater für das bezahlte, was er getan hatte, für die Jahre, die sie, Seeley und Lucas verloren hatten, und für das Trauma, das er ihnen zugefügt hatte. Vor zwei Wochen hatte sie Seeley gebeten, nichts zu unternehmen, weil es Lucas so schlecht ging. Jetzt wollte sie nicht, dass er Reggie anrief, weil Lucas endlich angekommen war.

Wollte das Universum ihr damit sagen, dass es wichtigere Dinge gab als Rache?

Seeley und Lucas schauten zu ihr herüber und rissen sie aus ihren Gedanken.

Juliette lächelte ihnen zu und fühlte sich wie die glücklichste Frau auf Erden, trotz allem, was ihr Vater ihnen angetan hatte. Sie hatte eine zweite Chance mit dem Mann, den sie liebte, und er und ihr Sohn waren endlich da, wo sie hingehörten. Zusammen.

Sie eilte zu ihnen und musste Lucas ein letztes Mal umarmen und ihm Glück wünschen. »Ich hab dich sehr lieb und ich bin so stolz auf dich.« Sie drückte ihn noch ein bisschen fester, bevor sie ihn losließ. »Geh da raus und zeig ihnen, was in dir steckt.«

»Mach ich.« Er schaute zur Tribüne und winkte allen zu, die gekommen waren, um ihn anzufeuern.

Alle winkten zurück, und Layla und Kenny hielten ein Banner hoch, auf dem *Let's go, Rodeo!* stand. Layla rief: »Du schaffst das, Rodeo!« Der Spitzname, den Tiny ihm verpasst hatte, schien sich durchzusetzen, und Lucas hörte voller Stolz darauf.

Siegesgewiss ballte er die Faust in der Luft, aber es war sein strahlendes, herzergreifendes Lächeln und die Erinnerung daran, wie sie und Seeley vor einer Ewigkeit fast genau dasselbe in dieser Arena getan hatten, das Juliette nach Seeleys Hand greifen ließ, und sie betete, dass Layla Lucas beim Wettkampf nicht zu sehr ablenken würde.

»Denk an meine Worte, Lucas«, sagte Seeley mit Nachdruck.

Lucas nickte knapp. »Ich hab das im Griff. Mach dir keine Sorgen.« Er ging zu seinem Trainer.

»Was hast du ihm gesagt?«, fragte Juliette, als sie zu den Tribünen gingen.

»Dass er seinen Kopf beim Bullen und nicht bei seinem Mädchen haben soll.«

»Gut, aber das ist in seinem Alter wahrscheinlich leichter gesagt als getan. Sollte ich mir Sorgen machen? Denn das tue ich.«

»Nein. Als du mir damals zugeschaut hast, wollte ich dich beeindrucken und war dadurch sogar noch konzentrierter darauf, auf dem Bullen zu bleiben. Als ich ihm gesagt habe, er soll an den Bullen denken, meinte er, dass ihn nichts davon abhalten wird, heute zu gewinnen.« Er beugte sich zu ihr und küsste sie. »Dann hat er gemeint, er hätte schließlich ein großes Vorbild.«

Sie schmolz innerlich dahin. »Das hat er gesagt?«

»Ja«, bestätigte er mit einem fast lautlosen Lachen und zog sie in seine Arme. »Ich glaube, wir sind fast über den Berg, Liebling.«

»Ich hoffe, du hast recht, aber er ist ein Teenager, daher sollten wir den Tag nicht vor dem Abend loben.«

»Ich tue es aber trotzdem, und zwar jeden einzelnen davon.« Er küsste sie erneut.

Birdie rief: »Nehmt euch ein Zimmer!«

Sie gingen zu den anderen hinüber und setzten sich.

»Ist unser Junge bereit und konzentriert?«, fragte Tiny.

»Das ist er«, bestätigte Seeley. »Und er freut sich riesig, dass ihr alle da seid.«

»Wir freuen uns auch, hier zu sein«, warf Dare ein.

»Das weckt Erinnerungen«, sagte Wynnie. »Ich bin jetzt schon nervös.«

»Ich auch«, gestand Seeley, als sie sich vor seinen Eltern zwischen Dare und Cowboy niederließen. Er nahm Juliettes Hand. »Von dieser Seite des Gatters sieht so ein Rodeo ganz anders aus.«

Tiny klopfte ihm auf die Schulter. »Gewöhn dich lieber daran, die Zähne zusammenzubeißen, Sohn. Es wird nie einfacher, deinen Jungen auf einem Bullen zu sehen.«

Die Stimme des Ansagers dröhnte aus den Lautsprechern. Seeley nahm Juliettes Hand, als der Lärm der Menge leiser wurde und das Event begann. Eine Mischung aus Aufregung und Sorge erfüllte Juliette, als Kinder und Teenager im *Barrel Racing, Tie-Down Roping, Saddle Bronc Riding* und *Bareback* antraten. Die Pferde waren wunderschön und kräftig, die Reiter hoch konzentriert und athletisch. Das Donnern der Hufe, das Schnappen der Seile und der Jubel der Menge steigerten die Spannung immer weiter. Aber nichts übertraf den Lärm von Seeleys Familie und ihren Freunden, die Lucas anfeuerten, als wäre er der König des Rodeos.

Er belegte den ersten Platz im *Barrel Racing* und den zweiten im *Bareback*. Als er im Gatter auf den Bullen stieg, konnte Juliette vor lauter Jubel, Pfiffen und Anfeuerungsrufen für *Rodeo* ihre eigenen Gedanken kaum noch hören. Sogar Gus feuerte ihn aus vollem Herzen an. Sie drückte Seeleys Hand.

»Er hat Mumm, Peaches. Er schafft das«, beruhigte Seeley

sie und drückte ihr einen Kuss auf die Fingerknöchel.

»Ich weiß«, murmelte sie so nervös und hoffnungsvoll, wie sie sich fühlte.

Der Bulle schoss aus dem Gatter, bockte und drehte sich, und Juliette hielt den Atem an. *Komm schon, mein Schatz. Bleib drauf. Genau so.* Während die Sekunden verstrichen, klammerte sich Lucas an das Seil, reckte eine Hand in die Luft, und sein Körper wurde von den kraftvollen und unberechenbaren Sprüngen, Rückwärtsbewegungen, Tritten und Drehungen des Bullen hin- und hergeschleudert, während das Tier versuchte, ihn abzuwerfen.

Juliettes Herz pochte, während die Zehntelsekunden auf der Uhr verstrichen und Lucas darum kämpfte, auf dem massiven Tier zu bleiben. Der Acht-Sekunden-Summer ertönte und alle sprangen auf und jubelten. Seeley umarmte Juliette, während sich Lucas mit einer Hand abstützte und das Bein über den Bullen schwang, um abzusteigen. Doch der Bulle bäumte sich auf und drehte sich, sodass Lucas kopfüber durch die Luft flog. Die Menge schnappte nach Luft, als er wie eine Stoffpuppe auf dem Rücken landete.

»Steh auf, steh auf«, flehte Juliette, aber Lucas blieb reglos liegen. Panik flammte in ihrer Brust auf, und sie griff nach Seeley, aber er war längst weg. Sie sah, wie er über die Absperrung sprang und quer über den Sand zu Lucas rannte, während Sanitäter auftauchten und andere Männer den Bullen in Schach hielten.

Sie rannte die Tribüne hinunter, wobei Cowboy und Dare an ihrer Seite blieben, und bemerkte erst jetzt, dass Tiny schon vor ihnen war und sich einen Weg durch die Menge bahnte. Als sie um den Ring herumhetzten, konnte sie Lucas nicht sehen. Die Sanitäter und Seeley beugten sich über ihn. *Oh*

Gott. Bitte! Bitte mach, dass es ihm gut geht!

Seeley und ein Sanitäter halfen Lucas auf die Beine und Lucas riss die Arme in die Luft und wandte sich triumphierend der Menge zu. Ruckartig atmete Juliette aus, und Erleichterung durchströmte sie, als die Menge in Applaus, Jubel und Pfiffe ausbrach.

Als sie bei Lucas ankamen, hatten die Sanitäter ihre Untersuchung abgeschlossen und sprachen mit Seeley. Juliette lief direkt zu Lucas und begutachtete ihn von oben bis unten. »Geht es dir gut, Schatz?« Hinter ihr ertönten lauter ähnliche Fragen.

»Mir geht es gut. Habt ihr meinen Ritt gesehen? Ich liege in Führung!«, rief er.

»Wir haben es alle gesehen«, sagte sie. »Ich bin so stolz auf dich, Schatz, aber bist du sicher, dass du nicht verletzt bist? Was ist da draußen passiert?«

»Ich war nur kurz aus der Puste. Nicht weiter wild«, tat Lucas die Sache ab, als der Rest von Seeleys Familie zu ihnen aufschloss.

»Es war schon ein bisschen schlimmer«, sagte Seeley streng und wandte sich an Juliette und die anderen. »Er war bewusstlos. Die Sanitäter haben ihn freigegeben, aber wir fahren trotzdem zum CT ins Krankenhaus, nur zur Sicherheit.«

»Ach, kommt schon!«, beschwerte sich Lucas. »Mir ist nicht einmal schwindlig.«

»Du warst bewusstlos?«, fragte Juliette mit erneut aufflammender Panik. »Warum hast du gesagt, du wärst nur kurz aus der Puste gewesen?«

»Weil ich wusste, dass du sonst ausflippen würdest«, antwortete Lucas.

»Das ist mein Job, Lucas. Ich bin deine Mutter.«

»Lucas, Schatz«, schaltete sich Wynnie ein. »Es ist immer besser, auf Nummer sicher zu gehen.«

»Tiny, sag ihnen, dass es mir gut geht«, flehte Lucas.

»Junge, deine Eltern sind beide Ärzte. Sie wissen, was das Beste für dich ist«, erklärte Tiny entschieden.

Lucas verdrehte die Augen. »Sie sind Tierärzte.«

»Hey, du warst lange genug weggetreten, dass wir jegliche schlimmen Konsequenzen ausschließen müssen. Wir fahren ins Krankenhaus.« Seeley ließ keinen Raum für Diskussionen.

»Junge, mit Kopfverletzungen ist nicht zu spaßen«, ergänzte Dare. »Glaub mir, Lucas. Billie hat immer noch Gedächtnislücken von einer Kopfverletzung von vor über einem Jahr.«

»Na gut. Ich geh ja mit, aber können wir wenigstens noch bis zur Siegerehrung bleiben?«, bat Lucas, während der Jubel für den letzten Bullenreiter aufbrandete.

Als Lucas sich umdrehte, um die Show zu sehen, sah Juliette Seeley an und fragte: »Was meinst du? Du hast gesagt, die Sanitäter haben ihn freigegeben?«

»Das haben sie. Sie sagten, wenn er Kopfschmerzen bekommt oder ihm übel oder schwindlig wird oder er Atem- oder Brustschmerzen hat, sollen wir sofort ins Krankenhaus. Aber er war bewusstlos, Jule, und es hat einen Moment gedauert, bis er wieder da war. Von mir aus darf er noch zur Siegerehrung gehen, aber ich wäre beruhigter, wenn wir ihn danach gleich durchchecken lassen. Ich bitte Cowboy, Warrior zurück zu euch zu bringen.«

Die Menge tobte vor Begeisterung, und Lucas schrie: »Ich hab gewonnen! Mom! Doc! Ich hab gewonnen!« Er warf die Arme um Juliette und Seeley.

»Herzlichen Glückwunsch, Schatz!«, sagte Juliette.

»Du hast es geschafft, Kumpel! König des Rodeos!«, jubelte Seeley.

Während die ganze Arena ihm zujubelte und die Whiskeys alle anderen übertönten, steuerte Lucas direkt auf Layla zu.

Siebenundzwanzig

Doc konnte das ungute Gefühl nicht abschütteln, das ihn in dem Moment überkommen hatte, in dem er Lucas leblos am Boden liegen sah. Lucas hatte versucht, tapfer zu sein, nahm stolz seine Auszeichnungen und die Glückwünsche entgegen, aber dann hatte er ihnen gestanden, dass er Kopfschmerzen hatte, und sie waren direkt in die Notaufnahme gefahren. Es war fast zwanzig Uhr, und Lucas saß auf der Untersuchungsliege, ließ die langen Beine über den Rand baumeln, hatte die Arme verschränkt und trommelte nervös mit den Fingern, während sie auf den Arzt warteten. Die Krankenschwester hatte seine Vitalwerte gemessen und ihm eine Halskrause angelegt, was ihn jung und verletzlich erscheinen ließ.

»Wie geht es deinem Kopf, Kumpel?«, erkundigte sich Doc.

Lucas zuckte mit den Achseln. »Tut immer noch weh. Darf ich das Ding abnehmen? Mein Hals tut nicht weh.«

»Nein, Schatz. Sie haben gesagt, du sollst es dranlassen«, erklärte Juliette.

»Ich frage mal nach, wie lange es noch dauert.« Doc stand auf und öffnete den Vorhang.

Mandy, die Krankenschwester, mit der er mal ausgegangen war, kam gerade vorbei und blieb stehen, als sie ihn sah. »Doc?

Hi. Was machst du denn hier? Ist alles in Ordnung?«

So ein Mist! »Hi, ja. Mein Sohn ist von einem Bullen gefallen.« Das Wort *Sohn* kam ihm ganz selbstverständlich über die Lippen, und er bemerkte erst danach seinen Fehler und hoffte, Mandy würde keine Szene machen.

»Dein *Sohn*?«, flüsterte sie. »Bist du *verheiratet*?«

»Nein. Meine Freundin Juliette und ich haben uns nach sechzehn Jahren kürzlich wiedergefunden. Ich wusste nichts von ihm.« Er hatte keine Ahnung, ob er für diesen Moment die richtigen Worte fand, aber er wusste, dass Juliette hören konnte, wie er mit einer Frau sprach, und er wollte nicht, dass sie sich Sorgen machte. Er trat zur Seite, sodass Juliette sehen konnte, mit wem er redete, und betete, dass die Situation nicht eskalieren würde. »Juliette, das ist Mandy. Wir waren mal zusammen. Mandy, das sind Juliette und unser Sohn, Lucas.«

»Oh«, murmelte Juliette verlegen. »Hi.«

»Freut mich, Sie kennenzulernen.« Mandy sah zwischen Doc und Juliette hin und her und lächelte verschmitzt. »Sie können sich glücklich schätzen. Doc ist ein toller Kerl. Ich habe mich gefragt, warum sein Herz nie zu haben war, aber jetzt verstehe ich es. Ich bin froh, dass Sie wieder zueinandergefunden haben, und hoffe, du bist nicht zu schwer verletzt, Lucas.«

»Danke«, sagte Lucas.

Erleichterung durchströmte Doc. »Danke, Mandy.«

Sie nickte. »Pass auf dich auf.«

Als sie wegging, zog Doc den Vorhang zu, anstatt nach dem Arzt zu suchen, nahm Juliettes Hand und wandte sich an sie und Lucas. »Das tut mir leid.«

»Ist schon gut«, sagte Juliette. »Wir wissen, dass du ein Leben hattest, bevor wir hier aufgetaucht sind, und sie war sehr nett.«

»Ja, ist doch egal«, meinte Lucas.

Bevor Doc noch etwas sagen konnte, teilte sich der Vorhang und Dr. Chen, eine große, schlanke Frau von Anfang fünfzig mit glattem schwarzen Haar und randloser Brille, die Doc von den vielen Krankenhaus-Benefizveranstaltungen kannte, trat ein. »Doc«, sagte sie überrascht. »Ich hätte nicht erwartet, dich hier zu sehen.«

»Hallo, Dr. Chen. Das sind meine Freundin Juliette Chambers und unser Sohn Lucas.«

Das Erstaunen in ihren Augen flackerte nur kurz auf, bevor sie sich wieder gefangen und ihre Miene wieder unter Kontrolle hatte. »Es freut mich, euch beide kennenzulernen, auch wenn mir schönere Umstände lieber wären.« Sie lächelte Lucas an. »Lucas, Schwester Jacob hat mir erzählt, dass du ein ziemlich guter Bullenreiter bist, aber dass dich ein Bulle beim Absteigen erwischt hat und du auf dem Rücken gelandet bist. Stimmt das?«

»Ja, aber ich habe den Wettbewerb gewonnen«, sagte er stolz.

»Herzlichen Glückwunsch. Hast du dir beim Sturz den Kopf gestoßen?«

»Ich bin mir nicht sicher, aber ich glaube nicht. Ich bin auf dem Boden aufgeschlagen, und das Nächste, woran ich mich erinnere, ist, dass Doc und ein anderer Typ über mir standen und mich fragten, ob ich sie hören kann.«

»Er ist auf dem Rücken gelandet«, ergänzte Doc.

»Okay«, sagte sie. »Lucas, erinnerst du dich an alles, was seit deinem Sturz passiert ist?«

»Ja. Ich habe mit ihnen diskutiert, ob wir ins Krankenhaus fahren. Dann habe ich etwas gegessen und meine Trophäen entgegengenommen, bekam aber Kopfschmerzen, daher sind wir doch hergekommen.«

Dr. Chen sah Doc und Juliette an. »Mom? Dad? Stimmt das in etwa?«

»Ja«, bestätigten beide.

»Gut. Lucas, hast du irgendwelche Schmerzen?«

Er zeigte auf seinen Kopf. »Mir tut der Kopf weh.«

»Auf einer Skala von eins bis zehn, wobei eins kein Schmerz und zehn der schlimmste vorstellbare Schmerz ist – wie würdest du deinen Schmerz einschätzen?«

»Fünf, vielleicht.«

»Und tut dir sonst noch etwas weh? Arme, Beine, Rücken, Nacken?«

»Eigentlich nicht. Meine Schultern sind ein bisschen wund, tun aber nicht wirklich weh.«

»Kannst du das auch auf einer Skala von eins bis zehn bewerten?«

Lucas runzelte die Stirn. »Drei, glaube ich.«

»Also störend oder schlimmer?«

»Nicht wirklich störend. Nur unangenehm.«

»Okay. Das ist nach so einem Vorfall nicht ungewöhnlich. Ich checke dich kurz durch, dann sehen wir weiter.« Sie zog sich Handschuhe über und führte eine neurologische Untersuchung durch, prüfte seine Reflexe und ließ ihn die Schultern hochziehen sowie die Finger und Zehen bewegen. Dann stellte sie sich hinter ihn, tastete seinen Rücken ab und fragte dabei, ob es an bestimmten Stellen wehtat.

Lucas schien das alles nichts auszumachen.

Sie lockerte die Halskrause und fing an, seinen Nacken zu untersuchen. »Tut das weh?«

»Nein«, antwortete Lucas.

Sie veränderte die Position ihrer Finger. »Und das hier?«

Lucas schüttelte den Kopf. »Nein.«

Sie tastete ihn weiter ab. »Sag Bescheid, wenn irgendetwas wehtut. Selbst wenn es nur ein bisschen schmerzt.« Auf einmal runzelte sie die Stirn. »Wie lange hast du diesen Knoten am Hals schon?«

»Ich wusste nicht mal, dass ich da einen Knoten habe«, sagte Lucas.

»Warst du in letzter Zeit krank oder hattest du eine Erkältung oder Zahnschmerzen?«, fragte sie.

»Nein«, antwortete Lucas.

»Dann könnte es vom Sturz kommen«, mutmaßte sie. »Tut es weh, wenn ich Druck ausübe?«

»Nein.«

Doc dachte an Lucas' Training in der letzten Woche zurück. Er war damals heftig gestürzt, und Doc hatte ihn untersucht, aber an Lucas' Hals war ihm nichts Ungewöhnliches aufgefallen.

Dr. Chen schnallte ihm die Halskrause wieder um und bat ihn, sich hinzulegen, damit sie die Untersuchung abschließen konnte. Als sie fertig war, zog sie die Handschuhe aus und wandte sich an Doc und Juliette. »Ich kann keine Knochenbrüche ertasten, aber ich möchte ihm Blut abnehmen lassen, ein CT von Lucas' Kopf und Hals machen und Röntgenaufnahmen vom Rücken, damit wir sicher sind, dass nichts Ernstes vorliegt. Schwester Jacob bringt gleich die entsprechenden Unterlagen, dann könnt ihr zur Radiologie.«

»Machen die das jetzt gleich?«, fragte Lucas.

»Es kann sein, dass ihr etwas warten müsst, je nachdem, wie viele andere Patienten vor euch dran sind, aber ja, sie machen das noch heute Abend. Danach kommt ihr zurück zu mir, damit wir die Ergebnisse besprechen können.«

»Sind Sie besorgt?«, fragte Doc. Er hatte genau beobachtet, wie sie Lucas untersucht hatte, und keine neurologischen oder motorischen Ausfälle bemerkt. Was auch immer sie an seinem Hals ertastet hatte, schien Lucas auch nicht weiter zu stören, daher machte er sich eigentlich keine großen Sorgen, doch er wollte es von ihr hören.

»Er hatte einen schweren Sturz. Ich wäre nachlässig, wenn ich mir keine Sorgen machen würde«, erklärte sie. »Warten wir erst einmal die Untersuchungen ab, dann wissen wir, ob wir Grund zur Sorge haben, und dann sehen wir weiter.«

Doc hätte wissen müssen, dass ihm die Frage nicht weiterhelfen würde. Natürlich konnte sie keine Entwarnung geben, bevor sie die Ergebnisse gesehen hatte. »Klar. Natürlich.«

»Danke, Dr. Chen«, sagte Juliette.

»Darf ich die Halskrause jetzt abnehmen?«, bat Lucas hoffnungsvoll.

»Ich weiß, dass sie unbequem ist«, erwiderte Dr. Chen. »Aber zur Sicherheit wäre es mir lieber, wenn du sie erst nach den Ergebnissen abnimmst.«

Lucas stöhnte geräuschvoll.

Fast drei Stunden später saßen sie wieder in der Notaufnahme und warteten darauf, dass Dr. Chen ihnen die Ergebnisse mitteilte. Es war ein langer Tag gewesen und sie waren alle sehr angespannt. Lucas hatte den ganzen Abend über Nachrichten geschrieben und sich darüber beschwert, dass er nur herumsitzen musste. Er war gelangweilt, müde und genervt von der Halskrause. Immerhin hatten seine Kopfschmerzen nachgelassen. Docs Familie hatte sich bei ihm und Juliette mehrfach erkundigt, wie es Lucas ging, daher hatte er einen Gruppenchat erstellt, in dem auch Juliette war, um alle auf dem Laufenden zu halten. Er hatte Cowboy gebeten, sich um Juliettes Pferde zu kümmern, und Dare und Billie versorgten seine Hunde.

Lucas blickte von seinem Handy auf. »Kann ich morgen mit Layla und ihrer Cousine einen Ausritt machen?«

»Wir sitzen gerade in der Notaufnahme und warten auf die Information darüber, ob du eine Kopfverletzung hast«, entgegnete Juliette. »Meinst du nicht, wir sollten erst die Ergebnisse abwarten, bevor wir einen Ausritt planen?«

»Ich habe keine Kopfverletzung«, fauchte Lucas. »Meine Kopfschmerzen sind weg. Mir ist nicht mal schwindlig. Bitte?«

»Warum fragen wir nicht Dr. Chen, wenn wir die Ergebnisse haben?«, schlug Doc vor.

»Meinetwegen.« Lucas tippte erneut auf seinem Handy herum.

Doc nahm Juliettes Hand. »Alles okay? Brauchst du irgendetwas? Ein Getränk? Etwas zu essen?«

Sie schüttelte den Kopf. »Ich möchte nur die Ergebnisse haben und dann nach Hause.«

»Ich auch«, sagte Lucas, ohne von seinem Handy aufzusehen.

Doc wünschte sich, sie könnten alle ins selbe Haus zurückkehren. »Was ist mit dir, Lucas? Bist du hungrig? Durstig?«

»Nein. Alles gut. Danke.«

Als Dr. Chen hereinkam, lächelte sie freundlich. »Gute Neuigkeiten, Lucas. Wir können diese unbequeme Halskrause jetzt abnehmen.«

»Na, endlich«, murmelte Lucas, und alle atmeten erleichtert auf.

Dr. Chen nahm sie ihm ab und legte sie beiseite. »Der CT-Scan von Lucas' Kopf war unauffällig, ebenso die Röntgenbilder. Da gibt es also nichts, worüber wir uns Sorgen machen müssten.«

»Seht ihr?«, brummelte Lucas. »Ich habe doch gesagt, dass ich keine Kopfverletzung habe. Darf ich dann morgen den Ausritt machen?«

»Klar«, erwiderte Juliette.

»Wir haben allerdings einen vergrößerten Lymphknoten auf der rechten Seite von Lucas' Hals gefunden, den Sie abklären lassen sollten«, fuhr Dr. Chen fort.

»Lucas, wenn du Pfeiffersches Drüsenfieber hast, bring ich dich um«, drohte Juliette. »Darf man dann immer noch wochenlang nicht in die Schule?«

»Ich bin nicht krank«, protestierte er.

»Ich habe das Blutbild überprüft und kann das ausschließen«, erklärte Dr. Chen. »Die restlichen Laborwerte waren auch normal und ich habe keine weiteren geschwollenen Lymphknoten ertastet. Ich weiß nicht, was die Ursache ist, deshalb empfehle ich, das abklären zu lassen. Ich habe Ihnen auf den Entlassungspapieren die Namen von ein paar Spezialisten notiert.« Sie reichte Doc die Unterlagen.

Spezialisten? Doc ging im Kopf die möglichen Ursachen für schmerzlose, geschwollene Lymphknoten durch.

»Noch ein Arzt? Nur deswegen?«, moserte Lucas.

»Keine Sorge, da musst du heute Abend nicht mehr hin«, beruhigte ihn Dr. Chen.

»Das kann viele Ursachen haben, zum Beispiel eine Virusinfektion oder Halsschmerzen«, sagte Juliette. »Vielleicht wirst du gerade krank.«

»Wahrscheinlich ist es nichts«, versuchte Doc, sie zu beruhigen. »Aber wir lassen das abklären. Danke, Dr. Chen.«

»Lass mich mal fühlen.« Juliette stand auf und befühlte Lucas' Hals. Die Konzentrationsfalten auf ihrer Stirn wurden tiefer. Doc sah, dass ihr nicht gefiel, was sie ertastete, aber sie brachte ein kleines Lächeln zustande. »Ja, das ist bestimmt nichts. Wir gehen der Sache nach und lassen es untersuchen.«

»Darf ich morgen trotzdem reiten gehen, Dr. Chen?«, fragte Lucas.

»Auf jeden Fall«, bestätigte sie. »Versuch aber, beim Absteigen auf den Füßen zu landen.«

Er grinste. »Mach ich.«

»Du wirst morgen vielleicht noch etwas wund sein vom Sturz. Tylenol oder Ibuprofen helfen dagegen«, sagte Dr. Chen.

»Danke, Dr. Chen.« Juliettes Stimme klang besorgter als zuvor. »Können wir, Lucas?«

»Ja. Darf ich mir auf dem Weg nach draußen eine Dr Pepper aus dem Automaten holen?«, bat Lucas, als er mit Juliette hinausging.

Doc blieb zurück und berührte Dr. Chens Arm, um sie am Weggehen zu hindern. »Robin, ganz unter uns, müssen wir uns Sorgen machen?«

Ihr Gesichtsausdruck wurde entschuldigend. »Wenn er mein Kind wäre, würde ich ihn sofort untersuchen lassen.«

Doc nickte knapp, und als sie wegging, überflog er schnell die Überweisungspapiere. *Dr. Michael Santowski, Kinderonkologe,* und *Dr. Bethany Rodgers, Kinderonkologin.*

Sein Magen zog sich zusammen. Er schaute den Flur hinunter zu Juliette und Lucas, die gerade durch die Tür in die Lobby gingen, und eine Million Gedanken prasselten auf ihn ein, während ihm ganz schwer ums Herz wurde. Die Emotionen überwältigten ihn und das Atmen fiel ihm schwer. *Reiß dich zusammen.*

Nur mit Mühe schaffte er es, sich zu konzentrieren und die schmerzhaften Gedanken zu verdrängen. Er musste sich überlegen, wie er Juliette die Nachricht überbringen konnte und wie sie Lucas zu einem Onkologen schaffen sollten, ohne ihn zu Tode zu erschrecken.

Achtundzwanzig

Es war schon nach Mitternacht, als sie endlich nach Hause kamen. Juliette war innerlich völlig aufgewühlt und versuchte, es sich nicht anmerken zu lassen, was genauso anstrengend war wie alles andere.

»Ich bin total erledigt«, sagte Lucas, sobald sie zur Tür hereinkamen. »Ich geh ins Bett.«

»Okay, mein Schatz. Möchtest du ein Schmerzmittel?«, fragte Juliette.

»Nein danke, nicht nötig.«

»Komm her.« Juliette umarmte ihn ein wenig fester als sonst. »Herzlichen Glückwunsch zu deinen Siegen. Ich bin wirklich stolz auf dich.«

»Ich auch«, ergänzte Seeley. »Darf ich dich auch umarmen?«

»Die Umarmung hast du dir verdient«, erklärte Lucas, und Seeley schloss ihn in die Arme. »Bist du schon mal nach einem Bullenritt im Krankenhaus gelandet?«

»Nein, aber wahrscheinlich hätte ich das ein oder andere Mal dort landen sollen. Als ich aufgewachsen bin, galt: *Wenn du dich noch ans Alphabet erinnern kannst und kein Knochen raussteht, kannst du auch weitermachen.* Aber frag mal Dare, wenn du ihn das nächste Mal siehst. Er war so oft verletzt, dass er quasi ein eigenes Bett in der Notaufnahme hatte.«

Lucas musste lachen. »Kann ich mir vorstellen. Beim Lagerfeuer hat er mir von all den verrückten Sachen erzählt, die er mit seinem Motorrad gemacht hat. Auf der Autobahn auf dem Hinterrad fahren? Über Busse springen? Stimmt das wirklich?«

»Ja. Und komm bloß nicht auf dumme Ideen«, warnte Seeley.

»Keine Sorge. Ich bin kein so großer Draufgänger. Ich hab Layla übrigens erzählt, wie schön es am Lagerfeuer war. Meinst du, wir könnten sie mal zu uns auf die Ranch einladen?«

»Das ist eine großartige Idee«, sagte Seeley.

»Cool.« Lucas gähnte. »Gute Nacht.«

»Nacht, Kumpel.«

»Gute Nacht, Schatz.« Juliette wartete, bis Lucas' Zimmertür hinter ihm zufiel, bevor sie Seeley ansah. Sie spürte, wie ihre mütterliche Fassade zu bröckeln begann.

Er nahm ihre Hand und zog sie in seine Arme, und sie schloss die Augen, genoss seinen Trost und hoffte inständig, dass ihre Ängste unbegründet waren.

»Es war wirklich ein langer Abend.« Er küsste sie auf den Scheitel. »Setzen wir uns doch auf die Veranda, wo wir reden können.«

Sie gingen nach draußen und nahmen auf der obersten Stufe Platz. »Ich vermisse die Hollywoodschaukel«, sagte sie. »Wir hatten eine in Kalifornien auf der Farm, wo Lucas aufgewachsen ist. Wir saßen oft darauf und ich habe ihm Geschichten erzählt oder ihm vorgesungen. Abends hat er oft den Kopf auf meinen Schoß gelegt und ist eingeschlafen.« Ihr Hals schnürte sich zu. »Ich saß dann stundenlang dort, bevor ich ihn ins Bett getragen habe.«

Seeley legte den Arm um sie und zog sie näher zu sich heran. »Ich baue dir eine Schaukel, Liebling.«

Juliette legte den Kopf an seine Schulter, um dem Unvermeidlichen auszuweichen. Sie wollte ihre Sorgen aus Angst, sie könnten wahr werden, nicht aussprechen. Allerdings war sie sich durchaus dessen bewusst, dass das keinen Sinn ergab. Ihre Klienten spielten dieses Verdrängungsspiel oft genug, wenn ihre Tiere krank waren. Aber das war ihr egal, denn ihr Mutterherz war einfach noch nicht bereit dafür. »Lucas war heute großartig, nicht wahr? Es hat ihm so viel bedeutet, dass alle da waren, um ihn anzufeuern.«

»Den anderen hat es auch viel bedeutet.« Er küsste sie auf die Schläfe. »Sprich mit mir, Liebling.«

»Ich spreche doch mit dir. Hast du Lucas' Lächeln gesehen, als sie ihn auf die Bühne gerufen haben? Er ist da hochspaziert wie ein stolzer Pfau, und als er zu Layla geschaut hat, hab ich gesehen, wie sie dahingeschmolzen ist.«

»Er wird das schon durchstehen, Liebling«, sagte er leise und drückte sie ein wenig fester an sich.

»Natürlich wird er das«, sagte sie viel zu fröhlich. »Das muss er auch.«

»Ich weiß, dass es schwer ist, darüber zu reden, aber wir müssen es tun. Ich habe ihn nach einem Sturz beim Training letzte Woche untersucht und an seinem Hals nichts Ungewöhnliches gespürt. Das heißt, dass es ganz plötzlich aufgetreten sein muss. Wie hat sich sein Lymphknoten angefühlt?«

Die Worte blieben ihr im Hals stecken.

»Es ist okay, Baby. Lass dir Zeit«, sagte er leise.

»Er war hart.« Sie sprach leise, als ob es dadurch weniger real werden würde. »Er hat sich nicht bewegt, als ich daraufgedrückt habe. Du weißt, dass das kein gutes Zeichen ist.«

Er schwieg einen Moment. »Wir werden jetzt keine voreiligen Schlüsse ziehen, aber sie hat uns an pädiatrische Onkologen überwiesen.«

Erschrocken wich Juliette zurück und starrte ihn entsetzt an. »Seeley«, kam ihr zittrig über die Lippen, und Tränen stiegen ihr in die Augen.

Er legte ihr die Hände an die Wangen. »Hör mir zu, Liebling. Wir wissen noch gar nichts. Seine Blutwerte waren normal. Sie hat seine anderen Lymphknoten überprüft und die waren nicht geschwollen. Wir gehen jetzt nicht vom Schlimmsten aus, verstanden?«

Sie nickte und kämpfte gegen die Tränen an.

»Mein Cousin Bones – *Wayne* – arbeitet als Onkologe in Maryland. Ich werde ihn anrufen und hören, was er uns dazu sagen kann.«

»Okay. Kannst du ihn morgen früh anrufen?«

»Nein. Es geht um unseren Sohn. Ich werde ihn jetzt anrufen.«

»Du kannst ihn doch nicht so spät stören«, protestierte sie.

»Er gehört zur Familie und würde nichts anderes erwarten.« Er küsste und umarmte sie, dann stand er auf, zückte sein Handy und wählte eine Nummer. »Hey, Bones. Entschuldige, dass ich so spät anrufe.« Er hielt inne und lauschte. »Ich brauche da mal einen Rat …« Er entfernte sich ein wenig, während er erklärte, was los war.

Juliette zog ihr Handy aus der Tasche, und ihr Herz raste, als sie den Browser öffnete und eintippte: *Was bedeutet ein harter, schmerzloser, vergrößerter Lymphknoten am Hals?* Ihr Daumen schwebte über der Suchtaste. Sie wusste, was sie erfahren würde, und hoffte dennoch, von etwas weniger

Schrecklichem überrascht zu werden. Sie schaute zu Seeley hinüber. Er hatte ihr den Rücken zugewandt, das Telefon am Ohr und die andere Hand zur Faust geballt.

Sie sah wieder auf ihr Handy und überlegte, ob sie die Suchanfrage abschicken sollte, und auf einmal hörte sie die Stimme ihrer Großmutter in ihrem Kopf: *Es gibt nichts, was du nicht schaffen kannst, Juliegirl. Sei dem Teufel einen Schritt voraus, damit er dich nicht überraschen kann. Wenn du immer gut vorbereitet bist, kann er dir nichts anhaben.* Diesen Rat hatte sie ihr gegeben, als Juliette ihr erzählt hatte, dass sie mit Lucas weggehen und den Kontakt zu ihren Eltern abbrechen würde. Sie hatte auf den Rat gehört und alles geregelt, bevor sie die toxische Beziehung zu ihren Eltern beendet hatte.

Auch diesmal musste sie dem Teufel zuvorkommen.

Sie tippte auf das Suchsymbol und hielt den Atem an, als die Ergebnisse auftauchten. Rasch überflog sie die Seite und die Sätze trafen sie wie Messerstiche ins Herz. *Möglicher Krebs oder Lymphom … Lymphom oder eine andere Art von Krebs … sollte untersucht werden …* Mit jeder Zeile, die sie las, fiel ihr das Atmen schwerer.

Aber sie wusste auch, dass das Internet voller Fehlinformationen war, daher ging sie auf die Website der Mayo Clinic, einer Quelle, der sie vertraute. Sie las, dass gesunde geschwollene Lymphknoten empfindlich, etwa erbsen- oder kidneybohnengroß, manchmal auch größer, aber meist schmerzhaft waren. Lucas' Lymphknoten war so groß wie eine Walnuss und schmerzlos.

Sie informierte sich weiter über all die üblichen Symptome, mit denen sie gerechnet hatte, wie Schnupfen, Halsschmerzen, Fieber. Sie las von Lymphknotenschwellungen am ganzen Körper, die auf eine Infektion oder Autoimmunerkrankung hindeuten könnten.

Doch die Ärztin hatte nur einen geschwollenen Knoten entdeckt.

Ihr Blick blieb an einer Aufzählung hängen: *Harte, unbewegliche, schnell wachsende Lymphknoten können auf Krebs oder Lymphome hinweisen.*

Ihr schlug das Herz bis zum Hals, als sie zum Abschnitt *Wann man einen Arzt aufsuchen sollte* scrollte. Der dritte Punkt traf sie wie ein Schlag: *Wenn Lymphknoten hart oder gummiartig sind oder sich nicht verschieben lassen.*

Neinneinnein. Nein! Das kann nicht sein!

Hastig klickte sie auf den Link zu Krebsarten, die mit solchen Lymphknoten in Verbindung standen. *Leukämie. Lymphome. Metastasierte Krebserkrankungen.*

Metastasiert. Bei dem Wort wurde ihr schlecht.

Sie überflog die Symptome von Leukämie: *Blasse Haut, rote Flecken auf der Haut, Knochenschmerzen, Blutergüsse, Atemnot, Schwindel, Schwäche, Gewichtsverlust.* Bei Lymphomen: *Nachtschweiß, Husten, Juckreiz, Atembeschwerden.* Mit jedem weiteren Symptom, das Lucas nicht aufwies, keimte zaghaft Hoffnung in ihr auf.

Ein weiterer Link führte sie zu Fünf-Jahres-Überlebensraten und Heilungsraten, die je nach Krebsart zwischen fünfundsechzig und neunzig Prozent lagen. Das klang wie ein makabres Glücksspiel.

Es war einfach zu viel.

»Alles klar«, sagte Seeley, und sie blickte auf. »Danke, Mann.«

Sie stopfte das Handy in die Hosentasche, verbannte die Zahlen aus ihrem Kopf und klammerte sich an die Tatsache, dass Lucas bis auf den einen Knoten gesund wirkte. »Was hat er gesagt?«, fragte sie, als Seeley zur Veranda zurückkam.

»Er bestätigt, was wir bereits wussten.« Seine Stimme klang bedrückt. »Ein fester, unbeweglicher Lymphknoten kann auf bestimmte Krebsarten hinweisen. Aber er rät uns auch, nicht in Panik zu verfallen, bevor wir Gewissheit haben. Er meinte, die Ärzte werden wohl eine Biopsie anordnen.«

Biopsie. Das Wort hallte in ihrem Schädel nach.

»Er empfiehlt Dr. Santowski, der seinen Worten zufolge ein Top-Spezialist ist. Und er warnt davor, im Internet zu recherchieren. Das würde uns nur verrückt machen.«

»Zu spät.« Sie trat zu ihm. »Und er hat recht. Ich habe eine Heidenangst. Jeder Treffer erwähnt Krebs. Aber Lucas weist keines der Symptome für Leukämie oder Lymphome auf. Kein einziges. Vielleicht ist es nur eine Laune der Natur oder der Lymphknoten wird von alleine wieder kleiner. So was kommt doch vor, oder?«

»Wir können nur hoffen, Liebling.« Er nahm sie in die Arme, schien jedoch nicht überzeugt. »Die gute Nachricht ist, dass die von ihm erwähnten Krankheiten durchaus heilbar sind, wenn sie früh erkannt werden.«

Fünfundsechzig Prozent klangen für sie nicht unbedingt wie heilbar, aber ihr fehlte die Kraft für weitere Nachforschungen oder Diskussionen. »Hat er noch etwas gesagt?«

Er schüttelte den Kopf und hielt sie weiterhin fest. »Nein, Baby.«

Die Trauer in seiner Stimme verriet ihr, dass er ihr nicht alles sagte, aber sie wusste auch, dass er sie beschützen wollte. Ein Teil von ihr wollte nachhaken, jedes kleine Detail wissen, um zu begreifen, womit sie es vielleicht zu tun bekamen. Aber ein größerer Teil von ihr, der Teil, der für Lucas stark bleiben musste, der Teil, der es sich nicht leisten konnte, in einen

Strudel aus Angst und Grübeleien zu geraten, wollte es lieber nicht erfahren.

Es war ihr egal, ob sie das schwach oder dumm erscheinen ließ. Im Augenblick war sie schwach und vielleicht musste sie auch mal dumm sein. Sie wusste ohnehin schon zu viel. Sie hatte eine höllische Angst. Sie schmolz in seinen Armen dahin, spürte die Sicherheit seiner Umarmung wie eine Rüstung. »Bleibst du heute Nacht bei mir?«

Er sah sie mit besorgten Augen an. »Es gibt nichts, was ich lieber tun würde, als bei dir zu bleiben, aber was ist mit Lucas?«

»Ich glaube nicht, dass es ihn stören würde. Du bist ein wichtiger Teil unseres Lebens und das gefällt ihm. Aber wenn du dir Sorgen machst, stehen wir einfach auf, bevor er wach wird, dann merkt er gar nicht, dass du hier warst.«

»Okay, Liebling. Ich bleibe.« Er senkte die Lippen auf ihre und gab ihr einen langsamen, sinnlichen Kuss. »Du musst völlig erschöpft sein.«

»Das bin ich, aber mein Gehirn arbeitet auf Hochtouren.«

»Komm, wir gehen rein. Ich lasse dir ein warmes Bad ein. Das hilft dir, dich zu entspannen.« Er musterte sie kritisch. »Du hast doch eine Badewanne, oder?«

»Ja«, antwortete sie mit einem kleinen Lachen. »Aber du musst das nicht tun. Es sei denn, du bist bereit, mit mir reinzusteigen.«

Sein schelmisches Grinsen verriet ihr, dass er das sowieso vorhatte. »Weißt du noch, wie du immer davon geträumt hast, in der Hütte einen großen Whirlpool zu haben, weil deine Großmutter dich immer ihren benutzen ließ?«

»Ich kann nicht glauben, dass du dir das gemerkt hast.«

»Ich sagte doch, du bist unvergesslich.« Er legte den Arm um sie. »Komm schon. Die Mutter meines Kindes muss verwöhnt werden.«

»Bin ich das für dich? *Die Mutter deines Kindes?*«, neckte sie ihn, als sie ins Haus gingen.

»Liebling, du bist so vieles für mich, ich wüsste gar nicht, wo ich anfangen soll.«

Auf dem Weg den Flur entlang blieb sie vor Lucas' Tür stehen und lauschte. »Ich glaube, er schläft schon.«

Sie warfen einen Blick in sein Zimmer. Lucas lag auf dem Rücken, das Handy neben sich auf der Matratze. Die Decke war nur bis zum Bauch hochgezogen. Seine Kette hing seitlich herab und glitzerte im Licht der Nachttischlampe. Juliette erinnerte sich daran, wie sie ihm die Kette geschenkt hatte. Sie hatte gewollt, dass er immer ein Stück von Seeley bei sich trug, und darauf gehofft, dass Seeleys Glücksbringer ihn beschützen würde. *Wenn es doch nur so einfach wäre.*

»Sieh dir unseren perfekten Jungen an«, sagte Seeley leise. »Er wurde aus der reinsten Form der Liebe geschaffen, die es gibt.«

Wahrere Worte waren nie gesprochen worden.

»Ich werde nicht zulassen, dass ihm etwas passiert, Liebling«, flüsterte er. »Wenn er krank ist, sorgen wir dafür, dass er jede Behandlung bekommt, die er braucht. Wenn er ein Organ braucht, gebe ich ihm meins. Ich tue alles, was nötig ist — *immer* —, für ihn und für dich.«

Mit zugeschnürter Kehle drehte sie sich zu ihm um und schlang die Arme um ihn. »Ich will an all das gar nicht denken.«

»Dann werde ich dich jetzt auf andere Gedanken bringen.« Seeley zog Lucas' Tür zu, nahm ihre Hand und führte sie in ihr Schlafzimmer. »Ich möchte, dass du dich entspannst, während ich das Wasser einlasse.« Er sah sich in ihrem Schlafzimmer um und schnappte sich eine Kerze von der Kommode. »Hast du noch mehr davon?«

»Nur noch eine.« Sie zeigte auf den Nachttisch auf der anderen Bettseite.

Er griff nach der Kerze, hielt aber kurz inne und nahm stattdessen das gerahmte Foto von ihr und Lucas in die Hand. »Wie niedlich ihr beide mit dem Zicklein ausseht.« Lächelnd betrachtete er das Bild. »Wann wurde das aufgenommen?«

»Als Lucas drei Jahre alt war. Das war sein erster Besuch im Streichelzoo.« Auf dem Foto hockte sie neben Lucas und schaute ihn an und er streichelte kichernd die Ziege.

»Du warst also zwanzig.« Er fuhr mit dem Finger über das Bild. »Ihr seid beide so schön. Sieh dir seine kleinen pummeligen Wangen und Hände an. Mochte er die Ziegen?«

»Er hat sie geliebt, sie jedoch immer ›Schiege‹ genannt.« Sie lachte leise. »Mit dem *Z* hatte er eine Zeitlang Probleme.«

Seeley grinste. »Das muss hinreißend gewesen sein.«

»Es war wirklich niedlich.«

»Ich wünschte, ich könnte die Zeit zurückdrehen und bei euch sein. Ich habe so viel verpasst. Ich werde nie wissen, wie es war, diese kleinen Pausbacken zu küssen oder dieses ansteckende Kleinkind-Kichern zu hören.« Er biss sich auf die Unterlippe, als er das Bild abstellte, räusperte sich und schenkte ihr ein zärtliches Lächeln. »Aber ich bin froh, dass ich jetzt hier bin. Ich werde nie wieder etwas verpassen.« Er nahm die Kerze wieder in die Hand. »Okay, süße Peaches, dein Bad ist gleich bereit.«

Er zwinkerte ihr zu und verschwand im Badezimmer, während in ihr so viele Gefühle aufstiegen, dass es ihr schwerfiel, die Dankbarkeit für ihr Zusammensein von der Schuld zu trennen, Lucas so lange vor ihm verborgen gehalten zu haben.

Juliette dachte immer noch darüber nach und machte sich Sorgen um Lucas, als sie schließlich zusammen in die Wanne stiegen. Sie kuschelte sich zwischen Seeleys kräftige Oberschenkel und lehnte sich an seine Brust. Das Licht war ausgeschaltet, Kerzen flackerten auf der Ablage, und das Mondlicht fiel durchs Fenster herein.

Seeley strich ihr das Haar zurück und küsste ihre Schulter. »Schließ die Augen und entspann dich.«

Sie kam der Aufforderung nach, während er sie badete, und seine Hände glitten über ihre Arme und ihren Bauch. Es fühlte sich gut an. Beruhigend. Aber ihre Gedanken rasten weiter. »Ich kann nicht aufhören, an Lucas zu denken.«

»Ich weiß. Mir geht es genauso.«

»Er wird ausflippen, wenn er hört, dass er zu einem Onkologen muss.«

»Darüber habe ich auch nachgedacht.« Er küsste ihren Hals. »Ich finde, wir sollten alles so normal wie möglich halten. Es gibt keinen Grund, warum er sich Sorgen machen sollte, solange wir nicht wissen, womit wir es zu tun haben. Wenn du den Termin machst, sag einfach, es ist ein Arzttermin. Bleib allgemein.«

»Aber er ist clever. Er wird es merken, wenn wir dort sind.«

»Dann erklären wir ihm, dass wir ihn zu einem Spezialisten schicken, der sich den ganzen Tag geschwollene Lymphknoten ansieht, weil er die Sache am besten beurteilen kann.«

»Das ist eine gute Idee. Das wird er verstehen.« Sie atmete tief ein und langsam wieder aus und fühlte sich etwas besser.

Er küsste sie noch einmal, schöpfte etwas Wasser und goss es über ihre Brüste. »Wie wär's, wenn du deine wunderschönen blauen Augen jetzt wieder zumachst, damit ich das lästige Feuer in deinem Gehirn an andere, geeignetere Stellen umleiten kann?«

»Das hört sich gut an.«

Sie schloss die Augen und seine warmen Lippen wanderten ihren Hals hinauf. »Dein Verstand kann sich immer nur mit einer Sache beschäftigen. Konzentrier dich auf meine Küsse.« Er ließ die Zunge über ihre Ohrmuschel gleiten und saugte das Ohrläppchen in seinen Mund, was ihr Hitzewogen durch den Leib jagte. »Spüre meine Hände auf deinem Körper.« Er küsste ihren Hals, während er ihre Brüste umfasste, ihre Brustwarzen streichelte und ein Kribbeln der Lust über ihre Haut wanderte. Dann ließ er eine Hand zwischen ihre Beine gleiten und liebkoste sie dort, wo sie es am meisten brauchte. Sie bewegte sich keuchend auf seinen flinken Fingern. »Stell dir vor, du würdest da unten meinen Mund spüren.«

Er wurde schneller und seine Erektion drückte verlockend gegen ihren Rücken. Er streichelte, küsste, saugte, drückte und liebkoste sie, lenkte sie auf die herrlichste Art und Weise ab und brachte sie um den Verstand. Als er eine Brustwarze zwischen Zeigefinger und Daumen rollte und dabei ihre Klitoris rieb, toste die Hitze in ihrem Inneren, und ihr entwich ein Wimmern. »*Oh … Gott.*«

»So ist es gut, Liebling. Lass mich diese lustvollen Laute hören«, verlangte er heiser und versenkte sanft die Zähne in ihrem Hals, während er gleichzeitig in ihre Brustwarze kniff. Wogen der Lust überrollten sie und ein »*Seeley*« kam ihr wie ein Flehen über die Lippen. Sie versuchte, sich ihm zuzuwenden, aber er hielt sie fest.

»Noch nicht, meine Schöne.« Mit diesen Worten setzte er seine Liebkosungen fort, beschleunigte seine Bemühungen zwischen ihren Beinen, verwöhnte ihre Brüste mit Streicheleinheiten und brachte sie bis kurz vor den Orgasmus. Sein Mund war ein sündiger Sturm der Verlockungen. Er biss, saugte und küsste. Das Verlangen sammelte sich heiß und inbrünstig in ihrer Mitte, während sie sich stöhnend wand und das Wasser über den Badewannenrand schwappte. »Meine gierige Schöne. Du bist so kurz davor, dass du regelrecht bebst.«

»Ja. Bitte.«

Er drang mit zwei Fingern in sie ein, wobei er den Daumen auf ihre empfindlichste Stelle legte, und sie keuchte bei dem Schock der Lust, den er damit auslöste. Er streichelte und rieb, bis ihr ganzer Körper vor Verlangen vibrierte. Dabei versenkte er erneut die Zähne in ihrem Hals, kniff in ihre Brustwarze und machte etwas Magisches mit den Fingern, was eine Explosion weißglühender Empfindungen in ihr auslöste. Sie schrie auf, aber er drehte rasch ihren Kopf zur Seite und fing ihre lustvollen Laute mit dem Mund auf, als die Wogen der Lust über sie hereinbrachen und sie alles andere vergaß.

Als sie schließlich langsam wieder vom Gipfel herunterkam und ihr Körper immer noch zitterte, murmelte er: »Es wird Zeit, mich zu reiten, Baby.« Schon brachten seine verruchten Worte sie abermals in Wallung. Er drehte sie in seinen Armen um, wobei das Wasser über den Wannenrand spritzte, und hielt ihre Hüften fest, während er sie mit seinen dunklen Augen förmlich verschlang, als sie über seiner steinharten Erektion kauerte. »Du bist viel zu verführerisch.«

Er zog sie nach vorn, wobei sich eine weitere Welle auf den Boden ergoss, und hob sie etwas an. Seine Finger pressten sich in ihr Fleisch, während sie über seinem Mund verharrte und er ... *Grundgütiger!* Wie war das überhaupt möglich? Sie hielt sich an der Wand fest, um nicht umzufallen, als er seine Zunge und Zähne auf eine Art und Weise einsetzte, die sie nie für möglich gehalten hätte. Ihr Körper schien innerlich zu brennen, während ihr die kühle Luft auf der nassen Haut eine Gänsehaut bescherte, doch das war ihr egal. Sie konnte kaum noch einen klaren Gedanken fassen und war sich nicht einmal sicher, ob sie überhaupt noch atmete, als der Orgasmus über sie hereinbrach. Rasch hielt sie sich den Mund zu, um Lucas nicht zu wecken, und Seeley reagierte sofort und ließ sie auf seine lange, pralle Erektion herabsinken. Sie keuchte, und die Leidenschaft verzehrte sie wie ein Lauffeuer, als er pumpte und zustieß und sie beide in eine Welt der Ekstase versetzte, die so hell und heiß war, dass sie sich nichts Vollkommeneres vorstellen konnte.

Nachdem sie sich wieder erholt hatten, legte er die Arme um sie. »Komm her, mein süßes Mädchen für immer«, murmelte er und küsste sie langsam und leidenschaftlich. Er bewies ihr einmal mehr, dass jeder Moment mit ihm perfekter war als der vorherige.

Neunundzwanzig

Juliette schob die Mistgabel in Warriors Box ins Heu und dachte wie immer an Lucas. Heute erinnerte sie sich daran, wie süß er mit vier Jahren gewesen war, wenn er ihr mit seiner kleinen Plastikmistgabel, den winzigen Cowboystiefeln und dem Filzhut half, den Stall auszumisten. Er hatte sich emsig um die Pferde gekümmert und die ganze Zeit geplappert, wie glücklich sie über ihre sauberen Boxen sein würden. Zwar beschwerte er sich über vieles in seinem Leben, aber nie darüber, die Pferde versorgen zu müssen. Sie versuchte, sich auf diese Erinnerung zu konzentrieren, doch ihr Verstand driftete immer wieder in dunkle, beängstigende Gefilde ab. Ins Land der *Was-wäre-wenns*. Ihr Kinn zitterte, und sie bekam feuchte Augen, kämpfte jedoch mit aller Kraft dagegen an und weigerte sich, es so weit kommen zu lassen.

Er wird wieder gesund. Anders kann es einfach nicht kommen. Das war zu ihrem Mantra geworden.

Sie hatte sich immer für stark gehalten. In all den Jahren von Lucas' Kindheit hatte sie sich nie unterkriegen lassen und ihn nie ihre innere Unruhe spüren lassen. Nach der Trennung von Josh hatte sie allen erzählt, es ginge ihr gut, obwohl sie danach zum ersten Mal überhaupt auf sich allein gestellt war, was das Zweitschwerste darstellte, das sie je getan hatte. Es wurde nur von dem Tag übertroffen, an dem sie sich von ihrem Herzen abgewandt und den falschen Mann geheiratet hatte. Nach Joshs Tod war etwas in ihr und in Lucas zerbrochen, aber sie hatte weitergemacht, eine tapfere Miene aufgesetzt und ihren Kummer verborgen, um für ihren Sohn stark zu sein. Sie hatte sich eingeredet, dass es nichts gab, was sie nicht bewältigen konnte.

Aber die letzten elf Tage hatten sie in jeder Hinsicht auf die Probe gestellt.

Sie hatten sich mit Dr. Santowski getroffen, einem durchaus angenehmen Mann mit freundlichen Augen und einer direkten Art, und Lucas war nicht ausgerastet, als ihm klar geworden war, dass er von einem Onkologen untersucht werden sollte. Er hatte ja auch keinen Grund zur Sorge. Er vertraute Juliettes und Seeleys Erklärung, dass sie schnelle und genaue Antworten von einem Spezialisten bekommen wollten. Als Dr. Santowski eine Biopsie anordnete, fiel das Wort Krebs kein einziges Mal, und Lucas nahm es gelassen hin als Teil des Prozesses zur Abklärung.

Aber Juliette wusste, was sie auszuschließen versuchten, und so zu tun, als wäre alles normal, während sie auf die Ergebnisse der Biopsie wartete, brachte sie in den seltsamsten Augenblicken an ihre Grenzen. Zum Glück hatte sie sich in Lucas' Gegenwart bislang immer im Griff gehabt, aber in anderen Momenten, wenn sie allein war, beim Abwaschen oder unter der Dusche, ließ sie den Tränen freien Lauf. Beim Abendessen auf der Ranch am letzten Wochenende hatte sich Lucas prächtig amüsiert, mit seinem Motocross-Training mit Billie geprahlt und begeistert erzählt, dass Layla später zum Lagerfeuer dazustoßen würde. Doch Juliette hatte nur an das

Damoklesschwert denken können, das über ihren Köpfen schwebte.

Was ist, wenn er Krebs hat? Wird er noch all die Dinge tun können, die er liebt? Wie werden seine Behandlungen ablaufen? Fünfundsechzig bis neunzig Prozent Heilungschance, diese Worte waren ihr immer wieder durch den Kopf gegangen, forderten all ihre Aufmerksamkeit und warfen die schrecklichsten Fragen auf. *Wird er in einem Monat noch hier sein? In sechs Monaten? In sechs Jahren? Oder ist dies der Anfang vom Ende?* Sie hatte sich entschuldigen und auf der Toilette verstecken müssen, bis sie die Kontrolle über ihre Gefühle wiedererlangt hatte.

Seeley war ihr Anker gewesen.

Sie hatten beschlossen, nicht zu verheimlichen, dass er seit jener ersten Nacht bei ihr übernachtet hatte, und Lucas hatte erstaunlich gelassen darauf reagiert. Sie war froh darüber, denn Seeley wusste immer genau, was er tun oder sagen musste, damit es ihr besser ging. Er hielt sie in den Armen, wenn sie traurig war, beruhigte sie unermüdlich, ohne die Geduld zu verlieren, meldete sich tagsüber bei ihr und fand immer kleine Mittel und Wege, sie zum Lächeln zu bringen. Jeden Tag hinterließ er ihnen eine Kleinigkeit – eine Blechdose voller Wildblumen in der Küche, einen Strauß in ihrem Wagen, Schokolade für Lucas auf seinem Kopfkissen, ein gerahmtes Foto von Lucas beim Bullenreiten auf dem Couchtisch oder – Lucas' Favorit – ein Bild von ihm und Layla, wie sie über dem Lagerfeuer Marshmallows rösteten.

Aber Seeleys Geschenke gingen weit über das Materielle hinaus. Nachts redeten sie lange, liebten sich oder lagen einfach in den Armen des anderen, trösteten einander, schwelgten in Erinnerungen, machten Witze oder schmiedeten hoffnungsvolle Pläne.

Auch wenn Lucas es vielleicht nicht merkte, war Seeley zu seinem Fels in der Brandung geworden. Er war bei jedem Reittraining dabei, begleitete ihn zum Motocross, übte dreimal die Woche mit ihm Autofahren, ohne auch nur einen Termin zu verpassen, und sie arbeiteten gemeinsam auf der Ranch und reparierten Kleinigkeiten. Sie redeten viel und neckten sich ständig. Sie hatte die beiden schon ein paar Mal bei vertraulichen Gesprächen erwischt, und wenn sie wissen wollte, worüber sie sprachen, erwiderte Lucas nur *Männersachen*, und auch Seeley hatte dieses Vertrauen nie gebrochen.

Sie hätte nicht gedacht, dass sie sich noch mehr in Seeley verlieben könnte, als sie es ohnehin schon getan hatte. Aber da hatte sie sich gewaltig geirrt. Ihn dabei zu beobachten, wie er ihren Sohn umsorgte und eine Beziehung zu ihm aufbaute, die auf Vertrauen und Liebe gründete, war das Schönste, was sie je erlebt hatte. Und das Beste daran war, dass sie spürte, wie viel Lucas inzwischen für ihn empfand.

Seit diesem ersten Mal hatte Seeley fast jede Nacht bei ihnen verbracht und die Hunde mitgebracht, was Lucas sehr gefiel. Die Hunde folgten Lucas auf Schritt und Tritt und schliefen in seinem Bett. Am Montagabend hatte Lucas gefragt, ob er auf die Hunde aufpassen dürfe, während Seeley am Dienstag bei der Church war, und er hatte sich sehr gefreut, als Seeley sie vor seinem Treffen vorbeigebracht hatte. Doch so sehr er es auch liebte, die Hunde und Seeley im Haus zu haben, hatte Lucas es noch mehr genossen, letztes Wochenende bei Seeley zu übernachten. Er war früh aufgestanden, um mit Seeley nach den Reha-Pferden zu sehen, und auf Gus' Wunsch hin hatten sie sein Fahrrad mit zur Ranch genommen, damit er zu Sasha und Ezra fahren konnte, um mit Gus gemeinsam zum

Haupthaus zum Frühstück zu radeln.

Es lag definitiv etwas Magisches in der Atmosphäre bei den Whiskeys und auf der Ranch, das ihren Sohn genauso in seinen Bann zog wie sie selbst. Die Whiskeys hatten sich um sie geschart und für sie und Lucas eine neue Art von Normalität geschaffen – eine, die von Familie, Freunden und unerschütterlicher Unterstützung geprägt war. Die Frauen schrieben ihr oft, und es war wunderbar, endlich echte Freundinnen zu haben, denen sie und Lucas am Herzen lagen. Letzten Sonntag waren mehrere Familienmitglieder mit ihnen, Lucas und Layla ausgeritten. Lucas schwärmte immer noch davon, wie viel Spaß es gemacht hatte.

Juliettes Therapeutin half ihr zwar, mit dem Druck des Wartens auf die Ergebnisse der Biopsie umzugehen, aber nicht so sehr wie es Seeley und seine Familie taten. Juliette hatte schnell gelernt, dass es keinen Ersatz für eine liebevolle Familie gab, und sie dankte ihrem Glücksstern, dass Seeleys Familie sie und Lucas ganz und gar bei sich aufgenommen hatte.

Jetzt betete sie dafür, dass auch Lucas' Glücksstern günstig stand. Später am Nachmittag hatten sie einen Termin bei Dr. Santowski, um die Ergebnisse von Lucas' Biopsie zu erfahren.

Allein bei dem Gedanken daran zog sich ihr Brustkorb zusammen.

Er wird wieder gesund. Anders kann es einfach nicht kommen.
Sie schaufelte eine Mistgabel voll Dung in die Schubkarre.
»Juliette?«
Sie spähte aus dem Stall und entdeckte Wynnie an der offenen Scheunentür. In ihrem bunten Pullover, Jeans und den allgegenwärtigen Cowgirl-Stiefeln sah sie sehr hübsch aus. »Ich bin hier drin.« Juliette lehnte die Mistgabel an die Wand und wischte sich die Hände an der Jeans ab, als sie aus der Box trat.

»Hallo, Liebes. Ich habe dich oben im Haus gesucht und dachte, du bist vielleicht hier unten.«

»Ich war in Ausmist-Laune.«

Wynnie nahm sie in die Arme und drückte sie ein wenig länger und fester als sonst. Juliette hatte so viele Jahre niemanden außer Lucas umarmt und gar nicht gemerkt, wie sehr ihr das gefehlt hatte, daher war sie nun dankbar für jede zusätzliche Umarmung.

»Das kann ich verstehen«, sagte Wynnie. »Es ist für uns alle ein harter Tag. Ich habe dir etwas von dem Zitronenkuchen mitgebracht, der dir neulich so gut geschmeckt hat. Er steht auf deinem Küchentisch.«

»Oh, danke. Das ist wirklich nett von dir.« Sie hatte neulich gleich drei Stück davon vertilgt. »Es ist momentan unfassbar, entweder esse ich, weil ich so gestresst bin, oder ich kriege gar nichts runter.«

»Das geht im Moment vielen in der Familie so.« Wynnie berührte sanft ihre Hand. »Wie hältst du dich, Liebes?«

Juliette presste die Lippen aufeinander, schüttelte den Kopf und zuckte mit den Achseln. »Ich gebe mein Bestes, wenn du verstehst, was ich meine. Ich sage mir immer wieder, dass alles gut wird, und das hilft, jedenfalls für eine Weile. Bis es das nicht mehr tut, und dann sitze ich heulend im Badezimmer oder muss auf dem Highway anhalten, um mir die Tränen abzuwischen.«

»Ach, Schätzchen.« Wynnie drückte ihre Hand. »Mir geht's ganz genauso. Aber wir alle schicken positive Energie zum Himmel, beten und hoffen das Beste. Was auch immer heute passiert, wir stehen das zusammen durch.«

Juliette kamen die Tränen und sie fächelte sich Luft zu. »Bitte entschuldige.«

»Es ist okay, zu weinen, Schatz.« Wynnie umarmte sie erneut und sprach leise weiter. »Du trägst einen Berg voller Sorgen in deinem Herzen. Lass es raus, meine Kleine.«

Jetzt kamen noch mehr Tränen. »Ich … ich habe einfach solche Angst. Was mache ich, wenn es schlechte Nachrichten sind?«

»Dann werden wir damit umgehen. Doc hat Informationen gesammelt, mit Ärzten gesprochen, herausgefunden, wer für jeden möglichen Fall die besten Spezialisten sind.«

»Hat er das?« Sie zog sich zurück und wischte sich die Tränen ab. »Warum hat er mir das nicht erzählt?«

»Weil er dich liebt und dich nicht zusätzlich belasten will. Er hofft wie wir alle das Beste, aber er wollte heute nicht unvorbereitet dort erscheinen. Er will für dich und Lucas stark sein, und das Einzige, was ihm das Gefühl gibt, das tun zu können, ist, auf alles vorbereitet zu sein.«

Schuldgefühle überkamen sie und neue Tränen liefen ihr über die Wangen. »Das hätte ich tun sollen. Ich bin seine Mutter und ich habe nicht daran gedacht.«

»Liebes, du tust, was du kannst, um in dieser schweren Zeit irgendwie den Kopf über Wasser zu behalten. Aber ich kann nachempfinden, wie du dich fühlst. Wir beide sind uns sehr ähnlich. Unsere Wege waren unterschiedlich, aber wir sind starke, zähe Frauen, die es gewohnt sind, die Höhen und Tiefen des Lebens allein zu meistern. Ich habe meinem Vater geholfen, die Ranch zu führen, und ich habe mit ihm um meine Mutter getrauert. Die Frau, die er sein ganzes Leben lang geliebt hat. Das war nicht leicht, und als Tiny in mein Leben trat, war es für mich vollkommen ungewohnt, ihm die Führung zu überlassen und von ihm umsorgt zu werden. Aber er hat mir gezeigt, dass wir zusammen stärker sind. Manchmal muss sich Tiny auf mich stützen, manchmal ich mich auf ihn. Und ab und zu tun wir Dinge, ohne sie dem anderen zu sagen, weil wir wissen, dass es so am besten ist. Das ist *Liebe*, Schatz. Du und Lucas, ihr seid Docs ganze Welt. Es ist okay, ihm jetzt die schwere Bürde zu überlassen. Doc braucht das genauso sehr, wie du es brauchst, unter der Dusche zu weinen oder den Stall auszumisten.«

Juliette schluckte. »Ich weiß, dass du recht hast, aber ich denke immer daran, wie viele Jahre ich verschwendet habe, ohne dass Seeley und Lucas zusammen sein konnten, und jetzt stehen wir vor diesem riesigen Problem. Ich fühle mich so schuldig.«

Wynnie nahm sie an den Schultern, sah ihr fest in die Augen und sagte: »Hör mir mal gut zu, Schatz. Wir wissen doch noch gar nicht, was er hat. Was wir wissen, ist, dass dir niemand diese verlorenen Jahre vorwirft, weder Doc noch ich, Tiny oder sonst irgendjemand. Du und Lucas, ihr seid für uns ein wertvolles Geschenk und daran wird sich nie etwas ändern.«

Überwältigt von ihren Gefühlen ließ Juliette den Tränen freien Lauf, murmelte: »Danke«, und umarmte Wynnie.

»Du gehörst zur Familie, mein Schatz, und in unserer Familie ist dieses Band unzerstörbar.«

Dreißig

Die Stunden verstrichen viel zu langsam und ließen Juliette viel zu viel Zeit mit ihren eigenen Gedanken. Sie mistete die Boxen aus und erledigte die anderen Aufgaben, die Lucas normalerweise nach der Schule bewältigte. Dann backte sie für ihn Pfefferminz-Schokochip-Kekse. Seeley hatte zweimal angerufen und sich erkundigt, ob er vorbeikommen sollte, aber sie wusste, dass er sich um die Tiere kümmern musste, daher hatte sie dankend abgelehnt.

Eine Viertelstunde nach dem zweiten Anruf stand er in ihrer Einfahrt, und sie war noch nie in ihrem Leben so dankbar gewesen, jemanden zu sehen.

Ihr Herz machte einen Sprung, als sie zur Tür eilte, um ihn zu begrüßen. »Ich sagte doch, dass du nicht extra herkommen musst.«

»Was soll ich sagen? Du bist eine lausige Lügnerin.« Er schloss sie in die Arme. »Ich liebe dich, Jule, und ich werde immer wissen, wenn du mich brauchst.«

Sie küsste ihn auf die Brust und genoss das immense Ausmaß seiner Liebe, bevor sie seinem warmen Blick begegnete. »Ich liebe dich auch, Seeley, und ich hoffe, ich werde immer wissen, wann du mich brauchst.«

»Es vergeht keine Minute, in der ich dich nicht brauche.«
Er gab ihr einen zärtlichen Kuss. »Wollen wir spazieren gehen?«

»Spazieren gehen?«

»Ja, du weißt schon, das ist diese Sache, bei der man einen
Fuß vor den anderen setzt, die frische Herbstluft einatmet und
die Schönheit um sich herum bewundert.«

Sie warf ihm einen trockenen Blick zu.

»Komm schon, Liebling. Du musst mal auf andere Gedanken kommen.« Er nahm ihre Hand, zog sie an seine Seite und
sie gingen los.

»Deine Mom war heute Vormittag hier.«

»Sie hat mir erzählt, dass sie mal vorbeischauen würde, als
wir uns vorhin gesehen haben. War das okay für dich?«

»Es war mehr als okay. Ich liebe deine Mutter. Ihr Besuch
hat mir sehr gutgetan. Hazel war früher immer mein Halt,
wenn ich mütterliche Liebe brauchte, aber wegen meiner Eltern
war das oft nur aus der Ferne. Ich habe mir nie wirklich
eingestanden, wie schwer es war, ohne eine liebevolle Mutter
durchs Leben zu gehen. Insbesondere seit ich selbst Mutter bin.
Aber wenn deine Mutter mich umarmt, spüre ich all diese
unerschütterliche Liebe, und ich merke, wie sehr mir das
gefehlt hat.« Sie bekam feuchte Augen. »Entschuldige. Ich bin
nur übermüdet.«

Er nahm sie in die Arme und hielt sie fest. »Du hast Angst,
Liebling, und das ist in Ordnung.« Bei diesen Worten drückte
er ihr einen Kuss auf den Scheitel.

Sie blickte zu ihm auf. »Hast du Angst?«

»Ich müsste schon herzlos sein, um mich nicht zu fürch-
ten.« Erneut legte er ihr einen Arm um die Schultern und sie
überquerten die Wiese.

»Deine Mutter hat mir erzählt, dass du mit einigen Ärzten

gesprochen hast.«

»Das habe ich.«

»Warum hast du mir das nicht erzählt?«

Er zog sie fest an seine Seite. »Weil wir noch gar nicht wissen, womit wir es zu tun haben. Ich muss dich nicht mit möglichen Behandlungsplänen und Eventualitäten beunruhigen, die vielleicht nie nötig werden.« Er küsste sie auf die Schläfe.

»Wozu dann die ganze Recherche?«

»Weil ich das Ergebnis nicht beeinflussen kann und irgendetwas tun musste.«

Sie lehnte im Gehen den Kopf an ihn und litt für sie beide.

»Weißt du, was mir diese Recherche beigebracht hat?«, fragte er.

»Was denn?«

»Für jede Minute dankbar zu sein, die wir zusammen haben, für jedes Lächeln, jedes Mal, wenn du mich ansiehst, als wäre ich verrückt, oder wenn Lucas die Augen verdreht und irgendwas vor sich hin brummelt.«

»Heißt das, du bist besorgt, dass wir schlechte Nachrichten bekommen werden?«

»Nein, Liebling. Es bedeutet, dass ich mein Mädchen und unseren wundervollen Sohn nie als selbstverständlich hinnehmen werde. Wir sollten uns die Sorgen für den Arztbesuch aufheben und die Zeit, die wir haben, mit schöneren Gedanken verbringen.«

Gott, wie sehr sie ihn liebte. Sie war so in ihren Sorgen versunken gewesen, dass sie nie auf die Idee gekommen wäre, einfach spazieren zu gehen. Doch als sie über das Gras liefen, redeten, die Nachmittagssonne genossen und die Berge in der Ferne betrachteten, spürte sie, dass seine beruhigende Art genau das war, was sie brauchte. Für kurze Zeit konnte sie den Ort, an dem sie sich derart in alles hineingesteigert hatte, hinter sich lassen.

Als Lucas von der Schule nach Hause kam, fühlte sie sich schon viel gelassener.

Lucas war begeistert von den Keksen, die sie gebacken hatte, und während er sie verschlang, sagte er: »Alles, was jetzt noch fehlt, ist eine Dr Pepper, dann wäre es perfekt.«

»Wir können dir auf dem Weg zur Arztpraxis eine besorgen«, versprach Seeley. »Aber wir sollten langsam los, damit wir nicht zu spät kommen.«

»Okay.« Lucas schnappte sich noch ein paar Kekse, und während er sie in eine Serviette einwickelte, sagte er: »Layla und ich machen an Halloween was zusammen, und ihre Mutter hat gesagt, sie nimmt uns irgendwann mal mit, um Kostüme zu kaufen.«

»Das klingt toll«, sagte Juliette, und sie brachen auf.

Als sie in Seeleys Wagen stiegen, murmelte Lucas: »Ich habe heute was gemacht.«

»Das klingt verdächtig«, meinte Seeley. »Müssen wir uns Sorgen machen?«

»Was hast du denn gemacht?«, fragte Juliette.

»Ich habe Layla zum Schneeball eingeladen.«

Seeley zog eine Augenbraue hoch und musterte ihn im Rückspiegel. »Das ist doch kein Code für irgendwas Anrüchiges, oder?«

»Seeley!«, schimpfte Juliette.

»Was denn? Kennst du den ganzen Teenager-Slang von heute?«, fragte er.

Sie verdrehte die Augen.

»Als ob ich irgendwas Anrüchiges vor meinen Eltern ankündigen würde.« Lucas schüttelte grinsend den Kopf. »Das ist der Winterball.«

Juliette drehte sich überrascht um – sowohl wegen seines lockeren »Eltern«-Spruchs als auch wegen des Tanzes. »Du gehst zu einem Ball?« Er hatte früher nie Lust gehabt, auf einen der Schulbälle zu gehen.

»Ja. Mit dem coolsten Mädchen der Schule«, prahlte er.

»Glückwunsch, Kumpel«, sagte Seeley. »Das ist großartig. Wann findet der Ball statt?«

»Am letzten Tag vor den Winterferien.«

»Wie aufregend!« Juliette beschloss, seinen Sinneswandel als gutes Zeichen des Universums anzusehen. »Wir müssen einkaufen gehen und dir was Schickes besorgen. Was trägt man heutzutage zum Schulball? Brauchst du einen Anzug? Ich wette, Layla ist auch ganz aufgeregt. Du musst dein Hemd oder deine Krawatte vermutlich auf ihr Kleid abstimmen, daher sollten wir mit dem Einkaufen warten, bis du weißt, was sie anzieht.«

»Meinetwegen«, sagte er. »Darf ich zum Ball mit dem Auto fahren?«

»Du weißt, dass du das nicht darfst«, erwiderte Juliette.

»Ach, komm schon«, beschwerte sich Lucas.

»Tut mir leid, mein Freund, aber du darfst nicht fahren, wenn ein Teenager mit im Auto sitzt und du nur einen Führerschein auf Probe hast.« Seeley hielt vor einem kleinen Laden an, stellte den Motor ab und zückte sein Portemonnaie. »Möchtest du was, Liebling?«

»Nein danke.«

Er reichte Lucas einen Fünf-Dollar-Schein. »Hol dir deine Limo.«

»Danke.« Lucas schnappte sich den Geldschein und stieg aus.

»Amors Pfeil hat unseren Jungen voll erwischt.« Seeley nahm ihre Hand. »Jetzt haben wir den Salat.«

Sie lächelte. »Er ist so glücklich.«

»Das sollte er auch sein. Die beiden sind verrückt nacheinander.«

»Ich weiß, aber was ist, wenn …«

Seeley legte ihr einen Finger auf die Lippen. »Fang gar nicht erst damit an. Lass uns lieber in seinem Glück schwelgen. Er hat es verdient und wir auch.« Er beugte sich vor und küsste sie.

Vierzig Minuten später betraten sie Dr. Santowskis Büro, und man sagte ihnen, dass er gleich kommen würde. Es gab nichts Bedrohliches in dem Büro, aber als sie vor dem großen Holzschreibtisch saßen, wirkte der Raum trotzdem unheilvoll. An den Wänden hingen abstrakte Gemälde und eine gerahmte Zeichnung, die so einfach war, dass sie vielleicht von einem Kind stammte. Eine schwarze Linie begann unten links auf der Leinwand, verwandelte sich in ein wirres dunkles Knäuel mit einer einzigen holprigen Linie, die auf der anderen Seite herauskam, nach oben zeigte und dann eine Spirale bildete. Auf der anderen Seite der Spirale wurde sie wieder zu einer einzigen Linie, und als sie die obere rechte Ecke erreichte, wurde sie zu einer atemberaubenden Fülle aus bunten Blütenblättern und grünen Blättern.

Hoffnung.

Das vermittelte ihr die Zeichnung, doch ihre Nerven wollten sich nicht beruhigen. Lucas saß zwischen ihr und Seeley und schrieb eine Nachricht, was sie aus irgendeinem Grund noch nervöser machte. »Lucas, leg bitte das Handy weg, Schatz.«

»Gleich.« Er tippte weiter auf dem Display herum.

Seeley hatte die Arme verschränkt und trommelte nervös mit den Fingern. Er stupste Lucas an und deutete mit dem Kinn auf das Handy. »Komm schon, Kumpel. Du hast deine Mutter gehört.«

»Okay, okay. Hoffentlich sind wir rechtzeitig zum Training hier raus.«

Sie war so abgelenkt gewesen, dass sie das heutige Training ganz vergessen hatte. »Das wird schon klappen«, versicherte sie ihm, als die Tür aufging und Dr. Santowski hereinkam. Er war ein schlanker Mann, größtenteils kahl, mit ernsten, freundlichen Augen. Juliette versuchte, seinen Gesichtsausdruck zu deuten, aber er sah genauso ernst und gütig aus wie bei ihrem ersten Besuch.

»Ich muss mich entschuldigen, dass Sie warten mussten«, sagte er und schloss die Tür hinter sich.

»Kein Problem.« Seeley stand auf und reichte ihm die Hand. »Danke, dass Sie uns empfangen.«

Der Arzt schüttelte ihm die Hand, ging um den Schreibtisch herum und ließ sich auf seinen Stuhl sinken. »Wie geht es dir, Lucas?«

Lucas zuckte mit den Achseln. »Gut.«

»Das ist schön.« Er sah Seeley und Juliette an, und irgendetwas in diesem ruhigen Blick bewirkte, dass sich Juliettes Nackenhaare aufstellten. »Ich habe mir die Ergebnisse der Biopsie angesehen. Lucas hat Morbus Hodgkin, das ist eine Form von Lymphdrüsenkrebs.«

Juliette kamen die Tränen. Der Raum drehte sich auf einmal um sie, und es fiel ihr schwer, sich zu beherrschen. Am liebsten hätte sie geschrien: *Nein! Das ist das falsche Kind!* Aber sie musste für Lucas stark sein. Sie wusste, dass er nicht das falsche Kind hatte, egal wie sehr sie versuchte, den Kopf in den

Sand zu stecken. Nun lag Seeleys Arm schützend um Lucas und seine Fingerspitzen berührten ihre Schulter. *Du wusstest es auch. Deshalb hast du all diese Nachforschungen angestellt.*

»Was ist das?«, fragte Lucas.

»Das ist eine Krebsart, die das Lymphsystem befällt, aber sie spricht sehr gut auf Behandlungen an und ist in den meisten Fällen heilbar.«

»*Krebs?*« Lucas starrte den Arzt entsetzt an. »Ich habe keinen Krebs. Sehen Sie mich doch an. Mir geht's gut.«

Juliette legte ihre Hand auf seine. »Es ist okay, Lucas.«

Er riss seine Hand weg. »Nein, das ist es nicht. Er irrt sich. Machen Sie noch einen Test.«

»Es tut mir leid, Lucas, aber die Biopsie war eindeutig«, sagte Dr. Santowski sanft und ließ keinen Raum für Diskussionen. »Es ist nicht ungewöhnlich, dass Kinder in deinem Alter als erstes Anzeichen einen geschwollenen Lymphknoten bemerken und sonst keine weiteren Symptome aufweisen.«

»*Nein.* Das kann nicht sein!«, beharrte Lucas. »Ich habe keinen Krebs.«

»Lucas, sieh mich an«, verlangte Seeley mit fester Stimme, drehte sich ganz zu ihm um, legte ihm eine Hand auf die Schulter und hielt seinen Blick fest.

»Das ist doch total bescheuert, Doc«, sagte Lucas mit zittriger Stimme.

»Es ist total bescheuert«, bestätigte Seeley mit all der Liebe, dem Mitgefühl und der Stärke, die ein Vater zeigen sollte. »Kein Kind sollte jemals Krebs bekommen. Ich weiß, dass das beängstigend klingt, aber du bist stark. Du reitest schließlich auf Bullen, mein Freund. Es gibt nichts, was du nicht schaffen kannst, und deine Mutter und ich und unsere ganze Familie werden bei jedem Schritt an deiner Seite sein.«

»Bei jedem einzelnen Schritt«, betonte Juliette.

»Wir kämpfen gemeinsam dagegen an und wir werden es besiegen. Okay?« Seeley sah ihn ernst an.

Mit Tränen in den Augen erwiderte Lucas: »Und wenn nicht? Was ist, wenn ich …?« Ihm liefen Tränen über die Wangen und Juliette brach das Herz.

»Das wird nicht passieren«, sagte Seeley und schloss Lucas in die Arme, dann griff er auch nach Juliette, die aufstand und Lucas ebenfalls umarmte. Seeley legte die Arme um sie beide und sein Körper war ihr Schutzschild gegen das schreckliche Unbekannte.

Als sie Lucas weinen sah und ihr ebenfalls die Tränen kamen, hielt Seeley, ihr großer Beschützer, sie noch fester. »Wir werden das besiegen. Daran darfst du keinen Moment zweifeln«, sagte Seeley, als könnte er das Schicksal ihres Sohnes wirklich beeinflussen.

Sie wollte mehr als alles andere daran glauben, dass er dazu in der Lage war.

Er hielt sie fest, bis Lucas aufgehört hatte zu weinen und sein Griff sich lockerte. Dann legte er Lucas eine Hand auf die Schulter, die andere auf ihre, und sein Blick wanderte beruhigend zwischen ihnen hin und her. »Seid ihr bereit, einen Schlachtplan zu erstellen, damit wir das Mistding besiegen?«

Juliette und Lucas nickten. Sie war so froh, dass Seeley da war, denn sie hatte Angst, dass sie beim Sprechen gleich wieder in Tränen ausbrechen würde.

Seeley drückte Lucas' Schulter. »Wir schaffen das, Rodeo.«

Warum brachte dieser Spitzname sie abermals zum Weinen?

Sie setzte sich wieder, als Lucas sich zurücklehnte. Er presste die Kiefer zusammen, verschränkte die Arme und trommelte mit den Fingern – genauso wie damals mit vier bei Joshs Beerdigung, als ihn Trauer und Schock übermannten und er tapfer sein wollte.

Seeley legte erneut den Arm um Lucas, sodass seine Fingerspitzen Juliettes Schulter berührten, und wandte sich an den Arzt. »Wie geht es jetzt weiter?«

»Ich werde einen PET-Scan anordnen, der ist ähnlich wie der CT-Scan, den du schon hattest, Lucas, aber wir schauen uns damit deinen ganzen Körper an, um herauszufinden, ob noch weitere Lymphknoten betroffen sind. So können wir das Stadium bestimmen, in dem sich der Krebs befindet, und einen Behandlungsplan ausarbeiten …«

Einunddreißig

Nach ein paar Stunden, in denen Doc nur unruhig geschlafen hatte, starrte er die Uhr an, als ob sie schuld daran wäre, dass es vier Uhr früh an einem verdammten Montagmorgen war. Seit Lucas' Diagnose waren fünf Tage vergangen. Sein PET-Scan war für morgen früh angesetzt, und obwohl sie alles so normal wie möglich hielten, rang Doc innerlich mit sich. Er musste raus aus seinem eigenen Kopf.

Er stieg leise aus dem Bett, um Juliette nicht zu wecken, duschte schnell, zog sich an und streifte sich ein Flanellhemd über sein T-Shirt, als er nach oben ging, um nach Lucas zu sehen.

Als Lucas gefragt hatte, ob sie die Pferde auf die Ranch holen und das Wochenende dort verbringen könnten, war Doc begeistert gewesen. Genau das hatte er sich immer gewünscht – Lucas und Juliette an dem einen Ort zu haben, von dem er wusste, dass sie dort von Liebe und Unterstützung umgeben sein würden. So abwegig es auch war, er hoffte, sein Großvater hatte recht gehabt und ein bisschen von der Magie der Ranch könnte helfen, Lucas zu heilen und den verdammten Krebs zu besiegen. Er würde nach jedem verdammten Strohhalm greifen, wenn es seinem Jungen nur half.

Lucas ließ seine Zimmertür für die Hunde stets einen Spalt weit offen.

Doc lugte hinein und sein Herz schlug ein wenig schneller. Lucas schlief tief und fest, mit Mighty auf der einen Seite, einem Arm um Sadie, und Pickles lag zu seinen Füßen. Mighty hob bei der lautlosen Störung den Kopf, und Pickles bewegte sich kein bisschen, beobachtete Doc aber aufmerksam.

Doc hatte in letzter Zeit oft daran gedacht, wie die Hunde Lucas beim ersten Treffen so intensiv beschnuppert hatten, dass Sadie sogar gewinselt hatte, während er mit ihr spielte, und wie sie ihm seitdem nicht mehr von der Seite wichen. Er zweifelte keine Sekunde daran, dass die Hunde gespürt hatten, dass mit Lucas etwas nicht stimmte.

Warum zum Teufel habe ich das nicht gemerkt?

Als Mediziner wusste er, dass das kein fairer Vergleich war, aber das spielte keine Rolle. So empfand er eben.

Doc ging nach unten und dann nach draußen und sog die frische Luft des Oktobermorgens tief in seine Lunge. Er lief die Einfahrt hinunter und die schmale Straße entlang, bis die Bäume dem Gras wichen. Dann bog er ab, marschierte den Hügel hinauf, machte sich auf den Weg zu den Reha-Ställen und ließ den Blick über die Weiden schweifen. In der Ferne waren ein paar Pferde zu sehen. Dieser Anblick hatte ihn sonst immer beruhigt, aber heute war er einfach nur wütend.

Gequält.

Er wandte sich ab und schaute über die Ställe und Weiden hinaus, über die Baumwipfel bis zu den Bergen in der Ferne. Sie wirkten im Licht der Morgendämmerung genauso majestätisch wie immer, aber die Schönheit und das Gefühl von Freiheit, das sie ihm sein ganzes Leben lang gegeben hatten, waren mit Lucas' Diagnose verblasst.

Die ganze verdammte Welt war matt geworden.

Als er den Stall betrat, tröstete ihn der vertraute Geruch der Pferde. Er ging von einer Box zur nächsten, sah nach den Pferden, schenkte ihnen zusätzliche Zuwendung und machte sich bewusst, was er alles Gutes getan hatte. Eigentlich hatte er gehofft, so seine Wut zu besänftigen, doch als er in Queenies Box trat, wieherte sie leise, wandte ihm die leuchtenden Augen zu, und er spürte einen Stich von Schuld.

»Guten Morgen, meine Süße.« Er streichelte sie und fragte sich, ob sie gehofft hatte, dass Lucas ihn begleitete.

Lucas hatte Queenie bisher jedes Mal besucht, wenn er auf der Ranch war. Vor zwei Wochen war er ganz wild darauf gewesen, morgens mit Doc zu den Reha-Pferden zu gehen, und es hatte ihm so gut gefallen, dass er sich schon auf das nächste Mal gefreut hatte. Doch am vergangenen Wochenende, nachdem er von seiner Krebserkrankung erfahren hatte, wollte er nicht mehr herkommen.

Doc konnte es ihm nicht verdenken. Queenie hatte in dem Monat, seit Lucas sie das erste Mal gesehen hatte, große Fortschritte gemacht, aber der Reha-Stall war ein herzzerreißender Ort, und Lucas hatte selbst schon genug Herzschmerz zu verkraften.

Genau wie sie alle.

Queenie drückte die Nüstern gegen Docs Brust. Er kraulte sie hinter den Ohren und versuchte, ein Lächeln oder ein positives Wort hervorzubringen, doch seine Schuldgefühle und Sorgen machten ihm zu schaffen.

»Sie merkt, dass dich etwas bedrückt.«

Beim Klang von Tinys Stimme schrak Doc zusammen, drehte sich jedoch nicht um. Er wollte nicht, dass sein Vater seinen Schmerz sah. »Bist du nicht ein bisschen früh dran?«

»Ich könnte dich dasselbe fragen.« Tiny betrat die Box und stellte sich neben das Pferd, sodass er Doc ins Gesicht sehen konnte.

Doc musterte ihn ebenso und erinnerte sich daran, wie er vor Jahren mit seinem unerschütterlichen Vater neben einem Pferd, von dem sie nicht wussten, ob es durchkommen würde, in einem Stall gestanden hatte. Damals hatte sein Vater auch schon lange Haare gehabt, aber sie waren dunkel wie Dares gewesen. Sein Vater hatte das Pferd in den vierundzwanzig Stunden, seit es auf der Ranch war, kaum aus den Augen gelassen. Doc hatte ihn gefragt, warum er das tat, und sein Vater hatte geantwortet: *Das Pferd hat Angst. Ich gebe ihm einen Grund zu kämpfen.* Doc hatte damals nicht verstanden, wie seine bloße Anwesenheit hilfreich sein sollte. Die Antwort seines Vaters war einfach gewesen: *Liebe ist das Fundament der Hoffnung. Wenn du das Herz nährst, gedeihen auch Geist und Körper.*

Sein Vater sah sich das Pferd an. »Wie geht es ihr?«

»Gut.« Das war nur Ablenkung, denn Tiny wusste über alle Pferde genau Bescheid und musste sich nicht erst erkundigen, wie es ihr ging.

»Und dir, mein Sohn?« Seine dunklen Augen suchten erneut Docs Blick. »Wie kommst du zurecht?«

»Gut.« Da er wusste, dass das Pferd seine wachsende Anspannung spüren würde, verließ er die Box.

Tiny folgte ihm und verriegelte die Box. Er legte Doc eine Hand auf die Schulter und schob Doc daran durch die Hintertür hinaus. Draußen blieb er stehen, verschränkte die Arme und sah ihn direkt an. »Bist du dir da sicher?«

Nein, verdammt. »So gut, wie man es unter diesen Umständen erwarten kann.«

»Dann geht es dir besser als mir. Mein Enkel macht gerade eine schwere Krankheit durch und ich bin deswegen gottverdammt wütend. Er ist viel zu jung, um sich mit so einem Mist beschäftigen zu müssen.«

»Meinst du, ich wüsste das nicht?«, fuhr Doc ihn an, als hätte Tiny ihm vorgeworfen, dass es ihm egal wäre. Er wusste, dass Tiny das nicht so gemeint hatte, aber das änderte nichts an seinem Schmerz. »Glaubst du, ich würde nicht mein Leben geben, um ihn vor all dem zu bewahren? Um Juliette die Sorgen zu ersparen?« Er lief wütend auf und ab. »Er ist doch noch ein Kind, verdammt! Er sollte davon träumen, sein Mädchen zu küssen, sich mit Halloween-Kostümen und dem Winterball beschäftigen statt mit PET-Scans und Behandlungsplänen oder ob ihm die Haare ausfallen werden. Du hättest die Fragen hören sollen, die er seinem Arzt gestellt hat. Es hat mir das Herz zerrissen.«

Er wandte sich von Tiny ab. Tränen brannten in seinen Augen. »Und wozu bin ich überhaupt gut? Ich kann eine Ranch voller Pferde retten, aber meinen eigenen Sohn nicht davor bewahren, so etwas durchzumachen, oder die Frau, die ich liebe, vor dem Leid beschützen.«

Die schwere Hand seines Vaters landete erneut auf seiner Schulter und zog ihn in Tinys Arme.

»Mir geht es gut«, presste Doc hervor und versuchte, sich loszureißen, aber Tiny war ein sturer Mistkerl und legte die Arme um ihn.

»Von wegen. Uns geht's allen so gut wie einem Kaninchen im Nest einer Klapperschlange.«

»*Scheiße!*«

»Willst du schreien? Ich bin ganz Ohr. Willst du auf irgendwas einschlagen? Ich hänge dir einen Sandsack auf.

Brauchst du die offene Straße? Ich fahre mit dir los. Du trägst eine schwere Last auf den Schultern, mein Sohn, aber du musst sie nicht allein bewältigen. Wir sind alle hier, um dir zu helfen.«

Das wusste er tief in seinem Innersten. Nicht nur die Familie und die Leute auf der Ranch, auch die Bruderschaft war für ihn da. Tiny hatte gestern Abend bei der Church von Lucas' Diagnose erzählt und alle Anwesenden hatten ihre Hilfe angeboten.

»Diese verdammte Krankheit.« Er riss sich los und lief auf und ab. »Ich dachte, wenn ich weiß, was kommt, könnte ich damit umgehen. Aber verdammt, Tiny, er ist mein Kind. Mein Fleisch und Blut.« Er schlug sich mit der Faust auf die Brust. »Ich hab ihn gerade erst gefunden, und jetzt …«

»Was soll das heißen, Doc? Du hast doch gesagt, dass diese Krankheit selbst im späteren Stadium gut heilbar ist.«

»Ich weiß, verdammt, aber das ist Wissenschaft, Tiny, keine Magie. Wir wissen nicht, in welchem Stadium er ist oder wie sein Krebs auf die Behandlung reagieren wird. Wir wissen nicht, ob ihm die Haare ausfallen werden oder ob ihm von den Behandlungen schlecht wird. Wusstest du, dass diese Krankheit für einen Mann gefährlicher ist als für eine Frau? Ja, genau. Wie verdammt großartig ist das denn bitte schön?« Tränen liefen ihm über die Wangen. »Und Lucas, mein großartiger Junge, der gerade dabei war, seinen Platz im Leben zu finden und damit klarzukommen, dass ich jetzt Teil davon bin, zieht sich von allen zurück. Ist dir aufgefallen, dass Layla dieses Wochenende nicht da war?«

»Ja.«

»Er hat gesagt, sie wäre beschäftigt, aber ich *weiß*, dass er sie von sich wegstößt. Ich will ihm so unbedingt helfen und ich fühle mich so schrecklich nutzlos. Letzte Nacht hat Juliette geweint, weil sie zu Lucas gesagt hat, sie würde ihn umbringen, wenn er Pfeiffersches Drüsenfieber hätte, als wir im Krankenhaus waren und die Ärztin den geschwollenen Lymphknoten entdeckt hat. Kein Gespräch der Welt kann ihr diese Schuldgefühle nehmen und dabei hat sie überhaupt nichts falsch gemacht. Sie hat nur gesagt, was wahrscheinlich Hunderte Eltern sagen würden. Wie kann ich das für sie wieder in Ordnung bringen? Wie kann ich ihr klarmachen, dass Lucas den Kommentar nicht ernst genommen hat und sie das auch nicht tun sollte?«

Er fuhr sich mit dem Unterarm über die Augen und stieß einen Fluch aus.

»Ich weiß, dass es sich nicht so anfühlt, aber du tust genau das, was sie brauchen. Du hörst zu und beruhigst sie. Du bist für sie da, wenn sie dich brauchen.«

Doc fuhr sich mit der Hand übers Gesicht. »Es fühlt sich nicht an, als wäre es genug.«

»Das tut es nie.«

»Das hilft mir jetzt nicht weiter«, fuhr er ihn an.

»Es ist die Wahrheit, Sohn. Bevor du erfahren hast, dass Lucas krank ist, hattest du da das Gefühl, genug für sie zu tun?«

Das fühlte sich an wie ein anderes Leben, aber er dachte darüber nach und ihm wurde klar, dass er noch nie das Gefühl gehabt hatte, genug zu tun. »Nein.«

»Das ist Liebe, mein Sohn. Egal wie gut oder schlecht die Situation ist, wenn du jemanden liebst, hast du nie das Gefühl, genug getan zu haben. Das Einzige, worauf du dich neben dieser Familie und dem Club im Leben verlassen kannst, ist, dass sich die Dinge ändern. Und wenn du deine Partnerin, deine Kinder und deine Freunde liebst, dann wirst du dich mit ihnen und für sie verändern. So stellst du sicher, dass sie das haben, was sie brauchen, und auch das, wovon sie noch gar nicht wissen, dass sie es benötigen.«

Tiny trat näher an ihn heran. »Was deinen Jungen angeht, habe ich einen Rat für dich. Es gibt nicht viele Dinge, die ich bereue, aber eine Last trage ich doch mit mir herum. Es geht um meinen Bruder Axel.« Tinys jüngster Bruder war vor über zehn Jahren an Lungenkrebs gestorben. »Du weißt, dass er ein harter Nomad war, der viel gearbeitet und noch härter gelebt hat. Axel hatte seine Dämonen und hat sie nur an sich selbst ausgelassen.«

»Ja. Aber er hat irgendwann die Kurve gekriegt.«

»Stimmt. Aber da war er schon zu kaputt. Er hat seine erste große Liebe bei einem Motorradunfall verloren. Er ist gefahren, aber der Unfall war nicht seine Schuld. Doch die Schuldgefühle …?« Tiny schüttelte den Kopf. »Die hat er getragen wie eine zweite Haut und sich jahrelang selbst kaputtgemacht – mit Alkohol, Frauen, immer auf der Flucht vor dem Schmerz.«

»Warum erzählst du mir das?«

»Weil du weißt, was wir hier tun. Wie wir Menschen helfen.«

Doc nickte, und ihm dämmerte langsam, worauf Tiny hinauswollte.

»Ich wusste, dass Axel Mist gebaut hatte, und als er nicht darüber reden wollte, habe ich es einfach dabei belassen. Wenn ich mich mehr bemüht hätte, ihm einen Sinn gegeben, ihn dazu gebracht hätte, mit jemandem zu reden, versucht hätte, ihn hierzubehalten, ihn in unsere Welt einzubinden – vielleicht wäre dann alles anders gekommen. Vielleicht hätte er sich erlaubt, geliebt zu werden, und er hätte die Gelegenheit bekommen, *seinen* Sohn kennenzulernen.«

»Du weißt aber nicht wirklich, ob es geholfen hätte, sich mehr anzustrengen.«

»Genau. Deshalb bedauere ich das am allermeisten, und deshalb gebe ich dir folgenden Rat: Wenn du merkst, dass sich Lucas von den Menschen, die er liebt, oder von den Dingen, die ihm Freude machen, zurückzieht, lass es nicht zu. Angst kann einen Menschen auffressen und wieder ausspucken. Du tust, was du kannst, um diesem Jungen einen Grund zu kämpfen zu geben. Du findest heraus, was ihn dazu bringt, am Leben teilzunehmen. Es ist vollkommen egal, ob es große oder kleine Dinge sind. Du beziehst ihn mit ein, und am allerwichtigsten ist, dass du immer mit ihm redest, auch wenn er deine Stimme nicht mehr hören will, und du hörst niemals damit auf.«

Doc dachte an die schmerzhaften Jahre zurück, nachdem Juliette aus seinem Leben gerissen worden war und in denen er versucht hatte, alle von sich zu stoßen, während seine Eltern ihn ständig bedrängten. Seine Mutter tauchte auf dem Campus auf, behauptete, zufällig in der Gegend gewesen zu sein, und wollte ihn zum Mittagessen einladen, oder sein Vater, Manny und ein paar andere Dark Knights schleppten ihn zu einer Motorradtour mit. Und seine Eltern brauchten andauernd Hilfe, wenn es galt, ein Pferd zu retten, einen Zaun zu reparieren oder bei den Reha-Pferden mitzuhelfen. Er war davon ausgegangen, sie hätten am Wochenende einfach zu wenig Leute. Aber rückblickend hatte sein Vater diese Gelegenheiten genutzt, um ihn zum Reden zu bringen, und seine Mutter war oft im Reha-Stall aufgetaucht und hatte ebenfalls mit ihm gesprochen.

Ein Gedanke nahm Gestalt an und er sah seinen Vater mit

neuen Augen. »So wie du es bei mir gemacht hast?«

Tiny grinste schief. »Ich habe keine Ahnung, wovon du redest, Sohn.«

»Aha. Danke für das Gespräch. Das habe ich gebraucht.«

»Alles gut? Willst du spazieren gehen oder einen Kaffee trinken?«

»Nein danke. Das müssen wir leider verschieben, wenn es dir nichts ausmacht. Ich habe zu Hause noch etwas zu erledigen.« Als sie um die Scheune gingen, beschloss Doc, die Fragen zu stellen, die er nie zu stellen gewagt hatte. »Als das mit Juliette und mir passiert ist, musst du doch gewusst haben, dass wir uns in die Hütte geschlichen haben. Warum hast du uns nicht aufgehalten?«

»Weil ich dich dazu erzogen habe, Frauen zu respektieren, und sie war eine kluge, reife junge Frau. Ich habe mir keine Sorgen gemacht, dass du sie ausnutzen könntest, und ihr zwei wart verrückt nacheinander. So etwas passiert nur selten, Sohn. Ich hätte euch das nie nehmen wollen.«

»Ich bin froh, dass du es nicht getan hast, aber warum hast du es Cowboy und Dare und allen anderen nicht erzählt?«

»Damals dachten wir, sie hätte dich verlassen, und du warst am Boden zerstört. Du brauchtest deine Geschwister nicht, die dich deswegen vielleicht aufgezogen hätten, und nach dem, was mit ihrem Vater passiert ist, dachten wir, je weniger darüber gesprochen wird, desto besser.«

Als sie den Hügel hinaufgingen, konnte Doc nicht aufhören, darüber nachzudenken, wie seine Eltern immer für ihn da gewesen waren, ohne es offen zu zeigen. An der Straße angekommen, die zu seinem Haus führte, sagte er: »Hey, Pop. Danke, dass du mich nie aufgegeben hast.«

»Lob den Tag lieber nicht vor dem Abend«, neckte Tiny ihn glucksend.

»Wach auf, Rodeo!«

Lucas stöhnte und Sadie leckte ihm das Gesicht.

Doc rüttelte an seiner Schulter. »Komm schon, Kumpel. Steh auf.«

Lucas schielte auf die Uhr, während Pickles und Mighty schwanzwedelnd auf ihm herumliefen. »Warum? Es ist gerade mal halb sechs, verdammt noch mal!«

»Ich weiß. Ich brauche vor der Schule deine Hilfe.«

»Wofür?«

»Um ein paar Holzbretter aus unserem Vorrat zu holen. Wir bauen deiner Mom eine Hollywoodschaukel für die Veranda.«

»Jetzt?«

»Nein. Wir holen das Holz und richten uns in der Werkstatt hinter der Scheune ein. Es dauert eine Weile, bis wir sie gebaut haben.« Doc warf ihm seine Jeans zu. »Beeil dich. Es ist eine Überraschung.«

»Warum kaufen wir ihr nicht einfach eine?«

»Weil wir nicht faul sind.« Das brachte ihm ein Lächeln ein. »Und sie werden etwas ganz Besonderes.«

Lucas setzte sich auf und zog seine Jeans an. »Sie? Mehr als eine?«

»Ja. Wir bauen zwei, weil wir manchmal bei euch und manchmal hier übernachten.«

Der Junge grinste. »Sie wird sich riesig freuen, aber du weißt schon, dass du sie verwöhnst, wenn du gleich zwei baust, oder?«

»Ich setze nur Maßstäbe, Kumpel. Jetzt zieh dich an, putz

dir die Zähne und komm in fünf Minuten runter. Ich füttere solange die Hunde.«

»Warte.« Lucas stand auf und knöpfte seine Jeans zu. »Kann ich dir bei beiden helfen?«

»Das ist der Plan.«

»Aber wie machen wir das, ohne dass sie etwas merkt? Ich bin doch den ganzen Tag in der Schule.«

»Wir stellen es schlau an. Wenn du hier bist, stehen wir auf, bevor sie wach ist, und arbeiten eine Stunde lang. An den Abenden, an denen wir das Fahren üben, schleichen wir uns hinterher in die Werkstatt. Wir kriegen das schon hin.«

»Cool.«

»Komm runter und sei nicht zu laut. Wir wollen doch deine Mom nicht wecken.« Er klopfte sich ans Bein, pfiff leise, und die Hunde sprangen vom Bett und folgten ihm nach unten.

Die Hunde begleiteten sie auf ihrem Abenteuer. Sie sichteten den Holzstapel, und Doc zeigte auf die Bretter, die sich verzogen hatten oder sich nicht zum Bauen eigneten. Er erklärte Lucas, warum das so war, und brachte ihm alles bei, was sein Vater und Großvater ihn selbst gelehrt hatten. Lucas stellte unzählige Fragen darüber, wie sie die Schaukeln bauen wollten, wie lange es dauern würde und woher Doc das alles überhaupt wusste. Während Doc Geschichten aus seiner Jugend erzählte und schilderte, wie sein Vater und Großvater ihm das Bauen, den Umgang mit den Tieren und das Leiten der Ranch beigebracht hatten, wandelte sich Lucas' Neugier in

Begeisterung, und diese Begeisterung war ansteckend. Mit jeder Geschichte, die er erzählte, fühlte sich Doc leichter und weniger gestresst, und er flocht Humor ein, um seinen Jungen zum Lachen zu bringen.

Ehe sie sichs versahen, war das Holz ausgewählt, ordentlich in der Werkstatt gestapelt und lag bereit für ihr Projekt. Sie konnten noch nicht anfangen, weil Lucas zur Schule musste, aber sie kehrten gut gelaunt ins Haus zurück. Doc fragte sich, ob sein Vater gewusst hatte, dass nicht nur Lucas einen Sinn jenseits des Alltags brauchte, und mit dem Gedanken kannte er auch schon die Antwort.

Tiny hatte immer genau gewusst, was er und seine Geschwister brauchten. Doc hoffte, dass er mit der Zeit lernen würde, Lucas auch auf diese Weise den Rücken zu stärken.

»Kannst du mich heute nach der Schule abholen?«, bat Lucas. »Wir können Mom sagen, dass wir eine Fahrstunde einlegen, und stattdessen mit der Schaukel anfangen.«

»Ich freue mich, dass du so begeistert bist, aber ich will sie nicht anlügen, auch nicht in dieser Sache.«

»Dann sagen wir ihr eben die Wahrheit, ohne das Geheimnis zu verraten.«

Doc musterte ihn skeptisch. »Und wie sollen wir das anstellen?«

»Wenn wir behaupten, dass wir Autofahren üben, ist das die Wahrheit, solange du mich fahren lässt. Und wir können ihr erzählen, dass wir zusammen an einem geheimen Projekt arbeiten. Das ist keine Lüge.«

»Das ist gar keine schlechte Idee. Sie würde sich bestimmt über einen ruhigen Abend freuen.«

»Und wir können auf dem Heimweg was zu essen holen, sodass sie sich keine Gedanken ums Kochen machen muss.«

»Du kleiner Schlawiner. Das ist eine großartige Idee.«

Lucas grinste. »Cool.«

»Du weißt schon, dass du dich jetzt verraten hast, oder?«

»Wie meinst du das?«

»Jetzt, wo ich weiß, dass du schlau bist, muss ich zwischen den Zeilen lesen, wenn du deinen Führerschein hast und dir mein Auto ausleihen willst. Nicht, dass du dann behauptest, du fährst mal um den Block, und in Wirklichkeit willst du nur mit deinem Mädchen irgendwo knutschen.«

Lucas verdrehte die Augen. »So was machen wir doch heute längst nicht mehr.«

»An deinem Pokerface solltest du noch arbeiten«, meinte Doc, als das Haus in Sicht kam. Juliette saß auf der Verandatreppe davor und hielt eine Kaffeetasse in der Hand. »Deine Mutter und ich durchschauen diese Lüge schon von Weitem.«

Lucas' jungenhaftes Grinsen kehrte zurück.

Juliette stand auf und in ihren engen Jeans und dem roten Flanellhemd über dem figurbetonten weißen Top sah sie einfach umwerfend aus. Die Hunde liefen zu ihr, um sie zu begrüßen. Sie beugte sich hinunter, streichelte sie und lächelte Lucas und Doc an. »Wo habt ihr zwei euch denn herumgetrieben?«

»Nirgends«, antwortete Lucas mit schuldbewusstem Grinsen, als hätte man ihn beim heimlichen Naschen erwischt.

»Ich hatte ein Projekt, bei dem ich Hilfe brauchte, darum hab ich ihn früh aus dem Bett geholt und mitgeschleppt.«

»Oh? Was für ein Projekt?«

»Holzarbeiten«, erklärte Lucas. »Total langweilig, aber Doc hat gesagt, er zeigt mir, wie man Sachen baut, wenn ich ihm helfe.«

Sie sah Doc anerkennend an. »Das ist großartig.«

»Doc hat gesagt, wenn ich ihm nach der Schule eine Stunde bei dem Projekt helfe, lässt er mich fahren. Ist das okay?«, fragte Lucas.

»Danach holen wir etwas zu essen und du kannst den Abend ganz entspannt verbringen«, bot Doc an.

»Dieses Projekt klingt von Minute zu Minute besser«, erwiderte sie. »Aber, Seeley, bist du sicher, dass du rechtzeitig loskommst?«

»Wenn nichts Dringendes dazwischenkommt, sollte es gehen.«

»Okay, wie du meinst.«

»*Ja!* Ich bin am Verhungern und muss vor der Schule noch schnell was essen.« Er stürmte zusammen mit den Hunden die Verandastufen hinauf und ins Haus.

Doc legte den Arm um Juliette und zog sie an sich. »Guten Morgen, meine Schöne.«

»Er ist in letzter Zeit so mürrisch und still. Was hast du heute Morgen mit ihm angestellt?«

»Er ist ein Teenager, dem gerade der Boden unter den Füßen weggezogen wurde. Ich hab ihm einfach eine Ablenkung besorgt, auf die er sich konzentrieren kann. Das war eigentlich Tinys Idee.«

»Erinnere mich daran, ihm zu danken.« Sie schlang ihm die Arme um den Hals. »Bei dir werde ich mich heute Abend noch richtig bedanken.«

Als er die Lippen auf ihre presste, murmelte er: »Ich werde dich an dieses Versprechen erinnern, Liebling.«

Zweiunddreißig

Juliette hatte einen anstrengenden Tag hinter sich. Sie eilte von einem tierärztlichen Notfall zum nächsten, von Weston nach Allure, dann nach Trusty und wieder zurück, nur um erneut nach Trusty gerufen zu werden. Normalerweise machte ihr das Herumfahren nichts aus, aber in letzter Zeit zehrte alles zunehmend an ihren Kräften.

Sie hatte geglaubt, die gute Nachricht, dass Lucas' Krebs erst im Stadium IA war, würde sie von allen Sorgen befreien. Stadium IA bedeutete, dass nur ein Lymphknoten befallen war, er keine weiteren Symptome hatte und die Heilungschancen bei neunzig Prozent lagen. Doch obwohl alle Erleichterung und Hoffnung verspürten, verschwanden die Sorgen nicht ganz. Lucas sollte nächsten Freitag einen Port in die Brust eingesetzt bekommen und eine Woche später würde die Behandlung beginnen. Er würde zwei bis vier Chemotherapie-Zyklen durchlaufen müssen und jeder Zyklus dauerte vier Wochen und beinhaltete zwei Infusionen. Einem Tag Chemotherapie würden zwei Wochen Erholung folgen, bevor die zweite Infusion stattfand.

Allein daran zu denken, war überwältigend, und obwohl der Arzt gesagt hatte, dass manche Menschen keine starken

Nebenwirkungen verspürten, gab es eine lange Liste möglicher Beschwerden. Juliette wusste anhand der Dinge, die Lucas beim Arzt gesagt hatte, dass er sich Sorgen machte, ihm könnten die Haare ausfallen, ihm würde von der Behandlung ständig übel und er wäre andauernd erschöpft. Außerdem ärgerte er sich darüber, dass er mit Motocross und Reittraining pausieren musste. Dass die Wettkampfsaison vorbei war, konnte einen Jungen, der das ganze Jahr über hatte trainieren wollen, kein bisschen trösten.

Nicht, dass Lucas groß darüber sprach. In letzter Zeit vermied er Gespräche, soweit dies möglich war. Allerdings hatte er gefragt, ob er während der Chemotherapie zu Hause unterrichtet werden könnte. Der Arzt hatte vorgeschlagen, den Alltag so normal wie möglich zu halten. Sie hatten sich darauf geeinigt, es Tag für Tag anzugehen und nach den ersten Behandlungen zu schauen, wie es ihm ging, bevor sie eine Entscheidung trafen.

Wenigstens war es Freitag. Juliette konnte früh zu Abend essen und einfach mal abschalten.

Sie öffnete den Kühlschrank und suchte nach dem Hähnchen, das sie zum Auftauen herausgenommen hatte. »Wo ist es denn …« *Verdammt.* Sie hatte vergessen, dass sie gar kein Hähnchen im Gefrierschrank hatte und auf dem Heimweg eigentlich eins besorgen wollte.

War das nicht das Sahnehäubchen auf ihrem ohnehin schon frustrierenden Tag?

Sie hatte Parmesan-Hähnchen machen wollen, eines von Lucas' Lieblingsgerichten. Er war in letzter Zeit immer so niedergeschlagen. Nur beim Bullenreiten, Motocross-Training oder wenn er und Seeley an ihrem Holzprojekt arbeiteten, bekam er bessere Laune. Sogar das Autofahren begeisterte ihn nicht mehr so wie vor ein paar Wochen. Das Reittraining fiel heute aus, weil Buck nicht in der Stadt war, weshalb sie fest davon ausging, dass Lucas schlechte Laune haben würde. Seeley wollte trotzdem vorbeikommen, um mit ihm eine Runde zu drehen, was seine Stimmung vielleicht etwas heben würde. Da fiel ihr ein, dass das der perfekte Zeitpunkt wäre, um schnell einkaufen zu gehen.

Langweiliges Abendessen vermieden.

Juliette hörte, wie Lucas durch die Haustür kam und sein Rucksack wie immer lautstark auf dem Boden landete. Sie hielt den Atem an und wartete ab, in welcher Stimmung er wohl war.

Er steuerte direkt auf die Speisekammer zu.

»Hallo, Schatz. Wie war's in der Schule?«

Er schnappte sich eine Tüte Chips und zuckte mit den Achseln, ließ sich auf einen Stuhl fallen und riss die Tüte auf. »Was gibt es zum Abendessen?«

Sie schloss den Kühlschrank und verkündete fröhlich: »Parmesan-Hähnchen.«

»Okay«, sagte er bloß.

Sein Handy musste vibriert haben, denn er zog es aus der Gesäßtasche, las eine Nachricht und legte es auf den Tisch, ohne zu antworten. Sie hatte bemerkt, dass er in letzter Zeit häufiger Nachrichten ignorierte, und das machte ihr Sorgen. »Möchtest du zu deinen Chips etwas zu trinken?«

»Nein danke.« Sein Telefon vibrierte erneut und er drehte die Vorderseite nach unten.

»War das Layla?«

»Ja.« Er steckte sich einen Chip in den Mund.

»Willst du ihr nicht antworten?«

»Nicht jetzt.«

Sie wollte fragen, ob zwischen ihnen etwas vorgefallen war, überlegte es sich jedoch anders und meinte: »Nächstes Wochenende ist Halloween. Weißt du schon, wann ihre Mutter mit euch Kostüme kaufen geht?«

»Das machen wir nicht mehr.«

Ihr wurde ganz schwer ums Herz. »Oh, das tut mir leid.«

»Ist nicht weiter schlimm. Sie geht auf eine Party und ich will nicht hin.«

»Warum nicht? Beim letzten Mal hattest du doch so viel Spaß.«

»Das ist einfach nicht mein Ding.«

Jetzt musste sie die Frage doch stellen. »Ist zwischen dir und Layla etwas passiert?«

»Nein. Kann ich nicht einfach meine Meinung über eine blöde Party ändern?« Er stand auf und warf den Rest der Chipstüte in den Müll.

»Lucas!«, schimpfte sie.

»Was denn?«, fauchte er.

Sie hielt sich gerade noch davon ab, ihm eine Standpauke über das Wegwerfen von Lebensmitteln zu halten, und sagte: »Ich weiß, dass du gerade viel durchmachst, und ich verstehe, dass du nicht mit *mir* darüber reden willst, aber mit irgendjemandem solltest du schon sprechen.«

»Mir geht's gut.« Er stapfte aus der Küche und sie folgte ihm ins Wohnzimmer.

»Lucas, es ist okay, wenn es dir nicht gut geht. Keinem von uns geht es im Moment gut. Ich spreche mit einer Therapeutin und das hilft mir. Ich glaube, es könnte dir auch helfen.«

»Ich brauche keine verdammte Therapeutin«, fuhr er sie an. »Was soll sie denn für mich tun? Wird sie den Krebs verschwinden lassen? Wird sie dafür sorgen, dass mir nicht die

Haare ausfallen? Oder dass es mir während der Chemo nicht beschissen geht?«

Seine Worte brachen ihr das Herz. »Nein«, antwortete sie leise. »Aber sie kann dir helfen, mit deinen Gefühlen umzugehen.«

»Ich komme schon klar«, sagte er scharf.

»Nein, das tust du nicht. Du frisst alles in dich hinein und ich mache mir Sorgen um dich.«

»Hör auf, mich zu drängen.« Sein Kinn zitterte und die Worte kamen schnell und heftig. »Nicht jeder kommt mit so was so gut klar wie du. Ich habe gerade erst erfahren, dass ich Krebs habe, also entschuldige bitte, dass ich keine Lust habe, auf eine Party zu gehen und so zu tun, als wäre alles normal, oder einer Fremden mein Herz auszuschütten.« Tränen liefen ihm über die Wangen. »Nichts ist normal. Es wird nie wieder normal sein und ich muss damit auf meine Weise klarkommen. Zu meinen Bedingungen.«

»Es tut mir leid, Schatz«, murmelte sie und fing nun auch an zu weinen. »Ich wollte dich nicht drängen. Ich mache mir einfach Sorgen um dich. Ich will nicht, dass du so überfordert bist, dass du … aufgibst.«

»Dass ich aufgebe?« Er runzelte die Stirn. »Hast du Angst, ich könnte mir was antun?«

»Nein.« Sie hatte bis jetzt nicht einmal gemerkt, dass sie davor Angst hatte. »Ich weiß es nicht. Vielleicht ein bisschen. Das ist das Schwerste, was wir je durchmachen mussten, und ich liebe dich so sehr und will nicht, dass dir noch mehr passiert.«

»Mom, ich verspreche, dass ich so etwas nie tun würde. Ich bin kein Drückeberger und ich würde dir und Doc das nie antun. Ich weiß, dass ich jederzeit zu euch kommen könnte, wenn ich mich jemals so fühlen würde, aber das tue ich nicht. Ich muss das einfach auf meine Art regeln.«

»Okay«, stieß sie stockend hervor. »Tut mir leid.« Sie nahm ihn in die Arme. »Es tut mir leid. Ich hab dich lieb.«

Er erwiderte die Umarmung. »Ich dich auch.«

»Ich werde versuchen, dich nicht mehr so zu drängen, solange du weißt, dass ich immer da bin, wenn du doch mal reden willst.«

Er drückte sie fester an sich. »Ich weiß.«

Jemand klopfte zweimal kurz an die Tür, und sie blickten auf, als Seeley hereinkam. »Hey.«

Lucas löste sich aus ihren Armen und wischte sich über die Augen.

Seeley runzelte die Stirn. »Alles in Ordnung?«

»Jetzt schon, glaube ich«, antwortete sie. »Lucas?«

Lucas nickte. »Ja, alles gut. Und falls du Angst hast, ich könnte mir was antun – das brauchst du nicht. So was würde ich nie tun.«

»Darüber mache ich mir keine Sorgen.« Er sah Juliette fragend an. »Was ist denn passiert?«

»Ich habe mir Sorgen um ihn gemacht und nicht gemerkt, dass ich ihn zu sehr dazu gedrängt habe, über alles zu reden. Aber Lucas hat mich daran erinnert, dass wir alle unterschiedlich mit den Dingen umgehen.«

»Bist du sicher, dass alles okay ist?« Seeley deutete mit dem Daumen über die Schulter. »Soll ich wieder gehen und euch noch etwas Zeit geben?«

»Nein, alles gut«, erklärte Lucas bestimmt. »Sie wird mich nicht mehr drängen, und wenn ich mit euch reden will, mache ich das. Versprochen.«

»Wenn das so ist …« Er grinste breit. »Zieht eure Wanderstiefel oder Turnschuhe an, werft ein paar Klamotten in den Rucksack und lasst uns von hier verschwinden. Wir machen einen Scheiß-auf-Krebs-Campingausflug.«

»Was?«, fragte Juliette, während Lucas rief: »Im Ernst?«

Lucas lächelte, und *oh*, wie sehr Juliette das gebraucht hatte!

»Ja, das tun wir«, bestätigte Seeley. »Ich glaube, wir können alle ein Wochenende ohne Sorgen gebrauchen. Ich habe bei mir zu Hause schon alles vorbereitet.«

»Cool!«, rief Lucas. »Wo gehen wir campen?«

»An dem Ort, an den mein Großvater mich früher immer mitgenommen hat. Also dein Urgroßvater. Ich dachte, du möchtest deinen Kindern vielleicht später davon erzählen, wenn du mal so alt bist wie ich.«

Gott, dieser Mann …

»Was ist mit unseren Pferden?«, fragte sie.

»Cowboy kommt später vorbei, holt sie ab und bringt sie zur Ranch. Lucas, ich habe noch ein zusätzliches Zelt, falls du Layla einladen möchtest. Ich spreche auch gern mit ihren Eltern und versichere ihnen, dass du dich nicht heimlich in ihr Zelt schleichst.«

Juliettes Herz schlug schneller. Was für ein perfekter Weg, die Teenager einander wieder näher zu bringen.

Lucas schob die Hände in die Hosentaschen. »Danke, aber mir wäre es lieber, wenn wir unter uns bleiben.«

Ihr wurde schwer ums Herz. Sie wusste nicht, ob er Layla von sich wegstieß, ob es nur so schien oder ob sie sich getrennt hatten und er sich schämte, es zuzugeben. Aber so oder so tat er ihr unendlich leid.

»Bist du sicher, Kumpel?«, fragte Seeley.

Lucas nickte. »Ja.«

»Okay. Hol deine Sachen. Du fährst.«

»Super!«

Während Lucas in sein Zimmer rannte, ging Seeley zu Juliette, legte den Arm um sie und zog sie für einen Kuss heran. »Ist wirklich alles okay zwischen euch beiden?«

»Ich denke schon. Er kann sich gut ausdrücken, wenn er will, und hat mir ordentlich die Meinung gesagt. Er kämpft wirklich sehr mit allem, aber er will es auf seine Weise regeln und immer noch nicht mit einer Therapeutin reden.«

»Das hat er von mir. Ich habe mich damals auch mit Händen und Füßen gegen meine Mutter gewehrt. Wir halten die Augen und Ohren offen. Er wird schon reden, wenn er dazu bereit ist.«

»Ich weiß. Ich wünschte nur, ich könnte ihm alles abnehmen.«

»Wem sagst du das, Liebling?« Er küsste sie.

»Es war wirklich nett von dir, diesen Campingausflug zu planen.«

»Bei seinen Launen in letzter Zeit war ich ein wenig besorgt, dass er gar nicht mitkommen will. Ich war mir auch nicht sicher, ob du Lust dazu hast.«

»Ich war noch nie campen. Das wird bestimmt lustig.«

»Gut, und da Layla nicht mitkommt, hat Lucas sein eigenes Zelt.« Er umfing ihre Pobacken und drückte sie fest an sich, und ihr wurde sofort glühend heiß, als hätte er ein Streichholz an trockenes Holz gehalten. »Sobald er schläft, habe ich dich ganz für mich allein.«

»Nur ich und der große böse Wolf?«, stichelte sie. »Wie soll ich das bloß überleben?«

Sie holten die Campingausrüstung bei Seeley ab und wanderten lange zwischen Bäumen, Gestrüpp und Felsbrocken hindurch. Je weiter sie gingen, desto mehr taute Lucas auf, erzählte, wie gut es sich anfühlte, mal von allem weg zu sein, und fragte Seeley nach seinen Wanderungen mit seinem Großvater. Auch Juliette fühlte sich leichter und dachte im Stillen, dass sie wie Bäume waren, die ihre Blätter abwarfen.

Schließlich gelangten sie an einen See, aber obwohl Juliette wusste, dass es derselbe See sein musste, zu dem sie und Seeley schon einmal gegangen waren, hatten sie viel länger gebraucht, um dorthin zu gelangen, und nichts in der Umgebung kam ihr bekannt vor. Während sie die Sachen auspackten, zeigte Seeley ihnen eine Taschenlampe. »Die ist fürs Erzählen von Gruselgeschichten am Lagerfeuer heute Abend.«

»Das klingt spannend«, sagte sie.

»Du hast dich doch nicht mal getraut, mit mir den Film *Scream* anzuschauen«, sagte Lucas. »Da wirst du wohl kaum Spaß dran haben, wenn wir uns hier draußen im Dunkeln Gruselgeschichten erzählen.«

»Hey, deine Mutter mag vielleicht keine Horrorfilme, aber sie ist trotzdem hart im Nehmen.« Seeley legte einen Arm um sie. »Stimmt's, Peaches?«

»Ganz genau«, bestätigte sie, wobei sie insgeheim befürchtete, dass Lucas vielleicht doch recht hatte. Aber dafür blieb keine Zeit, denn schon machten sie sich daran, die Zelte aufzubauen.

Es handelte sich nicht um diese praktischen Wurfzelte, die sie aus dem Internet kannte. Diese hier waren aus Segeltuch und sahen uralt aus. Sie kippten die Taschen auf dem Boden aus, und heraus kullerten Stangen, Verbinder, Seile, Heringe und eine Menge anderes Zeug, das nach viel zu viel Kram für nur zwei Zelte aussah.

»Was ist das alles?«, fragte Lucas.

»Ich glaube, das sind die Teile, die wir brauchen, um die Zelte aufzubauen.« Seeley hob eine Stange hoch und betrachtete die anderen Teile, die überall verstreut lagen. »Das wird ein Abenteuer. Ich hab so ein Zelt seit meiner Kindheit nicht mehr aufgebaut.«

»Ich kann dir helfen«, bot sie an.

»Ist schon okay, ich krieg das hin«, sagte Seeley.

»Dann helfe ich Lucas.«

»Ich will mein Zelt selbst aufbauen«, protestierte Lucas. »Außerdem weißt du doch gar nicht, wie ein Zelt von innen aussieht.«

»Da hat er recht«, meinte Seeley.

»Er aber auch nicht«, beharrte sie. Es war, als hätten sie sich, in der Wildnis angekommen, in Höhlenmenschen verwandelt.

»Ja, aber mir liegt es im Blut«, sagte Lucas.

Wie hätte sie da widersprechen können? Vor allem, weil er es mit so viel Stolz sagte und Seeleys Augen bei seinen Worten funkelten. »Na, wenn du meinst«, neckte sie ihn, befolgte Wynnies Rat und ließ die beiden einfach machen, während sie Holz für das Lagerfeuer sammelte. Es machte ihr Spaß, den beiden zuzuhören, wie sie sich gegenseitig anstachelten und darum wetteiferten, wer sein Zelt als Erster aufgebaut hatte.

Am Ende halfen sie sich doch gegenseitig. Als sie fertig waren, zeigte Seeley ihnen, wie man ein Lagerfeuer macht, während die Sonne unterging, und erklärte dabei alles zum

Thema Brandschutz. Er brachte ihnen bei, immer nach lokalen Feuerverboten Ausschau zu halten, niemals ein Feuer zu machen, wenn es zu windig oder zu trocken war, das Gebiet von brennbarem Material zu befreien und immer genug Wasser dabei- oder eine natürliche Wasserquelle in der Nähe zu haben, um das Feuer später löschen zu können. Deshalb der See.

»Und wenn man ein Lagerfeuer löscht, gibt es drei Schritte, die man befolgen muss«, erläuterte er. »Mit Wasser übergießen, das Wasser mit der Glut vermischen, und, wie mein Großvater immer sagte, *nochmal Wasser draufschütten, da Mutter Natur eine launische Diva ist.*«

Zu sehen, wie Seeley seinem Sohn die Dinge beibrachte, die er ihm wahrscheinlich schon vor Jahren hätte zeigen wollen, wenn er die Gelegenheit dazu gehabt hätte, wärmte Juliette das Herz. Er war bestimmt, aber freundlich, und sorgte dafür, dass Lucas verstand, wie wichtig diese Lektionen waren.

»Und wenn du denkst, das Feuer ist komplett aus, dann steck die bloße Hand hinein«, fuhr Seeley fort. »Wenn du noch Wärme spürst, ist das Feuer nicht aus, und du musst alles nochmal machen.«

»Das klingt gefährlich«, sagte Juliette. »Er könnte sich verbrennen.«

»Deshalb gibt es die drei Schritte«, erklärte Seeley. »Zu viele Menschen geben sich beim Löschen eines Lagerfeuers nicht genug Mühe. Auf diese Weise entstehen viele Waldbrände. Wenn du weißt, dass du erst gehen kannst, wenn du deine Hand reinstecken kannst, dann nimmst du dir die Zeit, es richtig zu machen. Hast du das verstanden, Lucas?«

Lucas nickte knapp. »Übergießen, mischen, anfassen.«

»Guter Junge«, lobte Seeley.

Sie grillten Würstchen über dem Feuer und labten sich am

Kartoffelsalat, den Dwight ihnen mitgegeben hatte. Sie machten S'mores und veranstalteten einen Wettbewerb, wer seinen am höchsten stapeln konnte. Sie lachten sich schlapp, als sie versuchten, die riesigen Dinger in den Mund zu bekommen, und hatten am Ende Schokolade und Marshmallowstücke überall im Gesicht. Seeley drückte seine schokoladen-marshmallow-verschmierten Lippen auf Juliettes Wange, sodass sie ganz klebrig wurde, was Lucas urkomisch fand.

»Du findest das wohl lustig, was?« Sie stand auf und wollte ihn küssen.

Er sprang auf, ging rückwärts und wedelte mit den Händen. »Auf keinen Fall.«

»Oh, doch!« Sie wollte sich auf ihn stürzen und Lucas rannte los.

Sie verfolgte ihn, und er schrie: »Doc! Rette mich!« Seeley rannte hinter ihnen her und packte Lucas von hinten. »Was zum …? Du Verräter!«

Seeley lachte nur und Juliette machte Kussgeräusche und kam immer näher.

»Nein!«, rief Lucas lachend, wand sich und versuchte, sich zu befreien. »Lass mich los, Doc!«

»Keine Chance, Kumpel.«

Juliette drückte Lucas einen klebrigen Kuss auf die Wange und dann auch Doc. Großer Fehler. Am Ende lagen sie alle drei lachend und wild um sich schlagend in einem Knäuel auf dem Boden.

Juliette konnte sich nicht erinnern, wann sie und Lucas das letzte Mal so herzlich gelacht hatten.

Sie wuschen sich mit Wasser aus dem See und dann erzählten sie sich im Mondlicht Geschichten.

Seeley hielt sich die Taschenlampe unters Kinn, was sein Gesicht in unheimliches Licht tauchte, und sprach mit tiefer Stimme. »Früher gab es hier in der Gegend einen Club für Kinder im Alter von acht bis zehn Jahren, der *Die jungen Wanderer* hieß. An den Wochenenden gingen sie wandern und übernachteten mit einem Betreuer, meist ein Junge um die zwanzig, in der Wildnis. Eines warmen Septemberabends war eine Gruppe solcher Kinder auf dem Appalachian Trail unterwegs, und unter ihnen war ein Junge namens Tommy, der sich mit einem anderen Jungen namens Jimmy anfreundete. Die beiden wurden schnell dicke Freunde und blieben während der gesamten dreistündigen Wanderung zusammen. Jimmy zeigte ihm sogar seine dünne Lederkette, die er als Glücksbringer um den Hals trug. Tommy hatte noch nie einen Glücksbringer gehabt, und weil sein Geburtstag bevorstand, nahm er sich vor, sich von seinen Eltern einen zu wünschen. In dieser Nacht übernachteten sie in einer Blockhütte mit Feldbetten auf beiden Seiten und Fensteröffnungen in den Wänden, allerdings ohne Glas, und es gab auch keine Tür.«

Er machte eine Pause, während das Zirpen der Grillen und das Rascheln der Tiere im Gebüsch die Stille durchbrachen. »Nach dem Abendessen spielten sie ein paar Spiele und erzählten sich Gruselgeschichten am Lagerfeuer, so wie wir es gerade tun. Der Betreuer erzählte eine Geschichte über einen Werwolf, der im Wald lebt und Kinder frisst. Das machte die Kinder ein bisschen nervös, aber er versicherte ihnen, dass alles nur erfunden sei, und erzählte dann noch ein paar alberne Geschichten, die sie wieder beruhigten. Als sie zu Bett gingen, sagte der Betreuer scherzhaft, sie sollten unbedingt unter ihren Feldbetten nach dem Werwolf schauen. Die Kinder lachten nur und nahmen ihn nicht ernst. Aber Tommy war trotzdem nervös, daher versprach Jimmy, im Feldbett neben seinem zu schlafen. Sie blieben so lange wach, wie sie nur konnten, und unterhielten sich, bis sie irgendwann beide einschliefen.«

Seeleys Blick wanderte zwischen Juliette und Lucas hin und her, die ihm gebannt lauschten. »Am nächsten Morgen wachte Tommy auf und freute sich darauf, seinen neuen Freund zu sehen, aber Jimmys Bett war leer, sein Rucksack war weg, und die meisten Kinder liefen bereits draußen herum. Tommy rannte im Schlafanzug hinaus, um nach Jimmy zu suchen. Als er ihn nirgends sah, fragte er die anderen Kinder, ob sie ihn gesehen hätten. Aber sie hatten keine Ahnung, von wem er sprach. Es war, als hätte Jimmy nie existiert. Doch Tommy wusste, dass sein neuer Freund keine Einbildung gewesen war. Der Betreuer sagte, sie sollten ihre Sachen packen, weil sie bald losmussten, darum ging Tommy mit den anderen Kindern wieder in die Hütte, um sich anzuziehen und seinen Rucksack zu holen. Aber Jimmy kehrte nicht zurück. Tommy bekam richtig Magenschmerzen, seine Nerven lagen blank, und als er seinen Rucksack aufhob, fiel alles heraus, weil er vergessen hatte, ihn zuzumachen. Er kroch auf Händen und Knien herum und sammelte seine Sachen ein, während die anderen Kinder schon mit ihren Rucksäcken hinausliefen. Als er unter Jimmys Feldbett griff, spürte er Kratzer im Holzboden. Er sah genauer hin – und erkannte, dass es Krallenspuren waren.«

Seeleys Stimme wurde noch leiser und unheimlicher. »Tommys Herz raste und er bekam vor Angst eine Gänsehaut. Schnell schaute er unter sein eigenes Feldbett, aber dort waren keine Kratzer im Boden. Er rannte herum und spähte unter alle anderen Feldbetten, aber auch dort entdeckte er keine Kratzer. Panisch sprang er auf, um dem Betreuer alles zu erzählen, doch der stand bereits in der Tür. Tommy lief zu ihm, aber bevor er etwas sagen konnte, beugte sich der Betreuer hinunter, bis sein Gesicht nur noch Zentimeter von Tommys entfernt war. Da bemerkte Tommy Jimmys Lederkette am Hals des Betreuers, und als der Betreuer fragte, was los sei, sah Tommy, dass er Fangzähne hatte.«

»Puh!« Lucas fing an zu lachen. »Das war ja der Wahnsinn!«

Juliettes Brustkorb war so eng, dass es wehtat. »Das war furchteinflößend. Lucas, schaffst du es wirklich, heute Nacht alleine in deinem Zelt zu schlafen?«

»Ja. Es war doch nur eine Geschichte.« Lucas schaute Seeley an und fügte hinzu: »Ich hab dir ja gesagt, dass sie Angst kriegt.«

Seeley legte lachend einen Arm um sie. »Keine Sorge, Liebling. Ich kann es mit einem Werwolf aufnehmen.«

»Ich habe keine Angst.« Sie schlüpfte unter seinem Arm hervor. »Ich wollte nur sichergehen, dass sich Lucas nicht fürchtet.«

»Aha. Klar, Mom.« Lucas grinste breit.

»Wie auch immer«, frotzelte Juliette. »Ich habe auch eine Gruselgeschichte für euch. Wenn ihr mich weiter auslacht, ziehe ich los und suche einen Werwolf, der euch auffrisst.«

»Okay, das reicht jetzt.« Doc reichte Lucas immer noch lachend die Taschenlampe. »Du bist dran, Kumpel. Gib dir Mühe.«

Lucas hielt sich die Taschenlampe unters Kinn, sah sie an und sprach genauso tief und gruselig wie Seeley. »Es gab mal einen Jungen, der von einem Bullen fiel und dann erfuhr, dass er Krebs hatte.«

Juliettes und Seeleys Lächeln erstarb.

»Ich mach doch nur Spaß!«, rief Lucas. »Ihr solltet eure

Gesichter sehen.« Er lachte laut los.

»Das ist nicht lustig, Lucas«, sagte sie besorgt. »Willst du darüber reden?«

»Nein. Ich weiß, dass Krebs nicht lustig ist, aber das war irgendwie die perfekte Gruselgeschichte. Ich meine, Doc hat eine Geschichte über Werwölfe erzählt. Wenigstens ist meine echt.«

»Dein Krebs ist für uns nicht einfach nur eine Geschichte«, erklärte Seeley.

»Ich weiß. Ist mir durchaus klar. Ich bin ja nicht blöd. Aber ist das hier nicht unser Scheiß-auf-Krebs-Campingausflug?«, fragte er. »Ich weiß, dass ihr mich liebt, und ich weiß, dass uns das allen Angst macht, aber es ist mein Krebs. Kann ich nicht wenigstens versuchen, ihn zumindest in meinem Kopf nicht ganz so schrecklich zu machen? Wenn ich nicht sarkastisch damit umgehen kann, bleibt es einfach nur dieses furchtbare Ding, an das ich nicht mal denken will. Und das wäre noch schlimmer.«

Juliette atmete tief durch und versuchte, ihn zu verstehen und ihre Gefühle im Zaum zu halten.

Seeley hielt sie ein bisschen fester. »Hilft es dir, darüber zu scherzen?«

»Ja«, behauptete Lucas. »Aber nur, wenn ihr deswegen nicht sauer seid.«

»Wir sind nicht sauer«, widersprach Juliette. »Du hast uns nur überrascht, das ist alles. Wir machen uns eben Sorgen um dich.«

»Mom, weißt du noch, als ich letztes Jahr krank war und das ganze Haus vollgekotzt habe? Ich hatte hohes Fieber, und du hast dir echt Sorgen um mich gemacht, erinnerst du dich?«

»Wie könnte ich das vergessen? Ich musste überall die

Kotzspuren wegmachen, und du konntest kaum den Kopf oben halten, natürlich habe ich mir da Sorgen gemacht.«

»Ich hab mich damals selbst die Kotz-Lok genannt, erinnerst du dich? So krank wie ich war, hat es mir geholfen, darüber Witze zu machen. Genau das habe ich jetzt auch gemacht. Ich wollte euch nicht beunruhigen.«

Sie erinnerte sich daran, und ihr wurde bewusst, dass sie ihre eigenen Gefühle von dem trennen musste, was ihr Sohn gerade brauchte. »Ist schon okay. Du hast recht, Schatz. Du bist derjenige, der Krebs hat, und du solltest sagen dürfen, was immer dir hilft, damit umzugehen.«

»Warn uns das nächste Mal einfach vor, okay?« Seeley richtete sich auf und zerzauste Lucas das Haar.

»Ja, klar. *Weichei*«, stichelte Lucas.

»Weichei, hm? Wir werden ja sehen, wer das Weichei ist, wenn du ganz allein im Dunkeln bist.« Er nahm Lucas die Taschenlampe ab. »Zeit fürs Taschenlampen-Fangen.«

»Ja!« Lucas sprang auf. »Das hab ich noch nie gespielt. Gibt es Regeln?«

»Ja. Keine Handy-Taschenlampen, und wer fängt, zählt bis fünfundzwanzig, bevor er suchen geht.« Seeley drückte Juliette die Taschenlampe in die Hand und sagte: »Du fängst an. Los, Lucas!«

Juliette war immer noch dabei, Lucas' Worte zu verarbeiten, aber als die beiden losrannten und ihre Stimmen und Lucas' Lachen durch die Luft hallten, sah sie diese Geräusche auf einmal als Geschenk an. *Ein Geschenk.* Genau das war Lucas' schockierende Geschichte gewesen. Er setzte sich tatsächlich mit seiner Krankheit auseinander, und dadurch spürte sie einen kleinen Hoffnungsschimmer, dass er sie und alle anderen nicht ganz von sich wegstoßen würde.

Dreiunddreißig

»Wach auf, Doc!«

Bei Lucas' Flüstern schrak Doc aus dem Schlaf und setzte sich auf. »Was ist?« Es war Montag. Lucas hatte am Freitag einen Port in die Brust eingesetzt bekommen und sie hatten das Wochenende bei Doc verbracht. In ein paar Stunden sollte seine Chemotherapie beginnen.

»Nichts«, flüsterte er. »Es ist fünf Uhr. Wir müssen an unserem Projekt arbeiten.«

Lucas trug bereits Hoodie und Jeans. »Wir müssen in ein paar Stunden ins Krankenhaus zu deiner ersten Behandlung. Bist du sicher, dass du keine Pause einlegen willst?« Sie hatten in der letzten Woche ein paar Abende an der Hollywoodschaukel gearbeitet und auch am Samstag- und Sonntagmorgen. Die erste war fast fertig.

»Doch. Aber ich will wenigstens eine fertigkriegen, falls es mir irgendwann zu schlecht geht, um dir noch zu helfen.«

Docs Kehle wurde eng. Als Lucas gestern Abend gefragt hatte, ob sie noch eine Nacht auf der Ranch bleiben könnten, hatte Doc geglaubt, er sei einfach nur müde gewesen. Jetzt verstand er, was wirklich dahintersteckte. »Okay.«

»Ich hab die Hunde schon rausgelassen. Wir treffen uns in

fünf Minuten unten, und pass auf, dass du Mom nicht weckst«, flüsterte Lucas und ging zur Tür.

Doc grinste über die nachgeplapperten Worte, als Lucas hinausging und die Tür hinter sich schloss.

»Er ist genauso herrisch wie du«, murmelte Juliette schläfrig und rollte sich auf den Bauch.

Lucas war in letzter Zeit so mürrisch und verschlossen gewesen, dass Doc sich Sorgen gemacht hatte, wie sehr Juliette darunter litt. Er hatte sie gestern mit einer Massage in einem örtlichen Salon überrascht, und Sasha und allen anderen Frauen das Gleiche geschenkt, damit Juliette nicht absagen konnte.

»Das liebe ich an ihm.« Er schmiegte sich an ihren Hals. »Wie geht es meiner Süßen heute Morgen?«

»Nervös und besorgt, aber hoffnungsvoll.«

»Er wird wieder gesund, Liebling. Ich kann es fühlen.« Er küsste sie auf die Wange. »Ich liebe dich. Versuch, wieder einzuschlafen. Wir treffen uns um sieben im Haupthaus zum Frühstück.«

Zehn Minuten später waren er und Lucas mit den Hunden auf dem Weg hinunter zur Werkstatt. Lucas trug einen Hoodie unter der Jacke, aber Doc war warm, und er hatte unter dem Flanellhemd nur ein T-Shirt an.

Der November hatte frische Luft, einen klaren Himmel und besorgte Herzen nach Hope Valley gebracht. Lucas hatte seinen Port am Halloween-Vormittag bekommen und sich danach erst einmal zurückgezogen. Doc hatte wie jedes Jahr beim *Dark Knights' Trunk and Treat*-Event mitgeholfen, und Juliette und Lucas waren kurz vorbeigekommen, aber nicht lange geblieben.

Lucas war das ganze Wochenende über ziemlich still gewesen, was nicht groß verwunderte, da die Behandlung bevorstand. Juliette hatte angeboten, Layla abzuholen, damit sie Zeit miteinander verbringen konnten, aber Lucas sagte, sie sei beschäftigt. Es war schon Wochen her, seit sie sich außerhalb der Schule gesehen hatten, aber gestern war Kenny vorbeigekommen und hatte ihn ein wenig abgelenkt. Das schien Lucas gutgetan zu haben, aber am meisten half es, dass sich die Familie um ihn scharte. Die Mahlzeiten im großen Haus verliefen locker und fröhlich, sie spielten viel mit den Hunden und verbrachten ruhige Abende.

»Wie fühlst du dich?«, fragte Doc, als sie über den Rasen zur Werkstatt gingen.

»Ich habe Angst, aber sag Mom nichts davon, okay?«

Doc war froh, dass Lucas ehrlich zu ihm war, und wünschte, er könnte ihm die Angst nehmen. »Befürchtest du, dass es wehtun wird?«

»Nicht wirklich. Ich habe über andere Kinder gelesen, die das durchgemacht haben. Jeder sagt etwas anderes, aber keiner hat Schmerzen erwähnt.«

Doc war davon ausgegangen, dass sich Lucas im Internet schlau gemacht hatte. »Was haben sie denn gesagt?«

Er zuckte mit den Achseln. »Einige sagten, sie hätten danach mehr Energie gehabt, was an den Medikamenten lag, die sie mit der Chemo bekommen haben, und andere meinten, sie seien nach Hause gekommen und hätten viel geschlafen. Ich weiß eigentlich gar nicht, wovor ich Angst habe. Ich habe einfach Angst.«

Doc legte ihm einen Arm um die Schulter. »Es ist okay, Angst zu haben. Wir haben alle ein bisschen Angst, aber wir wissen, dass du das schaffst.«

Lucas nickte. »Neunzig Prozent Heilungschance.«

»Du wirst das schaffen, Lucas. Vielleicht wird dir schlecht und du bist müde, vielleicht verlierst du deine Haare, aber du wirst da durchkommen, und du wirst ein langes, glückliches Leben führen und mich und deine Mutter in den Wahnsinn treiben.«

Der Junge lächelte, blieb aber stehen und sah Doc mit einem zögerlichen Ausdruck an. »Bereust du es, dass du von mir erfahren hast?«

»Auf gar keinen Fall. Das ist etwas, worüber du dir nie Gedanken machen musst. Warum fragst du das? Verhalte ich mich so?«

»Nein«, antwortete er schnell. »Aber du hast dir all diese Sorgen nicht ausgesucht.«

Großer Gott. »Lucas, ich liebe dich mit jeder Faser meines Herzens, egal ob du krank oder gesund bist, nervig oder lieb, ein guter Kerl oder ein richtiges Ekel. Nichts davon ändert etwas an meiner Liebe zu dir. Ich würde keine Minute mit dir für irgendjemanden oder irgendetwas auf dieser Welt eintauschen. Verstehst du das?«

Lucas nickte und sein Kinn zitterte. »Ich auch nicht.«

Doc nahm ihn in die Arme. »Du und deine Mutter, ihr seid das Beste, was mir je passiert ist. Meine Liebe zu dir ist bedingungslos und unerschütterlich. Zweifle niemals daran.«

Lucas nickte an seiner Schulter. »Ich hab dich lieb, Doc. Ich bin echt froh, dass du mein Dad bist.«

Jetzt hatten sie beide Tränen in den Augen.

Pünktlich um sieben wartete Juliette vor dem Haupthaus und

sie sah wie immer wunderschön aus. Sie trug eine braune Wildlederjacke über einem hübschen schieferblauen Pullover, der ihre Augen zum Strahlen brachte. Ihre Jeans hatte unter dem rechten Knie einen kleinen Riss, und Doc wusste inzwischen, dass das ihre Lieblingsjeans war. Daher war sie auch zu seiner Lieblingsjeans geworden, weil sie sich an den richtigen Stellen perfekt an Juliettes Körper schmiegte. Er stieß einen anerkennenden Pfiff aus, als sie sich ihr näherten, und die Hunde stürmten auf sie zu.

»Du bist so ein Charmeur«, sagte sie leichthin, aber das ängstliche Flackern in ihren blauen Augen war nicht zu übersehen.

»Nur bei dir, Liebling. Du siehst umwerfend aus.« Er küsste sie.

»Danke. Du siehst auch nicht übel aus.« Sie umarmte Lucas. »Guten Morgen, mein Schatz. Hattest du Spaß?«

»Ja«, antwortete Lucas mürrisch. »Mit dem ersten Teil des Projekts sind wir fast fertig.«

»Das ist super. Wie fühlst du dich?« Ihr Blick wanderte über sein Gesicht, und Doc wusste, dass sie die Sorge in seinen Augen ebenfalls sah.

»Ich hab Hunger.«

»Hab ich mir gedacht«, erwiderte sie.

»Na, dann rein mit euch.« Doc zog die Tür auf und die Hunde und Lucas rannten hinein. Er folgte ihnen zusammen mit Juliette.

Als er Juliettes Hand nahm, flüsterte sie: »Geht es ihm gut?«

»Das wird schon.«

Als Lucas mit seinen vierbeinigen Freunden den Speiseraum betrat, brach Applaus aus, und alle sprangen auf, pfiffen und riefen: »Du schaffst das!«, und: »Wir drücken dir die Daumen!« Fassungslos nahm Doc das große Banner wahr, das an der Rückwand hing und auf dem VIEL GLÜCK, RODEO! stand, und versuchte, die Hunde zu beruhigen, während seine Familie, die Angestellten und sogar die Patienten, die Lucas kennengelernt hatten, auf Lucas zustürmten, um ihn zu umarmen und ihm alles Gute zu wünschen.

Juliette drehte sich zu Doc um. »Hast du das organisiert?«

»Nein. Ich bin genauso überrascht wie du.« Er warf seinen Eltern einen Blick zu, die darauf warteten, Lucas zu umarmen, und ihn mit so viel Liebe ansahen, dass sie förmlich die Luft erwärmte. Tiny schaute zu ihnen herüber und zwinkerte ihm zu, und seine Worte kamen Doc wieder in den Sinn: *Liebe ist das Fundament der Hoffnung.*

»Erst Bullenreiten und jetzt das? Vor dir muss man sich in Acht nehmen«, sagte Birdie und umarmte Lucas fest. »Du bist das härteste Kind, das ich kenne.«

»Oh ja, das ist er.« Dare umarmte ihn ebenfalls. »Du wirst dem Krebs in den Arsch treten, Kumpel.«

»Verdammt richtig!«, bestätigte Cowboy und schlang die kräftigen Arme um Lucas' schlaksigen Körper. »Das ist hart, Rodeo, aber du bist noch härter.«

»Du schaffst das«, sagte Sasha und zog Lucas, der breit grinste und feuchte Augen hatte, in ihre Arme. »Du packst das, Lucas.« Gus schlang die Arme um seine Beine und rief: »Ich hab dich lieb. Die Medizin macht dich wieder gesund.«

»Ich hab dich auch lieb, Kleiner«, stieß Lucas hervor, als Ezra die Arme um alle drei legte und sagte: »Wir haben dich lieb, Rodeo. Ich bin für dich da, wenn du reden willst.«

Doc war ganz gerührt, als Lucas von einer fürsorglichen Person zur nächsten weitergereicht wurde, und dann fanden die liebevollen Arme und aufmunternden Worte auch ihren Weg zu Juliette, bis zu guter Letzt auch Doc an der Reihe war.

Tiny und Wynnie waren die letzten, die sie umarmten, und als sich Lucas am Frühstücksbuffet einen Teller füllte, löste sich Juliette aus Tinys Armen und sagte: »Danke. Ich mag mir gar nicht ausmalen, wie es wäre, das alles ohne Seeley und euch alle durchzustehen. Wir haben so ein Glück, von euch und all diesen wunderbaren Menschen geliebt zu werden.«

»Wir sind hier die Glücklichen, Liebes«, widersprach Tiny.

»Wir danken unserem Glücksstern jeden Tag aufs Neue dafür, dass du und Lucas wieder da seid, wo ihr hingehört«, sagte Wynnie.

Doc legte den Arm um Juliette und drückte sie an seine Seite. »Sie werden nie wieder allein sein.«

Vierunddreißig

Lucas war nicht allzu nervös, als sie im Krankenhaus ankamen. Zunächst wurde ihm Blut abgenommen. Doch als sie endlich im Infusionsraum standen, zitterte er. Die Krankenschwester war wunderbar geduldig und erklärte alles Schritt für Schritt, was ihnen ungemein half. Lucas meisterte es wie ein Champion, aber von sich selbst konnte Juliette das nicht unbedingt behaupten.

Mitzuerleben, wie ihr Sohn, den sie ihr ganzes Leben lang zu beschützen versucht hatte, an eine Infusion angeschlossen wurde, um gegen eine Krankheit zu kämpfen, die sie nie hatten kommen sehen, löste eine ganze Bandbreite an Gefühlen in ihr aus – Trauer und Wut und alles dazwischen. Aber keines davon war stärker als die Hoffnung in ihrem Herzen. Außerdem half ihr sehr, dass Seeley bei ihnen blieb, dafür sorgte, dass sie sich wohlfühlten, ihnen Essen und Getränke anbot und versuchte, sie – und wahrscheinlich auch sich selbst – von ihren Gefühlen abzulenken. Er hielt die Gespräche leicht und positiv, schlug vor, im Frühling wieder einen Campingausflug zu machen, und sprach über die bevorstehenden Ferien.

Auf dem Heimweg war Lucas schweigsam, und als sie vor ihrem Haus anhielten, hätte Juliette schwören können, dass ein kollektiver erleichterter Seufzer durch den Wagen hallte.

»Eine Behandlung wäre geschafft«, sagte sie, als sie aus Seeleys Wagen stiegen. Sie bemerkte, dass Seeley und Lucas einen Blick tauschten, den sie nicht deuten konnte. »Was?«

»Was was?«, fauchte Lucas.

»Ach, schon gut«, murmelte sie und fragte sich, ob sie sich das nur eingebildet hatte. »Es war ein langer Vormittag.«

Seeley griff nach den Taschen, die sie fürs Wochenende mit zu ihm genommen hatten, und legte ihr den Arm um die Schultern. »Jetzt kannst du dich entspannen.«

»Das können wir alle«, erwiderte sie, als sie zum Haus hinaufgingen.

Ihre Gedanken gerieten ins Stocken, als sie die Veranda erreichten. An den Balken hing eine wunderschöne, riesige Hollywoodschaukel mit blauem Sitzpolster und mehreren bunten Kissen. »Was ist das?«

»Das ist deine neue Hollywoodschaukel«, erklärte Seeley. »Cowboy und Dare haben sie aufgehängt, während wir im Krankenhaus waren.«

»Sie ist wunderschön, aber das ist eher eine schwingende Couch«, sagte sie ehrfürchtig. »Ich habe noch nie so eine große gesehen.«

»Wir haben sie extra lang und tief gemacht, damit wir alle draufpassen«, meinte Seeley. »Für mein Haus bauen wir auch noch eine.«

»Ihr habt sie gebaut?« Sie sah die beiden ungläubig an. »Das ist es, woran ihr gearbeitet habt?«

»Das war Docs Idee«, erklärte Lucas nur.

»Aber es war Lucas' Entwurf, und er hat wirklich hart gearbeitet, damit sie heute für dich fertig wird«, ergänzte Seeley.

»Lucas …?«, fragte sie völlig erstaunt.

Er steckte die Hände in die Taschen, zuckte mit den Achseln, und endlich zeichnete sich ein Lächeln auf seinen Lippen ab. »Ich weiß, wie schwer das alles für dich ist, und wollte, dass du etwas hast, worüber du dich freuen kannst, wenn wir nach Hause kommen.«

»Oh, Schatz.« Ihr kamen die Tränen. Bei allem, was er durchmachen musste, dachte er noch an sie? »Sie ist wunderschön, aber zu wissen, dass du die Behandlung bekommst, die du brauchst, um wieder gesund zu werden, ist das einzige Geschenk, das ich brauche, um glücklich zu sein.« Sie umarmte ihn. »Ich hab dich unfassbar lieb. Danke.«

»Ich hab dich auch lieb. Aber ich bin ziemlich müde und lege mich lieber ein bisschen hin.«

»Willst du nicht erst die Schaukel ausprobieren?«, fragte sie.

Er schüttelte den Kopf. »Vielleicht später. Hey, Doc, wäre es zu viel verlangt, wenn du die Hunde herholst?«

»Das mache ich gern. Ich muss sowieso nach den Pferden sehen.«

»Danke.«

»Sag Bescheid, wenn du etwas brauchst, Schatz«, bat Juliette, als Lucas ins Haus ging. Sie schlang die Arme um Seeley und lächelte zu ihm hoch. »Ihr seid ganz schön raffiniert. Danke, dass ihr an mich gedacht habt.«

»Ich denke immer an dich, aber die Schaukel war auch für Lucas. Tiny meinte, er bräuchte ein Ziel. Etwas, auf das er sich abgesehen von den Behandlungen konzentrieren kann, und er hatte recht.«

Ihr Herz machte einen Sprung. »Tja, Dr. Whiskey, er war in letzter Zeit immer so niedergeschlagen und hat in den letzten Wochen kaum gelächelt, eben aber schon. Ich glaube, das war heute genau das, was er gebraucht hat.«

»Und dein Lächeln verrät mir, dass es auch das war, was du gebraucht hast.«

Sie stellte sich auf die Zehenspitzen und küsste ihn. »Probieren wir sie aus?«

»Ich dachte schon, du fragst nie.«

Sie stiegen die Verandastufen hinauf, und er legte einen Arm um sie, als sie in die Kissen sanken. Sie lehnte den Kopf an seine Schulter und legte ihm seufzend eine Hand aufs Bein. »Das weckt Erinnerungen.«

»Versuch, deine Hände dieses Mal bei dir zu behalten«, neckte er sie. »Ich möchte nicht, dass Lucas dich dabei erwischt, wie du mich befummelst.«

»Na gut. Aber was ist mit meinen Lippen?« Sie stand auf, setzte sich rittlings auf seinen Schoß und lächelte ihn an.

Hitze flammte in seinen Augen auf, und er fuhr ihr mit den Fingern durchs Haar und zog sie näher an sich heran. »Die gehören doch mir, Liebling.« Er knabberte sanft an ihrer Unterlippe und saugte leicht daran, woraufhin prickelndes Verlangen durch sie hindurchtoste. »Und die sollst du nie bei dir behalten.«

Nachdem Seeley losgefahren war, um die Hunde zu holen, beantwortete Juliette die Gruppennachrichten von seiner Familie. Sie informierte alle darüber, wie die Behandlung verlaufen war und dass Lucas sich jetzt ausruhte. Dann ging sie ins Haus und sah nach ihm.

Er war eingeschlafen, darum holte sie sich eine Decke, ging wieder nach draußen und kuschelte sich damit auf die

Schaukel, wobei sie wie früher die Füße unter sich zog. Sie saß lange dort und dachte nicht nur über die letzten Monate nach, sondern über ihr ganzes Leben und alles, was sie durchgemacht hatte. Die Erkenntnis, dass alle Menschen, denen sie eigentlich hätte vertrauen können, sie getäuscht hatten, tat immer noch weh. Aber sie hatte die richtige Entscheidung getroffen, ihren Vater nicht zu konfrontieren. Das hätte ihr Leben nur noch mehr durcheinandergebracht, was momentan keiner von ihnen gebrauchen konnte.

Sie blickte zur Scheune hinüber und erinnerte sich daran, wie ihre Großmutter ihr alles über Pferde beigebracht hatte. Hazel war eine toughe Frau gewesen. »Ich vermisse dich«, flüsterte Juliette. »Ich wünschte, du könntest sehen, wie mutig Lucas ist und wie Seeley und ich nach all den Jahren wieder zusammengefunden haben. Ich habe Angst um Lucas, aber auch Hoffnung. Ich bin traurig, weil er das alles durchmachen muss, aber auch glücklich, dass unsere Familie endlich zusammen ist. Du solltest ihn und Seeley zusammen sehen, Gram. Seeley ist ein großartiger Vater, und ich glaube, Lucas hat ihn noch mehr gebraucht, als ich je geahnt habe.«

Sie holte tief Luft. »Die letzten Wochen waren härter als alles, was ich je mit meinen Eltern durchgemacht habe. Ich glaube nicht, dass ich das geschafft hätte, wenn du mir nicht beigebracht hättest, stark zu sein. Wem will ich hier eigentlich was vormachen? Ich hätte die letzten sechzehn Jahre nicht überstanden, wenn du mir nicht immer wieder gesagt hättest, dass ich das schaffe. Ich wünschte, ich hätte dich öfter besucht. Es schmerzt mich, dass mich die Angst vor meinem Vater davon abgehalten hat. Ich hoffe, du weißt, wie sehr ich dich liebe und wie dankbar ich für alles bin, was du für mich getan hast.«

Ein Windstoß strich wie eine zarte Berührung über ihre Wangen, und sie schloss die Augen, während die Stimme ihrer Großmutter sanft durch ihre Gedanken huschte. *Ich hab dich auch lieb, Juliegirl.* Sie lächelte in den Wind und eine Gänsehaut überzog ihre Arme. »Ich hab dich lieb, Gram.«

Beim Geräusch eines galoppierenden Pferdes schlug sie die Augen wieder auf. Layla kam auf einem der Wege auf das Haus zugeritten. Juliette sprang auf und hoffte, Lucas hätte sich bei ihr gemeldet. Sie winkte Layla zu und hörte einen Wagen in die Einfahrt einbiegen. Es war Seeley.

Juliette blickte zum Himmel hinauf. »Warum habe ich das Gefühl, dass du etwas damit zu tun hast?«

Seeley stieg aus dem Wagen und die Hunde rannten zum Haus. Sie begrüßte sie überschwänglich, während Seeley mit einer Reisetasche über der Schulter und einem großen, abgedeckten Topf auf sie zukam. Layla zügelte ihr Pferd und die Hunde liefen zu ihr.

Seeley pfiff und rief: »Hierher«, woraufhin die Hunde zu ihm zurückkehrten. Er warf Juliette einen neugierigen Blick zu, der eindeutig mit Laylas Anwesenheit zu tun hatte.

Sie versuchte, ihm stumm zu signalisieren, dass sie genauso neugierig war.

Er nickte und hielt den Kochtopf hoch. »Dwight hat für Lucas Hähnchen mit Knödeln gemacht.«

»Das war sehr nett von ihm.« Sie kam von der Veranda, als Layla abstieg. »Hi, Layla.«

»Hi, Dr. Chambers. Hi, Doc«, grüßte sie freundlich und sah in den Jeans, dem hellbraunen Pullover und der Daunenweste sehr süß aus. »Wie geht es Lucas?«

»Es geht ihm gut, er ruht sich gerade aus«, antwortete Juliette.

»Wäre es okay, wenn ich kurz mit ihm spreche?«, fragte sie.

»Er ist in seinem Zimmer. Ich frage ihn eben, ob er Besuch bekommen möchte«, sagte Juliette. »Du kannst gern reinkommen und drinnen warten.«

Sie gingen mit den Hunden ins Haus und trafen auf Lucas, der gerade aus dem Flur ins Wohnzimmer kam. Sadie lief zu ihm, aber Seeley behielt Mighty und Pickles bei sich.

Lucas sah müde aus, aber als er Layla bemerkte, wirkte er auch ein bisschen schuldbewusst.

»Hallo«, sagte Layla nervös. »Ich wollte nur kurz mit dir reden.«

»Ist das okay, Lucas?«, fragte Juliette. »Wenn dir nicht danach ist …«

»Schon okay«, unterbrach er sie und streichelte Sadie.

»Jule.« Seeley nickte in Richtung Küche. »Hilfst du mir, einen Platz für das hier zu finden?«

»Sicher.« Sie folgte ihm und den Hunden in die Küche.

Seeley stellte den Topf auf die Arbeitsplatte, befahl den Hunden, sich zu setzen und sitzen zu bleiben, und flüsterte: »Hast du eine Ahnung, was bei den beiden los ist?«

Bevor sie antworten konnte, durchbrach Lucas' Stimme die Stille. »Was machst du hier?«

Juliette legte Seeley einen Finger auf die Lippen, um ihn zum Schweigen zu bringen. Sie wusste, dass sie nicht lauschen sollte, aber sie konnte einfach nicht anders.

»Ich sehe nach dir. Ich mache mir Sorgen um dich. Was denkst du denn, was ich hier mache?«, fuhr Layla ihn an. »Seit über einer Woche antwortest du nicht auf meine Nachrichten und in der Schule gehst du mir aus dem Weg. Wenn du mich nicht mehr magst und nicht mit mir zum Ball gehen willst, dann sag es mir wenigstens ins Gesicht.« Sie wurde lauter.

»Versteck dich nicht hinter deinem blöden Handy oder tu so, als würdest du mich am anderen Ende des Flurs nicht sehen. Du hast gesagt, dein Herz gehöre für immer mir. Wenn du das nicht ernst gemeint hast, ist das auch okay.«

Juliette packte Seeleys Arm und litt mit den beiden.

»Aber *ich* habe es ernst gemeint, als ich dir meins geschenkt habe«, wetterte Layla. »Wenn du mich wegstößt, weil du krank bist und Angst hast, dann lass das sein. Ich will mit dir zusammen sein, ob du nun krank bist oder nicht. Wenn du nur noch eine Woche, einen Monat oder ein Jahr hast, dann will ich diese Zeit mit dir verbringen. Also sei bitte ehrlich. Schau mir in die Augen und sag mir, dass du nichts mehr von mir willst, dann gebe ich dir die Kette deiner Mutter zurück.« Einen Moment lang war es still. »Hier. Nimm sie.«

»Du liebe Güte«, flüsterte Seeley. »Er hat ihr unsere Halskette geschenkt?«

Juliette brachte ihn rasch zum Schweigen. Sie lugte um die Ecke und sah Layla, die eine Hand mit der Kette darauf ausstreckte.

»Ich will sie nicht zurück«, fauchte Lucas wütend. »Wenn ein Whiskey sein Herz verschenkt, dann für immer.«

Seeley legte einen Arm um Juliette, zog sie an seine Brust und küsste sie auf den Scheitel.

»Was willst du dann?«, fragte Layla etwas leiser.

»*Dich*«, erwiderte Lucas. »*Uns*. So wie wir waren. Ohne Krebs oder einen Port in meiner Brust. Ich will einfach nur ein normaler Junge sein und mit dir ausgehen, ohne mir Sorgen machen zu müssen, ob ich zu krank oder zu müde dafür bin. Du brauchst diesen Mist nicht in deinem Leben. Du könntest jeden Jungen haben, den du willst. Es ist nicht fair, dass du mit jemandem wie mir zusammen bist.«

»Meine Cousine hatte recht. Jungs sind bescheuert«, sagte Layla verärgert. »Du bist der Einzige, den ich will, Lucas. Ich weiß, dass Krebs scheiße ist, aber ich gehe nirgendwohin. Ich habe viel über deine Krankheit gelesen, und du wirst wieder gesund. Aber wenn es dir zwischendurch schlechter geht, kannst du den Kopf in meinen Schoß legen, und wenn du müde bist, schläfst du eben, und wir sehen uns, wenn du wieder fit bist. Ich bin aus hartem Holz geschnitzt, ob ich nun eine gebürtige Braden bin oder nicht. Und falls du denkst, ich würde mich langweilen oder irgendwas in der Art, dann kann ich dir eins versichern: Ich langweile mich lieber mit dem Jungen, den ich liebe, als gar keine Zeit mit ihm zu verbringen.«

Sie streckte ihm die Hand mit der Kette entgegen. »Du entscheidest. Was willst du?«

Juliette hielt den Atem an, als Lucas die Halskette betrachtete.

Er zog die Augenbrauen zusammen und sein Gesicht war eine Maske des Schmerzes. »Für mich stellt sich die Frage gar nicht.« Er nahm ihr die Kette aus der Hand, hatte den Kopf gesenkt, die Augen niedergeschlagen.

Laylas Schultern sanken herab und ein Schmerzenslaut drang über ihre Lippen.

Juliette hatte Tränen in den Augen und Seeley zog sie noch enger an sich.

»Es tut mir leid«, sagte Lucas leise, aber bestimmt, und sah sie endlich an. »Ich wollte dich nie verletzen.« Er hob die Kette zwischen Daumen und Zeigefinger, sodass der Anhänger daran herabbaumelte. Dann nahm er die Kette in beide Hände, beugte den Kopf ein wenig und legte sie Layla um den Hals. »Nur als Vorwarnung: Möglicherweise fallen mir alle Haare aus.«

Halb lachend, halb weinend schlang sie ihm die Arme um den Hals. »Du wirst trotzdem der heißeste Junge der Schule sein.«

»Juhu!«, rief Juliette, und die beiden drehten sich erschrocken um. Sie schlug sich die Hand vor den Mund. »Oh mein Gott. Entschuldigt, ich wollte nicht lauschen.«

»Doch, das wollte sie«, sagte Seeley im selben Moment wie Lucas.

Layla lachte und dann lief sie vor Verlegenheit puterrot an. »Ich kann nicht glauben, dass ihr das alles gehört habt. Tut mir leid, dass ich so laut geworden bin.«

»Ich hab's schon wieder vergessen.« Juliette wischte sich die Tränen ab.

»Ich nicht«, sagte Seeley. »Es war wunderschön, Layla. Lucas ist ein Glückspilz.«

»Ich bin ein Glückspilz.« Lucas verschränkte die Finger mit Laylas. »Aber sie hat auch gesagt, ich bin bescheuert.«

»Du hast dich auch so verhalten«, beharrte Layla.

Seeley musste lachen. »Das ist ein Initiationsritus, Kumpel. Alle Teenager sind manchmal bescheuert und das gilt für Mädchen wie Jungen.«

»Das stimmt«, bestätigte Juliette. »Deshalb hat Gott Teenager so süß gemacht, damit trotzdem noch etwas da ist, das eure Freunde bei euch hält, wenn euch eure Egos in die Quere kommen.«

»Jetzt, wo die romantische Krise vorbei ist: Hat jemand Hunger?«, fragte Seeley.

»Ich«, erwiderte Lucas. »Möchtest du zum Abendessen bleiben, Layla?«

Sie nickte. »Aber ich muss vor Einbruch der Dunkelheit zu Hause sein.«

»Darf ich reiten?«, fragte Lucas.

»Heute Abend solltest du das lieber nicht tun«, riet Juliette. »Falls du unterwegs müde wirst oder dir übel wird.«

»Ist schon gut. Ich kann auch allein nach Hause reiten«, sagte Layla.

»Ich sorge dafür, dass sie sicher nach Hause kommt, Kumpel«, bot Seeley an.

Als sie in die Küche gingen, bat Lucas: »Mom, kann ich kurz mit dir reden?«

»Natürlich«, antwortete sie.

»Bin gleich da, Layla«, sagte Lucas.

»Komm schon mal mit, Layla. Ich könnte deine Hilfe gebrauchen«, erklärte Seeley.

Juliette wartete, bis Layla und Seeley in der Küche waren, bevor sie fragte: »Geht es dir gut?«

»Ja, aber bist du sauer wegen der Halskette?«

Ihr Herz musste an diesem Tag wirklich einiges mitmachen. »Nein, Schatz. Es ist deine Halskette. Du kannst mit ihr machen, was du willst. Ich weiß, wie viel sie dir bedeutet, und jetzt weiß ich auch, wie viel dir Layla bedeutet.«

Er verzog die Lippen zu einem leicht verlegenen Lächeln, aber es hielt nur eine Sekunde lang an, bevor er fragte: »Und was ist mit Doc?«

»Er ist garantiert auch nicht sauer auf dich. Wenn es eine Sache gibt, auf die du dich bei uns verlassen kannst, dann darauf, dass wir dir nie verbieten werden, deinem Herzen zu folgen.«

Fünfunddreißig

Doc ließ den Motor von Tinys altem Pick-up-Truck an und schaltete die Heizung ein, damit es warm war, wenn er und Lucas losfuhren. Als er aus dem Wagen stieg, fegte eine Windböe einen Haufen Blätter über den Boden und ließ sie durch die Luft wirbeln. Vor zwei Tagen hatten sie die zweite Schaukel fertiggestellt und auf seiner Veranda aufgehängt. Sie schaukelte an ihren Ketten, als er die Stufen hinaufstieg. Er konnte kaum glauben, dass schon wieder Thanksgiving war. Doc hatte die Feiertage mit seiner Familie immer genossen, aber dieses Jahr hatte er mehr Grund zur Dankbarkeit als jemals zuvor.

Als er durch die Haustür trat, kam eine der Personen, für die er am dankbarsten war, gerade aus der Küche, das Haar zu einem unordentlichen Dutt hochgesteckt, doch ein paar verführerische Strähnen umrahmten ihr schönes Gesicht. Ihr bordeauxroter Pullover entblößte eine Schulter und ließ einen Hauch des schwarzen Tanktops darunter erkennen und ihre schwarzen Leggings überließen nichts der Fantasie.

»Was für eine umwerfende Schönheit ist denn das?« Er nahm sie in die Arme und küsste sie. Dank ihrer hochhackigen Stiefel musste er sich nicht so weit herunterbeugen wie sonst.

»Hast du ein heißes Date, während Lucas und ich unterwegs sind?«

Sie schlang die Arme um ihn. »Nein. Ich gehe zu Sasha, um mit den anderen Kuchen zu backen.«

»Machst du dir da nicht deinen hübschen Pullover schmutzig?«

»Ich ziehe ihn beim Backen aus, will aber vorbereitet sein, falls wir die Zeit aus den Augen verlieren. Du kommst doch nach, oder?« In ein paar Stunden wollten sie alle im Haupthaus zu Abend essen.

»Ja.«

Die letzten Wochen waren eine Achterbahnfahrt mit Höhen und Tiefen gewesen. Ein paar Tage nach Lucas' erster Behandlung hatte ihn die Müdigkeit gepackt, vor der sie gewarnt worden waren. Sie hielt ein paar Tage an, aber auch danach wirkte er anders als früher. Vor anderthalb Wochen hatte er die zweite Behandlung bekommen und schon nach wenigen Tagen war er müde und launisch geworden und hatte den Appetit verloren. Außerdem klagte er über einen metallischen Geschmack im Mund. Ende der letzten Woche war er schon nicht mehr zur Schule gegangen, und da er diese Woche Ferien hatte, hatte er gefragt, ob sie nicht von nun an bei Doc wohnen könnten. Also hatten sie die Pferde auf die Ranch gebracht und sich dort eingerichtet.

Juliette fuhr mit den Fingern über die Vorderseite von Docs Kutte. »Warum trägst du die?«

»Ich bringe Lucas bei, wie man den Club repräsentiert.«

»Es wird noch Jahre dauern, bis er Prospect werden kann.«

»Es ist nie zu früh zum Lernen.« Er küsste sie erneut.

»Ich bin gespannt auf seine Überraschung«, sagte sie. »Hoffentlich muntert sie ihn auf.«

Inzwischen fielen Lucas nach und nach die Haare aus und er zog sich immer weiter zurück. Da er sich weder mit der Schaukel noch mit Reiten ablenken konnte, hatten sie beschlossen, ihn mit Docs altem Wagen zu überraschen. Doc hatte eigentlich vorgehabt, ihm den Pick-up erst zu seinem sechzehnten Geburtstag zu schenken, aber da Lucas jetzt ein neues Projekt brauchte und lernen wollte, an alten Autos herumzuschrauben, schien jetzt der perfekte Zeitpunkt gekommen zu sein.

Aber Doc hatte noch eine andere Überraschung für ihn auf Lager. Eine, von der Juliette nichts wusste und von der er hoffte, dass sie Lucas mehr helfen würde als alles Materielle.

»Das hoffe ich auch.« Er küsste sie ein weiteres Mal und rief dann nach oben: »Bist du fertig, Rodeo?«

Lucas kam mit einer Baseballmütze auf dem Kopf aus seinem Zimmer. »Ich hab es mir anders überlegt und will heute doch nicht fahren.«

Doc und Juliette tauschten einen wissenden Blick. Sie hatten schon geahnt, dass er das sagen könnte. »Komm schon, Kumpel. Es tut dir gut, mal rauszukommen.«

»Ich gehe später noch zum Thanksgiving-Essen«, beschwerte er sich.

Vorher am Nachmittag hatte er schon versucht, sich davor zu drücken, heute Abend mit zum Essen zu gehen. Nichts schmeckte ihm mehr und er hatte abgenommen. Doc vermutete, dass ihm das inzwischen auch unangenehm war.

»Na gut. Wenn du die Farbe nicht aussuchen willst, in der Rebel deinen Wagen lackiert, lasse ich ihn das wissen.« Doc wandte sich zum Gehen.

»Warte! Was?« Lucas rannte die Treppe hinunter. »Was für einen Wagen?«

»Nur mein alter Pick-up, nichts Besonderes.«

»Machst du Witze?«, fragte Lucas. »Mom, meint er das ernst?«

»Ja, das ist kein Witz. Du machst im Frühjahr deinen Führerschein, und wir wissen, dass du lernen willst, wie man an Autos herumschraubt. Daher dachten wir, es würde dir vielleicht Spaß machen, an deinem eigenen Wagen zu arbeiten.«

»Wir stellen ihn über den Winter in Dares Garage«, erklärte Doc. »Wir beide werden dir alles beibringen, was du wissen musst.«

»Aber er gehörte doch Tiny«, meinte Lucas ungläubig. »Du hast gesagt, du würdest ihn nie hergeben.«

»Ich gebe ihn ja auch nicht her. Ich schenke ihn meinem Sohn.«

Seine Augen leuchteten auf. »Im Ernst? Wirklich?«

»Wirklich«, bestätigte Doc lachend.

»Ich kann es nicht fassen!« Er umarmte sie beide. »Danke!«

»Bevor du dich zu sehr freust, gibt es noch ein paar Dinge, die du wissen musst«, erklärte Doc. »Der Pick-up muss pfleglich behandelt und gefahren werden. Er ist Teil von Tinys Vermächtnis, und ich hoffe, du behandelst ihn auch so.«

»Mach ich. Versprochen. Es bedeutet mir genauso viel, dass er deiner war, wie dass er Tiny gehört hat.«

Juliette legte sich eine Hand aufs Herz. »Das macht mich so glücklich.«

»Dann sind wir schon zwei«, murmelte Doc überwältigt.

»Können wir jetzt noch zu Rebel fahren?«, fragte Lucas.

»Der Motor läuft schon warm.«

Lucas verbrachte eine ganze Stunde damit, mit Rebel in der Werkstatt verschiedene Farben durchzusehen, bevor er schließlich verkündete: »Ich weiß, was ich will.«

»Super. Welche Farbe?«, fragte Doc.

Draußen ertönte das Grollen und Dröhnen von Motorrädern und Lucas hielt inne.

»Das klingt wie hundert Motorräder«, sagte Lucas ehrfürchtig. »Ist das hier immer so?«

»Nein«, antwortete Rebel. »Da ist wohl was los.«

»Was denn?« Lucas riss die Augen auf. »Ein Bandenkrieg?«

Rebel lachte. »Du hast zu viel ferngesehen, Rodeo.«

»Wir hätten Bescheid bekommen, wenn hier wirklich was schieflaufen würde«, ergänzte Doc. »Wir schauen gleich mal nach. Lass uns erst das hier mit Rebel beenden. Welche Farben hast du ausgesucht?«

»Die gleichen wie jetzt«, erwiderte Lucas stolz.

Doc zog eine Augenbraue hoch. »Bist du sicher, dass du nicht doch was anderes willst?«

»Zuerst wollte ich das schon, aber Schwarz und Silber sind cool, und ich finde es schön, wenn er so bleibt wie bei dir und Tiny.«

»Schwarz und Silber also.« Doc hörte weitere Motorräder ankommen.

»Gute Wahl. Bleib klassisch«, sagte Rebel. »Ich habe gehört, dass dein alter Herr und Dare dir zeigen werden, wie man die Karre wieder flottmacht.«

»Ja, das haben sie vor«, bestätigte Lucas aufgeregt.

»Dare weiß, was er tut.« Rebel deutete mit dem Daumen

auf Doc. »Er ist besser mit Pferden als mit Autos, aber er wird dir schon nichts Falsches beibringen.«

Doc schnaubte und Lucas grinste.

»Ich schlage vor, wir lackieren erst, wenn du mit der Überholung fertig bist«, sagte Rebel. »Du willst ja nicht aus Versehen den neuen Lack zerkratzen.«

»Gute Idee«, meinte Lucas.

»Sag Bescheid, wenn du so weit bist, und ich bestelle die Farbe«, schlug Rebel vor.

»Klingt gut.« Doc legte Lucas eine Hand auf die Schulter. »Schauen wir mal nach, was nebenan los ist.«

Sie gingen nach draußen und zum Eingang des Clubhauses. Als Rebel die Tür öffnen wollte, sagte Lucas: »Ich warte wohl lieber hier draußen.«

»Nein. Du kommst mit rein«, entgegnete Doc.

Lucas machte ein verwirrtes Gesicht. »Aber du hast doch gesagt, dass nur Erwachsene ins Clubhaus dürfen, und Kenny meinte, ihr lasst sonst nur Hangarounds oder Prospects rein.«

»Da hat er recht.« Doc legte Lucas einen Arm um die Schultern. »Aber du bist der Grund, aus dem wir hier sind.«

»Wie meinst du das?«, fragte Lucas.

»Das siehst du gleich«, erwiderte Doc, und sie folgten Rebel ins Clubhaus.

Fast jeder Platz war von Dark Knights besetzt, die schwarze Lederkutten trugen, und alle drehten sich um, als Doc und Lucas hereinkamen. Tiny, Cowboy und Dare standen vorne im Raum und hatten die Arme verschränkt, wobei Tiny mit den Fingern trommelte.

Als Rebel sich hinsetzte, flüsterte Lucas: »Stecke ich in Schwierigkeiten?«

»Nein. Sei einfach respektvoll.«

Lucas richtete sich auf.

Tiny sah Doc an und nickte ihm kurz zu.

»Gehen wir«, sagte Doc leise und legte Lucas auf dem Weg nach vorn einen Arm um die Schultern. Er merkte, wie steif sich Lucas hielt, aber das war in Ordnung. Respekt vor dem Club zu lernen – damit konnte er jetzt anfangen.

Vorne angekommen, nahm er den Arm von Lucas' Schultern, und sie stellten sich Tiny gegenüber.

»Doc, Rodeo.« Tiny nickte ihnen beiden zu.

Doc nickte ebenfalls. »Tiny.«

Lucas ahmte die Bewegung nach und sagte: »Sir.«

Tinys Bart zuckte, und Doc wusste, dass er sich genau wie er selbst das Lächeln verkniff. Sein Vater schaute Lucas mit ernstem Blick an. »Doc hat mir erzählt, dass dir langsam die Haare ausfallen und dass dir das nicht gefällt.«

»Ja, Sir. Ich hasse es.«

»Ich wäre an deiner Stelle auch nicht begeistert. Du hast tolles Haar, Junge. Genau wie dein alter Herr.«

»Ja, Sir. Meiner Freundin gefällt es auch«, erwiderte Lucas, und Gelächter brandete auf.

»Meine Old Lady mag meine Haare auch«, meinte Tiny. »Was stört dich am meisten daran, dass du deine Haare verlierst?«

Lucas zuckte mit den Achseln und schaute auf seine Füße. »Ich will nicht kahl sein und anders aussehen als alle anderen.«

Tiny nickte Doc fast unmerklich zu.

»Willst du wissen, was mich daran richtig wütend macht?«, fragte Doc.

Lucas sah Doc in die Augen. »Ich wusste nicht, dass du deswegen wütend bist.«

»Alles an dieser Krankheit macht mich wütend«, gab Doc

zu. »Du bist mein Sohn. Ich würde für dich die ganze Welt niederbrennen. Ich würde mein Leben für dich geben und ich kann diese verdammte Krankheit nicht in die Finger bekommen und in Stücke reißen. Und jetzt nimmt sie dir noch etwas weg, was ich nicht aufhalten kann, und sie bringt dich dazu, dich zu verstecken und dich in deiner eigenen Haut unwohl zu fühlen. Also ja, ich bin stinksauer.«

Lucas' Kinn zitterte, aber er presste die Lippen zusammen und zeigte erneut, wie unglaublich stark er war.

»Wir alle würden die Welt für dich niederbrennen, Rodeo«, fügte Tiny hinzu. »Deine Onkel.« Er warf Cowboy und Dare einen Blick zu, die bestätigend nickten. »Und jeder Bruder in diesem Raum.«

Ein kollektives »Das stimmt« und »Verdammt ja« ertönte von den anderen Männern.

Lucas schluckte schwer.

»Weißt du, Rodeo«, fuhr Tiny fort. »In dieser Familie haben wir ein Sprichwort: Niemand steht allein.«

Tiny nahm sein Bandana ab und warf es auf den Tisch, während Dare und Cowboy zwei Stühle von hinten heranzogen und sie vor Doc und Tiny stellten. Tiny zog eine Schere und einen elektrischen Haarschneider aus der Gesäßtasche und reichte sie Lucas.

»Was soll ich damit anstellen?«, fragte Lucas.

»Wenn du die Haare verlierst, verlieren wir sie auch«, erklärte Tiny und nahm ebenso wie Doc Platz.

Lucas starrte den Haarschneider an. »Ihr wollt, dass ich euch die Köpfe rasiere? Ihr müsst das nicht machen«, sagte er dringlich. »Wissen Wynnie und meine Mutter, dass ihr das tut?«

»Wir brauchen ihre Erlaubnis nicht«, entgegnete Tiny.

»Sie werden sauer sein«, beharrte Lucas.

»Dann werden wir sehen, ob deine Mutter mich mehr liebt als mein Haar«, spottete Doc, und es folgte mehr Gelächter.

»Wynnie kann immer noch mit den Fingern durch meinen Bart streichen«, sagte Tiny und löste damit weitere Lacher aus. »Und jetzt leg los, Rodeo.«

»Doc«, flehte Lucas.

»Du wirst uns nicht umstimmen, Kumpel. Das nennt man Solidarität.«

Lucas stöhnte. »Und wenn ich es vermassle?«

»Das kann nicht passieren«, sagte Dare, der zusammen mit Cowboy neben Lucas trat. »Ich habe den Haarschneider so eingestellt, dass nur Stoppel bleiben. Fang vorne an und fahr mit dem Haarschneider über den Kopf nach hinten.«

Als sich Lucas hinter Doc stellte, mahnte Cowboy: »Wenn du im Clubhaus bist, fängst du aus Respekt beim Präsidenten des Clubs an.«

»Entschuldigung.« Lucas trat hinter Tiny.

Ezra stand auf und fing an zu filmen, weil Doc ihn am Morgen darum gebeten hatte.

»Ich weiß nicht, Tiny. Wann hast du dir das letzte Mal die Haare abgeschnitten?«, fragte Lucas.

»Keine Ahnung«, antwortete Tiny. »Schon lange nicht mehr, seit ich ein Kind war. Ich trimme nur die Spitzen.«

»Bist du dir wirklich hundertprozentig sicher, dass ich das machen soll?«, fragte Lucas noch einmal.

»Ich war mir in meinem Leben noch nie so sicher, Sohn«, erwiderte Tiny. »Ich spende meine Haare an eine Organisation, die Perücken für an Krebs erkrankte Kinder herstellt.«

»Wirklich?« Lucas' Stimme brach.

»Wirklich. Du solltest dich gut fühlen, wenn du das tust«,

sagte Tiny.

»Du musst zuerst seinen Pferdeschwanz abschneiden«, riet Dare. »Und da er ihn spendet, wollen wir so viel wie möglich davon haben, also gib mir eine Minute.« Er nahm das Haargummi aus Tinys Haaren und band den Pferdeschwanz in der Kopfmitte zusammen. »Jetzt halt ihn mit einer Hand fest und schneide den Zopf mit der anderen so nah wie möglich am Kopf ab.«

»Ich hoffe, Wynnie verzeiht mir das«, murmelte Lucas, und alle lachten. Mit nervösen Händen und seinen Onkeln an seiner Seite schnitt er Tiny den Pferdeschwanz ab und reichte ihn ihm.

Tiny riss die Faust in die Luft und schwenkte seine Mähne. Jubel brach aus.

Während Lucas Tinys Kopf rasierte, brüllten Ezra, Hyde und Taz: *»Let's go, Rodeo. Let's go, Rodeo.«* Alle Männer stimmten ein und feuerten ihn an, als er auch Doc den Kopf rasierte.

Sobald er fertig war, standen Tiny und Doc auf und fuhren sich mit den Händen über die nackten Köpfe, woraufhin weitere Jubelrufe ertönten. Doc nahm Lucas in die Arme. »Das hast du gut gemacht, Kumpel.«

»Ist nicht wahr! Tiny hat einen Hals!«, staunte Dare.

»Wusstet ihr, dass seine Ohren so groß sind?«, scherzte Cowboy, und Gelächter erfüllte den Raum.

»Willst du sehen, wie groß meine Faust ist?«, fragte Tiny lachend.

Cowboy und Dare warfen ihre Cowboyhüte auf den Tisch und setzten sich auf die Stühle, und erneut ertönten Rufe, während Lucas ihnen die Köpfe rasierte. Als er fertig war, holte Dare eine Kiste mit Haarschneidern hervor und fragte: »Wer ist der Nächste?«

Jeder Mann im Raum erhob sich und bot an, als Nächster dran zu sein. Doc war noch nie so stolz darauf gewesen, Mitglied des Clubs zu sein, wie in diesem Moment. Während sie sich in zwei Reihen aufstellten, sperrte Lucas staunend den Mund auf. »Zwingt ihr sie dazu?«

»Nein. Ich habe ihnen gesagt, dass ich es mache, und alle waren sofort dabei«, erklärte Doc. »Dwight wollte auch hier sein, um dich zu unterstützen, obwohl er nichts zum Abrasieren hat, aber er muss das Thanksgiving-Dinner zubereiten.«

»Dann machen die das alle nur für mich?«, fragte Lucas.

»Das nennt man Brüderlichkeit«, erwiderte Tiny. »Niemand außerhalb dieser vier Wände weiß, was hier drin passiert. Nicht Billie, nicht Sully, nicht Sasha oder irgendeine der anderen Familien. Das geht niemanden sonst etwas an. Sie zeigen Solidarität für ein zukünftiges Mitglied.«

Lucas strahlte. Er richtete sich auf und hielt Doc die Schermaschine hin. »Rasierst du mir den Kopf?«

»Es ist mir eine Ehre.«

Auf dem Heimweg sagte Doc: »Ich muss noch nach einem neuen Pferd und den Reha-Pferden sehen, aber ich setze dich vorher zu Hause ab, damit du duschen und dich fürs Abendessen fertig machen kannst.« Juliette hatte ihm vorher geschrieben, dass sie einen Neuzugang hatten, er sich jedoch keine Sorgen machen müsse und sie sich darum kümmere. »Ich versuche, mich zu beeilen, damit wir nicht zu spät kommen, sondern gleichzeitig mit den anderen da sind.« Sie hatten vereinbart, sich vor dem Haupthaus zu treffen, um gemeinsam zum Abendessen zu gehen und die anderen mit ihrer Aktion zu überraschen.

»Darf ich mitkommen?«, bat Lucas.

Seit seiner Diagnose hatte er Doc nicht mehr bei den Versorgungsrunden begleitet. »Bist du sicher, dass du das willst, Kumpel?«

»Mhm. Mir ist klar geworden, dass kranke Pferde noch mehr Liebe brauchen als gesunde.«

»Das stimmt. Bist du sicher, dass es dich nicht traurig machen wird?«

»Es wird mich traurig machen, aber sie macht es glücklich. Und es hat mich ehrlich gesagt auch schon traurig gemacht, bevor ich wusste, dass ich Krebs habe. Ich habe damit aufgehört, weil ich dachte, ich könnte es nicht verkraften. Aber das war egoistisch von mir.«

»Nein, das war es nicht. Es war ein Akt der Selbstfürsorge. Jeder hat seine Grenzen, und ich bin froh, dass du deine kennst. Ich will nicht, dass du etwas tust, was dich unglücklich macht.«

»Ich will sie sehen. Jetzt schaffe ich das.«

Und das tat er. Sogar ganz hervorragend.

Es war eine große Freude zu beobachten, wie Lucas die genesenden Pferde mit Liebe überschüttete. Er erzählte von den Pferden, als sie nach Hause fuhren, um sich auf das Abendessen vorzubereiten, und es war offensichtlich, dass die Zeit mit ihnen nicht nur den Pferden geholfen, sondern auch Lucas ein wenig von seinen Ängsten befreit hatte. Doc bewunderte, wie Lucas die Aspekte seines Lebens anging, die er kontrollieren konnte.

Nach dem Duschen stürmten die Hunde mit Lucas die

Treppe hinunter. Er sah in seinem marineblauen Pullover und den Jeans schick aus, aber auch müde und darüber hinaus unfassbar glücklich. Doc wusste, dass keiner von ihnen den heutigen Tag jemals vergessen würde.

»Wow, du siehst großartig aus.« Doc fuhr Lucas über den Kopf. »Wie fühlt es sich an?«

»Es ist gewöhnungsbedürftig, aber Layla sagt, ich sehe heiß aus.« Lucas hatte Dutzende von Fotos und Selfies mit Doc und Tiny und all den anderen Männern gemacht und einige davon noch aus dem Clubhaus verschickt.

»Natürlich. Ich meine, du siehst aus wie ich und deine Mom, und besser geht's nicht.« Doc musste lachen. »Im Ernst, Attraktivität hat nichts mit Haaren, Körperbau oder Augenfarbe zu tun. Attraktivität kommt von innen und strahlt nach außen. Aber du sollst wissen, dass ich verstehe, wie schwer all diese Veränderungen sind, und dass deine Mom und ich nicht stolzer auf dich sein könnten.«

»Danke. Ohne dich und Mom und all die anderen, die mir da durchhelfen, wäre ich ganz schön aufgeschmissen.«

»Unterstützung hilft, aber du bist stärker als du denkst, Rodeo. Es gibt nichts, womit du nicht fertig wirst. Wir machen uns besser auf den Weg. Wir wollen die anderen ja nicht warten lassen.«

Als sie ihre Jacken holten, sagte Lucas: »Ich kann immer noch nicht glauben, dass Gus auch aufgetaucht ist und sich den Kopf rasieren ließ.« Ezras Vater Pep hatte Gus ins Clubhaus gebracht, als alle anderen fast fertig gewesen waren. Ezra hatte die beiden gefilmt, während Dare und Tiny ihnen die Köpfe rasierten. »Du hast nicht übertrieben, als du gesagt hast, dass in deiner Familie niemand ausgeschlossen wird. Pep meinte, er kommt heute Abend auch zum Essen.«

»So ist es. Ezra und er hatten viele schwierige Jahre, aber jetzt kommen sie wieder besser miteinander aus.« Als sie hinausgingen, reichte Doc ihm die Autoschlüssel.

»Wir gehen nicht zu Fuß?«

Sie hatten einen anstrengenden Tag hinter sich, und Doc wusste, dass Lucas vielleicht schon früh schlapp machen würde, aber das wollte er nicht laut aussprechen. »Nach dem Abendessen wird es kalt und dunkel sein. Ich bin mir ziemlich sicher, dass deine Mom dann lieber fahren möchte.«

Als sie das Haupthaus erreichten, kam Gus auf sie zugerannt. »Beeilt euch! Ich kann es kaum erwarten, das Gesicht meiner Süßen zu sehen, wenn sie meine Haare sieht!«

Doc hob ihn hoch und küsste ihn auf die Wange. »Du und Lucas, ihr werdet heute Abend alle Herzen stehlen.«

»Ich will nur das Herz meiner Süßen«, rief Gus.

»Und mir reicht Laylas«, ergänzte Lucas.

»Ich will Layla sehen!«, rief Gus, wand sich aus Docs Armen und rannte zu Tiny, Dare, Cowboy, Ezra, Rebel, Taz und Hyde. »Kommt sie zum Abendessen?«

»Heute nicht. Sie ist bei ihrer Familie«, antwortete Lucas. »Aber vielleicht kann sie ja morgen vorbeikommen.«

»Sind wir bereit?«, fragte Tiny, der erneut sein Bandana trug.

»Ja. Ich hoffe, die Frauen sind nicht sauer auf euch«, murmelte Lucas.

»Falls doch, sagen wir ihnen, sie sollen mit dir reden«, scherzte Dare.

»Ich verstecke mich hinter Doc«, sagte Lucas, und alle betraten lachend das Haus.

Als sie den Speiseraum erreichten, hob Tiny die Hände und rief: »Happy Thanksgiving!«

Ein kollektives Keuchen ertönte. Birdie quietschte und rannte auf sie zu, alle anderen dicht auf den Fersen. Es folgte ein Tumult, als alle Frauen gleichzeitig überrascht und erfreut losplapperten.

»Mom, sieh dir Dad an!« Birdie zog Tiny am Hemd nach unten und fuhr ihm über den Kopf. »Wie cool ist das denn?« Dann schnappte sie sich Lucas und zog auch ihn nach unten. »Du siehst richtig klasse aus! Layla sollte aufpassen. Bei deinem nächsten Wettbewerb stehen die Mädchen garantiert bei dir Schlange.«

Während seine Mutter und die anderen Frauen Lucas und Gus und die anderen Männer anhimmelten, blieb Docs Blick an Juliette hängen, die mit Tränen in den Augen und einer Hand vor dem Mund etwas abseits stand. Er ging zu ihr. »Alles in Ordnung, Peaches?«

»Nein«, antwortete sie gleichzeitig lachend und weinend. »Du hast das für ihn gemacht, nicht wahr?«

»Es gibt nichts, was ich nicht für ihn tun würde, aber ich habe nur angekündigt, was ich vorhabe, und die anderen haben eigene Entscheidungen getroffen. Der ganze Club hat mitgemacht.«

»Seeley, sieh nur, wie glücklich er ist.« Lucas schoss ein Selfie mit Wynnie, Tiny und Gus. »Ich weiß gar nicht …« Sie warf die Arme um Doc. »Ich liebe dich so sehr.«

»Das ist gut, denn ich war schon ein wenig besorgt, du würdest mich nur wegen meiner Haare mögen.«

Sie küsste ihn, und als sie zurücktrat, kam Lucas nicht einfach herüber, sondern stolzierte förmlich, was neu war, und fragte: »Was sagst du, Mom?«

Sie strich ihm über den Kopf, dann streichelte sie seine Wange. »Ich frage mich, wo mein kleiner Junge geblieben ist.

Du siehst so erwachsen und gut aus und bist Seeley so ähnlich, dass es mir den Atem raubt.«

»Warte, bis du mich als Dark Knight in meiner Kutte siehst. Stimmt's, Doc?«

»Aber ja.« Er gab ihm ein High-Five.

Juliette schlug die Hände vors Gesicht und murmelte: »Was habe ich mir da nur eingebrockt?«

Doc legte ihr einen Arm um die Schultern, als sie auf einen Tisch zusteuerten. »Denk nicht zu viel nach, Peaches. Jetzt gibt es kein Zurück mehr.«

Sechsunddreißig

Am frühen Montagmorgen flüsterte Seeley energisch in sein Handy, als Juliette aufwachte.

»Mein Gott. Das gibt's doch nicht. Bring sie her.« Er saß auf der Bettkante und sein ganzer Körper war angespannt.

Sie warf einen Blick auf die Uhr und rückte näher zu ihm. Es war noch nicht ganz fünf. Sanft legte sie ihm eine Hand auf den Rücken und rieb darüber. Er sah sie voller Besorgnis an und murmelte lautlos: »Entschuldige.«

Sie setzte sich auf, flüsterte: »Schon okay«, und drückte einen Kuss auf seine Schulter.

»Ja«, sagte er ins Telefon. »Ich treffe sie in der Klinik. Danke, Mann.«

Nachdem er das Gespräch beendet hatte, fragte sie: »Ist etwas passiert?«

»Irgendein Idiot hat seine Hunde auf sein Pferd losgelassen und jetzt hat er die Stute einfach auf einem Feld ausgesetzt.« Er sprang auf, lief wütend im Zimmer umher und tippte auf seinem Handy herum. »Ich muss herausfinden, wer für Hannah einspringen kann, solange sie weg ist.«

Juliette stieg aus dem Bett. »Ich habe noch ein paar Stunden, bevor Lucas ins Krankenhaus zur Behandlung muss. Ich kann dir helfen.«

»Das Pferd soll furchtbar aussehen, Liebling«, entgegnete er scharf. »Das musst du dir nicht antun. Du solltest lieber noch etwas schlafen.«

»Wie bitte?« Sie wusste, dass er müde war. Das waren sie alle. Sie hatten ein schönes, entspanntes Wochenende gehabt, aber seit Wochen nicht mehr richtig geschlafen. Wahrscheinlich half es auch nicht, dass sie immer noch nicht die Finger voneinander lassen konnten und letzte Nacht lange wach geblieben waren und sich geliebt hatten. Doch im weiteren, wichtigeren Sinne half ihnen die Nähe enorm. Sie arbeiteten hart und machten sich rund um die Uhr Sorgen. Sie waren sich gegenseitig offenes Ohr und Zufluchtsort, und manchmal, so wie jetzt, fiel es ihnen schwer, diese Balance zu halten. Aber wenn sie sich liebten, existierte nichts anderes, es gab nur noch sie beide und ihre Liebe. Sie bemühte sich um einen versöhnlicheren Ton.

»Ich bin Tierärztin, Seeley. Es gibt nichts, was ich nicht schon gesehen hätte.«

»So meinte ich das nicht. Ich … verdammt. Es tut mir leid.« Er fuhr sich mit der Hand übers Gesicht und sah sie entschuldigend an. »Ich bin müde und gereizt und wollte dich nur beschützen. Aber du hast recht. Du brauchst diesen Schutz nicht.«

»Es ist schwer, diese Beschützerinstinkte abzuschalten, nicht wahr?«

»Schwerer, als du ahnst. Entschuldige, Liebling.« Er nahm sie in die Arme. »Ich habe dich letzte Nacht lange wachgehalten und dachte, du würdest dich ausruhen wollen.«

»Und die Gelegenheit verpassen, meinen Teenagertraum umzusetzen und mit dir zusammen Pferde zu retten?« Sie lächelte ihn an. »Keine Chance, Whiskey.«

»Kein Wunder, dass ich dich liebe.« Er küsste sie, dann gab er ihr einen Klaps. »Und jetzt beweg deinen hübschen kleinen Hintern. Wir müssen los. Ich informiere Tiny, Lucas können wir eine Nachricht hinterlassen.«

Sie zogen sich rasch an, und sie band sich die Haare zu einem Pferdeschwanz, während sie nach unten gingen. Lucas stand bereits an der Kücheninsel und aß etwas und alle drei Hunde saßen zu seinen Füßen. Er hatte gestern Abend kaum einen Bissen heruntergebracht.

»Du bist früh auf«, sagte sie und betrachtete seinen Teller. »Sind das Pizzabrötchen?«

»Ja. Ich hatte Hunger.« Er hielt seinen Teller hoch. »Willst du auch eins?«

Seeley schnappte sich eins und steckte es sich in den Mund. »Bäh.«

»Mehr für mich.« Lucas grinste breit. »Was ist mit dir, Mom?«

»Nein. Danke.« Juliette schaltete die Kaffeemaschine ein. »Ich bin froh, dass du etwas gefunden hast, das du essen konntest.«

»Sie schmecken komisch, aber ich hatte so einen Hunger. Warum seid ihr schon so früh auf?«

»Es gibt einen Notfall«, erklärte Seeley.

»Kann ich helfen?«, fragte Lucas mit hoffnungsvollem Blick.

Seeley sah Juliette an und zog eine Augenbraue hoch. »Was meinst du?«

Sie erinnerte sich daran, dass er gesagt hatte, das Pferd wäre schlimm zugerichtet worden.

»Bitte, Mom? Ich möchte helfen. Ich werde euch nicht im

Weg stehen und alles tun, was ihr sagt.«

»Das Pferd ist in einem schlechten Zustand«, warnte sie ihn. »Es wurde von Hunden angegriffen.«

»Ich kann das verkraften«, versicherte Lucas zuversichtlich. »Ihr seid beide Tierärzte. Es liegt mir im Blut. Sag du es ihr, Doc. Ich habe mich doch auch um die Reha-Pferde gekümmert.« Seit Thanksgiving hatte er Seeley jeden Morgen und Abend bei den Rundgängen begleitet.

Bei seiner »im Blut«-Bemerkung musste sie schmunzeln. Er hatte wirklich gelernt, das zu seinem Vorteil zu nutzen. Sie sah Seeley an und fragte ihn stumm nach seiner Meinung.

Er zuckte mit den Achseln. »Wenn es zu viel für ihn ist, muss er ja nicht bleiben.«

»Genau. Ich kann nach Hause laufen«, sagte Lucas eifrig.

Nach Hause. Dies war wirklich ihr Zuhause geworden. »Okay. Aber zieh dich warm an.« Es hatte letzte Nacht geschneit und mehrere Zentimeter Schnee bedeckten den Boden.

»Super. Danke!« Er stopfte sich die letzten beiden Pizzabrötchen in den Mund, räumte seinen Teller in die Spülmaschine und lief nach oben.

Die arme Stute war in einem herzzerreißenden Zustand. Die Hunde hatten sie brutal angegriffen, einen Teil ihres Hinterlaufs und das Fleisch am Vorderbein zerfetzt und mehrere Bisswunden am Körper hinterlassen. Sie stand unter Schock, aber es gelang ihnen, sie vom Anhänger zu holen und in die Klinik zu bringen, wo sie schnell ihre Vitalwerte überprüften, ihr eine Infusion legten und Schmerzmittel sowie ein leichtes Beruhigungsmittel gaben, damit sie mit dem mühsamen und schmerzhaften Prozess der Wundversorgung anfangen konnten.

Tiny hatte in der Klinik auf sie gewartet. Er stand neben dem Kopf der Stute, streichelte sie und sagte ihr leise, dass sie in Sicherheit sei und geliebt werde. Seine gequälten Augen und seine Stimme spiegelten das wider, was in Juliette vorging.

»Es ist, als wüsste sie gar nicht, dass wir hier sind«, sagte Lucas, während Juliette und Seeley ihre Wunden begutachteten.

»Sie steht unter Schock. Wenn ein Pferd starke Schmerzen hat, zieht es sich völlig zurück«, erklärte Seeley. »Sie braucht all ihre Kraft, um gegen den Schmerz und die Angst anzukämpfen.«

»Knirscht sie deshalb so laut mit den Zähnen?«, fragte Lucas.

»Ja«, antwortete Juliette. »Daran erkennt man, dass ein Pferd starke körperliche und/oder emotionale Schmerzen hat.«

»Unser Mädchen hier hat vermutlich schon eine ganze Weile um ihr Leben gekämpft«, sagte Tiny.

»Wird sie es schaffen?«, fragte Lucas.

»Das hoffen wir«, antwortete Juliette.

»Sie ist eine Kämpferin. Sie gibt nicht auf«, sagte Tiny.

»Wessen Hunde waren das?«, wollte Lucas wissen. »Wer hat sie gefunden?«

»Die Hunde gehörten dem Mistkerl, dem auch sie gehört hat«, erwiderte Seeley. »Und es war reines Glück, dass jemand sie gefunden hat. Ein Nachbar war gerade auf dem Weg, ein Pferd für seine Tochter abzuholen, als er den Wagen und Anhänger des Mannes aus einer Sackgasse kommen sah, von der er wusste, dass sie ins Nichts führt. Aus einem Bauchgefühl heraus ist er der Straße gefolgt und hat das Pferd entdeckt.«

»Hat er die Polizei gerufen?«, fragte Lucas. »Sie sollte den Besitzer verhaften und *irgendetwas* mit den Hunden machen, damit sie so was nie wieder tun.«

Seeley nickte. »Er hat die Polizei und den Tierschutz angerufen. Sie werden bekommen, was sie verdient haben.«

»Das Traurige daran ist, dass Hunde nicht von Natur aus so bösartig sind«, sagte Tiny. »Was immer er mit diesen Hunden gemacht hat, war wahrscheinlich genauso grausam wie das, was dieses Mädchen erleiden musste.«

»Ich hasse den Kerl, der ihr das angetan hat«, knurrte Lucas wütend.

»Ich auch, Kumpel«, stimmte Seeley ihm zu. »Aber unser Mädchen muss sich jetzt sicher fühlen. Sie braucht Hoffnung und Liebe, daher wäre es gut, wenn du für eine Weile rausgehst und Dampf ablässt.«

»Komm mit, Rodeo«, sagte Tiny. »Lass uns nach den anderen Pferden sehen.« Tiny und Lucas zogen die sterilen Handschuhe aus, mit denen sie das Pferd gestreichelt hatten, und gingen zusammen hinaus.

»Glaubst du, das ist zu viel für ihn?«, fragte Juliette.

»Nein. Die Tiere liegen ihm sehr am Herzen und er kann wirklich gut mit den Reha-Pferden. Er geht auf sie ein und möchte ihre ganze Geschichte erfahren. Er versucht, den Prozess zu verstehen, was gut ist, und er fühlt mit den verletzten Pferden. Er verliebt sich genauso in sie wie wir. Aber jetzt, wo er langsam das ganze Bild sieht, merkt er, dass manche Menschen schreckliche Dinge tun, und das macht ihn wütend. Das ist nichts Schlechtes.«

»Wie damals, als ich hier herkam.« Sie erinnerte sich daran, wie sie Romeo das erste Mal gesehen hatte, wie schnell sie sich in ihn verliebt hatte und wie wütend sie auf die Menschen gewesen war, die ihn vernachlässigt hatten.

»Ganz genau. Es ist eine ganz andere Erfahrung, wenn man ein Pferd leiden sieht und an seiner Heilung teilhaben kann.«

Sie spülten gerade die Wunden des Pferdes aus und entfernten abgestorbenes Gewebe, als Lucas zurückkam, und das Pferd zitterte vor Schmerz.

»Tiny musste etwas erledigen. Kann ich sie streicheln?«, fragte Lucas und griff nach Handschuhen.

»Sicher, Schatz«, erwiderte Juliette. »Aber halte dich von den Wunden an ihrem Kiefer fern.«

»Alles wird gut, Mädchen. Du machst das ganz toll.« Lucas streichelte die Stute sanft und sprach leise und liebevoll auf sie ein. »Ich weiß, es tut weh, und du hast Angst, aber du bist jetzt in Sicherheit. Niemand wird dir je wieder wehtun.«

Juliette und Seeley tauschten über den Rücken des Pferdes hinweg ein wissendes Lächeln.

In den nächsten Stunden war Lucas eine große Hilfe. Er brachte frische Mullbinden, um die Wunden des Pferdes mit Desinfektionsmittel zu reinigen, half beim Auffüllen der Eimer, entsorgte Müll und erledigte alles, worum sie ihn baten, während er dem Pferd versicherte, wie tapfer und stark es sei.

Als alle Wunden versorgt waren, ging Lucas los, um eine saubere Box vorzubereiten und ein Heunetz für sie aufzuhängen. »Er ist wirklich großartig«, murmelte Seeley.

»Ja, nicht wahr?«

»Du bist auch großartig, Liebling. Ich liebe es, mit dir zu arbeiten.«

»Mir gefällt es auch. Das ist sogar besser als in meinen Teenagerträumen.«

Er beugte sich vor und küsste sie. »Was müsste ich tun, um

dich davon zu überzeugen, bei mir statt bei Jade zu arbeiten?«

Ihr Herz machte einen Sprung. »Meinst du das ernst?«

»Ja. Wir sind ein gutes Team. Als wir Teenager waren, hat man unsere Träume zerstört. Aber jeder Tag, jede Minute, jede verdammte Sekunde ist eine Chance, diese Träume neu zu beleben, und das will ich mit dir tun. Was ich mir mehr als alles andere auf der Welt wünsche, ist, dass Lucas gesund wird. Gleich danach wünsche ich mir, dass wir drei das Leben führen, das wir uns immer erhofft haben. Wenn du hier arbeiten würdest, hättest du die Flexibilität, die ihr beide braucht, und als Bonus könnten wir jeden Tag zusammenarbeiten.«

Sie lachte leise. »Du meinst das wirklich ernst?«

»Ja, Liebling. Ich meine das ernst.«

Sie bekam eine Gänsehaut.

»Du musst jetzt nicht antworten. Ich weiß, dass dein schöner Kopf alles mit Was-wäre-wenn-Fragen auseinandernehmen wird. Was passiert, wenn das mit uns nicht klappt? Wenn es zu viel Nähe ist?«

»Da hast du nicht unrecht«, gab sie zu.

»Wir haben sechzehn Jahre aufzuholen. Ich habe da keinerlei Bedenken. Wir haben ohnehin schon darüber nachgedacht, jemanden dauerhaft einzustellen, und es gibt niemanden, mit dem ich lieber zusammenarbeiten würde als mit dir. Aber ich brauche jetzt keine Antwort. Nimm dir Zeit und denk darüber nach«, sagte er, als Lucas wieder hereinkam.

»Alles fertig«, sagte Lucas. »Können wir diese Woche wieder hierbleiben, damit wir Zeit mit ihr verbringen können?«

Juliette war immer noch dabei, zu verarbeiten, was Seeley gesagt hatte. »Ähm. Das hängt von Seeley ab.«

»Mein Haus ist euer Haus«, erklärte Seeley. »Ihr müsst nie fragen.«

»Super.« Lucas streichelte das Pferd. »Wie heißt sie?«

»Ich weiß nicht, ob sie jemals einen Namen hatte«, erwiderte Seeley.

Lucas betrachtete das Pferd nachdenklich. »Darf ich ihr einen Namen geben?«

»Natürlich«, antwortete Seeley.

Juliette sah auf die Uhr und merkte, dass sie sich für seine Behandlung fertig machen mussten. »Es tut mir wirklich leid, aber Lucas und ich müssen duschen und langsam los.«

»Schon okay. Ich mache das hier fertig und bringe Sasha und Tiny auf den neuesten Stand, damit sie auf sie aufpassen können, während wir weg sind. Ich rufe den Dienst an und besorge jemanden, der die Nachtschicht übernimmt, und dann treffen wir uns im Krankenhaus.« Er sah Lucas an. »Du warst eine unglaubliche Hilfe, Kumpel. Danke. Willst du noch eine Weile über ihren Namen nachdenken?«

»Nein. Ich möchte sie Brave Heart nennen.«

»Wie der Film?«, fragte Seeley.

»Nein. Zwei Worte, denn sie hat ein tapferes Herz.«

»Das gefällt mir«, sagte Juliette.

»Mir auch.«

Lucas stellte sich vor das Pferd. »Willkommen in der Familie, Brave Heart. Du wirst nie wieder allein sein.«

Siebenunddreißig

»Seeley hat eben eine Nachricht geschickt. Er müsste bald hier sein«, sagte Juliette, nachdem Lucas Blut abgenommen worden war. Da sie nun beide wussten, was sie an den Behandlungstagen zu erwarten hatten, waren sie weniger nervös.

»Können wir uns in der Cafeteria noch was holen, bevor wir in den Infusionsraum gehen?«

»Sicher.« Vor seiner letzten Behandlung hatte er sich mit Snacks eingedeckt, aber bei der Infusion doch nichts davon essen wollen. Stattdessen hatte er alles der Krankenschwester überlassen, die für ihn zuständig war. Als sie zum Aufzug gingen, hatte Juliette das Gefühl, dass das seine neue Routine werden würde: Blutabnahme, Cafeteria, Snacks aufstocken, Snacks während der Behandlung verschenken, nach Hause gehen und entspannen.

»Das war heute Morgen ganz schön heftig«, sagte er. »Ich fand es toll, euch zu helfen.«

»Du hast das großartig gemacht, und ich glaube, die Liebe, mit der du Brave Heart versorgt hast, hat ihr wirklich geholfen.« Sie blieben vor dem Aufzug stehen und sie drückte den Rufknopf.

»Ich verstehe nicht, wie jemand ein verletztes Tier einfach

auf einem Feld zurücklassen kann. Der Typ ist ein Monster.«

»Leider ist die Welt voll davon«, erwiderte sie, als sie in die Aufzugkabine stiegen.

In der Cafeteria studierte er die Snacks, als könnte er mit seiner Auswahl den Weltfrieden herbeiführen. Schließlich entschied er sich für mehrere süße und salzige Snacks, dazu ein paar Flaschen Wasser und zwei Dosen Dr Pepper. Sie ging davon aus, dass eine davon für Seeley bestimmt war.

»Willst du nicht noch eine Pizza dazu?«, neckte sie ihn, als sie zum Infusionsraum gingen.

»Ha, ha«, sagte er sarkastisch. »Ich habe herausgefunden, dass Layla auf dem Ball ein blau-graues Kleid tragen wird.«

Sie war froh, dass er das Thema ansprach. Er war in letzter Zeit so müde gewesen, dass sie sich gefragt hatte, ob er überhaupt noch hingehen wollte, hatte aber nicht nachgefragt, um ihn nicht zu verunsichern. »Dann besorgen wir dir also einen blauen Anzug oder eine Krawatte?«

»Alle tragen Jeans, Hemd und Jackett.«

»Okay. Wir gehen einkaufen und schauen, was dir gefällt. Vielleicht solltest du Layla um ein Foto ihres Kleides bitten, damit wir wissen, welchen Blauton wir nehmen sollen.«

»Hab ich schon.«

»Sieh mal einer an, du willst wohl alles richtig machen«, erwiderte sie schmunzelnd und betrat den Infusionsraum.

»Juliette.«

Die tiefe Stimme jagte ihr einen Schreck durch die Glieder, aber im nächsten Moment gefror diese Angst zu eisiger Rachsucht. Hass legte sich wie eine Schlinge um ihr Herz, als sie den Arm vor Lucas schob, ihn hinter sich drängte und sich ihrem Vater zuwandte.

»Mom! Warum ...«

»Sei still, Lucas«, sagte sie leise, um keine Szene zu machen, ohne ihren Vater aus den Augen zu lassen. Er hatte noch immer das gleiche stoische Gesicht wie vor all den Jahren. Sein Haar war dünner und grau geworden, und seine dunklen Augenbrauen ließen ihn so finster wirken, wie er es im Innersten war. Er trug Anzug und Krawatte. Anderen konnte er vielleicht etwas vormachen und sich als Wolf im Schafspelz ausgeben, aber nicht ihr gegenüber. »Was machst du hier?«

»Ich bin hergekommen, um meinen Enkel zu sehen«, erwiderte er mit dem einstudierten Lächeln aus ihrer Jugend.

»Mom, ist er das? Ist das dein Vater?«

»Er war nie ein Vater. Dieser Betrüger ist ein verlogener Hochstapler.« Sie richtete sich auf und kochte vor Wut. »Woher wusstest du, dass wir hier sind?«

»Hast du vergessen, wie gut ich vernetzt bin? Glaubst du, ich hätte nicht gewusst, dass du wieder hier lebst?«, fragte er amüsiert, was sie nur noch wütender machte. »Dass du mit deinem armseligen Biker-Freund zusammenlebst?«

Wut umspülte sie, doch sie zwang sich, die Kontrolle zu behalten. »Seeley ist zehnmal mehr Mann, als du es je warst«, zischte sie. »Übrigens hatte ich ein nettes Gespräch mit Ana. Ihr zwei habt euch wirklich verdient. Behandelst du den Sohn, den du mit ihr hast, besser als du mich behandelt hast?«

»Ah, ja. Ana. Sie ist ein braves Mädchen.«

»Du machst mich krank«, fauchte sie und zitterte vor Zorn. »Verschwinde von hier und komm nie wieder in unsere Nähe.«

»Wie ich sehe, bist du immer noch übermäßig dramatisch.« Er reckte das Kinn in die Luft und spähte um sie herum. »Lucas, wie geht es dir, mein Sohn?«

»Wage es ja nicht, mit ihm zu sprechen.« Juliette wollte ihm die Sicht versperren, aber Lucas trat um sie herum und stellte sich ihrem Vater in den Weg.

»Nenn mich nicht *Sohn*«, knurrte Lucas. »Ich weiß, was du meinen Eltern angetan hast, du verlogener Mistkerl.«

Ihr Vater zuckte nicht einmal mit der Wimper. »Du armer Junge. Sie hat dich mit Lügen vergiftet, um ihre eigenen Spuren zu verwischen«, sagte er mit der tödlichen Ruhe einer giftigen Schlange.

»Einen Teufel hat sie getan.« Seeley stellte sich vor Juliette und Lucas und überragte ihren Vater deutlich. »Das hier endet auf eine von zwei Arten«, stieß er zwischen zusammengebissenen Zähnen hervor. »Entweder verschwindest du jetzt und hältst dich von meiner Familie fern, oder man bringt dich hier auf einer Trage raus. Wähle weise.«

Ihr Vater kniff die Augen zusammen. »Das ist noch nicht vorbei.«

»Pass lieber auf, alter Mann. Sonst ist es das gleich.« Seeley legte die Arme um Juliette und Lucas und führte sie von ihrem Vater weg. »Alles okay, Liebling? Lucas?«

»Ja«, murmelte sie und versuchte, sich zu beherrschen, während Lucas antwortete: »Mir geht es gut. Was für ein Arschloch. Er hat dich als armseligen Biker bezeichnet.«

»Ich hab schon Schlimmeres gehört.«

»Du lässt ihn einfach damit durchkommen?«, fauchte Lucas.

»Er kommt mit gar nichts durch. Im Moment ist mir nur wichtig, dass es dir und deiner Mutter gut geht.« Er führte sie zu einer Stuhlreihe weit weg von den anderen Menschen im Wartebereich.

»Mir geht es gut«, versicherte Juliette ihm, während sie und Lucas sich setzten. Seeley blieb stehen, als wäre er ihr persönlicher Bodyguard. »Ich bin nur durch den Wind. Tut mir leid, dass du das miterleben musstest, Lucas.«

»Schon in Ordnung.«

»Nein, das ist es nicht«, widersprach sie. »Wir haben ihn in Ruhe gelassen, weil ich nicht wollte, dass er uns erneut ins Visier nimmt. Aber er lässt uns nicht los. Wir müssen etwas unternehmen.«

»Ich kümmere mich darum«, versprach Seeley. »Er wird euch nie wieder zu nahe kommen. Dafür sorge ich. Aber im Moment gibt es Wichtigeres. Lucas, schaffst du die Behandlung? Oder bist du zu aufgebracht?«

»Ich bin nicht aufgebracht. Ich bin sauer, aber ich werde seinetwegen nicht meine Behandlung versäumen.«

»Juliette? Möchtest du bei uns bleiben oder bist du zu aufgewühlt? Soll ich Cowboy anrufen, damit er dich nach Hause bringt?«

»Nein. Mir geht es gut und ich kann selbst fahren.«

»Du gehst nirgendwo mehr allein hin.« Seeley zückte sein Handy und tippte eine Nachricht.

»Wem schreibst du?«, fragte sie.

»Meinem alten Herrn, damit ein paar von den Jungs herkommen und sicherstellen, dass dieser Kerl nicht in die Nähe dieses Raums kommt, während Lucas behandelt wird, und um zusätzliche Sicherheit auf der Ranch und an Lucas' Schule zu organisieren.«

»An meiner Schule?«, fragte Lucas.

»Mach dir keine Sorgen, Lucas. Das ist nicht unser erstes Rodeo. Niemand wird unsere Leute auch nur bemerken.« Er schickte noch weitere Nachrichten ab.

»Ich mach mir keine Sorgen. Das ist doch cool.«

»Wir brauchen das alles nicht«, sagte Juliette.

Seeley blickte von seinem Telefon auf und seine dunklen

Augen wirkten so ernst und befehlend wie sein Tonfall. »Doch, das brauchen wir. Dein Vater hält sich für unantastbar, und jetzt, wo ihr ihn abgewiesen habt, muss er sich etwas beweisen. Ich gehe kein Risiko ein.«

Achtunddreißig

Sobald Lucas' Behandlung angefangen hatte, wusste Doc, was zu tun war, und setzte die Dinge ohne zu zögern in Bewegung.

Stunden später starrte er im Schutz der Dunkelheit auf den Mann hinab, der mit verbundenen Augen, geknebelt und mit auf dem Rücken gefesselten Händen vor ihm im Schnee kniete. Von dem feinen Jackett und der Krawatte war nichts mehr zu sehen, das Hemd war am Kragen zerrissen. Er zitterte – ob vor Kälte oder Angst, war nicht zu erkennen, aber Doc hoffte auf Letzteres. Doc war normalerweise nicht der Typ, der Hass im Herzen trug, aber diesen Mistkerl verachtete er mit jeder Faser seines Seins.

»Nimm ihm die Augenbinde ab«, knurrte Doc. »Ich will, dass dieses Arschloch mein Gesicht sieht.«

Cowboy zog die Binde ab, und Marvin Adkin blinzelte mehrmals, während die Angst in seinen Augen aufstieg, als er Doc, Cowboy, Dare, Rebel, Hyde und Taz erkannte.

Doc musterte Adkin. »Nicht ganz der gemütliche Abend, den du geplant hattest, was, Marv?«

Adkin schimpfte, doch der Knebel dämpfte seine Stimme.

»Wie bitte? Ich kann dich nicht ganz verstehen.« Doc holte sein Springmesser heraus und machte sich daran, sich damit die

Fingernägel zu reinigen. »Lass mich die Lücken für dich füllen. Ich hätte das lieber schon vor Stunden gemacht, als du die Dreistigkeit besessen hast, die Privatsphäre meiner zukünftigen Frau und unseres Sohnes zu verletzen.« Er hockte sich vor ihn und richtete das Messer auf ihn. »Aber weißt du, Marv, manche Dinge brauchen Zeit. Ich musste den Privatdetektiv anrufen, der musste sich mit dem FBI abstimmen, und der Durchsuchungsbeschluss musste auch noch genehmigt werden. All das dauert eben seine Zeit.«

Doc ließ das sacken, stand auf und ging langsam um ihn herum. »Ich wette, du warst ganz aufgeregt, als du Anas Nachricht bekommen hast und sie sich mit dir im Park treffen wollte.« Er blieb hinter Adkin stehen und beugte sich zu dessen Ohr hinunter. »*Überraschung.* Sie ist schon im Zeugenschutz.« Er richtete sich auf und ging weiter um ihn herum. »Deine Freundin hat einen Deal mit dem FBI gemacht, Marv. Sie hat dich verraten. Wir wissen alles über deinen versteckten Safe, die Geldwäsche und einen Haufen anderer illegaler Aktivitäten. Und diese Nachricht?« Er blieb vor ihm stehen und sah ihm in die Augen. »Die hat auch Zeit gekostet.«

Er ging erneut in die Hocke und genoss die Wut in den Augen des Mistkerls. »Unser Computerfreak musste ihr Handy hacken, um die Nachricht zu verschicken, die dich in den Park gelockt hat.« Abermals richtete er das Messer auf ihn. »Ich gebe zu, dass ich ein wenig besorgt war, du könntest nicht auftauchen und meine Jungs würden ewig warten müssen. Denn es ist bestimmt nicht leicht, sich nachts rauszuschleichen, wenn man verheiratet ist. Aber dann fiel mir ein, dass deine Frau heute Abend ihr Buchclub-Treffen hat.«

Doc lachte. »Raus mit der Sprache: Wusstest du, dass es gar keinen Buchclub gibt? Wusstest du, dass deine Frau wahrscheinlich gerade auf allen vieren hockt und deinem Kumpel einen bläst? Deinem Anwalt?« Neue Wut flackerte in Adkins Augen auf. »Ich war überrascht zu erfahren, dass Wilson Chambers, der Mann, dem du all deine Schandtaten anvertraut hast, seit Jahren mit deiner Frau schläft.«

Adkin lief rot an und brüllte gedämpft Worte gegen den Knebel.

Doc richtete sich auf und sah die anderen an. »Habt ihr das verstanden? Ich glaube, er wusste gar nicht, dass seine Frau einen anderen fickt. Wirklich schade, Marv. Weißt du, wir haben Fotos. Sogar eine ganze Sammlung, auch von dir. Einige mit Ana, aber Fremdgehen ist ja nicht illegal. Obwohl, einen so kleinen Schwanz zu haben, sollte schon verboten sein. Da wundert es wenig, dass sich deine Frau einen anderen gesucht hat.«

Die Männer glucksten.

»Aber mein Privatdetektiv war in den letzten Monaten sehr fleißig, Marv. Er hat einige Fotos von dir und mehreren zwielichtigen Typen gemacht. Er ist außerdem sehr gut in seinem Job, und seine Kamera ist so riesig, dass man damit sogar einen Pickel auf dem Hintern einer Fliege erkennen kann. Das wäre ja nicht so schlimm, wenn du und diese Typen nicht in Dinge wie Erpressung und Bestechung verwickelt wärt. Ich hoffe wirklich, dass das nicht an die Presse durchsickert.«

»Das wäre wirklich unangenehm«, warf Dare ein.

»Allerdings. Ich mag es nicht, mich unwohl zu fühlen, und weißt du, was mir nicht gefällt?« Doc nickte Rebel und Hyde zu.

Sie packten Adkin an den Armen und zogen ihn auf die Beine.

Doc trat näher und knurrte: »Wenn Leute schlecht über meine Familie reden.« Er richtete das Messer auf ihn. »Du hast einige furchtbare Dinge über meine Familie gesagt. Vielleicht dachtest du, ich hätte vergessen, was du vor all den Jahren gesagt hast, aber mein Gedächtnis könnte nicht besser sein.«

Er hielt Adkin das Messer an den Kiefer, dem das Blut aus dem Gesicht wich. »Spürst du diese Angst? So hat sich deine sechzehnjährige Tochter gefühlt, als du sie belogen und betrogen hast. So hat sie sich gefühlt, als du sie gezwungen hast, den falschen Mann zu heiraten.« Es kostete Doc all seine Kraft, den Mistkerl nicht sofort zu erledigen. »Was hast du dazu zu sagen?« Er schob das Messer unter den Knebel und schnitt ihn durch, sodass er zu Boden fiel, und reichte das Messer an Cowboy weiter.

»Dafür wirst du bezahl…«

Doc packte ihn am Hemdkragen und riss ihn hoch. »Halt dein verdammtes Maul, bevor ich dir den Arm abreiße und ihn dir in den Hals stopfe.« Er ließ ihn fallen und stieß ihn gegen Cowboys Brust.

»Du bist ein verdammt dämlicher Mistkerl. Jetzt hast du Doc verärgert.« Cowboy schob ihn von sich weg und Adkins taumelte nach vorn.

»Du hast dich mit der falschen Familie angelegt«, warnte Doc.

Der Mistkerl spuckte ihn an.

Docs Faust traf seinen Kiefer mit hörbarem Knacken und brachte ihn zu Fall. »Hebt ihn hoch.«

Rebel und Hyde zerrten ihn auf die Beine.

»Es ist echt hart, einen gefesselten Mann zu schlagen.« Adkin spuckte Blut in den Schnee.

»So wie damals, als du zwei Bodyguards auf einen neunzehnjährigen Jungen gehetzt hast«, entgegnete Doc. »Aber du hast recht. Ich muss mich nicht auf dein Niveau herablassen.« Er nickte Cowboy zu und Cowboy schnitt die Kabelbinder an seinen Handgelenken durch.

Adkin rieb sich die Handgelenke. »Ihr habt keine Ahnung, mit wem ihr es zu tun habt. Dafür wandert ihr alle ins Gefängnis.«

»Das bezweifle ich.« Doc senkte unheilvoll die Stimme. »Wir sind nämlich gerade dabei, ein Pferd zu retten. Tatsächlich haben wir auf dem Feld, auf dem die Pferde zuletzt gesehen wurden, einen Polizisten getroffen. Wir sind auf seiner Bodycam und durchsuchen die Felder nach ihnen.«

»Und wir werden erneut auf der Bodycam auftauchen, wenn wir das Grundstück in einer halben Stunde verlassen«, fügte Cowboy hinzu.

»Ganz genau. Wir sind dein schlimmster Albtraum. Wir sind Geister«, sagte Doc.

»Ihr dummen Idioten«, fauchte Adkin. »Es gibt überall Verkehrskameras.«

»Wenn sie nur nicht gehackt und ausgeschaltet werden«, warf Dare ein. »Aber wir sind nur armselige Biker. Was wissen wir denn schon?«

Angst legte sich wie ein Vorhang über Adkins Gesicht. »Mein … mein Handy wird geortet. Ich bin schon zu lange weg. Meine Frau wird sich Sorgen machen. Die Polizei wird wahrscheinlich jeden Moment hier auftauchen.«

»Das hätte dir sogar helfen können.« Doc warf Hyde einen Blick zu.

»Hätten wir dein Handy nicht im Park in deinem Wagen liegen lassen, nachdem wir dich in den Van geworfen haben«, sagte Hyde.

»Hatte ich vergessen zu erwähnen, dass deine Frau bald eine Nachricht von dir bekommt, in der steht, dass du eine Panne hast und sie dich im Park abholen soll?«, fragte Doc. »Sie wird dich natürlich nicht finden. Dafür aber Fotos von dir und Ana in ziemlich kompromittierenden Stellungen.«

»Du Mistkerl«, schimpfte Adkin. »Damit kommt ihr nicht durch.«

»Die Sache ist die, Marv. Nach heute Nacht wird niemand mehr einen Scheiß auf das geben, was du sagst. Alle werden viel zu sehr an ihren Fernsehern und Smartphones kleben, während dein schönes kleines Leben Stück für Stück zerbröselt. Aber falls du auf die Idee kommst, unsere Namen da mit reinzuziehen, solltest du wissen, dass wir ebenfalls sehr gut vernetzt sind. Sollte einer unserer Namen auftauchen, überlebst du keinen Tag im Gefängnis. Hatte ich schon erwähnt, dass du ins Gefängnis gehst?«

»Nicht direkt«, erwiderte Cowboy.

»Richtig.« Doc starrte Adkin finster an. »Du erinnerst dich doch an die Ranch, die du schließen wolltest? Auf der man unter anderem ehemaligen Gefängnisinsassen hilft? Die Sache ist die, Marv, all diese Menschen, denen wir im Laufe der Jahre geholfen haben, sind immer noch mit den Leuten befreundet, die sie im Gefängnis kennengelernt haben. Auch solchen, die lebenslänglich einsitzen, und die haben bekanntlich nichts mehr zu verlieren und sind *sehr* dankbar dafür, dass wir ihre Freunde derart unterstützt haben. Sie werden es nicht gutheißen, wenn jemand schlecht über einen von uns redet.«

»Du Mistkerl …« Adkin schlug zu und traf Doc am Kiefer.

Er sah den Aufwärtshaken nicht kommen, als Docs Faust von unten gegen seinen Kiefer krachte und ihn rücklings in den Schnee schleuderte. Doc war innerhalb von Sekunden über ihm und sah rot. Er ließ die Fäuste fliegen und seine Wut entlud sich in jedem blitzschnellen Schlag. »Für Juliette und unseren Sohn.« Knack. »Für die Jahre, die du uns gestohlen hast.« Knack. »Für Hazel…«

Bei jedem Schlag sah er Juliettes blaue Augen und ihr tränenüberströmtes Gesicht, als sie die Wahrheit über ihren Vater erfuhr. Er sah Lucas' gequälte Miene, als er herausfand, dass er belogen worden war, und er sah die Jahre seines eigenen seelischen Leids, in denen er versucht hatte, das schwarze Loch zu füllen, das Adkins Betrug in seinem Herzen hinterlassen hatte.

Erst als Rebel und Dare ihn aus seinem zornerfüllten Wahn rissen, nahm er das Blut wahr, das dem Mistkerl aus Mund und Nase strömte. Sein Kopf rollte von einer Seite zur anderen, während sich der Schnee um ihn herum rot färbte.

»Es ist vorbei, Doc«, stieß Dare hervor. »Er ist erledigt.«

Doc versuchte, sich loszureißen. »Das reicht nicht.«

Cowboy stellte sich ihm in den Weg. »Du hast eine Familie, die auf dich wartet. Reiß dich zusammen und überlass dem FBI den Rest.«

Doc knirschte mit den Zähnen und wusste, dass sein Bruder recht hatte, aber *verdammt*, das machte es nicht leichter, seine Wut zu zügeln und dem elenden Mistkerl den Rücken zuzuwenden, der Juliette derart verletzt hatte.

»Lass ihn im Knast schmoren, Kumpel«, meinte Taz. »Irgendwer wird ihn schon zu seiner Schlampe machen.«

»Er wird für immer für seine Sünden bezahlen«, sagte Rebel.

Cowboy kniff die Augen zusammen und hielt Docs Blick stand. »Wie wär's, wenn wir verhindern, dass du für deine Taten bezahlst?«

»Meine Tat ist keine Sünde, sondern gottverdammte Vergeltung.« Er riss sich los.

»Ein Anruf und du bekommst sie.« Cowboy trat näher. »Wenn du noch mehr Blut an deinen Händen willst, musst du erst an mir vorbei.«

»Denk an deine Familie, Kumpel«, mahnte Taz.

»Willst du, dass dein Sohn dich im Gefängnis besuchen muss?«, fragte Dare.

Doc starrte sie alle an und wünschte sich nichts sehnlicher, als Adkin den letzten Atemzug tun zu lassen, aber er war kein dummer Mann. Er wollte, dass der Mistkerl leiden musste. »Ich mache gar nichts mehr. Der Wichser ist es nicht wert. Fesselt ihn.«

Während Cowboy und Dare Adkins Hand- und Fußgelenke mit Kabelbindern fesselten, holte Doc sein Handy heraus und rief Reggie an. »Es ist erledigt. Gib uns zehn Minuten. Dann gehört er dir.«

Doc nahm einen Umweg nach Hause, denn er musste sich abkühlen und den Kopf frei bekommen, bevor er zurück zur Ranch fuhr.

Als er endlich am Eingang ankam, lehnte Tiny unter dem Redemption-Ranch-Schild an seinem Wagen. *Mist.* Sie hatten Tiny erzählt, sie hätten einen Rettungsruf erhalten. Doc hoffte inständig, dass Cowboy und Dare dem Druck nicht nachgegeben und Tiny die Wahrheit gesagt hatten, als sie mit dem leeren Pferdeanhänger zurückgekommen waren.

Doc parkte hinter Tinys Wagen und ging zu ihm hinüber.

»Hab gehört, die Rettung ist schiefgelaufen«, sagte Tiny.

Danke, Cowboy und Dare. »Ja. Muss ein Fehlalarm gewesen sein.«

Tiny rieb sich den Kiefer und schüttelte den Kopf. »Ihr seid noch immer beschissene Lügner.«

Verdammt. Doc biss die Zähne zusammen.

»Und ihr wundert euch, warum ich so viele graue Haare habe. Sieht so aus, als hätte er dich erwischt. Atmet er noch?«

Doc nickte. »Das FBI hat ihn jetzt.«

»Du hast deine Brüder und andere gute Männer in Gefahr gebracht. Muss ich mir Sorgen machen, dass ihr alle ins Gefängnis kommt?«

»Nein. Wir haben unsere Spuren verwischt, und ich habe niemanden gezwungen mitzukommen.«

»Daran habe ich keinen Zweifel.« Tiny kniff die Augen zusammen. »Fühlst du dich jetzt besser?«

Doc rieb sich den Nacken und überlegte. »Wenn ich Ja sage, denkst du dann schlechter von mir?«

»Nichts könnte mich jemals dazu bringen, weniger von dir zu halten.«

»In diesem Fall lautet meine Antwort Ja. Mit all den Beweisen, die das FBI gegen Juliettes Vater hat, wird er weggesperrt, bis er zu alt ist, um allein zu pinkeln. Aber ich werde mich erst wieder ganz fühlen, wenn ich meinen Jungen sicher und geborgen in seinem Bett schlafen sehe und Juliette in den Armen halte.«

»Verstanden. Das war lange überfällig. Hätte ich deiner Mutter nicht versprochen, diesen Mistkerl nicht anzurühren, hätte ich es selbst erledigt, nachdem er damals diese zwei Bastarde auf dich gehetzt hat.«

»Du wusstest davon?« *Was zum Teufel?*

»Du hast das Memo über den bedauerlichen Unfall, in den die beiden verwickelt waren, offensichtlich verpasst. Niemand rührt meine Kinder an, ohne dafür zu bezahlen.«

Grundgütiger. Er hatte ja keine Ahnung gehabt. »Warum hast du mir nichts gesagt?«

Tiny ignorierte Docs Frage. »Was wirst du deiner Liebsten über heute Abend erzählen?«

»Dass es ein falscher Alarm war.«

»Warum sagst du ihr nicht die Wahrheit?«

»Weil ich sie liebe und weil es gewisse Dinge gibt, die sie nicht wissen muss.«

»Klingt vernünftig. Hör zu, Sohn, wenn dich das später verfolgt, sprich mit jemandem. Lass den Scheiß nicht in dir brodeln, verstanden?«

»Laut und deutlich.«

Tiny nickte und nahm ihn in die Arme. »Ich hab dich lieb, Sohn.«

»Ich dich auch.«

Als Tiny zurück zu seinem Wagen ging, konnte Doc nicht fassen, was sein Vater für ihn getan hatte. »Hey, alter Mann.«

Tiny drehte sich um.

»Wusste Mom, was du mit den Bodyguards gemacht hast?«

»Nicht bis zu der Nacht, in der Lucas abgehauen ist. Juliette ist herausgerutscht, dass die Arschlöcher dich verprügelt haben, und deine Mutter hat mich gefragt, ob ich davon wusste. Ich konnte sie nicht anlügen, also habe ich es zugegeben und gesagt, dass sie ihre gerechte Strafe bekommen haben.«

»Augenblick mal. Juliette weiß, dass du etwas mit ihnen gemacht hast? Sie hat nie etwas erwähnt.«

Tiny grinste. »Sie dachte wohl, du müsstest das nicht wissen. Gute Nacht, Sohn.«

Auf der Heimfahrt dachte Doc darüber nach.

Als er durch die Haustür kam, tauchten die Hunde oben an der Treppe auf. Er schloss leise die Tür und sie zogen sich in Lucas' Zimmer zurück. Er zog die Stiefel aus, stellte sie beiseite und ging nach oben. Lucas schlief tief und fest, mit einem Hund auf jeder Seite und einem zu seinen Füßen. Doc war nicht stolz darauf, den Mann verprügelt zu haben, aber er war stolz darauf, dass sein Sohn und Juliette nie wieder Angst vor ihm haben mussten.

Sie würden sich mit den Medien auseinandersetzen müssen, aber er hatte sich bereits mit Reggies Schwester Shea Steele, der Inhaberin einer angesehenen PR-Firma, beraten. Sie war so gut vernetzt wie der Gouverneur und hatte bereits alles in die Wege geleitet, um die Berichterstattung zu steuern. Er wusste, dass sie in guten Händen waren, wenn der ganze Trubel erst mal losginge.

Er ging zurück nach unten, und als er das Schlafzimmer betrat, klappte Juliette das Buch zu, in dem sie gelesen hatte. Ihr Lächeln drang wie ein Sonnenstrahl in seine stürmischen Gedanken. »Hi, Liebling.«

»Wie ist die Rettung gelaufen?« Sie krabbelte ans Fußende des Bettes.

Er log sie nur sehr ungern an, aber es war besser so. »Das war anscheinend ein falscher Alarm«, antwortete er, als sie sich auf die Knie erhob und die Arme um ihn legte. »Wir konnten keine Spur von Pferden finden.«

»Ich werde nie verstehen, wie Menschen so etwas tun können.« Sie runzelte die Stirn. »Was ist mit deinem Mund passiert?«

»Zwei der anderen sind in eine Schlägerei geraten und ich wurde mit reingezogen.«

»Was ist das nur mit den Männern? Man sieht nie Frauen, die sich prügeln. Tut es weh?«

Er schüttelte den Kopf. »Nein.«

»Gut.« Sie drückte einen zärtlichen Kuss auf die Wunde.

»Danke, Liebling. Wie war unser Junge heute Abend?«

»Es geht ihm gut. Wir hatten einen ruhigen Abend. Layla war hier, und ich habe angeboten, auf Gus aufzupassen, damit Ezra und Sasha etwas Zeit für sich haben. Wir haben alle zusammen ferngesehen. Die Kinder waren glücklich und ich konnte mit Gus kuscheln. Es ist lange her, dass ich ein kleines Kind im Arm hatte.«

»Schön, dass du einen angenehmen Abend hattest. Und Brave Heart?«

Sie lächelte. »Sie ist eine Kämpferin. Ich glaube, sie wird durchkommen. Lucy, das Mädchen vom Dienst, wird heute Nacht alle vier Stunden nach ihr sehen.«

»Gut. Ich dusche noch schnell, dann komme ich ins Bett.« Er küsste sie, zog die Kutte aus und warf sie auf die Kommode. Dann ging er ins Bad und hoffte, die Überreste dieser elenden Nacht wegwaschen zu können.

Er drehte die Dusche auf und zog sich aus, während das Wasser warm wurde. Dann stellte er sich unter den warmen Strahl, hob den Kopf und wartete darauf, dass das heiße Wasser seine Muskeln entspannte.

Die Duschtür ging auf und Juliette gesellte sich zu ihm. Sie schlang die Arme um ihn und legte die Wange an seine Brust. »Geht's dir gut?«

»Ja.« Er umarmte sie und fragte sich, woher sie wusste, dass er sie jetzt brauchte. Sie war nicht einfach nur sein Ein und Alles. Sie war das Blut in seinem Herzen, die Liebe in seiner Seele, die Luft, die er atmete. Sie war zu seiner Lebensquelle geworden. Er küsste sie auf den Scheitel. »Aber jetzt geht's mir noch besser. Es war eine lange Nacht. Erzähl mir was Schönes, Liebling.«

»Ich habe über dein Angebot nachgedacht, dass wir zusammenarbeiten.«

»Und?«

Sie blickte zu ihm auf. »Na ja, da wäre noch die Sache zu berücksichtigen, dass ich mit meinem Chef schlafe.«

»Das ist auf jeden Fall ein Vorteil«, erklärte er selbstgefällig.

Sie drückte ihm lachend einen Kuss auf die Brust. »Heißt das, ich werde mit sexuellen Gefälligkeiten bezahlt?«

»Das sind dann deine Boni.«

»Dieser Deal klingt von Minute zu Minute besser. Was ist, wenn du es irgendwann leid bist, mein Gesicht zu sehen?«

»Peaches, ich habe dein Gesicht jeden Tag vor meinem inneren Auge gesehen, seit ich dich zum ersten Mal getroffen habe, und hatte es nicht ein einziges Mal satt.«

Ihr Lächeln ließ sein Herz höherschlagen. »Wenn das so ist, werde ich morgen mit Jade sprechen.«

»Ist das ein Ja?«

»Ja, Dr. Whiskey. Wenn du mich noch willst, nehme ich dein Angebot gern an.«

Er legte die Stirn an ihre und vergrub die Finger in ihrem Haar. »Es wird niemals einen Tag geben, an dem ich dich nicht will, Liebling.« Sanft hob er ihren Kopf und presste die Lippen auf ihre. Wie so oft übernahm ihre Liebe das Kommando und der Rest der Welt verblasste.

Neununddreißig

Juliette betrachtete die kindliche Zeichnung an der Wand in Dr. Santowskis Büro und versuchte, sich an die Hoffnung zu klammern, die sie darin sah. Es war Ende Januar, fast sieben Wochen nach Lucas' letzter Chemotherapie. Über die Feiertage hatten sie alle ein wenig durchgeatmet. Anfang der Woche war ein weiterer PET-Scan gemacht worden, und sie warteten auf die Ergebnisse, um herauszufinden, ob er weiter behandelt werden musste. Lucas fühlte sich gut und erholte sich prächtig, und er hatte bereits wieder etwas zugenommen, nachdem er während der Behandlungen stark an Gewicht verloren hatte.

Das allein sollte ihr Hoffnung geben, dass die heutigen Nachrichten gut sein würden.

Sie war hoffnungsvoll, aber auch ängstlich. Unwillkürlich musste sie an das erste Mal denken, als sie in diesem Büro gewesen war und genau wie jetzt mit Lucas zwischen ihr und Seeley dagesessen hatte. Als könnten sie ihn vor der unsichtbaren Krankheit beschützen, die sie hierhergebracht hatte. Damals war Lucas lebhaft gewesen und hatte gesund gewirkt, und sie hatten sich an diese Hoffnung geklammert, bis ihnen der Boden unter den Füßen weggezogen worden war.

Trotz aller Höhen und Tiefen während Lucas' Behandlung

und dem Auf und Ab des Lebens im Allgemeinen waren die letzten Monate wirklich schön gewesen, und sie hatte Angst, dass ihr Glück nun aufgebraucht sein könnte.

Seit der Konfrontation mit ihrem Vater im Krankenhaus waren zwei Monate vergangen. Sie hatten Glück gehabt und ihn nicht weiter verfolgen müssen. Am Morgen nach dieser schrecklichen Begegnung hatte sie erfahren, dass Ana einen Deal mit dem FBI gemacht hatte und ihre Eltern sowie viele der Komplizen ihres Vaters verhaftet worden waren. Es war überall in den Nachrichten – wie sie das Haus ihrer Eltern und die Häuser und Büros all der anderen gestürmt hatten, einschließlich des Hauses von Joshs Vater, woraufhin sie sich fragte, wie viel Josh wohl über die ganze Sache gewusst hatte. Schockiert hatte sie erfahren, dass auch ihre Mutter verhaftet worden war, aber laut der Berichte hatte ihre Mutter von den krummen Geschäften ihres Vaters gewusst und war sogar daran beteiligt gewesen.

Aus der Presse erfuhr sie, dass man ihren Vater schwer verprügelt auf einem Feld gefunden hatte. Er behauptete, sich nicht daran zu erinnern, wie er dorthin gekommen war oder wer die Täter waren, aber die Medien stürzten sich darauf und schoben es auf einen schiefgelaufenen schmutzigen Deal. Es waren zahlreiche Dinge ans Licht gekommen, die ihr Vater getan hatte, darunter auch, wie er sie und Seeley getäuscht hatte. Seeley hatte sein Versprechen gehalten und sie beschützt. Er hatte Shea Steele, eine hochkarätige PR-Expertin, engagiert, und sie hatte einen unglaublichen Job gemacht und alles für sie und mit ihnen geregelt, um den Medienrummel zu minimieren.

Was ihr Vater ihnen angetan hatte, war bei Weitem nicht die schlimmste seiner Taten. Anscheinend entsprachen die

Gerüchte der Wahrheit und er hatte eine noch unheimlichere Seite. Er hatte tatsächlich Menschen ermorden lassen, um seine Karriere und seine Geschäfte voranzutreiben. Zu behaupten, dass Juliette erleichtert war, als der Richter ihren Vater als Gefahr für die Gesellschaft einstufte und ihn bis zum Prozess hinter Gitter schickte, wäre eine Untertreibung gewesen.

Sie fühlte sich nun sicherer als je zuvor.

Sie warf einen Blick auf Lucas, der eine Nachricht schrieb, und fragte sich, wie viel Angst er heute wohl hatte. Er hatte nicht viel gesagt, außer dass er den heutigen Termin endlich hinter sich bringen wollte. Sie bewunderte seine Stärke. Das, was ihr Vater ihnen angetan hatte, und der Krebs hatten ihn gezwungen, viel schneller erwachsen zu werden, als es für ein Kind normal war, aber er hatte all diesen Stürmen getrotzt und der Welt gezeigt, dass es nichts gab, was er nicht überstehen konnte.

Er war Seeley so ähnlich, sogar darin, dass er für sein Mädchen immer alles gab.

Der Schneeball hatte fünf Tage nach seiner letzten Chemo-Behandlung stattgefunden und er war völlig erschöpft gewesen. Aber er war dennoch fest entschlossen, Layla nicht im Stich zu lassen. Seeley war ebenso entschlossen gewesen, den Abend für die beiden unvergesslich zu gestalten. Juliette hatte ein entspanntes Vortreffen mit Laylas und Roberts Familien organisiert, damit die Eltern Fotos von allen zusammen machen konnten. Seeley war noch einen Schritt weitergegangen, hatte eine Limousine gemietet und dem jungen Paar eine Dark-Knights-Eskorte zur Verfügung gestellt.

Trotz der bitteren Kälte hatten er und Tiny den Konvoi vor der glänzenden schwarzen Limousine angeführt, und Cowboy, Dare, Ezra, Rebel, Hyde und Taz waren mit ihren Motorrädern neben und hinter dem Fahrzeug gefahren, sodass die Teenager wie kleine Könige beim Ball ankamen.

Lucas, Layla und ihre Freunde schwärmten immer noch davon.

Ein paar Tage später, kurz vor Weihnachten, waren sie zu Seeley gezogen und hatten das beste Weihnachtsfest aller Zeiten erlebt. Hazels Haus war zu besonders, um es zu verkaufen. Vorerst wollten sie es renovieren und vielleicht vermieten. Juliette hatte gleich nach Neujahr in Seeleys Klinik angefangen und Lucas begleitete sie oft bei ihren Rundgängen. Brave Heart hatte drei Wochen dort verbracht, bevor sie in den Reha-Stall umzog, und es ging ihr großartig. Sie und Lucas verband eine innige Beziehung. Drei Tage nach ihrer Ankunft wieherte sie schon, wenn sie ihn sah, und wollte an seinen Haaren knabbern. Auch Queenie und Contessa waren auf dem besten Weg, ein langes, gesundes Leben zu führen, und beide hatten einen Platz in Lucas' Herz gefunden. Er und die Pferde heilten gemeinsam.

So, wie sie es alle taten.

Lucas ging wieder mit seinen Freunden in Weston zur Schule und verbrachte auch außerhalb der Schule mehr Zeit mit ihnen. Er hatte Spaß daran, mit Seeley und Dare an seinem Wagen herumzuschrauben, und er und Layla waren immer noch glücklich verliebt. Sie war zu einem Teil ihrer Familie geworden, kam zu Abendessen und Lagerfeuern und verbrachte mit Lucas und Kenny Zeit auf der Ranch. Manchmal durfte sogar Gus die Teenager begleiten und das genoss der Kleine immer sehr.

»Was ist?«, fragte Lucas und musterte sie, während er eine weitere Nachricht tippte.

»Nichts.« Sie überlegte nicht lange und gab zu: »Ich habe

gerade darüber nachgedacht, wie sehr du Seeley ähnlich siehst.« Er hatte nie ganz seine Haare verloren. Die Stoppel waren inzwischen zu so etwas wie einem Bürstenschnitt geworden. Manche Stellen sahen lichter aus als früher, aber wie bei Seeley betonte das kurze Haar seine markanten, attraktiven Gesichtszüge.

Er warf Seeley einen Blick zu, der grinsend sagte: »Du bist ein Glückspilz.«

Lucas schnaubte, und ein Lächeln umspielte seine Mundwinkel, als er sich wieder seinem Handy widmete.

Dr. Santowski betrat den Raum. »Guten Tag.«

»Hi«, grüßte Juliette und bedeutete Lucas, das Handy wegzulegen.

»Doktor.« Seeley stand auf und schüttelte ihm die Hand.

»Schön, Sie wiederzusehen«, sagte Dr. Santowski, ging um seinen Schreibtisch herum und setzte sich. »Wie fühlst du dich, Lucas?«

»Gut. Wirklich gut«, antwortete er. »Habe ich immer noch Krebs?«

»Schatz, gib ihm einen Moment«, bat Juliette, obwohl sie es selbst kaum erwarten konnte.

Dr. Santowski lächelte. »Schon in Ordnung. Sie warten bestimmt alle gespannt auf die Ergebnisse. Lucas, ich freue mich, dir mitteilen zu können, dass auf deinen Scans keine Anzeichen für aktiven Krebs mehr zu sehen waren und du offiziell in Remission bist.«

»Ja!« Lucas sprang auf die Beine und reckte triumphierend die Faust in die Luft.

Mit Freudentränen in den Augen umarmten Juliette und Seeley ihn und einander, lachten nervös, bedankten sich bei Gott und dem Arzt und drückten immer wieder ihren Sohn.

Dr. Santowski wartete geduldig und ließ ihnen Zeit, ihre Erleichterung und Freude auszukosten.

Als sie endlich wieder Platz genommen hatten und strahlten, als hätten sie im Lotto gewonnen, was eindeutig der Fall war, fragte Lucas: »Werde ich jetzt den Port los?«

»Aber sicher«, bestätigte Dr. Santowski. »Deine Eltern können gern gleich einen Termin vereinbaren. Das ist nur ein ambulanter Eingriff.«

»Heißt das, ich bin geheilt?«, fragte Lucas. »Kann ich wieder mit dem Bullenreiten anfangen?«

»Wir sprechen erst nach fünf krebsfreien Jahren von Heilung, aber das ist der erste Schritt auf dem Weg dorthin, und was das Bullenreiten angeht, so kannst du deine normalen Aktivitäten wieder aufnehmen, sobald die Wunde verheilt ist.«

»Keine weiteren Scans mehr?«, fragte Lucas.

Dr. Santowski erklärte, dass Lucas im nächsten Jahr alle drei Monate zur Nachsorgeuntersuchung müsse, im darauffolgenden Jahr dann alle vier Monate und im dritten bis fünften Jahr alle sechs Monate. »Wir werden Untersuchungen und Bluttests durchführen, aber solange wir dabei nichts Beunruhigendes feststellen und du keine Symptome für einen Rückfall aufweist, wie beispielsweise geschwollene Lymphknoten, Nachtschweiß, Juckreiz oder eins der anderen Symptome, über die wir bereits gesprochen haben, besteht keine Notwendigkeit für weitere Scans …«

Das meiste, was er danach sagte, ging im Freudentaumel unter, aber als sie voller Dankbarkeit die Praxis verließen, wobei sie sich immer wieder umarmten, war Juliette ziemlich sicher, dass jeder im Umkreis von zehn Meilen ihre Freude spüren konnte. Seeley schickte eine Gruppennachricht an seine Familie und Lucas schrieb Layla und seinen Freunden. Auf dem Parkplatz rief Lucas aus voller Kehle: »Ich bin krebsfrei!« Daraufhin umarmten sie sich alle erneut und versicherten einander ihre Liebe.

Als sie in Seeleys Wagen stiegen, fragte Seeley: »Sollen wir dich bei Layla absetzen oder holen wir sie ab, um zu feiern?«

»Keins von beidem«, antwortete Lucas sichtlich enttäuscht. »Sie musste mit ihrer Mutter weg und wird erst spät zurück sein.«

»Oh, Schatz. Das tut mir leid«, sagte Juliette.

»Vielleicht kannst du morgen mit ihr feiern«, schlug Seeley vor. »Es ist Samstag. Da habt ihr den ganzen Tag frei.«

»Von mir aus«, murmelte Lucas geknickt.

»Zu unserem Glück bedeutet das, dass du heute Abend ganz uns gehörst«, sagte Seeley, als er vom Krankenhaus wegfuhr. »Was sollen wir machen?«

»Keine Ahnung. Vielleicht Pizza bestellen und nicht an Krebs denken.«

»Klingt nach einem Plan«, erwiderte er.

Die Hunde liefen ihnen entgegen, und Lucas' Laune besserte sich ein wenig. Während er sie liebevoll begrüßte, fragte er: »Wisst ihr was, Leute? Ich hab keinen Krebs mehr!« Die Hunde ließen sich von seiner Begeisterung anstecken und sprangen bellend an ihm hoch. »Ich glaube, sie freuen sich für mich.«

»Wir alle freuen uns, Kumpel.« Seeley legte den Arm um Juliette. »Unser Junge ist in Remission.«

Ihr Herz sprudelte über vor Freude. »Ich glaube, ich werde nie wieder aufhören zu lächeln.«

»Genau so mag ich das.« Seeley küsste sie.

Lucas stürmte mit den Hunden an ihnen vorbei und die Verandastufen hinauf. »Kannst du die Tür aufschließen?«

»Ich habe vergessen, sie abzuschließen. Sie ist offen«, erwiderte sie.

Lucas stieß die Tür auf, und als sie den Hunden ins Haus folgten, ertönte ein lautes »Überraschung!« aus dem Wohnzimmer, wo Layla, Robert und einige von Lucas' anderen Freunden aus der Schule und vom Bullenreiten jubelten und klatschten, ebenso wie Seeleys Familie und ihre Freunde, Buck Waller sowie Laylas und Roberts Eltern. Bunte Luftballons schwebten durch den Raum, und ein *Herzlichen Glückwunsch, Rodeo!*-Banner hing über den Terrassentüren, zusammen mit glitzernden Girlanden, die bis zum Boden reichten.

Lucas sah Juliette und Seeley an. »Im Ernst? Ich kann nicht glauben, dass ihr das gemacht habt! Vielen, vielen Dank!«

»Bedank dich bei deiner Freundin«, entgegnete Seeley. »Das war ihre Idee.«

Lucas staunte und blickte zu Layla, die aussah, als würde sie gleich platzen, wenn sie ihn nicht sofort umarmen konnte. »Ich dachte, du wärst mit deiner Mutter unterwegs.«

»Bin ich doch auch. Sie ist da drüben.« Layla zeigte quer durch den Raum auf Brianna, dann schlang sie ihm die Arme um den Hals. »So einen wichtigen Tag darf ich doch nicht verpassen.«

»Danke.« Lucas klang verlegen und lehnte sich zurück, ließ sie aber nicht los. »Und wenn ich schlechte Nachrichten bekommen hätte?«

»Dann hätten wir das Banner abgehängt und wären weniger fröhlich«, antwortete Layla. »Aber wir wären trotzdem alle hier, um dich zu unterstützen, weil wir dich lieben.«

Lucas bekam feuchte Augen und gab ihr direkt vor allen einen Kuss auf die Lippen, bei dem sie rot anlief. Als sie sich aus seinen Armen löste, bemerkte er ihren Vater und murmelte: »Entschuldigung, Mr. Braden.«

Hugh lachte. »Schon in Ordnung, Lucas. Herzlichen Glückwunsch. Wir könnten uns nicht mehr für dich freuen.«

Lucas strahlte, und sein Blick kehrte zu Layla zurück, die heute besonders hübsch aussah. Sie trug ein graues Shirt mit der Aufschrift *Mein Freund hat den Krebs besiegt* in Pastellfarben im Siebzigerjahre-Stil, einen schwarzen Minirock, graue Strumpfhosen und schwarze Stiefel. Seine Augen leuchteten, und er sagte: »Das ist ein tolles Shirt.«

»Schön, dass es dir gefällt«, sagte sie. »Ich habe auch ein cooles für dich.«

Ihr kleiner Bruder Christian brüllte: »Jetzt, Layla?«

»Ja, Christian.« Als Christian mit einem schwarzen T-Shirt angelaufen kam, raunte sie Lucas zu: »Er hat den ganzen Tag gefragt, wann er es dir endlich geben kann.«

Christian drückte es ihm in die Hand. »Schau es dir an, Lucas!«

»Danke, Kumpel.« Lucas hielt das Shirt hoch, Stolz leuchtete in seinen Augen, als er es für alle anderen umdrehte. *Remission* stand in weißer Schrift auf der Brust und *Geschafft* war wie ein roter Stempel schräg darübergedruckt.

Als Jubel aufkam, zog er das T-Shirt über sein Langarmshirt und streckte die Arme aus, um es zu präsentieren, was ihm Pfiffe und Rufe von Dare und Cowboy einbrachte. Er umarmte Layla erneut und alle stürmten auf ihn zu.

Juliette und Seeley bahnten sich ihren Weg durch den Raum, und ihre Herzen waren übervoll, während Lucas mit Liebe, Umarmungen und Glück überschüttet wurde, genau wie sie selbst.

Im Laufe des Abends, während alle aßen, redeten und Lucas' Glück feierten, wurde Juliette von den anderen Frauen in Beschlag genommen. Sie standen um sie herum, plauderten über alles Mögliche, von Lucas und der Party bis zu Sullys bevorstehender Hochzeit und Sashas noch nicht gesetztem Hochzeitsdatum. Noch vor sechs Monaten hätte Juliette sich nie vorstellen können, dass ihr Leben einmal so aussehen würde.

Sie blickte quer durch den Raum zu Lucas hinüber, der mit Layla und seinen Freunden zusammenstand, alle mit einem Lächeln im Gesicht und Snacks in der Hand. Nur ein paar Meter entfernt lachte Seeley mit seinen Freunden über irgendetwas. Diese Menschen waren zu ihrer und Lucas' Familie geworden.

Sie war immer noch so überwältigt von ihren Gefühlen, dass sie gar nicht groß nachdachte, als sie eine Gabel nahm und gegen ihr Weinglas klopfte, um die Aufmerksamkeit aller auf sich zu ziehen.

»Ähm … Hallo«, sagte sie mit einem verlegenen Lachen.

Seeley hob das Kinn und fragte sie stumm, ob alles in Ordnung sei.

Sie hielt seinem Blick stand und beantwortete alle Fragen, die in seinem und in den neugierigen Blicken der anderen mitschwangen. »Entschuldigt die Unterbrechung. Ich mache es kurz. Die letzten Monate waren ziemlich verrückt, und ich habe das Gefühl, dass uns kaum Zeit zum Atmen blieb. Lucas und ich waren sehr lange allein und wir haben einige wirklich schwere Zeiten durchgemacht. Aber wir haben es geschafft, und ich weiß, dass wir beide alles schaffen können. Ich meine, schaut euch meinen unglaublichen Sohn an. Er ist so verdammt mutig, klug und stark. Ich habe wirklich großes Glück, seine Mutter zu sein.«

Sie sah Lucas an. »Ich könnte dich nicht mehr lieben, Lukey boo.«

»Mom!«

Gelächter ertönte. »Das wirst du nie mehr los, Lukey boo«, rief Dare und brachte alle erneut zum Lachen.

»Okay, okay. Tut mir leid … Rodeo.« Juliette sah in die Gesichter der Menschen, die seit dem Tag, an dem sie und Seeley zusammengekommen waren, immer für sie da gewesen waren, und fuhr fort: »Wie ich schon sagte, könnten wir alles schaffen, aber die letzten Monate hätten wir ohne eure Unterstützung nie so gut und mit so viel Liebe überstanden. Es gibt keine Worte, die ausdrücken könnten, wie viel mir das bedeutet. Danke, dass ihr uns in eure Familie aufgenommen habt und uns so sehr liebt, dass wir uns bei euch so fallen lassen können. Wir schätzen wirklich jeden Einzelnen von euch.«

»Ja«, sagte Lucas. »Ich danke euch allen sehr.«

Juliette hob ihr Weinglas. »Auf euch alle, die ihr uns geholfen habt, während der hoffentlich schwersten Zeit unseres Lebens stark und gesund zu bleiben.«

»Hört! Hört!«, rief Tiny und löste damit weiteren Jubel aus.

Als alle anstießen und tranken, sah Seeley sie mit seinen dunklen Augen an, kam auf sie zu und sagte leise: »Ich liebe dich.«

Es war kaum zu glauben, dass sie schon seit fünf Monaten zusammen waren. Was für eine Achterbahnfahrt das gewesen war. Aber ihre Liebe war stärker als alle Kämpfe, und sie wusste, dass, egal, was das Leben für sie bereithielt – Krankheiten, Meinungsverschiedenheiten, Lucas, der sie gegeneinander ausspielte –, nichts sie je wieder auseinanderbringen würde.

Vierzig

Alle waren so aufgedreht gewesen, dass die Party bis spät in die Nacht dauerte. Sie hatten zwar etwas aufgeräumt, aber die ganze fröhliche Dekoration hängen gelassen. Lucas war zu müde gewesen, um mit ihnen nach den Pferden zu sehen, und als Doc und Juliette ins Haus zurückkehrten, war er nirgends zu sehen.

»Er schläft wahrscheinlich«, sagte Doc.

»Hoffentlich. Es ist Mitternacht.«

»Warum entspannst du dich nicht ein bisschen und ich sehe mal nach ihm?« Er gab ihr einen Klaps auf den Hintern und küsste sie.

»Ich komme mit.«

Sie gingen die Treppe hinauf und warfen einen Blick in Lucas' Zimmer. Doc wurde ganz warm ums Herz bei dem vertrauten Anblick, wie Lucas umgeben von den Hunden ausgestreckt im Bett lag. Er schlang von hinten die Arme um Juliette und flüsterte: »Unser Junge ist in Remission. Ich bin so unglaublich dankbar.«

»Ich auch«, flüsterte sie zurück, drehte sich um und umarmte ihn. »Ich werde mir trotzdem jedes Mal Sorgen machen, wenn er hustet oder sich nicht wohlfühlt.«

»Das werden wir alle, Liebling. Auch Lucas«, sagte er sanft. »Diese Krankheit mag unseren Glauben auf die Probe gestellt haben, aber sie wird unsere Liebe nicht belasten. Ich weiß tief in meinem Herzen, dass es ihm gut gehen und dass er ein langes, glückliches Leben führen wird. Ich spüre es in meinen Knochen.«

Er küsste sie erneut und nahm ihre Hand. »Komm mit, Liebling. Ich habe eine Überraschung für dich.«

»Für mich?«, fragte sie, als er sie die Treppe hinunter und durch das Wohnzimmer führte.

Er grinste. »Nein, für meine andere Liebste. Natürlich für dich.« Er griff zwischen die Girlanden, öffnete die Terrassentür und führte sie hinaus.

»Es ist eiskalt …« Dann sperrte sie den Mund auf, als sie mit ihren schönen babyblauen Augen den neuen Whirlpool, die glitzernden Lichter, die darüber hingen, und die vielen Fotos von ihnen aus dem Sommer, in dem sie sich kennengelernt hatten und die an Bändern von den Lichterketten baumelten, betrachtete. Zwischen den Fotos hingen, ebenfalls an Bändern, lauter getrocknete Wildblumen. Es gab Fotos von ihnen zu Pferd und wie sie im Gras lagen, auf Schlafsäcken auf dem Boden der alten Hütte und am See. Es gab Selfies, auf denen sie Grimassen schnitten und sich küssten, Fotos von Juliette, wie sie schmollte, und einige seiner Lieblingsbilder, auf denen sie seinen Cowboyhut trug.

»Woher kommt der Whirlpool? Und woher hast du all diese Bilder? Oh Gott, sieh nur, wie jung wir waren.«

Er legte die Arme um sie. »Jung, schön und so verdammt glücklich, dass es jeder spüren konnte.«

»Seeley. Wie hast du das gemacht, ohne dass ich es mitbekommen habe?«

»Ich habe den Whirlpool einbauen lassen, während wir beim Arzt waren. Was glaubst du, warum da so viele Luftschlangen an den Fenstern und Terrassentüren hängen?«

Sie legte den Kopf schief. »Alle wussten davon?«

»Ja. Sogar Lucas.«

»Was?« Sie schlug ihm auf den Arm. »Ihr könnt doch nicht alle zusammen Geheimnisse vor mir haben!«

Er lachte. »Zu spät, Peaches.«

»Seeley! Du bist doch verrückt.«

»Verrückt nach dir.« Er küsste sie.

»Ich kann nicht glauben, dass du das alles gemacht hast. Sind das die Fotos, die wir mit deinem Handy gemacht haben? Ich dachte, du hättest sie längst gelöscht.«

»Das konnte ich nicht. Ich habe sie auf einem USB-Stick gespeichert. Wie wäre es, wenn wir unseren neuen Whirlpool ausprobieren?«

»Was ist, wenn Lucas aufwacht?«

»Vertrau mir, Peaches. Er kommt nicht raus. Er meinte, er geht erst in den Whirlpool, nachdem wir ihn desinfiziert haben.«

»Was?« Sie mussten beide lachen. »Das ist ja furchtbar!«

»Wenigstens wissen wir, dass er nicht rauskommt.« Er zog sich die Stiefel aus, woraufhin sie sich ebenfalls in Bewegung setzte.

Als sie sich auszogen, murmelte sie: »*So kalt, so kalt, so kalt.*« Sie stiegen in den Whirlpool und versanken bis zum Hals im heißen Wasser. »Ah. Das fühlt sich gut an.« Sie stützte die Arme auf die Seiten des Whirlpools, legte den Kopf zurück und schaute zu den Sternen hinauf. »Das ist unglaublich.«

Doc saß ihr gegenüber im Whirlpool, die Arme in derselben Position, aber anstatt die Sterne zu betrachten, bewunderte er sie. »Du bist es auch, Liebling.«

Sie sah ihn an und glitt durch das Wasser auf ihn zu. »Komm her, Whiskey.« Sie griff nach seiner Halskette und zog ihn näher zu sich heran, und als er die Arme um sie legte, fragte sie: »Seit wann trägst du eine Halskette?« Sie hob die Silberkette hoch und zum zweiten Mal an diesem Abend sperrte sie staunend den Mund auf. Am Ende der Kette baumelte der Verlobungsring, den er für sie hatte anfertigen lassen. Ein rosafarbener Diamant, umgeben von einem Kranz aus weißen Diamanten, die wiederum von weißen Baguette-Diamanten umrahmt waren, wie Blütenblätter. Sie sah ihm tief in die Augen.

»Ich wollte die Nacht, in der ich dir unsere Halskette geschenkt habe, noch einmal erleben«, sagte er, als er die Kette abnahm und den Ring davon löste. »Aber es war einfach zu kalt, um mit dir an den See zu fahren.«

Sie musste lachen, hielt sich eine Hand vor den Mund und hatte Tränen in den Augen.

»Nach allem, was wir durchgemacht haben, hat ›im Moment leben‹ eine völlig neue Bedeutung bekommen. Keiner von uns weiß, wie viel Zeit uns auf dieser Erde bleibt, aber ich weiß, dass ich jede Minute, die uns geschenkt wird, mit dir und Lucas verbringen will. Wir werden uns Sorgen und Herausforderungen stellen, Baby, und wir werden sie gemeinsam meistern. Ich freue mich darauf, unseren Sohn zu dem unglaublichen Mann heranwachsen zu sehen, zu dem er bestimmt ist, und dich alt und grau und jeden Tag noch schöner werden zu sehen. Was sagst du, Peaches? Willst du mir die Ehre erweisen, meine Frau zu werden und deinen Namen in Whiskey zu ändern, so wie es immer schon sein sollte?«

Sie lachte mit tränenüberströmten Wangen. »Du und ich

für immer, Seeley Whiskey. Ich habe dir gesagt, dass ich dich niemals gehen lassen werde, und das meinte ich auch so.«

Als er ihr den Ring an den Finger steckte, erwiderte er: »Du und ich für immer, Liebling«, und besiegelte ihr Gelübde mit einem Kuss.

Epilog

»Entschuldigung, haben Sie eben schwanger gesagt?«, fragte Juliette ihren Arzt am Telefon.

Ihr war in den letzten Wochen häufig übel geworden, und nach allem, was mit Lucas passiert war, hatte sie langsam Angst bekommen. Aber Lucas hatte gerade seine dreimonatige Kontrolluntersuchung hinter sich gebracht und war zum Glück immer noch krebsfrei. Er konnte wieder Bullen reiten und ihr Leben verlief endlich wieder normal. Um Seeley nicht zu beunruhigen, hatte sie ihm gegenüber nichts erwähnt und ihren Hausarzt um eine Blutuntersuchung gebeten.

»Ja. Sie sind schwanger.«

»Sind Sie sicher, dass Sie mit der richtigen Person sprechen? Hier ist Juliette Chambers.«

»Ja, ich bin mir sicher, dass das Ihre Ergebnisse sind, Juliette.«

»Aber … das kann nicht sein. Sind Sie sicher, dass ich nicht krank bin? Es ist sonst nichts Auffälliges im Blutbild? Denn ich kann eigentlich gar nicht schwanger werden.«

»Hat Ihnen ein Arzt gesagt, dass Sie unfruchtbar sind? Haben Sie Fruchtbarkeitstests durchführen lassen?«

»Nein, aber ich habe vor vielen Jahren mit meinem ersten

"

Mann versucht, schwanger zu werden, und es hat nie geklappt.«

»Das könnte auch an ihm gelegen haben. Wurde er diesbezüglich untersucht?«

»Nein. Wir waren damals sehr jung und haben ehrlich gesagt nicht darüber nachgedacht. Aber mein Verlobter und ich sind seit letztem Sommer zusammen und haben nie verhütet.«

»Nun, Sie sind definitiv schwanger, und dass Sie nicht verhütet haben, hat vermutlich etwas damit zu tun.«

»Ganz sicher? Sollte ich nicht noch einen Test machen, falls es eine Scheinschwangerschaft ist?«

»Das halte ich für überflüssig. Haben Sie eine Frauenärztin? Ich kann Ihnen sonst gern jemanden empfehlen.«

»Ja, ich habe eine, danke. Aber ich bin definitiv schwanger? Sind Sie sicher?« Der Schock wich langsam der Hoffnung.

»Ja, Juliette. Sie sind etwa in der neunten oder zehnten Woche.«

»Neunte oder zehnte Woche.« Sie klang so verblüfft, wie sie sich fühlte. »Ich kann es nicht fassen.« Sie hatte Tränen in den Augen. »Danke.«

»Gibt es noch weitere Fragen, die ich Ihnen beantworten kann?«

»Ähm. Nein. Nochmals vielen Dank.« Sie beendete das Gespräch, wurde immer aufgeregter und nervöser und freute sich darauf, es Seeley zu erzählen. »Ich bin schwanger«, flüsterte sie aufgeregt. »Wir sind schwanger.« Sie musste es Seeley sagen! Sie drehte sich um, um ihn zu suchen, und da stand er schon in der Tür und wirkte genauso schockiert wie sie.

»Hast du gerade gesagt, dass wir …«

»Schwanger sind? Ja!«

»Baby!« Er schloss sie in die Arme und küsste sie. »Wir sind schwanger?«

»Ja!« Ihr liefen die Tränen über die Wangen. »Ich kann es kaum glauben.«

»Ich schon. Ich habe Superspermien.« Er küsste sie erneut und sie mussten beide lachen. »Wie weit bist du?«

»Ich bin in der neunten oder zehnten Woche. Unser Valentinstags-Liebesfest hat offenbar Früchte getragen.«

Trotz seines Lachens hatte er Tränen in den Augen. Er legte ihr eine Hand auf den Bauch und murmelte: »Ich darf dich schwanger sehen und dir die Füße massieren und dir um Mitternacht Gurken und Eiscreme kaufen.«

»Igitt. Wie wär's mit Schlagsahne und Eiscreme?«

»Ich werde dir alles besorgen, was du willst, Liebling. Warum hast du mir nicht erzählt, dass du schwanger sein könntest?«, fragte er.

»Ich habe nicht damit gerechnet. Das war überhaupt nicht auf meinem Radar. Mir ging es einfach nicht gut, und nach allem, was wir mit Lucas durchgemacht haben, hatte ich Angst. Ich wollte dich nicht beunruhigen, darum habe ich Dr. Winsom angerufen und um eine Blutuntersuchung gebeten.«

»Baby, bitte verheimliche so etwas nie wieder. Wenn du Angst hast, stütze dich auf mich. Dafür bin ich da.«

»Das werde ich von nun an tun. Es tut mir leid.«

»Schon gut.« Er umarmte sie, dann hockte er sich vor sie und legte ihr beide Hände auf den Bauch. »Hi, Baby. Hier ist dein Daddy.«

Sie konnte gar nicht mehr aufhören zu weinen. Genau das hatte sich Juliette all die Jahre gewünscht. So hätte Lucas auf der Welt willkommen geheißen werden sollen. Mit einem Vater, der ihm von Anfang an zeigte, was es bedeutet, geliebt zu werden.

»Deine Mommy und ich haben dich sehr lieb und du hast den tollsten großen Bruder ...«

Oh Gott. Lucas. Wie wird er es aufnehmen?

»Sei brav zu deiner Mom, Kleines.« Seeley küsste ihren Bauch und richtete sich auf.

»Wie sollen wir es Lucas sagen, Seeley?«

In diesem Moment kam Lucas ins Schlafzimmer. »Was wollt ihr mir sagen?«

Juliette und Seeley tauschten einen Blick und sie wischte sich schnell die Tränen ab.

»Oh nein. Ist mein Krebs zurück?«, fragte Lucas verzweifelt.

»Nein, Schatz. Nein«, erwiderte sie rasch.

»Ist einer von euch krank?«, wollte er mit schmerzverzerrtem Gesicht wissen.

»Nein, Lucas. Es ist nichts Schlimmes«, antwortete Seeley. »Wir haben gerade erfahren, dass deine Mutter schwanger ist.«

»*Schwanger?*«, wiederholte er ungläubig.

»Ja«, bestätigte sie. »Ich weiß, dass das ein Schock für dich ist. Wir können es auch noch nicht wirklich glauben.«

»Moment mal. Lass mich eins klarstellen«, bat Lucas grinsend. »Das ist euer zweites gemeinsames Kind und ihr wart nie verheiratet. Ich glaube, ihr hättet die Unterhaltung über Safer Sex lieber miteinander führen sollen als mit mir.«

Sie mussten beide lachen.

»Ihr seid beide Ärzte«, fuhr Lucas mit Nachdruck, aber auch verschmitzt fort. »Ihr wisst, wie das funktioniert.«

Sie lachten noch herzlicher, aber Juliette war auch ein bisschen besorgt.

»Könntest du bitte mal kurz ernst bleiben, Lucas?«, bat sie. »Wie denkst du wirklich über diese Sache?«

Er zuckte mit den Achseln. »Ich weiß nicht viel über Babys,

aber ich hab Gus sehr gern und finde es cool, dass Doc eine große Familie hat, also …«

»Du bist nicht sauer?«, fragte Seeley.

»Nein. Es ist bestimmt schön, Brüder und Schwestern zu haben.«

Erleichtert murmelte sie: »Na, hoffentlich ist es nur ein Baby.«

»Mir egal«, erwiderte Lucas. »Da die Hochzeit um Mitternacht stattfindet, darf ich dann morgen die Schule schwänzen?«

»Nein«, bestimmte Juliette.

»Komm schon, Mom. Du bist schwanger. Willst du nicht ausschlafen?«

»Es ist viel zu früh, um mit solchen Sprüchen anzufangen«, warnte Seeley.

»Na gut. Ich gehe zu den Pferden.«

»Wenn du beim Dekorieren helfen willst, wir fangen in einer Stunde an«, sagte Juliette. Lucas und Seeley hatten einen wunderschönen Altar für Cowboy und Sully gebaut und sie wollten alle zusammen das Haupthaus für das Abendessen und den Garten für die Hochzeit schmücken.

»Ich weiß«, meinte Lucas und ging hinaus.

Seeley legte einen Arm um Juliette. »Das lief besser als erwartet.«

»Gott sei Dank. Ich bin so aufgeregt, aber wir sollten vor morgen niemandem davon erzählen. Ich möchte Cowboy und Sully an ihrem großen Tag nicht die Show stehlen.«

»Okay.« Wieder legte er ihr eine Hand auf den Bauch. »Dann können wir also doch schwanger werden.«

»Sieht ganz so aus.«

»Und unser Junge hätte gern eine große Familie. So wie ich das sehe, haben wir noch drei Jahre, bis er aufs College geht. In dieser Zeit schaffen wir locker zwei Babys.«

Gott, dieser Mann. »Wie wäre es, wenn wir erst einmal ein Baby und ein paar weitere ereignislose Besuche bei Lucas' Arzt überstehen?«

Mitten in der Nacht saß Doc im Mondschein umgeben von den sanften Klängen von Sashas Gitarre zwischen Juliette und Lucas, als Cowboy und Sully ihr Gelübde ablegten, noch dazu auf dem Land, das sie zusammengeführt hatte. Cowboy und Sully standen in einem Herz aus Laternen vor dem Holzbogen, den Doc und Lucas gebaut hatten. Der weiße Seidenstoff, der darum drapiert war, wehte im Wind und wurde gehalten von Girlanden aus Grünzeug, Rosen und anderen bunten Blumen und als Hommage an die Ranch und ihre Wurzeln auch Seilen.

Doc betrachtete seinen jüngeren Bruder, der schon immer genau gewusst hatte, wer er war – ein geborener Beschützer, ein Dark Knight und ein verdammt guter Rancher –, und stolz und aufrecht in Jeans und Kutte dastand, den Cowboyhut auf dem Kopf, bereit, seine wichtigste Rolle zu übernehmen: die eines Ehemanns. Sully stand neben ihm, der Inbegriff schlichter Eleganz in einem Spitzenkleid mit tiefem Ausschnitt und weißer Pelzstola, das lockige goldblonde Haar fiel ihr offen auf die Schultern, und sie sah ihren zukünftigen Ehemann liebevoll an.

Doc erinnerte sich daran, wie Sully zum ersten Mal auf die Ranch gekommen war wie ein verängstigter kleiner Vogel und keine Ahnung gehabt hatte, wer sie wirklich war. Aber sie hatte sich selbst aus dieser Sekte gerettet und bewiesen, dass sie alles andere als ein kleiner Vogel war. Mit der Hilfe vieler, aber vor allem Cowboys, hatte sie sich aus dem Käfig ihrer Vergangenheit befreit und herausgefunden, wer sie schon immer sein sollte: eine wunderschöne Kämpferin und die einzige Frau auf der Welt, die Callahan »Cowboy« Whiskey vervollständigte.

Als Cowboy mit Tränen in den Augen und Liebe im Herzen sein Gelübde ablegte, sah Doc die Menschen an, die ihm die Welt bedeuteten. Lucas schoss gerade ein Foto von Cowboy und Sully. Er zeigte es Layla, die sich bei der Zeremonie zu ihnen gesellt hatte. Doc ging das Herz auf. Lucas und Layla erinnerten ihn so sehr an sich selbst und Juliette. Er konnte nur hoffen, dass ihre jungen Herzen niemals den Herzschmerz erleiden mussten, den er und Juliette überstanden hatten, aber er wusste, dass die erste Liebe meist mit Kummer einherging. Als *Initiationsritus* hatte seine Mutter das einmal bezeichnet. Damals hatte ihm das nicht weitergeholfen, und die Vorstellung, seinem Sohn könnte das Herz gebrochen werden, war kaum zu ertragen. Aber er und Juliette würden ihm beistehen, so wie seine Eltern für ihn da gewesen waren.

Juliette tupfte sich mit einem Taschentuch die Tränen weg. Er bewunderte alles an ihr. Sie war eine liebevolle Mutter und Partnerin, eine fürsorgliche Freundin und eine mitfühlende Tierärztin. Er wusste, dass ihr Baby so stark und liebevoll sein würde, wie sie und Lucas es waren.

Im Mondlicht sah sie so wunderschön aus. Er trug genau wie die anderen Dark Knights Jeans und Kutte, aber die Frauen waren zusammen shoppen gewesen. Juliette strahlte förmlich in einem langärmligen pfirsichfarbenen Sweaterkleid, das ihre Kurven betonte und einen, wie sie es nannte, Schalkragen hatte, der sich vor ihrer Kehle kreuzte, sowie einen sexy, aber nicht zu freizügigen Ausschnitt direkt darunter. Dazu trug sie eine Strumpfhose, kniehohe Lederstiefel und einen hübschen Schal. Er konnte es kaum erwarten, sie mit Babybauch zu sehen und sie so zu verwöhnen, wie er es schon vor Jahren gern getan hätte.

Sie warf ihm einen Blick zu, lächelte leicht verlegen, wischte sich die Tränen ab und raunte ihm zu: »Das werden eines Tages wir sein.«

Er beugte sich vor und küsste sie. Sie hatten noch kein Hochzeitsdatum festgelegt. Er hatte schon vor der Schwangerschaft nicht lange warten wollen, aber jetzt konnte es für ihn gar nicht schnell genug gehen. Er hatte den ganzen Nachmittag darüber nachgedacht. Er wollte alles und er wollte es jetzt. Seine Liebste, seinen Sohn, ihr Baby, einen Ring an ihrem Finger und dass sie seinen Nachnamen trug. Worauf warteten sie eigentlich noch? *Scheiß drauf.* »Lass uns heiraten.«

»Trage ich nicht deshalb diesen Ring?« Sie hielt ihre linke Hand hoch und wackelte mit den Fingern, wobei ihr Verlobungsring im Mondlicht funkelte.

»Ich meine jetzt«, betonte er und war sich vage bewusst, dass Cowboy und Sully gerade zu Mann und Frau erklärt wurden. Beifall ertönte, und alle erhoben sich, klatschten und jubelten. Sie standen ebenfalls auf, und Doc nahm ihre Hand und hob die Stimme, damit ihn alle hören konnten. »Ich will nicht warten! Heirate mich noch heute Abend. Und zwar sofort. Lass uns unser Baby auf die richtige Weise zur Welt bringen. Mit Ringen an den Fingern, demselben Nachnamen und unserem Sohn an unserer Seite!«

»Baby?«, rief Birdie erstaunt. »Hat er Baby gesagt? Ist Juliette schwanger?«

Ein kollektives Keuchen ging durch die Menge, und als der Lärm abebbte, fragte Gus: »Was heißt schwanger?«

Juliettes Augen wurden groß, und ihre Wangen färbten sich rot, als sie flüsterte: »Was ist aus dem Vorsatz geworden, ihnen nicht die Show zu stehlen?«

»Ist ja nicht wahr!«, grölte Dare. »Doc hat es schon wieder getan!«

Während das Gelächter aufbrandete, bekam Doc Schuldgefühle. Er sah zu Cowboy und Sully hinüber, die Händchen hielten und immer noch vor Freude strahlten. »Bitte entschuldigt. Vergesst, was ich gesagt habe. Das war unhöflich. Ich habe mich einfach hinreißen lassen.«

»Auf keinen Fall, Bruder«, protestierte Cowboy. »Wenn Juliette einverstanden ist, sind wir es auch.«

»Wir wollen euch nicht die Show stehlen«, beharrte Juliette.

»Ihr stehlt uns nicht die Show«, widersprach Sully fröhlich. »Ihr setzt dem Ganzen nur die Krone auf und macht es zu einer noch unvergesslicheren Nacht. Es wäre uns eine Ehre, unseren Hochzeitstag mit euch zu teilen.«

Doc drückte Juliettes Hand. »Was sagst du dazu, Liebling?«

»Sag ja, Mom!«, rief Lucas. »Tu es! Wir sind alle hier. Sogar mein kleiner Bruder oder meine kleine Schwester.«

Sie schüttelte lachend den Kopf. »Ich schätze, dann werden wir jetzt wohl heiraten!«

Doc nahm sie in die Arme und küsste sie, woraufhin Jubel ausbrach. Es herrschte geschäftiges Treiben, als sich alle wieder setzten. Doc und Juliette standen im Herz aus Laternen vor dem Altar, den er zusammen mit ihrem Sohn gebaut hatte, und mit Lucas an ihrer Seite schworen sie sich ewige Liebe und wurden zu Mann und Frau erklärt.

Als er seine Braut küsste, begann die Feier von Neuem. Sie wurden mit Umarmungen überschüttet und mit Fragen zum

Geburtstermin und Juliettes Befinden bestürmt. Lucas wurde dafür gefeiert, was für ein toller großer Bruder er sein würde, und genoss das Lob sichtlich. Champagnerflaschen wurden entkorkt und fast jeder hielt eine Rede.

»Ich freue mich wirklich für euch alle«, sagte Birdie. »Aber während ihr damit beschäftigt wart, euch zu verloben, zu heiraten, Babys zu bekommen und die Liebe auf dieser Ranch zu finden, bin ich immer noch Single. *Ich.*« Sie deutete auf sich selbst und stemmte eine Hand in die Hüfte ihres weiten Paisley-Einteilers, der ihre zierliche Figur fast verschluckte. »Jetzt reicht es aber langsam!« Sie deutete auf ihre Eltern. »Das ist eure Schuld. Ich erwarte, dass ihr mir einen gut aussehenden, alleinstehenden Mann sucht, der zu uns auf die Ranch kommt und nur Augen für mich hat. Ich gebe euch sechs Monate. Habt ihr verstanden?«

Tiny brach in schallendes Gelächter aus.

»Schätzchen, so funktioniert die Liebe nicht«, erklärte ihre Mutter.

»Von wegen«, widersprach Birdie. »Billie und Dare haben sich in dieser Scheune zum ersten Mal geküsst.« Sie machte eine alles umfassende Handbewegung. »Cowboy und Sully haben sich hier kennengelernt. Doc hat genau hier auf dieser Ranch einen Blick auf Juliette geworfen und sich so unsterblich verliebt, dass diese Liebe all die Jahre überdauert hat. Und Ezra? Er hat Sasha als Teenager so geküsst, dass sie nie wieder dieselbe war. Dann ist er auf die Ranch gezogen und jetzt seht euch die beiden an.«

Alle drehten sich zu ihnen um. Ezra hielt Gus im Arm und hatte einen Arm um Sasha gelegt. »Ich liebe dich, Lämmchen«, sagte er und küsste sie.

»Seht ihr?« Birdie verschränkte die Arme und starrte ihre

Mutter an. »Dad musste dich nur einmal ansehen, ist auf die Ranch gezogen und nie wieder gegangen.« Sie reckte triumphierend das Kinn in die Luft. »Sag es ihr, Dad.«

Rebel räusperte sich. »Es braucht schon einen sehr starken Mann, um mit ihr fertigzuwerden.«

»Weise Worte, mein Junge«, sagte Tiny, bevor er Birdie mit einem sanfteren Blick bedachte. »Ich hab dich lieb, Schatz, aber wir haben die Partner deiner Brüder und Schwestern nicht ausgesucht.«

»Das war die Magie der Ranch, Liebes«, fügte ihre Mutter hinzu. »Wir haben vielleicht hier und da ein wenig nachgeholfen, bestimmen jedoch nicht über die große Liebe unserer Kinder.«

Birdie stöhnte. »Ihr seid gemein. Ich brauche Kuchen! Können wir den Kuchen anschneiden? Oder wird der auch von der Magie dieser verdammten Ranch kontrolliert?«

Während sie lachten und miteinander scherzten, stupste Lucas Doc an. »Mir gefällt es hier … *Dad*«, sagte er und eilte davon, um sich mit Layla ein Stück Kuchen zu holen, als hätte er Doc nicht gerade sprachlos zurückgelassen.

»Hat er dich gerade *Dad* genannt?«, staunte Juliette.

»Mhm« war alles, was er herausbrachte. Als sie auf das fröhliche Chaos seiner Familie zugingen, sah er seine wunderschöne schwangere Frau und ihren abenteuerlustigen, gesunden Jungen an und glaubte, dass ihm gleich das Herz aus der Brust springen würde. Für diese Momente lebte er. Sie hatten in den letzten acht Monaten Hunderte davon zusammen erlebt und er freute sich auf ein ganzes Leben voller solcher Augenblicke.

Bereit für Birdie Whiskey?

Ich hoffe, die Liebesgeschichte von Doc und Juliette hat Ihnen gefallen. Als Nächstes folgt Birdies Geschichte und dann blättern Sie weiter für einen Vorgeschmack auf *Die Wickeds: Dark Knights von Bayside* und auf die gefährlich heißen *Bradens in Ridgeport!*

Birdie Whiskey sehnt sich danach, endlich die große Liebe zu finden, doch der Mann, der ihr Herz schließlich erobert, ist der Letzte, den ihre Familie je akzeptieren würde. Es wird eine emotionale Achterbahnfahrt, bei der die Überzeugung der Whiskeys, dass jeder eine zweite Chance verdient, auf eine harte Probe gestellt wird und Birdie die bisher schwerste Entscheidung ihres Lebens treffen muss – bleibt sie der Familie gegenüber loyal oder kämpft sie um den Mann, den sie liebt?

Bestellen Sie *Meine Whiskey-Erlösung* bei Ihrem Online-Buchhändler.

Lernen Sie die Cousins der Whiskeys kennen: die Wickeds!

Bei den Wickeds an den Sandstränden von Cape Cod spielen leidenschaftliche Helden voller Beschützerinstinkt, starke Heldinnen und unverwüstliche Familienbande die Hauptrolle. Was haben ein frecher Biker und eine Geschäftsfrau, die Bad Boys abgeschworen hat, gemeinsam? Laut Chloe Mallery nicht viel, doch da hätte sie sich kaum mehr irren können …

Bestellen Sie *Ein kleines bisschen Wicked* bei Ihrem Online-Buchhändler.

Kennen Sie die heißen, wohlhabenden und gefährlich unanständigen Bradens in Ridgeport schon?

Für die Wissenschaftlerin Pepper Montgomery dreht sich alles um die Arbeit, für Spiele hat sie nichts übrig. Quarterback Clay »Mr. Perfect« Braden verdient seinen Lebensunterhalt mit Spielen. Die Funken sprühen, als Clay nach einem Zwischenfall ausgerechnet Peppers Hilfe braucht, um wieder ins Spiel zu finden. Während er ihr zeigen will, wie vorteilhaft es auch in der Forschung sein kann, Hand anzulegen, landet ein Treffer direkt in ihrem Herzen, und sie fragt sich, ob er den Mr. Perfect die ganze Zeit nur spielt.

Bestellen Sie *Gut gespielt, Mr. Perfect* bei Ihrem Online-Buchhändler.

Neu bei »Love in Bloom – Herzen im Aufbruch«?

Falls dieser Band Ihr erstes Buch aus der Reihe »Love in Bloom – Herzen im Aufbruch« ist, warten noch jede Menge Geschichten über unsere sexy, selbstbewussten und loyalen Heldinnen und Helden auf Sie. *Die Whiskeys: Dark Knights von der Redemption Ranch* ist nur eine der Serien aus meiner großen Sammlung von Liebesromanen mit Tiefgang, Humor und Happy-End-Garantie. In allen Büchern finden Sie eine abgeschlossene Geschichte, die auch für sich allein gelesen werden kann. Figuren aus den einzelnen Serien und Büchern der weitverzweigten »Love in Bloom – Herzen im Aufbruch«-Familien tauchen immer wieder auch in den anderen Bänden auf. So verpassen Sie nie eine Verlobung, eine Hochzeit oder eine Geburt. Wenn Sie mögen, lernen Sie doch auch die anderen Serien der Reihe kennen! Eine vollständige Liste aller auf Deutsch erschienenen und geplanten Bücher gibt es am Ende des Buches und unter dem folgenden Link finden Sie weitere Informationen:

www.MelissaFoster.com/Herzen-im-Aufbruch

Danksagung

Zwar mögen die Erfahrungen jedes einzelnen Menschen unterschiedlich sein, doch ich hoffe, dass ich durch das Erzählen dieser Geschichte ein wenig auf emotionalen Missbrauch und Krebserkrankungen aufmerksam machen konnte – und darauf, wie beides nicht nur die Betroffenen, sondern auch ihr Umfeld beeinflussen kann. Wenn du oder jemand, den du kennst, unter Missbrauch leidest und Hilfe benötigst, findest du unter https://familienportal.de/familienportal/lebenslagen/krise-und-konflikt/krisetelefone-anlaufstellen einige von vielen verfügbaren Anlaufstellen für telefonische oder Online-Hilfe. Für Unterstützung und Informationen rund um das Thema Krebs bietet die Deutsche Krebshilfe eine Fülle von Informationen unter: www.krebshilfe.de

Auch wenn das Schreiben eines Romans meist ein einsames Abenteuer ist, gibt es mehrere Menschen, denen ich für ihre Hilfe und Ermutigung auf diesem Weg danken möchte. Mein tief empfundener Dank gilt Mark Yoffe, pensionierter Onkologe/Hämatologe, für seine Hilfestellungen und seine unendliche Geduld mit meinen Fragen im Hinblick auf das Hodgkin-Lymphom. Alle Fehler und die erzählerischen Freiheiten, die ich mir zugunsten der Geschichte genommen habe, gehen allein auf mein Konto und spiegeln nicht Marks Expertise wider.

Weiterhin bedanke ich mich bei einer meiner treuen Leserinnen, der Notfallkrankenschwester Jennifer Babin, mit der ich mehrmals das Vergnügen hatte, mich während der Recherche und beim Schreiben dieser Geschichte auszutauschen. Jennifer, danke, dass du mir deine Erfahrungen aus der Notfallmedizin geschildert und all meine Fragen beantwortet hast.

Sehr dankbar bin ich auch meiner Freundin Erin Pettazzoni, zertifizierte Fachkraft für invasive Kardiologie, die meine Anrufe und Nachrichten stets ohne Zögern angenommen und mir wertvolle Informationen geliefert hat.

Es war mir eine große Freude, erneut mit Susan Pierce, der Leiterin von Red Bucket Horse Rescue, über einige ihrer Rettungsgeschichten zu sprechen. Brave Heart stellt eine abgewandelte Version von Susans gerettetem Pferd Milah dar. Danke, dass du mir ihre Geschichte erzählt hast. Ich hoffe, ich konnte ihr gerecht werden.

Ein besonderer Dank geht an Avery Filipe, die laut »Brave!« rief, als ich gemeinsam mit ihrer Mutter Lisa, die meine enge Freundin und eine meiner geschätzten Assistentinnen ist, über einen Namen für Brave Heart nachdachte. Apropos Assistentinnen: Lisa und Sharon, wie immer schätze ich alles, was ihr für mich tut, sehr; eure Fähigkeit, jederzeit die Richtung zu wechseln, euren Humor und eure Freundschaft. Ich habe keine Ahnung, wie ihr das alles schafft, aber ich bin wirklich dankbar dafür, dass ihr es tut. Terren Hoeksema, auch dir danke ich für all deine Hilfe.

Ich bin den Lektorinnen Kristen Weber und Penina Lopez zu Dank verpflichtet, die meine Bücher zum Strahlen bringen und alles daransetzen, jeden Abgabetermin einzuhalten, sowie meinem Team aufmerksamer Korrekturleserinnen: Lynn Mullan, Elaini Caruso, Juliette Hill und Justinn Harrison, genauso wie meinem deutschen Team: Anna Wichmann, Stephanie Schottenhamel und Judith Zimmer.

Zu guter Letzt geht ein herzliches Dankeschön an meine Seelenretterinnen und engen Freundinnen Amy, Tasha und Sue. Ich könnte euch nicht mehr lieben – und doch tue ich es, und zwar jeden einzelnen Tag.

DIE VOLLSTÄNDIGE REIHE

Love in Bloom – Herzen im Aufbruch

Für noch mehr Vergnügen lesen Sie die Bücher der Reihe nach.
Sie werden in jedem Band bekannte Figuren wiederfinden!

Die Snow-Schwestern

Schwestern im Aufbruch
Schwestern im Glück
Schwestern in Weiß

Die Bradens (Weston, Colorado)

Im Herzen eins – neu erzählt
Für die Liebe bestimmt
Freundschaft in Flammen
Wogen der Liebe
Liebe voller Abenteuer
Verspielte Herzen
Ein Fest für die Liebe (Hochzeits-Geschichte)
Nachwuchs für die Liebe (Savannahs & Jacks Baby)
Happy End für die Liebe (Hochzeits-Geschichte)
Weihnachten mit den Bradens (Kurzgeschichte)
Liebe ungebremst (Kurzroman)

Die Bradens (Trusty, Colorado)

Bei Heimkehr Liebe
Bei Ankunft Liebe

Im Zweifel Liebe
Bei Rückkehr Liebe
Trotz allem Liebe
Bei Aufprall Liebe

Die Bradens (Peaceful Harbor)

Geheilte Herzen
Voller Einsatz für die Liebe
Liebe gegen den Strom
Vereinte Herzen
Melodie der Liebe
Sieg für die Liebe
Endlich Liebe – ein Braden-Flirt

Die Bradens & Montgomerys (Pleasant Hill – Oak Falls)

Von der Liebe umarmt
Alles für die Liebe
Pfade der Liebe
Wilde Herzen
Schenk mir dein Herz
Der Liebe auf der Spur
Verrückt nach Liebe
Liebe süß und sündig
Und dann kam die Liebe
Eine unerwartete Liebe
Verliebt in Mr. Bad

Die Bradens (Ridgeport)

Gut gespielt, Mr. Perfect
Hochachtungsvoll, Mr. Braden

Die Remingtons

Spiel der Herzen
Im Dschungel der Liebe
Herzen in Flammen
Herzen im Schnee
Liebe zwischen den Zeilen
Von der Liebe berührt

Die Ryders

Von der Liebe bestimmt
Von der Liebe erobert
Von der Liebe verführt
Von der Liebe gerettet
Von der Liebe gefunden

Seaside Summers

Träume in Seaside
Herzen in Seaside
Hoffnung in Seaside
Geheimnisse in Seaside
Nächte in Seaside
Herzklopfen in Seaside
Sehnsucht in Seaside
Geflüster in Seaside
Sternenhimmel über Seaside

Bayside Summers

Sommernächte in Bayside
Verführung in Bayside
Sommerhitze in Bayside
Neuanfang in Bayside
Mondschein in Bayside
Versuchung in Bayside

Die Steeles auf Silver Island

Herzen in Versuchung
Meine wahre Liebe
Erobert von der Liebe
Immer mit dir

Die Whiskeys: Dark Knights aus Peaceful Harbor

Tru Blue – Im Herzen stark
Truly, Madly, Whiskey – Für immer und ganz
Driving Whiskey Wild – Herz über Kopf
Wicked Whiskey Love – Ganz und gar Liebe
Mad About Moon – Verrückt nach dir
Taming My Whiskey – Im Herzen wild
The Gritty Truth – Kein Blick zurück
In For A Penny – Süßes Glück
Running on Diesel – Harte Zeiten für die Liebe

Die Wickeds: Dark Knights von Bayside

Ein kleines bisschen Wicked
Das Wicked-Nachspiel

Verrückte Wicked-Liebe
Die Wicked-Wahrheit

Die Whiskeys: Dark Knights von der Redemption Ranch

Immer Ärger mit Whiskey
Sullys Befreiung
Um Whiskeys willen
Der Geschmack von Whiskey
Liebe, Lügen und Whiskey
Meine Whiskey-Erlösung

…

Entdecken Sie Melissa Fosters Bücher auch auf:
www.MelissaFoster.com/Herzen-im-Aufbruch